中国文学的跨域世界观：

新文艺·新人物·新中国

吴 俊 何 宁 刘云虹 主编

上卷

 南京大学出版社

图书在版编目（CIP）数据

中国文学的跨域世界观：新文艺·新人物·新中国 /
吴俊，何宁，刘云虹主编. —南京：南京大学出版社，
2023.7
　ISBN 978 - 7 - 305 - 26415 - 3

　Ⅰ.①中… Ⅱ.①吴… ②何… ③刘… Ⅲ.①中国文
学—文学研究 Ⅳ.①I206

中国版本图书馆 CIP 数据核字（2022）第 245623 号

出版发行　南京大学出版社
社　　址　南京市汉口路 22 号　　　　　邮　编 210093
出 版 人　王文军

ZHONGGUO WENXUE DE KUAYU SHIJIEGUAN——XINWENYI · XINRENWU · XINZHONGGUO
书　　名　中国文学的跨域世界观——新文艺·新人物·新中国
主　　编　吴　俊　何　宁　刘云虹
责任编辑　荣卫红　　　　　　　　　编辑热线　025 - 83685720

照　　排　南京紫藤制版印务中心
印　　刷　徐州绪权印刷有限公司
开　　本　718 mm×1000 mm　1/16　印张 33.5　字数 583 千
版　　次　2023 年 7 月第 1 版　2023 年 7 月第 1 次印刷
ISBN　978 - 7 - 305 - 26415 - 3
定　　价　178.00 元

网　　址:http://www.njupco.com
官方微博:http://weibo.com/njupco
官方微信:njupress
销售咨询热线:(025)83594756

目　录

第一辑

第二辑

第三辑

第四辑

第一辑

关于文学翻译的语言问题

许 钧

在 2019 年 5 月《外国语》杂志社举办的纪念五四运动一百周年的翻译高层论坛上,我聚焦五四运动前后的翻译与语言问题,就翻译与语言和思想的关系、语言的革新力量以及语言创新与翻译方法的关系谈了自己的一些看法①。本文拟在相关观点的基础上,着重谈谈文学翻译的语言问题。

一、翻译与语言的创造

就翻译的基本形式而言,翻译是语言的转换。回顾翻译的历史,无论中外,翻译是促进语言生长的重要路径。现代德语、法语的生长与革新如此,白话文的成长与丰富也如此。早在 1549 年,七星诗社在《保卫和发扬法兰西语》这篇宣言中,"提出了民族语言的统一问题,而前提就是保卫法兰西语的地位,改变其词汇贫乏、粗俗的状况,同时,主张向希腊和拉丁语借词,创造新词,以丰富法语"②。在确立法语为民族语言的过程中,翻译起到了不可忽视的作用。在五四前后,白话文也同样借助翻译得以丰富、得以革新。这方面有很多问题可以进一步思考。

从语言问题出发去考量翻译的价值,学界已经有不少思考。有几个方面值得我们特别关注:

一是通过翻译,打开母语的封闭状态,为创造新词、新语、新观念提供可能性。我们都知道鲁迅,他做翻译,有一个根本的出发点,那就是通过翻译,吸引国外的新思想,输入新的表达,改造国人的思维,丰富汉语的表达。瞿秋白在给鲁

---

① 许钧:《翻译是先锋,语言是利器——五四运动前后的翻译与语言问题》,《外国语》2019 年第 5 期。

② 许钧主编:《当代法国翻译理论》,武汉:湖北教育出版社,2004 年,第 228—229 页。

迅的来信中明确提出:"翻译——除了能够介绍原本的内容给中国读者之外——还有一个很重要的作用:就是帮助我们创造出新的中国的现代言语。"①鲁迅对瞿秋白的这一观点是十分认同的。在实践层面,他的翻译尽量避免去用现成的汉语表达,而是特别强调"外语性"。外来的句式与表达,不能以通顺为名,随意被汉语的现成句式与说法所取代,如鲁迅坚持用"山背后太阳落下去了",而不改作"日落山阴"。实际上,鲁迅的这一立场,也同样是许多作家的立场,他们往往不满足于母语现成的表达,而是尝试着创造新的字眼、新的说法。这种新的创造,往往带着"异样"的感觉,仿佛不是从母语中来的,像是外来之语,是"外语腔"。这一现象就是德勒兹所说的"外语性"。在《批评与临床》一书中,德勒兹就以"巴特比,或句式"为题,讨论句式"I would prefer not to"的"异样"创造所可能带来的发现性的作用②,有助于我们进一步认识作家对语言的突破性创新所具有的深刻意义。

二是通过翻译,锤炼母语,在异语的考验中,激发母语的活力。检视现代法语、现代德语的发展史,可以清晰地看到翻译在其中所起到的作用。中国现代汉语的发展,也同样如此。著名语言学家赵元任早年做了一些翻译,如《阿丽思漫游奇境记》。在他看来,他翻译这部书,主要的动机,就是想试验白话文的翻译能力。面对原作的抵抗,他不放弃、不投降,而是通过白话文在语言转换中所接受的考验,锤炼白话文的表达能力,让白话文在抵抗中成长,变得成熟而丰富。

三是通过翻译,为接受国作家的创造带来新的语言养分,拓展他们的语言创造力。当代作家王小波在《我的师承》中充分地表达了这一观点。王小波是一个富有创造力的作家,他认为他作为作家,其语言的学习与创造,得益于翻译家王道乾、查良铮的翻译语言,是两位翻译家的翻译作品中的语言表达给了他滋养。持同样观点的还有叶兆言,他对傅雷的翻译有一份独有的尊敬,因为在他看来,傅雷翻译的巴尔扎克让他看到了汉语表达的奥妙。孙郁对此有过专门的思考,他发现:"王小波生前看重傅雷、穆旦的文字,因为那其间有中外语境的交叉,古而今,今亦古,是新式的语言。自然,也产生了新式的经验。我们看王小波的作品,其风格更像是从域外来的,却又根植于中土大地,有很强的现代意味。细细

---

① 瞿秋白:《鲁迅和瞿秋白关于翻译的通信:瞿秋白的来信》,见罗新璋编《翻译论集》,北京:商务印书馆,1984年。

② 德勒兹:《批评与临床》,刘云虹、曹丹红译,南京:南京大学出版社,2012年,第139—191页。

分析,能够发现词语的新颖之处,恰恰是经验的奇异之所。王小波欣赏罗素的表达,意的方面来自域外,形的组合则看出民国翻译家的遗风。在九十年代,他异军突起,感人的是那语态的鲜活,和如炬的目光。"[1]

关于翻译与语言、翻译与创作的关系,翻译家袁筱一在接受上海一家媒体的采访时曾明确地表达自己对于翻译价值的认识:"翻译的价值,很大程度上来自不同语言之间的新鲜撞击,刺激我们寻找语言的更多可能性。对于翻译来说,作品中最吸引人的恰恰就是对翻译的抵抗。只有抵抗才能带来语言的探索。"[2]做文学翻译的人,大都有过"抵抗"的遭遇。李文俊翻译福克纳,李芒翻译日本俳句,我本人翻译普鲁斯特,无不发现原文具有强大的抗译性。原作中一些鲜活而独具个性的表达,对翻译家而言,构成了严峻的考验。我曾指出,原作的抗译性,在语言的层面非常明显,如因为词汇的空缺,难以找到对等的表达,或因为原作的表达太具异质性,难以在目标语中寻找到相融的可能。"面对上述种种原因,面对原作对于目的语提出的种种挑战,翻译者的态度与行为便显示出各种样态,有妥协的,有通融的,也有投降的。但也有接受挑战的,在原作之于目的语的抵抗处,去寻找新的可能性,在'异'的考验中,在自我与他者的抵抗中,探索语言新的可能性,拓展新的表达空间。"[3]

二、文学语言与"文学性"

文学,是语言的艺术。因而,文学翻译中的语言问题理应成为我们的主要关注点。然而,不可否认的是,关于翻译,尤其是文学翻译,我们当下的研究,对语言层面的关注越来越少。在文学与翻译的层面,涉及语言问题的,我们发现有两种声音值得关注或讨论。

这两种声音,都是批评的声音。一种来自域外,是国外翻译家的声音。如翻译过许多中国文学经典的德国翻译家顾彬,他在多种场合批评中国当代作家,认为他们的"语言很不好"。又如被称为当代中国文学"接生婆"的美国翻译家葛浩文,他对中国当代作家的语言与叙事方式也有批评意见。暂不论葛浩文的观点,

---

① 孙郁:《在语言与经验之间》,《文艺争鸣》2017 年第 5 期。
② 邵岭:《袁筱一:专注地做一个翻译者》,《文汇报》2016 年 2 月 9 日。
③ 许钧:《在抵抗与考验中拓展新的可能——关于翻译与语言的问题》,《语言战略研究》2019年第 5 期。

关于顾彬对中国作家语言的批评，如果他所批评的，是程式化的语言，被意识形态所左右的语言，是套话、空话，甚至假话，我完全赞同。但他说余华的语言不好，说他重复，说要用简单的语言表达复杂的思想，我认为这是他的局限，是他对中国语言的精妙和作家的个性缺乏深刻的领悟。作家的文学语言应该鲜活，需要个性化的创造，作为译者，不应该仅仅以自己的审美取向去衡量。另一种声音来自国内，是中国作家的声音，针对的是翻译的语言。不少作家对当代的文学翻译有不少批评，其中核心的问题，就是翻译的语言太差，认为不少文学翻译缺乏语言的文学特质。

对这两种声音，我持部分认同的立场。从这两种针对语言的声音中，我想到了另一层面的有关问题：为何国外的翻译家对中国作家的语言持批评态度？他们对中国作家的语言创造真的有深刻的理解吗？他们在翻译中为什么总是倾向于去改造中国作家的语言表达呢？难道真如王宁所认为的那样，莫言获得诺贝尔文学奖，葛浩文功不可没，最重要的一点就是葛浩文的翻译提升了莫言的语言。或如文学批评家李建军所认为的那样，莫言语言不好，是葛浩文的翻译"美化"了他的语言，他才有可能获奖。所有这些问题，凸显了一个长期以来困扰翻译者的问题：译者是否有权利改变、美化原文本的语言？

如果从文学界对中国当下的文学翻译或翻译语言的评价这一角度去看，我们发现对于当代的翻译而言，情况确实不乐观。语言，无论对于创作还是翻译，往往是一个重要的评价标准。但是我们当下的翻译研究，对于语言问题，不仅仅是关注较少，更重要的是评价混乱，有不少问题没有引起重视，缺乏深刻的思考。

翻译的语言问题，并不像一般评论者所想象的那么简单。语言问题，对于翻译而言，涉及的是一种语言到另一种语言的转渡。如钱锺书先生所言，"从一种文字出发，积寸累尺地度越那许多距离，安稳到达另一种文字里，这是很艰辛的历程"①。如果说文学是文字的艺术，那么文学翻译，便是与文字打交道，在一定意义上，是文字转换的艺术。文学翻译成功不成功，在作家的眼里，最显鉴别度的，便是文本语言的文学性，语言表达是否出彩，是最主要的评价标准。然而，作家们所看到的语言，是经过翻译的语言，翻译语言的文学性固然是评价的一条标准，但译者的翻译之于原文本语言的关系，却是一般读者，包括不通外文的作家或批评家所难以评价和判断的。这方面，也有例外，不懂德语的作家毕飞宇就对

---

① 钱锺书：《林纾的翻译》，见罗新璋编《翻译论集》，北京：商务印书馆，1984年，第697页。

《朗读者》一个中译本中的一个句子作了批评：

> 在小说的第四章，女主人公汉娜正在厨房里头换袜子。换袜子的姿势我们都知道，通常是一条腿站着。有一位译者也许是功夫小说看多了，他是这样翻译的——
>
> 她金鸡独立似的用一条腿平衡自己
>
> 面对"一条腿站立"这个动作，白描就可以了，为什么要"金鸡独立"呢？老实说，一看到"金鸡独立"这四个字我就闹心。无论原作有没有把女主人公比喻成"一只鸡"，"金鸡独立"都不可取。它伤害了小说内部的韵致，它甚至伤害了那位女主人公的形象。——我说这话需要懂外语么？不需要的。①

毕飞宇指出的，是很典型的文学翻译的语言问题，这里主要涉及语用层面。无论是文学创作，还是文学翻译，语言是基本要素。文学指向的是自身的存在。文学创作中的语言，与日常交流中的语言有本质的差别，孔帕尼翁在其《理论的幽灵——文学与常识》一书中说得很明确："普通语言是为交流服务的工具，与之相反，文学的目的在于自身。"②他还说："日常语言追求听后得意忘言（它及物，不可察觉），而文学语言经营的是隐晦曲折（它不及物，可察觉）。"③与此表达相类似的，最著名的就是俄国形式主义，它严格区分日常语言与文学语言。俄国形式主义突出的是"语言所特有的文学功用，亦即文学文本的独特属性"④，这便是"文学性"。雅各布森认为"文学的科学研究对象不是文学，而是文学性，是那让作品成为文学作品的东西"，也就是"让语言信息变成艺术品的东西"⑤。而在文学翻译中，恰恰就是这种文学性，这种让语言信息变成艺术品的东西往往难以把

---

① 毕飞宇：《小说课》，北京：人民文学出版社，2017年，第71页。
② 孔帕尼翁：《理论的幽灵——文学与常识》，吴泓缈、汪捷宇译，南京：南京大学出版社，2011年，第32页。
③ 孔帕尼翁：《理论的幽灵——文学与常识》，吴泓缈、汪捷宇译，南京：南京大学出版社，2011年，第32页。
④ 孔帕尼翁：《理论的幽灵——文学与常识》，吴泓缈、汪捷宇译，南京：南京大学出版社，2011年，第33页。
⑤ 孔帕尼翁：《理论的幽灵——文学与常识》，吴泓缈、汪捷宇译，南京：南京大学出版社，2011年，第33页。

握,在语言的转换中,经常被翻译者所忽视,或者因为具有很强的抗译性,而被"改造",被大而"化"之。更有甚者,以通顺、流畅为名,被随意改变。

三、"翻译腔"与"外语性"

论及文学翻译,我们会想到傅雷,想到朱生豪。作为 20 世纪最有代表性的两位文学翻译家,他们的翻译产生了重要的影响。傅雷对于文学翻译,有自己独立的思考。他特别关注原作的文字、结构、特性。在翻译中,他很清醒地认识到不同语言在各个层次上的差异:"两国文字词类的不同,句法构造的不同,文法与习惯的不同,修辞格律的不同,俗语的不同,即反映民族思想方式的不同,感觉深浅的不同,观点角度的不同,风俗传统信仰的不同,社会背景的不同,表现方法的不同。"[1]傅雷在这里连用了十一个"不同",仔细分析,我们可以看到,傅雷首先强调的是语言与文字的不同,具体表现在词类、句法、文法、修辞、俗语等五个方面,而正是基于这五个不同,又相应地出现了后面的六个不同。在他看来:"译本与原作,文字既不侔,规则又大异。各种文字各有特色,各有无可模仿的优点,各有无法补救的缺陷,同时又各有不能侵犯的戒律。像英、法,英、德那样接近的语言,尚且有许多难以互译的地方;中西文字的扞格远过于此,要求传神达意,铢两悉称,自非死抓字典,按照原文句法拼凑堆砌所能济事。"[2]翻译所要面对的就是不同,就是差异,翻译因"异"而起,也为"异"而生。作为译者,要尊重原文的戒律,要表现原文本的特质,更要传达吸收原文本中的优点,但同时也切不能破坏了本国文字的结构与特性。在文学翻译中,译者面临着两难的选择。为此,傅雷提出了一个"假定":"理想的译文仿佛是原作者的中文写作"[3]。这一假定的目的在于平衡原作文字与译作文字的关系,既可保存原文的特点、意义与精神,也可保证译文的流畅与风采。为此,有必要处理好"翻译腔"与"外语性"之间的关系。

关于"翻译腔",不少作家和翻译家已经有很多思考与讨论。余光中在《翻译与创作》一文中,用的是"译文体"一词,两者所指基本一致。在巴金的眼里,"翻译腔"是"把一篇漂亮的文章译成疙里疙瘩的念不懂的东西,有人甚至把外国文

---

① 傅雷:《〈高老头〉重译本序》,见罗新璋编《翻译论集》,北京:商务印书馆,1984 年,第 558 页。
② 傅雷:《〈高老头〉重译本序》,见罗新璋编《翻译论集》,北京:商务印书馆,1984 年,第 558 页。
③ 傅雷:《〈高老头〉重译本序》,见罗新璋编《翻译论集》,北京:商务印书馆,1984 年,第 558 页。

法原封不动地搬到译文里来,有人喜欢用'如此……以致……'一类从字典里搬来的字眼"[①]。在李健吾看来,"翻译腔"的表现之一,是"译文佶屈聱牙,未曾在再现上把握语言,仅仅从自己对原文的了解上,以一种字典似的精神译了下来"[②]。更为糟糕的情况,就是傅雷所说的"按照原文句法拼凑堆砌"。余光中指出:"这种译文体最大的毛病,是公式化,也就是说,这类译者相信,甲文字中的某字或某词,在乙文字中恒有天造地设恰巧等在那里的一个'全等语'。"[③]"翻译腔"的表现,远不止这些,需要我们辨识与避免。对于翻译腔,学界常有批评,如"过于欧化的句式","晦涩的表达"等等。一种译文,一旦被认定为"翻译腔",其译文的品质便打了折扣,一般都不受欢迎。按照傅雷对理想译文的假定,带着"翻译腔"的译文,一定不像是"中文"写作了。而"外语性",则与"翻译腔"不同。在《外语、异质与新生命的萌发——关于翻译对异质性的处理》一文中,我对何为"外语性"做了一点解释。著名哲学家德勒兹在《批评与临床》一书的题献中引用了普鲁斯特的一句话:"美好的书是用某种类似外语的语言写成的。"[④]读到这一句话,我脑中不禁涌出了一个疑问:"类似外语的语言",不就是我们翻译界所言的"翻译腔"吗?既然理想的译文仿佛是原作者用母语写的,那么好的创作为什么需要用一种类似外语的语言呢?带着这样的疑问,我细细阅读了德勒兹的有关论述:"正如普鲁斯特所言,作家在写作中创造了一种新的语言,从某种意义上类似一门外语的语言。它令新的语法或句法力量诞生。"[⑤]而这种在语言中勾勒出一种新的陌生的语言的力量,就是德勒兹所言的"生成"的力量,是"语言的生成-他者(devenir-autre)"[⑥]的力量。基于此,我认识到:"就《追忆似水年华》而言,我们发现作者的独特性首先表现在其对语言陌生性的追求中,这种语言的陌生性构成了所谓的'外语性',也就是我们所说的'异质性'。"由此,我想到了鲁迅的翻译观,他强调要直译,甚至呼吁支持"硬译",其最根本的原因有二:一是翻译担负起"帮助我们创造出新的中国的现代言语"的重大任务;二是针对当时"乱译"的风气,"宁信而不顺"。鲁迅的这一翻译原则,在某种意义上,就是为了从原

---

① 巴金:《一点感想》,见罗新璋编《翻译论集》,北京:商务印书馆,1984 年,第 550 页。

② 李健吾:《翻译笔谈》,见罗新璋编《翻译论集》,北京:商务印书馆,1984 年,第 555 页。

③ 余光中:《翻译和创作》,见罗新璋编《翻译论集》,北京:商务印书馆,1984 年,第 748 页。

④ 德勒兹:《批评与临床》,刘云虹、曹丹红译,南京:南京大学出版社,2012 年。

⑤ 德勒兹:《批评与临床》,刘云虹、曹丹红译,南京:南京大学出版社,2012 年,第 1 页。

⑥ 德勒兹:《批评与临床》,刘云虹、曹丹红译,南京:南京大学出版社,2012 年,第 10 页。

作的"外语性"中获得新的表达法,为语言创造拓展新的路径。从创造的角度看,我们注意到这种"外语性"具有两个很显著的现象:一是如德勒兹所言,"捍卫语言的唯一方式就是攻击它……每个作家必须创造属于自己的语言"①,为了创造,作家往往偏离语言规范,不断地超越语言的极限,一方面为具有约定俗成性的语言拓展新的空间,另一方面为具有个性的创作开拓新的可能。二是具有语言创造意识的作家往往追求语言的陌生性以及表达的创新,寻找新奇的比喻、从未有过的表达法、独特的叙述方式等,正是在对一种陌生的语言的追求与构建中,普鲁斯特拓展了语言的空间,赋予了法语表达的生成性,为法语表达开辟了新的可能性,在不断突破语言极限的努力中,实现了作家的创造价值。

然而在翻译实践或翻译评论中,译文的流畅,译文的"达",往往是一种评判标准。偏离语言规范的表达,则会被当作不通顺,为避免翻译腔而被遮蔽。对这种做法,我们的批评界似乎习以为常。对此,需要引起我们的警觉,不要把作家的创造当作译文流畅的牺牲品,把具有独特生命的原文处理为毫无个性、了无生气的文字。本雅明曾尖锐地指出:"翻译远远不是要成为两种无生命语言的无生气的综合体,而是和所有文学相关的东西,密切注视着原著语言的成熟过程和其自身语言降生的剧痛。"②对于"流畅"译文隐藏的危害,昆德拉有很深刻的体会,他在阅读了几部小说的法译本后,感觉到原作在词语、句式、叙事等多层面的创造被译文的"流畅"轻易抹去了。他意味深长地说:"我听到人们用同样一句话来赞扬一个译本:'这非常流畅。'或者还有:'就好像是一位法国作家写的。'可是海明威读起来像一位法国作家,那就糟了!他的风格在一位法国作家那里是不可想象的!我的意大利出版商罗伯特·卡拉索说:确定一个好译本,不是看它是否流畅。而是看译者是否有勇气保存并捍卫所有那些奇特而独创的语句。"③

按照上文我们对"翻译腔"与"外语性"的认识,我们可以认为,作为一个优秀的文学翻译家,应该识别并保存原文本的"外语性",也就是保存原文本的"特质",但要力戒"翻译腔"。但无论是在文学翻译的实践中,还是在对文学翻译的批评或评价中,我们发现对这两者的把握往往会出现偏差。

最为显著的表现,就是把"外语性"混同为"翻译腔"。无论是文学翻译实践还是翻译文学的接受,对于翻译腔的抗拒,如今成为一种普遍趋势。傅雷对于理

① 德勒兹:《批评与临床》,刘云虹、曹丹红译,南京:南京大学出版社,2012年,第11页。
② 本雅明:《本雅明:作品与画像》,孙冰编,上海:文汇出版社,1999年,第122页。
③ 昆德拉:《小说的艺术》,董强译,上海:上海译文出版社,2003年,第165—166页。

想译文的追求，在某种意义上已经成为文学翻译界的共识：翻译，仿佛是原作者用中文写作。罗新璋先生对傅雷的观点不仅认同，而且更进一步，明确地提出了文学翻译的三原则，其中最为根本的就是第一条："外译中，是将外语译成中文——纯粹之中文，而非外译'外'，译成外国中文。"[①]在罗新璋看来，文学翻译不仅仅是一般的中文写作，而且强调须用"纯粹的中文"。在文学翻译界，谈起理想的译文，我们都会想到傅雷。但是何为"纯粹的中文"？傅雷对此是有清醒的认识的："白话文跟外国语文，在丰富、变化上面差得太远。"[②]他明确指出："我们现在所用的，即是一种非南非北、亦南亦北的杂种语言。凡是南北语言中的特点统统要拿掉，所剩的仅仅是些轮廓，只能达意，不能传情。故生动、灵秀、隽永等等，一概谈不上。方言中最 colloquial 的成分是方言的生命与灵魂，用在译文中，正好把原文的地方性完全抹杀，把外国人变了中国人岂不笑话！"[③]傅雷的这些话，据考证应该是写于 1951 年。我们需要知道，那时的白话文，确实存在一些问题，需要不断建设，而借助外国文学优秀作品的翻译，是丰富白话文的途径之一。从白话文的历史与现状看，"纯粹的中文"至今也几乎是不存在的。何况翻译具有独特个性的外国文学名著，想要用"纯粹的中文"，不仅不可能，而且也有些理论上的不应该，因为这样去做，很有可能像傅雷所提醒的那样，"把原文的地方性完全抹杀，把外国人变了中国人"。再进一步说，对于外国文学作品中所具有的"外语性"，我们应该设法调遣创造力，尽可能将之表现出来，而不应该将其抹杀。但问题是，我们有时候很难分辨"外语性"和"翻译腔"。鲁迅的翻译就是一个很好的例证。为什么鲁迅要采取硬译的方法？他翻译的《死魂灵》为什么在许多人看来，"翻译腔"太重？对这两个问题的回答，需要了解鲁迅的翻译理念与立场。但同时也给我们分辨"翻译腔"与"外语性"提出了要求。

当下的文学翻译界，无论是评价中国文学外译，还是外国文学汉译，由于现代汉语的不断成长，不断丰富，翻译对于现代汉语的贡献似乎越来越少提及了，翻译之于语言创造的价值似乎也很少有人去追求了。再加上在接受的环节，读

---

① 罗新璋：《译书识语》，见司汤达《红与黑》，罗新璋译，北京：北京燕山出版社，2003 年，第 1 页。

② 傅雷：《致林以亮论翻译书》，见罗新璋编《翻译论集》，北京：商务印书馆，1984 年，第 546 页。

③ 傅雷：《致林以亮论翻译书》，见罗新璋编《翻译论集》，北京：商务印书馆，1984 年，第 547 页。

者至上的主张越来越有市场,所以翻译强调变通,追求译文流畅的风气越来越浓厚,对翻译的评判渐渐地摆向"归化""流畅"那一极了。在外国文学汉译中,凡与母语的习惯表达、习惯句式、习惯比喻有不合的地方,往往被视为"翻译腔"。而在中国文学的外译中,原文中一些独特的表达,一些带有个人印记的风格追求,也常有译者以读者接受,以译文的可读性的名义,加以"变通""删改",导致原作的独特性被抹杀。对此,有学者尖锐地指出:"在西方中心主义的观照之下,被译介的中国文学往往会被改写以适应西方本土的语言和话语方式,而自身固有的中国文化基因不得不被消解、同化。"①这一现象值得我们继续关注并思考。在中国文学外译的研究中,我们注意到很少有外国译者或者评论者就中国作家的文学特质对其国家的文学或语言发展所起的作用加以思考,也很少有学者对中国优秀作家的语言特色与价值做深入的研究和深刻的分析。在我们看来,一味地强调可接受性,轻易地采用所谓的归化"变通"手段,有可能导致翻译者放弃对原文特质加以深刻的理解与创造性传达,其直接结果,就是遮蔽、扼杀了原文的异质性,违背了翻译为异而生的本质使命。

文学翻译要力戒佶屈聱牙、不中不西、文法不通的"翻译腔",但要担负起传达差异、开拓语言空间、再现原作文学性、丰富文化的使命。在语言的层面,高植明确提出:"今天中国的翻译工作者,在工作过程中,单把一本外国书或一篇外国的文章译为中文,不过是尽了一方面的责任,他还有一个任务,就是充实和丰富中国语文的任务。"②要完成这一任务,翻译者应该在语文建设方面多些思考,在翻译中,像鲁迅那样,注意"吸收新表现法"。而"吸收新表现法就是吸收新的词汇,新的语法形式,新的语汇等等"③。当下的文学翻译研究,对这一任务似乎关注不多。从实际情况看,通过翻译吸收新词汇、新语汇,这样的努力比较明显。而在语法形式层面,尤其是句法层面,关注较少,而且尺度很难把握,原文的句式处理不当,弄不好会出现"翻译腔",比如鲁迅翻译的《死魂灵》,就遭到不少诟病。然而,我们注意到,很多优秀的外国作家,恰恰在句法的层面,充分地表现了其风

---

① 吴赟:《作者、译者与读者的视界融合》,见刘云虹主编《葛浩文翻译研究》,南京:南京大学出版社,2019年,第411页。

② 高植:《翻译在语文方面的任务》,见罗新璋编《翻译论集》,北京:商务印书馆,1984年,第532页。

③ 李石民:《关于翻译吸收新表现法等问题》,见罗新璋编《翻译论集》,北京:商务印书馆,1984年,第631页。

格、其个性、其"外语性"。普鲁斯特的长句创造,为意识流小说的写作拓展了多维度的可能性;海明威的小说句子短,简洁,构成了其独具个性的"哲理"底色;加缪小说中的句子具有"高妙的贫瘠性",句子与句子的关系,展现的是他眼中的世界万物之间的关系;杜拉斯的短句,与其对人生、对爱情的表达形成了深刻的互动关系。学者金雯特别关注过小说句式之于文学作品的重要性,她通过分析奥斯丁最后一部小说《劝导》中一个具有代表性的句式,指出奥斯丁的"巧妙之处在于将并列结构和从句结构融合起来,制造了许多念头蜂拥而至(并列),而思绪绵延不断,蜿蜒延伸(从句)的双重效果。这不仅是对英语小说句式的创新,也是对人物心理描写方式的创新"。而"通过句式分析,小说的语言突然有了质感,有了道理,也有了更深的美感。而我们对小说在形式和主题上的特色有更深的理解"①。句式的创新,丰富了作品的文学生命,拓展了文学创造的可能性,也为后来者提供了启迪。马尔克斯《百年孤独》的开篇一句,对中国当代文学的影响可以说是深刻而巨大的。一位翻译家,如果忽视了作家具有特质性的句式创造,那么在翻译中就不可能去再现,作家所追求的"外语性"自然会被抹杀。

从文学翻译的研究看,对词语、修辞、比喻、形象的关注比较多,而对句法、句式的转换研究不多。与此相反,哲学家如德勒兹,文学家如鲁迅,对句法或句式却予以特别的重视。由此我想到了傅雷说过的话:"在最大限度内我们是要保持原文句法的",因为"风格的传达,除了句法以外,就没有别的方法可以传达"。②一部文学作品,失却了风格,无异于断了生命。如果译者忽视了对句法、句式的关注,对其价值的判断、风格的传达就成了一句空话。李健吾曾就巴尔扎克的句式做了分析,并与英文的译本做了比较,指出:"巴尔扎克的庞大段落,在他是气魄,是气势,是酣畅,然而对一位生疏的读者,可能形成苦难。英文译者偶尔把它打散,改成若干较小的段落,并不值得采用。这样作法伤害巴尔扎克的真实。又如巴尔扎克的一贯作风,爱用前两章描绘环境,可能一下子吓倒没有耐心的读者。又如他的较长的句子,套来套去,可能就把粗心的读众套迷糊了。可是,在巴尔扎克,一切显出他的才情汪洋,千言万语,宛如怒涛奔腾,一放而出。"③李健

---

① 金雯:《被解释的美——英语的方法和趣味》,上海:华东师范大学出版社,2018 年,第 73 页。

② 傅雷:《致林以亮论翻译书》,见罗新璋编《翻译论集》,北京:商务印书馆,1984 年,第 548 页。

③ 李健吾:《翻译笔谈》,见罗新璋编《翻译论集》,北京:商务印书馆,1984 年,第 557 页。

吾对巴尔扎克的文学特质作了很好的揭示,巴尔扎克对环境的细致描绘体现了现实主义的特征,他的庞大的段落形成了他的文学叙述非同一般的气势,他的较长的句式更是显示出了他的"才情汪洋"。面对这样的巴尔扎克,是以读者为名,以接受国的接受习惯为理由,加以变通,如李健吾所说的英文译者那样,"把它打散"呢?还是应该把巴尔扎克的文学个性充分地传达出来?这是两种完全不同的翻译理念和翻译方法。李健吾在这段话中三次提到读者,前面都有一个限定语,分别是"生疏的""没有耐心的"和"粗心的"。对于这样的读者,译者不能随意变通,为了他们的接受而牺牲巴尔扎克独特的文学创作。李健吾提出,译者应该"详细介绍这位大小说家的独特风格和匠心所在,译文可读之外,译者还应为中国读者铺平道路,随时注意提拉一把"①。由此我联想到中国当代的一些作家,像莫言,他的喷涌而出的句子与叙事密不可分;像王蒙,他的长句和排比句形成了独特的风格;像余华,他对语言的操纵能力,对句式的冷静安排,直接导向生命的极限;像毕飞宇,他在书写《玉米》系列时以"简单""本色的语言",与大地的脉动呼应。对于这样的中国作家的文学追求和语言创造,作为翻译,切不能以读者、市场为名,随意删改;作为翻译研究者,也切不能以接受为名,为讨好没有耐心、粗心的读者,轻易变通,为抹杀原作的翻译行为寻找理论依据。

作为结语,还想再提一下马尔克斯《百年孤独》开篇的第一句:"许多年之后,面对行刑队,奥雷良诺·布恩地亚上校将会回想起,他父亲带他去见识冰块的那个遥远的下午。"②对这个句式,学界,包括普通的读者,有过很多分析与评价;中国当代不少文学名家也坦陈受到过深刻的影响;陈忠实、莫言等著名作家也借鉴、吸收过这一句式,为自己的创作拓展了新的可能。这个句式,不仅仅是语言层面的"时态"的创造性运用,更是叙事方式的创新,一个句子的翻译,能在中国文学界和普通读者中产生持续的影响,对翻译界而言,既是一种鼓励与肯定,更是一种提醒:文学翻译的语言问题,关乎作家的思维、作家审视世界的方式和作家的风格,需要我们加以重视,予以研究。

(作者单位:浙江大学)

---

① 李健吾:《翻译笔谈》,见罗新璋编《翻译论集》,北京:商务印书馆,1984 年,第 556—557 页。
② 加西亚·马尔克斯:《百年孤独》,黄锦炎、沈国正、陈泉译,上海:上海译文出版社,1989 年。现在网络上常有读者提及这第一句话,但引的是范晔的译文。应该说,作家们当初受到影响的,是黄锦炎等的译义。

中国文学外译批评的审美维度

刘云虹

引　言

在推动中外文明交流互鉴的时代语境中,中国文学外译受到前所未有的关注。各界围绕中国文学文化的对外译介与传播展开了广泛探讨,关注视角也呈现出多元化特征,包括文学外译历程梳理、译文与原文关系分析、翻译理念与基本问题反思、译介机制与接受效果考察等。就根本而言,其中大部分可归于批评范畴。近年来,随着中国文学外译批评的不断深入,学界关注并认识到中国文学,尤其是中国当代文学,总体译介效果不尽如人意的重要原因之一在于中国文学外译接受中的非文学倾向,以及由此导致的对中国文学文化的曲解、误读与功利性价值取向。基于此,学者和媒体纷纷发出声音,认为中国文学外译应注重文学性,强调中国文学的审美是文化交流与文学外译中的重要组成部分。一旦文学性被忽略,文学作品的根本价值便无从体现,中外文学文化交流的真正意义也就难以实现。针对这样的情况,有学者提出在译介过程中应破除一味迎合读者期待的市场化原则;有观点则认为应采用更有效的话语方式在海外媒体推介中国文学,积极引导海外读者关注并欣赏中国文学的文学特质;也有研究者倡议加强中国文学主动外译,通过中国文化机构组织的翻译活动,力求真实传播中国文学的丰富内涵。此外,就中国文学外译批评而言,一个不容忽视的方面就是要关注其审美维度,展开积极有效的审美批评,切实彰显批评对于文学译介的导向作用,从而推动中国文学带着其自身特质更好地走出去。目前批评界对此已有所关注,围绕风格再现从修辞、句法、词语的翻译等层面对译文与原文关系进行了有价值的分析。但具有明确的审美批评意识与整体性审美批评特征的中国文学外译批评仍有待进一步加强。立足这一认识,本文就中国文学外译审美批评的必要性、主体的审美批评意识以及中国文学外译审美批评的要点进行思考。

一、中国文学外译审美批评的必要性

文学接受是中国文学"走出去"进程中的重要环节,很大程度上决定着中国文学外译的效果。从其基本属性来看,文学接受首先是一种审美活动。因为,"文学作品作为一种特殊的精神文化形态和话语产品,其最基本的属性是审美的价值属性,文学的审美价值是文学艺术显著地区别于其他意识形态的特质之所在"①。实际上,审美需要和审美趣味的满足,正是读者阅读文学作品最基本也最常见的动机之一。同时,文学接受也具有认识属性,"表现为一种特殊的认识活动,即具有审美特性的审美认识活动",文学作品往往被喻为映照人生的"镜子"或探视社会的"窗口",原因就在于"文学作品通过生动的艺术形象,反映社会生活的各个方面,揭示自我人生的丰富本质,因而具有一种为读者提供认识社会生活、认识人类自身本质的价值属性"②。应该说,审美属性和认识属性是文学接受的多重文化属性中最为重要的两个方面,其中又以审美属性为根本,正是文学接受的审美价值"使文学接受的其他价值获得了独特的形式和载体"③。在这个意义上,正如许钧所言,"跨国的文学交流当然有增进认知的功能,但更重要的是审美期待的互换。剥离了文学性,实际上就等于背离了文学作品的根本价值。中国文学走出去,应当让海外读者在了解中国社会的同时,也学会欣赏中国文学的审美"④。

那么,中国文学外译接受中的实际情况如何呢?季进曾分析指出,20 世纪80 年代以来,中国当代文学的英译与传播呈现出三个方面的重要转变,第一个方面就是"从政治性向审美性的转变",此前"更多着眼政治意识形态的意涵,往往将当代文学作为了解中国社会、中国政治的社会学文献来阅读"的译介和接受发生了很大转变,"当代文学作品开始得到比较全面的译介,不再局限于作品的

---

① 童庆炳:《文学理论教程》,北京:高等教育出版社,2015 年,第 338 页。
② 童庆炳:《文学理论教程》,北京:高等教育出版社,2015 年,第 340—341 页。
③ 童庆炳:《文学理论教程》,北京:高等教育出版社,2015 年,第 340 页。
④ 钱好:《中国文学要带着"本土文学特质"飞扬海外》,《文汇报》2018 年 8 月 7 日。

意识形态意涵,而更多地从文学与审美的层面选择"①。法国哲学家、汉学家弗朗索瓦·于连(François Jullien)也有类似观察,认为80年代中期法国文学界对中国当代文学的认知与接受立场发生变化,出现了一种"新目光","人们通常把中国当代文学视为纯粹的文献。文学服务于历史(和历史学家):它阐明外国观察者无法直接理解的(中国有意无意向我们'隐藏的')东西;它用以测量这个大国的意识形态温度;它被当作证词、标记、指数或症候来阅读。而从今以后,我们也许应该开始从另一种角度来看待今天的中国文学:作为文学的角度"②。或许,这是一种相对乐观的观点,若整体考察中国文学外译与传播情况,不难发现中国文学外译接受中的非文学倾向仍较为明显。据学者就英国主流媒体对当代中国文学的评介与接受的分析,英国主流媒体对中国当代文学的接受与阐释中存在种种误解,"在评价时往往以政治批评代替审美批评,有明显的把读者往禁书上引、把文学往政治上引、把小说往现实上引的倾向"③。另有学者考察中国现当代文学在英语世界的译介现状,指出"对于贴上中国禁书标签的作品,英美出版商似乎情有独钟,而不管这类文学作品的质量如何"④,正是这种忽视文学价值的倾向导致英美译者对中国现当代文学作品的翻译选材在一定程度上失于片面,没有充分关注作品的文学内涵与艺术魅力。即便在文化开放性和包容性较强、译介中国文学作品数量相当可观的法国,对中国文学的接受也往往强调其认识社会的功能,而对作品的文学价值本身没有予以足够的重视。正如许钧所注意到的,"在法国主流社会对中国现当代文学的接受中,作品的非文学价值受重视的程度要大于其文学价值,中国文学对法国文学或其他西方文学目前很难产生文学意义上的影响"⑤。

这种非文学性的译介与接受倾向使得中国文学的根本价值难以得到真实呈现。且不论由此导致的种种标签化和猎奇式阅读心态给中国文学,尤其是中国当代文学的海外传播造成的严重障碍,即便中国文学得以在某种功利主义的目

---

① 季进:《作为世界文学的中国文学——以当代文学的英译与传播为例》,《中国比较文学》2014年第1期。

② N. Dutrait, "Traduire la littérature chinoise contemporaine au début du XXIe siècle, une question de choix", *La Traduction entre Orient et Occident: Modalités, difficultés et enjeux*, Paul Servais ed., Louvain-la-Neuve: Harmattan Academia, 2011, p. 83.

③ 陈大亮、许多:《英国主流媒体对当代中国文学的评价与接受》,《小说评论》2018年第4期。

④ 马会娟:《英语世界中国现当代文学翻译:现状与问题》,《中国翻译》2013年第1期。

⑤ 许钧:《我看法国现当代文学在法国的译介》,《中国外语》2013年第5期。

光中"走出去",这种基于非本质性、不平等对话的"走出去"也无益于中外文化之间形成真正的交流与互鉴。因此,面对当前中国文学外译接受中的非文学性倾向,为推动中国文学真正走向世界,以其真实的形象参与世界文学的建构,进而促进中外文化之间的平等对话与交流互鉴,学界应积极开展审美批评,从原文的审美把握、译文的审美再现与接受等多个层面充分展现作品的文学性,进一步凸显中国文学的根本价值与丰富内涵。

二、主体的审美批评意识

文学翻译是一个具有生成性本质特征的动态发展过程,对文学翻译的审美批评应贯穿于翻译的整个生成过程,包括翻译之"生"中译者对原文审美价值的把握与再现,也包括翻译之"成"中读者、批评者对译文审美价值及原文审美与译文审美关系的把握、接受和评价。我们知道,翻译不是对原文的描摹或复制,创造性是翻译活动的根本属性之一。作为翻译再创造过程中的能动主体,译者的价值取向对翻译结果具有决定性意义。正如伽达默尔所言,翻译"是一种突出重点的活动。谁要翻译,谁就必须进行这种突出重点活动。翻译者显然不可能对他本人还不清楚的东西予以保留"[①]。因此,在中国文学外译语境中,作品的文学性能否得到关注与接受,首先在于译者能否从审美维度认识原文的价值,换言之就是译者能否发现原文中蕴涵的美。

狄德罗曾提出"美在关系"的美学观点,认为美只存在于特定的关系中,也就是说美不是可以一劳永逸捕捉的自在之物,文学作品中可能存在的美只有与特定的审美主体相结合,才能获得意义,成为一种现实存在。翻译中的审美也同样是审美客体与审美主体深刻互动的结果,原文中的美只有被主体"审美地把握",才能激起人的审美感受,"而审美主体的审美感知、联想、想象、情感、意志等等心理因素必然因人而异,由这些因素组成的心理结构在进行审美判断时的运作过程、特色和成果也必然因人而异"[②]。此外,相比一般意义上的审美,翻译审美还要面临来自语言差异、文化隔阂和时空间距等方面的限制与困难。因此,在翻译审美中,译者必须要有高超的艺术修养,正如傅雷先生所言,"总之译事虽近舌

---

① 伽达默尔:《真理与方法》,洪汉鼎译,上海:上海译文出版社,1999年,第492—493页。
② 刘宓庆:《翻译美学导论(修订本)》,北京:中国对外翻译出版公司,2005年,第168页。

人，要以艺术修养为根本：无敏感之心灵，无热烈之同情，无适当之鉴赏能力，无相当之社会经验，无充分之常识（即所谓杂学），势难彻底理解原作，即或理解，亦未必能深彻领悟"①。除了艺术修养，翻译审美更不可或缺的是译者的主观能动性，即一种主体的审美自觉。高超的文学艺术修养固然是感受美、领悟美的基本条件，但这"最终属于一种客观的条件"②，而精神领域的活动，尤其是审美这种复杂的精神活动，则在更大程度上依赖并取决于审美主体的主观姿态。若缺少必要的审美自觉与审美追求，客观条件再好，也无法保证取得令人满意的结果。在这方面，傅雷先生堪称典范，"任何作品，不精读四、五遍决不动笔，是为译事基本法门。第一要求将原作（连同思想，感情，气氛，情调等等）化为我有，方能谈到移译"③。正因为他具有"热情、认真、执着的主观姿态与精神品格"④，才能"深彻领悟"原作的文学内涵，才能与原作者发生心灵深处的共鸣，也才能深刻把握原作的审美价值。

实际上，翻译活动在很大程度上具有批评的性质，中外不少学者都对此有所关注，如斯坦纳说过，"某些翻译就是批评性阐释的杰作，其中分析的智慧、历史的想象以及对语言完全的驾驭构成了一种批评性的评价，这种评价同时也是一种非常合理而清晰的阐述"⑤。因此，从翻译的本质属性和批评性特征来看，把握原作的美是文学翻译审美批评的第一步，而第二步就是传达和再现原作的美。在《文学翻译批评研究》一书中，许钧就翻译的审美层次进行了深入分析，认为在探讨如何传达原作的美之前，"首先应该回答能否传达的问题"，并指出"不同语言的审美特征的共性是感受、传达原作美的基础；而它们之间的差异性则构成了传达原作美的障碍"⑥。在他看来，对原作之美的传达主要受到三方面因素的制约与影响："首先是人们审美关系上存在的差异。必须看到，人们的审美关系在横向与纵向两个方面都存在着差异，横向表现在民族、国度、地域、阶级、阶层甚

① 傅雷：《论文学翻译书》，见罗新璋、陈应年主编《翻译论集（修订本）》，北京：商务印书馆，2009 年，第 773 页。

② 许钧、宋学智、胡安江：《傅雷翻译研究》，南京：译林出版社，2016 年，第 170 页。

③ 傅雷：《论文学翻译书》，见罗新璋、陈应年主编《翻译论集（修订本）》，北京：商务印书馆，2009 年，第 773 页。

④ 许钧、宋学智、胡安江：《傅雷翻译研究》，南京：译林出版社，2016 年，第 170 页。

⑤ G. Steiner, *Après Babel: Une poétique du dire et de la traduction*. Lucienne Lotringer (trans.). Paris: Editions Albin Michel, 1978, p.376.

⑥ 许钧：《文学翻译批评研究》，南京：译林出版社，2012 年，第 9 页。

至个人之间的不同,纵向表现在时间,即不同历史时期的审美对象的差异。其次是作品的美学特性往往以诱发方式来激发译者(即欣赏者)的美感,这种诱发所引起的想象与联想经常因人而异。再次就是文学作品的美要通过语言来表现,而不同语言的表美手段存在实际差异。"①在《翻译美学导论》一书中,刘宓庆也细致探讨了翻译审美再现中的种种限制,认为主要包括原语形式美可译性限度、原语非形式美可译性限度、双语的文化差异与艺术鉴赏的时空差四个方面。同时,他特别强调翻译出发语和目的语之间存在的语义、语法、表达法、思维层面的差异使得通过双语转换再现原文之美具有特别的困难,需要"一代一代的人倾其才情、竭其心志地探索以求"②。可见,在翻译中传达与再现原文的美是一项高难度的工作,应对困难不仅需要译者运用适当的策略与方法,更需要译者具有高度的自觉意识,充分发挥其主观能动性,以孜孜不倦的审美追求跨越翻译的重重障碍,在"不可能"中不断寻求突破,唯有如此才可能将原文之美转化为译文之美。这也是翻译自觉的一个重要方面。

中国文学外译的审美批评不仅应体现在译本诞生的过程中,同时也要体现在对翻译的阐释与评价中。针对中国当代文学在海外接受中文学价值被忽视的问题,有学者提出应通过有效的话语方式推介中国当代文学,提高中国当代文学在海外的文学地位,而关键在于"如何文学地评介中国当代文学的文学价值,如何阐释中国当代文学的'中国经验'的本土性与世界性,如何认识中国当代文学中本土性与世界性相辅相成、共生融通的关系"③。"文学外评是文明交流互鉴的重要途径,中国文学外评要以'平等互鉴'为前提"④。针对西方读者对中国文学的接受中存在的误解或偏见,通过审美性的解读,揭示中国文学的文学特质与价值,建构中国文学的真实形象,进而推动中国文学以文学应有的姿态走向世界,这正是中国文学外译审美批评的重要方面,学界应予以充分关注。但我们也看到,在中国文学外译的语境中,文学推介的根本目的并不是文学阐释或文学评价本身,而在于引导海外读者走向文本,走向蕴含着中国独特的文化与风情的中

---

① 许钧:《文学翻译批评研究》,南京:译林出版社,2012年,第9—10页。
② 刘宓庆:《翻译美学导论(修订本)》,北京:中国对外翻译出版公司,2005年,第173—177页。
③ 查明建、吴梦宇:《文学性与世界性:中国当代文学海外译介的着力点》,《外语研究》2019年第3期。
④ 张丹丹:《中国文学外译·困境与出路》,《西安外国语大学学报》2020年第1期。

国文学作品。在这个意义上,译本能否尽可能原汁原味地再现中国文学的魅力,可以说是中国文学外译评价中必须深度关切的问题,也是开展中国文学外译审美批评的必要性所在。

尽管近年来翻译批评研究较多关注语言、文化、历史、伦理等方面,对翻译审美批评的集中探讨并不充分,但在翻译批评实践中,尤其在对外国作品汉译的评价中实际上已有相当深入的审美批评,如《文学翻译研究批评》中就《追忆似水年华》的长句处理、隐喻再现、风格传达等内容的探讨,又如《傅雷翻译研究》中对傅雷翻译风格的整体把握与细致分析等。反观中国文学外译的相关批评,批评界就整体而言缺乏必要的审美批评意识,从审美维度展开的讨论与评价还比较少见,且主要体现在相对更深入、更成熟的批评实践领域,如针对莫言作品译介和葛浩文翻译的批评性研究中。在这一方面,我们看到,有学者就莫言小说中意象话语的英译进行探讨,考察葛浩文对意象的处理方式,认为"对照分析葛译莫言小说中的意象话语,可以发现很多文化个性较强的意象话语都得到了保留,增强了译文本身的文学性"[1];有学者探析叙事模式在《生死疲劳》英译本中的转变,"通过对比中文源文本与目标文本在叙事层次上的差异,考察叙事角度的转换对译作的影响以及对中国文学在域外接受所起的作用"[2];有学者通过梳理《丰乳肥臀》中的乳房隐喻和动物隐喻,分析葛浩文对原作隐喻性表达的处理方式,指出"葛氏的处理既保证了原文主题的呈现,又确保了译文在目标语读者心目中的接受程度,可以说在最大程度上做到了忠实于原作"[3];也有学者细致考察《红高粱家族》中说唱唱词的翻译,分析葛浩文对删减、意译、改写和直译方法的灵活运用并进行相关评价,如认为葛浩文通过意译方法"将中文方言、口语以及习语这些阻碍目标语读者理解的元素转化为地道、平易近人的英语,从而增加了译本的可读性"[4],直译则"既还原了莫言的语言风格、修辞手法,又给译文增添了几分

---

① 冯全功:《葛浩文翻译策略的历时演变研究——基于莫言小说中意象话语的英译分析》,见刘云虹主编《葛浩文翻译研究》,南京:南京大学出版社,2019年,第341页。

② 邵璐:《翻译中的"叙事世界"——析莫言〈生死疲劳〉葛浩文英译本》,见刘云虹主编《葛浩文翻译研究》,南京:南京大学出版社,2019年,第364页。

③ 梁晓晖:《〈丰乳肥臀〉中主题意象的翻译——论葛浩文对概念隐喻的英译》,见刘云虹主编《葛浩文翻译研究》,南京:南京大学出版社,2019年,第395页。

④ 黄勤、范千千:《葛浩文〈红高粱家族〉英译本中说唱唱词之翻译分析》,见刘云虹主编《葛浩文翻译研究》,南京:南京大学出版社,2019年,第511页。

异域色彩"①。如果说,中国文学外译审美批评至少意味着整体性把握作品的文学性与作家的独特风格,意味着以明确的审美价值导向探析翻译从生产到接受的整体生成性过程,那么真正从审美维度展开的中国文学外译批评仍明显不足。总体来看,目前已有的从审美维度对中国文学外译展开的批评中仍存在两个较为突出的问题:一是对翻译审美问题的考察在一定程度上附属于或服务于对翻译策略与方法的讨论;二是对翻译审美问题的考察往往聚焦于译文在目的语语境中的可接受性,突出中国文学的丰富内涵与独特魅力的价值导向不明确。可以说,这两点实际上正是批评主体的审美批评意识不强所导致的。因此,开展中国文学外译的审美性批评,批评界首先要树立明确的审美批评意识,进而以充分的审美批评自觉,立足翻译文本以及翻译的生产与接受过程,发挥应有的阐释、评价与引导作用。

三、中国文学外译审美批评的若干要点

就总体而言,翻译批评应充分认识翻译活动的本质特征与内在规律,遵循翻译文本分析与翻译过程考察结合、局部的微观检视与整体的宏观评价并重的原则,同时体现出较强的针对性与导向性,避免泛泛而谈或缺少明确合理的价值观。针对中国文学外译展开评价,除了遵循这一总体原则之外,尤其需要重视并深刻把握文学作为一种语言艺术的根本审美属性,进而考察、探讨将文学审美转化为翻译审美的效果与可能性。我们注意到,在中国文学的外译中,文学的审美维度一定程度上被忽视,某些以读者接受为考量的翻译策略与翻译倾向甚至可以说与文学的审美特性相悖。对此,批评界应着重从以下几方面予以特别关注。

1. 明晰化翻译倾向与文学的含混性

在中国文学外译活动中,往往有一种明晰化翻译倾向。译者以易于读者理解与接受为首要目标,对文学文本中带有审美特质的表达进行简单化、解释性的处理,具体可表现为:(1) 把原文的多义性词语变为单义性词语,或采用解释性语言把原文中"折叠"的意义展开;(2) 把具有丰富想象空间的含蓄表达化为指

---

① 黄勤、范千千:《葛浩文〈红高粱家族〉英译本中说唱唱词之翻译分析》,见刘云虹主编《葛浩文翻译研究》,南京:南京大学出版社,2019 年,第 516 页。

向单一且明确的形式;(3)把具有深刻含义的隐喻性表达处理为浅显易懂的叙述性表达,等等。概括来看,明晰化的翻译方法力图将作用于读者审美体验的含混性文学表达变得明确、清晰、易懂,从而方便读者的认知与接受。我们知道,含混性正是文学审美的根本属性之一,违背文学的含混性也就意味着与再现作品艺术风格、彰显作品文学魅力这一文学翻译的追求相背离。

文学是一种具有审美属性的语言艺术,"是特定社会语境中人与人之间从事沟通的话语行为或话语实践"①,并且文学话语有"蕴藉"的特点,不同于科学、哲学、政治等其他话语。据童庆炳所说,话语蕴藉这一概念"是将现代'话语'概念与我国古典文论术语'蕴藉'相融合的结果",指的是"文学活动的蕴藉深厚而又余味深长的语言与意义状况,表明文学作为社会话语实践蕴含着丰富的意义生成可能性"。②也就是说,无论是文学活动,还是作为文学创作产物的文本,其意义生成与阐释是多元的。中国古典文论主张立足生命体验,通过"以意逆志"的审美方法与文本进行心灵对话,以领悟文字背后隐藏的曲折意味,这正是因为文学作品往往追求"言简意深"或"意在言外",在看似确定的话语中隐含不确定的多重含义,或在有限的话语中蕴藏无限的意义可能。在现代文学批评的视野中,含混性或多义性同样是一个核心概念。英美新批评派代表人物之一燕卜荪认为文学作品的词语和形象普遍具有多重性,这种"朦胧"(ambiguity)构成文学的本质特征。在他看来,"一个词语可能有几个不同的意义,它们互相联系,互相补充,不可截然分割开来:这几种意义也可能结合起来,使这个词意指一种关系或一种过程",而"朦胧"一词本身"可以指你自己的未曾确定的意思,可以是一个词表示几种事物的意图,可以是一种这种东西或那种东西或两者同时被意指的可能性,或是一个陈述有几重含义"③。在解构主义视域下,能指与所指的一一对应关系被彻底打破,表示"意义"的所指始终处于一种不稳定状态,无法自在也不能指涉自身,只有通过系统中的种种差别而存在。德里达指出,"所指概念决不会自我出场,决不会在一个充分的自我指涉的在场中出场,从本质和规律上来说,每个概念都刻写在链条和系统内。其中,概念通过系统的差异嬉戏,指涉他者,指涉其他概念。这样一种嬉戏,延异,因此就不再简单地是一种概念,而是概

---

① 童庆炳:《文学理论教程》,北京:高等教育出版社,2015年,第77页。
② 童庆炳:《文学理论教程》,北京:高等教育出版社,2015年,第80—81页。
③ 燕卜荪:《朦胧的七种类型》,周邦宪、王作虹、邓鹏译,杭州:中国美术学院出版社,1996年,第7页。

念化的可能性,是一般的概念过程和系统的可能性"①。这就意味着,意义从来不是稳定的,也不是自行在场的,而是经由差异运动永恒地处于时间上的"延异"和空间上的"播撒"之中,文本向阅读者提供的从来不是某种确定的、唯一的意义。现代阐释学认为,文本意义不可能是一种固定不变的客观存在,无法被一劳永逸地完整获得,伽达默尔强调存在一种"语词的辩证法,它给每一个语词都配列了一种内在的多重性范围:每一个语词都像从一个中心进出并同整体相关联,而只有通过这种关联语词才成其为语词。每一个语词都使它所附属的语言整体发出共鸣,并让作为它基础的世界观整体显现出来。因此,每一个语词作为当下发生的事件都在自身中带有未说出的成分,语词则同这种未说出的成分具有答复和暗示的关系"②。于是,在伽达默尔看来,文本属于"一种意义域"③,每个阅读文本的人都将参与这个意义域,并在其中面向意义的展开与解释的无限可能。

由于文学的含混性与文本意义的开放性,在文学翻译中,译者必然面对如何处理一词多义、语义含混、言外之意等复杂情况的难题。如果出于某种翻译心理,译者倾向于将词语或意义明晰化,那么从翻译审美角度来看,这无疑是对原作风格的背叛与损害,甚至在更深层次上与译者有意识或无意识的审美麻木或审美误判相关联,因为在翻译活动中方法从来都不是纯粹技术性的,而在很大程度上取决于某种观念与认识。就文学接受而言,这种明晰化翻译倾向将作品可能存在的多重"读法"局限于一种"读法",看似使作品更为清晰而易于理解,实际上不仅对读者在阅读中的想象与理解空间造成限制,也很可能把原作深长的意味变得浅薄,甚至导致伟大作品的平庸化。作为带着特殊任务的读者和批评者,译者在翻译理解与表达的过程中应以充分的自觉意识,积极"抵抗任何把作品简化成可确定的意义的做法"④,从而促使作品在其"无限渐进的动向"里绽放灿烂的生命之光。对此,批评界应在充分关注的基础上,从审美批评的维度进行必要的探讨与引导。

2. 归化翻译策略与陌生化

考察当前中国文学外译实践,不难发现一个颇具代表性的观点,即以海外读

---

① 德里达:《延异》,汪民安译,《外国文学》2000 年第 1 期。
② 伽达默尔:《真理与方法》,洪汉鼎译,上海:上海译文出版社,1999 年,第 585 页。
③ 伽达默尔:《真理与方法》,洪汉鼎译,上海:上海译文出版社,1999 年,第 501 页。
④ 贝勒尔:《德国浪漫主义文学理论》,李棠佳 穆雷译,南京:南京大学出版社,2017 年,第 150 页。

者接受为导向来决定文学译介中拟译文本的选择与翻译策略的运用。就后者而言，归化翻译策略往往成为读者接受导向下更受青睐的一种翻译策略，甚至以考虑西方读者的阅读期待与接受习惯的名义，"'翻译可以只考虑海外受众而不必重视原文'的论调成为翻译界的主流"①。在各种归化式删改中，调整原作的结构是一种比较典型的做法。如刘震云《手机》的英译中，原作开篇对历史的回忆被认为很难吸引美国读者，于是译作的开头变为小说第二章中讲述现在故事的内容。尽管译者认为"没有把书改坏"②，作者本人也对这一调整表示认可，但我们仍不免有所疑虑：改变小说叙事结构，尤其是开头或结尾这样具有举足轻重意义的布局，把陌生的对象熟悉化，把对艺术技巧和形式的接受易化，如此处理是否有违作者的创作意图？是否有悖于翻译在保留差异的基础上再现原作的独特审美价值这一本质追求？

就审美维度而言，除含混性之外，文学的另一个重要特征在于文学创作的陌生化艺术手法。"陌生化"是俄国形式主义的核心概念，具有"使之陌生、奇特、不同寻常"③等含义。"陌生化"概念的提出与俄国形式主义者对文学性的关注息息相关，雅各布森指出，"文学科学的对象不是文学，而是文学性，即使一部既定的作品成其为文学的东西"④。在俄国形式主义者看来，无论从作者心灵、现实生活，还是文学经验、文学题材中都无法找寻文学性，文学与非文学的本质区别在于表现形式，因此文学的本质特性只能从作品本身发掘。什克洛夫斯基主张"艺术是一种设计"，认为"艺术存在的目的，在于使人恢复对生活的感受；它的存在，在于使人感知事物，在于使石头显示出石头的质感。艺术的目的，在于让人感知这些事物，而不在于指导这些事物。艺术的技巧使对象变得'陌生'，使形式变得困难，增加感觉的难度和长度，因为知觉过程自身就是审美目的，必须予以延长"⑤。这种指向感觉的艺术设计就是"陌生化"，其目的在于"阻断常规语言与社会传统的交流方式，迫使读者以新颖的、批判的眼光看待对象，使读者更持久、更诗意地把握世界"，也在于"将感受者的注意力引向艺术形式自身，而摒弃

---

① 邵岭：《当代小说，亟待摆脱"被翻译焦虑"》，《文汇报》2014 年 7 月 14 日。

② 谢勇强：《葛浩文：我翻译作品先问有没有市场》，见刘云虹主编《葛浩文翻译研究》，南京：南京大学出版社，2019 年，第 648 页。

③ 郑海凌：《"陌生化"与文学翻译》，《中国俄语教学》2003 年第 2 期。

④ 金元浦：《接受反应文论》，济南：山东教育出版社，2001 年，第 80 页。

⑤ 金元浦：《接受反应文论》，济南：山东教育出版社，2001 年，第 83 页。

社会的、心理的、政治的派生物对读者的影响"①。什克洛夫斯基曾说,"诗歌语言是变了形的语言",诗歌语言之所以区别于日常实用语言,不仅因为它包含新颖的词汇或句法,也因为它将韵律等形式手段运用于普通词语,从而构成一种独特的表达。

陌生化是文学审美的一种根本诉求,因而也就是文学翻译要特别予以关注的方面。无论是结构调整,还是遣词造句上的改变,译者采用归化翻译策略的一个直接目标就在于使译文产生透明流畅的阅读感受,从而消解翻译作品可能给目的语读者带来的疏离感。实际上,所谓方便读者阅读、易于读者接受的种种翻译倾向,无异于对读者的某种"诱"骗。施莱格尔说,"每打开一本书就是一个新的场景和一个新的世界"②,打开一本外国文学的译作更意味着对异域文化与风情的渴望,恐怕不会有读者在主观上期待一个变形走样的场景、一个被改头换面的世界。因此,译者在翻译过程中应充分发挥主体的审美意识,重视原作的写作手法、叙事方式、语言、结构、意象、修辞、文体等内部构成与形式,力求最大限度地实现从原文审美向译文审美的转化,从而使译文读者能够在新颖的审美体验中感受文学的魅力。同样,在中国文学外译批评中,可读性不应成为评价翻译活动、引导翻译行为的唯一价值导向,正如昆德拉在《小说的艺术》中所论及的那样,"译者是否有勇气保存并捍卫所有那些奇特而独创的语句"③,也就是说译者是否有勇气捍卫原作对陌生化、对作品赖以存在的生命特质的追求,这一点有必要得到批评界的进一步重视。当然,由于翻译活动的复杂性与阶段性特征,当前的中国文学外译批评仍要切实关注文学翻译场域中的各方面因素,深入探讨文学再创造的"度"的问题,力求在再现原文的语言文化异质性与译文的可接受性之间更为理性地建立一种平衡。

3. 局部"变通"与整体审美把握

在《被背叛的遗嘱》中,昆德拉曾就卡夫卡的《城堡》中一段描述文字的法译进行分析,他发现译者倾向于在翻译中丰富卡夫卡所使用的"最最简单、最最基本的动词",甚至"总是想尽一切办法找一个他们认为不那么平凡的词来代替它

---

① 金元浦:《接受反应文论》,济南:山东教育出版社,2001年,第85页。
② 贝勒尔:《德国浪漫主义文学理论》,李棠佳、穆雷译,南京:南京大学出版社,2017年,第156页。
③ 昆德拉:《小说的艺术》,董强译,上海:上海译文出版社,2004年,第166页。

们",于是"有"变为"不停地感受到"或"重新找到","是"变为"深入""推进""走路"等等①。这一观察揭示出文学翻译中一个不可忽视的现象,即译者在某种主体性的驱使下通过局部处理,自动减少原文中词语的重复。在中国文学外译中,类似的局部"变通"倾向同样存在,可能涉及词语、结构、形象等多个方面,值得注意的是,这种变通往往并非出于语言、文化差异所带来的限制,也不是以原作风格的再现为目标,而是为实现使译文更美或更具可读性的意图。孤立来看,这样的局部处理似乎行得通,但如果就作品的整体风格或整体审美效果而言,局部的调整却不免会产生负面影响。

我们知道,整体性是文学作品的重要美学原则,亚里士多德在《诗学》中就明确提出,"一个活的东西,以及由部分组成的每一个整体,若是美的,就不仅要呈现其各个部分的有序的排列,而且还要有一定明确的长度"②。柯勒律治认为,"诗的特点在于向自身提供源自整体的快感,同时又与源自各个组成部分的独特满足相协调"③。在英美新批评那里,诗被比作"一株植物",诗的各部分也如植物的各部分一样服务于整体,共同构成其生机勃勃的生命存在。也就是说,具有审美价值的文学作品是一个有机整体,各部分之间绝非机械的堆砌,而是表现为一种紧密结合、和谐共生的相互关系。施莱格尔在提到小说中每一个独立部分与整体的关系时,则强调一种辩证的审美目光,"每个独立章节各异的性格应该能够充分地解释整体的条理。但当从部分适当地渐进至整体时,观察和分析一定不能迷失于过于微小的细节中"④。米勒在《解读叙事》里指出,"无论是在叙事作品和生活中,还是在词语中,意义都取决于连贯性,取决于由一连串同质成分组成的一根完整无缺的线条"⑤。应该说,文学作品的审美,无论叙事结构的安排、人物形象的塑造,或作品节奏的建立、遣词造句的选择等,都需要从整体予以把握,唯有整体性的审美才能把握文本的意义之链,才能充分感受文本作为生命有机整体的内在活力。如在叙事层面,完整而构思精巧的结构对作品审美价

---

① 昆德拉:《被背叛的遗嘱》,余中先译,上海:上海译文出版社,2003 年,第 113—114 页。
② 亚里士多德:《诗学》,见拉曼·塞尔登编《文学批评理论——从柏拉图到现在》,刘象愚、陈永国等译,北京:北京大学出版社,2000 年,第 287 页。
③ 柯勒律治:《文学传记》,见拉曼·塞尔登编《文学批评理论——从柏拉图到现在》,刘象愚、陈永国等译,北京:北京大学出版社,2000 年,第 289 页。
④ 贝勒尔:《德国浪漫主义文学理论》,李棠佳、穆雷译,南京:南京大学出版社,2017 年,第 156 页。
⑤ 米勒:《解读叙事》,申丹译,北京:北京大学出版社,2002 年,第 59 页。

值的形成有重要意义。亚里士多德①曾就恰当的情节"结构"做出规定:"悲剧是对自身完整、具有一定长度的行动的模仿[……]。所谓一个整体就是有开头、中间和结尾。开头是指必然不是上承其他事情,而自然会有其他事情续接其后的事;结尾指的自然是发生在某事之后,作为该事的必然或常规结果,而以后再无其他事发生的事;中间从性质上说是指承前启后之事。因此,一个布局得当的情节是不能随意开头和结尾的,而必须遵照刚刚描述的方式。"昆德拉认为,小说是关联、融合、紧密的整体,"一部作品中的所有时间、所有片段都有一种同等的美学价值"②,因此"为创造结构中真正的统一性,这种结构就必须是无法分割的"③。又如在词汇层面,词汇丰富本身并不具有价值,重复也绝不意味着表达的贫乏或无趣,反而极有可能在语义、逻辑、节奏等层面具有重要意义,通过词语重复,作者在他的作品中引入具有观念特征的关键词并由此展开思索,抑或词的重复与作品的旋律联系在一起,成为构建作品旋律美的一种方法。在昆德拉看来,卡夫卡作品中的词汇相对有限恰恰"表明了卡夫卡的美学意图,是他散文的美的区别特征之一"④,《城堡》中"多次的重复减慢了旋律的速度,赋予句子以一种忧伤的韵律"⑤。

文学翻译中的审美同样应注重对原作之美的整体感知与把握,不能孤立看待某些局部的所谓平庸或奇特,以至于有损从作品整体审美价值出发实现对原文的意义传达与风格再现。作为文学译介的主体,译者在翻译过程中一方面要灵活运用"去字桎、重组句、建空间"⑥的方法,避免对原文生搬硬套式的机械转换,而在字句章有机统一的基础上进行必要的翻译再创造;另一方面须有意识地体会作者在艺术创作中的匠心独运、捕捉局部乃至细微处所蕴含的构建作品整体审美价值的特别意义,特别注意避免以局部的"变通"损害译文对原文的整体审美重构。

文学译介的审美批评也要处理好局部与整体的关系,既有对遣词造句的微

---

① 亚里士多德:《诗学》,见拉曼·塞尔登编《文学批评理论——从柏拉图到现在》,刘象愚、陈永国等译,北京:北京大学出版社,2000年,第287页。

② 昆德拉:《被背叛的遗嘱》,余中先译,上海:上海译文出版社,2003年,第166页。

③ J.-D. Brierre, *Milan Kundera: Une vie d'écrivain*. Paris: Editions Ecriture, 2019, p. 220.

④ 昆德拉:《被背叛的遗嘱》,余中先译,上海:上海译文出版社,2003年,第114页。

⑤ 昆德拉:《被背叛的遗嘱》,余中先译,上海:上海译文出版社,2003年,第118页。

⑥ 许钧:《翻译论》,南京:译林出版社,2014年,第132—134页。

观剖析,也有对篇章结构的宏观考察,同时更重要的是始终把译文作为一个整体对待,警惕就局部处理论得失的倾向,从整体与部分相互依存、相互制约的张力中评价翻译的审美再现。译文应与原文一样具有文本的内在生命力,呈现出统一的节奏、连贯的风格与和谐的体系,即成为真正意义上的作品。在中国文学外译批评视野下,把握文学作品与审美批评的整体性原则,有利于引导译者在翻译过程中自觉追求完成真正的文学作品、再现原文的魅力,从而为海外读者提供尽可能原汁原味的文学审美体验,为中国文学在异域的真正文学性接受创造条件。

四、结语

中外文化的交流互鉴是中国文学对外译介与传播的根本目标。在目前中西方文学文化交流不平衡、对中国文学的功利性误读与曲解仍明显存在的背景下,如何促使文学回归文学,如何推动中国文学更真实、更有效地走向世界,理应成为译学界尤其是翻译批评界深切关注的现实问题。阿诺德认为,"批评的任务仅仅就是彻底地认识世界上人们所知所想的最好的东西,并让世人知晓,从而形成真实而有新意的思想的潮流。"①如果说文学批评的根本在于对"真"与"美"的追寻,文学翻译批评也同样如此。进一步认识中国文学外译审美批评的必要性并切实展开相关批评实践,通过对原文和译文审美价值的揭示、阐释与评价,有意识地引导译者把握并传达作品的文学特质,引导读者感知作品的文学魅力,将有助于中国文学以更"文学"的姿态同世界展开对话,为中外文化在真正的平等交流中实现自我丰富与共同发展提供新的可能。

(作者单位:南京大学)

---

① 阿诺德:《当代批评的功能》,见拉曼·塞尔登编《文学批评理论——从柏拉图到现在》,刘象愚、陈永国等译,北京:北京大学出版社,2000年,第536页。

国际中文教育学科化的问题，以法国为例
——白乐桑教授访谈

Joël Bellassen　高亦霏

引　言

白乐桑（Joël Bellassen），巴黎东方语言文化大学教授，全欧首位汉语教学法博士生导师，首任法国国民教育部汉语总督学，世界汉语教学学会副会长，欧洲汉语教学协会会长，法国汉语教师协会的创始人及首任会长，兼任北京大学、北京师范大学、北京第二外国语学院、南开大学、武汉大学等中国高校客座教授。

在《法国汉语教育研究》《跨文化汉语教育学》《滚雪球学汉语》《中国语言文字启蒙》等发表学术文章 90 余篇，出版著作 40 部。他从事汉语教学、汉语教学法和教师培训工作几十年。他的研究和出版的专著及发表的论文涉及发表的中国语言文字文化教育、教师培训、法国及中国的语言政策、汉语教育史及跨文化交际等领域。

1. 法国汉语教学本土化发展

高亦霏（以下简称高）：白老师您好！法国汉学领跑欧洲，您长期担任法国国民教育部汉语总督学、欧洲汉语教学协会会长，见证了法国汉学从对古典文化的兴趣研究到汉语全面纳入法国国民教育体系的整个过程，请问这对于您而言是一种怎样的体验？法国汉语教学本土化发展对欧洲其他国家的汉语本土化教学是否有借鉴意义？

白乐桑（以下简称白）：法国汉语教育和汉学研究方面的最大特征就是历史悠久。自 19 世纪初（1814 年）法兰西公学院作为官方教学机构开设了"汉语与

鞑靼-满文语言文学教授席位"至今，法国教授汉语的历史可能是西方国家中最长的。其次，汉语无论是在高等教育还是中等教育的普及程度上，法国可能比任何其他西方国家都要高。然而法国汉语教育最关键、最彻底的变革，在于中小学阶段教育，而不是在于高等教育。不可否认的是，最近几十年在法国高等教育中，本科中文系专业或者非专业的汉语课程设置越来越多，但这不是汉语教育最彻底的变革，最彻底的变革在于汉语纳入了中小学的课程体系。法国是世界范围内第一个让汉语纳入高考的国家，这是 1968 年的事，也是全球最早的，第一个制定出严格意义上的汉语教学大纲的国家。汉语教学大纲的制定和教学目标的设计，对于汉语作为第二语言教学的学科化建设与发展有着里程碑式的意义。

法国汉语作为第二语言教学学科化发展经过了以下阶段：60 年代汉语纳入高考科目，逐渐有几所、几十所中学陆续开设了汉语课程，作为正规的外语课程；70、80、90 年代，法国教育部逐步公布了一些不全面的纲领性文件；自 21 世纪开始，2002 年发布了全面的汉语教学大纲，2006 年教育部做了一个意义重大的决策——创设了"汉语总督学"一职，也就是专职的汉语总督学，这可能是史无前例的制度创新。值得一提的是，这段时期也全面地开展了一些由法国教育部组织的汉语教师师资培训（师资培训受教育部管辖，由每个学区进行年度规划，每个中学汉语老师每年有权报名参加一次师资培训）。

另外，自 60 年代起，法国教育部举办了原为每两年一次，现在改为每年一次的聘用正规汉语教师的会考，也就是师资合格认证，会考要求很严格，通过了就能够成为国家公务员。此外，从法国中间的几个学区［法国现有学区的划分，基本参照大区（région）划分标准：原则上一个大区只有一个学区。法国现共有 31 个学区，其中本土 26 个、海外 5 个］开始，到全国各个学区都开设了正规的中学汉语课程。

所谓的汉语本土化，我认为真正的本土化应该如我之前所言，无论是课程设置、师资培训，还是教师聘用，或是测试评估等等，都应融入当地国家教育体制内。法国在汉语本土化进程方面，应该是比较理想且正面的一个例子。因此，最近 15 年来，陆续有不少西欧国家在汉语教学方法、汉语教学体制、汉语教学模式等方面研究和借鉴了法国的先行经验。从荷兰到北欧等国家，还有意大利，都是跟随着法式汉语教学的发展模式进行自身的汉语本土化发展。

我认为任何一个语言发展，包括汉语在内，最理想的途径，最合理的目标，就是能够真正地融入当地基础教育系统，也就是中小学。在欧洲的基础教育阶段能够让汉语作为跟英语、西班牙语、意大利语地位一样,成为一种可以选择学习的外语,是汉语学科化发展的最显著成效。

为什么学科化发展只有汉语融入当地国家的教育体系才行呢?因为只有这样,汉语才能真正作为一门国际性语言,直接影响法国老百姓,影响各个家庭。如果以诙谐的方式来表述汉语教育在法国的发展,那可以跟你讲讲我的个人经历:在法国,几十年前如果我说我是学汉语的,对方会以为你在开玩笑,他会接着问:"不,你到底在学习什么?是什么专业呢?"因为没人相信你会以汉语作为专业来学习。但现在,如果我跟对方说我是学汉语的,对方会回答:"那很好,汉语在未来是很重要的语言。"另外,汉语在欧洲的发展还有一个非常直观而真实的例子是:如今无论是在罗浮宫还是在戴高乐机场,路标上你都能看到三种语言:一种是法语,一种是英语,第三种是汉语。像我这一代人 70 年代学习汉语之时,这种场景是我们从未想过,也不认为是可能发生的。

最近几十年学界才开始探讨研究什么是国际性语言,有的学者也开始列出相关的标准。我觉得从某种意义上来说,汉语已经成为国际性语言,或者走向国际化的语言,这种阶段性的语言身份转变,是我 70 年代初开始以汉语作为专业学习之时不可预见的。

最后要说的是,法国这几十年,尤其对于汉语在中等教育层面的发展状况,各地报纸(像任何国家一样,法国最重要的报纸是中央报,但宣传覆盖面更广的是地方报,如东南、西南、北部等等的报纸)的相关报道不胜枚举。法国各地的地区报纸均报道了中学汉语教学蓬勃发展而引发的"汉语热",这就在几年之内让每个法国人,尤其是每个家长都能充分意识到汉语的重要性。除了各个地区的报纸以外,法国中央电视台也多次在收听率最高的时段报道了法国基础教育中的汉语教学情况。我之所以强调这一点,就是希望中国能认识到媒体对汉语教学发展所起到的促进与推动作用。

2. 法国汉语教学法特色

高:在汉语教学法方面,您提倡"字本位"(字、词"二元论"),认为汉语的口语和书面语之间有相对的区分,您的理念有没有新的进展?汉字和"语素",有何关联?该如何统筹?这也是我国语法学界非常关注的问题,很想听听白先生的意见。

白:"字本位"在表达形式上,大家可能有不同的理解或者有误解。"字本位"

教学法是 90 年代初，因为我出版的法国教材问世而产生的这个对外汉语教学界有史以来最大的辩论，也就是所谓的"字本位"和"词本位"之争。

首先要明确一下什么是"字本位"。刚才说我发现中国，有时候包括学界也对此有误解，说实话可能是因为没有深入了解我的文章，或者我的出版物。所谓的"字本位"就是遵守汉语的特性而已。什么是汉语的特性呢？众所周知，就是汉语有独有的文字，中国的文字不是字母，不是表音而是表意。我们西方习惯从质疑开始思考问题，我的问题是：为什么自从中国对外汉语教学成型以来，也就是说 20 世纪中叶在北京语言大学成型以来，刚才所说的中国文字汉字是表意文字这个特征在教学中就不见了，或者说被忽视了？因此，要讨论"字本位"，我觉得先要提出的问题是：为什么中国在汉语教学中忽略了自己的语言文字的特性？

具体来说，纵观中国的对外汉语教材，汉字的教学部分在哪儿呢？对话和短文，当然是由汉字来编写的，可我想表达的是——汉字作为一种教学单位何在呢？没有，没有任何位置，现有的对外汉语教材都把汉字当成一个记录语言的工具而已，就像字母一样。中国的对外汉语教学模式把汉字的特性淡化了，在教学中把汉字当成像拉丁字母一样的记录语言的工具。也就是说，事实上中国的对外汉语教学模式是在否认汉语的独特性、中国文字的独特性。中国文字是表意文字这一特性，也许在理论层面是承认的，但在实际教学层面被否认了。事实上您只要关注就能发现，自 20 世纪 50 年代到现代的中国对外汉语教材都在否认汉字这一特性。

我所谓的"字本位"，我加一个"所谓"，是因为中国的对外汉语界所做研究还是比较偏重于理论层面，比较封闭，对于国外对外汉语教学在做什么、做过什么、出过什么样的教材，还在逐步探索的过程。举一个例子，我 70 年代初上大学的时候早已听说过反响极大的一个美国教材，叫《德范克》系列教材（*De Francis Series*），虽然一直没有法文版，可是当时法国不少大学中文系都在用《德范克》系列教材。《德范克》系列教材的路子、教学方向、教学原则其实跟我的大同小异，基本上一致，是个典型的"字本位"教材。而问题在于，据我所知，现在中国学界没有几位知道《德范克》系列教材，也几乎找不到相关的文章。但这个教材反响极大，当时很多欧洲中文系，包括法国中文系都在使用"德范克"这个美国系列教材。所以其实我想表达并询问的是，"字本位"中国学界到底了解多少？一般都会说提出汉语教学"字本位"的是白乐桑，可能夸张一点的还会说"白乐桑教材只讲字"。其实大家误解了，所谓的"字本位"是西方汉语教学由来已久的、占重要地位的一个教学思路而已。

为此，我最近几年写的文章，在表达形式上做了一些微妙的变化。我觉得用所谓的"字本位"可能不太合适，这是比较容易产生误解的一个提法，我将其改成了"二元论"，这样表述更为明确。那么什么是"二元论"？其定义是什么？就是认为汉语和其他语言不同，有不止一个语言教学单位，而是两个：一个是词，一般在口语教学中出现；一个是字，这一般在书面语教学中出现。从教学的角度出发，汉语到底是一元性抑或二元性，这是大家不能回避的，需要明确表态的问题。

对"二元论"的定义，可以用我面前的电脑举个简单的例子：教汉语的时候，"电脑"是一个教学单位，口语表达中我可以跟学生讲，"我天天用电脑。你的电脑是哪儿产的？你的电脑贵不贵？你喜欢玩电脑吗？"汉语中的"电脑"是一个教学单位，那么对于别的语言来说，比如英文，它依旧是一个教学单位吗？英文中的"电脑"是 computer。那么除了 computer 以外，英语中它还有没有别的教学单位？没有，c-o-m-p-u-t-e-r，拆分开来都不是教学单位。然而汉语不同，我觉得除了"电脑"词汇本身以外，"电"这个字，"脑"这个字，也都是教学单位。把字当成中文独有的最小教学单位对自古以来的法国及欧洲汉学界是不必争论的客观事实，对中国传统以及现代语文教育界其实也是不争的事实，可惜的是中国对外汉语教学界在实际教学过程中一直是在否认的。

如果承认汉语跟其他语言不一样，是"二元性"，而不是"一元性"的，那么就能得出很多值得思考的论断。比如说，如果认为汉语是"二元性"，那么教材的设计在照顾词的出现频率的同时，也应该照顾字的出现频率。另外，同样也应该照顾词和字的复现率。那么同时照顾词的频率和字的频率，在教材设计中是否会引起冲突？我认为会有冲突，但这是汉学界教材设计必须解决的问题，不能因为会产生冲突就不遵从汉语的特征。因此，真正的问题在于，中国汉语教学界在教材设计中是否能够遵从自己语言的独特性。

说到"语素"，我得先提一个问题：为什么要来区分字和语素呢？我个人的答案是区分字和语素这个行为本身，显然不是以汉语教学为出发点，而是以语言学为出发点。对外汉语教学是归属于语言学吗？还是教育学？我的答案可能跟中国学界正统的观点不一样，我认为汉语教学显然不归属于语言学，而是归属于教育学。

教育学要求我们从学习者的角度出发，遵从语言教学规律，充分考虑学习者语言习得过程中的各种因素，重视教学转化及教学效率。那么综上所述，汉语作为第二语言教学的过程中，能跟不同阶段、不同水平的学习者要求明确区分字和语素吗？我觉得这是空想。从教学的角度来讲，直观看到的就是字，而字在大部分情况下就是语素。传统的视角是说词是造句的单位，语素是构词的单位，因而字只能被列为语素的书写符号而已。然而从汉语作为第二语言教学的角度来看，基本上字和语素是一致的，字是现成的学习实体。从学习逻辑的角度，汉字涵盖着语素及其结构的组成部分（部首、偏旁、部件）和书写过程，形成一种记忆单位。记忆汉字需要助记办法，其中包括字形、字的部件与字意之间的关系。我们汉语言研究者当然知道一个词可能包括几个语素，但是汉语学习初级阶段，老师在讲解"国"这个字，或者讲解刚才说的"电脑"中"电"或者"脑"这个字的时候，能够说这是一个语素吗？能够跟初级阶段学习者说明：汉语的内在组合规律也是需要遵守的……诸如此类的教学语言吗？我认为这是不现实的。因此我觉得语言学界需要思考一下，尤其是中国语言学界，你们认为汉语教学是受语言学管辖吗？还是教育学管辖的？我觉得这个问题需要被首先明确，因为在这个问题上，中国学界可能和我们存在一些较大的分歧。

学术上，中国的汉语学界和一些具有一定汉语教育传统的国家的汉语学界有两大学术分歧：一个是汉语教学到底有没有独特性？事实上中国认为汉语教学没有独特性，因为忽略了汉字本身的独特性；而国外（尤其是欧洲）长期以来一直关注汉字教学，并把它作为一个不容忽视的教学单位。第二个分歧在于，与中国的正统观点不同，国外认为汉语教学不是由语言学管辖的，汉语教学归属于外语教学这一门独立学科，而外语教学学科与教学论及教育科学有密切联系。

所以当你的问题中出现"我国语法学界非常关注的问题"之类的语言时，在我看来是不太合适的。我们当然很尊重语法学界，无论是哪个国家的，包括中国语法学界。但说得直白一点，语法学界和汉语教学界到底有什么关系？自90年代才开始出现跟专家语法不同的教学语法这个概念和研究方向，进而延伸出另一种语法教材就是教学语法教材。以前只有从语言学角度出发的所谓的专家语法，旨在分析描述语言现象，而教学语法是以教学的角度作为出发点的，旨在对语法点进行教学转化。为什么说汉语教学不是归属于语言学呢？因为这两者从理念上、方法论上而言都不同，其本质是不同的。语言学的本质是什么？语言学旨在分析描述语言现象。那汉语教学的本质是不是在分析描述呢？显然不是，教学的这个学科的本质在于转化，在于知识的转化的过程，即从专业知识出发，将之转化为教师要教授的知识,进而转化为已教授的知识,再到学生获取的知识,最后到学生自己会运用的知识。

如果具体地描述一下"二元论"的教学法,比如初级阶段,每个生词应该有相应的解释和翻译,我认为每个生字也应该有。比如"电脑",如果直译为computer 是 ok 的,大家都能接受。但我们不能接受的是没有对"电"和"脑"的单独解释与翻译,没有提供任何相关信息。我接着用"电脑"这个例子,为什么非得对"电"和"脑"提供信息?为什么非得关注"电"和"脑"有没有足够的汉字使用频率?为什么要关注"电"和"脑"的出现率与复现率?因为我们认为字是教学单位,所以只有提供对"电"和"脑"的最基本信息(所谓的基本信息就是基本翻译),还有汉字的结构等等,才能真正意义上学会并掌握这个教学单位。

3. 法国汉语双语教学

高:CLIL,即 Content and Language Integrated Learning,是一种将学科内容和外语学习相结合的教学方法,即用外语教授科学、地理、历史、艺术等内容,从而促进语言和学科知识的双重学习。这种方法在我们中国的英语教育中影响力很大,关于 CLIL 教学方法用于汉语的教学,您有哪些好的建议和做法,可以供中国同行参考借鉴?

白:20 世纪 90 年代初产生的 CLIL 教学法,在我们法国被称为 EMILE (Enseignement d'une Matière Intégrée à la Langue Etrangère),意思是使用外语教授一门非语言课目。该教学法所面临的问题在于这些科目之间是否都等量使用外语。为此,我们将非语言科目做了内涵型、外延性和行动性科目的类型划分。

● 内涵型科目:该类型科目所涉及的领域丰富,且交错关联,由不同的文化层面穿插组成。内涵型科目最具代表性的课程就是历史地理课。

● 外延型科目:这些科目重点在于详细讲解关联和定义,主要涉及理科科目,如数学、物理、化学、科学和地球生物。

● 任务型科目:主要涉及自然活动,它们的精髓在于在行动中使用外语发号施令或者进行解释,体育、运动课以及造型艺术都是例子。

CLIL 教学法在法国主要应用于汉语双语教学。所谓"双语教学"指的是把两种不同语言作为教学媒介语的教学活动,让学生通过学习用第二语言教授的学科知识来达到掌握第二语言的目的。法国汉语双语教学指的是使用汉语教授部分或全部学科，如历史、地理、数学、文学、体育等，最终达到掌握中国语言及文化的目的。同其他国家相比，法国汉语双语教学处于相对成熟的阶段。法国官方模式的双语教学包括 1993 年成立的欧洲与东方语言班汉语方向和 2008 年创办的中文国际班。

可以来简单说说这两种教学模式：欧洲与东方语言班的成立标志着法国国民教育中汉语双语教学模式的诞生，中文国际班则有力促进了官方模式双语教学的进一步发展。两方教学理念相同，但师资构成不同。在 CLIL 教学法的应用上，东方班可以选择非语言科目，比如历史、地理、数学或者体育，而中文国际班则由国家统一规定为数学。国际班的数学教师有中国官方派遣，而东方班的数学教师则是法国本土的数学教师。东方班偏向于普及教育，而中文国际班则是精英课程。两种班型都有完整的教学大纲和配套的评估体系，能够使学生进行连贯性的学习。这两种官方汉语双语教学模式在我看来，其教学形式、内容、特色以及面临的问题都在汉语双语教学广义范围内有值得借鉴之处。

举几个简单的例子：在课堂上，一个汉语新词的学习带来的是说和写的双重任务，而历史地理课作为东方班的王牌科目，产生了大量的生词，这大大增加了学生学习过程中汉字书写与口头表达的难度。以《凡尔赛条约》为例，仅五个字就出现了两个词（"凡尔赛"和"条约"）与四个生字（凡、尔、赛、约），它们在日常交流中不常见，又加重了书写负担。与历史、地理这样的内涵型科目相比，体育这种行动型科目主要通过口头表达进行，对书写的要求降低了很多。另外，比如数学这样的外延性科目，除了书写要求被降低以外，借助共同的数学符号，可以使学生更加容易理解。我想说的是——使用汉语教授非语言科目，要重视教学方法，面对内涵型科目，可以利用图片、筛选或改编文章、调整教学顺序等方式来降低学生的汉字负担。

再来说说中文国际班，中文班创建的源动力是华人聚居地自然而然的需求和意愿。自 2008 年创立至 2017 年，数量已达到 46 个，迅猛的发展当然说明了这种教学模式的吸引力，同时也反映了法国家庭对于汉语作为国际化语言的认同，但发展的同时也带来了诸如机构组成参差不齐、创建后跟踪不到位的情况。与此同时，中方教师面对教学和教学文化差异，由于教学理念和方法的不同而产生的中法差异问题也有待进一步解决。[1]

---

[1]　白乐桑：《法国汉语教育研究》，北京：北京语言大学出版社，2018 年，第 28—33 页。

总体来说,法国汉语双语教学的学科建设同其他国家相比处于较成熟的阶段,融入基础教育体系的汉语教学能得到各种形式的扶持和帮助。当汉语双语教学现今正处于初级阶段,需要从教学理念、方法等各方面加以引导,加强汉语双语教学理念和方法的构建是整个学界需要共同努力的方向。

4. 法国汉语的学科化建设

高:您所理解的"作为学科的中文",与普通的国际中文教育有什么不同?目前在中小学的推广情况如何?

白:这个问题提得非常好,是非常关键的问题。所谓学科有两层含义,第一个层面体现在体制上。某一个特定学科的体制化建设包括:被官方教育机构认可,建立与该专业相关的学校及课程,创办学术刊物等等;更为关键的是第二个层面,即科学层面。某一个特定学科,无论是物理学,还是外国语言学,达到科学层面都需要一个质变,这个质变的前提是量变。所谓量变是指达到了一定的数量,比如学习者人数、教师队伍的数量等等,等到条件成熟才能产生一个质变,从而达到科学层面。学科的意义在科学层面上包括什么?包括树立核心概念、创立完整的学科体系、出台纲领性文件等等。当然,最直观的是出台教学大纲。教学大纲包括教学进度的规划、教学方法的设定等,还有非常重要的一点,就是制定教学目标。这些对于学科基本理念的定义是学科体系建设的前提。

那么由此可以推导出,学科化的两个层面:一是体制化,二是科学化。学科建设要满足这些基本条件,因此只有在某些特定的国家或地区才能建设得起来。这也是为什么我一直认为国际中文教育的未来和关键的变革在于:要在教学对象国的教育体制内建立和发展中文学科,也就是说汉语教育要纳入国民教育体系。众所周知的孔子学院,于一些国家内在传播汉语语言文化上也许能起到一定的作用,可是,如果孔子学院跟当地国家的国民教育体系(尤其是基础教育体系)没有关系,那么这个孔子学院对于当地中文学科化建设其实就没有任何作用了。

以法国为例,自80年代起,法国已经开始初步推广一些在中文学科化建设过程中能起到关键性作用的文件,比如"汉字门槛"(SMIC-Seuil Minimum Indispensable de Caractères Chinois-400 Caractères)。当时在法国已经有几所、几十所中学开设汉语课程了,也就是说汉语教育已经在中等教育阶段初步成规模化发展，汉语教育的体系化建设要求高中毕业班有汉语考试，因此于 1985 年发布了 400 个高频字表作为必须达到的汉语教学统一目标，也就是"汉字门槛"。"汉字门槛"为法国中文教育走向学科化起到了关键性作用，因为这 400 个高频字表里反映了一种法国中文教育的基本理念：即"字"是一个教学单位，一个汉语中最小的教学单位，是一个在"词"以外存在的教学单位，所以也可以说法国学科化的起点是"二元论"。

我简单总结一下：学科化有外在和内在两个层面。外在层面就是体制化层面。以法国为例，什么叫体制化，都反映在哪些方面呢？比如说，法国一些大学早在 19 世纪就开设了中文系，这属于外在的体制化层面，必须得到官方认可。再比如说，最近几十年，法国设立了以对外汉语为专业的硕士和博士。还有 1966 年，法国教育部创设了汉语专业的师资合格认证会考（与其他的学科相同，每年都会有几个通过的名额），这在世界范围内都可以说是首创的。体制化层面建设还体现在：比如说法国 1968 年开始把汉语作为高中毕业会考的必考科目；教育部以学区为单位，每年一次举办的为期两天的汉语专业的培训班，每个教师每年可以享受一次在职培训的权利。法国中文学科外在体制化层面还有一个独树一帜的事项，就是 2006 年起汉语专业总督学一职的设立，法国可能是世界上唯一一个设立该职务的国家，充分体现了法国对于中文学科的重视程度。

学科化的内在层面，也就是科学化层面，包括教学理念、总体思路。比如说法国从最开始的中文学科基础建设时，就规定了"把汉语作为二元性语言"的教学思路和基本理念，也就是中文的"语"和"文"之间的特殊关系，跟其他语言不同，这是法国中文学科建设一直以来强调的基本思路和基本理念。

5. 中华文化海外传播路径

高：您认为东西方文化互补，学习语言尤其是"远距离语言"，能在对比中理解彼此的思维方式。汉语能够帮助吸收中国文化的"高雅，丰富和历史积淀"，请问中国文化的哪些方面和特点得到了法国人民的喜爱？中国教师在法国授课如何能够更好地让学习者接受中国的语言文化？

白：我认为中国文化基本上有三个方面受法国人喜爱，我估计你所说的法国人民中也包括学生家长。第一个方面，先讲中国语言。中文是能走进拥有全人类最丰富文明古国之一的一把金钥匙,换句话说,中文也被视为走进中华文明的一把金钥匙。第二个方面,就是基于所谓的"探索精神",西欧历史上有不少人有一种"探索精神","探索精神"在外语学习选择方面体现在对汉语语言学习的选择上,也就是说,无论是过去还是现在,除了当今汉语的使用价值以外,很多人想学汉语的主要原因就是想探索另一种语言跟熟悉语言的不同之处。汉语的不同之处,也就是我接下来要说的第三个方面,就是中国的文字——汉字。汉字是中国文化吸引力的关键所在,它既是最值得探索的语言之一,又是一项绝美的艺术,这是任何其他语言所没有的一个特征。在法国人眼中,汉字的字形和字义之间有特殊的关系,与拉丁字母不同,拉丁字母的构成只是记录语言的发音而已。汉字则不然,它是一种象征,是丰富的符号,无论是象形字还是会意字,对法国人而言(无论是儿童、青年还是成年人)吸引力都非常的大。与此同时,学习中国文字能对大脑产生一种特殊的训练,可以说是一个认知训练的有效工具。

与此同时,中国文化在法国人眼里,除了语言和文字以外,还有很多引人入胜的表现形式,比如书法,绘画、京剧、中医、诗歌等等。只要细细品来,则会意识到这些方面都有鲜明的独特性。如果对其深入了解则不难发现,其文化内涵与我们法国文化是有差异的,这种差异正是学习兴趣和文化吸引力所在。对于中国文化内涵的探索,非谈老庄、孙子等等这些中国历史上著名的人物和其理念不可,当然还有中国的俗语等等。

有关"中国教师在法国授课,如何能够更好地让学习者接受中国的语言文化?"这个问题,在我看来,首先需要深入了解目的国家,比如说在法国,就要了解当地文化、掌握其语言。而说实话,在这方面,无论是公派教师还是孔子学院,我认为这正是中国在传播文化过程中最大的不足之处。如果不了解(我所说的了解,不是指生存法语,而是真正的精通当地语言)、不精通、不掌握当地语言,就根本不可能进行各个层面上的对比研究。我在工作的过程中发现,很多公派教师不仅不能进行两国语言上的对比,而且在进行两国文化上对比时也有比较大的不足,其原因可能除了法语能力不足以外,还有一个跨文化适应性差的因素在,表现在执着于自身的文化舒适圈,对于当地文化的不接受和不认可。因此,我建议要培养具有一定当地语言能力以及对比研究能力的教师,尤其是要大力培养具有文化方面比较研究能力的师资,同时要加强教师的跨文化适应能力的培养,更要真正地认可汉语和汉字的独特性。

很矛盾的一点是,外国人早就意识到了中国语言文字的独特性,可是中国对外汉语教学，自 20 世纪 50 年代问世以来，就基本上把汉语语言文字教学西化了，套用的是西方教育学、西方语言学理念。汉语教学理念和方法的建设，是未来学界需要重点关注的方向。

6. 中国文学作品在法国的传播

高：我们看到，您除了主编《汉语语言文字启蒙》《汉语语法使用说明》《汉字的表意王国》等 30 多部语言学专著，还将鲁迅先生的《孔乙己》《药》《呐喊》等名篇翻译为法文。中国人民对法国文学比较了解，正因为有傅雷、柳鸣九、郑克鲁等翻译大家，沟通中法文化的交流。请您谈一下中国文学在法国的翻译和接受情况，法国人喜欢的现当代的作品有哪些？

白：关于这个问题我首先要说的是：法国是比较开放的一个国家，无论是中国的古代文学还是现当代文学，法国都在关注。与此同时，法国对于拉丁美洲、美国、英国、西班牙、德国的文学也都秉持着相对包容的态度来接纳和学习，所以说，中国的现当代作品，对于法国的相关研究领域而言只是其中的一部分。

法国读者而言比较喜欢的作家有裘小龙，当然这可能不是中国大陆的作家。还有荷兰汉学家高罗佩写的《狄公案》小说系列，在法国一直很受欢迎，可作者却是欧洲汉学家。中国大陆的作家，像余华、莫言、贾樟柯等等，在法国都是比较有名的。

我觉得中国除了近当代文学以外，还有古典的文学值得研究。说到古典文学非谈《红楼梦》不可，这不是因为《红楼梦》在法国的接受度是良好的，正相反，《红楼梦》作为中国文学的顶峰文学作品之一，在法国（估计在别的国家亦然），虽然翻译得也相当好，但是依旧有一种文化方面的障碍，使其在某些层面而言比较难接受。所以我建议，尤其是像《红楼梦》这样的作品，今后是不是值得出一些辅助的资料，至少能够让法国读者更加容易接受其相对复杂的文化内涵。

翻译作品方面，法国和其他国家相比总体上还是比较活跃的，也就是说中国文学翻译的作品还是不少的，无论是古典文学还是现当代文学作品都是如此。

7. 国际中文教育学科化建设建议

高：谢谢白乐桑先生关于语言教学法、文学翻译、文化及思维方面的精彩阐述,那么"国际中文教育是全方位的、立体的、'从娃娃抓起'的"这句话,您认同吗？目前国际中文教育这个学科所面临的问题主要有哪些？您有什么建议和展望？

白: 自 80 年代开始,我不仅一直认为,而且主张,汉语在西方国家(或者在中国以外的国家)都是应该"从娃娃抓起"的。为什么我自 80 年代起就这么认为呢？当时与现在的情况不同,当今汉语的使用价值比较高,当时则不然。但因为中国语言,尤其是文字与其他语言文字不同,是一种能进行类似于认知训练的语言,或可给大脑的训练提供新的工具。

也许是发现了学问上"另一极"。法国 20 世纪著名作家马尔罗(André Malraux,曾任戴高乐总统的文化部长)认为中国是人类体验上的"另一极",中文无论是文字还是语言上,都在西方学术上让人发现了"另一极"。尤其是汉字,我认为自己很幸运能够从很小的时候接触到。最近几十年发现法国家长越来越认可中文教育"从娃娃抓起"这么一个道理。

借此机会来给国际中文教育这个学科提点建议:希望中国不要像过去那样,不要把汉语和汉语教学西化,要遵守汉语的独特性,认可汉语的独特性。这样有独特性的语言,值得具有独特性的教学方法。

高: 感谢白老师接受本次访谈,为我们全方位讲述了法国汉语教育的历史和发展,提供了非常有建设性的建议。非常感谢您!

白: 不客气。

(作者单位:Joël Bellassen,INALCO;高亦霏,大连外国语大学)

文本、史学、泛文本

——法国文学批评在中国当代文学研究中

金丝燕

20 世纪是在举世进入狂念下伸延和结束的,无论西方还是中国。这种对未来的憧憬不仅是文学乌托邦和社会乌托邦的动因,亦是当代文学批评理论浪头不断的风源。法国文人蒙田在其《随笔》中论道:

> 我们从来不曾在自己的家园,我们总是在外。恐惧、欲望、希望把我们抛向未来,使我们回避对现实的感觉和思考,而执迷未来,甚至在我们不复存在之时。[①]

对未来的憧憬使中国文学批评与理论一个多世纪以来极力追踪西方,希望这个在地理、历史与文化上均为"别处"的西方能够给中国的未来提供借鉴或道路。

西方新文论(今日西方学界称之为"理论")在根基上不断变形和裂解,在范畴上混淆和模糊思辨模式。理论频繁交替,难以掌控,故人多以"危机"名之。中国现当代文学批评在这样的历史背景下形成和生长,对西方文论的追随不改初衷,因此自然受到,或更确切地说,热切地投身于狂念的涌动。

然而这种狂念之象恐怕不简单,它已经把文学批评的根性展现在我们眼前,无论我们是否明白。其根性是什么呢? 就是裂变,永恒地,和诗一样。它只是不断地产生裂口,裂口给思辨提供的空间是无边际的,文学批评在这一空间得以与创作互动。文学批评终于想离开体系、中心和随声附和的功能,回到自己的根性上来了。这样的变动,能以"危机"冠之么? 我们还需要重新定义、全面把控文学

---

① Montaigne, *Essais*, *I*. Paris: Gallimard, 1965, p. 62.

批评么？

以单一批评方法去应对这种打破疆界和分野的繁杂的文学批评,已经不可能。如何进入其间而又跨越其界,如何在中国与西方语言创作文论关系各异的前提下思考这些文学批评理论和方法,在交叉中寻找补充和突破,这是本文提出的一个问题。

我们在中国当代主体性研究中有意识地运用三种不同的批评方法,即内批评、外批评和整体批评。这三种方法的历史、观念和关注点各异,但面对的事实则是同一个:文学。

一、内批评方法:主体性文学文本研究

我们在文本分析中用内批评中的结构主义方法,以期凸现语言、叙述者与叙事之间的关系。从文本到文本互涉性(文本),从经验性个体到自我的主体性(叙述身份),从记述真实到真实记述(时间),从自我的主体到词语的创造性(内在读者),从词语创造性到词语的解构(写作语言),从词语的创造性到自我的分裂(视角)这些层面,对中国当代文学的主体性写作进行了解读。研究中发现,在叙述者、叙述角度两个层面,用法国内批评法比较顺手;而在叙述时间和叙述语言上,由于中国语言的特殊性,对中国当代文学作品用内批评方法则又不容易。

在叙述者的研究上:我们的重点是当代主体性文学写作中叙述者作为自我主体的多重面目。这个叙述者不是中间人,不是历史的传媒。他在叙述行为中试图接近未知。如张炜《九月寓言》中叙述者那双翻腾在人心深处的眼睛。此类文学写作,类似盲人。对身外世界,他是盲者,视而不见,甚至不视不见,而当他的视角转入内心时,他的眼神却走得那么远,走向无限和未知,在那里找到自己的对话者、自己的读者。文学真正要捕捉的是这样深远的微妙颤动,这样不写不知的声音。

在叙述角度的研究上:我们的重点是主体性写作的断裂性。"我们"和"我",即史诗和自我主体性写作,两种文学的不同在于,前者把描绘的世界挪到历史的丰碑后面,与个人经验、自我主体意识拉开绝对的距离,成为遥远不可及的"现实";后者把叙述放入不断改变、正在形成、尚未形成而很可能永远无法形成这种动态之中,一种正在进行时的叙述,开放的、读者可以加入创作的叙述。中国当

代的现代派小说都在不同时期提供了很好的例子。如当代女作家林白的小说《一个人的战争》。我们用热奈特的叙述学批评方法对该小说作了解读，发现这是一个很丰富的断裂性写作文本。

在叙述时间的研究上：我们的重点放在历史记忆与内在记忆两个方面，理出当代中国文学主体性写作对群体性——比如史诗——写作的革命。史诗的距离指叙述时间里的绝对的过去。它与现代性文学的叙述时间不同。前者在讲述远不可及令人敬畏的往事。是绝对的历史时间。在被讲述的事件与自己以及听者之间，建构了一个不可逾越的史诗时间距离。值得注意的是史诗的时间在今天的文学中有变化。它不仅通过把叙述挪到过去来离开与今天的距离，它也可以通过"我的时代"把叙述挪到未来。五六十年代中国的英雄诗歌与小说的叙述时间就是这样的间杂过去与未来史诗时间，如郭沫若的《新华颂》、胡风的《时间开始了》、贺敬之的《放声歌唱》和郭小川的《白雪的赞歌》。主体性写作的叙述时间则以个人的体验或虚构为基础，是面对同代人写同代的现在人。在叙述与自己之间没有这样的距离，他处于自己与事件的同一时间，在自己与事件间不需要中间人。如诗人多多、北岛和海子的创作。这种区别，本质上是远古史诗传统与现代性写作两种文学各自在今天的延续。

在叙述语言的研究上：我们的重点是当代中国作家的语言意识与语言革命。史诗性写作具有完成性和终结性，语义饱满，没有任何可以穿透的漏洞，语义与价值融合成一个不可分割的整体。它是不容争议的过去，被丰碑化了的过去。中国当代主体性文学写作是一个过程，没有定型和终结，处处存在悬而未决、不可确定的却能经得起深入琢磨分解的语言。

二、外批评方法：作品、作者、读者互动历史研究

此类批评属传统文论，受法国泰讷（Taine）的影响很人，可能是因为中国文论传统的关系。泰纳文论从 20 年代到 80 年代是新文学批评的主要理论借鉴之一，而另一类影响中国至今的西方文论是 40 年代进入中国的"新批评"和 70 年代末走红的结构主义叙述学。2005 年 6 月在香港出版的文学杂志《今天》由欧阳江河主持一个名为"细读诗歌"专栏，新批评的影子清晰可见。因此历史的和文本的批评在中国都有空间，且相互不冲突。

我们对中国当代文学主体性写作的研究,除了从文本的角度进入外,另一个角度是历史。其研究旨在重组被社会、道德、冲突、断裂、革命打上深刻烙印的文学史。

文学史与文学的历史尽管源出一处,但有着根本相异之处。这一点容易被忽视和混淆。忽视和混淆,并非指方法和理论的匮乏。中国自 1917 年的新文学运动和 1978 年的改革开放以来,引进西方文论与文学批评方法,无论就数量还是质量而言恐怕在世界上都首屈一指。我们所说的忽视和混淆,指的仅是文学史与文学的历史之间存在概念不清的问题。

文学的历史涵盖文学现象、作品、事件,即文学《编年史》。博闻强记,细致考据是其第一要求。从这个意义上说,文学的历史是文学的两个女儿之一,另一位是社会学。法国青少年文学史专家弗朗西斯·马古安(Francis Marcoin)在最近一篇文章中写道:

> 史学和社会学是文学的一对儿女,它们常常在反抗文学家的艺术模糊性中得以自我构建,但同时又需要这种模糊性去构建自己的身份①。然而,当读到泰讷《巴尔扎克评》的第一行、即"体现精神的作品不以精神为唯一之父"一句时,有哪位批评家能不同意他的看法呢?但当批评家求助于不作批评的批评时,也不难在泰讷身上看出他的信仰,"批评家是灵魂自然主义者。他接受各种不同的形式,不批驳任何一个形式,而是描述所有形式。"②

描述文学的经历,是文学的历史的任务。而文学史所关注的不仅仅是描述文学,更重要的是介入文学的历史,从中找到互动关系:

---

① 作者原注:"见博蒂约(Pierre Bourdieu)在《艺术规则》中的表述。博氏的话其实是对文学的赞誉。而卡萨诺娃(Pascale Casanova)在为有意义的'文学史与文学的历史性'(《文学与人文科学》,同上述引文)进行辩护时则言不由衷,他对'神圣文学'和'文学的纯粹形式'的看法相当夸张。"弗朗西斯·马古安:《青少年文学、批评与文学史》,张新木译,见乐黛云、阿兰·李比雄主编《跨文化对话》第 15 辑,上海,上海文化出版社,2004 年,第 16 页。

② 弗朗西斯·马古安:《青少年文学、批评与文学史》,张新木译,见乐黛云、阿兰·李比雄主编《跨文化对话》第 15 辑,上海,上海文化出版社,2004 年,第 16—17 页。

关于文学史①的争论,笔者在此不想多说,只想提及一点,那就是表面上对文学史最具说服力的指责,即指责文学史缺乏研究方法,表现的只是一串串连续的幻觉,是一堆胡乱选择的日期和事件,这种指责其实可以针对任何史学和任何叙事作品,甚至可以针对任何话语,而且只有从科学主义和实证主义角度看才有道理。当然,历史如果仅仅是事件和日期的串连与交替,那当然是不足的,但如果一点历史都没有,那就更显不足了,这一点我们在不教文学史的教学中已经看到。②

［……］

雷南在《科学的未来》一书中说,"文学史研究在很大程度上取代了对人类精神作品的阅读",针对雷南的话,朗森做出以下回复:"这句话是对文学的根本否定,它把文学仅仅作为历史的一个分支,与风俗史或思想史相提并论。"他又说:"我们不能抹杀作品,它是个性的托管人和揭示者。"如果说文学研究不免有那么一点学究味,是因为"文学史的目的在于描述各种个性。其基础是个人直觉。它要达到的不是一个类别,而是高乃依,是雨果"。于是,朗森便采用天才或不朽一类概念,即这类不太具有操作性的概念。若要很方便地摆脱它们,就必须把它们纳入扩大的研究方法中。要考虑到链条的两端,一方面是文学生产的条件,另一方面是对它的接受,两者中没有哪一个是超前决定的,也没有哪一个能摆脱创作过程的变数。③

马古安对文学史和文学的历史两者作的观念简述确切且有深度。法国19世纪末20世纪初的著名文学批评家郎森(Gustave Lanson)与其同行雷南(Joseph Ernest Renan)观点不同,郎森认为文学史要重视作品和作者,因此批评者的参与十分重要。文学产生的条件和读者对作品的接受是文学史研究的两大对象。

---

① 作者原注:"如要了解近期比较完整的概述,请参见杜木雷尔(F. Thumerel)的《20世纪法国文学场,文学社会学要素》,阿尔芒·高兰出版社,2002年。"弗朗西斯·马古安:《青少年文学、批评与文学史》,张新木译,见乐黛云、阿兰·李比雄主编《跨文化对话》第15辑,上海,上海文化出版社,2004年,第14页。

② 弗朗西斯·马古安:《青少年文学、批评与文学史》,张新木译,见乐黛云、阿兰·李比雄主编《跨文化对话》第15辑,上海,上海文化出版社,2004年,第14—15页。

③ 弗朗西斯·马古安:《青少年文学、批评与文学史》,张新木译,见乐黛云、阿兰·李比雄主编《跨文化对话》第15辑,上海,上海文化出版社,2004年,第17—18页。

受朗森的影响,我们在当代文学的主体性研究中特别注意文学的历史,即主体性文学的产生、发展和作者、读者、批评者的互动关系。因此,用历史学的外批评方法时,不仅仅满足于文学事件,人物和作品的描述,不仅仅满足于写编年史,研究重点放在两端,即文学产生的条件和文学内在发展的线索,把中国当代主体性文学研究的落点放在对自我的创作、直觉、语言的演变、文学场与时间、写作的象征与文化意义、联想性以及自我主体性写作给文学观念带来的冲击之上。在这个意义上,文学史可以被看作一种精神史或思想史。

各种不同的文学倾向、流派是如何在相互的张力中生存的? 是什么原点连接它们而又同时使它们分离? 创作并促使其得到接受的条件是什么? 如何用作者—创作者、读者—创作者、译者—创作者、批评者—创作者这几个角度在文学研究中关注上述几个关键问题? 文学史是由外批评法还是由内批评法或整体批评法构成? 无论回答如何,有一点可以肯定:批评与历史不可分,然而批评又不是编年史。

三、整体文学批评:文本,泛文本与文学演变

泛文本(或译成"广文本")研究是法国当代文本批评家热拉尔·热奈特(Gérard Genette)在其发表于 1987 年的著作《定限》(«Seuils », Paris:Seuil)中提出的一个新的文学史和文学研究范畴,分两大类,第一类是周边文本(péritexte),包括出版物开本,丛书,封面,附录,印量,作者名及笔名,出版地点,作品题目,出版年代,读者群,附注,题词,献词,各种序与跋,副标题,目录,注释等。第二类是外延文本(épitexte),包括两种:一是公共外延文本,如出版广告与介绍等文字,公众的反应,媒体与媒介,访谈,讨论会,辩论,作者的自我解释等;二是私人空间的外延文本,如信件、口头表述与坦言、日记和草稿。中国新文学史批评研究有意无意地多少涉及泛文本研究,只是泛文本批评尚未成体系。

法国文学批评家热拉尔·热奈特认为尽管跋失去了序的导读功能,却因此具有"治疗"或者说"矫正"作用①,不过大部分作家宁可导读不愿以跋做补救,补救不是太晚就是太早,以为序可以提供免疫功能,免疫似乎总比纠偏好。20 年代的中国新文学作家比较倾向于用后叙或后记的方式,比较少用序,是因为他们

---

① Gérard Genette,*Seuils*. Paris:Seuil, 1987, p. 242.

更重视矫正而非导读和免疫作用么？恐怕都不是。跋被命名为"后叙"，意义已经清楚，那是伸延叙述的空间。这一点可以是中国现代文学对热奈尔理论研究体系的补充。

冯沅君的三本小说集《劫灰》(1928)、《卷施》(1928)和《春痕》(1928)，均有后记。三本集子中的《劫灰》《卷施》各收有八或六篇小说。其后记签名皆为"陆记"。后记对书名、选篇以及出版增减作了说明。如《劫灰》的后记以第三人称，解释该书为作者的第三本小说集，为"杂碎"，其中《潜悼》、《Epoch Making》（原文如此）两篇编集以前未曾发表。

《卷施》的再版后记开首一段对作者为何人直接作如下解说：

> 《卷施》初版共四篇，作者曾以"淦女士"名在《创造》上发表，故初版封面亦署此名。"淦"训"沉"，取庄子"陆沉"之意。现在作者思想变迁，故再版时改署"沅君"，其实与"淦"是一人。

陆是淦女士或名沅君，线索很清楚。如此解释署名的训诂意义以及转换交代为一般的序或后记所少见。更特别的是明明已经确定作者淦女士、沅君和陆为同一个人，可是在后记的末尾，"陆"又从作者身份脱离，成为作者的代笔：

> 以上的话本该作者自己向读者说明的。只因作者秉性疏懒，故托我代说。[1]

这样，后记前面文字与此末句的叙述发生断裂。原本一体的后记作者的身份变得模糊，不能定义。这是一个值得深入研究的中国新文学断裂性文体论题。法国文学中这一断裂出现在文本叙述，用于序很少见。

《春痕》的后记同样如此断裂：

> 《春痕》的作者告诉我：
> 《春痕》是五十封信，假定为一女子寄给她的情人的，从爱苗初长到摄影定情，历时约五阅月。

---

① 沅君（冯沅君）：《卷施》，上海：北新书局，1928年，第1—2页。

作者又说：

这五十封信并无长篇小说的结构，虽然女主人的性格是一致的，事实也许是衔接的。

又说：

每一封信里也许讲的两件事，故标题极难定；现在避难就易，姑以首二字命篇。

因记之以告读是书者。

一九二八，二，二十五，陆记。①

这篇后记短文几句话不再是要说明选本和出版问题，而是在伸延叙述：文体（书信），叙述者（一位女子），人称（我），时间（五个月），主题（爱），结构（短篇），标题（难定，作者选择的困难）。叙述者、作者和作后记者在这样的叙述空间形成三位不一体的多重叙事角度。

泛文本研究涉及的面比较广，容易走泛。如何通过周边文本和外延文本研究中国现当代文学现象和创作是我们正在做的工作。

四、三维度批评和三个挑战

在西方，研究中国当代主体性文学，仅仅通过作品翻译或排列作家作品清单还不够。诚然，对有关作品译作作总体性概要描述，使读者有基本清晰了解是重要和不可或缺的。但更重要的是深入研究，哪怕这样的深入会引起传统读者的不解或沉默。研究文学与文学写作在有一点上是共同的：它们面对的应该是时间。然而它们禁得起时间么？二十年、五十年后它们是否会因为时代的思想和语言烙印而被弃置呢？

研究不能停留在介绍和编年史水平上，如果不能创造读者，至少不能被读者和图书市场牵鼻子。仅仅这一点，在今天就十分困难。读者和图书市场是出版者接受作者和作品与否的两个首要尺度。

建立三维度批评（内批评、外批评和整体批评）的当代史研究可以为其他语言系统的学者们就同一专题提供一个思考和真正对话的空间，逾越语言和文化

---

① 沅君（冯沅君）：《春痕》，上海：北新书局，1928年，第Ⅰ—Ⅱ页。

的界限。介绍和清单是单向的，而文学批评是互动的，互动就意味着在不同语言的研究者之间、批评家与作家之间、文本与经常处于对立的文学方法之间必须建立一种互为思考的关系。

单向的工作会导致原文学国度与外国的研究者之间、写者与批评者之间的脱节，各自走道，互相少有深入切磋，会面时或各说各的，或以语言为由拉开凌驾之势。中国以为有语言优势，西方以为有方法论的特长。中国在 1949—1979 年经历了这样的脱节，今天的情形亦无根本改观。就此时此刻的中国和外国如法国而言，总不能把这一脱节归于政治因素吧？因此，如何衔接内外研究者的工作，促使双向的启发和思考是我们面临的第一个挑战。

与此脱节同在的却又是对"纯"西方的接受。西方理论越"纯"，被翻译和借用的可能就越大。这就出现一个矛盾现象：脱节与吸收共在，都不惜代价。一方面，西方研究中国当代文学的论著大部分不为中国所读、所译、所评述；另一方面，中国的翻译者投身于火热的西方思想家文学理论家的翻译引进之中。众多新书很快就被译成中文。北大演讲录就是很好的例子。"新"与现代性被粘连在一起，和 20 世纪 20 年代的情形一样。而法国有关现当代中国（不仅有关文学）的论著在中国则没有遇到这样的激情，相反，似乎与中国该时期文学批评之间存在一种互不干涉的客气。

沉默隐藏着不同的思想体系和方法的冲突。如何把"不同"、"相异"转变成批评的沃土，这是我们面临的第二个挑战。

诚然，"纯"西方的方法和理论作为"启发"、"更新"和"现代化"的作用在中国是非常需要的。但这些理论和方法均源自其自身的文化、语言与思想体系。将这些理论与方法在中国进行实践，尤其进行比较论证，这是一个微妙而丰富但被认作危险的"间"（inter）纬度。

正是本着这样想法，即藉另一种眼光而同时用自己最本色的视角深入文学的历史和当下，我们对诸如"我"和"存在"的关键词进行词源探讨与接受研究两方面的工作。研究关键词和研究文本同样重要。

这是我们在中国当代主体性文学研究中面临的第三个挑战，也就是说，将历史、文本/词源和总体文学批评三种方法对中国当代不同的文本进行写作形式、语言和观念的研究与再审视。

再审视也针对中国当代文学与自身传统关系而言。与西方相遇而产生的中国新文学在何种程度上不由自主地背着传统的印记，其传统的根茎是如何导向文学演变的？西方在中国现当代主体性文学的形成中究竟如何作用？如何把"中国"的文学放到世界范畴去看以捕捉属于人共性的文学关注，而非任种族、时间、空间的界限割裂文学，用群体语言强化文学面对某一社会的礼仪、政治和民族作用？这几个问题也是我们研究的关注点。

也正是在这样的关注下，从中国现当代接受研究，到当代文学的主体性以及女性写作，二十余年来我们进行了一系列的批评实例研究。

1. 接受研究：三个新角度

接受研究中对被译语言的统计以期勾勒出"接受语言图谱表"是一个新的研究角度。接受有明暗、间接和直接几重层面。所译作品的语言属间接的接受。如《新青年》1915—1921 年间 128 篇外国作品译作中，有 57 篇译自英语，35 篇译自日语，14 篇译自俄语，9 篇译自世界语，2 篇译自法语，11 篇未注明所译语言。[①]从语言上看，英语和日语的影响力最大，世界语超过法语。

这 128 篇译作，28.1%（36 篇）是小说，俄国有 14 篇，居第一，其次是法国、日本和波兰；9.4%（12 篇）是剧作，英国有 4 部剧，居第一，其次是挪威；62.5%（80篇）为诗歌，日本有 30 篇译作，居第一，其次是印度、英国。从译作数量看，俄国、英国、日本居前。文本语言图谱和译作情形相符。

我们由文本、演变史和泛文本研究的批评角度切入[②]，在翻译、介绍、批评与创作四个方面进行资料收集比较统计，以期勾勒中国新文学的期待视野，这是接受研究的第二个新角度。首先是确定 20 世纪前半期文学接受的几个阶段：1899—1915 年，1915—1921 年，1921—1925 年，1925—1932 年，1932—1949 年。划定时间不太容易，主要是设立划定的根据。我们的根据是不同的接受趋向、杂

---

① Jin Siyan, *La Métamorphose des images poétiques: des symbolistes français aux symbolistes chinois—1915‑1932*. Dortmund: Projekt Verlag, 1997, pp. 40‑49, 54‑55.

② 参见 Jin Siyan, *La Métamorphose des images poétiques: des symbolistes français aux symbolistes chinois, 1915‑1932, op.cit.*, parties Ⅱ et Ⅲ, pp. 37‑240；« La littérature chinoise moderne (1899‑1949) et la réception de la littérature française », in *Les écrivains français du XXᵉ siècle et la Chine*, Arras: Artois Presses Université, pp. 239‑272；« Quelques réflexions sur l'horizon d'attente chinois face à la France et à l'Occident (1899‑1949) », in *Langues et cultures en contact*, actes du colloque, Arras: Artois Presses Université, pp. 169‑193；« La réception de la poésie française et son influence sur la poésie chinoise contemporaine », in *Actes du colloque international: l'aventure des lettres françaises en extrême Asie, Chine, Corée, Japon, Vietnam*, Paris: Youfeng, à paraître.

志以及出版物。

第三个新角度涉及实例研究的类型。法国比较文学专家伊夫·谢夫莱尔（Yves Chevrel）在他和皮埃尔·布鲁纳尔（Pierre Brunel）主编的《比较文学概要》（*Précis de littérature comparée*）一书中指出，比较领域的实例研究目前有四种类型：（1）一个作者/一部作品；（2）一个文化区域/同一作者的一部或几部作品；（3）几个不同的文化区域/多部作品；（4）一个接受者/不同的几部作品。以上四种均属同质研究（une homogénéité，sinon，une certaine unité tant du récepteur que des œuvres reçues）[①]。

我们的实例研究旨在勾勒中国新文学的期待视野，为另一种类型，即不同国度和语言的文学作品/一个文化区域，属异质研究（une hétérogénéité），间于上述的第二与第三类型。

2. 主体性写作研究：三个进展

继续以往研究中的假设并勾勒出新面目是我们在主体性研究的任务。它意味着在同一文学空间导入三种不同的表述方法：叙述，诗学和批评。这一空间既是编年的，又是主题性的；既是断裂的（文本诗学角度），又是延续的（文本研究与文学演变史并行）。笔者《中国当代文学的主体性写作》（*Ecriture subjective dans la littérature chinoise contemporaine-Devenir je*，Paris，Maisonneuve & Larose，2005）一书试图在多种批评方法互用、描述文学的历史和勾勒文学史两者之间找到平衡点。

该课题的研究着重揭示当代写作中这个"我"的多重面目，"我"是如何通过记忆与内在时间使言语和词语在未形成约定俗成的"我们"的所有物之前使它们爆裂而产生生命力的。此外，此项研究亦试图回答下列几个中国当代文学史的关键问题：

· 中国当代文学是如何从写真实到真正写作，也就是说从史诗叙述到自我的叙述的？ 是如何用自我的节奏替代了史诗的节奏的？

· 这一过渡的各阶段以及中介形式是什么？

· 主体是不是这一过渡的唯一推动者？ 主体的身份是什么？

---

① *Précis de littérature comparée*，sous la direction de Pierre Brunel et Yves Chevrel. Paris：PUF，1989，p. 189.

· 诗性语言既催产自我又使之从自我的经验中分离，它的真实角色是什么？

· 中国当代作家面临着怎样的困境？

研究文学的主体性不可避免地碰到一个困难：如何定义主体性？ 是一个自我？ 一个我？ 一个个体？ 要回答这个问题还不太容易。因为"我"很可能被集体化而成为附属的和复数的我，一个"我们"的"我"。西方文学中，扎米亚廷（de Zamiatine）的《我们其他人》（*Nous autres*）和奥维尔（d'Orwell）的《1984》（*1984*），中国 50 年代颂歌和"文革"的革命小说就是佳例。主体作用的确定取决于主体与语言的关系。主体通过语言形成自己，并以此使主体性概念被认作主体的观念。给主体性下定义，或书写这个文学的"我"的历史经历尚不是我们研究的目的，尽管此乃不可避绕的问题。法国两位批评家保罗·利科（Paul Ricœur）和约翰·E. 杰克森（John E. Jackson）对主体性的思考相当深入，对我们启发很大。

保罗·利科在《主体问题：符号学的挑战》一文中试图对主体问题的两个不同的关节——符号学层面即自我的表述和现象学层面即自我的位置——作出阐明①。我们沿此思路，在《中国当代文学的主体性写作》中从词源的角度入手，看表述自我的几个字的来源以及含义。挪威奥斯陆大学的汉学家贺麦晓（Christoph Harbsmeier）1997 年发表的一篇论文《荀子与第一人称的非人称问题》（"Xunzi and the Problem of Impersonal First Person Pronouns"，*Early China*，n° 22，1997，pp. 181 - 220），对汉语若干经典中的"我"和"吾"作了很有意义的统计和研究。巴黎七大齐冲的论文《"我"的诸状态——古代汉语第一人称分析》（« Le "je" dans tous ses états—Analyse du pronom de première personne en chinois archaïque »，in « Sujet，Moi，Personne »，Cahiers du Centre Marcel Granet，n° 2，collection orientalisme et sciences humaines，Paris：PUF，2004，pp. 45 - 82）和 2006 年 5 月我们在巴黎组织召开的"古代中国的'我'"是此类研究在历史、文本、语言学、文学几个方面的延伸。

我们在词源与文本的分析中发现一个新论题：现代汉语保留了带有群体意义的"我"而弃绝一个同样悠久的更为主化的"吾"不用，这一事实所反映的群体意识是否不仅仅是语言上的，亦非仅仅是意识形态上的选择？ 它是否也是文化上的一种心态？ 切入这一论题的较好角度应该是三种批评方法即内外和总体批

---

① Paul Ricœur，*Le Conflit des interprétations*. Paris：Seuil，1969，p. 252.

评的共用。

三种批评法共用的困难相当大。如何把握好度,不至于受相互的牵制或有太多的漏洞呢?

我们在研究中,抓住主体性写作这一专题从文本角度入手,详尽分析文学书写的变化迁移和断裂,勾勒出自我主体性写作在语言上造成的振动和革命。

同时,着重研究新文学在对西方的接受中的主线、复线和隐线。外在的机缘与内在的文学语言机制、文学观念在我们的研究空间,通过文本、作者、读者、译者、出版者、批评者和历史学家形成互动,总体文学批评在这一层面具有了意义。

比如,我们对当代文学作品中的史诗时间、主体性时间进行文本观察,发现以透明度为第一要旨的史诗式叙述在中国当代文学有很大的空间。我们不能仅以政治意识形态来解释,还有更深的原因。法国文学史家杜彭在她的论著《文学的发明:从希腊之醉到拉丁之书》①中将这种史诗叙述称为"生动的、热的"文学。这种文学建立在让听者被说服、跟着走的叙述上。我们可以将中国当代的史诗性叙述看成此类文学,它是与往昔的握手或向之回归。叙述者是歌者。在那里,写作是声音,是行动,是生活,是礼仪。一切异质都只能被淘汰。

3. 女性写作研究:叙述时间

叙述时间是现代意义上的文学所具有的六个因素之一②。我们对 20 世纪中国女性文学中主体性写作的叙述时间节奏作了图谱式文本分析对比。选用的文本是凌叔华的《花之寺》(1925)、萧红的《手》(1936)和张爱玲的《金锁记》(1943)。从这三个不同时代不同倾向的文本研究中我们得到三个叙述节奏图谱。

小说共 74 自然段,叙述时间以当下为主调,故事正在发生。其中有三处跨度很小即四个月到两年的倒叙。两处(第 16 段和第 28 段)往将来投射,跨度为"一年以后"和"永远"。八处(第 11、13、15、26、33、35、36、37 段)叙述时间放在"明天"。由此可以看出,凌叔华的叙述空间在当下和次日,叙述时间的节奏比较平缓。这似乎是中国新文学早期写作的一个特点。

---

① Florence Dupont,*L'Invention de la Littérature*:*de l'ivresse grecque au livre latin*. Paris:La Découverte,1994.

② 参见金丝燕《合唱与隐潜:一种世界文学观念——论中国当代文学的态度》,见乐黛云、阿兰·李比雄主编《跨文化对话》第 14 辑,上海:上海文化出版社,2004 年,第 16—76 页。

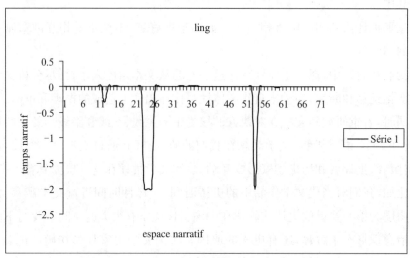

图 1 凌叔华《花之寺》

注:纵坐标为叙述时间,"－1"为过去的一年","0"为当下,"0.5"为半年,依次类推。横坐标是小说的段落。

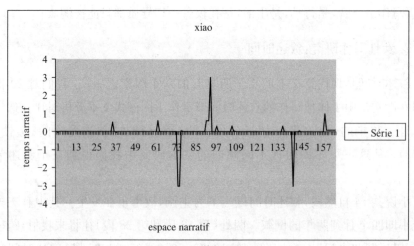

图 2 萧红《手》

注:纵坐标为叙述时间,"－1"为过去的一年,"0"为当下,"0.5"为半年,依次类推。横坐标是小说的段落。

图 2 中有两处往下的裂痕(第 74、75、76 段和后面第 142 段)代表叙述时间向过去推,跨度为三年。157 个自然段中,137 段为当下叙述,16 段组成七次向未来的波动(第二自然段叙述时间是"第二天",坐标上不明显),跨度从几个星期到三年。比较凌叔华《花之寺》的叙述时间,萧红的《手》重"当下"和"未来"(三年

跨度）。叙述节奏上的裂痕比《花之寺》要多，少了些平缓。如果凌叔华的叙述时间倾向可以定义为"当下/明天"的话，萧红的叙述时间的反差要比前者大一些，可以以"当下/未来"倾向名之。

这一立足今天并"走向未来"的倾向是否预示了中国新文学此后近半个世纪的"现实主义"主潮间或社会乌托邦文学？我们在此提出这一论题。要回答这一论题，还有必要把研究的时间段扩至40年代到80年代，在更大范围内对文本叙述时间进行统计，因此需要研究者长期的、集体协同的规划和工作。

叙述时间反差最大的莫过于张爱玲的小说。时间的连续性在她那里被打断、搅乱。

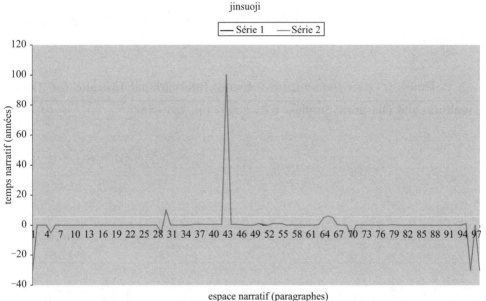

图3　张爱玲《金锁记》
注：纵坐标为叙述时间，"－20"为过去的二十年"，"0"为当下，"100"为未来一百年，依次类推。横坐标是小说的段落。

图3显示，叙述时间的节奏跌宕起伏，忽而今日，忽而过去五年、十年、三十年，忽而未来五年、十年、一百年。反差与起伏藉着"当下"的时间主轴而维持住叙述的延续性。小说的第6到28段、第31到35段、第36到42段、第56到62段、第71到94段保持着叙述时间的"当下"主调，使平和与起伏断裂形成节奏波段的大反差。这里，张爱玲颠覆了传统叙述时间，她重新组合、任意打断故事事件的时间。时间不再与现实相对，它与过去、现在、未来同处一个平面，它的继续

或者断裂乃至进行割裂,都是自我创作时的一个选择,既不具有远距离时间那种使人毕恭毕敬的崇高性,也没有企求宝贵记忆的必要。自我主体创作和个人的经验相辅相成。作品的时间是"我"选择的结果。史传文学的传统在这里断裂。

想象的时间与故事的时间交错,其造成的裂痕使张爱玲的写作空间始终处于痉挛状态。文学的现代性与上海这样的城市没有直接的因果关系,把城市文学和现代性联系在一起是一种误解。文学的现代性直接与语言/作者/叙述/读者互动相连,而写作空间的痉挛则是其中一个重要特点。

面对丰富而复杂的文学现象,传统的文学史批评就不够了。寻找"合适"的方法和切入与审视角度是我们多年来在研究中国主体性写作时恒定的关注点。三维度批评丰富了中国当代文学批评方法,使后者能比较自己原有的方法,更主动地介入文学史,而在中国文学的实例研究对三维度批评自身的理论和方法也是补充和丰富。

[*Transtext*(*e*)*s transcultures*,Lyon:International Institute for Transcultural and Diasporic Studies,n°1, 2006,pp. 154 – 166]

(作者单位:阿尔多瓦大学)

《金瓶梅》中的叙述与唱词：试论芮效卫英译和雷威安法译对词话本互文性的呈现

黎诗薇 撰　徐梦琛 译　陈嘉琨 校

引　言

成书于 16 世纪的《金瓶梅》是一部伟大的白话小说，笔者曾对该作品的英译本和法译本做过一项分析批评研究[①]，本文是对这项研究中一部分内容的拓展。如果我们把一部作品的不同译本视为对其的不同阐释，并且认为把一部作品从一种文化移植到另一种文化并非易事，那么在面对像 16、17 世纪的白话小说这样棘手的文本类型时，我们就有理由探究其翻译应采取何种策略。我们是否只满足于"忠实"的译文，以使作品的深度在各个层面都可以被译文读者所领会？

在分析文本来源、梳理关于《金瓶梅》及其阐释的现有学说之后，我们的研究梳理和分析了法语、英语世界对该作品的所有改编与翻译[②]，并且重点对比研究

[①]　笔者以此为研究对象撰写博士学位论文，题为《〈金瓶梅〉英、法译本历史性、批评性研究》（Le *Jin Ping Mei* au travers de l'étude historique et critique de ses traductions anglaises et françaises），于 2016 年 11 月 24 日在普罗旺斯地区艾克斯（Aix-en-Provence）答辩通过。

[②]　值得注意的是，虽然《金瓶梅》的全译本姗姗来迟，但是西方汉学家早在两个多世纪以前就已经熟悉它的名字。经法国汉学第一人雷慕沙（Abel-Rémusat，1788—1832）的记述，《金瓶梅》淫秽下流的名声传入法国，但在此后将这部作品译成法语的尝试中，巴赞（Antoine Bazin，1799—1863）对小说第一回的节译显得畏畏缩缩，乔治·苏利埃·德·莫朗（Georges Soulié de Morant，1878—1955）的译文文风却大胆开放，让-皮埃尔·伯雷（Jean-Pierre Porret）的译本则是依据弗兰茨·库恩（Franz Kuhn）的德文译本转译而来：Franz Kuhn，Jean-Pierre Porret（trad.），*Kin Ping Mei ou la merveilleuse histoire de Hsi Men avec ses six femmes*. Paris：Guy le Prat，1952，2 vol.，311＋343 p.。《金瓶梅》在英语世界的接受道路同样漫长曲折。有关《金瓶梅》在法国译介开端的详细介绍，参见笔者的文章 « Le roman chinois ancien en langue vulgaire en France du Siècle des lumières à nos jours：un aperçu historique » dans Yvan Daniel，Philippe Grangé，Han Zhuxiang，Guy Martinière et Martine Raibaud（dir.），*France-Chine*. *Les échanges culturels et linguistiques*. *Histoire*，*enjeux*，*perspectives*. Rennes：Presses Universitaires de Rennes，2015，pp. 248-282。

了现今最好的两个全译本，即雷威安（André Lévy）的法译本和芮效卫（David Tod Roy）的英译本①。这一对照使我们得以辨别两位译者对作品的不同阐释，剖析他们在翻译中采取的各种策略，以及这些策略造成的两种译本的差异。

此外，在翻译批评模式的选择上，笔者借鉴了安托瓦纳·贝尔曼（Antoine Berman）和兰斯·休森（Lance Hewson）提出的批评方法，根据他们的理论，翻译批评是一项评估工作，要点在于评估译者的阐释行为、所采用的翻译策略或技巧以及这些选择所产生的结果②。只有在明确了源文本特征之后，才能着手考察翻译选择，并对其潜在影响作出初步假设，进而再开展整体性的翻译批评。

鉴于这部巨作特征繁多，笔者将以"曲"（poésie chantée）③的运用为例来展开论述，因为雷威安和芮效卫的全译本皆以《金瓶梅词话》为底本，而"曲"的运用恰恰是其最显著的特征之一。下文将试着分析翻译中的不同选择及其对读者可能产生的影响。

一、《金瓶梅词话》中"曲"的使用及功能

尽管目前关于《金瓶梅》的作者身份④和最早抄本的年代仍有许多未解之谜，但这部被冯梦龙（1574—1646）毫不犹豫地列入"四大奇书"之一的作品曾有

---

① 这部小说在国内很难找到未删节版本，普通读者只能看到删减版，而法国读者则比较幸运，雷威安用七年时间翻译的《金瓶梅》全译本已于1985年由伽利玛出版社出版，书名被译为 *Fleur en Fiole d'Or*（Paris：Gallimard，2 volumes，Ⅰ：cxx - 1272 p.；Ⅱ：x - 1483 p.）。第二部全译本由芝加哥大学中国文学教授、汉学家芮效卫翻译，书名为 *The Plum in the Golden Vase or*，*Chin P'ing Mei*，从1993年起，他开始把五大卷译本逐部交付普林斯顿大学出版社。2013年，这项历时三十年的马拉松式出版工作终于大功告成［vol. 1, civ - 610 p. (1993), vol. 2, xix - 646 p. (2001), vol. 3, xvii -722 p. (2006), vol. 4, xvii - 959 p. (2011), vol. 5, xvi - 556 p. (2013)］。

② 参见 Lance Hewson，*An Approach to Translation Criticism*. Amsterdam，Philadelphia：John Benjamins，2011，277 p.；Antoine BERMAN，*Pour une critique des traductions: John Donne*. Paris：Gallimard，coll. « Bibliothèque des idées »，1995，pp. 11 - 97。

③ 在小说《金瓶梅》，特别是其最早的版本中，出现了不同体制的曲，主要为散曲和小令。正如宇文所安（Stephen Owen）在《剑桥中国文学史》（*The Cambridge History of Chinese Literature*，Cambridge：Cambridge University Press，2010，vol. 1，pp. 634 - 636）中所述，散曲出现于金末元初，其特点是大量运用对仗形式，多用长达三四个字的象声词，使用衬字，具备反映社会各阶层语言风格的能力。此外，小令又称为"叶儿"，是最短的散曲。小令最接近诗歌中的绝句、宋词中的小词，成为元代最受欢迎的诗歌表达形式。

④ 《金瓶梅》作者的"候选人"名单已经超过60位。关于此，请参见史铁良1998年分上下两期发表的整理成果，题为《20世纪〈金瓶梅〉作者研究概述》，载《株洲教育学院学报》第3期、第4期。

多个版本流行于世。我们一般认为《金瓶梅》有三个版本系统:A 版本,即词话本;B 版本,即崇祯本;C 版本,即张竹坡点评本①。

A 版本,即《金瓶梅词话》,直到 1932 年才被发现,被认为是最接近原稿的版本,但在雷威安和芮效卫之前,从未有译者将其作为翻译的底本。正如书名中的"词话"二字所示,词话本最显著的特征之一便在于唱词,或曰"曲"的大量使用。小说一百回中几乎每一回都出现了曲。大部分曲子抄引自他书的 27 套散曲,其中有 14 首为全文引用。书中亦有 126 首出处明确的小令②。小说中引用的大部分散曲出自明代散曲戏曲选集,如《词林摘艳》和《雍熙乐府》。这些选集及其内容广为当时的爱好者所熟知,故《金瓶梅》的作者只需按写作意图引用曲子的曲牌名或开头数句即可③。

前人文本精巧地镶嵌在《金瓶梅词话》的主体文本中,这些引用具有复杂多样的功能,而我们从对其互文性的考察中也可以得出多种结论④。我们在此无法一一列举,仅作简单概括。

散曲的内容以及由此衍生出来的描写和引文所蕴含的影射意义,经作者和他笔下的人物使用后,便成了具有象征意味的言语,其象征意义体现在多个层面上:它们传达出关于人物所想和心理状态的新信息,暗示未来的情节发展,通过类比或反面对比的方法来评价人物和整体情境,并与小说主题联系在一起产生

---

① 参见韩南教授论述这一问题的开创性文章:Patrick Hanan,« The Text of the *Chin P'ing Mei* »,*Asia Major*,vol. 9,1962。

② 有关抄录曲目的详细统计,参见蔡敦勇《金瓶梅大量采引当时剧曲文字探谜》,选自朱一玄、王汝梅编《金瓶梅古今研究集成》,延边:延边大学出版社,1999 年,第 2 卷,第 322 页。

③ 这些选集中收录的元明通俗歌曲在说书人、优伶乃至普通市民之间都广为流传。参见郑铁生《〈金瓶梅〉唱曲叙事功能在小说发展史上的意义》,《内江师范学院学报》2007 年第 3 期。

④ 针对《金瓶梅》中出现的互文文本(抄引的文段,例如唱词、引文等),现有两种不同观点:一派认为,借用自口头文学的引文和片段可以证明,这部小说是对口头文学中说书人集体创作的既有版本修改后写定。潘开沛和徐朔方是最早提出这一假说的研究者。参见潘开沛:《〈金瓶梅〉的产生和作者》,《光明日报》1954 年 8 月 29 日;徐朔方:《〈金瓶梅〉的写定者是李开先》,《杭州大学学报(哲学社会科学版)》1980 年第 1 期。他们的论证后来得到许多研究者的支持,如梅节、傅憎享、周钧韬等人。另一派则倾向于认为,作者是为了达到不同的修辞效果,特意选择这些资料。支撑这一假说的研究成果更具逻辑性和说服力,研究者们通过具体的例子来阐明不同的修辞功能和效果。其中最具影响力的研究成果是韩南教授的文章(同上)和柯丽德的研究:Katherine Carlitz, *The Rhetoric of* Chin P'ing Mei. Bloomington:Indiana University Press, 1986. 值得一提的还有中国的研究者,参见孟昭连:《〈金瓶梅〉中的以曲代言》,选自《漫话金瓶梅》,石家庄:河北人民出版社,2000 年,第 330—334 页;张进德:《简论〈金瓶梅词话〉中的散曲》,《明清小说研究》2007 年第 1 期。

讽刺效果①。不过本文的关注点在于两位译者在翻译时分别采取了何种方法来移植这些象征性言语。二者的态度似乎在很大程度上取决于他们是否阐释作品,以及他们对作品持有怎样的观点。

二、译本考察

1. 译者的不同观点

芮效卫认为应把《金瓶梅》当作一部带有儒家正统思想烙印的作品来读。他深信荀子的思想是理解这部小说的关键,他提出作者聚焦主人公西门庆及其家庭,试图借他们的故事来说明,倘若缺少礼教约束,那么社会很可能会陷入无序乃至混乱的状态。他一方面受到张竹坡(1670—1698)评点的启发,另一方面受到西方文学批评家如巴赫金等人的新理论和中国古典小说研究专家(韩南、浦安迪、柯丽德等)的成果的启发,坚信这部作品是某位作家的个人创作②。所以他提出了多条路径来阐释作者所运用的修辞技巧,尤其是作者使用的重复叙事手法,目的或在于掩盖有关情节发展及其深层含义的信息,以此来激发读者的兴趣,让读者自己在接续的阅读过程中串联起各种信息。

因此芮效卫的译文注释丰富,其中大部分内容既是为了凸显那些他认为作者有意安排的重复元素,也是为了提供所有互文本的相关信息。在他看来,把散曲作为独立完整的表达形式是作品的重要特征之一,而且某些唱曲对于揭示一些人物的心理状态起着关键作用③。

相比之下,在涉及理解作者意识形态、美学观以及小说叙述编排这些问题时,雷威安似乎显得更加谨慎。无论是在1979年以来的各类研究著述中,还是在译本正文前以三十余页的篇幅探讨作者身份、版本情况、时代背景等问题的导

---

① 参见 David Rolston,"Nonrealistic Uses of Oral Performing Literature in the *Jin Ping Mei cihua*",*CHINOPERL: Journal of Chinese Oral and Performing Literature*,vol. 17,1994,p. 36。

② 芮效卫推测《金瓶梅词话》的作者是大剧作家汤显祖(1550—1616)。参见他的文章"The Case for T'ang Hsien-tsu's Authorship of the *Jin Ping Mei*",*Chinese Literature: Essays,Articles,Reviews*(*CLEAR*),vol. 8,n° 1/2 (Jul.,1986),p. 52。

③ David Tod Roy,"The Use of Songs as a Means of Self-Expression and Self-Characterization in the *Chin P'ing Mei*",*Chinese Literature: Essays,Articles,Reviews*,vol. 20 (Dec.,1998),pp. 124 – 125.

言中，雷威安都没有对作品做出主观阐释，他更像是在提出疑问。特别是针对单个作家创作论，以及认为书中有关日期和地点的前后不一致是作者为了追求讽刺效果而有意为之的假说，雷威安提出了他的质疑。相反，最终他强调了说书人在这部巨作的成书过程中所能发挥的作用，认为一部如此复杂的小说不太可能出自某位作家个人之手[①]。

两位译者的不同观点催生了不同的翻译策略。

2. 面对互文本翻译困难所采取的翻译策略

如何翻译互文本是译者面临的主要障碍之一。小说中的互文关系不仅表现为部分或完全抄引前人作品中的单个或多个文段，也体现在人物对话中粗略提及的某一曲牌名上，此时的互文关系会显得更加微妙、隐晦。

如前所述，如果想要充分体会小说中的互文性所带来的妙处，那么读者既要具备相应的文学知识，以识别出文本中镶嵌着另一个文本，还要能够阐释这种互文关系的涵义。

鉴于此，若用简单的直译方法来翻译互文本，那么即便在语义层面上建立起对等，互文关系也会因为去语境化而无法得到再现。面对互文性翻译这一重大障碍，译者通常会借助注释来补偿翻译中损失的互文游戏，但是无论如何，互文性的翻译都是一项难以完成的艰巨任务[②]。

试想一下，如果译者在注释中明确指出引文的来源及其在思想和叙述层面上的隐含意义，那么作者和读者之间的对话就会被打断，换言之，译者此时不再只是作者向读者传递信息的中介，而是取代了作者的位置，直接与读者进行交流。理想状态下，翻译应该让目的语读者掌握和出发语读者相同的工具，而不应该直截了当地揭示目的语读者在阅读过程中可能会自行发现的细节和线索。如此一来，那些因缺乏必要知识而无法理解互文游戏或者对此兴趣索然的读者便能继续往下阅读，而无需特意查阅注解部分（有时可能极其翔实），从而导致阅读负担加重或者阅读过程中断。

另一种翻译策略则是删节，但这无疑会造成译文中的巨大损失，因为词话本的特征就在于唱词的互文性。一个简单的忽略、删除，都会造成小说架构和人物

---

① André Lévy, « Introduction », *Fleur en Fiole d'Or*, *op. cit.*, t. 1, p. XXIX.

② 有关这一问题，参见 Lawrence Venuti, « Traduction, intertextualité, interprétation », *Palimpsestes*, 18/2006, pp. 17 – 42.

心理揭示层面上的严重缺失。

为阐明这一点，笔者将选取第三十一回为例。书中写道，西门庆晋升到五品官职（"金吾卫副千户，居五品大夫"），与此同时，李瓶儿为他生下一子。此时，读者见证了小说主人公西门庆登上人生巅峰，他大摆宴席，邀请了刘太监、薛太监等一些重要人物，他们自然也送来贺礼以庆祝西门庆升迁之喜。宴会上，乐工和伶人唱了几曲。

刘太监点了一曲《叹世》，不过并未提及曲名：他只是指明要听以"浮生有如一梦里"开头的那首曲子①。尽管小说中省略了曲子的后面部分，但当时的读者都熟知其内容，西门庆此时正处于事业巅峰，又喜得一子，能传宗接代，在这样的喜庆氛围中演唱此曲似乎并不合适。所以这里很有可能是作者留下的线索，当时的读者对这首民间歌曲的唱词了如指掌，作者引用此曲，就是为了告诉读者小说可能会以怎样的结局收场。其实《叹世》开头几行就出现了下面这句歌词：

正青春绿鬓斑蟠，恰朱颜皓首庞眉，转回头都做了北邙山下鬼。②

此词表明，尽管他现在年轻力壮，但最终也难逃一死，而此时他才刚要开始享受荣华富贵。

对于第三十一回中的这个片段，两位译者采取了不同的处理方法。雷威安译为：

　　—Il est de l'ordre de la raison et de la nature que vous commenciez, cela ne se discute pas, insiste le commandant Zhou.

　　—Qu'ils nous chantent quelque chose de *La vie n'est qu'un rêve*!

　　—Cher et vénéré directeur, en si joyeuse occasion et à ce banquet

---

① 词话本中原文摘录如下："周守备道：'老太监之理，不必计较。'刘太监道：'两个子弟，唱个"叹浮生有如一梦里"。'周守备道：'老太监，此是这归隐叹世之词，今日西门大人喜事，又是华诞，唱不的。'"参见兰陵笑笑生《金瓶梅词话》，梅节校订，台北：里仁书局，2009（2007）年，第1卷，第452页。此曲由吕止庵所作，收录在《全元散曲》中。

② 芮译本第2卷第467页中将这句诗译为："The youngster's glossy black hair has turned to gray；The red-cheeked youth's head is white，his eyebrows bushy. In a turn of the head we will all be ghosts under the Pei-mang Moutains."

magnifique，il n'est pas possible d'évoquer la retraite hors du monde！①

在法译本中，译者仅将歌曲第一句"叹浮生有如一梦里"翻译为"La vie n'est qu'un rêve"，并没有在注解部分对前文本（hypotexte）做出说明。然而互文游戏并非隐藏在这支曲子的第一句，而是在第一段，仅从语义层面进行简单翻译不可避免地改变了互文游戏的条件，导致互文性所蕴含的一切信息和效果都在译文中丢失了。

另一位译者芮效卫则处理为：

Eunuch Director Liu then said，"Let the two boys perform the song suite that begins with the line：
Alas！This floating life of ours
is like a dream."
"Senior Eunuch Director，"said Commandant Chou，"That is a piece about the life of retirement and disillusion with the world…"②

在英译本中，芮效卫首先从语义层面翻译了散曲的第一句，随后在注解部分加以评论③，强调这首歌的主题与当时的场合格格不入，特别是考虑到歌曲中有一句"转回头都做了北邙山下鬼"。他并未再交代其余信息，而是在附录中给出了这首散曲的完整译文④。他的处理方法十分有趣：不直接点明译文和前文本的互文关系，而是为细心的读者重建这种联系提供了所有必要元素。如果他直截了当地揭示此处的互文性，提前点破西门庆难逃暴毙而亡的下场，那么阅读乐趣可能会大打折扣。但这种处理方法要求读者付出更多的努力，他们不但要中断译文的阅读过程去查阅注释，还要参考译者提供的前文本的翻译。

芮效卫的翻译主要面向懂中文的读者和学者群体，这部分读者有能力领会译者留下的关于互文关系的各种线索。译者的介入由此改变了互文性的阅读条件，他也在其中加入了自己的阐释，除了翻译者的角色，他同时还肩负起评论者

---

① 参见 *Fleur en Fiole d'Or*，*op. cit.*，t. 1，p. 648。
② 选段分别引自芮译本第 2 卷第 238、239 页。
③ *The Plum in the Golden Vase*，vol. 2，p. 536.
④ *The Plum in the Golden Vase*，vol. 2，p. 467.

的角色,直接介入到了翻译中。

第六十一回也提供了一个例子。李瓶儿丧子后深陷悲痛无法自拔,大病一场,最后撒手人寰。她最后一次现身是在纪念重阳节的家宴上,月娘邀请了一群乐工和优伶来表演。众人催促李瓶儿也点一支曲子。李瓶儿沉思良久,最终点了首《折腰一枝花》(雷威安将曲名译为"La Branche fleurie brisée à la taille"),《金瓶梅词话》中完整抄录了这支曲子的内容。

单是这支曲子的曲牌名就足以预示等待着李瓶儿的悲惨命运,这场宴会之后她就将不久于人世,犹如折断的花枝。这支曲子表达了一个被爱人抛弃的女子所感受到的悲伤和忧郁,完全贴合李瓶儿当时的心理状态和情感状况。尤其是曲子的第四部分,描写了梧桐树叶落入深井的景象,让读者感受到李瓶儿丧子后的绝望之深,一句"一日一日夜长,夜长难捱孤枕"[①],道出了她因这桩惨剧而饱受失眠的折磨,可是丈夫却还抛下她,投入新欢怀中寻欢作乐。

懒上危楼望我情人,未必薄情与奴心相应。知他在那里那里贪欢恋饮。[②]

"知他在那里那里贪欢恋饮"完全印证着故事的走向,就在家宴之前,西门庆还与家仆王六儿发生了关系;他见到李瓶儿时,一时口误,对她说自己要去找"潘六儿"。正是这个粗心的错误暴露了他的想法,潘金莲是西门庆的第五房妾,而他却把潘金莲叫作"潘六儿",无意中向李瓶儿透露了第六个情妇的存在。这时她明白过来,丈夫甚至来不及哀悼他们的孩子,便又找了一个女人来满足自己寻欢作乐的欲望。当她意识到自己在西门庆心里的地位是何等微贱后,病情进一步加重,最终悲痛而死。

两位译者对这个片段也采取了不同的处理方法。在雷威安的笔下,这一段被译为:

---

① 本文作者自译为"Jour après jour les nuits se font longues, plus les nuits sont longues et plus il est difficile de supporter la solitude sur l'oreiller"。

② 本文作者自译为"Sans entrain, je monte à la tour voir mon amant, il est peu probable que le cœur de cet insensible s'accorde avec le mien. Qui sait où il peut bien être allé, dans sa quête de plaisir et de boisson?"。

«*Sentes empourprées et chemins rougeoyants，la main la plus habile à manier les couleurs ne saurait vous peindre！… Cette splendeur qui frappe le regard et s'étend comme brocart，ce doit être le printemps qui m'est si traître！ Ce n'est pas moi qui offense le printemps，c'est à cause de l'ami de mon cœur: la beauté du paysage ne rend que plus lourde ma peine…*»

Finale：«*Tant de sentiments tumultueux me serrent le cœur！ À penser à lui soir et matin tombent les larmes en perles lamentables. Comme je lui en veux et d'être si beau et de ne pas le voir！*»*[①]*

译本第 1316 页的注释又对此处的翻译做了补充：

> 作者在原文中完整抄录了这套曲子的另外七节，均被译者略去；小说后来的版本中也一律删去了曲子的内容。

法语译者大幅删减翻译的内容，并以考虑法语读者的接受能力为由替自己的做法辩护，而英语译者芮效卫则选择了完整翻译这套曲子，并对散曲中出现的重复性表达添加了详尽注释，指出其他通俗文学作品中可能也会出现类似的用法，这种处理方法使懂中文的读者得以把前文本和小说文本联系在一起。

The purple roads and red lanes，…
Commencing to sing in full voice，performed the song suite that begins with the tune « A Variation on A Sprig of Flowers »

〔梧桐树〕梧叶儿飘金风动，渐渐害相思，落入深深井。一日一日夜长，夜长难捱孤枕。懒上危楼望我情人，未必薄情与奴心相应。知他在那里那里贪欢恋饮。

---

① 雷译本中即有此分割线。参见 *Fleur en Fiole d'Or，op. cit.*，p. 271. 雷威安仅译出如下文段："紫陌红径，丹青妙手难画成。触目繁华如铺锦，料应是春负我，我非是辜负了春。为着我心上人，对景越添愁闷。……〔尾声〕'为多情，牵挂心。朝思暮想泪珠倾，恨杀多才不见影。'"参见兰陵笑笑生《金瓶梅词话》，梅节校订，台北：里仁书局，2009（2007）年，第 2 卷，第 958—959 页。

To the tune « The Phoenix Tree»：

The leaves of the phoenix tree are flying；

The metallic autumn wind has begun to blow.

As I gradually fall prey to lovesickness，

I feel as though I have fallen into a deep well.

Day after day，the nights grow longer，

But I find it hard to endure my lonely pillow.

Reluctantly I mount the lofty tower，

In order to watch out for my lover.

It may be that the fickle fellow's heart is out of tune with mine.

Who knows where he may be，where he may be，

Pursuing pleasure and indulging in drink?

通常情况下,当涉及散曲的翻译时,雷威安会采取删减策略,这样的处理在小说的后半部分尤甚,他还在注释中解释道,这些散曲的内容在 B 版本(崇祯本)中均被删除。他选择这种方法的原因首先和他对小说的看法有关。相较于芮效卫,他不太相信这部小说是某位作家的个人创作,他认为说书人可能在成书过程中发挥了重要作用,某些散曲可能是由不同的说书人逐渐添加进书中,与情节发展或作品主题并无多大联系。其他情况下,即使他意识到散曲有时对揭示小说主题起着重要作用,但他也认为由于去语境化,散曲的内容和互文关系将很难再被不懂中文的法国读者所察觉,所以他选择了删减散曲,以精简相关文段的篇幅。然而这种处理方法与他选择以 A 版本作为翻译底本的做法完全矛盾,因为散曲正是词话本与其他版本的区别所在,正如我们在前文中已经阐明的,散曲在作品中发挥着关键作用,并非仅仅是装饰品,而是小说中具有建设性意义的重要文本。上文所举的两个例子揭示出了法译本中删减散曲所造成的重大损失。①

概言之,通过这两个例子,我们可以清楚地看到两位汉学家译者对文本有着不同的阐释,并在此影响下采取了不同的翻译策略。显然,芮效卫把互文性视作这部小说最重要的特征之一,因此他在注释部分提供了尽可能多的信息来向读

---

① 小说第四十九、五十三、五十五等回中散曲或戏剧的翻译也采用了这一删减策略。

者指明典故的出处，同时还完整翻译了前文本的内容，适当给出一些线索，但不直接揭示典故在小说背景中的含义，以免破坏读者的乐趣。而雷威安则对个人创作论持怀疑态度，他更强调说书人在小说最终成书过程中所扮演的角色，所以在他看来，互文文本并不具有决定性的意义。尽管作者的身份之谜尚未揭晓，但是词话本比崇祯本更接近作者创作的原始文本，这是两位译者公认的事实。在这一点上，雷威安的做法似乎自相矛盾，既然散曲等互文本是区分两种版本的要素之一，如果他认同 A 版本更接近作品原貌，那么在翻译中删减这些内容就显得不合逻辑。为何在两个版本中选定了其中一个，却又在最终的译文里删去了它的特色呢？

为什么这两位汉学家译者选择了截然不同的翻译策略？原因众多，笔者在此将介绍最显而易见的几点：首先，目标读者不同。雷威安的译本由七星文库出版，不仅面向中国文学和文化的爱好者，同时也面向更广泛的读者群体：他的翻译目的是让尽可能多的读者能够理解这部作品，所以他添加注释时尽量简洁、易懂，避免因详细解释互文性而让文本变得累赘。芮效卫的译本则由一家大学出版社出版，主要读者是汉学家，其目的是优先让中国文学的研究者和学生读到这部书。他添加注释旨在为作品开辟新的视阈，开启新的理解。

《金瓶梅》是明清小说中非常值得研究的一部重要作品，它对许多后世的小说都产生过重大影响，其中包括《红楼梦》。面对这些如此复杂的作品，我们意识到，要让西方读者看清作品的深层次结构和意义，无论是在翻译策略层面，还是在注释性文本的建构层面，都存在不少困难。对翻译策略以及作品不同译本的研究终将为日后一代又一代的译者带来启迪，鼓励他们挑战这些复杂的作品，尤其是《红楼梦》，这部不朽的文学巨著至今仍没有令人满意的法语译本。

（作者单位：黎诗薇，Aix-Marseille Université；译者：徐梦琛，南京大学；校对：陈嘉琨，上海外国语大学）

翻译中的评注，或研究型译者的显形
——中国现当代文学作品若干法译研究①

张香筠（Florence Xiangyun Zhang）撰　过　婧　译

由于年代久远，要读懂古典作家乃至古代作家的作品，如今唯有借助带有注释的翻译以及对译文的评注。如此一来，研究这些作家的专家们自然承担起了翻译其作品的任务，同时为译文附上长篇的序言和翔实的注解②。

年代近一些的作品并不需要得到同样的待遇。狄更斯研究专家兼法文译者西尔维尔·莫诺（Sylvère Monod）指出，19世纪时，这位英国作家的作品往往是由某些"上流社会的贵妇们"翻译的，而她们不过是具有一定文学素养以及懂英文罢了③。而如今，狄更斯的作品已属19世纪文学经典，在专业研究者手中，出现了附有注释的新译本④。

---

① 本文法文版见 Florence Xiangyun Zhang，« Commentaire dans la traduction et visibilité du traducteur-chercheur—étude de quelques traductions françaises d'œuvres littéraires chinoises modernes »，in Zhang，Wei（dir.），*Recherche et Traduction*，*une vision engagée de la traduction*. Bruxelles：Peter Lang，2017.

② 古希腊语和拉丁语作品是学术型翻译的对象；汉学研究领域也存在类似的例子。美文出版社（éditions Les Belles Lettres）在程艾兰（Anne Cheng）和马克（Marc Kalinowski）共同策划的"汉文书库"丛书（coll. « Bibliothèque chinoise »）中以双语形式出版中国文学中的文言经典。该丛书收入了中国历史上最具代表性的文学作品，王实甫创作的元曲《西厢记》便位列其中。译者蓝碁（Rainier Lanselle）在书中进行了详细的文本分析，并就引文给出了大量诠释。Wang Shifu，*Le Pavillon de l'ouest*（*Xixiang ji*），texte présenté，traduit et annoté par Rainier Lanselle. Paris：Les Belles Lettres，2015.

③ 见 Sylvère Monod，« Les premiers traducteurs français de Dickens »，in *Romantisme*，1999，n° 106，Traduire au XIXᵉ siècle，pp. 119 - 128.

④ 见 *Les Aventures d'Olivier Twist* de Dickens，traduction，introduction，notes et bibliographie par Sylvère Monod，1ᵉʳᵉ édition Garnier Frères，1957，Classiques Garnier Multimédia，2005。当然，并非所有的翻译都有注释。莫诺很感激七星文库给予译者充分的自由，令他得以随心所欲地作注。见 Sylvère Monod，« "NDT"ou le traducteur annotateur »，*Franco-British Studies*，Spring 1988，pp. 25 - 37。

　　不过，马塞尔·普鲁斯特（Marcel Proust）早期翻译的、同时代的英国作家约翰·罗斯金（John Ruskin）的作品《芝麻与百合》（*Sésame et les Lys*），却引起了安托瓦纳·贝尔曼（Antoine Berman）①的关注。贝尔曼仔细阅读了普鲁斯特译文中连篇累牍的注释之后，在其中察觉到一种中世纪式的古老做法，也就是译者将译文与评注交织在一起的做法：普鲁斯特所加的注释不仅是为了阐明自己的翻译，更重要的是为了展现他个人的想法。

　　贝尔曼认为，翻译与评注之间存在着本质上的关联："任何对外文文本的评注都包含翻译的工作，其实也可以说，它就是翻译。反之，任何翻译也都包含评注的元素……"②的确，我们有可能在不翻译的情况下对一个外文文本进行评注吗？皮埃尔·依斯兰（Pierre Iselin）认为，评注，即"将思想运用到事物上"。评注，就是一方面要求有"思考者的思想（拉丁文为 *commentari*）"，另一方面要求有"思考的对象"③。翻译必然包含选择，在这个思考过程中，译者的评注理所当然地占有一席之地。

　　然而，令贝尔曼遗憾的是，"批评话语走向自治破坏了（翻译与评注之间的）古老联结"④。实际上，这种联结还或多或少地存在于那些需要译者介入的特殊文本之中，因此贝尔曼承认某些对弗洛伊德著作的翻译中包含评注。这也与古代文本的情况类似，因为翻译的任务在原则上被预留给了相关领域内的专家。

　　弗洛伊德作品的翻译与我们关系不大，因为本文仅限于探讨文学作品的翻译。通过对一些小说译本的考察能够发现，译者评注的空间极小，甚至可以说没有。另外，法国理论家让-热内·拉德米拉尔（Jean-René Ladmiral）说过："译者不必成为评注者"，不过他又加了一句："除非他既是作序者又是专家。"⑤我们也

---

　　①　见 Antoine Berman，L'Âge de la traduction：« la tâche du traducteur » de Benjamin，un commentaire，Presses Universitaires de Vincennes，2008，p. 18.

　　②　见 Antoine Berman，L'Âge de la traduction：« la tâche du traducteur » de Benjamin，un commentaire，Presses Universitaires de Vincennes，2008，p. 18.

　　③　Pierre Iselin，« Préface »，*Sillages critiques*，Commentaire：« S'entregloser » dans la littérature de langue anglaise，n° 9，2008，pp. 7 - 8.

　　④　Antoine Berman，L'Âge de la traduction：« la tâche du traducteur » de Benjamin，un commentaire，Presses Universitaires de Vincennes，2008，p. 18.

　　⑤　Jean-René Ladmiral，*Traduire: théorèmes pour la traduction*. Paris：Gallimard，1994，p. 231.

不得不承认，如今职业分工细化将翻译的任务交给了译者，而将评注的任务交给了研究者。

因此，绝大多数中国现当代文学作品的法译本并不包含译者的注解，为数不多的脚注也纯粹是为了提供信息，例如关于一个地点及/或一个专有名词的大致情况。还有一些译本会附上由某个重要人物撰写的序言，如法文版《四世同堂》的序是由勒克莱齐奥（Le Clézio）撰写的[①]，《围城》的序是由毕仰高（Lucien Bianco）撰写的[②]；更常见的情况是，序言由研究该文本作者的专家撰写[③]，在文中阐述作者的价值以及作品的贡献。

不过，仍然有一些译本为译者保留了空间。译者撰写或长或短的序或后记，并且以注释的形式对自己的翻译进行大量的评注。这些评注的存在使译者不再隐藏在作品背后，他拒绝隐身并力图评论。在完成思考的同时，译者成了研究者。

在此我们谈论的是广义的"评注"，它在翻译中会以不同的形式呈现：序或前言、后记、脚注或尾注，凡由译者所作的文本都包含在内。所有这些不同形式的评注可统称为"副文本"（paratexte），更准确的说法是"周围文本"（péritexte）。热拉尔·热奈特（Gérard Genette）认为，副文本即一切围绕并延展文本的文字，它们旨在"呈现文本"，"使文本具有现时性"，"确保文本的在场，以及对文本的'接受'与消费"。序或后记、注释、标题、副标题都属于周围文本，它们区别于附属文本（épitexte），附属文本则是指与文本有关，但外在于书本的文字（如广告、访谈）[④]。

---

① Lao She，*Quatre générations sous un même toit*. *I*，trad. Jingyi Xiao. Paris：Gallimard，1998. Préface de J.M.G. Le Clézio，avant-propos de Paul Bady.

② Qian Zhongshu，*La forteresse assiégée*，trad. Sylvie Servan-Schreiber，Lu Wang. Paris：Christian Bourgois，1987，Préface de Lucien Bianco.

③ 例如米歇尔·鲁阿（Michelle Loi）为《呐喊》译本所写的前言以及保罗·巴迪（Paul Bady）为《二马》译本所写的前言。参见 Lu Xun，*Cris: nouvelles*. Paris：Albin Michel，1995，trad. par Joël Bellassen，Feng Hanjin，Jean Join，Michelle Loi；Lao She，*Messieurs Ma*，*père et fils*，trad. Claude Payen. Arles：Philippe Picquier，2002。

④ 见 Gérard Genette，*Seuils*. Paris：Éditions du Seuil，1987.

我们将对一些中国现当代文学作品法译本中知名专家译者的评注进行考察①。其中两位专家译本中的评注尤为丰富：保罗·巴迪（Paul Bady）翻译的老舍1962年发表的作品《正红旗下》（*L'Enfant du nouvel an*），以及何碧玉（Isabelle Rabut）翻译的下列作品：沈从文在1934年出版的《从文自传》（*Le petit soldat du Hunan: autobiographie*）和1943年出版的《水云》（*L'eau et les nuages: comment je crée des histoires et comment mes histoires me créent*），以及余华在2005年发表的小说《兄弟》（*Brothers*），这些译本为我们的研究提供了有力的例证。我们将通过分析译者的话语考察译者的可见性，尝试阐明研究者的译文有何特别之处。

一、前言或序言后记

热奈特认为，前言或序言的功能是保证阅读的顺畅，尤其要回答以下问题：为什么读者应该读这本书？读者应该怎样读这本书？②保罗·巴迪③是研究老舍的专家，也是老舍多部小说的译者，他在《正红旗下》译本前言中对小说及作者做了详尽的介绍：该书的自传性质、小说创作的环境、与老舍其他作品之间的互文性、作者的性格和作品的审美。同时，译者也提到了小说中的人物与情节，并分析老舍描绘人物的手法，还特意将作者的个人经历及中国历史的变迁与书中人

---

① 我们对20世纪中国文学作品法译本所做的一次抽样统计显示，大多数译本没有序言或后记，只有一个简短的作者介绍，通常放在正文前，文末还会有一些纯粹信息性的注释（关于地名或无法规避的文化类参考信息）。然而，鲁迅作品得到了系统的译介，伴有批评性研究。老舍的几部小说也是如此，但并非所有作品都得到了相同对待。我们在郁达夫、沈从文和巴金作品的译本中也看到了译者的评注。而当代作家尽管得到了更多的译介，但译本中很少有评注。莫言（2012年诺贝尔文学奖得主）小说的译本中也没有译者的评注。相反，余华新近的小说《兄弟》的译本中有大量尾注。参看 Lu Xun, *Errances: suivi de « Les chemins divergents de la littérature et du pouvoir politique »*, trad. Sebastian Veg. Paris: Rue d'Ulm, 2004; Lao She, *L'enfant du nouvel an*, trad. Paul Bady. Paris: Gallimard, 1986; Ba Jin, *Destruction*, trad. Angel Pino, Isabelle Rabut. Paris: Bleu de Chine, 1995; Yu Dafu, *Rivière d'automne: et autres nouvelles*, trad. Stéphane Lévêque. Arles: P. Picquier, 2002; Shen Congwen, *Le petit soldat du Hunan: autobiographie*, trad. Isabelle Rabut. Paris: A. Michel, 1992; Yu Hua, *Brothers*, trad. Angel Pino, Isabelle Rabut. Arles: Actes Sud, 2008.

② Genette, *op. cit.*, p. 183.

③ Lao She, *L'Enfant du nouvel an*, *op. cit.*, 1986. 本文论证中采用的关于老舍的例子均出自这本小说。

物的生活进行了对照。

因此，该前言是一份真正的作品评述，一方面为读者提供了大量的背景信息，另一方面为读者呈上了一份说明书或者说是导航图：译者清晰地列出了小说中大量人物之间的关系，以阐明叙述结构。它预见了读者对书中人物某些夸张讽刺性行为可能产生的反应，并对此进行了解释。这一前言有教学效用，有了它的帮助，读者便不会迷失在老舍笔下遥远而独特的世界中。当然，此副文本主要是意义层面的。只有一个段落提到了文字与翻译：

> ……原文展现了作者特有的细腻……每一个字都经过反复推敲。西方读者即便在帮助下，也很可能难以通过翻译体会到这一点。不过，这部作品至少有两大特色极易辨认：叙事的组织方式以及从历史或人类学角度进行观察的价值。[①]

通过这个段落，译者引导读者关注作品叙事的组织方式以及历史或人类学的趣味；不过他也提前预料到会有批评的声音，并承认自己没有能够很好地将字面意思完全翻译过来。在前言的最后，保罗·巴迪还提到老舍这位"语言大师"在作品中展示出美妙的北京腔。

实际上，虽然该前言由译者本人撰写，但这里并没有探讨翻译的问题。因为作为老舍专家，保罗·巴迪首先想帮助读者充分阅读并领会老舍笔下那个消失的世界。另外，这篇富于信息与分析的前言面向的是特定的受众，换言之，只有特定的读者群体才能读懂这篇前言。序言一开始便强调了这部小说与老舍其他作品之间的互文关系，即假定了读者对此已经有所了解；文中对小说写作历史及政治背景的长篇阐述，只有对 19、20 世纪中国历史非常熟悉的读者才能够理解。因此我们可以想象，译者的目标受众仅限于中国现当代文学爱好者以及对中国人文历史感兴趣的人，甚至是其他专家。

何碧玉为自己执笔翻译的沈从文随笔《水云》[②]撰写了后记，标题是"水与云或作为为人处世艺术的写作"，长达二十页。在第一部分，她细致地研究了沈从文投入随笔写作的心路历程；在第二部分，她对文本进行深刻的分析，以便更好

---

① Lao She, *L'Enfant du nouvel an*, *op. cit.*, 1986, p. 13.

② Shen Congwen, *L'eau et les nuages: comment je crée des histoires et comment mes histoires me créent*, trad. Isabelle Rabut. Paris: Bleu de Chine, 1996.

地引导读者进行逐段阅读。为了支撑自己的分析,她在后记中引用了文中重要章节的法语译文。

译者在《告读者》①文中承认,由于作品晦涩,她的翻译"在某几处有一定的猜测成分",但这一点并未在后记中提及,这让人感觉对该文本的阅读与研究与对法语写就的文本的阅读与研究并无差异。同样,这篇后记也是写给那些对沈从文感兴趣、试图了解其审美理念的读者的。

如上所述,译者以前言、后记的形式进行的评注针对的是译文,而不是翻译行为。可以看出,专家型译者评注的目的不在于分享自己的翻译经历②,而是努力让读者了解作品本身。

二、注释或译者注③

热奈特认为,"注释是一种可长可短的陈述,与文本某个特定的段落相关,或与之产生对照,或与之形成参照"④。不同于序或后记,注释"所参照的文本总是具有局部性,因此注释中的表述也是针对局部的",不过注释与另两种副文本之间存在一种"延续性和同质性"的关系⑤。

虽然习惯写知识性文章的人喜欢使用注释,但在文学作品中,注释的使用颇有争议。热拉尔·热奈特承认这一点,并且在一个注释中引用了哲学家阿兰

---

① Shen Congwen, *L'eau et les nuages: comment je crée des histoires et comment mes histoires me créent*, trad. Isabelle Rabut. Paris: Bleu de Chine, 1996, p. 5.

② 相比之下,法国翻译家安德雷·马尔科维奇(André Markowicz)翻译的十二首唐诗很有意思。马尔科维奇不是中国诗歌的专家,甚至不懂中文,他参考了这些诗歌的几个不同的西方语言译本,组成了新版本。在序言中,他没有介绍作品,而是解释了他的翻译历程:对翻译的渴望、没有学习中文的原因、对主题的了解、不同版本之间的对比、专家的帮助,同时请求读者原谅自己学识浅陋。这与专家型译者的做法截然相反。见 André Markowicz, *Ombres de Chine: Douze poètes de la dynastie Tang*(680 - 870)*et un épilogue*. Paris: Inculte/dernière marge, 2015.

③ "译者注",法文记作"NDT",即"note du traducteur"的简写形式。帕斯卡尔·萨尔丹(Pascale Sardin)认为,译者注包含译者所有要说的话,而西尔维尔·莫诺认为,关于文本中的地形、地理、历史、传记、现象、文化、起源等无关翻译问题的注释不算是译者注。见 Pascale Sardin, « De la note du traducteur comme commentaire: entre texte, paratexte et prétexte », *Palimpsestes. Revue de traduction*, 20/2007, pp. 121 - 136; Sylvère Monod, *op. cit.*, 1988, p. 25.

④ Genette, *op. cit.*, p. 293.

⑤ Genette, *op. cit.*, pp. 293 - 294.

(Alain)的话：“注释，是附着于美的平庸之物。”①热奈特将这种对注释的憎恨视为某种反智保守主义的陈词滥调。然而，注释的确干扰了阅读，并且造成了文本连贯性的某种中断。这就是大部分翻译都不带注释的原因。然而，如上文所述，专家型译者将注释视为一种自我表达的空间，他们会毫不犹豫地使用注释。那么注释在文学翻译中究竟发挥了怎样的作用呢？

三、文化与背景解释

最常见的注释是对某个文化概念进行解释：“当产生了一个标记差异的语境空隙时，它就会介入，用可见的、客观的方式缩小这个空隙。”②因此，在《正红旗下》的译本中，对于那些没有被翻译的一般名词如“胡同”③、专有名词或历史事件④，译者都在脚注中给予了解释。其他注释对文化事件或与历史有关的情况进行了说明⑤。老舍的这部自传体小说涉及生活在北京的满族人民的传统习俗，为帮助读者快速理解文本，注释提供了必要的背景知识，这就解释了译者保罗·巴迪在前言中强调的“人类学价值”。在沈从文《从文自传》的译本中，何碧玉也在注释中解释了一些习俗，比如买猪胆是因为“胆被认为是储存勇气的容器”⑥。

余华《兄弟》的译者何碧玉和安必诺（Angel Pino）都是中国现当代文学专家，他们在翻译时添加了大量百科类的尾注。关于“文化大革命”的注释⑦占据了整整一页，十分显眼，而关于“阶级敌人”等表述的注释甚至超过了一页⑧，译

---

① Genette, *op. cit.*, pp. 293-294.

② Sardin, *op. cit.*, p. 122.

③ 脚注：小道，通常很窄，多见于北京的居民住宅区。见 Lao She, *L'Enfant du nouvel an*, p. 21。

④ 这些是老舍小说中的例子。专有名词：关公——满族人崇拜的战神，第 23 页；历史事件：戊戌变法（“大变革的年份”）——康有为试图引进的变法……，第 25 页。

⑤ 如 107 页，叙述者说：“Il alla chercher la grande jarre verte qui était dans la cour, celle où l'on verserait les eaux usées pendant les cinq premiers jours de l'année, faute de pouvoir les jeter à l'extérieur.”（原文：他还去把大绿瓦盆搬进来，以便蓄存脏水，过了“破五”再往外倒。）在脚注中，译者解释了这种习俗。

⑥ Shen Congwen, *Le petit soldat du Hunan*, *op. cit.*, note 118, p. 236.

⑦ Yu Hua, *op. cit.*, pp. 699-700.

⑧ Yu Hua, *op. cit.*, pp. 697,700-701. 其他类似的表达也经常在文中出现，如“反革命”“地主”等。

者通过这些注释完整地介绍了中国 20 世纪的这段历史以及这些已然成为中国读者日常用语的词汇。"阶级敌人"不仅仅是一个短语，也是一种痛斥别人的方式。在这部小说中，需要被解码的不是中国城市或地区的人文特色，而是充斥着政治和历史内涵的当代语言，如果没有注释，它们就无法被理解。

何碧玉在《从文自传》的译本中还添加了很多尾注来提供背景信息。当文中写道："那里土匪的名称不习惯于一般人的耳朵"①，我们可以找到以下注释："湖南省西部一带为土匪所扰，尽人皆知。从军阀时代到新中国成立（1949）之间匪患猖獗。有些匪帮聚集了两千多人。"②提供这条背景信息是有必要的，因为书中很多人物的命运以及作者的青年时代都与这一现象有关，如果不了解这个背景，会影响对作品内容的理解。

四、互文性补充

我们知道每个文本都与其他文本有着各种各样的关系，这些关系"以某种方式出现在该文本中，并且从这些文本中提炼其意义、价值和功能"，韦努蒂重拾苏珊·斯图尔特（Susan Steward）的"文学典故"（literary allusion）概念来定义互文的形式，并确认"互文展示出接受的社会和文化条件"③。引用和影射这类最明显的互文形式在中文作品中很常见。沈从文的作品经常涉及他本人的其他作品，余华的小说《兄弟》则包含了很多"文革"期间中国人常引用的毛主席语录。因此，当余拔牙说"毛主席教导我们：革命不是请客吃饭"④时，译者在尾注⑤中翻译了整段关于革命的毛主席语录。当主要人物李光头喊道："老子一定要把他揪出来，一定要对他实行无产阶级革命专政"⑥时，注释引入了以下解释：

---

① Shen, *Le petit soldat du Hunan*, p. 19：« on n'entend guère parler de brigands ».

② Shen, *Le petit soldat du Hunan*, note 8, p. 226.

③ Lawrence Venuti, « Traduction, intertextualité, interprétation », traduction de Maryvonne Boisseau, *Palimpsestes*, 18/2006, pp. 17-42.

④ Yu Hua, *op. cit.*, p. 111：« Le président Mao nous enseigne que la révolution n'est pas un dîner de gala [...] ».

⑤ Yu Hua, *op. cit.*, p. 702.

⑥ Yu Hua, *op. cit.*, p. 276：« [...] il faut que je le débusque. Il faut que j'exerce sur lui la dictature révolutionnaire du prolétariat ».

此处暗指毛泽东思想的原则之一："人民民主专政有两个方法。对敌人来说是用专政的方法,就是说在必要的时期内,不让他们参与政治活动,强迫他们服从人民政府的法律,强迫他们从事劳动并在劳动中改造他们成为新人。"

余华的小说再现了"文化大革命"时期的生活场景,并且融入了那个时代的言论与文字,让中国读者不断回想起那段共同的生活经历或者在不同情境下了解到的相关知识,从而实现强烈的互文。在翻译中,这种互文被打破了,历史或文化参照也不存在,在中国读者身上产生的效应无法为译语读者所感知。于是译者们试图通过补充一些能让感兴趣的读者扩充认知的信息来填补互文的缺失。

在沈从文的美学创作中,他经常会参考自己的其他作品但并不说明出处。实际上,中文读者未必能意识到这一点,而法译本的读者则可以获得脚注的帮助,比如当作者简单地提到他赠送的一本书时,"书上第一篇故事,就是两年前为[…]写成的"[1],法文版脚注则写道:"这里很有可能与文集《八骏图》有关,这本文集于1935年12月问世,包含九篇文章,其中那篇短篇小说与文集同名。然而我们注意到文中的时间顺序是混乱的,甚至是自相矛盾的。"[2]值得注意的是,作者并没有提供写作该篇章的准确日期,但译者认为有责任与读者分享自己的研究。

五、译者的阐释

译者认为《水云》很晦涩且宣称自己的翻译"某几处有猜测的成分",我们可以从阅读中感知到,她确实渴望通过脚注让文本变得更容易理解。在文章的最后一页,有一小段写道:"……重新添了两个灯头,灯光立刻亮了许多。我要试试看,能否有四朵灯花,在这深夜中偶然同时开放。"[3]

---

[1]　Shen Congwen, *L'eau et les nuages: comment je crée des histoires et comment mes histoires me créent*, op. cit., p. 27.

[2]　Shen Congwen, *L'eau et les nuages: comment je crée des histoires et comment mes histoires me créent*, op. cit., p. 27.

[3]　Shen Congwen, *L'eau et les nuages: comment je crée des histoires et comment mes histoires me créent*, op. cit., p. 58.

在段落的最后引出了以下注释："四朵灯花可能寓指文中与之相遇的四个女人。"①源语读者或许能联想到多种隐喻或影射，而译语读者则被引向与女性的相遇。因此，这是译者的个人阐释，甚至是一种假设，目的并不是方便读者理解或让读者自行理解，而是向读者提供一种源自其深入研究的分析结果。

我们注意到，在保罗·巴迪翻译的《正红旗下》中也有类似的情况。当福海要求管家告诉定大爷他的到来时，管家故意让他哀求了好一会儿，译者在此添加了一个注释：

> ……管家的这种恶意可以这样解读：福海并没有像本章开头所写的那样收买管家，因为那两只母鸡是送给定大爷的。从整个段落来看，这种明显的矛盾之处似乎显示出作者写作的仓促。②

我们认为，如此纯粹主观的评注，且不说没有依据，至少是没有必要的。实际上，关于母鸡是不是送给管家的，文中的表述并不含糊，且字里行间并未暗示管家的恶意。译者通过分析得出作者写作仓促的结论似乎并没有根据，因为"明显的矛盾"实际上并不存在。这种附加信息很可能会误导读者。

这些附加信息，无论是恰当的还是缺乏根据的，都在某种程度上展示了意义在最终抵达（或许无法抵达）读者之前所经历的复杂路径。这证实了一件事：任何基于译者个人阅读的翻译都是阐释性的、主观的，翻译行为难以隐身。通过注释，译者得到了更多的关注，作为研究作品的专家，译者不仅能够补充文中暗含的背景知识和互文内容，还能够知晓作者的意图，甚至能够觉察出可能的矛盾或错误。

六、语言教学

前几种注释都是为了填补某种缺失，有的是"客观的"缺失，比如文化背景或互文参照；有的是"主观的"缺失，比如暗喻或比较模糊的表达。而另外一些注释

---

① Shen Congwen，*L'eau et les nuages: comment je crée des histoires et comment mes histoires me créent*，op. cit.，p. 58.

② Lao She，*L'Enfant du nouvel an*，op. cit.，p. 190.

的存在似乎显得不那么重要,因为读者并不接触原语。在《正红旗下》的译本中,我们读到:"les théâtres et les variétés étaient devenus un élément indispensable de la vie des Mandchous..."①(原文:戏曲和曲艺成为满人生活中不可缺少的东西),这里译者添加了注释,使读者能够了解法文的"variétés"所对应的中文词:"曲艺,包括属于民间艺术范畴的各种呈现方式"。随后,译者不满足于在译文中使用"prologue lyrique""ballades rythmées""contes au tambour"这些法文词来翻译不同的曲艺形式,还在脚注中加上了这些词的中文原文:chaqur(岔曲儿),kuaishu(快书),guci(鼓词)。译者的担心是合理的,"prologue lyrique"这样的翻译在法语背景下无法指涉"岔曲儿"这一北京特有的民间艺术,因此,为了让感兴趣的读者能够方向明确地进行搜索和查找,添加语言类的注释是有必要的。

如译者在序中所言,老舍的语言幽默在小说中无处不在。第十一章中老舍写到,多老大在美国牧师牛又生门前驱赶乞丐时说了一句话,译者不无幽默地翻译了这句话:"vous n'allez pas attendre qu'il vous botte les fesses"(你们别等着他踢你们的屁股)。不过他立刻在注释中提供了原文表达:"这句话逐词翻译是:'vous n'allez pas attendre de goûter à son jambon d'importation'(等着吃洋火腿吗)"②。尽管"踢屁股"这个通俗的表达已经能够传达多老大的意思,但是在译者看来,老舍语言中的韵味没有传达出来,他鼓励读者了解中文表达的不同之处,从而更好地感受老舍的京味幽默。

在《水云》的译本中,何碧玉两次坚持添加注释以区分两个中文词"生活"和"生命",她将这两个词分别译为"vie"和"existence":"(这种区分)符合沈从文作品中俗世和理想的对照"③。何碧玉将《从文自传》其中一章的标题译为"致命的女人"(Femme fatale),但她在注释中进行了说明:"字面意思是:一个女人带来的灾难"④,也许是担心读者将中文标题"女难"等同于法文熟语"致命的美人"(femme fatale)。如此一来我们可以确定,这些注释具有某种教学意义:译者的理想读者是一个学生,一个对中国文学和语言有一定了解的人,或者是一个渴望

---

① Lao She, *L'Enfant du nouvel an*, op. cit., p. 31.

② Lao She, *L'Enfant du nouvel an*, op. cit., p. 206.

③ Shen, *L'Eau et les nuages*, *op. cit.*, note 8, p. 23; note 16, p. 30.

④ Shen, *Le petit soldat du Hunan*, note 128, p. 237.

了解法语翻译的汉学家读者。

七、承认不可译

针对翻译本身的注释也是存在的。在保罗·巴迪翻译的《正红旗下》中，美国牧师这个人物的中国名字"牛又生"被译为 Bull（公牛）。译者在注释中是这样解释的："这位牧师是个美国人，所以很遗憾无法给他起这个法语名：René Lebœuf。"[①]作者为人物起的这个中文名字中暗含了一个由"牛"和"生"组成的文字游戏。然而很明显，考虑到人物的身份，译者无法在译文中用法语名来再现这一文字游戏，译者也希望读者能够理解这种不可译。

沈从文笔下的人物自称"老子"，何碧玉将"老子"译为"老沈"（vieux Shen）并添加了以下尾注："字面意思是'你爹'。在湖南、四川一带人们常以这样的方式自称，但这种自称带有某种侮辱对方的意思，因为它暗指说话者与对方母亲之间存在性关系。"[②]侮辱对方的同时又是一种自称，在法语中没有这样的对应词。然而翻译为"老沈"又失去了侮辱的含义，于是译者在注释中指出了这一点。

何碧玉和安必诺也在尾注中解释了他们为什么将"一名群众"译为"une masse"："masse 这个词的特点是可以单数形式出现：une masse，指群众中的一个个体"（见第二章注释 1）。实际上，在中国几十年来通用的身份证上，"政治面貌"一栏中会显示是否党员。"一名群众"指的是非党员人士，这在法语里是不可译的。只有先解释这个词用法上的特点，再阐明法语翻译时的无能为力，才能让读者理解这个词的译法。

这些注释其实就是安托瓦纳·贝尔曼所说的"文字的评注"[③]；莫诺认为，这些注释才是真正的译者注（NDT）：

> 某种程度上，译者注就是承认自己的无能，即译者没有能力仅仅通过翻译在以语言为载体的两种不同的文化和思维方式之间建立一座有效的桥

---

① Lao She，*L'Enfant du nouvel an*，op. cit.，p. 154. 译者想到的这个法文名字恰好包含"牛"（le bœuf）和"再生/重生"（re-né）的意思。

② Shen，*Le petit soldat du Hunan*，note 117，p. 236.

③ Antoine Berman，*L'Âge de la traduction*，« la tâche du traducteur » de Benjamin，*un commentaire*，op. cit.，p. 19.

梁,因为两者之间存在差异,甚至完全相反,无法调和。①

萨尔丹认为,"它(译者注)将遇到的困难边缘化以及副文本化了。通过旁注,译者坦然承认无法兑现自己的话语"②。

这些注释阐明了翻译的不足,让原文和译文都得到了更多的理解。因此,马尔科·德·罗内(Marc de Launay)说:"不可译……往往成为译者注释的源泉,注释是对不可译的解释。"③贝尔曼认为,对词、句或表达法的解释构成的评注也是翻译,并肯定地表示:"翻译中止的地方(任何翻译都有停顿之处)就是评注开始的地方。……评注在不可译的边缘展开。"④看到这些注释,读者就能够意识到翻译本质上的不完美,并追问语言和文化上的根本性差异。如果他精通原语,自然会想知道更多;如果他不满足于评注,甚至可能尝试重新翻译。

八、结论

作为副文本,序言或注释并非一定会被阅读。实际上,大多数现当代文学文本的译本中并不包含副文本。然而,当我们关注专家作为译者的译本,尤其是中文作品,就可以发现这些译本为我们打开了一个关于翻译行为的更具批判性的视野。翻译副文本让我们看见了文本以外的东西,它让我们明白仅仅依靠翻译并不足以领会作品。译者带着个人见解打碎了翻译透明的幻象。

如果说序言可以吸引读者阅读译文,关于背景或互文的注释则提醒人们关注未言之意的存在,并且承认无法在翻译中进行补充。即使是主观的阐释性注释,也能够让人们明白理解意义的复杂性。语言教学性注释或关于翻译的注释则强调了原语的特性并指出了不可译性。

专家型译者将读者置于这样一个视野清晰的位置,让他们直面翻译的不完美,试图通过这样的方式解决翻译的问题。他通过序言来传达自己对作品及作

---

① Sylvère Monod, « "NDT"ou Le Traducteur annotateur », *op. cit.*, pp. 25‑26. Monod 认为,解释背景的注释不属于译者注(NDT)。

② Sardin, *op. cit.*, p. 133.

③ Marc de Launay, *Qu'est-ce que traduire*? Paris: Librairie Philosophique Vrin, 2006, p. 46.

④ Antoine Berman, « Critique, commentaire et traduction (Quelques réflexions à partir de Benjamin et de Blanchot) », in *Poésie*, vol. 37, pp. 105‑106. Cité par Sardin, *op. cit.*

者的研究；通过注释来补充文化和背景上未言明的内容，引导读者，并分享自己关于翻译选择的踟蹰。这些可见的翻译行为刻画了其思考的历程，并呼唤着读者的思考。如此"丰富"的翻译更接近于批评，并且确认了翻译与研究之间的联系。这样的翻译使得多种研究成为可能：语言学的、文学的、历史学的、人类学的，以及归根结底，更促成了翻译学的研究。

〔作者单位：张香筠（Florence Xiangyun Zhang），Université Paris Cité；译者：过婧，南京审计大学〕

疑惑的审视:加莱亚诺的《中国 1964》

滕 威

1963 年,中华人民共和国成立 14 周年,爱德华多·加莱亚诺(Eduardo Galeano)作为乌拉圭文化新闻界的代表应邀来华参加国庆庆典并进行访问。彼时,新中国跟乌拉圭还没有建交。那么,在当时这种情形下,中国为什么要邀请年仅 23 岁的加莱亚诺来华访问? 这个年轻人有什么过人之处? 而加莱亚诺第一次离开拉美大陆的远行就选择了中国和苏联,他又抱着怎样的预期,带着怎样的问题? 回到乌拉圭之后,加莱亚诺很快就出版了中国见闻录——《中国 1964》,这本薄薄的小书是加莱亚诺第一部纪实作品,但却从未再版过,加莱亚诺自己和他的研究者也都鲜有提及。本文试图将《中国 1964》放回当时的历史语境与多元参照之中,挖掘加莱亚诺的中国纪行在拉美左翼的新中国书写序列中的特殊性,从而为理解加莱亚诺的思想转变提供新的视角。

一 受邀来华的时刻:低潮与微妙

新中国成立后,并没有立刻获得拉美各国政府的承认,新中国想同拉美国家建立官方外交相当困难。但是拉美作为美国"后院",其在国际政治格局中特殊而重要的战略地位,又使得新中国无法放弃同拉美建立关系。毛泽东当时指出,"只要巴西和其他拉美国家愿意同中国建立外交关系,我们一律欢迎。不建立外交关系,做生意也好,不做生意,一般往来也好"[①]。新中国最初十年对拉美一直是采取这样"细水长流,稳步前进"的策略。周恩来确定的中国与拉美国家往来

---

① 《建国以来毛泽东文稿·第七卷 1958.1—1958.12》,北京:中央文献出版社,1992 年,第372 页。

的基本方针是"积极开展民间外交，争取建立友好联系和发展文化、经济往来，逐步走向建交"[①]。当时国家领导层认为如果能在拉美找到突破美国封锁的途径，意义将非同寻常。因此，新中国对同拉美开展民间外交非常重视，比如毛泽东、周恩来都多次接见来访的拉美民间人士。其中巴勃罗·聂鲁达、尼古拉斯·纪廉、安赫尔·阿斯图里亚斯等著名的拉美左翼文化人士都曾经来华访问，并为拓宽拉美与中国之间民间文化交流渠道做出积极的贡献。从下面美国学者 William E. Ratliff 的估算可以看出哪些拉美国家与中国往来最为密切，以及各国应邀来华的大致人数。

Countet	1959	1960	1961
Cuba	25+	100+	175+
Brazil	30+	100+	50+
Argentina	45+	70+	16+
Chile	45+	65+	15+
Bolivia	50+	20+	6+
Peru	35+	21+	7+
Colombia	35+	15+	1+
Uruguay	30+	12+	2+
Venezuela	25+	22+	12+
Mexieo	25+	17+	5+

（1959—1961 年拉美各国来华访问人数估算表）[②]

上图显示，拉美来华人士在 1959 年、1960 年两年间达到高潮，1961 年"急剧下降"。[③]为什么中拉之间刚刚由于古巴革命胜利而带来的频繁走动，突然就走向冰冷了呢？对历史稍加回顾，一个清晰的结论就会出现。1960 年 6 月，苏联在莫斯科召开国际共产党和工人党代表大会，共有 81 个党出席，拉美 22 个共产

---

① 周恩来语，见黄志良《新大陆的再发现：周恩来与拉丁美洲》，北京：世界知识出版社，2004 年，第 52 页。

② William E. Ratliff, "Chinese Communist Cultural Diplomacy toward Latin America, 1949‑1960", *The Hispanic American Historical Review*, Vol. 49, No. 1 (Feb., 1969), p. 59, Duke University Press.

③ William E. Ratliff, "Chinese Communist Cultural Diplomacy toward Latin America, 1949‑1960", *The Hispanic American Historical Review*, Vol. 49, No. 1 (Feb., 1969), p. 58, Duke University Press.

党均派代表出席，其中 18 个党支持苏共立场，批评中共。①7 月 16 日苏共中央致函中共中央，提出要全部撤走在中国的苏联专家，将两党意识形态领域的分歧扩大到国家关系之中。中苏分歧公开化和扩大化，导致国际共产主义阵营的撕裂。拉美左翼阵营尤其是共产党不得已纷纷站队表态，而且多数选择支持苏联，因此自 20 世纪 60 年代开始，中国与拉美的民间外交的开展日益艰难。

但是在国庆，中国政府还是会按照惯例邀请一批拉美代表来参加庆典，比如 1963 年与加莱亚诺一同受邀来华的还有 15 位拉美代表，其中包括巴西《幽默报》(*A Manha*)社长阿帕里西奥·托雷利(Apparício Torelly)，著名作家格拉济利安诺·拉莫斯(Graciliano Ramos)的遗孀，智利诗人费尔南多·贡萨莱斯·乌里萨尔(Fernando Gonzàlez Urizar)，墨西哥著名女版画家安德蕾娅·戈麦斯(Andrea Gómez)以及加莱亚诺的乌拉圭同胞、经济学家吉耶尔莫·本哈德(Guillermo Bernhard)。②此前应邀来过新中国的乌拉圭人中，最有名的可能是文学家、教育家索萨(Jesualdo Sosa)，他 1955 年来华，1958 年在阿根廷出版了《在秋天认识中国》(*Conocí China en otoño*)。③

在 1963 年——中苏分歧的背景下——来到中国的拉美友人，应该是不同以往的。首先，能够受到邀请的一定是中国认为有可能支持自己而非亲苏立场的人；其次，他们离开中国后关于中国的描述应该是被高度期待为正面、积极、友好的。所以无论是受邀人的选择、访问行程的安排都因为"中苏分歧"这一大前提而与 50 年代的访问来宾有所不同。

"九月的最后几日，飞机经过漫长的太阳旅行，终于到达了北京。"④这是加莱亚诺第一次走出拉美大陆，没想到就走了这么远。他在中国待了一个月，又去苏联访问了一个月，最后去到捷克斯洛伐克。在中国期间，他出席了国庆大典——"10 月 1 日晚上在天安门广场我和 2500 人一起挥舞右手，看着烟花在天上炸开。革命政府已经 14 岁了，人们在北京的街道上唱歌跳舞来庆祝。"⑤除了

---

① 祝文驰、毛相麟、李克明：《拉丁美洲的共产主义运动》，北京：当代世界出版社，2002 年，第 196—200 页。

② 《我们的朋友遍于全世界 来自六大洲八十多个国家的外宾参加我国国庆节》，《人民日报》1963 年 10 月 1 日。

③ Jesualdo Sosa，*Conocí China en otoño*，Buenos Aires：Ediciones Meridion，1958.

④ Edwardo Galeano：*China 1964*. Buenos Aires：Jorge Alvarez Publishing House，1963，p. 9.本文所引文字除特别标明之外均为作者所译。

⑤ Edwardo Galeano：*China 1964*，p. 153.

北京之外,加莱亚诺一行还去了河北、湖北、江苏、浙江、广东等省,既观光了上海、武汉、南京、杭州等主要城市,也走访了上述几省的一些人民公社。除了看京剧杂技、品中华美食、游览故宫等名胜古迹这些中国招待外国友人的传统项目之外[①],加莱亚诺给自己的中国之旅布置了新任务——"发现真实的中国",因此他寻找各种机会访谈形形色色的中国人,比如解放军战士、农民、工人、学生、教师还有干部。1963 年 10 月 8 日,副总理薄一波接见了加莱亚诺和吉耶尔莫·本哈德。[②]11 月 4 日,周恩来总理也在北京饭店接见了加莱亚诺,在译者、摄影师、速记员和随从等一群人的围绕下,加莱亚诺完成了他中国之行中最难得的访谈。[③]整个会谈持续了一个多小时,这是不同寻常的。毕竟当时加莱亚诺只是一个 23 岁的来自乌拉圭的年轻记者,日理万机的周恩来能接受他这么长时间的访谈,说明周恩来很重视加莱亚诺的《前进》周刊记者的身份。[④]加莱亚诺还同安德蕾娅·戈麦斯等拉美友人一起出席了周恩来主持的宴会。

结束亚欧长途旅行回到乌拉圭之后,加莱亚诺将他在中国的所见所闻写成了一本书,即《中国 1964》(*China 1964*),由豪尔赫·阿尔瓦雷斯(Jorge Alvarez)出版社 1964 年 3 月于布宜诺斯艾利斯出版,该书责编是加莱亚诺在乌拉圭《前进》周刊(*Marcha*)的同事兼好友卢波(Rogelio Garcia Lupo),同时由美国著名的社会主义杂志《每月评论》(*Monthly Review*)在美国出版发行。1964 年 5 月 30 日,加莱亚诺还在乌拉圭文化学院(Insitituto Cultural Uruguay)举办了一次题为"亲历一个真实的中国"的讲座,宣传了他这本新书。[⑤]

---

① 当时中国对来访的外国友人有一套固定的接待线路,比如令人印象深刻的工厂和公共工程中,拜访"改造"后的商业和"典型的"村庄或人民公社,到具有历史意义的长城和诸如杭州西湖之类的风景名胜,参观讲述中国革命的博物馆。中国鼓励许多拉丁美洲人在中国发表演讲和撰写有关自己国家的文章以及"新中国"印象记。外国友人还经常被邀请去广播电台演讲,随后这些声音随着电波传播到中国各地,有时甚至是世界各地。William E. Ratliff, "Chinese Communist Cultural Diplomacy toward Latin America, 1949 - 1960", *The Hispanic American Historical Review*, Vol. 49, No. 1 (Feb., 1969), p. 60, Duke University Press.

② 《薄一波副总理接见乌拉圭客人》,《人民日报》1963 年 10 月 9 日。

③ 《周总理接见乌拉圭〈前进周刊〉记者》,《人民日报》1963 年 11 月 5 日。

④ Matthew D. Rothwell, *Transpacifc Revolutionaries: The Chinese Revolution in Latin America*, New York: Routledge, 2013, p. 21.

⑤ 科瓦西克:《加莱亚诺传》,鹿秀川、陈豪译,南京:南京大学出版社,2019 年,第 144 页。

二 书写中国的文风：实录与追问

与三次来中国的聂鲁达不同，加莱亚诺没有像诗人那样用文学化的语言来记叙与中国人打交道的种种细节，似乎也不在乎那些宴会，所到之处的景色也没给他留下深刻印象。①《中国 1964》，与其说是一本中国游记，不如说是一本社会/政治观察笔记。这并不是说年轻的加莱亚诺不习惯或不擅长文学书写，事实上他来中国前一个月才出版的处女作《未来几日》（*Los días Siguíentes*，1963 年 8 月）就是一本短篇小说集。他的朋友、《前进》周刊的同事伊韦尔·孔特里斯（Hiber Conteris）读后称赞他"绝对是乌拉圭历史上最杰出的文学一代中的典型"，还说这本短篇小说集"似乎宣告了他作为作家的禀赋和才能"。②

与加莱亚诺一同应邀来华访问的乌拉圭经济学家吉耶尔莫·本哈德也在回国之后发表了《中国纪行》（*Crónicas Chinas*），乌拉圭《时代报》（*Época*）③ 从 1963 年 11 月 8 日到 18 日进行了连载，随后蒙得维的亚的卡伦贝（Carumbe）出版社于 1964 年出版了单行本。相比《中国 1964》，本哈德的《中国纪行》更偏重使用数据来呈现中国政治经济体制方面的独特性和发展成就。本哈德从农业、工业、文化教育、社会经济面貌等方面描述了他的中国印象。农业方面，他认为中国已经走出了三年困难时期的困境，"在一切城市、省府和其他市镇，蔬菜和水果十分丰富"④；工业方面，他认为虽然苏联撤走了专家和援助，但因为那些援助本来就是有偿的，提供的设备也不是先进的，所以也不会对中国造成致命打击，"目前看来困难已被彻底克服了"⑤；文教方面，新中国采取了很多政策改变原来的落后状态，重视德、智、体还有劳动教育。本哈德尤其表达了对人民公社的支持，"人民公社是中国经济和政治发展的需要，是政权和生产的结合"。他认为"这种中国独有的新组织可以提高农民的生活水平，为农村地区逐步工业化指出

---

① 聂鲁达：《我曾历尽沧桑》，刘京胜译，桂林：漓江出版社，1992 年，第九章。

② 科瓦西克：《加莱亚诺传》，鹿秀川、陈豪译，南京：南京大学出版社，2019 年，第 132—133 页。

③ 1962 年 6 月创办，"由左翼不同党派的阵营统一意志发表的第一份报纸"，见科瓦西克《加莱亚诺传》，第 127 页。

④ Guillermo Bernhard, *Crónicas Chinas*, p. 89. 本文所引文字除特别标明之外均为作者所译。

⑤ Guillermo Bernhard, *Crónicas Chinas*, p. 89.

了道路"①。在"结论"部分,本哈德用富有感染力的语言写道:"我们从中国带回了深刻的经验和有益和良好的教导。很少见甚至几乎没有看到穿得衣衫褴褛和住着破房子的中国人。他们充分认识到他们所从事的斗争,成天以惊人的毅力辛苦地工作着,但是感到欢乐与幸福,因为他们不是以前的奴隶了。中国人教我们懂得什么是生活的真正意义。除了所述的这一切之外,中国人的热诚和老实给我们留下了深刻印象。我们怀着依依不舍的心情离开了这个充满着新奇事物、具有悠久文化财富的美丽土地。"②但同行的加莱亚诺的中国印象却显示出了极大的不同。

首先,虽然本哈德是经济学家,但《中国纪行》反倒在数据和事例的呈现之中包裹着一种激情。而在《中国 1964》中,加莱亚诺鲜少使用热情洋溢的语言,他更偏爱冷静中性的描述;与肯定性的结论相比,书中更多的是带有困惑的提问甚至质疑。比如全书开篇就是一连串的疑问句——毛泽东提倡的是什么? 有什么样深刻的理由能推动中国与苏联对立?③另外一个可以作为对照的例子是,从中国回到乌拉圭没几个月——1964 年 7 月——加莱亚诺就又踏上了去往古巴的旅途。从古巴回来之后,他也写了两篇古巴纪行,《致古巴:》(A Cuba)和《古巴:革命的橱窗还是革命的武器》(Cuba como vitrinao catapulta)。在后一篇中,他用非常生动、感性的文字描述了切·格瓦拉:"一股深沉而美丽的力量在他的身上诞生,永不停止、由内而外地由他的双眼散发出来。我记得,他的眼神纯粹干净,就如黎明一般:那是有信仰之人的眼神……是的,他有着自己的信仰,在拉丁美洲的革命里,在这痛苦的过程中,在他的宿命里;他坚信社会主义必将给人类带来新的纪元。"④这段文字的文风与《中国 1964》截然不同。加莱亚诺在哈瓦那对格瓦拉进行了三个小时的访谈,在中国周恩来给予他的时间虽然没有格瓦拉那么久,但也谈了一个半小时,可是《中国 1964》中对周恩来的描写却刻意保持着某种疏离。书中也有"一个了不起的人""充满活力与智慧""平易近人,充满魅力""最显著的特征是随遇而安,收放自如"⑤等,在概述了周恩来戎马倥偬的半生之后,他给了周恩来一个结论性的描述——"像我们这个时代的其他人一样,

---

① Guillermo Bernhard, Crónicas Chinas, p. 60.

② Guillermo Bernhard, *Crónicas Chinas*, p. 86.

③ Edwardo Galeano:*China 1964*, p. 9.

④ 科瓦西克:《加莱亚诺传》,第 154—155 页。

⑤ Edwardo Galeano:*China 1964*, p. 9.

生命奉献给了新的信仰：革命热潮的祭品和祭司。"①显然加莱亚诺对中国领导人并未像对古巴领导人那样信任，尽管周恩来与格瓦拉被公认为国际舞台上最能代表社会主义国家领导魅力和风采的人。②

其次，加莱亚诺对自己在中国的所见所闻保持着警醒。本哈德对所见却表现出了十分的信任，笔触更加温和。"我们亲眼看到，中国的所有的人都知道中苏分歧的那些批判文章，每个人都表达看法，但他们的看法同政府的立场是一致的。他们对毛泽东的尊敬和钦佩是一致的，无疑他是民族英雄。他的形象是受到尊敬的，他的话受到尊重和服从。"③对23岁的加莱亚诺而言，他对报纸、翻译、导游甚至访谈对象都抱着审慎甚至怀疑的态度，似乎携带着些许年轻的意气和叛逆——"导游给我指定了一个工人让我采访，我却挑了另一个。因为我知道那都是事先安排好的。"④

最后，加莱亚诺的《中国1964》字里行间彰显的是客观独立的新闻主义立场，这与本哈德旗帜鲜明地站在维护中国共产党/社会主义中国的立场是有明显分别的。在《最后的话》中，加莱亚诺明确表示，这本书"不是诽谤也不是颂歌"，写作目的就是"抵达真实的一面"。⑤所以，虽然1964年1月《参考消息》摘译了本哈德的《中国纪行》⑥，但20世纪60—70年代未有任何其他中国媒体提到过加莱亚诺的《中国1964》。

三　设身处地的观察：风暴与对抗

加莱亚诺与中国之旅的同行者本哈德之间的分歧是症候性的，因为他们来到中国的年代已经不同于聂鲁达、尼古拉斯·纪廉（Nicolàs Guillén）与阿斯图里亚斯（Miguel Angel Asturias）来华的20世纪50年代。60年代初，中国乃至全世界都酝酿着新的风暴，即将面临巨大的挑战。加莱亚诺为《中国1964》取的副标题"对抗实录"（Cronica de un desafo）与书中第一章题目"朝向暴风中心的

---

① Edwardo Galeano：*China 1964*，p. 155.
② 法国学者雷吉斯·德布雷曾经说，格瓦拉是拉丁风格的周恩来。参见《"革命不是造反，而是一种哲学"——专访法国著名学者雷吉斯·德布雷》，《南方周末》2010年6月9日。
③ 《中国纪行——乌拉圭 吉利尔莫·贝纳尔德》，《参考消息》1964年1月3日。
④ Edwardo Galeano：*China 1964*，p. 13.
⑤ Edwardo Galeano：*China 1964*，p. 166.
⑥ 《中国纪行——乌拉圭 吉利尔莫·贝纳尔德》，《参考消息》1964年1月3日。

旅程"(Viajeal centro de la tormenta)都显示出他作为出色的新闻记者的高度敏感和语言能力。就国际形势而言,社会主义中国的生存环境确实更加艰难。中苏关系的破裂,中国同时面临"美苏两个超级大国"的威胁,身处腹背受敌的境地。就内政而言,一方面意识形态高度统一成为中心任务,比如《中共中央关于目前农村工作中若干问题的决定(草案)》(即《前十条》)、《关于农村社会主义教育运动中一些具体政策的规定(草案)》(即《后十条》)接连出台,都强调防止修正主义,并明确提出"以阶级斗争为纲"的口号。另外,毛泽东通过题词、写诗、批注等方式在社会、文化、思想各个领域掀起群众学习和批判运动。比如 1963 年 3月,他题词"向雷锋同志学习";8 月 1 日,毛泽东赋诗《八连颂》赞扬"南京路上好八连"。一年之内,全国上下都掀起了学习雷锋和好八连的热潮。加莱亚诺在《中国 1964》中用了三页文字描述"学雷锋运动",包括概括了雷锋生平、事迹、牺牲以及毛泽东的号召。加莱亚诺说:"在中国,无论你走到哪里,你都会发现海报或题词,号召你向雷锋学习,以他为榜样;而他的名字的发音,对你的任何对话中都会产生神奇的效果。在七亿人的意识里,射入了一个个兴奋的弹射器。"[①]加莱亚诺还采访了一个解放军战士、一个工人、一个公社社员,他们在谈起雷锋的时候都兴高采烈,当知道这个外国人也了解雷锋的故事的时候,就更加开心,他们觉得雷锋不仅是中国的榜样,也是全人类的榜样。[②]

1963 年 7 月在中苏两党会谈期间,苏共公开发表《给苏共党员的公开信》,公开点明批判中共,将中苏分歧彻底公开。中共于是从 1963 年 9 月至 1964 年 7月连续发表 9 篇全面批判苏共"修正主义"的文章,史称"九评"。加莱亚诺也正是在这样的氛围中,观察着中国社会,思考着社会主义理论与实践的诸多问题,并将这些观察中的质疑、思考中的困惑写进了《中国 1964》。

四 写作的方法论:案头与田野

从写下第一个句子起,加莱亚诺就定下了他的中国纪实只围绕一个问题来写,就是中苏分歧。他直接说出自己写作的目的——"我感兴趣的就是,到底谁是冲突真正的主角? 中国人民还是中国政府"[③]。他落地北京之后的第一印象

---

① Edwardo Galeano:*China 1964*, pp. 39 - 42.

② Edwardo Galeano:*China 1964*, p. 46.

③ Edwardo Galeano:*China 1964*, p. 12.

是,论战白热化:无论走到哪里,游客都可以在中国的任何角落感受到与苏联争论的热烈气氛。"用尽伏尔加河的水也洗不掉当代修正主义的罪恶",加莱亚诺使用这样的比喻来形容当时反修正主义宣传的广泛与深入程度。[①]

在加莱亚诺看来,1960 年以前外国人对新中国的印象大同小异——苏联小说是中国人除了中文小说之外读得最多的,苏联电影、苏联话剧、苏联设备充满了中国人的生活。如果你说俄语,跟中国的知识分子交流起来就会毫无障碍。到处都可以听到人们感激苏联老大哥的无私帮助,感激他们教导中国人如何建设社会主义。[②]他无从判断他读到的这些外国游客对中国描述的真伪,因为当他1963 年来到中国的时候,他看到的是完全不同的景象——苏联电影被称为资产阶级形式主义与和平主义。许多苏联机器作为无用的垃圾向参观者展示,中国人现在更自豪地展示自主制造的机械设备。而且俄语几乎不再流通。[③]虽然加莱亚诺有些夸大其词,起码"俄语没人讲"这一条就不符合史实,但这段文字还是让人感受到 1963 年已经"谈苏色变"的中国社会氛围。

为了更全面真实地再现 1963 年的中国,加莱亚诺决定采用调查法[④],他尽可能访谈到最多的人,但是尽管他每次都要费力寻找到懂当地方言的英语、法语或西班牙语口译,尽管他尽可能寻找身份差异非常大的被访谈者,但每一个被访者"关于斯大林和赫鲁晓夫都有着相同的表述"[⑤],就好像"毛泽东的声音被放大了数亿倍"[⑥]。加莱亚诺对没能听到来自中国社会的不同的声音感到失望,但却并不怀疑这些"一致"的声音的可信性,他说:"当中国工人宣扬毛泽东的观点时,他们满怀信心与热情。"[⑦]加莱亚诺以亲身经验总结了中国社会意识形态一致性的原因,第一,新中国保障了人民的基本生存,加莱亚诺记下了几个在新中国获得新生的受访者,比如从出生在西藏的小农奴成长为北京民族文化宫的员工的Tang Yeng[⑧],加莱亚诺的翻译 Liu Ching-ming[⑨]等,他们的叙述中都饱含着对

---

① Edwardo Galeano:*China 1964*,p. 9.

② Edwardo Galeano:*China 1964*,p. 136.

③ Edwardo Galeano:*China 1964*,pp. 136 - 137.

④ Edwardo Galeano:*China 1964*,p. 13.

⑤ Edwardo Galeano:*China 1964*,p. 13.

⑥ Edwardo Galeano:*China 1964*,p. 17.

⑦ Edwardo Galeano:*China 1964*,pp. 14 - 15.

⑧ Edwardo Galeano:*China 1964*,p. 142.

⑨ Edwardo Galeano:*China 1964*,p. 48.

新中国和共产党的感激与热爱之情,也表达了对苏联修正主义的不满。第二,从1963 年经济开始恢复活力,并取得了一些成就,"比如中国需要的石油,过去绝大部分依靠进口,现在已经可以基本自给了"①。第三,外部敌人促使中国社会内部更加团结,不仅指来自苏联的敌意,也有社会主义阵营中亲苏派的攻击。比如意大利共产党领导人陶里亚蒂对中共的批评,也是当时社会主义阵营内部对中国孤立的某种表现。

除了普通百姓,加莱亚诺也抓住每一个与中国领导人见面的机会进行提问。比如薄一波接见他的时候说,"撤回援助其实是一种帮助"②,因为没有苏联援助,世人才能相信中国社会主义的成绩是中国人民靠自己建设出来的,而不是靠苏联援助。采访周恩来的时候,周恩来否认了中苏两党分歧影响到两国关系,认为这是资本主义媒体的阴谋,他强调:"我们主张团结,反对分裂。"③加莱亚诺还特意去采访了末代皇帝溥仪,后者很有兴趣地跟他谈论中苏分歧,但加莱亚诺发现,末代皇帝的看法与他在中国各地从各行各业的人们口里听到的并无二致。④多年以后,加莱亚诺在另一部作品《镜子》中讽刺溥仪,说后者"当着我的面背诵口号,背诵了两个钟头,音调始终不变"⑤。在加莱亚诺看来,对溥仪的采访几乎是浪费时间,因为后者就像一个职业演员。

尽管加莱亚诺尽可能选取不同身份的受访者,以期他们能代表更广泛的中国人,但他得到的回答却几乎是众口一词的。在加莱亚诺的观察里,中苏分歧并非仅是两党之争,而是整个国家、整个文化之间的分歧。因此,全社会都被动员起来反对苏联修正主义以及各个领域里修正主义的影响。

五 访苏之后的视角:变化与困惑

中国之旅并没能让加莱亚诺得出明确的是非判断。之后的苏联之旅,答案不仅没有更清晰,反倒进一步模糊起来。同一问题,他从双方的受访者、官员、媒

---

① 《第二届全国人民代表大会第四次会议新闻公报》,《人民日报》1963 年 12 月 4 日。
② Edwardo Galeano: *China 1964*, p. 134.
③ Edwardo Galeano: *China 1964*, p. 162.
④ Edwardo Galeano: *China 1964*, p. 144.
⑤ 加莱亚诺:《镜子》,张伟劼译,桂林:广西师范大学出版社,2012 年,第 425 页。

体获得的是完全不同的答案。"大家都根据自己的观点重构故事"①。加莱亚诺后来在苏联访问的时候，成堆地阅读关于中国的报告。在《中国 1964》中加莱亚诺给予双方几乎同样的篇幅，让他们在同一文字空间中"交锋"。苏联的受访者斯卡奇科夫（苏联对外经贸关系委员会的负责人）说："仅在 6 年内（从 1954 年到 1960 年），苏联就向中国提供了近 150 万吨的钢层压板，超过 30 万吨的管道，1400 万吨的石油及其衍生物，超过 50000 辆卡车，7200 辆拖拉机和 850 台联合收割机。这些物品和机器的进口在中国实现工业化计划中发挥了极其重要的作用。在苏联的技术协助下，中国建立了近 200 家重要的重工业企业，这些企业形成了中国工业的框架。这大约是苏联帮助下社会主义国家建立的工业企业总数的 2/5。"②而中国的受访者——对外贸易促进委员会的负责人则说，"通过支付谷物，植物油，猪肉，鸡蛋，水果，棉和羊毛织物，煤炭，锡，汞，钠，钼和稀有矿物来偿还大部分付款"③。

双方各执一词，这令加莱亚诺非常困惑。从他取的小标题也可以看出这一点，"是，不，是，但不"④。但加莱亚诺并不想困于此境，他试图通过查阅、援引第三方资料来寻找到立场。比如他引用了匈牙利记者门德（Tibor Mende）的著作，其中提到，"实际上，1956 年以后中国的所有还款和利息已超过其获得的信贷额"⑤。这似乎表明，苏联给予中国的贷款并非无息。门德还进一步写道，"印度得到了苏联 7 亿美元信贷支持，而人口 6.8 亿的中国人作为苏联的盟友迄今尚未获得超过 4.3 亿美元的贷款。1950 年后，人口不足 9000 万的印度尼西亚获得了苏联 3.7 亿美元的贷款。如果将人口数字进行比较，可以看出，苏联对中东和南亚中立国的援助比对主要盟友慷慨得多"⑥。

加莱亚诺尽可能综合呈现两派观点，以及双方内部的自相矛盾之处；但他尽可能不做判断，并不代表他没有立场。他认为，中苏两党大论战有积极的一面，至少"共产主义不再只用一个大脑思考"⑦；但也造成了国际共产主义阵营的大

---

① Edwardo Galeano：*China 1964*，p. 127.
② Edwardo Galeano：*China 1964*，pp. 129 - 130.
③ Edwardo Galeano：*China 1964*，p. 134.
④ Edwardo Galeano：*China 1964*，p. 129.
⑤ Edwardo Galeano：*China 1964*，p. 131.
⑥ Edwardo Galeano：*China 1964*，p. 132.
⑦ Edwardo Galeano：*China 1964*，p. 10.

分裂,"人们微笑着传播的古老的神话,宣扬社会主义国家间僵硬的和谐已经被事实粉碎"①。对此,加莱亚诺感到失望:"一旦桥梁被炸毁,我们还能退回到旧路吗?"②

六 回到拉美的寻找:质疑与抗争

23 岁的加莱亚诺能够远渡重洋,受邀来到中国,是因为他在乌拉圭甚至整个拉美的新闻界崭露头角,他所领衔的《前进》周刊是拉美左翼中最有影响力的新闻阵地之一。由基哈诺(Carlos Quijano)创办于 1939 年的《前进》周刊不仅对乌拉圭国内与拉美各国的政治新闻做出及时报道,也非常关注战后欧洲的重建、斯大林之后的苏联、中国革命与社会主义建设等重大国际问题;同时周刊的文化版块集合了拉美最有思想、视野最广阔、最有创作力的一批知识分子和文化人,安赫尔·拉马、罗德里格斯·莫内加尔、加西亚·马尔克斯、巴尔加斯·略萨、卡洛斯·富恩特斯、科塔萨尔、马里奥·贝内德蒂、卡洛斯·奥内蒂、萨瓦托……自20 世纪 40 年代问世以来,这本印刷差、插图少、文章长的杂志"引导并推动了拉丁美洲知识分子之间的对话。在某种程度上,很长时间以来,它一直定义着这些对话的主题的框架,直到被更激进的政治观点所取代"③。在基哈诺的领导下,《前进》周刊坚定地反对帝国主义、反对法西斯主义,进入 20 世纪 60 年代以后左翼立场更加鲜明和坚定。当然这与古巴革命的胜利直接相关,它鼓舞了乌拉圭的左翼。"从 1959 年开始,和这片大陆上的其他国家一样,在古巴革命获得成功的影响下,乌拉圭左翼进展到一个新阶段。社会主义、共产主义和无政府主义派别都重新整装待发。一直到 1962 年的这四年间,对于左翼来说,可以算是外部规模的扩张,不仅是人数的增加,更是号召能力的增强……"④加莱亚诺正是在古巴革命胜利之后开始给《前进》周刊撰稿,并在 1961 年成为周刊主编,周刊的立场也开始变得更加明确,即"反帝国主义,社会主义与第三立场"⑤。所谓"第

---

① Edwardo Galeano:*China 1964*, pp. 10 - 11.
② Edwardo Galeano:*China 1964*, p. 139.
③ 科瓦西克:《加莱亚诺传》,第 97 页。
④ 科瓦西克:《加莱亚诺传》,第 81 页。
⑤ 科瓦西克:《加莱亚诺传》,第 122 页。

三立场"(tercerismo),是乌拉圭政治生活中常见的口号,是希望在美国和苏联之外,寻找自己民族的出路。[①]受基哈诺影响的加莱亚诺虽然也有着坚定的社会主义信念[②],但却并不希望成为苏联共产党的应声虫。可能正是这一点,让中国对《前进》周刊和崭露头角的加莱亚诺有了好感。而且加莱亚诺虽然年轻,但已经是"乌拉圭此时最尖锐的记者之一"[③],他的文章还经常在南斯拉夫的《国际政治》(International Politics)和美国的《每月评论》(Monthly Review)上发表,已经是在国际左翼新闻界小有名气的记者。

中国,是加莱亚诺第一次离开拉美大陆到达的国家,《中国1964》是他出版的第一部纪实作品。这次旅行、这本书,毫无疑问在他的生命和他的思想发展中有着特殊的意义。在他来中国之前,《前进》周刊已经在关注中苏分歧的问题。从1963年7月12日第1164期开始连载了四期中苏双方的论战材料。可以说,他是带着问题开始中苏之旅的。但是当时的中苏分歧不只是如何评价斯大林的问题,还涉及战争与和平、资本主义与社会主义和平共处、暴力革命与和平过渡、列宁主义是否过时等一系列国际共产主义运动中的重大问题。正如汪晖所指出:"中苏关系的变化直接起源于苏联的霸权诉求和中国对于国家主权的捍卫,但这一冲突不能一般地放置在国家间关系的范畴内进行解释,因为冲突本身凸显了两国共产党之间的政治对立和理论分歧。"[④]所以,这一系列涉及共产主义发展道路分歧的重大问题,显然不是23岁的加莱亚诺在短暂的中苏之旅之中能获得答案的。而在加莱亚诺回到拉美之后,中苏分歧不仅没有弥合的迹象,反倒越来越扩大化。中共的"九评"发表之后,拉美兄弟党为了挽救共运团结,积极介入,试图斡旋中苏关系。1964年11月23日至28日,古巴在哈瓦那召集拉美22党会议,会议通过《争取国际共运团结的决议》,呼吁停止公开论战,反对派别活动。会议决定派出九党代表团,代表拉美兄弟党分别与中、苏会谈,以期恢复国际共运团结。九党代表团由古巴共产党中央书记、曾经来华访问过的作家罗德

---

① 科瓦西克:《加莱亚诺传》,第102页。
② 科瓦西克:《加莱亚诺传》,第95页。
③ 科瓦西克:《加莱亚诺传》,第128页。
④ 汪晖:《去政治化的政治:短20世纪的终结与90年代》,北京:生活·读书·新知三联书店,2008年,第3页。

里格斯率领，但是斡旋失败①，代表团最终无功而返。中苏论战实际上将所有共产党都卷入，各党内部也发生严重分歧，论战不断，甚至导致分裂。从巴西共产党开始拉美一半以上的共产党都分裂为亲苏和亲华两派，亲苏的一般是老党，亲华的一般是分裂出来的新党；而老党几乎都同中共断绝了关系。

　　这场大论战持续十年之久，对全世界左翼及共产主义运动产生了深远影响。尽管大论战——借用汪晖的论述——"是通过理论斗争和政治斗争而展开的对社会主义阵营内部日益僵化的（亦即'去政治化的'）权力格局的挑战，从而也可以视为社会主义体系内部的'政治化'过程"②，但在现实层面上，这一共产主义运动通过内部论战完成自我更新的可能性还未来得及充分发挥它的积极能量，就被大站队、大分裂的派系斗争所扼杀。理查德·戈特在《拉丁美洲游击战运动》中写道，1964年是"中苏分歧愈益扩大达到无可挽回的破裂的一年"，"它对于古巴和整个大陆革命计划的冲击，几乎没有比这更富有破坏性了"。③刚刚由于古巴革命胜利而高涨的拉美左翼运动和国际共运，在论战和分裂中消耗了力量，造成许多不可挽回的牺牲。

　　加莱亚诺对各国共产党的教条主义和在中苏之间选择立场站队都没有好感，1964年从古巴回到乌拉圭之后，他似乎更加坚信祖国或者拉美的社会主义革命要想获得成功，就不能追随教条主义，不能照搬苏联或中国经验。在中国的时候，他专门就此提问周恩来："您认为，一个国家能否在没有共产党的领导下就能够进行社会主义革命？"周恩来毫不含糊地回答说："一个国家要进行社会主义革命，就必须接受马克思列宁主义的革命原则，而马克思列宁主义不能被共产党垄断。任何革命者都可以拥有这种武器。当菲德尔·卡斯特罗通过武装斗争取

---

　　① 代表团首先到达莫斯科。双方会谈顺利，苏共同意停止公开论战，恢复共运团结。但在北京的会谈却未取得丝毫结果。因为停止公开论战是赫鲁晓夫首先提出来的，而派别活动又是苏共对中共的主要指责；而且九党代表团先到苏联后来中国，因此中国怀疑他们的斡旋是受苏联指使的，对他们有些反感。中国提出如果攻击过中共的包括苏联在内的60多个党不公开承认错误就停止论战是不公平的。毛泽东在接见九党代表团时提出要与修正主义"争论一万年"，而"这实际上排除了双方今后继续会谈和达成一致的任何可能"。参见祝文驰、毛相麟、李克明《拉丁美洲的共产主义运动》，北京：当代世界出版社，2002年，第199页。

　　② 汪晖：《去政治化的政治：短20世纪的终结与90年代》，北京：生活·读书·新知三联书店，2008年，第5页。

　　③ 理查德·戈特：《拉丁美洲游击战运动》，复旦大学历史系拉丁美洲研究室译，上海：上海人民出版社，1975年，第424页。

得胜利时,他还不是共产党的一员。"①这可能是加莱亚诺中国之行最有意义的收获了。"从古巴返回之后,加莱亚诺更加积极地参与政治活动,虽然不是在武装斗争的层面,而是转向支持拉丁美洲新左翼阵营广泛阵线的合作建设。"②围绕着加莱亚诺和《前进》周刊,乌拉圭新一代左翼不仅试图对帝国主义、霸权主义横行的社会进行革命,同时也主张广泛深刻的文化变革。他们的革命理想可能更接近拉丁美洲主义的甚至像加莱亚诺的偶像格瓦拉为之奋斗的"世界革命"。因此,才有了之后的《拉丁美洲被切开的血管》这本全拉丁美洲投向旧大陆的战斗檄文和革命宣言。

虽然加莱亚诺终身不是共产党员,但他从中国之行和中国观察中还是获得了重要的启发,对他此后的思想发展影响深远。乌拉圭或拉美的社会变革必须从本土历史传统与现实问题出发,革命者必须以马克思主义为武器,必须不断和外部的敌人比如帝国主义、殖民主义、资本主义进行斗争,但也不能忽视同内部的敌人比如修正主义、教条主义、官僚主义、霸权主义进行斗争。批判同时自省,这才是革命不断发展、壮大、更生的必由之路。他的传记作家在《加莱亚诺传》的最后一页,称他为"一路追寻毛泽东的年轻人"。想象并创造新的革命,可能始终是加莱亚诺的理想,但由于现实的局限性,他只能将这一理想付诸笔端。因此发掘被尘封的人民抗争的历史记忆,展现世界各类革命的多样性,批判所有背叛革命的行径,提示现有斗争可能遭遇的危机与陷阱,寻找反抗垄断资本主义与军事寡头政治的多重斗争空间,这些都是加莱亚诺以笔为旗、反复思考探讨的问题,为拉美乃至世界左翼思想留下了丰富的遗产。

(作者单位:华南师范大学)

---

① Edwardo Galeano: *China 1964*. p. 161.
② 科瓦西克:《加莱亚诺传》,第 156 页。

必须要做的辨正
——关于日本学者秋吉收的《野草》观

阎晶明

2020 年春,我终于完成了一个夙愿,用文字对鲁迅的《野草》做了一遍自己的梳理。在此过程中,阅读了大量中外学者关于《野草》的研究成果,受到颇多启示。然而有一位日本学者秋吉收关于《野草》的论述,却引发出格外的思考,因为他把鲁迅创作《野草》,说成是受了同时期一位诗人的影响才得以完成,而且把鲁迅针对此事的心态,竭力往敏感、阴暗处推论,让人读之不悦。于是觉得有必要做一番辨正。正所谓真理越辩越明。以此与这位学者商榷,也就教于学界大家。我一向对日本学者的鲁迅研究深表钦佩,认为他们文本读得很细,考据功夫普遍十分了得,推出观点又很谨慎。所谓言之有物,考据有论。但我对这位秋吉收先生的文章,却另有看法。虽然我不了解他的总体成绩何在,但他对《野草》的论说,有很多值得商榷处。

一、关于《野草》书名的由来

关于《野草》书名的由来,我在写作中介绍了两种观点:一是龚明德的"野有蔓草"说;一是杜子劲的《浅草》说。虽然我也说明了这些解释最终也不大可能成为普遍认可的正解,但我相信,这些说法都是建立在阅读基础上的感悟,也是一种有趣的启发。我以为,理解《野草》书名的涵义,重要的是理解它的《题辞》。它是用诗的语言对书名所作的阐释。时代不同,环境各异,人心各有其底色,对《题辞》的理解就各不相同,对"野草"二字的感知也不尽相同,但理解《题辞》是领悟"野草"内涵的正途是无疑的。此外的种种分说,可供参考,但无法涵盖。

接下来就要看看秋吉收的观点了。秋吉收的文章《成仿吾与鲁迅〈野草〉》①,宗旨就是要追寻鲁迅《野草》命名的原因。

文章的论述逻辑是,鲁迅的小说集《呐喊》出版后,受到成仿吾的谴责式评论,几乎是把《呐喊》从内容到形式全面否定。鲁迅自己也曾说过:"我的小说出版之后,首先受到的是一个青年批评家的谴责。"成仿吾的评论给鲁迅留下很深的伤疤,这大概是一个与事实不差的结论。

逻辑的第二步,是秋吉收认为,鲁迅对成仿吾的"复仇"里,手段之一就是以"野草"命名自己的唯一一本散文诗集。秋吉收的论证发挥了日本学者的考证功夫。1923 年 5 月,成仿吾在《创造周刊》创刊号上发表《诗之防御战》,对五四初期以来的诗人创作又来了个全盘否定,其中就包括胡适的《尝试集》、康白情的《草儿》、俞平伯的《冬夜》、周作人的散见白话诗,等等。成仿吾的文章对它们的评价,是"什么东西"、"肠都笑断了"、"拙劣极了"等语。按理说,这些评论跟鲁迅没有关系。关键在于,秋吉收的关联词恰恰正是"野草"二字。因为成仿吾的文章把诗比作一座"王宫"。"一座腐败了的宫殿是我们把它推翻了,几年来正在重新建造。然而现在呀,王宫内外遍地都生了野草了,可悲的王宫啊! 可痛的王宫!"又说:"读者看了这许多名诗,也许已经觉得眼花头痛,我要在这里变更计划,不再把野草一个个拿来洗剥了。""至于前面那些野草们,我们应当对于它们更为及时的防御战。"连续用三个"野草"来证明诗的王宫外面的新诗乱象,"野草"的负面含义已被确定。

秋吉收认为,成仿吾此文的攻击目标以"文学研究会的代表诗人"为主,然而很明显,打头的胡适,其次的康白情都不是文学研究会成员。俞平伯、周作人也都算不上"代表诗人"。这个目标并不精准。秋文还特别指出,被否定的五位诗人,除周作人有所辩驳外,胡适等人都很超然地沉默,并未论辩什么。这里就暗指了了无瓜葛的鲁迅反而记恨在心。而且不全因为《呐喊》,还因为鲁迅也早已关注和发表过新诗。

事实上,读过《诗之防御战》就会明显看出,成仿吾此文并不是特别针对文学研究会,而就是针对新诗。以上五位诗人罗列之后,他重点反对的,其实是新诗界的两种倾向:1. 所谓小诗或短诗;2. 所谓哲理诗。小诗里重点是批评周作人对日本俳句的译介,哲理诗里则重点批评了印度的泰戈尔。这些是造成"诗的王

① 秋吉收:《成仿吾与鲁迅〈野草〉》,李慧译,《济南大学学报(社会科学版)》2018 年第 3 期。

宫"外面"野草"丛生的重要原因,也是过渡到鲁迅身上的主要根据。但他恰恰没有思考过这样一个问题,即使鲁迅真的记恨成仿吾至极点,所以故意将其不屑的"野草"拿来变成"我自爱我的野草",并以此为新诗正名,但以成仿吾所重点批评的两个例子来看,1924 年 9 月鲁迅开始创作《野草》系列时,他与周作人已经"兄弟失和",关系正处在最冰冷的时期。鲁迅对泰戈尔评价多以其来华访问为话题,因为是徐志摩等人为主接待,他对泰戈尔的评价就多有微词。即使他不会以为成仿吾因此就成了自己的"战友",应该也很难因为周作人和泰戈尔而对其耿耿于怀。

紧接着就推导出了《野草》的报仇说。有一个理据似乎很充分,即鲁迅的杂文集《三闲集》就是针对成仿吾而起的书名。这不用考证,因为鲁迅自己在序言里说得很明白,"而成仿吾以无产阶级之名,指为'有闲',而且'有闲'还至于有三个,却是至今还不能完全忘却的"。故"编成而名之曰《三闲集》,尚以射仿吾也"。

需要考证的是,能否就此推导出《野草》也是如此。因为成仿吾《诗之防御战》里曾经也是三次用"野草"来贬低新诗,鲁迅又记恨其至极点,故以"野草"为名命名自己的散文诗集,这看上去也有点道理。

然而,不要忘了,《野草》是在 1924 年就定下的名字,以 1932 年编定的《三闲集》来做前提论据,并不具有说服力。而论者把被骂诗人都说成泰然自若,事不关己的鲁迅倒恨在心头,而且还是为刚刚与之失和的周作人和自己讽刺更多的泰戈尔,以及胡适等人打抱不平,这于情于理都很难说通。至于秋吉收在文中强调鲁迅其实很关注诗,并为新诗守着阵地的观点,只要了解鲁迅一向对新诗里的浮浅造作大加嘲讽,直至《野草》里的《我的失恋》的起因,即"因为讽刺当时盛行的失恋诗,作《我的失恋》",就可知并非可以那么简单作结论。在这一点上,鲁迅与成仿吾似属于同一类观点才对。"野草"之恨有点无从说起。

如果上述讨论还是以分析和推导为主,仍然可以见仁见智,那么,秋吉收文章中的一处不知是有意还是无意的材料解读,则让人难以理解。那就是他用了移花接木术,将完全与成仿吾无关的鲁迅话语当成了针对成仿吾。1924 年 11月,《语丝》创刊。创刊号上发表了鲁迅的杂感《"说不出"》。文章中的这段话为秋吉收引用:"我以为批评家最平稳的是不要兼做创作。假如提起一支屠城的笔,扫荡了文坛上一切野草,那自然是快意的。但扫荡之后,倘以为天下已没有诗,就动手来创作,便每不免做出这样的东西来。"

引用这段话后,作者写道:"这里鲁迅将'批评家'成仿吾在《周报》终刊以及

《诗之防御战》中'扫荡''野草'等词,直接用于反击对方,可见对成仿吾的辛辣讽刺之意。这样,鲁迅在《语丝》华丽的创刊号中宣告了对抗成仿吾《诗之防御战》(《周报》以挫败告终)的胜利。《语丝》第三号开始连载鲁迅的新诗《野草》系列。'野草'之名正式回应了一年前《创造周报》(创刊号)上刊载《诗之防御战》中成仿吾对新诗的侮蔑嘲讽,可见鲁迅其中的情愫。"

这里,说鲁迅用"野草"之名"反击对方",这个对方就是确指成仿吾无疑。可是,《鲁迅全集》注释里明明这样告诉读者:

> 本篇最初发表于 1924 年 11 月 17 日北京《语丝》周刊第一期。1923 年 12 月 8 日北京星星文学社《文学周刊》第十七号发表周灵均《删诗》一文,把胡适《尝试集》、郭沫若《女神》、康白情《草儿》、俞平伯《冬夜》、徐玉诺《将来的花园》、朱自清、叶绍钧《雪朝》、汪静之《蕙的风》、陆志韦《渡河》八部新诗,都用"不佳"、"不是诗"、"未成熟的作品"等语加以否定。后来他在同年 12 月 15 日《晨报副刊》发表《寄语母亲》一诗,其中多是"写不出"一类语句:"我想写几句话,寄给我的母亲,刚拿起笔儿却又放下了,写不出爱,写不出母亲的爱呵。""母亲呵,母亲的爱的心呵,我拿起笔儿却又写不出了。"本篇就是讽刺这种倾向的。

让人最不可思议的是,秋吉收在引用鲁迅话语的注释里也明白地写道,其引文出处是:"《鲁迅全集》(第 7 卷),北京,人民文学出版社,2005 年版,第 41 页。"那他怎么可能不知道这本就是与成仿吾并无关系的文章呢?或者,怎么能不提一句这里涉及一个叫周灵均的人呢?如果说鲁迅批评的"批评家"里包括了成仿吾,那是可以的,但为了坐实《野草》名称的由来,采用如此移花接木术,并不可取。

当然,还必须要做到一点,证明周灵均一定不是成仿吾。目前为止,似乎还找不出周灵均的生平简历,但可见的资料里却可以见到他的活动踪迹。秋吉收引用的人民文学出版社 2005 年版《鲁迅全集》,有一处周灵均的名字出现在注释里。那是鲁迅 1927 年 9 月 24 日日记,其中记有:"午后同广平往西堤广鸿安栈问船期。往商务印书馆汇泉。往创造社选取《磨坊文札》一本,《创造月刊》、《洪水》、《沉钟》、《莽原》各一本,《新消息》二本,坚不收钱。"注释专门就"创造社"一词做了介绍。特别指出,鲁迅这则日记里的"创造社"实有特指。"此处指该社出版部广州支店,在广州昌兴街,1926 年 4 月 12 日设立,负责人周灵均、张曼华。"也就是说,周灵均者,原来也是创造社的人,那他肯定认识成仿吾了,说不定广州的工作还是成仿吾安排的呢。

鲁迅在广州 1927 年初到广州,成仿吾早已在广州了,且在黄埔军校等处任职。鲁迅去昌兴街这家创造社"支店"取书,是在他要离开广州赴上海前 5 天。店主坚持不收他的书钱,如果想象这是周灵均所为的话,有过笔墨关系的两位在广州相逢,而且一方来买书,另一方却坚持要赠送,那也是一段有趣的佳话吧。不过那时周氏已不在广州,接待鲁迅的至多是张曼华了。但周灵均确有其人且不是成仿吾基本可以确定。

一篇署名李克义的《创造社广州分部考析》①对此有更翔实的记述。文中写道:创造社"广州分部由郭沫若、成仿吾、郁达夫、周灵均等在郭沫若住处筹划成立,具体事务由周灵均肩承"。成立"启事"中明确写着,凡有购买创造社股票和创造社书刊者,"请来本分部与周灵均君接洽"。对于周灵均本人,文章注释里说道:"周灵均,籍贯和生卒年不详,1924 年在平民大学时与同学张友鸾等组织文学社团'星星社',毕业后南下广州,1926 年参与筹建广州分部并担任经理,6 月随军北伐,张曼华(原名张赫兹)接任广州分部经理。"

虽然鲁迅与周灵均在广州未必见过面,李克义文章却描述了一个成仿吾与鲁迅在广州相遇的情景。这一描述来自创造社重要成员郑伯奇的回忆。那是鲁迅刚到广州不久,便到创造社广州分部购书,郑伯奇回忆说,有一天中午,他和成仿吾及创造社中几个朋友在吃午饭。

> 忽然一个五短身材穿着长袍的中年人上楼来了,后边还跟着一位装束朴素的女士,仿吾像是认识他们,便抬起身子打招呼。那人急忙摆摆手,口里说:"不要客气",转身到架上去看新书。大约不到十几分钟,那人点了点头,同那位女士一道去了。仿吾便问我,认识不认识那个人。我是刚才回国的,自然不会认识,"那就是大名鼎鼎的鲁迅,《呐喊》的作者。"照例带着那种似笑非笑的神气,仿吾这样告诉了我。我心中不由得大大的动了一下。——我就这样看见了鲁迅先生,同时也看见了许景宋女士。

---

① 李克义:《创造社广州分部考析》,《广州文博》2010 年卷。

　　这情景令人动容，十分珍贵。鲁迅明知道到创造社有可能遇到成仿吾，但仍然不止一次地前往，其中的一个原因，是因为鲁迅在中国革命的大义面前，深知和创造社诸人还是有很多共同之处的，并不以文学上的一点意见就耿耿于怀到没有余地。正像李克义文章里举出的，鲁迅对于成仿吾，并不因一点文章上的成见就完全不顾及其他。在9月24日去往创造社分部后的次日，鲁迅在致李霁野信中说道："创造社和我们，现在感情似乎很好。他们在南方颇受迫压了，可叹。看现在文艺方面用力的，仍只有创造，未名，沈钟三社，别的没有，这三社若沈默，中国全国真成了沙漠了。"面对整个中国的现实，鲁迅显然至少是暂时收起了笔墨之怨。准确地说，是这种笔墨怨恨在家国大义面前，在创造社同人的努力与之目标高度接近的背景下，极大地缓释了。这可能是秋吉收不大容易理解的。

　　李克义的文章还介绍说，在广州时，鲁迅除了郑伯奇文章里记述的曾与成仿吾至少有过一面之缘外，两人还曾有过共同的政治行动。那就是在1927年3月，为了支持、声援中共领导的上海工人武装起义，抗议英、法帝国主义援助军阀的行为，创造社成员在广州发起一个《宣言》，全称为《中国文学家对于英国知识阶级及一般民众宣言》。成仿吾带头在《宣言》上签名。这一行动也得到鲁迅的支持，并且在《宣言》上签名。"创造社成员外，'鲁迅是惟一的赞成者'。成仿吾认为这是他们'在广东做了一件很有意义的事情'。"

　　成仿吾自己，由一个"为艺术而艺术"的文学家，逐渐蜕变成一位红色革命家。他走过长征，担任了中共党内的重要职务。1938年，身处延安的成仿吾在鲁迅逝世两周年之际，发表《纪念鲁迅》一文，不但对鲁迅的成就给予崇高评价，而且指出："关于过去创造社与鲁迅争论的问题，今天已经没有再来提起的必要了。""自一九三三年以来，我们是完全一致了，我们成了战友。我们的和好可以说是统一团结的模范，同时，他从此成了拥护民族统一战线的最英勇的战士，一九三三年底我与他在上海见面时，我们中间再没有什么隔阂了。"确实，鲁迅1932年编定杂文集，其《三闲集》的书名，"尚以射仿吾也"，可知其对"三闲"一事"至今还不能完全忘却"（《三闲集·序言》），但也多少含有一点释然的口吻。的确，至1933年11月5日，鲁迅在致姚克信中谈到"成的批评，其实是反话，讥刺我的，因为那时他们所主张的是'天才'，所以所谓'一般人'，意即'庸俗之辈'，是说我的作品不过为俗流所赏的庸俗之作"。这之后，鲁迅再未在文章、书信里有针对成仿吾的批评。这也符合成仿吾本人"1933年底"与鲁迅达成和好的说法。

以上这些资料，大多都比较容易获得。资料的引用说到底还是出于、服务于创作、研究的目的。秋吉收的文章，显然不是偶尔失误的结果，其表述大都有意为之。比如，他宣称，鲁迅在《语丝》第三期开始发表的是"新诗《野草》系列"。散文诗等于新诗吗？为了证明《野草》是为了回应成仿吾"对新诗的侮蔑嘲讽"，直接把"散文诗"转换成等同于"新诗"。鲁迅在文章中还把周灵均的"说不出"引用一番，以证明其创作水平实在不敢恭维，这是秋吉收也引用了的，为何又嫁接到成仿吾身上了呢？！周灵均与成仿吾，星星文学社与创造社，《删诗》与《诗之防御战》，《文学周报》与《创造周报》，没有一样是共同的。我以为，至少，绝口不提周灵均的存在，是说不过去的。

二、关于徐玉诺与《野草》

现在要来辨正的，是关于秋吉收的另一篇文章《鲁迅与徐玉诺》[①]。首先要亮出秋吉收写作此文要推出的观点：作为同时代的小说家、诗人，徐玉诺受到鲁迅的高度关注，鲁迅的《野草》受到徐玉诺同类作品的影响。"在《语丝》上连载的《野草》受到其他作家的影响也许是不太光明的事。尤其徐玉诺与上述其他作家不同，他是一个和鲁迅同时代、严格来说是比鲁迅还要年轻一代的作家，这也许在鲁迅的心底落下一层淡淡的阴影。"这个冒险的结论带着深刻的用意，比起与成仿吾的关系，更有必要澄清。

秋吉收的文章从鲁迅致萧军的一封信开始。那是 1934 年 10 月 9 日，鲁迅回复萧军来信。此时他并不认识还在青岛的萧军萧红，萧军也是在青岛荒岛书店负责人孙乐文鼓励下试着给鲁迅写信的[②]。鲁迅对青年人的诉求总是给予热情回应，此信便成了鲁迅致萧军的第一封信。信的开头就写道："给我的信是收到的。徐玉诺的名字我很熟，但好像没有见过他，因为他是做诗的，我却不留心诗，所以未必会见面。现在久不见他的作品，不知道那里去了？"信的末尾又写道："我的那一本《野草》，技术并不算坏，但心情太颓唐了，因为那是我碰了许多钉子之后写出来的。我希望你脱离这种颓唐心情的影响。"

秋吉收认为，"从鲁迅的口气中可以察觉到，徐玉诺对他来说是很生疏的。

---

① 秋吉收：《鲁迅与徐玉诺》，《汉语言文学研究》2016 年第 1 期。
② 据季红真《萧红传》，北京：北京十月文艺出版社，2001 年。

他十分暧昧地说道'好像没有见过他',然而实际上,这大概是鲁迅记忆的误差"。为了证明鲁迅刻意的"误差",秋吉收运用了日本学者擅长的考证术。其证据,一是徐玉诺本人的表述,那是 1950 年在河南省文联纪念鲁迅逝世十四周年座谈会上的发言片段:"那时,我也不过是千百热心青年之一吧,仅以粗枝大叶的乡土文艺,写小说与诗歌,反映农村里矛盾与兵荒马乱的情形,不知怎的引起鲁迅先生的注意来,三番五次叮嘱孙伏园,给我写信,让我把发表在晨报副刊上的二十来篇小说收集出版,并自愿作序。"①二是"1954 年徐玉诺在忆鲁迅的诗的附记中也提到过这一事情":"一九二〇年鲁迅先生收我《良心》等二十篇小说,拟出版,并长序,由孙伏园致函相商,被我婉拒。"

这两条材料均是出自徐玉诺一人的一面之词,属于完全的孤证,却被秋吉收拿来予以采信,他本人也无法从孙伏园等被提及的另一当事人那里找到任何其他佐证。在此基础上,他又采信徐玉诺本人的另一自述,即"一九二二年我上北京,登广告找事,刊入'出卖百物'栏。后忽传鲁迅先生著我送爱罗先珂君,但不知何意"。以上材料的引用过程中,秋吉收在完全采信的同时,也不得不哪怕以注释的方式,对徐玉诺的自述做了两次难以绕过去的更正。一是"《良心》刊登在《晨报副刊》1921 年 1 月 7 日,可见说鲁迅在 1920 年劝其出版小说集是个明显的错误,我们推测这一时间应为 1921 年末至 1922 年的期间"。二是"徐玉诺所登广告可见于《晨报副刊》1923 年 4 月 3 日、4 日,而据《鲁迅日记》爱罗先珂回国也是在 1923 年 4 月(16 日),可见此处的 1922 年实际上该是 1923 年"。他宁可反复帮助徐订正时间上的错误,也决不怀疑其表述的真实性,因为他要推导的结论只有这两条信息可用。他把鲁迅创作与徐玉诺作品的关系推算至《野草》之前。因为徐玉诺的小说"如实描写中国农村悲惨景象",鲁迅又创作有《阿 Q 正传》《故乡》等小说,所以"他比任何人都早地注意到了当时还没有名气的徐玉诺,并且'三番五次'地给他写信,还要亲自给他的文章作序,鼓励其出版小说集"。自我假设与一人孤证,就得出这样的结论。

所有的考证中,最有说服力的一条应该是:鲁迅与徐玉诺究竟有没有见面。这意味着鲁迅到底是否说了真话。秋吉收采信徐玉诺的说法,认为徐玉诺到北京后,在报纸上刊登求职,周作人看到后,就把他请到八道湾家中。进而,就

---

① 《怎样学习鲁迅先生——河南省文联举办纪念鲁迅逝世十四周年座谈会发言(摘要)》,《河南日报》1950 年 10 月 19 日。

是鲁迅请其送爱罗先珂回国。为此，秋吉收还不得不为其纠正了一年时间，使其能对得上 1923 年 4 月 16 日爱罗先珂启程回国的时间。他引用了《徐玉诺年谱》的说法"四月初，……至北京，五日刊登谋事广告于《晨报》第七版'介绍职业'栏，(中略)被周作人等见到，遂将徐玉诺接至八道湾周家。(中略)16 日护送爱罗先珂回国而去东北。"

秋吉收就此得出自己的结论。"当时，爱罗先珂住在八道湾的周家，鲁迅正集中翻译他的作品。而过去曾受到鲁迅热心鼓励的徐玉诺，此时已在小说和诗歌方面颇有建树，并成为了文学研究会的主要作家之一，鲁迅便委托他护送自己所重视的爱罗先珂先生回国。""由此可见，本文开头引用的书信中'好像没有见过他''未必会见面'等模棱两可的说辞或许正是为了掩盖'见过面'这一事实吧。"

俄国盲诗人爱罗先珂住在八道湾周家不假，鲁迅在此之前就开始翻译其作品，小说《鸭的喜剧》更是取材于这位诗人在北京的故事。周作人写有数篇关于爱罗先珂的文章。鲁迅、周作人还有多次一起或分别陪同爱罗先珂到北京各处演讲、参加活动、聚餐的记载。但可以这样说，所有关于这些行动的记述，无论文章还是日记中，没有任何一处出现过徐玉诺的名字。现存可见的爱罗先珂在北京八道湾周家及其他场合的合影照片中，文字指认和形象可见者里，也从来没有见过徐玉诺。如果说鲁迅有刻意不提之嫌(可又说是鲁迅请其送爱罗先珂)，那么周作人又是要回避什么呢？

事实上，周作人文章中，对爱罗先珂的到来和离开都写得很清楚，在他所提及的陪同人员中，从未有过徐玉诺的名字。周作人《知堂回想录》中的《爱罗先珂上》里说，1922 年，北京大学开设世界语课程，请来的外籍教员正是爱罗先珂。他是外国人，是作家，又是盲人，且又会说日语，校长蔡元培在如何安置爱罗先珂生活时便想到了鲁迅、周作人，请他们照顾其生活。于是就有了 2 月 24 日的日记："二十四日雪，上午晴，北大告假。郑振铎、耿济之二君引爱罗先珂来，暂住东屋。"一直到 1923 年 4 月 16 日离开北京回国，十几个月里，爱罗先珂曾两次离京，赴芬兰参加第十四届万国世界语学会年会，到上海去访问胡愈之。按照秋吉收文章的说法，徐玉诺是 1923 年 4 月初到北京并在报纸上登求职广告的，其后得到周作人招引、接待，鲁迅请其于 4 月 16 日送爱罗先珂回国并赴东北。那么，徐玉诺的名字应该会出现在这期间与爱罗先珂有关的活动中吧。然而，4 月 15 日中午，鲁迅、周作人及爱罗先珂"同往中央饭店，赴日人丸山之招宴。同座有藤冢、竹田、张凤举、徐祖正等共八人"①。以上名单正好八人,没有徐玉诺。现场所拍合影也证明这一点。

4月16日,正是爱罗先珂离京当天,张凤举在广和居设宴饯行,除周氏兄弟外,"同座有马叔平、沈尹默、沈兼士、徐祖正等"②。还是没有徐玉诺的名字。鲁迅日记所记情形,与周作人大体相同,自然没有徐玉诺名字。

当然,即使徐玉诺住在周家,也可能均没有参加以上宴会。那就要看他是否承担起送爱罗先珂回国的任务了,这是秋吉收认为徐玉诺得以住进周家的唯一理由。但可惜的是,周作人的文字里没有这样的表述,鲁迅日记里只有"爱罗先珂回国去"一语。爱罗先珂是坐火车离开北京而去往哈尔滨的。1923年5月2日的《晨报副刊》上,发表一篇题为《出京后的爱罗先珂》的文章。这篇文章题目下附有周作人的"附记"。"附记"的全文是:

> 这是我的一个朋友的来信,他在车上遇见爱罗君,同到长春,以后往吉林去,便写这封信来报告爱罗君出京后的情形,我觉得颇有发表的价值,所以转送给《晨报副刊》。他是现代的一个知名的诗人,因为未曾得到他的许可,只用两个字母替代他的姓名。四月二十八日,周作人附记。

周作人为这位"著名诗人"改加的字母是"JN"。虽然我们不能判断这位诗人是不是就是徐玉诺,但可以知道,这位"JN"是在车站偶遇爱罗先珂,而非受周氏兄弟委托去陪同、护送。而这位诗人在这篇《出京后的爱罗先珂》里,很坦白地说,他是"本月十六日下午七点钟,在车站与爱罗君相遇","因为我不懂世界语,所以也不曾同爱罗先生谈过话"。更坦率的是,他明确写道:"我和爱罗先生是第一次见面"。文中谈到他与爱罗先珂在长春分手。先是把爱罗先珂送上车,知道他很熟悉车上的情形,所以自己"很放心的往吉林去了"。最重要的,是这位诗人此前并没有与爱罗先珂见过面,而爱罗先珂在北京的住址只有八道湾周氏家中。这位诗人究竟是谁待考,但可以肯定的是,不管此人是不是徐玉诺,他都没有在周氏家中借居过。秋吉收所言,徐玉诺在周氏家中与鲁迅相遇的情形,没有发生过。

---

① 张菊香主编:《周作人年谱》,天津:南开大学出版社,1985年。
② 张菊香主编:《周作人年谱》,天津:南开大学出版社,1985年。

没有因爱罗先珂见过面,也许其后还有机会。秋吉收引用周作人日记,即1923年7月21日,记有"徐玉诺君来访"。秋吉收进而说:"此时徐玉诺与鲁迅见面的可能性极大。"这个猜测本来很可以成立,但不要忘记,此时正是鲁迅与周作人"兄弟失和"刚刚发生几天之后。鲁迅7月14日的日记有"是夜始改在自室吃饭,自具一肴,此可记也",两家关系已经破裂。19日上午,周作人又持信去鲁迅处,信中有关键一语:"以后请不要再到后边院子里来"。鲁迅日记还写有"后邀欲问之,不至"。关系已降至冰点。可以推想,21日来访周作人的徐玉诺,鲁迅不可能"再到后边院子"热情见面。"徐玉诺与鲁迅见面的可能性",不是秋吉收所判断的"极大",而是事实上的极小。鲁迅这一天的日记只有一语:"下午理发"。

我认为,秋吉收研究鲁迅的目标很明确,就是竭力把鲁迅的创作推往受别人影响,从内容到形式与别人雷同,现实中又避免和相关的人产生关联。鲁迅的心态因此是敏感的、"不光明的"。这样的结论伤害度极强。比起一般的以讹传讹和八卦式玩笑,这种看似严谨的学术面目一旦被人认可,那不但是对具体的事件,更是对鲁迅形象以及中国现代文学的评价造成负面影响,所以必须要做出澄清。我相信,上述辨正足以还事实于本来。秋吉收自己说过:"鲁迅和徐玉诺唯一的接触就是以护送爱罗先珂回国为媒介。"这个"媒介"显然并不存在。至于徐玉诺在50年代说"他不清楚鲁迅为何(急切地)让自己送爱罗先珂回国",那显然也是一个不存在的疑问,且品味徐的话,他也断然没有表白自己到底事实上送爱罗先珂了没有。

秋吉收所有的目的,就是想说明鲁迅的《野草》里到处是"徐玉诺的痕迹"。为了在现实中免除这种关联,鲁迅想尽办法抹去与徐玉诺的关系。所以就有了秋吉收开头时引用鲁迅致萧军信中所言,即与徐玉诺并没有见过面是一种"暧昧"的表达。前述已经说过,此信是鲁迅回复陌生的文学青年来信,信的内容是解答萧军提出的不止一个问题。1936年11月,在《作家》月刊第二卷第二期上,萧军发表《让他自己——》一文,其中,在引用完鲁迅这封信的全文后谈道:

> 这是一九三四年我在青岛,他给我的第一封信,从这信里,可以看出他对于文学所采取的态度,和他用着怎样的温暖和坦白的真情,接待着一个不相识的青年!我给他去信的时候,正是萧红把《生死场》写好抄完,我的《八月的乡村》大约也快收束了。我曾说给他十年前我很喜欢读《野草》,并且因

了读《野草》，还认识了徐玉诺。我向他问徐的消息，同时也写了我当时读《野草》的环境和心情。接着，我把《生死场》连同另外我和萧红在满洲合著的一本小说集子，寄给了他；接着为了青岛出了变故，我们也来到了上海。

我不知道这样的注明有什么可疑问的。秋吉收认为鲁迅在回信中谈到徐玉诺，又介绍了《野草》，等于事实上在撇清点什么。然而读过萧军注解的读者，当然会明白，这些回应都是因为萧军而发，鲁迅并没有回避任何问题。鲁迅谈到《野草》，也是因为萧军主动问到，而不是因为看到徐玉诺名字便主动谈及。说实在的，鲁迅把与徐之间的往来说成是"好像没有见过他"，已经是很客气了，直接说"没有见过他"更符合事实。秋吉收在文章里甚至还有推断，认为鲁迅"执笔《野草》时，以为徐玉诺已经不在世了"。"可是徐玉诺还活着，而且丝毫没有减少对文坛的关注，他一直注目着自己的诗被鲁迅掺进了《野草》中。"这种无稽之谈简直不值一驳。徐是如何"注目"的？根据何在。

事实上，1925 年，正是创作《野草》的时期，鲁迅在杂文《北京通信》里开头就写道：

> 蕴儒，培良两兄：
>
> 　　昨天收到两份《豫报》，使我非常快活，尤其是见了那《副刊》。因为它那蓬勃的朝气，实在是在我先前的豫想以上。你想：从有着很古的历史的中州，传来了青年的声音，仿佛在豫告这古国将要复活，这是一件如何可喜的事呢？
>
> 　　倘使我有这力量，我自然极愿意有所贡献于河南的青年。

这篇通信发表于 1925 年 5 月 14 日开封的《豫报副刊》上。《鲁迅全集》关于此文的注释里指出，吕蕴儒、向培良都曾是鲁迅的学生，他们于 1925 年在开封编辑《豫报副刊》。这份副刊的主要撰稿人有尚钺、曹靖华、徐玉诺、张目寒等，鲁迅也被列为"长期撰稿人"。据此可知，鲁迅即使没有从收到的报纸上读到徐玉诺的文章，但想要知道徐玉诺是否还活在世上，只要一问便知，简直不费任何力气，《豫报副刊》的青年编辑定会给出最肯定的答案。

至于秋吉收对徐玉诺创作成就的肯定，对徐玉诺在五四时期的影响，本文并不想加以任何否认，因为我们针对的不是徐玉诺的创作成就高低，而是他与鲁迅究竟有怎样的关系,鲁迅的《野草》究竟与其作品有怎样的联系。但秋吉收以二者散文诗里都大量写了"死"和"鬼"的主题,故得出鲁迅受了徐玉诺的影响,实在是他对五四文学太缺乏了解。"死""魂灵""鬼神",在五四作家的作品中是普遍存在意象,绝非徐玉诺的"发明"。以徐玉诺的成绩而竭力减低《野草》的独创,这是不可能达到的目的。茅盾曾称徐玉诺是一位"热情的、带点原始性的粗犷的作者"(《中国新文学大系·小说一集》序),倒是十分准确。即使到了五六十年代,徐玉诺的这种"原始性"仍然直接地流露着。如他回忆鲁迅的诗就是这样写的:"收拾《良心》作长序,重托伏园传心意;恨我怕名婉拒绝,事后才知对不起。"另一首回忆鲁迅的诗也具有同样风格:"爱罗诅咒《狭的笼》,鲁迅对他起同情。愚笨无过是玉诺,辜负先生一片心。"如果说五四时期青年徐玉诺"血与泪"的文学风格,与五四文学的整体风貌形成某种印合十分合理的话,他在几十年后仍然保持着这样的"原始性的粗犷",真可以说是难得的坚持。无怪乎他的家乡人、作家李準对他的评价是"热情似火,真纯如婴"①。然而徐玉诺纯真的性格,到了日本学者秋吉收那里,却变得复杂多变,让人难以掌握。

除上述两文外,秋吉收还有一篇研究《野草》的成果,题为《〈野草〉与日本——关于两个"诗人"》,更是直接把《野草》的借鉴指向日本作家,推导出的结论是,鲁迅为自己文学创作缺乏原创力而烦恼。由此,秋吉收关于《野草》的恶意批评,足足凑成了"三部曲"。然而这个"三部曲",对于理解鲁迅作为现代中国最伟大的文学家,其思想深度和艺术高度,不但无法起到积极作用,反而带来许多无由的干扰。对其中所涉事实的考据与分析,还需要做更多辨正的工作。

(作者单位:中国作家协会)

① 王剑:《徐玉诺:热情似火纯如婴》,《河南日报》2019年7月19日。

第二辑

论新世纪美国小说的主题特征

杨金才

引　言

　　20 世纪后半叶,美国文坛尽管每年都有很多新作问世,各类图书奖项依旧照样评比颁奖,但就其创作内涵而言,真正称得上别具一格的创新之作并不多见。从这个意义上讲,世纪之交的美国文坛还是相当平静的,其主要话语体现的无非就是在后现代主义所关注的不确定性、异质性、无序和平面化等方面与现代性所倚重的原则、整体性、确定性、权威、统一性、规律等范畴之间存在的某种交锋与对峙。作家们大都秉承了对资本主义社会现实进行批判和鞭笞的文学传统,表达各自对科技理性和工业文明所持的质疑立场。小说中一般见不到生动讴歌的生活场面和值得弘扬的主旋律。倒是在其理性与呓语的混杂交汇处多少还能领略到某个作家自我陶醉的深沉把戏和惯于玩弄文字游戏的伎俩。文学价值取向的模糊性一直笼罩着美国文坛。约翰·巴思(John Barth,1930—　)早在 1967 年发出的"文学枯竭"(the exhaustion of literature)论调仍在 20 世纪末美国文坛上回荡。

　　当代美国小说往往通过绘制、窥测与再现等方式与世界对话,切入人物内心世界,大都在后现代语境下表达各自反思人性、希望从失意中获救的愿望,其愿景正是小说家追寻的一种救赎叙事空间,其中蕴涵着现代人试图走出文明困境的"荒野意识"[①]。这种荒野意识在当代美国文学创作中一直扮演了可能性的追

---

　　① Alan Bilton, *An Introduction to Contemporary American Fiction*. Edinburgh:Edinburgh University Press,2002.

　・ 115 ・

寻者与预示者,也是小说家笔下人物寻找自由、努力摆脱消费文化和商业文明羁绊而获得拯救的新象征。在这一方面,唐·德里罗(Don DeLillo,1936—)做得非常出色,其小说在直接探询美国独有的多民族移民国家身份过程中"解析了后现代美国文化"①。

面对新世纪的曙光,作家们或许有过期盼,也为拓新挣扎过,但依旧在后现代的重负下踯躅而行。真正从创作上开启主题突围的是乔纳森·弗兰岑(Jona-than Franzen,1959—)。他在 2001 年创作的小说《纠正》(The Corrections)别具一格,通过具体的生活细节,以充满思考和力量的文字,"记录"拉姆波特一家每个人独特的悲喜经历及其演绎的宏大时代画卷,被誉为一部"具有全球化题材的小说"②。弗兰岑从美国中西部写到了华尔街,并不时地将笔触伸向美国以外的地域和事物如东欧和俄罗斯经济恶化等。整个叙事笼罩在全球化市场氛围中,而故事人物却被镶嵌在某种复杂的交互关系里,使个人、婚姻和家庭与整个美国现实文化交织在一起,多侧面地展示当代美国社会和经济生活现状。这部富于想象力的实验性小说因其现实主义表现特征而备受青睐。弗兰岑"有能力把读者置于笔下人物的生活之中,并使他们在阅读时感同身受"③。他因之获得了 2001 年度全国图书奖。同年 9 月 11 日发生的恐怖袭击让美国人感到前所未有的伤痛。之后,纽约世贸双塔遭袭倾倒的瞬间充斥美国整个官方叙事与媒体报道。无论报刊还是电视网络都毫无例外地向民众传递一个信息,即来自野蛮世界的恐怖分子正向西方文明发起挑战,美国已成为无辜受害者。于是,悲悼和反恐成了人们倾诉的对象。"9·11"使美国遭受了重创,但世界政治格局也随之发生了巨大变化。可以毫不夸张地说,"9·11"既改变了世界,也"迎来了新世纪的开端"④。之后的美国文学似乎露出某种反思的端倪,逐渐开始质疑遭受伦理危机侵蚀的现实生活,发出了所谓意义多元价值取向原来只是一种迷思的慨叹。

当下美国社会真实图景值得反思,而新世纪美国小说家们正不约而同地担

① Timothy Parrish, "Introduction", *The Cambridge Companion to American Novelists*, Timothy Parrish ed., New York: Cambridge University Press, 2013, pp. xvii - xxxiv.

② Susanne Rohr, "The Tyranny of the Probable"—Crackpot Realism and Jonathan Franzen's The Corrections, *Amerikastudien/American Studies*, Vol. 49, No.1, 2004, p. 103.

③ Leo Robson, "I Feel Your Pain", *The Difficulty of Being Jonathan Franzen*. New Statesman 27 (September 2010), p. 75.

④ Peter Boxall, *Twenty-First-Century Fiction: A Critical Introduction*. New York: Cambridge University Press, 2013.

起了这一使命。其创作别有洞天,致力于某种再想象,重新思考和建构时间、叙事与主体性之间的关系。下面笔者拟从三个方面简要论述 21 世纪美国小说研究值得关注的若干主题特征。

一、回应"9·11",从本土性和全球化两个方面表达人文关怀

"9·11"事件 6 周年时,美国文坛上关于"9·11"话题的作品仅长篇小说就有 30 多部。其他非小说类作品就更多,已达 1000 多部。正是这些作品将恐怖主义的劫难演绎为美国人乃至全世界人可怕的经历和集体记忆。如今"9·11"事件已过去 10 多年,而美国发动的反恐战争,亦成为美国历史上持续时间最长的战争之一。这又使包括作家在内的美国有识之士思考一个问题:为什么一场小小的局部战争会持续如此之久?究其原因,主要因为美国发动的反恐战争其实带有某种以牙还牙性质。这类裹挟私欲的反恐战争没能解决恐怖主义滋生的根源问题。相反,美国人因为战争而筋疲力尽。美国的政治信誉和经济发展也都遭受了不可弥补的重大损失。面对这突如其来的灾难和危机,美国作家的回应相当迅捷,他们与媒体一起思痛、斥责暴力和表达对生命的关切。但如此近距离观照历史只能使他们成为媒体的传声筒。为了使自己的创作更能体现文学色彩,他们必须越过"9·11"事件本身,去写造成的冲击和后果。于是,他们大胆挪用再现媒介,塑造受害群像,并直接探究"9·11"后人的主体性问题。

克莱尔·梅苏德(Claire Messud,1966—)就是其中之一。她的《皇帝的孩子》(*The Emperor's Children*,2006)突破了以"9·11"事件为背景的创作方式,而借助对"9·11"事件的反思来叙写当代纽约文化圈的浮夸和虚伪,具有现实主义表现特征。在"9·11"当天,默里以出差之名欺骗家人后与丹尼尔住在一起。在高层公寓楼的窗前,他们目睹了世贸大楼双塔的倒塌。默里深感震惊,当即回到妻子身边,没有一丝犹豫和留恋。这对丹尼尔而言无疑也是重创。丹尼尔经历了强烈的思想斗争,脑海里交织出现犹豫、恐惧、绝望、自杀、悔过和期待新生的念头。梅苏德借助"9·11"审视网络时代人的自满以及恐怖带给他们的困惑。

美国发起的全球性反恐和后冷战思维逐步催生了一种具有反思生命意义、深度观照历史,并使历史与现实交融的文学文本,或可称之为后"9·11"文学。新世纪美国作家将"9·11"事件从一场悲剧转化为景观,在创作中巧妙地处理文

学创作与民族文化心理建构、文学创作与历史叙事、文学创作与意识形态等诸多关系。美国后"9·11"小说集想象与反思于一体，具有宽广的全球化意识，揭示了遭受恐怖袭击后普通美国人的创伤记忆、心理承受和救赎轨迹。作为生命意识表现形式的人之生存境遇是作家们乐于书写的题材。德里罗、厄普代克(John Updike，1932—2009)及其他新兴作家如福厄(Jonathan Safran Foer，1977—)、奥尼尔(Joseph O'Neill，1964—)和麦凯恩(Colum McCann，1965—)等都适时做出了回应。在他们的创作中，人们再次亲历人类的悲哀，并深切感悟浓郁的人文思想以及族裔差异和政治立场差异。他们在面向新世纪未来的同时不无希望地书写全球化、文明冲突、历史记忆以及民族身份建构等时代性命题，而且大都通过一种灾难书写或借用灾难见证人的口吻加以叙述。福厄的《剧响、特近》[又译为《特别响，非常近》(*Extremely Loud and Incredibly Close*，2005)]就是这样一部灾难书写之作。小说以博物馆的呈现方式刻画受害者创伤群像。他这么写的目的是想使创伤故事有不同的传播方式，以便获得广阔的叙事空间和激发想象力。整个故事以一个 9 岁孩子的"寻锁"之旅为线索，具有儿童创伤叙事的特征。更主要的是，福厄用文字、图片、录音等多种媒介将几代人近 100 种创伤体验融入作品，打破了人物的年龄、性别、种族、国籍等界限，以更广阔的视野探讨恐怖主义对人类的冲击，包括对全球化进程中灾难的思考，融创伤人物、创伤书写和承载创伤记忆图片于一体。福厄借此获得了更为广阔的叙事空间，并"能够在谴责灾难制造者的同时构建集体记忆"进而通过灾难戏剧化来"反思美国的政治、宗教、外交和文化等政策"①。作品中除了老布莱克这位世纪灾难见证人之外，广岛原子弹爆炸的幸存者也被置于"9·11"背景下。其中奶奶的灾难书写意味深长，透露出强烈的生存和沟通欲望。厄普代克创作的《恐怖分子》(*Terrorist*，2006)属于直接关注恐怖分子的后"9·11"小说。该作品迎合读者对恐怖分子既畏惧又好奇的心理，以一个普通少年如何被卷进恐怖组织的行动计划，如何心甘情愿地去充当自杀和杀人的人肉炸弹为线索，深刻反思美国社会，揭示了当代美国现实生活中存在的信仰问题。德里罗则与"9·11"历史事件保持了一定的距离，其小说《坠落的人》(*Falling Man*，2007)属于远镜头观照，主要讲述"9·11"后美国一个普通家庭情感离合以及心理和精神创伤的经历，展

---

① 曾桂娥：《创伤博物馆——论〈剧响、特近(特别响，非常近)〉中的创伤与记忆》，《当代外国文学》2012 年第 1 期。

示了历史性事件对于普通民众日常生活的巨大影响。作者将看似混乱的不同人物的记忆碎片记录下来,再加以汇集,呈现出多重叙事声音。故事主人公基斯,现年 39 岁,从事律师职业。"9·11"后,他侥幸从世贸中心办公室逃生,重新回到已经和他分居的妻子丽昂和儿子的生活中。该作品以文学方式揭示日常生活图景,凸显回家、家庭和亲情的意义,并在见证历史、表征创伤中表达伦理关怀和冷峻思考社会问题。作品中最动人的一幕是"一个老人在袭击事件爆发时接到了 17 年未曾联系的前妻的电话"①。其中蕴涵着作者的创作意图,旨在告诫读者:塔会消失,人终将逝去,空白处,唯独记忆、关怀和意义能够填补。

奥尼尔的《地之国》(*Netherland*,2008)又是一部回应"9·11"的记忆书写之作,主要讲述一名居住在纽约的荷兰裔证券分析师一家在"9·11"恐怖袭击后所受到的精神压力和心理创伤。作品通过凌乱的记忆碎片捕捉生活意义,在回忆中"对人生、自我和文化身份认同进行拷问"②。故事叙事者汉斯自幼生活在荷兰,大学毕业后在伦敦工作,结婚生子,随妻子雷切尔到纽约工作,做银行证券分析师。"9·11"后雷切尔执意带着孩子回伦敦,二人婚姻濒临崩溃。小说发人深省:汉斯自嘲是"政治和道义的白痴"③。整部作品通过文化视野再现历史并表达对人类生存与悲情的思考,彰显作家的使命,即关注现实和良知,用心灵去感悟世界,并表达深切的忧患意识和人文价值观。与之相比,科伦·麦凯恩的《转吧,这伟大的世界》(*Let the Great World Spin*,2009)似乎更注重故事的叙事结构,不仅在主题上契合后"9·11"文学的叙事格调,而且在叙事手法上更趋大胆,采用后现代拼贴法,将十多个不同人物的故事整合起来。这些人物各自背景不同,靠着可能的因缘际遇相互联系,都曾在曼哈顿附近见证过佩蒂特高空行走的"神迹"。人物中有牧师、妓女、因越战失去儿子的母亲和父亲、地铁站的流浪少年、电脑黑客等,这些人的命运与佩蒂特高空行走联系在一起。世贸中心的奇观改变了他们的命运。小说很抒情,再现了一个大都市和一个逝去的时代。从字里行间依然可以感受到信仰与欲望,爱与迷失,罪与拯救,母女与母子情感,以及家庭人伦等。

应该看到,以纽约为背景的都市悼歌,描摹普通人的灾难体验,勾勒出"9·11"事件后蔓延整个西方世界的焦虑和恐怖心理,建构了 21 世纪初某种全球性

① 唐·德里罗:《坠落的人》,严忠志译,南京:译林出版社,2010 年,第 67 页。

② 朴玉:《多重记忆书写——论约瑟夫奥尼尔的〈地之国〉》,《当代外国文学》2012 年第 4 期。

③ Joseph O'Neill, *Netherland*. New York:Vantage,2008,p. 100.

的普遍的迷惑与茫然。尤其可贵的是，这些作品不再单一地写某个地域性的暴力事件，而是总能将其镶嵌在更深广的历史和社会全景中，进而对全球时代暴力、仇恨和恐怖的隐史及逻辑进行批判，高度体现了历史与人性的复杂性。作家对这一主题的反应也是因人而异的，不同作家在表达文本意义的时候所采取的文化立场也不尽相同。尤其值得注意的是，美国作家同其他国家作家在反思和再现"9·11"历史方面明显存在差异。对其进行比较式观照，有必要在全球范围内考察不同国家地区的作家在回应"9·11"方面所采取的不同立场、观点和方式，如持有巴基斯坦和英国双重国籍的莫欣·哈米德（Mohsin Hamid，1971—　）就别具一格。他的《拉哈尔茶馆的陌生人》（*The Reluctant Fundamentalist*，2007）同样也是在见证个人创伤的同时建构某种文化创伤，但他并不热衷于个人的情感抒怀，而是从美国人以外的视点"书写穆斯林在后'9·11'的创伤性经历"，"大胆地质疑美国主流思想，并且以自省的勇气剖析自我，倡导一种基于社会责任的政治行动"。①小说以已经回到巴基斯坦的"我"，给一个身份不明，极有可能是来行刺"我"的美国人讲述自己的流散经历。作品貌似搭建了对话氛围，通篇实为类似独白的"我"的讲述，听不到美国人的任何应答。显然，以第一人称展开叙事，有利于个人情感的宣泄；作品中的"我"多次以"你们"称呼对方，已经将普遍意义上的美国人视作听者。此外，英国作家莱辛、加拿大作家阿特伍德、土耳其作家帕慕克和日本作家大江健三郎等都曾对"9·11"做过积极回应。"这就要求研究者不能仅把视域局限在美国，而应该放眼世界，要了解其他国家文学怎样反观'9·11'事件及其文学表现。"②

二、关注政治、人类命运和向往和平

进入 21 世纪以来，人类面临的挑战与灾难并不亚于 20 世纪初。局部战争和冲突频繁爆发，战争阴魂不散。21 世纪美国出现多部涉及战争主题作品，但这些作品的关注点并不是战争，主人公也不一定是士兵。战争只为作品提供背景，展示的是战争阴影下的普通人生活，其目的在于引发对战争和普通人性的思考。

---

① 朴玉：《"我们也是受害者"——评哈米德在〈拉哈尔茶馆的陌生人〉中的文化创伤书写》，《国外文学》2013 年第 4 期。

② 杨金才：《关于后"9·11"文学研究的几点思考》，《外国文学动态》2013 年第 3 期。

谢莉·哈泽德（Shirley Hazzard，1931—　）创作的《大火》（*The Great Fire*，2003）就是其中的佼佼者，主题鲜明，直面战争对人的影响。作品展示的是战后满目疮痍的亚洲，主人公是一位叫艾尔德瑞德·利思的年轻英国军官。战争结束后，他选择在亚洲过一种漂泊的生活，游历中国和日本，想亲自见证并记述战争对于中国的影响和原子弹在日本广岛爆炸所造成的后果。就在日本，他遇见了改变自己命运的来自澳大利亚的一对年轻兄妹——本尼迪克特和海伦，并互相成为朋友。日久生情，海伦爱上了利思，但遭到父母反对，最后双方各奔东西。故事虽然是个恋爱悲剧，但宣扬的还是"爱"，文字间交织着众多层面的情感、领悟与体验。在哈泽德笔下，"爱"可以消弭邪恶的历史所造成的一切苦难。其主题是可以超越时空、历久弥新的，反衬出当代世界的动荡不安。小说一方面表达了"二战"结束后人们所向往的和平生活，从侧面叙写亲情、爱情和友情；另一方面又刻画了战后人们无所适从、无可奈何的心态。可见，《大火》关注的是战后幸存者如何在战火燃烧过的废墟上重建生活的问题。"随着大量的死亡，整合生活变得紧迫而又沉重。"①因此，小说题名"大火"具有象征含义，暗指日本广岛原子弹爆炸或未来生活的希望。

威廉·沃尔曼（William Vollmann，1959—　）的《欧洲中心》（*Europe Central*，2005）以"二战"时期苏联与德国交战为背景，结构独特、文体杂糅，由 37 个长短不一的故事拼贴而成，其中包括旅游见闻、短篇小说、中篇小说和长篇小说等形式，似乎为美国人重构了"二战"的历史：这里"德国人、俄国人、艺术家、军事家、受害者和施虐者的内心世界洞若观火"②。沃尔曼在小说中采用了对比的方法，试图中立地展示苏德双方人物的道德立场，如德国陆军元帅鲍尔斯在斯大林格勒战役中被俘，而苏联伏拉索夫将军在突围中成了德军俘虏，后与德军合作进攻苏联，最终被苏军活捉处以绞刑。在描写苏德双方交战的同时，小说又穿插了女翻译艾琳娜、作曲家苏斯塔科维奇和纪录片导演罗曼·卡门之间三角恋爱的故事，使整个叙事结构复杂化。小说虽然运用后现代历史书写技巧，但很好地表现了后现代历史观，内涵反对极权主义、历史偏见与社会不公等主题，在一定程度上体现了作者关注并参与历史意义建构的文化政治意识。沃尔曼在小说中摈弃了"传统历史书写中常有的封闭式线性叙事，而是引入了一种开放的多元

---

① Shirley Hazzard，*The Great Fire*. New York：Picador，2003，p. 19.

② 钱程：《权力的抑制与抗争——试析沃尔曼〈欧洲中心〉中〈清白之手〉》，《山东外语教学》2008 年第 2 期。

叙事方式",以达到"对宏大历史叙事的挑战和质疑"①。正如作者自己所言,"书中大多数人物都是真实存在的。我尽可能细致地考证他们的人生细节。然而这毕竟是小说。我希望无论他们自己还是他们所处的历史境况都能获得一种诗性的公正(因为他们的故事都蜕化成了寓言,其中到处都可以发现超自然描写的痕迹)"②。沃尔曼坦诚相见,足见他对历史的态度和写作立场,即把纳粹主义和斯大林主义并置起来加以探讨,以便对权力斗争和人类暴力等问题进行深刻的反思。

多克托罗(E. L. Doctorow,1931—)也是一位值得关注的、具有人道主义情怀的历史叙述者。他的《大进军》(The March,2005)一直被当作新历史小说来解读,其实这只是一种文学阐释而已。作品的含义远不只是对历史的拟写,而是包孕深刻的主题意蕴。小说里的美国南北战争只是故事的背景,用以烘托人物的善与恶,它像一面镜子让每个人正视自己的灵魂深处,并不断在正义与邪恶、人性与残暴之间做出抉择。主人公谢尔曼将军结束了历时四年的美国内战,表现出足够的睿智和人性,但故事的实质并不在讴歌战争英雄,而是要揭示被战争卷入国家暴力的普通人生活,具有悲天悯人的人道情怀和令人着迷的叙事力量。两年后,丹尼斯·约翰逊(Denis Johnson,1949—)也推出了一部以战争为背景的小说《烟树》(Tree of Smoke,2007)。这是关于越战的作品,讲述年轻特工斯基普·桑梓和他上司同时也是自己叔叔弗朗西斯·桑梓上校的故事,写出了在宏大时代和悲惨命运中苦苦挣扎的灵魂。这里我们读到了一个个战争的牺牲品,如休斯敦兄弟。他们离开老家,告别了母亲和弟弟,先后陷入战争,身不由己。他们什么也没有获得,反而失去了很多。约翰逊着力探讨的就是战争及其造成的危害:父母失去儿子、妻子失去丈夫、士兵失去战友。小说反复出现尸横遍野的场面,旨在警示读者:牺牲的都是战争的受害者。《烟树》主题鲜明,写出了所有战争的狰狞面目,表达了作者对战争的强烈谴责。

此外,简·斯迈利(Jane Smiley,1949—)的《山中十日》(Ten Days in the Hills,2007)和《私人生活》(Private Life,2010)也是开掘人类命运主题的上乘作品。前者以意大利文艺复兴时期薄伽丘的《十日谈》为模版,讲述伊拉克战争打响后聚集在好莱坞山上的电影导演和编剧马克斯僻静宅邸中 10 个人的难忘 10

---

① 黄贺、陈世丹:《论〈欧洲中心〉的后现代主义历史书写》,《山东外语教学》2011 年第 5 期。

② William T. Vollmann, *Europe Central*. London:Penguin Books,2005, p. 753.

天,写出了人的虚无生存状态;后者以"二战"时期珍珠港事件为背景,展示的又是一幅历史图景以及遭受历史变故的日常生活,其中玛格丽特·麦菲尔德的婚姻生活凄楚动人。

从以上作品可以看出,反人性的战争依然是新世纪美国作家乐于书写的话题,而且广受读者欢迎。这与美国民众的反战心理是分不开的。伊拉克战争持续多年,反恐战争仍在叫嚣。美国政府已经耗费大量资金而且断送了无数年轻人的生命,激起了美国民众的不满。现代媒体又通过各种手段日复一日将恐怖的战场和死亡信息带入千家万户,于是血腥的杀戮、被入侵国百姓遭受的灾难、美国士兵承受的精神和心理压力等都成为美国普通民众日常生活中必须面对的现实。如何看待和反思战争及其带给民众的影响成了新世纪美国作家关注的焦点,他们的作品中出现重述战争的镜头,并以战争为鉴审视其带给人类的灾难。历史与现实的交汇又凸现当代人的困惑与焦虑,加深了当代美国文坛的焦虑意识。当代美国作家,无论写"二战"还是写越战都体现"当代性",具有鲜明的危机意识,其中蕴涵了某种对政治、对人类命运的关注。

三、转向普通生活,关注人伦道德

当今世界,危机不断,恐怖主义、环境恶化和自然灾害、经济危机以及各种社会问题让人体会到世事难料和生存危机,认识到生命的脆弱。新世纪美国作家关注普通人、日常生活和弱势群体,于是家庭、婚姻、老人和儿童等成了关注的焦点。在他们的笔下,普通人的生老病死、老年人的生活状态和心理特征以及亲情、友情等道德人伦的主题再次突现。作家们探讨逆境中人生的质地,思考人性的命题。

主要代表人物有菲利普·罗斯(Philip Roth,1933—)、托妮·莫里森(Toni Morrison,1931—)、玛丽莲·罗宾逊(Marilynne Robinson,1943—)、托马斯·品钦(Thomas Pynchon,1937—)、凯特·克里斯藤森(Kate Christensen,1962—)、伊丽莎白·斯特鲁特(Elizabeth Strout,1956—)和约翰·巴思等。其中最能写的要数罗斯。自 2000 年以来,他推出了 8 部小说,不同程度地表达自己的文学思想。在转向普通生活、关注人伦道德方面比较突出的是他的《普通人》(*Everyman*,2006)和《羞辱》(*The Humbling*,2009)。

《普通人》的主人公是个久病老者,他希望在性爱中找寻欢乐。小说中的他结婚三次,但婚外情仍间或有之。他与女性之间的关系可分为三种不同类型,即基于道义上的爱、精神意义上的爱和肉欲之爱。第一次婚姻完全是基于道义而建立的,并不幸福。与放弃绘画艺术一样,他与妻子萨西莉娅的结合完全是秉承父母的旨意。他觉得自己应和普通人一样,娶妻生子,安稳一生。他违心娶了不爱的女人,并有了两个孩子。婚后不久,他就不愿面对毫无修养的泼妇妻子,婚姻便成了囚牢。当工作之时,当夜不能寐之际,他一直在思考:"难道这就是一个常人该做的事情? 难道这就是所有普通人的生活吗? "[①]整个作品的字里行间就是主人公的内心世界及其对人生的反思。这里读者见到的是一个面临死亡的人的焦虑、恐惧和力图超越死亡的心路历程。

另一部小说《羞辱》也是书写普通人生活的,讲述了一位 60 多岁男演员阿克斯勒江郎才尽的故事。他在肯尼迪中心演出时连续经历了三次失败,后来不仅彻底丧失了再次登台的信心,而且患上了严重的抑郁症,整日想着自杀。就在阿克斯勒遭遇最为严峻的精神危机之际,妻子又离他而去。为了防止自杀,他住进了精神康复中心。该作品几乎囊括了罗斯近几年作品的全部主题:婚姻、背叛、性、欲望、老年、孤独、死亡和艺术等。此外,比较敏感的同性恋题材也是关注的话题,小说中对性行为和酷儿行为的描写都相当露骨。但如果从更深层次去领会这部作品,就会发现它意蕴深邃,其中不乏对僭越、复仇、谋杀和人性等一系列问题的思考。

与罗斯一样,玛丽莲·罗宾逊也以家庭为题材进行创作。新世纪以来,她已出版了两部小说《基列家书》(Gilead,2004)和《家园》(Home,2009),前者讲述了年事已高、来日无多的埃姆斯牧师给 7 岁的儿子写下"家书",历数了小镇基列一个牧师家族从南北战争到 1956 年一个世纪以来经历的变迁与辛酸,在后现代语境下重塑父子关系。历史镜头的穿梭使整个叙事有一种厚重感。后者的家庭故事则更加内敛,长老会牧师罗伯特·鲍顿已近垂暮之年,其虔诚、至善、美德的一生却因儿子杰克的反叛乖张而显得黯淡。育有 8 个孩子的鲍顿家出现了一位与家人疏离的浪子杰克,自小惹是生非,长大后经常酗酒滋事,是家里令人耻辱的害群之马。他离家 20 年后浪子回头无疑是自我救赎,这对父亲鲍顿牧师和唯一留在家里的女儿格罗瑞而言既是意外的惊喜,又是满腹狐疑。不过,兄妹俩还是揣着各自的秘密,试探着慢慢走近对方。杰克有过承诺,但在妹妹看来,他的

---

① Philip Roth, *Everyman*. New York: Vantage International, 2006.

表现敬而不亲,看眼色行事。这"在寻常的兄妹骨肉亲情之外,透露出一种神性的悲悯和仁爱"①。无独有偶,莫里森在 2012 年也创作了一部题为《家》(*Home*)的小说,讲述 20 世纪 50 年代一个从朝鲜战场上归来的黑人士兵莫尼接到来信得知在亚特兰大工作的妹妹茜生命垂危时就决定去救她,并带她回到南方乡下老家。然而路途坎坷,兄妹俩不时要面对现实中的种族歧视和心灵创痛。与她的《爱》(*Love*,2003)和《慈悲》(*A Mercy*,2008)一样,《家》也直接面对人性。

暮年的品钦仍笔耕不辍,于 2009 年创作了《性本恶》(*Inherent Vice*)。这是一部躁狂的、语无伦次的且充满迷幻色彩的嬉皮推理小说,述说一个老人在古稀之年用一种极为私人的方式回望属于自己的那个年代。它带来的是人性的另一种范畴,同时又是一个极为复杂的世界性共鸣体,具有深邃的时代内涵,再现了 20 世纪六七十年代美国洛杉矶嬉皮文化景观——迷蒙、吸毒、性堕落和妄想症等。那是一个过来人的精神写照。品钦悲悼的是一个大多数人沦为资本主义祭品的年代。耄耋之年的巴思更加别出心裁,推出了《奇思妙想》(*Every Third Thought*,2011),开始探讨文化史在文学创作中所起的作用,侧重考察文学与历史文化背景之间关系,甚至把学术争议的话题引用到故事情节中来,以表达自己对文学奖项的看法②。

值得一提的还有凯特·克里斯藤森(Kate Christensen,1962—)。她的《大人物》(*The Great Man*,2007)是一则关于一个画家与三位女性关系的故事,侧重写了三个失意的老年女性形象,旨在从政治、社会和种族等层面探讨老年问题。伊丽莎白·斯特鲁特(Elizabeth Strout,1956—)的短篇故事集《奥丽芙·基特里奇》专门写小镇生活,人物来自各阶层、各行业。优美静谧、暗流涌动的小镇风情别具一格。这些故事中偶尔也有回应"9·11"和伊拉克战争的场景,但大都是作为背景来衬托的,所揭示的严峻主题还是来自日常生活的个人的沉重:爱的逝去、日益衰老和不可抗拒的死亡等。

当然,新世纪美国小说的多元发展态势很难用一篇文章加以概括。如果读者想了解族裔文学,那么新世纪美国小说在跨国跨民族方面颇有建树。国家、民族、迁徙和流散等主题都是移民作家乐意书写的命题。非裔美国文学一直占主导地位。20 世纪 80 年代逐渐升温的印第安裔美国文学同样新作迭出。引人注

---

① 玛丽莲·罗宾逊:《家园》,应雁译,北京:人民文学出版社,2010 年,《译者前言》第 1—5 页。

② John Barth, *Every Third Thought: A Novel in Five Seasons*. Berkeley:Counterpoint, 2011, pp. 17, 34.

目的还有"9·11"之后掀起的新的移民文学浪潮,其中除了内涵丰富的亚裔(包括东南亚裔)美国文学外,阿拉伯—伊斯兰裔文学正方兴未艾,出现了那可威(H.M. Naqvi,1974—)和莱拉·赫拉比(Laila Halaby)等一批作家。他们用创作演绎人与人、人与自然、人与家庭融洽相处的伊斯兰文化观,在后"9·11"时代进行深入的跨文化反思,旨在回击西方社会长期来对阿拉伯—伊斯兰世界所做的文化想象,以期颠覆和矫正西方文学中习惯了的伊斯兰文化和穆斯林刻板形象。

总体上看,新世纪美国文坛几乎所有文学分支或流派都不同程度地体现战争、灾难、文化冲突与交融的主题特征。从 2003 年爱德华·琼斯(Edward P. Jones,1951—)创作《已知的世界》(*The Known World*)到 2011 年文坛新秀、青年女作家杰斯明·沃德(Jesmyn Ward,1977—)创作《拾骨》(*Salvage the Bones*),非裔美国文坛一直人才辈出。琼斯以美国内战前南方部分黑人奴隶主的一段奇特史实为基础,再现了复杂的奴隶制。小说主人公亨利·汤森德生为白人奴隶主罗宾斯家中的黑奴,用钱赎得自由身后,经营有方,在曼彻斯特郡买下了自己的种植园,并蓄养起 33 名黑奴,成为富有的黑人奴隶主。他充分发挥了艺术家的自由,完成了一次记忆的回访,重现了那个被遮蔽的世界,对黑人身份建构中的选择做了反思。沃德的《拾骨》也是不俗之作,一面世就获得年度国家图书奖。该小说用 12 天的历程作为整个作品的基本框架,讲述了一场飓风威胁家庭的故事,其涵义是:在灾难面前所有家庭成员应同舟共济携手抵御灾难,彼此的自我牺牲、共同呵护与关心可以使一个原本缺爱的家庭温暖起来,重新燃起生活之火。家庭重构以及对灾难、人性和爱的反思已经成为新世纪美国小说创作的主旋律。小说家们正致力于书写普通人的家庭生活和情感变化,关注人伦道德,思考人性进而反观整个人类的命运。后"9·11"美国文学必将大有作为,我们当拭目以待。

(作者单位:南京大学)

论菲茨杰拉德与美国现代主义文学

何 宁

引 言

在现代美国文学的发展历史上,20 世纪 20 年代是最为重要的阶段。威拉·凯瑟(Willa Cather)、辛克莱·刘易斯(Sinclair Lewis)、格特鲁德·斯泰因(Gertrude Stein)、约翰·多斯·帕索斯(John Dos Passos)、福克纳(William Faulkner)和海明威(Ernest Hemingway)等人都在这"喧嚣的二十年代"发表了重要作品,为现代美国文学的发展奠定了基石。不过,在整个 20 世纪 20 年代出版的小说中,只有一部让当时的现代主义文学代言人 T. S. 艾略特(T. S. Eliot)认为是"兴趣勃发,充满激情,这影响超过了这些年来任何其他新发表的英美小说"①,这部小说就是司各特·菲茨杰拉德(F. Scott Fitzgerald)的《了不起的盖茨比》。在 20 世纪 20 年代众多的美国小说中,菲茨杰拉德在创作中吸收了当时欧洲现代主义文学的艺术手法,对美国现实主义文学予以继承和革新,并把自己对美国社会文化的理解融入其中,将现代主义文学予以美国化,其中蕴含的创新与欧洲现代主义的精神不谋而合,正是这一特质让艾略特刮目相看,从而成为他心目中美国现代主义文学的象征,也成为现代美国文学最突出的代表。

一、美国文学与现代主义

菲茨杰拉德的创作在 20 世纪 20 年代成为美国现代主义文学的代表并非偶

---

① T. S. Eliot,"Three Letters about *The Great Gatsby*", *The Crack-up*, F. Scott Fitzgerald & Edmund Wilson eds., New York: New Directions, 1993, p. 310.

然，这是与美国文学的发展进程息息相关的。现代美国文学的发展起步于 19 世纪末期，随着美国经济的发展繁荣，美国文学逐渐开始在世界文学中扮演越来越重要的角色。就英语文学传统而言，美国文学一直处于英国文学的霸权之下。直到 20 世纪初，文学评论界才开始将美国文学作为一个严肃的独立领域来看待。不过，他们或多或少仍然认同美国文学是英国文学一个分支的观点。然而，像马克·吐温（Mark Twain）、爱伦·坡（Edgar Allan Poe）、霍桑（Nathaniel Hawthorne）和亨利·詹姆斯（Henry James）等人的创作，已经在一定程度上初步构建了一个独立于英国文学之外的、新的文学传统。第一次世界大战之后，美国文学在世界文学中的影响加强，原因很简单："即使欧洲人不承认这一点，但美国人认为正是因为他们的干预、他们的技术、他们的人力决定了一战的胜负。由此而来的后果之一是人们对美国事物的自豪感增加了。举例来说，战争结束后，美国文学在高校中更受重视。"①这种自豪感使得学术界更多关注美国文学的研究。

"一战"结束后，评论界开始将美国文学作为一个独立的文学传统来研究。到了 20 世纪 20 年代，美国文学已经开始影响世界文学。在对美国文学的研究中，不少美国学者开始重新审视以往评论界认为美国文学逊色于英国文学的重要因素：语言。1919 年，门肯（H. L. Mencken）提出了美国英语的独特性。虽然他没有说美国英语比英国英语更好，但他在文章中暗示，美国英语和英国英语同样重要："在某些方面，如语调，英国英语的用法显然是比美国英语好；而在其他方面，如拼写，美国英语的用法显然要比英国英语更好。"②在门肯看来，这两者各有优点，因此美国文学并不存在必然逊色于英国文学的基础。

不过，在 20 世纪 20 年代，美国文学虽然已经建立起在世界文学中的独立地位，但从影响而言，文学世界依然处于欧洲文学和英国文学的主导之下。现代主义文学运动在一定程度上强化了这一格局。这场起源于欧洲的文学运动，横跨大西洋，将当时美国文坛的生力军（包括菲茨杰拉德在内的"迷惘的一代"作家）吸引到欧洲，在传播现代主义文学观念和繁荣美国文学的同时，似乎又进一步加强了欧洲文学作为领导者的地位，使得美国文学继续屈居其下。然而，欧洲文学

---

① J. Lane & Maurice O'Sullivan eds., *A Twentieth-Century American Reader*. Washington: United States Information Agency, 1999, p. 213.

② H. L. Mencken, *My Life as Author and Editor*, J. Yardley ed.. New York: Alfred A Knopf, 1993, p. 214.

与美国文学之间这种领导与被领导的地位似乎并没有表面上看上去那么稳固。安东尼奥·葛兰西（Antonio Gramsci）认为霸权是动态的，是"不稳定的均衡不断形成和被取代的过程"[①]，而且，他认为被霸权领导的群体具有主动和实际的参与，并不是主流意识形态所隐喻的那种静态的、凑数的、被动的从属[②]。

如果用葛兰西的观念来审视世界文学，就会发现随着现代主义文学的出现和对现实主义传统的冲击，欧洲文学传统的霸权地位也出现了新的变化。作为欧洲中心的从属，美国文学在20世纪20年代出现了以"迷惘的一代"为代表的融合欧洲现代主义的作品。在菲茨杰拉德的作品中，有从康拉德（Joseph Conrad）那里借鉴和发展的叙事模式，还有来自伍尔夫（Virginia Woolf）的意识流的手法。正如罗纳德·伯曼（Ronald Berman）指出的，菲茨杰拉德和海明威，都存在将欧洲现代主义移植到自己创作中的情况[③]。不过，正如葛兰西分析的那样，经过19世纪的长足发展后，成长中的美国文学作为欧洲文学霸权下的被领导群体，对于现代主义文学并不是简单的接受和移植，而是具有主动和实际的参与，从一定意义上也影响到现代主义文学发展的整体进程。作为一场影响范围突破欧洲的文学运动和实践，现代主义赋予了美国文学突破欧洲文学霸权，甚至取而代之的机会。以菲茨杰拉德为代表的20世纪20年代的美国作家抓住了现代主义所带来的契机，融合19世纪以来的美国文学传统，以具有本土特色的美国现代主义文学，"影响了许多流派和许多国家的作家"[④]，逐渐确立了美国文学在世界文学中的领先地位，在一定程度上颠覆了欧洲文学传统的霸权。

面对欧洲现代主义的冲击，菲茨杰拉德这一代的美国作家面临的选择是全面接受欧洲现代主义的文学理念和创作手法，还是延续本土文学原有的文学模式。在现代主义运动之前，菲茨杰拉德以及和他同时代的美国作家在创作中有

---

① A. Gramsci, *The Gramsci Reader: Selected Writings 1916 - 1935*. New York: New York University Press, 2000, p. 211.

② A. Gramsci, *The Gramsci Reader: Selected Writings 1916 - 1935*. New York: New York University Press, 2000, p. 424.

③ R. Berman, *Translating Modernism: Fitzgerald and Hemingway*. Tuscaloosa: The University of Alabama Press, 2009, pp. 1 - 13.

④ L. W. Wagner, "E. Hemingway, F. Scott Fitzgerald & Gertrude Stein", *Columbia Literary History of the United States*, Emory Elliott et al. eds., New York: Columbia University Press, 1988, p. 873.

三种文学模式可以选择：浪漫主义、现实主义和自然主义。进入 20 世纪之后，随着美国社会工业化和城市化的发展，这三种文学模式在呈现 20 世纪飞速发展的美国社会时都不可避免地表现出局限，因此，作家必须创造新的文学模式来表征迅速变化的社会。海明威和多斯·帕索斯等人都在小说呈现模式上进行了探索，菲茨杰拉德同样也在探索新的文学呈现模式，在继承现实主义文学传统的基础上，融入对现代主义的理解，突破固有的文学模式，开创一种新的文学风潮。他在文学创作上的志向高远，立志要在创作中呈现一种"在形式、思想和结构上都全新的东西——是康拉德求而未得、乔伊斯和斯泰因不断在追寻的时代文学模式"①。

从菲茨杰拉德的创作理想来看，他将自己的追求与欧洲现代主义的发展置于同一层次，力图创造出一种具有个人和美国特色的现代主义文学，而不是对欧洲现代主义单纯的接受和模仿。尽管他思考的重心依然停留在欧洲中心主义的层面，缺乏对美国本土文学先驱的思考和承继，但他在具体的作品中，却体现出对美国文学现实主义传统的继承和超越，以及对欧洲现代主义的批判吸收。菲茨杰拉德的创作从形式、思想两个层面突破和整合传统的美国文学模式，在吸收欧洲现代主义思潮的同时，将美国文学传统以及自己对美国文学文化的思考融入其中，创造出与欧洲现代主义颇为不同的美国现代主义文学风格。

二、菲茨杰拉德的长篇小说：现代主义的创新

菲茨杰拉德对美国现代主义文学的塑造首先来自对小说形式的探索和创新。他将传统的成长小说（bildungsroman）形式予以现代化，赋予这一小说样式以美国文化风格。成长小说作为小说类型中广受欢迎的样式，经过几个世纪的发展，业已难出新意。《简·爱》和《远大前程》作为 19 世纪成长小说的巅峰，对于 20 世纪初的作家似乎是难以逾越的挑战。菲茨杰拉德在接受这一来自欧洲中心的文学传统的同时，大胆对它加以变革。

在小说《尘世天堂》中，他用诗歌、短篇小说、独幕剧等多种文学样式来丰富和革新历史悠久的成长小说传统，使得整部小说的形式结构呈现出多元混杂的风格。菲茨杰拉德在小说中采用这种混杂的样式并不是一时的灵感迸发，而是

---

① F. S. Fitzgerald, *Tender Is the Night*. New York: Charles Scribner's Sons, 1934, p. Ⅷ.

刻意为之,希望通过文学样式的混搭,既在小说形式上取得突破,又通过将这些不同的文学样式与小说中不同的人物相对应,达到形式与内容的和谐统一。小说中气质不同的女性与主人公艾默里(Amory)之间的交往都通过不同的文学样式来呈现。在刻画艾默里与理智的克拉拉(Clara)之间的关系时,菲茨杰拉德采用的是传统小说的对话描写,以两人诙谐的对话来凸显克拉拉的睿智和对艾默里的精神启发。对小说中浪漫冲动的埃莉诺(Eleanor),菲茨杰拉德则选择了诗歌这种文学样式来呈现她与艾默里的关系。埃莉诺在激情之下几乎坠落悬崖,让艾默里意识到她浪漫的性格中潜藏着的危险性。菲茨杰拉德以两首忧郁感伤的诗歌来结束对两人关系的描写,恰如其分地展示了两人浪漫而感伤的交往。而在叙述艾默里与虚荣的罗莎琳德(Rosalind)之间的感情时,他则采用了一出独幕剧来描绘两人分手的场景:

> (艾默里的双手抱着头,一动不动,突然变得毫无生机。)
>
> 罗莎琳德:爱人啊! 爱人! 我不能失去你,我不能想象没有你的生活。
>
> 艾默里:罗莎琳德,我们在拿彼此撒气。我们一直高度紧张,而这个星期——
>
> (他的声音出奇的成熟。她走过去,将他的脸捧在手中,吻了他。)
>
> 罗莎琳德:我不行,艾默里。我不想被关在这个小公寓里,远离树木和花草,整天等着你。在这种狭窄的空间气氛里,你会恨我的。我会让你恨我的。[①]

在这场戏剧化的叙述中,菲茨杰拉德生动地呈现出了艾默里的单纯和伤感,与罗莎琳德的虚伪和活力形成鲜明的对比。面临分手,艾默里郁闷地抱着头,而罗莎琳德则相当冷静清晰地表达了她的想法——分手的原因是艾默里的贫穷。通过艾默里与罗莎琳德在这场独幕剧中的表现,菲茨杰拉德暗示两人的交往如同一场戏剧,戏剧性十足而真情匮乏。

20 世纪 20 年代初期,菲茨杰拉德就在小说中尝试通过不同文学样式的杂糅来突破传统文类划分为小说所确定的疆界,表现出他对现代主义的敏感,但他对 19 世纪美国小说传统形式真正的突破还是在《了不起的盖茨比》中。在这部

---

① F. S. Fitzgerald,*This Side of Paradise*. Cambridge:Cambridge University Press,1995,p. 179.

"了不起的实验"①中，菲茨杰拉德没有跟随欧洲现代主义以意识流叙事为主的潮流，而是自出心裁地从叙事和象征这两个层面革新了小说的表现形式。

在叙事层面，菲茨杰拉德通过"双重视角"的叙事方式为美国现代小说的叙事带来了革命性的突破。在小说中，他放弃了传统的全知全能叙事视角，而是采用了第一人称的叙事。菲茨杰拉德对传统的第一人称叙事的创新在于其中叙事声音的复杂性：作为叙事者的尼克·卡罗威（Nick Carraway），不仅是一个超然的叙述者，同时也是作为叙述者的他自己所观察的一个对象。这种新的叙事模式突出的是叙述者的多重完整性。在菲茨杰拉德建构的叙事系统中，卡罗威不断地进入和离开小说的叙述声音，时而记录、时而反思、时而参与小说中的事件，体现出复杂的多重性特征。在小说的第二章中，菲茨杰拉德以醉酒后的卡罗威的叙述，为读者展示了这种叙事模式的复杂性：

> 我想出去，在柔和的黄昏中漫步向东走到公园。但每次我想走的时候，就会纠缠在一些疯狂、刺耳的争执中，就好像绳子一样把我拉回到椅子上。然而，对昏暗街道上无心的看客而言，我们这排城市高空中的黄色窗户也是人类秘密的一部分。我也是这样一个看客，仰望天空，心怀疑虑。我既身在其中，又置身事外，生活无穷无尽的花样让我既为之迷醉，又感到厌烦。②

这种小说人物与小说叙述者混杂的叙述模式贯穿了整部小说，极为精确地展示出生活在20世纪20年代的人们，尤其是在传统社会环境中长大的一代面对一个迅速现代化的世界而产生的精神焦虑。菲茨杰拉德的这种特殊叙事模式所谕示的是"一种远比表象和现实之间的简单差异更复杂的特性"，使得他可以在小说中探讨"现实的不现实性"③，对现实主义文学传统加以革新。尼克·卡罗威式的混杂性叙事手段使得菲茨杰拉德得以突破美国文学中自詹姆斯以来的既有小说文本模式。正如布赖恩·威（Brian Way）指出的，菲茨杰拉德对尼

---

① G. Garrett，"Fire and Freshness：A Matter of Style in *The Great Gatsby*"，*New Essays on The Great Gatsby*，Matthew J. Bruccoli ed.，Cambridge：Cambridge University Press，1993，p. 111.

② F. S. Fitzgerald，*The Great Gatsby*. Cambridge：Cambridge University Press，1991，p. 30.

③ J. B. Chambers，*The Novels of F. Scott Fitzgerald*. Houndmills：Macmillan，1989，p. 120.

克·卡罗威的运用,实现了詹姆斯认为不可能的灵活性:在小说的情节冲突和叙述结构发展之间来回自如,从而造就了一个可以同时叙述(telling)和展演(showing)的文本①。

除了叙事模式的革新,《了不起的盖茨比》对象征的创新运用意味着菲茨杰拉德在创作上与传统现实主义做了较为彻底的切割。他在小说中运用了一整套象征体系来呈现当时社会的复杂性与多样性:灰烬之谷来自艾略特的荒原象征;黛茜(Daisy)名字所蕴含的花语象征着盖茨比对黛茜的梦想;反复出现的汽车意象喻示着无处逃避的工业化和现代化;盖茨比对黛茜的追求则是现代版的中世纪骑士对失落圣杯的追寻②。整个象征体系包蕴着极为丰富的文学传统和现实指涉。小说中的细枝末节,如花卉、飞鸟等也都自成体系,使得整部作品带有现代主义诗歌一般的象征风格③。自小说发表以来,小说中的各种意象已经被解读过无数次,然而在评论家关注小说的微观细节时,往往忽视了《了不起的盖茨比》作为美国现代主义小说代表这一作品的整体象征意义,也就是艾略特所说的"这是美国小说自亨利·詹姆斯以来迈出的第一步"④。正是菲茨杰拉德在创作中通过叙事模式的创新和自成体系的象征运用,使得这部小说成为美国现代主义小说的肇始,"推动了美国小说形式的前进,使得在他之后的小说家都因而获益"⑤。

三、菲茨杰拉德的短篇小说:现代主义的本土化

如果说菲茨杰拉德在长篇小说的创作中体现出对小说样式的创新,在呼应整个20世纪初期的现代主义思潮同时,推进了美国文学从传统到现代的发展,

① B. F. Way, *Scott Fitzgerald and the Art of Social Fiction*. London: Edward Arnold, 1980, pp. 99 - 100.

② L. C. Pelzer, *Student Companion to F. Scott Fitzgerald*. Westport, Connecticut: Greenwood Press, 2000, pp. 95 - 101.

③ R. E. Long, *The Achieving of The Great Gatsby*, *F. Scott Fitzgerald*, *1920 - 1925*. London: Associated University Press, 1981, pp. 133 - 138.

④ T. S. Eliot, "Three Letters about *The Great Gatsby*", *The Crack-up*, F. Scott Fitzgerald & Edmund Wilson eds., New York: New Directions, 1993, p. 310.

⑤ G. Garrett, "Fire and Freshness: A Matter of Style in *The Great Gatsby*", *New Essays on The Great Gatsby*, Matthew J. Bruccoli ed., Cambridge: Cambridge University Press, 1993, p. 116.

那他在短篇小说的创作中则体现出对来自欧洲的现代主义予以本土化的过程，尤其是对讽喻（parody）的使用，使得他的作品表现出了独特的美国现代主义色彩。菲茨杰拉德在短篇小说《戴利林坡误入歧途》中对美国 19 世纪后期到 20 世纪广为流传的霍雷肖·阿尔杰（Horatio Alger）所创造的原型故事加以反讽，正是以现代主义来介入和反思美国意识形态中根深蒂固的乐观主义。霍雷肖·阿尔杰在他 100 多部小说中所描绘的成功范式基本都是年轻的男孩经过努力，加上一点运气，最终获得成功的故事。这些男主人公全都诚实正直，通过辛勤工作而获得了物质上的丰厚回报。这种基于美国式乐观主义的"努力就会成功"的原型故事在《戴利林坡误入歧途》中成为反讽的对象。小说中的戴利林坡（Dalyrimple）完全符合霍雷肖·阿尔杰小说主人公的形象。勤劳肯干、为人正直的他在退伍回乡后，以为通过自己的苦干可以很快得到升职，获得像阿尔杰小说中的主人公那样的成功。然而，很快他就发现了理想与现实之间的距离：同样苦干的同事两年都没有涨薪水，而老板的侄子三周之内就离开了库房，坐进了办公室。之后戴利林坡表面上在库房里一心一意地工作，暗地里却以抢劫富人区的财富为乐。过着这种双重生活的戴利林坡最后却因为表面的老实肯干成为州议员，无疑是"对霍雷肖·阿尔杰成功故事的讽刺"①。从战争英雄到百货公司工人，从打家劫舍到进入政坛，戴利林坡对于成功的认识是"你必须要走捷径，这就是成功的秘诀"②。戴利林坡的故事是菲茨杰拉德对美国本土文化中乐观主义的反思，而这一反思的力量正是来源于现代主义的讽喻手法。

菲茨杰拉德在对欧洲现代主义的接受过程中，也对作为 19 世纪文学主流的现实主义传统予以了承继和变革。菲茨杰拉德在早期作品，如《五一节》等小说中，基本采用现实主义的创作手法，对当时美国社会面临的各种危机和问题加以呈现。《五一节》通过对三个平行事件的叙述，展示了 1920 年五一节的动荡和当时青年一代所面临的危机。一方面，小说是基于真实事件的文学创作，用现实主义的艺术手法书写当时的社会问题，体现出菲茨杰拉德对现实主义传统的继承；另一方面，菲茨杰拉德在创作中也试图突破传统现实主义的拘囿，尝试探索和革新现实主义。正如他在小说注解中所写的：

---

① M. J. Bruccoli, *Some Sort of Epic Grandeur: The life of F. Scott Fitzgerald*. London：Hodder and Stoughton, 1981, p. 106.

② F. S. Fitzgerald, *Jazz Age Stories*. Cambridge：Cambridge University Press, 2000, p. 148.

　　这三个事件都给我留下了深刻的印象。除了都是发生在爵士时代开始时那个有点歇斯底里的春天,他们在现实生活中是并不相关的。但是,在我写的故事里,我试图(也许并不成功)将他们融合成一种样式——这样式能体现出纽约那几个月对当时的青年人的影响。①

　　由此可见,虽然菲茨杰拉德依然运用现实主义的艺术手法来创作这篇小说,但在创作思想上,已经体现出对现实主义的疑问和革新。他试图通过三个不相关的故事来勾画出一种现实生活的样式,带有现代主义思想中去中心化的影响。与传统小说不同,《五一节》并没有真正意义上的中心人物,小说人物几乎都是同等重要的,这种人物塑造上的去中心化,也对菲茨杰拉德同时代的作家具有影响。库尔(John Kuehl)认为多斯·帕索斯的名作《曼哈顿中转站》中的主要人物就是由《五一节》中的人物演化而来的②。这种"一半传统,一半先锋的创作风格"充分展示了爵士时代的精神③,也正是菲茨杰拉德对传统的继承和革新。

　　菲茨杰拉德不仅对现实主义的艺术创作手法加以变革,更对现实主义传统中的现实这一核心理念加以考察和重塑。在小说《红褐女巫》中,菲茨杰拉德通过描写主人公梅林执着一生的幻想从生发到幻灭的过程,引导读者对何为现实这一问题的思考。小说中梅林一生都认为卡罗琳是一个女巫,因为几次与之相遇都发生了貌似神奇的经历。直到小说结尾,年迈的梅林再次见到卡罗琳时,才得知她只是一位名声不佳的舞蹈演员,而并非他想象中的女巫。评论家一般认为小说现实主义的结尾破坏了这部"可能是菲茨杰拉德最出色的小说"④。然而,正是这种融合魔幻和现实的创作手法,使得读者不得不思考业已习以为常的现实这一理念。对于小说中梅林来说,在小说结尾之前,卡罗琳的确是一个"真实的"女巫。菲茨杰拉德通过模糊现实与幻想的界限来表达现实的不确定性,并

①　F. S. Fitzgerald, *Jazz Age Stories*. Cambridge: Cambridge University Press, 2000, p. 414.

②　J. F. Kuehl, *Scott Fitzgerald: A Study of the Short Fiction*. Boston: Twayne Publishers, 1991, p. 41.

③　R. Roulston & Helen H. Roulston, *The Winding Road to West Egg: The Artistic Development of F. Scott Fitzgerald*. Lewisburg: Bucknell University Press, 1995, p. 74.

④　A. H. Petry, *Fitzgerald's Craft of Short Fiction: The Collected Stories 1920 - 1935*. Tuscaloosa: The University of Alabama Press, 1989, pp. 76 - 77.

进而对现实主义传统本身加以质询。

四、结语

菲茨杰拉德在 20 世纪 20 年代的创作中,以自己的理解将影响 20 世纪文学至深的现代主义思潮引入美国文学,以创新的现代主义表现形式来探讨美国本土文化,对美国文学的现实主义传统加以承继和变革,成为美国现代主义文学的先驱和主导。无论是他对叙事风格的实验,还是对讽喻手法的运用,都成为后来美国现代主义发展的基础,也使得现代主义这一来自欧洲的文学运动经过他的创作得以本土化。不过,在追求个人创作风格和内化现代主义文学的过程中,菲茨杰拉德并没有放弃对现实主义的继承,也因此"始终无法决断在维多利亚文学传统和现代主义文学传统之间应该如何自处"①。在他的创作中,对现代主义的探索和抵触几乎同样明显。虽然他在《夜色温柔》的创作中探讨了精神分析,但对于意识流写作还是严格控制的,在他的作品中实验性的意识流描写从来没有达到伍尔夫、乔伊斯(James Joyce)那样的程度,这无疑在一定程度上削弱了菲茨杰拉德在美国现代主义文学中的影响。正因如此,评论界才会认为,福克纳的《喧哗与骚动》的出版"取代了《了不起的盖茨比》伟大的美国现代小说的地位"②。从两部作品的比较来看,福克纳与菲茨杰拉德的不同其实在于世界观和意识形态,而不仅仅是在于小说创作的艺术手法。如同罗得斯(Chip Rodes)所分析的,"尽管菲茨杰拉德在《了不起的盖茨比》中构建出了非个人化的风格,但他与小说人物的距离,并没有艾略特和其他人倡导的那么远"③。的确,在盖茨比、黛西和尼克身上,还是带着菲茨杰拉德个人生活的影子,他对他们始终是难以全然舍弃的,但也正是这一点,使得他的作品不是欧洲现代主义的美国实验品,而是美国现代主义小说的代表。

菲茨杰拉德对现代主义加以本土化的选择不仅是个人的,更是当时美国作

① N. F. Cantor, *The American Century: Varieties of Culture in Modern Times*. New York: Harper Collins, 1997, p. 52.

② M. Norris, "Modernist Eruptions", *The Columbia History of the American Novel*, Emory Elliot et al eds., New York: Columbia University Press, 1991, p. 326.

③ C. Rhodes, "Twenties Fiction, Mass Culture, and the Modern Subject", *American Literary History*, 1999 (11. 4), p. 425.

家的集体抉择。与他同时代的海明威、多斯·帕索斯和斯坦贝克（John Stein-beck）等人都在各自的创作中对来自欧洲的现代主义文学予以吸收并使之美国化，再加以个人化的呈现。海明威的创作同样有对不同文学样式的杂糅，但他选择简单直白的叙述风格，以"远离现代主义的佶屈聱牙"①。与菲茨杰拉德一样，这种风格的选择也不仅是个人艺术道路的选择，而是代表着美国文学对来自欧洲的现代主义文学的选择性接受和本土化。正是在这个意义上，菲茨杰拉德的创作超越了传统的文学模式，以具有新意的文学呈现手段，"创造出一座全新的亨利·詹姆斯所说的'小说之家'"②，从而在一定意义上奠定了美国现代主义文学的基础，并进而影响到整个 20 世纪美国文学和世界文学的发展进程。

（作者单位：南京大学）

---

① A. Fowler, *A History of English Literature*. Oxford：Basil Blackwell，1989，p. 335.

② L. W. Wagner，"E. Hemingway, F. Scott Fitzgerald & Gertrude Stein"，*Columbia Literary History of the United States*，Emory Elliott et al. eds.，New York：Columbia University Press，1988，p. 873.

科幻的性别问题
——超越二项性的诗学想象力

宋明炜

A biography beginning in the year 1500 and continuing to the present day, called Orlando. Vita; only with a change about from one sex to the other.

Virginia Woolf, *Diary*, 5 October 1927

一部传记起于 1500 年却延续至今，人物名叫奥兰多。生平：唯有一个变化是从一种性别变成另一种。

弗吉尼亚·伍尔夫，《日记》，1927 年 10 月 5 日

一、科幻历史五百年：从一种性别变成许多种

科幻有没有性别？——至少，科幻作为类型小说，被标注了一系列的二项性区别，如科幻史上的"黄金时代"与"新浪潮"，作为亚文类的"硬科幻"和"软科幻"，以及换一种说法的技术型科幻与社会性科幻，姓"科"的科幻与姓"文"的科幻，强调科学进步主义、飞向星辰大海的太空歌剧与揭示技术噩梦经验贴、暴露（后）人间黑暗的恶托邦小说……不一而足。在上述二项对立中的前一项，往往被科幻迷看作属于男性的特征，进而在科幻的话语场域中，具有强势性的往往是一种所谓男性的科幻。如果说科幻有性别，它在国内网络环境中过去最经常是与"理工男"、"直男"、"宅男"这样的名词挂钩，甚至至今仍有这样一种世俗共识，科幻比较其他文类（如言情或耽美）而言，是一个男性作者和读者更多的文类。事实上，迄今为止的几乎所有的科幻文学史都会指出，女性科幻作家的崛起在各

国都较迟①,比如在英美出现于六七十年代新浪潮(或谓之为强调文学性的科幻)发生之际——勒古恩(Ursula Le Guin)、茹斯(Joanna Russ)、莱辛(Doris Lessing)、巴特勒(Octavia Butler)、阿特伍德(Margaret Atwood)是当时一批最重要的把科幻作为文学来写的女作家。如果有人为中国科幻写一部历史,女性科幻作家作为一种开始颠覆科幻类型成规的新生力量出现,更要迟至 21 世纪的第二个十年,甚至也就是最近几年。

这样的历史叙述无疑只会更强化科幻是男性主导的所谓共识,或科幻根据性别的二项对立。吴岩教授在《科幻文学论纲》(2011)中根据科幻作家的性别,把他们分成"女性作家簇"和"大男孩作家簇",在介绍女性作家簇时提出了一种建立在二项性别基础上的科幻定义:"科幻不一定是张扬理性的,反而可能是张扬感性的。它是对知识积累过快的世界的感觉与担忧,对权力富集于男性、男人生活态度的审慎观察和反抗性建构。"②将男性与理性关联、将女性和感性关联,这依然是一种固化二项分类的定义,但这个论述却超越了通常的大众见解,女性在科幻中的地位并不能视而不见,却很可能蕴藏着一种颠覆性的力量。吴岩那句话不仅挑战寻常意义上科幻的男性性别,而且他接下来引出的足以完全瓦解"科幻的性别是男性"这种所谓共识:科幻的现代源头是玛丽·雪莱(Mary Shelley)在 1818 年出版《弗兰肯斯坦》,当时并不知道这部小说是现代科幻的鼻祖,却像《狂人日记》(1918)之于中国现代文学那样,建立起足以笼罩整个科幻文类此后走向的话语、感觉和思想结构。

《弗兰肯斯坦》的怪物不是人类自然生育的产儿,它是用技术在实验室里制造的"人造人"。"人造人"在当时欧洲文学中并非罕见,如出现在歌德 1832 年版《浮士德》第二卷中的 Homunculus,一个小小人、宁馨儿;但弗兰肯斯坦的怪物却是一个用死人尸体组合和电磁作用激活生命的嵌合体,是一个怪物。从出生时就丧母、并被父亲因另娶后母而照顾不周的玛丽③,更把她笔下的人造人塑造成一个孤独的怪物,世间无二的新物种,"他"刚有了生命,就被创造者抛弃,在人间

---

① 需要指出这仅是一般而论,各国也或有例外,如 Thea von Harbou 是 20 世纪初的德国女性科幻作家,她在 1925 年就写出《大都会》(Metropolis),并与丈夫弗里茨·朗(Fritz Lang)合作写出电影剧本,据此朗拍摄了同题经典科幻电影。(感谢程林博士提供线索,以及程博士对本文提出的若干修订建议。)

② 吴岩:《科幻文学论纲》,重庆:重庆出版社,2011 年,第 60 页。

③ 玛丽的母亲是世界上第一个女权主义者 Mary Wollstonecraft,父亲则是社会主义思想家 William Godwin。

备受欺凌、被放逐在人间边缘。他是"弃儿"。玛丽·雪莱在小说开头，引用弥尔顿《失乐园》(1667)中的话，人类始祖追问：

> 造物主啊，难道我曾要求您
> 用泥土把我造成人吗？难道我
> 曾恳求您把我从黑暗中救出——①

日内瓦公民(卢梭的同乡人)弗兰肯斯坦博士创造的怪物，在大众传媒中常被误称作弗兰肯斯坦。于是，扮演造物主的人类变成了流行文化中的怪物本人。非生育而产生的人之子，顶替了人的名称。弗兰肯斯坦如同人文主义的鬼影，启蒙运动的噩梦，他或是他的怪物在大地漫游的影子，撕开了人类进步历史的深渊。与此同时，科幻小说(science fiction)②在文学史中正像弗兰肯斯坦的怪物，被视为非自然有机产生的文学——某种拙劣的混杂，是一个与文学界不融洽、无法定义和归类、被人间排斥的奇美拉(Chimera，在技术意义上则是嵌合体)。科幻文类也曾有过如"弃儿"般的无名地位，直到 20 世纪下半期，随着新浪潮运动促使科幻"破圈"，开始在世界范围内影响思想前卫的先锋作家们——如品钦(Thomas Pynchon)、巴思(John Barth)、萨拉马戈(José Saramago)、勒古恩、阿特伍德、村上春树、石黑一雄、波拉尼奥(Roberto Bolaño)及华语圈的骆以军和董启章。在国内直到 21 世纪"新浪潮"异军突起之际，科幻开始对整个文坛产生冲击力，颠覆既成思维与美学习性。

英国科幻作家和学者罗伯茨(Adam Roberts)提出一种有趣的论述：科幻有一个祖母(玛丽·雪莱)和两个父亲(凡尔纳和威尔斯)③。只有科幻小说才能有这样如同科幻小说般的历史描述。这给科幻小说的身世带来了一种跨越性别的酷儿(queer)特征。除此之外，罗伯茨也认为，科幻的渊源不是始于玛丽·雪莱，而是有着更强的杂交性，比如雪莱所参考的那部名著：弥尔顿的《失乐园》。我认同他的看法，更看重《失乐园》作为一部巴洛克时代的史诗对世界秩序的瓦解和颠覆。科幻是否也获得这样的血脉？从伽利略第一次通过望远镜发现木星有四

---

① 弥尔顿：《失乐园》，朱维之译，南京：译林出版社，2016 年，第 373 页。
② 1845 年英语中首次出现类似概念 scientific romance，直到 1929 年雨果·根斯贝克正式使用 science fiction 这个词。
③ Adam Roberts, *Science Fiction*. London：Routledge, 2000, p. 48.

颗卫星轨道运行诡奇,从而有证据打破按照人类直觉判断的地心说;世界地图随着航海大发现而开始急速扩展,并孕育乌托邦想象;微积分和平均律改变科学与艺术的基本形式,激发更改科学规律的幻想文学——这一切都是四百年前巴洛克艺术时代的知识论基础。再到今天正在发生数字革命、虚拟时空、人工智慧、多维时空理论、黑洞与虫洞理论、暗物质与暗能量、超弦理论及至元宇宙诞生,我们可能正在进入的世界,或许就是艾柯及其好友在四十年前预测的"新巴洛克"时代①。

本文开头引用作家伍尔夫在 1927 年 10 月 5 日写下的日记:"一部传记起于 1500 年却延续至今,人物名叫奥兰多。生平:唯有一个变化是从一种性别变成另一种。"②1928 年出版的《奥兰多》是伍尔夫最具巴洛克色彩的小说,今天可以追认是酷儿小说。伊丽莎白时代的一个贵族男子年仅三十,在位于中西方交界处的君士坦丁堡长睡之后变成女人,此后永葆青春、长生不老,故事结尾时她变成一个现代女作家,写了几个世纪的长诗,将在这部小说《奥兰多》问世的那一天出版③——也即是作者完成小说时候的未来几个月后。正如《奥兰多》是伍尔夫最大胆的一部文类难分的实验作品,我也愿大胆地借用这部小说的情节,作为科幻小说五百年间的历史。这个历史延伸到伍尔夫作品问世一百年后的现在,并不是仅仅改变了性别,而是更进一步,在撼动二项性结构的性别关系,以及科幻在非此即彼上的性别难题。科幻历史五百年,"唯有一个变化是从一种性别变成另一种",但"另一种"并不确定是哪一种性别——如今在 21 世纪的北欧或本文作者执教的大学校园里,官方认可的性别已经多达近十种。更有可能的是,在诗学的层面上,科幻打破了二项性的表现形式。这不仅是性别问题。科幻的文本,并不是连通现实的回路装置——不像通常意义的现实主义文学,从现实中取材,也走向新的现实形象。科幻与这样一种文本(表现)现实的二元结构无关。科幻文本既是惊奇的载体,也正是惊奇本身。在这个意义上,科幻的文本性和生成性

---

① 参考 Omar Calabrese, *Neo-Baroque: A Sign of Times*. Princeton:Princeton University Press,1992.此书最初以意大利语写成,问世于 1986 年,艾柯为之作序,认为"新巴洛克"比"后现代"等词语更能代表我们正在进入的新的艺术表现与大众娱乐时代。此后法国哲学家德勒兹和智利流亡导演瑞兹均提出了各自关于新巴洛克的哲学与美学论述。德勒兹对此后兴起的各种新思潮(如后人类)影响更深远。

② Virginia Woolf, *The Diaries of Virginia Woolf*, *Vol*. *3*:*1925 - 1930*. Boston:Mariner Books,1980, p. 161.

③ Virginia Woolf, *Orlando: A Biography*. New York:Harvest,1992.

跨越了一系列的二项性差异,也包括二元性别关系。打开每一本好的科幻小说,人们都在意识上违背了建立在既有知识的认知习惯,踏足进入一个异世界的领域,这是文本生成的新世界,就像弗兰肯斯坦怪物一样,它的诞生不代表两性生育繁衍后代,而是世界断裂之处出现的异形新物种。

科幻如果从莫尔的《乌托邦》(1516)和《失乐园》算起,经历了在巴洛克时代异端思想深渊中的诞生,在启蒙时代的尾声独立成为新文类,却同时也遭到文坛放逐、变成怪物弃儿,此后历经工业时代的低眉类型化过程,到了21世纪,却在人类身份失去中心地位、现实感不断重塑的信息时代生长得枝繁叶茂。非二项性别、波粒二象测不准因而世界"真相"不确定、超弦理论中那无尽的超维度空间褶曲,以至于数字虚拟替代实相模拟从而产生超级现实、虚拟现实——由此21世纪重新定义科学与文明的整个知识型和认识论。新旧两个变动不居的巴洛克时代之间,那严格遵守牛顿力学的有序世界和以模仿论为旨归的文学表现,如今在诸种有违确定性和因果律的科学新知以及随之而来的科幻新浪潮的冲击下遭遇重重挫折,日趋瓦解。科幻之于我们约定俗成的现实感受,之于我们在文本和现实之间的有序模仿,发生最具颠覆性的程序重组。正是在21世纪,科幻这个来自巴洛克畸形奇观、来自玛丽·雪莱因启蒙而哀伤的孤独新物种、无类可归的弃儿,从后工业、后殖民、后人类、后性别、非二项思维等等多重方位,开始挑战过去五百年至尊的传统人文主义和模仿写实主义。

我曾经说中国科幻新浪潮照见了现实中不可见的维度①,但所谓不可见的维度,并不能用习俗中的"现实"逻辑来透彻理解,而是出现在文字层面的"真实"——值得注意的是,现实主义文学的语言反而多采用隐喻;而科幻的语言却是将隐喻的话语都变成真实性话语,制造出字面意义的真实(literal)②——科幻文字本身遵守真实性原则构筑"惊奇",这也正是巴洛克修辞的关键,使作品成为一种处于文本/现实之间没有确定形态的"异托邦"(heterotopia)。异托邦在它的发明者、法国哲学家福柯那里,最完美的形象是一条船,它属于海盗,而不是警察③——换言之,走向自由的未知,而不是驯服在规律之中。它被包括在外于现

---

① 宋明炜:《再现"不可见"之物:中国科幻新浪潮的诗学问题》,英文版原载《牛津版中国现代文学导读》。中文版原载《二十一世纪》2016年10月号和《文学》2017年春夏卷。

② 参阅宋明炜《科幻文学的真实性原则与诗学特征》,《中国社会科学报》2019年4月15日。

③ Michel Foucault, "Different Spaces", *Essential Works of Foucault* Vol. 2. New York: The New Press, 1998, p. 185.

实之中,却也真实存在于时空之间。在今天,我们也可以说异托邦是一条宇宙飞船。在巴洛克的世纪,每一次舰队起航都会抵达前所未有的惊奇之地;在新巴洛克的时代,每一次科幻奥德赛,一旦启航就不会再回到现实,而是克服了此岸与彼岸的区别,永远航行在世界不断生成的新奇性(novum)①中。科幻历史五百年,始于古老舰队航向新世界异托邦,在今天进入多维宇宙的新奥德赛中,从一种性别变成多种性别,从一种身份变成嵌合体,从一种现实变成形形色色、美丑与共、真伪无间的多重现实与非现实。

二、女神们·赛博格·嵌合体

从 20 世纪 90 年代到 21 世纪最初十年间,科幻作为相对于中国文学的一股新浪潮,仍处在看不见的位置。在这个时期,科幻作家笔下的女性,经常具有神话色彩。如被吴岩称作"大男孩"作家的刘慈欣在《三体》(2006)第二卷《黑暗森林》中详细描写了主人公罗辑欲望"她者"——美女庄颜——的过程,这让人想到希伯来的神话。《创世记》说上帝用亚当的肋骨创造了女人。在漫长的古典、中古和近世文明中,女人在几乎所有的社会形式中,都像是那一根肋骨,是依附于男人存在的"她者",常常隐形不见。经历过启蒙与革命,社会日趋开放和多元,体系隐形的部分逐渐暴露出来;批判理论早已经用各种锋利的话语将男权宇宙——以及本质化的二项对立基础上的权力关系——瓦解到原子以下的微观层面。但市场塑造的媒介(从好莱坞大银幕的窥视到虚拟时空的深层暗网)依然在遵循一个古老的原则:按照男人的欲望来塑造女性。

中国科幻的巅峰之作《三体》三部曲中,女主人公分别被给予"复仇女神"(叶文洁)、"伊甸园里的夏娃"(庄颜)、"圣母"(程心)的角色。这种紧密贴近类型化的性别身份——以及相应的拉动情节进展的硬汉或理工男形象,仍体现出科幻小说中的两性有别。这既招致一些女性(以及男性)读者的不满,也在有些男性读者心中更激发出性别狭隘意识,如科幻圈内针对程心引发超出文本层面的道德判断——由于程心在几个关键时刻因为心软而未能完成灭绝敌人或拯救人类

---

① Novum 是哲学家 Ernst Bloch 在其名著《希望原则》中发明的词汇,指历史之间的动态裂变。这个词被科幻理论家 Darko Suvin 借用,指科幻小说与其他小说的根本区别,是科幻小说中创造技术和理念"新奇性"。参考苏文恩《科幻小说变形记》,合肥:安徽文艺出版社,2011 年,第 4—5 页。

的使命，网上一片"圣母婊"的骂声，这骂声走出小说文本，变成一种受到厌女症狂热情绪引导的性别讨伐。这至少说明我们还在阿Q的时代。

然而，我依然希望能够对刘慈欣笔下的女性，在原初的文本内语境中作出理解。我不能同意刘慈欣过谦的说法，我认为《三体》不是只有情节的小说文本，而事实上他的文本是丰富的和多声部的。小说不是束缚于善恶分明、黑白截然、男女对峙的二项性文本。叶文洁不仅是复仇女神，她的爱与憎也是时代与宇宙的基色，从红卫兵时代到人类最后的日落，她的理智与情感皆透露人性的弱点和飞扬；庄颜虽然显得顺从，但她后来的忧郁更像诺拉，而不是夏娃；至于程心，她是整个三部曲最重要的"诗心"，只有她的不忍之心使她真正跳出了"黑暗森林"，让零道德的宇宙获得微弱的异色。也只有程心活到宇宙终结的那一刻，她留下的文字，变成人类文明的"追忆逝水年华"，留给下一个新宇宙的"地球往事"——在小说最后，程心的心声，或许才正是作者刘慈欣的心声。在后面这个意义上，刘慈欣在后人类天地不仁的黑暗宇宙中，仍传达出浪漫主义和人文主义的心声，他赋予文字以超越时空的无限生命力，最终将起于战争的雄辉宇宙留影在女性叙述的丰盈文本中。最近我读到的一篇非常有洞见力的论文，认为刘慈欣有性别的科幻文本，其实并不是单一性别的，在表浅的性别歧视之下，却在更深的文本结构中塑造了属于女性的时间——包括歌者有关时间的爱情歌谣、更古老的宇宙时间可能具有的母亲一样的丰盈与和平、时间本身的去性别或再（多维）性别化过程。[①]程心最后在小宇宙中的幸存和书写，停留在时间断裂的缝隙里，正如黑暗森林最深层的歌声一样，在两个宇宙之间，最终让冲突走向安宁、战争归于和平。

在此必须指出的是，男作家并不意味着男性中心。即便是科幻迷崇拜的大男人刘慈欣，也不是这样的。与刘慈欣同时代的韩松，以及年轻一代的陈楸帆和宝树，都写出了不曾囿于性别本质论的科幻作品。韩松《美女狩猎指南》是一篇尺度极大的色情兼暴力制作，但他的构思来自《侏罗纪公园》：正如那些恐龙都是girls，他的小说中岛上的夏娃们，都是用基因工程造出来的"肋骨"。可以说韩松笔下的美女是外表充满女性美内在是恐龙构造的赛博格，是人与动物、人与机器的统一。生产美女的公司吸引富有的好色之徒前来岛上狩猎，在男人们眼中，岛

[①] Yingying Huang, "The Phantom Heroines and Gendered Worlds in Liu Cixin's Science Fiction", no published.

上那赤身在野外出没的女人,是最本质的女性:"岛上的女人,不过就是一种长着卵巢和子宫的纯种动物,没有受到化妆品、首饰、虚荣心和金钱的污染",她们是"真正的女人"。①作为中国科幻最有幽暗意识的韩松,他的小说情节毫无例外会引起"看的恐惧":这些女人都像恐龙那样凶残,最后狩猎美女的好色之徒变成自然而野性的美女狩猎的对象——这个色情乌托邦转眼间变成恐怖的非人恶托邦,美女们皆是无情的后人类动物,而男人们也终于沦落为毫无人性的食人者。小说用露骨的解剖学细节描述了一幕幕男人和女人之间的殊死搏斗。美国女性主义学者拉芭勒丝提尔(Justine Larbalestier)在著作《科幻中的性别战争》中梳理出"性别战争"这条重要的科幻主题,这个主题正如韩松小说展现的那样,性别之战最后没有赢家,而是颠覆了社会习俗中的性别二项对立。②何况,韩松写的是恐龙一般的后性别赛博格——而在后人类哲学家哈罗维(Donna J. Haraway)看来,女权主义的唯一出路是用人机合体的赛博格来颠覆、亵渎压抑性的政治神话;而赛博格作为父权社会与机器生出的私生女,是后性别世界的新神话,只有赛博格才能战胜二元论述,重建新的跨物种、跨有生与无生界、跨越人与物的亲和关系。③

陈楸帆在他最著名的长篇小说《荒潮》(2013)中也塑造了中国科幻新浪潮中极为醒目的赛博格形象,垃圾女孩小米遭受人工智能病毒侵入污染之后,变成精神分裂的赛博女神。但小米没有成为一个哈罗维意义上的克服二元论的新物种,她的分裂身份始终体现在两个分身上,二者各代表人性与后人类意识,最终人性的情感使小米放弃了自己的赛博格幽灵自我。《荒潮》在此意义上,并未如预期那样拥抱后人类身份,而是坚守了人文主义的立场,在勇敢的新世界之前踟蹰留步。这无可厚非,即便如陈楸帆最近与李开复合作的《AI 2041》中,我们看到李开复出于技术工业发展野心构筑的后人类未来史中,陈楸帆的小说犹如一系列的人文主义 glitch(故障,或有意阻滞),像《无接触之恋》那样透露出不可预测的"爱"④。在陈楸帆一篇更能体现性开放意识的短篇小说《G 代表女神》中,

① 韩松:《美女狩猎指南》,《宇宙墓碑》,上海:上海人民出版社,2014 年,第 306 页。

② Justine Larbalestier, *The Battle of the Sexes in Science Fiction*. Middletown:Wesleyan University Press, 2002.

③ Donna J. Haraway, "A Cyborg Manifesto", *Simians*,*Cyborgs*,*and Women: The Reinvention of Nature*. New York:Routledge,1991,pp. 149 - 155.

④ 陈楸帆:《无接触之恋》,见李开复、陈楸帆合著《AI 2041》,台北:天才文化,2021 年,第 153—177 页。

他走进充满冒险的未知境域。女主人公 G 女士苦于先天生殖器官缺陷,渴望性高潮而不得,只能通过手术,转而让全身都可以达到性高潮,实现了福柯所说的"不郑重的快感"和"不以繁殖目的的性高潮"。至此 G 女士的性,与人类繁殖意义上的性别分离。G 女士的全身性感,与她对无限性高潮的追求,将人类从性危机中唤醒,她变成了公众膜拜的性爱女神,她的性爱全息成像被奉为圣像,她受到所有人的膜拜。但就在公众狂欢高潮迭起的表演中,G 女士悲哀地意识到:"一切皆是幻觉,一切源于自我,一切终归于寂灭。"①G 女士因过度的性,而与个人最深在的爱无缘,当她重新陷入绝望中时,却与同样有先天生殖器官缺陷的 F 先生(Failure,Foucault?)彼此依偎,在相守中,她终于感到他们"缓慢地、猛烈地、潮湿地、同时地,到了"②。这篇小说真正的冒险性,还不在性爱狂欢的巴洛克描写中,而是在小说呈现了不仅不以繁殖为目的,而且不以生殖器官为凭借的性爱高潮。在小说终末"漫长得像海天之间的一道休止符"那平静之中,G 女士和 F 先生无声地跨过了二项性宇宙的出口。

宝树曾经以"宅男"形象为主人公,写过将女性纯粹作为欲望对象的性狂想作品,但他最近的一本小说集《少女的名字是怪物》是一本向女性致敬的书,虽然仍带有伤情浪漫化的色彩,但至少《海的女儿》这一篇,明显体现出跨物种、跨越有机与无机、跨越人与物等各种范畴界限的倾向。小说的主人公法蒂玛是大脑移植到纳米机器身躯、人机结合的机械人,因此具有超能力,她在地球最深的海底工作,像安徒生童话中那样,如一条美人鱼,在海底世界自由地悠游。但她爱上了来自木星卫星欧罗巴的科学家,决心离开海底,将自己的大脑重新移入克隆的女性身体,重新做人。但是宝树的故事里,少女没有能从怪物重新变成人。养育她的莫妮卡嬷嬷告诉她真相,原来法蒂玛的大脑已经机械化,她永远都无法恢复人身。这一段用赛博风格重新讲述的安徒生童话,最终将法蒂玛变成了末日后的创世神。在她伤心离别所爱之人、飞回地球之际,一颗彗星坠入太阳,引发的太阳耀斑爆发,让太阳系中人类的殖民地全都毁灭,地球瞬间失去了所有的水,所有的生命都湮灭了。法蒂玛到达灾难后的地球,在焦土上漫游,没有找到任何幸存的生命。她回到自己当年工作和生活的海沟,在这里连原始古菌都没有找到。但她找到了莫妮卡嬷嬷留给她的遗言。嬷嬷在临死前想到法蒂玛必将

---

① 陈楸帆:《G 代表女神》,《未来病史》,武汉:长江文艺出版社,2015 年,第 101 页。
② 陈楸帆:《G 代表女神》,《未来病史》,武汉:长江文艺出版社,2015 年,第 103 页。

返回,在留言中告诉她,原来组成法蒂玛的纳米体也形同一种细胞,同古菌相似,分解之后,可以复制自己——但这样做的代价是法蒂玛将失去自己的生命。法蒂玛在干枯的海沟里等了许久,迎来新世界的第一场暴雨,连降六十天的大雨,海洋重新形成。法蒂玛像一条人鱼那样在新海洋中悠游,她给自己全身下达指令,让纳米体都激活,剥离身体,进入海水中。地球上重新有了生命,这一次诞生的将是硅基生命。法蒂玛像烟雾一样消散,在失去意识之前,对遥远欧罗巴的恋人说:"我爱你,米诺。我也爱嬷嬷,爱人类,生命以及整个世界。这份爱将和新的生命一起活下去,直到亿万年之后。"[1]

法蒂玛的存在既是哈罗维意义上的克服了人与动物、人与机器、可见与不可见三重界限的赛博格,也是人的意识与后人类身体组合——无数纳米体集合——的嵌合体,她是女性与机器的合一,也是女性与怪物的合一。最重要的是,她的存在与消亡是一个新的神话,重新用虚构的力量来再定义知识型,是一个承认有差异的世界中建立万物间亲和关系的知识型。在小说的故事框架里,法蒂玛是差异的象征,她是一个新物种,而她最终变成未来万千物种的起源。她是创世之神,既是盘古,也是女娲。她克服了性别之别,弥合了差异之异。她是一,也是万物。宝树在小说集后记中重提《弗兰肯斯坦》少女与怪物的关系,并给予这个跨界亲和的关系一种激进而积极的意义:"当人性最深层的爱与美,融入宇宙最疯狂或残酷的力量,会点燃全新的可能性,正如火凤凰涅槃重生。有时候,恰是怪物所带来的恐怖力量,让女性能够冲破社会结构和刻板印象的牢笼,掀起革命的风暴,迸发出无尽的光彩。"[2]确实,如何在后人类时代相亲相爱,在毁坏的星球上新生,这是一个最根本的问题,使科幻具有启示录的意义。

《死神永生》《美女狩猎指南》《G 代表女神》《海的女儿》的结尾都曾不同程度让我想到朱天文《世纪末的华丽》(1990)中那有名的终末句:"湖泊幽邃无底洞之蓝告诉她,有一天男人用理论与制度建立起的世界会倒塌,她将以嗅觉和颜色的记忆存活,从这里并予之重建。"[3]朱天文将性别论述与世界末日结合起来,无疑也是从世纪末(世界末)回应张爱玲的女性观:"人死了,葬在这里。地母安慰死者:'你睡着了之后,我来替你盖被。'"[4]用哈罗维的说法,这是一个已经被毁坏

① 宝树:《海的女儿》,《少女的名字是怪物》,广州:花城出版社,2020 年,第 232 页。
② 宝树:《后记》,《少女的名字是怪物》,广州:花城出版社,2020 年,第 363 页。
③ 朱天文:《世纪末的华丽》,《花忆前身》,台北:麦田出版有限公司,1996 年,第 216—217 页。
④ 张爱玲:《谈女人》,《华丽缘》,台北:皇冠出版社,2010 年,第 216—217 页。

的世界,人类必须依据身体和感官的直接经验,重新学会与灾难共存[①]:人以怪物的形态,与作为怪物的满目疮痍、暗影重重的大自然融合一体。这个被损毁的自然就在我们自身,已经进入我们的细胞里面,在破坏着基因、器官、情绪以及我们整个的存在。留在这残破的世界里,无论男人和女人,都必须以差异而非认同来重建世界上的亲族关系。我们都已经变成赛博格、嵌合体。更切合科幻情境的,还有刘慈欣《死神永生》中那个路过太阳系并将之毁灭的歌者的歌谣:

> 我看到了我的爱恋
> 我飞到她的身边
> 我捧出给她的礼物
> 那是一小块凝固的时间
> 时间上有美丽的条纹
> 摸起来像浅海的泥一样柔软
> 她把时间涂满全身
> 然后拉起我飞向存在的边缘
> 这是灵态的飞行
> 我们眼中的星星像幽灵
> 星星眼中的我们也像幽灵[②]

我宁愿相信歌者是没有性别的,而那爱的信物是永恒的时间,因这亘古不灭的爱恋才可以抵达宇宙之外的未知。这凝固的时间,是否克服了波粒二象、性别二项、善恶二元、存灭两世?

三、波/粒——性/别——写/实:测不准的非二项性状态

回到本文开头提出的问题,也可以换一种问法,我们作为读者,有何权力或义务,需要辨识科幻文本的性别? 也可以把问题反过来,科幻文本是否能够生成

---

① Donna J. Haraway, *Staying with the Trouble: Making Kin in the Chthulucene*. Durham: Duke University Press, 2016.

② 刘慈欣:《死神永生》,重庆:重庆出版社,2010 年,第 387、388、393 页。

我们可以辨识的性别？让我们先来面对这一段文本，来自一篇近年内难得一见的优秀科幻作品：

> 人、狮子、鹰和鹧鸪，长着犄角的鹿、鹅、蜘蛛，居住在水中的无言的鱼，海盘车，和一切肉眼看不见的生灵，一切生命，一切，一切，都在完成了凄惨的变化历程之后消失。到现在，大地已经有千万年不再负荷着任何一个活的东西了，可怜的月亮徒然点着它的光亮。只有寒冷，空虚，凄凉。所有活生灵的肉体都已化成尘埃，都已被那个永恒的物质力量，变成石头、水和浮云。它们的灵魂，都熔到一起，化成了一个宇宙灵魂，就是我——我啊。人类理性和禽兽的本能，在我的身上结为一体。我记得一切，一切，一切，这些生灵的每一个生命都重新在我的身上——
>
> ···········
>
> 她们生在北方，夏天漫长的太阳将冰冷的贝加尔湖晒出暖意，她们穿戴设备，潜入湖底，里面稀疏的植物丛林没有多少生物，她们相信这就是自己终将抵达的宇宙边境。冬天，她们在零下四十度的严寒中奔跑，晴朗的日子能看见银河倒挂在空中。于是，春末夏初，树木枝条还有绿芽，她们肩并肩坐在二十世纪开凿的古老隧道拱形出口顶部，四条腿有节奏地轻快地晃荡，一个望着遥远盘曲的铁轨，发现跨境列车进入隧道，另一个倾听洞内的声音越来越近。她们抓住机会，双双跳入古老列车，随着铁轨，从落后的远东北部一直向南。
>
> 地球，自人类诞生来一直进化，也从未抛弃过去。千年人类宇宙拓荒史反哺地球，让地球变为一颗不断生长的活化石，永远一圈一圈自我记录着年轮。那儿的确是一座人类文明的生态博物馆，有着生活在前现代的部族，也有二十九世纪的非人类。她们躲入小小的三等火车的三等舱，混迹于从未见过的人与物当中，想方设法生存下来，完成了人类十个世纪的小小进化史。当列车抵达印度洋边缘，她已学会了处理量子起伏的所有影像，她则学会提取量子起伏中的所有声音。她们已变成开拓宇宙边疆的高级技工，没有人不想获得她们，让她们进入自己的舰艇。她们挑选了名为利维坦的怪物，以最快速度将她们带到人类的极限。整个路程比想象中困难，她们从列车中的躲藏者变为星际的捕食者，她们在促狭空间中学会生存，在广袤宇宙中学会毁灭。她们克服了生命的种种不确定，抵达人类宇宙的尽头。那儿

好似一道虚空悬崖,站在边缘,能同时看到星辰的诞生与寂灭,再往远处,便是未知的荒凉了。人类还未想出办法,迈出抵达虚空的第一步。[①]

这段华丽、繁复、闪烁着新巴洛克光彩的文字,出自一位名叫双翅目的作家,"双翅目"作为一种昆虫,在分类上距离人类遥远,我们无从判断它的性别。这篇有着诗一样的语言的小说《太阳系片场:海鸥》,描述的是以人造太阳系为片场,上演契诃夫的名剧《海鸥》(1896)。就像《海鸥》中妮娜批评特里波列夫的剧本,也像契诃夫自觉追求的"反戏剧化"效果:缺少动作,全是台词。这篇科幻小说没有依托于动作的"惊奇",而是将"惊奇"塞满密集的语言。小说试图描写一个璀璨的新宇宙,在文本中生成了一个迷宫般的异托邦。阅读这篇小说,即便以上的这三段引文,需要读者打破许多二项对立的偏见,必须——用一句俗语——做到"脑洞大开",真正运用读者自己的想象力,否则可能直接就被这篇文本踢出去了。

即便小说标题透露给你,这篇小说是对契诃夫《海鸥》的科幻阐述,你需要小心判断,文本中哪些是属于契诃夫的句子,哪些是契诃夫的剧中剧有意细仿的句子。话剧第一幕写深陷爱情不能自拔的特里波列夫,请他的爱人妮娜出演自己的剧作,一出在湖景山林中演出的世纪末"华丽"风格的象征主义剧作,而这部剧作描绘的是二十万年以后的世界,人类已经灭绝,一切人与生物(包括拿破仑和最后一只蚂蟥)的灵魂集于一身(妮娜,但她是女神?赛博格?嵌合体?),在等待撒旦前来决一死战。这段剧中剧的情节是否受到了 H. G. 威尔斯作于一年前的《时间机器》(1895)的影响,我们不得而知。但直到最后,你会发现,基本上我们以为是契诃夫的原句,那些焦菊隐先生翻译的精妙汉语,差不多都被移动了位置,做了修改,或是张冠李戴,像这个句子:"精神本身可能就是许多物质原子的一个组合体,我们却从没获得过宇宙的自由。"[②]这是一句伪装出来的句子,一半来自契诃夫笔下那个乏味的乡村教师,一半来自小说文本中无主人称的增添——最重要的是,这句话是无主叙述,继而你会渐渐发现,整个文本之中都没有确定的人物。

小说中最重要的主人公(观察者)看似是小场工,他在片场中扮演的是特里

---

① 双翅目:《太阳系片场:海鸥》,《猞猁学派》,北京:作家出版社,2020 年,第 61、73—74 页。

② 契诃夫:《契诃夫戏剧集》,焦菊隐译,上海:上海译文出版社,1980 年,第 110 页。

果林,一个拐走了妮娜的厌世的剧作家。而原剧主人公特里波列夫(那个拿了一把猎枪上台,最后枪响自杀身亡的青年)由小说中片场的导演扮演。两个女主人公,其一是妮娜,她起初是特里波列夫的恋人,出演他的无情节的印象主义戏剧,后来却跟着特里果林私奔,最后导致特里波列夫因为终于觉悟她其实并不曾爱他,之后自杀身亡;其二是阿尔卡基娜,她是特里波列夫的母亲,也是特里果林的情人。在双翅目笔下,两个人物在小说中是由一对同卵双胞胎扮演的。她们似乎受到扮演的人物的影响,因此向小场工呈现出了引文第二段和第三段中的北国经历。但她们本来就是非人类的生灵,小说中这样介绍她们:"同卵双胞胎的工作也像同卵双胞胎。她们一个负责处理宇宙影像,一个负责处理宇宙声音,一个负责万物的粒子性,一个负责万物的波动性。……量子海洋波澜浩瀚,你永远无法分清波粒二象的状态。她们就这样互相使用着彼此的技术资源,混淆着彼此的工作,就像人们时常搞混她们俩,就像人们总是不知何时去面对宇宙的粒子性,何时去面对宇宙的波动性。"[1]

波粒二象性是量子力学的发现,由此产生海森堡的测不准原理和薛定谔不知生死的猫。但波粒二象不稳定的状态,也影响着世界是否真实存在的难题。双翅目的小说写的虽说是契诃夫话剧,但也是关于宇宙本质的——那确实也是契诃夫剧中剧的主题。这个问题涉及表现和表演的问题:如何表述宇宙,如何讲述宇宙?如何通过演出呈现宇宙?即便宇宙是实存,如何做到逼真的书写、真实的表演?小说从一开始至少告诉我们,片场里的太阳系,是小场工设计出来的;真实的地球和太阳系淹没在时空深处,然而,这个制造出来的片场,真实宇宙的虚拟状态,却也存在着宇宙一切的规律。随着剧情进展,片场里进行的不只是人间喜剧,还有物理实验。《海鸥》的太空演出终于片场里导演和波粒双胞胎制造的黑洞,一切有,皆是一切无。小场工其实早已有所察觉:"传闻中,实验化妆间能将人的意识与心灵同步到无边无际不可把握的量子海洋中。混片场的人称之为宇宙的潜意识。在那里,所有都混合,所有都连接,每个人都能变得与所有角色相似,以至不露马脚。而实验导演们则喜欢从另一个角度理解,每一种艺术角色本就存在于量子海洋的洪流中,可以流入每个人的心灵,这是人类共有的,宇宙潜意识的力量。人类不应为自身存在,人类应为了

---

[1] 双翅目:《太阳系片场:海鸥》,《猞猁学派》,北京:作家出版社,2020年,第53—54页。

宇宙潜意识而活。"①

《太阳系片场:海鸥》是我读过的所有中国当代科幻小说中值得反复阅读的一篇,我也认为这是一篇在思维上走得最远的作品。这篇小说跨越了所有二项性的思维范畴:波粒二象、性别二项、善恶二元、存灭两界;以及真伪之别、男女之别、老少之别、人畜之别(拿破仑和蚂蟥,何况还有海鸥);再更进一步,这篇小说瓦解了文本与现实的关系,消解了文本的真与伪问题,更在具体的文字上将抒情性话语和科学性话语融合为一个超级文本嵌合体。这篇小说没有结尾,当小场工经历了两个赛博格少女(或波粒二象神)的明媚绚烂人生,看过了愁容导演亲吻海鸥,然后举枪自杀也杀死了海鸥的悲剧结局,他在宇宙中再也没见到那波粒二少女。他最后重建自己的片场,一个新宇宙。他进入坚果地球的瞬间,开始哭泣。

小说作者双翅目是近年来引起我重视的科幻女作家之一。中国科幻新浪潮自从隐幽的开端时刻以来,不乏优秀的女作家——早在90年代就发表作品的有凌晨、赵海虹等;在新浪潮沉潜的21世纪最初十年间已经写出名气的夏笳、迟卉、郝景芳、程婧波、钱莉芳、陈茜等;在最近几年内构成"她科幻"新气象的更年轻一代,如双翅目、糖匪、顾适、彭思萌、王侃瑜、吴霜、范轶伦、慕明、段子期、廖舒波、昼温、王诺诺等。我在最近一年之内,收到了三种专门展示女性科幻作家成就的作品集:《她科幻》四卷(陈楸帆主编)、《她:中国女性科幻作家经典作品集》两卷(程婧波主编)、《春天来临的方式》(于晨、王侃瑜主编),以及上述作家中许多位的新作或短篇小说集。《春天来临的方式》即将在美国由托尔出版社发行英文版,我预测中美两国读者都会在刘慈欣引起的"中国科幻大爆炸"之后,长久地沉浸在女性科幻作家创造的那些非二项性的自由宇宙之中。

正如海尔斯(N. Katherine Hayles)在《我们如何成为后人类》中写的那样,图灵测试(Turing Test)预期人与机器在智能上终会有一天难决高下,在同一个理论中,图灵首先证明的是男人和女人在智力上相当。图灵本人的同性恋身份是否在这个测试中起到决定作用,我们不得而知,但事实上,按照他的思路,最终在一个信息重构身体的世界里,性别判断已经不再那么重要。我们都是赛博格,都是嵌合体,甚至也可能都是安卓珍尼(Androgyne,双性同体)——最彻底的非二项定义的无固定性别的人。而海尔斯提醒我们,当我们坐在电脑终端之前,我

① 双翅目:《太阳系片场:海鸥》,《猞猁学派》,北京:作家出版社,2020年,第59页。

们都变成了后人类。[①]是否会有一个后人类的非二项性异托邦？是否在我们有生之年，会通过信息技术，或生物工程，将科幻的性别问题变成一个打破既成事实的选项？这是科幻作家的题目，但这样的作品是否会出现，这在很大程度上也取决于读者们是否有所准备。至少让我们先把目光投向正崛起中的"她科幻"！

（作者单位：韦尔斯利学院）

---

① N. Katherine Hayles, *How We Became Posthuman*. Chicago：University of Chicago Press，1999，p. xiv.

《狂人日记》是科幻小说吗？

——写实的虚妄与虚拟的真实

宋明炜

《狂人日记》是科幻小说吗？——这个问题看似不可思议。《狂人日记》是第一篇署作者名"鲁迅"的现代小说，长期以来被看作中国现代文学兴起的标志性作品，也是奠定了"为人生的文学"的发端之作，此后20世纪文学写实主义主潮论述将《狂人日记》作为滥觞发轫。[①]然而，20世纪末兴起科幻新浪潮，到21世纪初已经形成挑战主流文学模式的新异文学力量[②]，在整整一百年后从科幻小说的角度来重新看待《狂人日记》，或许有些值得探讨的新颖启示。此文提出的问题，如果放在文学史范畴内，或许有以下三点意义。

第一点，鲁迅留学日本初期，曾经热衷于翻译科学小说，甚至由于他创造性地改写翻译小说文本，他本人也可以看作以"作者身份"参与科幻在中国兴起的过程[③]，《狂人日记》的写作距离他停止科幻翻译有十年之久，但从科幻到始于《狂人日记》的写实文学之间，是否发生了一次断然决裂？还是另有各种蛛丝马迹，表明在这两种看似不同的写作模式之间有许多曲折联结？第二点，在90年代兴起的这一代新浪潮科幻作家心目中，鲁迅是对他们影响最大的作者，而不是此前的任何一位科幻作家，中国科幻文学史从来都是断裂而非连续的，后世作家

---

① 这一论述见于经典的中国现代文学史叙述，如王瑶《中国新文学史稿》（上册），上海：开明书店，1951年；唐弢、严家炎主编《中国现代文学史》，北京：人民文学出版社，1980年；钱理群、吴福辉、温儒敏等《中国现代文学三十年》，上海：上海文艺出版社，1987年。

② "科幻新浪潮"指的是20世纪末到21世纪初中国兴起的科幻写作，"带有新的文学自觉意识和社会意识，以此来再现中国乃至世界变革之中的梦想与现实的复杂性、含混性和不确定性，以他们自己的方式超越主流的现实主义文学和官方政治话语"。参考宋明炜《再现"不可见"之物：中国科幻新浪潮的诗学问题》，《二十一世纪》2016年十月号。

③ 有关鲁迅翻译科幻小说与中国科幻兴起的关系，参考 Nathanial Isaacson, *Celestial Empire: The Emergence of Chinese Science Fiction*. Middletown：Wesleyan University Press，2017，pp. 46 - 59.

需要重新创造科幻写作的新纪元，对于刘慈欣、韩松等作家来说，鲁迅代表了一种真正开启异世界的想象模式，鲁迅种种为人熟知的意象都以科幻的形象重新出现。第三点，也是最重要的一点，《狂人日记》包含的现实观是否可以轻而易举地归入写实主义认知系统？科幻小说又在什么样的条件下可能透露出一种别样（alternate）的现实观？这两种现实观——《狂人日记》和科幻小说——在什么地方有交叉？而这样思考的结果，是否意味着一种因为某一个条件变更而引起对于文学史既成构造的挑战？

将这些问题追问下去，最终面对的是科幻小说的诗学问题：《狂人日记》试图透过表象"从字缝里"①破解世界的真实状态，这是违反当时伦理规范以及人的常识的，如此抵达的真实是令人感觉不安、恐怖、难以言说的。可以说《狂人日记》据此打破了我们熟悉的现实感受，由此开始重建一种超出常人舒适感的现实观念。但是，科幻小说的写作也是反常识、反直觉的，科幻小说将人们熟见的现实打破了，读者不得不借助一种全新的话语来重建有关真实的知识。如果把《狂人日记》作为科幻小说来阅读，这篇小说中发生的叙事结构变化正对应着将"眼前熟悉的现实"悬置而发出虚拟的问题——"吃人的事，对么？"（第 450 页）以及依照类似科幻小说那样的逻辑话语推导出、超越直觉感受、违反日常伦理的真实性，即吃人是古已有之的事，有整个知识价值系统可以推演的、存在于人性与知识的黑暗中、被人们视而不见的更深层的真实。

一、《狂人日记》之前：翻译科学小说的鲁迅

作为中国现代文学之父的鲁迅，曾经热衷于提倡科学小说，并着手翻译了几篇科幻作品。写作《狂人日记》十六年前，鲁迅留学日本，其时恰逢梁启超创刊《新小说》，提倡"科学小说"等若干类现代小说名目。②彼时的鲁迅是一位"科幻迷"，他紧随任公号令，迅速翻译了凡尔纳的《月界旅行》，在 1903 年出版，未署译者之名。这是一部三手翻译，从法文经过英译、日译，鲁迅又用当时通行的方式，"添油加醋"改写译文，使之有时显得更有文采。比如小说开头描绘巴尔的摩，原

①　鲁迅：《狂人日记》，《鲁迅全集》（第一卷），北京：人民文学出版社，2005 年，第 447 页。以下《狂人日记》的引文，只在文内标注页码。
②　梁启超（新小说社）《中国唯一之文学报〈新小说〉》，《新民丛刊》第十四期（1902 年）。《新小说》第一卷第一期（1902 年）开始设置"科学小说"栏目。

作只不过交代时间、地点，到了鲁迅的笔下则充满了"想象的"生动描写：巴尔的摩"真是行人接踵，车马如云"，又写会社所在地"一见他国旗高挑，随风飞舞，就令人起一种肃然致敬的光景"，之后又引陶渊明古诗，将美国大炮俱乐部比之精卫、刑天，以赞其壮志。①这篇译文妙趣横生，虽然掺杂许多中国佛道术语，但尽心尽力将原作含有的 19 世纪技术乐观主义表达得十分明了。凡尔纳不仅是 19 世纪最著名的西方科幻作家，而且他代表的乐观、进步精神，也是梁启超等发起小说革命时所需要的模范大师，20 世纪第一个十年，共有十七部凡尔纳小说翻译为中文。

清末最后十年的科学小说的小繁荣期里，鲁迅是有代表性的人物。鲁迅在《月界旅行》辨言中，模仿梁启超对新小说的倡导，也对科学小说做出至高评价："导中国人群以进行，必自科学小说始。"②《月界旅行》完成之后，鲁迅又着手翻译另一部凡尔纳小说《地底旅行》。可惜的是，当时由于转译环节太多，对于这两篇小说的原作者，鲁迅都弄错了，前者署名美国培伦，后者是英国威男。鲁迅自己回忆，《地底旅行》改作更多，最初在《浙江潮》杂志开始连载，译者署名"之江索子"③。《地底旅行》全书出版，要等到 1906 年才由南京启新书局发行。这两部凡尔纳小说在鲁迅早期翻译事业中是人人皆知的。但鲁迅翻译科幻小说，还不止于这两部。1934 年 5 月 15 日致杨霁云信中，他提到自己年轻时对科学小说的热衷："我因为向学科学，所以喜欢科学小说，但年青时自作聪明，不肯直译，回想起来真是悔之已晚。"④随即鲁迅提到他文白杂用翻译的又一部科学小说《北极探险记》，被商务印书馆拒绝，稿件从此丢失。

其实，在鲁迅用白话翻译的《地底旅行》出版时，他已经又译了现在人们确知出自他的手笔的第四篇科学小说，题名《造人术》，以文言译成。此作刊登于《女子世界》1905 年第 4、5 期合刊（实际印刷时间已是 1906 年），署名"索子"。这篇翻译，鲁迅本人没有再提到过，在很长时间里，没有人记得鲁迅曾经翻译过这一篇小说，直到 1962 年，周作人在给鲁迅研究者陈梦熊的信中，证实这是鲁迅的作

---

① 鲁迅：《月界旅行》，《鲁迅全集》（第十一卷），北京：人民文学出版社，1973 年，第 13—15 页。

② 鲁迅：《科学小说月界旅行辨言》，《鲁迅全集》（第十一卷），北京：人民文学出版社，1973 年，第 11 页。

③ 见《浙江潮》1906 年第 10 期。

④ 鲁迅：《340515 致杨霁云》，《鲁迅全集》（第十三卷），北京：人民文学出版社，2005 年，第99 页。

品，并称由他转给《女子世界》发表。周作人提及这篇小说的原作者，称其为"无名文人"①。小说的原作者是一位生活在美国东北部的女士，Louise Jackson Strong，目前可以找到的资料是她擅长写儿童冒险小说②。这一篇被鲁迅翻译到中文的小说，在她的作品中更像一个例外，原题《一个不科学的故事》"An Unscientific Story"，最初发表在 The Cosmopolitan vol. 34，no. 4（February 1903）。鲁迅的翻译，根据的是日本译者原抱一庵有大量删节的日译本。原抱一庵的翻译发表于 1903 年 6 月至 7 月，他将英文原作的恐怖结局都删掉，赋予小说一种乐观的基调。③故而，鲁迅以文言译就的中文版，以大量篇幅赞美科学，形容科学家的自信。小说中的主人公是一位科学家，经过漫长实验，在实验室中培育出生命，鲁迅译作"人芽"，在这科学造人的魔幻时刻："于是伊尼他氏大欢喜，雀跃，绕室疾走，噫吁唏！世界之秘，非爱发耶？人间之怪，非爱释耶？假世界有第一造物主，则吾非其亚耶？生命，吾能创作；世界，吾能创作。天上天下，舍我其谁。吾人之人之人也，吾王之王之王也。人生而为造物主，快哉！"④

这段文字的意义与鲁迅对科学的信念正相通。彼时鲁迅仍是热衷于达尔文进化论思想的科学青年，对原抱一庵翻译体现的积极乐观的科学进步主义，甚至将科学家视为神、造物主的态度，几乎完全接受下来。学术界目前已经确知，鲁迅从事文学之初，先已经投入大量精力从事科学小说的译介，并且与他在同一时期持有的科学带动进步的信念一致，例如学者 Andrew Jones 通过鲁迅早年对科学和科学小说的兴趣，重新解析鲁迅作品中对于进化论和社会达尔文主义的焦虑。⑤按照学者姜靖的观点，鲁迅这篇翻译符合晚清知识分子"要求创造一种'新民'、一种有着全新精神面貌的新国民，以满足现代文明国家的要求"⑥，而这种从身体/生物本身来改造国民的理想，发生于鲁迅的科学小说翻译与有关科学

① 陈梦熊：《知堂老人谈〈哀尘〉、〈造人术〉的三封信》，《鲁迅研究动态》1986 年第 12 期。

② 见 Graeme Davis ed.，More Deadly Than the Male: Masterpieces from the Queens of Horror. New York：Pegasus Books，2019。该书收录了"An Unscientific Story"，但对作者 Strong 的介绍非常简略，无生卒年月。本文参考版本是 cBook，无页码。

③ 徐维辰：《从科学到吃人：鲁迅"造人术"翻译与野蛮的潜在书写》，《文学》2017 年春夏卷。

④ 转引自邓天乙《鲁迅译〈造人术〉和包天笑译〈造人术〉》，《长春师范学院学报（社科版）》1996 年第 4 期。

⑤ 参考 Andrew Jones，Developmental Fairy Tales: Evolutionary Thinking and Modern Chinese Culture. Cambridge：Harvard University Press，2011。

⑥ 姜靖：《从"造人术"到"造心术"：科学家、作家与中国现代文学观念的起源》，陶磊译，《文学》2017 年春夏卷。

的论文中，延续到鲁迅改造国民性的思考，成为现代文学不断重现的命题。而他对科学的倡导与热情，也延续到后来他写小说、做杂文，成为文坛领袖的时代。

尽管翻译本身赞颂科学的乐观进取精神，《造人术》文后附有两篇按语，分别是《女子世界》编者丁初我和署名"萍云女士"的周作人所撰，两篇按语认为科学造人的故事是"无聊之极思"，"悲世之极言"，反对这种非人的"造人术"，而真正创造民族的是女子，她们"为诞育强壮之男儿"，是"造物之真主"①。由此这篇科学小说的呈现形式兼容了原作"主题"展示与"反题"批判，按语试图盖棺论定，从民族、人生的角度，将科学看作违背自然、违逆伦常，文本与按语构成文本间性关系，对照作为技术和机械产物的"生命"和生命的自然发生与发育，将前者斥之为无稽之谈，将后者视作生命伦理基础。这不仅可看作科学与人生观辩论无数前导事件之一，也涉及文本内外两种不同的文学再现态度——诉诸科学话语而制造违背现实感的"虚幻"真实，或顺应传统伦理要求、符合习惯常俗的"造化"自然。

然而，使这个文本包括其评语显得更为"奇异难解"（uncanny）的地方，还在于丁初我的按语中有句"播恶因，传谬种，此可惧"，学者刘禾认为这几句话"使他（丁初我）正确地预言了小说原作的反乌托邦性质"②，而学者徐维辰认为，按语与文本对照之下，"鲁迅的《造人术》翻译，没有显示科学的全能，反而产生了悲观的解释；通过科学图谋改革的事业，虽然有其潜能，但也有可能会带来国民性恶化这些已有的问题"③。以上学者指出的所谓"奇异难解"的地方，是按语与小说原作未被翻译的部分之间奇异的呼应之处，至少在按语"反科学"与原作"不科学"之间，共享的是一种对于科学乐观主义的质疑。

斯特朗女士的原作《一个不科学的故事》没有被原抱一庵翻译出来的后半部分才是小说原作的重点，正如丁初我或许碰巧无意说出的那样"可惧"。造人实验发生异变，科学家所造之生物，变成自食同类的cannibals，翻译呈现的乐观光明的科学故事变成一个恐怖的反科学故事。斯特朗笔下的科学家面对的是"后"

---

① 引自邓天乙《鲁迅译〈造人术〉和包天笑译〈造人术〉》，《长春师范学院学报（社科版）》1996年第4期。

② 刘禾：《鲁迅生命观中的科学与宗教（下）》，孟庆澍译，《鲁迅研究月刊》2001年第4期。

③ 徐维辰：《从科学到吃人：鲁迅"造人术"翻译与野蛮的潜在书写》，《文学》2017年春夏卷。

弗兰肯斯坦的时代，经由浪漫主义的想象力，挑战"培根式的乐观与启蒙思想的自信"①。斯特朗的故事，更是写于英国作家韦尔斯（H. G. Wells）之后，在科幻小说的发展中也处在对凡尔纳式科技造福人类有所反省的阶段。斯特朗小说中那些"吃人"的生物，比弗兰肯斯坦的怪物更具有非人性质，仅有凶猛的动物性，丝毫没有人性的浪漫敏感。科学家最终毁掉这些怪物，劫后余生，整个故事预演了美国流行文化后来"生化危机""僵尸国度"乃至"杀人网络""西部世界"这些科幻大戏的基本情节。

然而，斯特朗的故事，也"奇异难解"地预演了鲁迅《狂人日记》的故事。没有证据可以说明，周氏兄弟是否读过斯特朗小说全文，或者是后来经由高峰生在1912 年翻译的完整日译本。②至少从已知的证据来说，姑且认为这个影响是不存在的。《狂人日记》写于鲁迅翻译《造人术》十二年后，《造人术》完整日译出版六年后，鲁迅在翻译《造人术》之后没有再提到这篇作品。然而，《狂人日记》（包含其文言小序），与《造人术》（及其未被翻译的部分），含有三个或显或隐的共同点。

第一个共同点是"吃人"。《一个不科学的故事》将科学小说变成恐怖小说，是将科学的结果变成对人类的威胁。《狂人日记》以寓言的方式来呈现国民性问题③，而在文本层面，即把寓言作为一种具有科学知识重构的"真实话语"接受下来。《狂人日记》虽然也可以说是"一篇不科学的故事"，主人公"狂人"在吃人与被吃的威胁中感到恐惧，但同样这也可能是"一篇科学的故事"，按照文言小序，它提供了一个病理研究的案件，而如果把这句看似"真实"的话作为寓言接受下来，这篇小说提供的是整个民族的病理报告。第二个共同点是，以科学来造人，以启蒙来造就"真的人"，是两个故事应有的"正题"，这也是体现科学乐观主义和人类进化观的双重命题，《造人术》以此为开始，但随着故事发展，这个命题在文本中轰然倒塌。《狂人日记》也在这个反题的呈现中结束，而伴随着这个故事发展的是启蒙所要面对的困境，这个困境之大，也如鲁迅在创作之初，与友人钱玄

① Roslynn D. Haynes, *From Faust to Strangelove: Representations of the Scientist in Western Literature*. Baltimore: The Johns Hopkins University Press, 1994, p. 94.

② 参阅神田一三（樽本照雄）《鲁迅〈造人术〉的原作·补遗》，许昌福译，见北京鲁迅博物馆编《鲁迅翻译研究论文集》，沈阳：春风文艺出版社，2013 年，第 186—187 页。

③ 对于《狂人日记》作为民族寓言的论述，最流行的说法来自詹明信（Fredric Jameson）的《处于跨国资本主义时代中的第三世界文学》，张京媛译，《当代电影》1989 年第 6 期。

同的对话中提到的"铁屋子",人宁可在梦中死去,也不要醒来面对真相。[①]第三个共同点即是对上述"正题"的反驳,《一个不科学的故事》在文本层面显现科学在生命面前的失败,《狂人日记》的文本则有更多层次,例如文言小序和白话正文[②],各代表一种挑战"正题"的真实,而狂人的话语中也有不同的面向,这篇小说在多个语意层面体现出启蒙在人生面前的有限:小序判定狂人所言是荒唐之言,不足信也;狂人则在第一条日记里已经有了觉悟,却也认为自己"怕得有理"(第444页);铁屋子中的人或许早没有拯救的可能,醒来的人无路可走,死得更加苦楚;恐惧的来源究竟是身边充斥了吃人者,还是也包括启蒙者自己"有了四千年吃人履历的我"(第454页),这个导向自己的疑问先于中国现代意识发展,体现出对启蒙主体的深刻质疑;在所有可能性都意味着走向否定时,或许"救救孩子"(第455页)才是唯一的希望,"绝望之为虚妄,正与希望相同"[③]。

鲁迅的文本丰富性,与《一个不科学的故事》单薄的故事线索并不等同,但却呼应了后者文本背后的整个西方人文思想进入20世纪后对于科学、启蒙、进步观念的更为复杂的态度。而进一步说,我们需要通过《造人术》来重新思考《狂人日记》对科学进步主义的质疑和改写,这足以让读者需要重新审视科学以及科学小说在鲁迅后来的文学中的位置。

科学小说不仅是鲁迅进入文学的路径,我在接下来的论述中将谈及鲁迅在当代科幻小说中的复活。

二、《狂人日记》之后:科幻新浪潮中的鲁迅

王德威分别在2011年和2019年北大两次演讲中,将鲁迅放在中国科幻的时间轴上,即《乌托邦,恶托邦,异托邦:从鲁迅到刘慈欣》和《鲁迅,韩松,与未完的文学革命:"悬想"与"神思"》[④],他指出科幻在写实主义文学主流之外异军突起,并借用鲁迅文学的一些命题和概念,解说当代科幻响应了鲁迅当年的"悬想"

---

① 鲁迅:《呐喊自序》,《鲁迅全集》(第一卷),北京:人民文学出版社,2005年,第441页。

② 有关《狂人日记》小序和正文的关系,参考李欧梵《铁屋中的呐喊》有关论述,尹慧珉译,长沙:岳麓书社,1999年。

③ 鲁迅:《希望》,《鲁迅全集》(第二卷),北京:人民文学出版社,2005年,第182页。

④ 王德威:《乌托邦,恶托邦,异托邦:从鲁迅到刘慈欣》,见其著《现当代文学新论:义理 地理 伦理》,北京:生活·读书·新知三联书店,2014年,第277—307页;王德威:《鲁迅,韩松,与未完的文学革命:"悬想"与"神思"》,《探索与争鸣》2019年第5期。

与"神思"："敷衍人生边际的奇诡想象，深入现实尽头的无物之阵，探勘理性以外的幽暗渊源。"①王德威教授在将当代科幻文学放在近代文学史、思想史中思考时，参照往往都指向科幻与鲁迅的关系。

当代中国科幻新浪潮作家，在最初兴起的十年中，也许是所有中国文学世代中最没有影响焦虑的一代人。他们（这包括从 60 年代出生的刘慈欣、韩松到 80 年代出生的陈楸帆、飞氘、宝树、夏笳）在开始创作的时候，中国科幻早期的几次浪潮，梁启超一代、郑文光一代、张系国一代，几乎都没有对他们发生影响的焦虑。然而，在多位科幻作家笔下，鲁迅却是一个经常重现的幽灵。比如韩松，在当代科幻新浪潮中，他被认为对鲁迅最有自觉的继承②，他的作品有意识地回应鲁迅的一些主题。韩松曾经把熟悉的鲁迅文学符号与标志语句写进自己的科幻小说中。末班地铁上唯一清醒的乘客，犹如狂人一般看到了世界的真相，却无法唤醒沉沉睡去的其他乘客③；走到世界末日的人物小武，面对新宇宙的诞生，大呼"孩子们，救救我吧"。但他没有获救，"虚空中暴发出婴儿的一片耻笑，撞在看不见的岸上，激起淫猥的回声"④。韩松的短篇小说《乘客与创造者》将"铁屋子"的经验具像化为波音飞机的经济舱⑤，人们在那里浑浑噩噩，从生到死，不知道由经济舱构成的这个有限世界之外还别有天地。⑥刘慈欣也曾在短篇小说《乡村教师》中写一位病重的老师，用尽生命最后力气对学生讲说鲁迅关于铁屋子的比喻，与韩松不同的是，刘慈欣恰好用这个比喻来铺垫了天文尺度上宇宙神曲的演出：渺小的地球在银河系荒凉的外缘，星系中心延绵亿万年的战争来到太阳系，那个铁屋子之外的世界终究是善意的，"救救孩子"的主题最后落在有希望的未来上。⑦

---

① 王德威：《鲁迅，韩松，与未完的文学革命："悬想"与"神思"》，《探索与争鸣》2019 年第 5 期。

② 严锋认为："韩松处在从鲁迅到上世纪八十年代的中国先锋作家的人性批判的延长线上。"见严锋、宋明炜编选《中国新世纪小说大系（2001—2010）·科幻卷》，上海：上海文艺出版社，2014 年，第 8 页。

③ 韩松：《地铁》，上海：上海人民出版社，2011 年，第 16—17 页。

④ 韩松：《地铁》，上海：上海人民出版社，2011 年，第 199 页。

⑤ 有关鲁迅的"铁屋子"意象与《狂人日记》对韩松《乘客与创造者》的影响，参考贺可嘉（Cara Healey）《"狂人"与"铁屋"：鲁迅对中国当代科幻小说的影响》，陶磊译，《文学》2017 年春夏卷。

⑥ 韩松：《乘客与创造者》，见星河、王逢振编《2006 年中国年度科幻小说》，桂林：漓江出版社，2007 年，第 70—90 页。

⑦ 刘慈欣：《乡村教师》，见其著《流浪地球：刘慈欣获奖作品》，武汉：长江文艺出版社，2008 年，第 35—66 页。

韩松比刘慈欣更进一层,他对于鲁迅的继承,更延续了鲁迅文学中的"虚无一物"。地铁、高铁、轨道所铺演的未来史,医院、驱魔、亡灵描述的人类无穷无尽的痛苦,都终于抵达一个境界,即其实种种繁华物像,文明盛事,颓靡废墟,穷尽宇宙的上下求索,犹如鲁迅《墓碣文》所写:"于天上看见深渊。于一切眼中看见无所有。"①这样一种深渊的虚无体验,韩松写进未来人类的退化、蜕变,宇宙墓碑所禁锢的历史黑暗之心,与鲁迅文学息息相关。这表明有一个延续中国现代知识分子传统的思考,在《地铁》《医院》幽暗无边的宇宙中仍残存着,即使未来的人类已经不知道这意味着什么。

《狂人日记》发表整整一百年后的 2018 年 5 月,韩松发表了他最新的长篇小说《亡灵》。《亡灵》标志着韩松以"医院"为主题的三部曲完成,这是继刘慈欣《地球往事》三部曲以及韩松自己的《轨道》三部曲之后,中国当代科幻最重要的小说。《医院》三部曲也犹如一部《狂人日记》式的作品。韩松关于疾病与社会、现实与真相、医学与文学、技术与政治、生命与死亡的思考,在整个三部曲中敷衍成为一个照亮中国现实中不可见国度的史诗故事,小说描写一座城市变成医院,所有的中国人被医学控制,进入药时代,开始药战争,人工智能"司命"把所有人当作病人,直到医院也成为虚妄,亡灵在火星复活,继续演绎病人们寻找真相的冒险。这不可思议的故事,看似异世界的奇境,却比文学写实主义更犀利地切入中国人日常生活肌理和生命体验。犹如《狂人日记》那样,韩松的《医院》三部曲建立了语言的迷宫、意象的折叠、多维的幻觉,从荒唐之言、看似"幻觉"之中透露出现实中不可言说的真相。

韩松笔下的主人公,往往像狂人那样,在再平常不过的生活现实表象之下,窥视到了难以置信的"真实"。这样一种真实,违反生活世界给人带来的有关现实的认知习惯,若是放在传统写实文学语境中是难以解释的异物,本能上会觉得是拒斥之物,超出了认知、习惯、感觉的舒适地带。据最具有经典性的定义,科幻小说是一种在认知上对于熟悉的陌生化处理。②熟悉的事物是我们在认知上无需花费气力应对之物,然而,无论在《地铁》还是《医院》里,韩松的人物虽然从日常生活的场景出发,却在认知上发生了不可逆转的变化,他们终将发现原来习以为常的现实是幻象,那些被故意隐藏不见的世界维度,或者那些不需要隐藏也难

---

① 鲁迅:《墓碣文》,《鲁迅全集》(第二卷),北京:人民文学出版社,2005 年,第 207 页。

② 这一经典意义来自 Darko Suvin, *Metamorphosis of Science Fiction*. New Haven：Yale University Press, 1979。

以被看见的更深层的真实——如《地铁》里描写地底的时空结构变化，需要在认知上经过反直觉的努力才能看见。这不是人们习以为常的现实，而是梦魇背后的真实。韩松的主人公们需要克服"看的恐惧"①，"科幻小说代表了一种超越现实提供的可能性边界的想象。在韩松的科幻小说中，想象和梦想逾越了被设定了特定梦想的时代中大众想象和理性思考的边界"，科幻的视阈跨越深渊，让读者看见"不可见之物"②，像狂人那样在字缝里读出字来，在认知上改变了整个世界的结构、真相、未来甚至过去。

对于韩松这一代新浪潮作家而言，鲁迅的启示使他们的科幻写作比通常意义上的写实主义更有批评力量。被各种禁忌与习惯建造的铁屋子中的大多数选择昏睡，很多人惮于看的恐惧，不会睁眼看世界的真相。韩松小说写的往往都是一些被生活压得无力、虚弱的人物，《医院》里的主人公被困于医院之中，犹如弱小的猎物。但韩松正通过这样的人物揭示："从前我所见的，并不一定是实相。"③正像狂人发现自己之前都是发昏，此后所见的末日景象才是世界的真相：

> ……见城市中巨浪般鼓涌起来的无数摩天大楼上，像我此刻所在的住院部一样，每一座都刷有大蜘蛛般的红十字。鳞次栉比，触目所在，红十字套红十字，亦如同苍茫广袤的原始森林，接地连天铺陈，不见边际，非但没有太阳，而且任何一种恒星怕是都被这红亮耀眼飞蹿腾跃的十字形浩瀚大火烧毁了，连绵的阴雨则被击得粉身碎骨，兆亿纸屑一样四方飘散。④

《医院》看似从《狂人日记》中继承了"改造国民性"的"正题"——"医院不仅是治病，更是要培养新人，从而使国家的肌体保持健康"⑤。医药救国的计划，消灭了家庭，粉碎了感情，改造了基因。但与此同时，"正题"瞬间变成"朋克"（亦即神圣的庄严计划变成一种纯粹的表演），技术变成目的，当医学也变成行为艺术，"在医药朋克的语境中，'活下去'已经转换成'为了医院而活下去'或'为了让医

---

① 韩松一篇小说的题目是《看的恐惧》，写出一对普通夫妇借由新生儿的奇异的复眼，得以看到现实背后令人战栗的真实情境。韩松：《看的恐惧》，《科幻世界》2002 年第 7 期。

② 参考宋明炜《再现"不可见"之物：中国科幻新浪潮的诗学问题》，《二十一世纪》2016 年十月号。

③ 韩松：《医院》，上海：上海文艺出版社，2016 年，第 95 页。

④ 韩松：《医院》，上海：上海文艺出版社，2016 年，第 92—93 页。

⑤ 韩松：《医院》，上海：上海文艺出版社，2016 年，第 123 页。

院活下去'"①。医院最终变成唯一的现实,医院之外的一切都可能是"幻觉",然而医院本身最终也消亡了,连同病人和病人的意识,掌控一切的人工智能发现世界并不存在,而追寻意义的人物则都身在"无物之阵"。不仅"国民"没有改造,而且所有的人物都沉沦在"亡灵之池"。

从《医院》到《驱魔》到《亡灵》,韩松层层接近"深渊",在接近小说最后时刻的地方,幸存的女性看到了作为世界本质、永劫回归的"医院":

> 但深渊一旦遇到她的目光,这一无所有的区域,便顿然勃发扰动。像是经过亿万年,它终于等来了意识的注视。它要复活重生,再创世界。……
>
> ……它超越了二进制,在"是"和"不是"之间创造融合区,用模糊算法再构历史——或者说,伪造医院史。这样形成新记忆,并在机器的辅助下,不断反馈,为亡灵之池提供原始参数,合成创始者的意识母体。……医院的生命可视作接近永恒。它一旦被灾难破坏,就能自动复原,在这深渊中不断酝酿和推出。②

韩松在一百年后在医院的"字里行间"读出永劫不复"变回成人"的"亡灵"与永劫回归的"深渊",正如鲁迅狂人式的洞见,在天上看见了深渊。

这样一种认知上的逆转,被更年轻的科幻作家飞氘用一种反讽的方式呈现出来。在《中国科幻大片》中的一则故事中,写作《狂人日记》的鲁迅像美国电影 *Matrix* 中的 Neo 那样,选择了红色的药丸,这意味着他进入了认知上陌生的世界,"睁眼一看,到处都是吃人!"飞氘用鲁迅自己的"故事新编"方式讲述周树人(鲁迅)面对生化危机的重重险境,最终看破世相虚无,游戏设计者将他陷入虚拟时空之中,"绝望那东西,本来也是和希望一样不靠谱的嘛"③。飞氘的反讽具有双重效果:周树人睁眼看到的现实,却最终原来也是虚拟。那究竟什么是真实,什么是虚拟?什么是现实,什么是幻象?韩松常说"中国的现实比科幻还科幻";是否虚拟的真实比现实更真实,正如现实的幻象比科幻更科幻。

当代科幻新浪潮激化了现实与真实、虚拟与幻象的辩证法,是现实还是幻

---

① 韩松:《医院》,上海:上海文艺出版社,2016 年,第 142 页。
② 韩松:《亡灵》,上海:上海文艺出版社,2018 年,第 226—227 页。
③ 飞氘:《中国科幻大片》,北京:清华大学出版社,2013 年,第 177—179 页。

象,是虚拟的真实还是写实的虚妄? 这样的选择对于狂人来说,意味着整个世界的鬼魅魍魉、昏聩不明,狂人要在疯狂的幻象中清醒地看到吃人,或在虚妄的现实中正常麻木地假仁假义? 对于韩松笔下的人物来说,最终面对的选择是世界的有与无。

一百年之后,在科幻新浪潮中再读鲁迅,这个问题虽然突兀,但或许其来有自——《狂人日记》是科幻小说吗?

三、《狂人日记》之中:测不准的文本与文学史

《狂人日记》是科幻小说吗? ——这个标题指向一个严肃的问题,但作者并不期待有一个"是"或者"否"的确定答案。关键还在于提问本身。问题本身包含着对于必然性、确定性的知识系统的挑战,借用现代量子物理学家海森堡(Werner Heisenberg)——在《狂人日记》发表之后不久的 20 年代——提出的理论,这个问题在知识论上指向一个"测不准"的状态。何以如此呢? "不可能在测量位置时不扰动动量"——《狂人日记》相对于科幻小说的位置已经"不可测",这同时改变了观察者们在习惯上对《狂人日记》与科幻小说的性质的认识,或者说这两者本身也变得"测不准"。

借用海森堡的原理只能到此结束——物理学的启示终究有限,而鲁迅研究者有整个一套文化与文学的话语来表述相似的问题。对于文学、文学史、文类、文本形式,由于各种文化媒介、教育机制的影响而默认的知识系统会对观察者建构具有牢固可信性的现实感受。如果离开我们习以为常、觉得理所当然的这些建构,我们的现实感受是否还可信赖,是否还能帮助认识我们面对的文本,或文本所在的时空,以至于这个时空指向的现实? 这一连串相关问题会让我们怀疑,离开文化建构,我们是否还有可能得出有关什么是真实的唯一正确答案?

假如身处这些文化建构之内,很难想象,甚至无法产生另类的思考可能,就像狂人的哥哥总是否认吃人,并坚定认为狂人是疯了。但是一旦对建构本身提问——这早已经不是什么新鲜事——知识、意识形态、思维所有的舒适地带都受到颠覆,"测不准"意味着现实、世界、物与人本身都变得不确定了——人们习惯面对的世界是否停止存在了? 而仅仅提出《狂人日记》是否科幻小说这个问题,同时让《狂人日记》和科幻小说变得"测不准",这个问题让人感到不安,它使我们熟悉的文学建构、文学再现方式以及文学史的书写都进入陌生的领域,一个

不可测的未知世界，与《狂人日记》变得解释丧失标准、如迷宫似噩梦般的世界形象对应起来。

常见的知识与文化系统告诉读者，《狂人日记》的发表，对于中国文化是一件划时代的大事。至于鲁迅写作《狂人日记》的直接原因，是所有熟悉鲁迅生平的人都耳熟能详的。化名为"金心异"的钱玄同夜访鲁迅，认为后者由于对革命的幻灭，沉湎于寂寞和悲哀中，只做着一些无用的闲事。于是钱玄同邀请鲁迅为彼时虽然也很寂寞，却宣扬进步思想、开启民智的《新青年》杂志写稿。鲁迅最初是反对这样一种启蒙杂志的，举例说出那个著名的铁屋子的故事，以为使人清醒地死去，比熟睡中死去，更加令人痛苦。没料到钱玄同心存激进的思潮，便给了鲁迅一个没想到的主意，大家一起努力，"你决不能说没有毁坏这铁屋的希望"。于是说到希望，鲁迅被打动了，"因为希望是在于将来，决不能以我之必无的证明，来折服了他之所谓可有"①。

倘使这一段记忆是真实的，鲁迅写作《狂人日记》是一篇命题作文，小说中有几个重要的元素：狂人身在一个铁屋之中，其中所谓熟睡的人们，是背离文明的吃人者；狂人的努力，以及在字里行间读出"吃人"，是为了在整体上打破铁屋对人们的迷咒；狂人的启蒙是为了将来，他劝说哥哥从真心改起，讲解进化的道理，"你们要晓得将来是容不得吃人的人……"（第453页）《狂人日记》是鲁迅对《新青年》启蒙律令的遵命文学，但他有自己的怀疑和绝望："狂人"是否也是吃人者呢？狂人是否最后也被吃，或者竟然更不幸被治愈——从而也加入吃人家庭？虽然起于遵命文学，鲁迅在这篇小说的形式与思想方面都走到了反传统——与反思这一革命姿态本身——的先锋位置。

《狂人日记》的文本建构过程，经过了对于熟悉生活的陌生化，然后又经过了文化意识上的去陌生化、再熟悉化。换言之，《狂人日记》诞生于补树书屋、发表于《新青年》杂志的时候，曾经是一部惊世骇俗、奇异怪诞的文本。直到后来的研究者大都延续了"狂人"从字缝里读出"吃人"二字的解读策略，这也基本上确定现代文学研究者根据文本本身的策略对《狂人日记》的解读，文本隐含的象征主义比文本字句本身显现的"症状"更为重要。五四一代启蒙思想家与文化批评家，自这篇小说发表之初，就开始建构有关《狂人日记》文本内外的知识，经过吴虞等文化批判家的解释，从中归纳出中国新文化运动的主题：封建礼教吃人，于

① 鲁迅：《呐喊》自序，《鲁迅全集》（第一卷），北京：人民文学出版社，2005年，第440—441页。

是打倒儒教、打倒孔子、彻底反对传统。这一时代主题,在中国延续多年,直到六十年后,仍有批判孔子的全国运动。这些思想和知识集中解释文本内象征主义的潜台词,融入强大的主流意识形态,经过不断强调的思维成规,至今让一代又一代的读者可以方便地进入文本,沿着作者——狂人——启蒙者建构的有关封建社会吃人的批判思路,在《狂人日记》中看到许多熟悉(而非陌生)的因素:易子而食,食肉寝皮,历史和文化的记述让狂人自觉意识到有了四千年吃人履历。

经过一百年来学者们和思想领袖的不断阐释,《狂人日记》有了一个周密完整的解释框架,任何提问都显得并不出奇了——可以想象,对本文标题包含的问题,也可以很容易地做出判断:当然会有一部分读者断然拒绝将《狂人日记》视作科幻小说。这样理所当然的想法背后,存在着对于"陌生"的傲慢与偏见。那"陌生"的也早已经被格式化了。那"陌生"中的不安、潜在的危险都经过文化阐释,变得不再危险。或者,那"陌生"、不安全、危险,都可以视而不见的。因为视是习惯,见是恐惧。但是,假如把这个理所当然逆转回去,从去陌生化的文化解释退回去,回到鲁迅最初对他面对的熟悉事物的陌生化处理,是否可见抵抗成规的梦魇异物?

假设《狂人日记》是科幻小说:狂人从熟悉的温情舒适的现实生活中,看到其中深渊一般的恐怖真相,他没有像别人那样拒绝"看的恐惧",没有听从哥哥或者他人的道德劝诫和按照文化传统做出的老辈子解释。狂人选择看向世界的深渊,一切都译码,归零,他熟悉的梦境在塌陷。到此时,狂人意识到他自己也是那真相的一部分,也参与制造梦境,他意识到自己已无法走出这末日景象,他只能虚妄地寄希望于虚无缥缈的未来。狂人通过认知上的选择,把自己的平凡生活变成一部改变世界观的科幻文本。在此基础上,所有对于熟悉的认知都变得有待检视了。狂人借助新的认知系统变成新的物种、新的人,或者真实的人,他获得一种新的眼光,以及整个新的理解力与想象力。

如上的叙述,并不能证明《狂人日记》就是科幻小说。但假如第一次阅读这篇小说,而没有既成文化背景的读者,会怎样看待《狂人日记》? 例如最初翻译到韩文的时候,韩国读者将《狂人日记》作为"避暑小说"(也就是幻想小说)来对待①,是否也可以把《狂人日记》看作心理变态小说、恐怖小说、僵尸小说? 做出

---

① 洪昔杓教授提供的数据:《狂人日记》在1927年由柳树人翻译到韩文,发表在《东光》杂志当年第六期的"避暑小说"栏目。

这些假设，或尽可能跳出中国文学批评惯例以外，来看待《狂人日记》，只是为了说明，这不是一篇可以理所当然就当作后来人们习以为常的写实主义文学经典的作品。

按照科幻文本根据字面意义来构造世界的真实性原则来说，科幻的写作不一定、很可能不模仿"现实"，因此不具有"写实主义"美学特点，但具备内在的逻辑完整性，在话语、技术、逻辑上获得"真实性"，即便这种真实性是抽象的、虚拟的、超现实的、颠覆性的。①《狂人日记》可以符合科幻小说的这个特征，"吃人"这个按照逻辑推导出来的"真实事件"，违法人类常识与感情，之所以会让读者相信，完全取决于小说文本内部想象的逻辑和思考穿透表象的真实。科幻小说建立世界体系，往往并不直接建立在现实感受之上，却需要根据逻辑达到自洽，用虚拟的真实性（literalness）来替代现实感（reality）。科幻小说对于读者的要求，也相应地包含需要选择一种不容易、不见得最方便的理解方式来进入文本，而在进入文本之后，如果选择相信"虚拟的"真实，在文本内部，习以为常的现实就可能被拆解。狂人踰矩"看的恐惧"，在不舒适的真实事件中一直延伸看的深度，他看到许多吃人的事件，除了历史书记载的，还有他从身边看到的、听到的，包括徐锡麟、秋瑾在小说中作为匿名人物的被吃，这是超出正常现实感的事件，在最初作为"虚拟"真实呈现的吃人，归根到底是拆解现实观的"真实"事件。②狂人绝望了，如果他也是这个文本建立的世界的一部分，他永远丧失了有确定性的现实感，无法回到现实世界。这注定了他相信文字和思想虚拟的真实，即便那真实的是虚无的，但他拒绝现实有确定性的安定与舒适：

> 有我所不乐意的在天堂里，我不愿去；有我所不乐意的在地狱里，我不愿去；有我所不乐意的在你们将来的黄金世界里，我不愿去。

① 有关科幻话语的真实性原则，参考笔者《科幻文学的真实性原则与诗学特征》，《中国社会科学报》2019 年 4 月 15 日。

② 薛毅、钱理群《〈狂人日记〉细读》提出从字面意义上理解真实的"吃人"，而不是象征意义上的文化"吃人"："作为常人的读者，如何才能理解狂人的这种言说的真实性？《狂人日记》的接受史表明，'吃人'是被理解成象征意义上的行为……这是启蒙主义时期的常人读者的理解。换言之，在这种常人读者那里，'吃人'一词由狂人的言说被复原或翻译成常人可理解的可接受的常人的言论。"但论者指出，"吃人"事件在"日常生活中，它隐藏在深不可测的地方"。该文将鲁迅呈现的真实的"吃人"含义作为集体无意识欲望解释，因此与每个人的日常行为有关，但却不为人在现实层面觉察。此文刊登于《鲁迅研究月刊》1994 年第 11 期。

······

呜乎呜乎，我不愿意，我不如彷徨于无地。[①]

四、余论——以及更多问题的提出

在一个更大的世界背景下看，鲁迅所在的时代，正在经历一次科学大地震。通常学者对鲁迅和科学的关系的研究，聚焦在 19 世纪科学，特别是达尔文进化论的阶段，如 James Reeve Pusey 所论述的鲁迅对进化论的继承[②]，或者如 Andrew Jones 的文化分析展现的那样，鲁迅对进化论存有焦虑[③]。近年来也有学者开始注意到鲁迅与 20 世纪物理学的关系，如刘纳指出鲁迅早期论文《说铂》已经触及新物理学知识[④]。新物理学与鲁迅早期创作是同步开始的。1900 年前后，牛顿力学开始受到普鲁士物理学家们的挑战。此前，牛顿力学在科学界被视为具有理所当然的正确性，符合实验和推算的结果，符合一切可以看到的现实规范。20 世纪第一年，在柏林的普朗克，因为钻研黑体辐射问题，发现了看不见的普朗克常数，开启了量子力学的世纪。从这时开始，整个可以看到的牛顿力学世界，以及它所对应的帝国秩序与文化艺术，开始被看不见的幽灵干扰。量子力学的提出，开始颠覆 19 世纪的世界观。

作为中国现代文学创始人的鲁迅恰在这个相同的时空体中写作《狂人日记》，一部颠覆中国文化中既有世界观的作品。现在我们至少知道，鲁迅的同时代人有一位夏元瑮（1884—1944），其父是参与小说改良的夏曾佑，后者与鲁迅既是浙江老乡，又是教育部同事，《域外小说集》的获赠人中就有夏曾佑的名字。夏元瑮在 1905 年出国留学，学习力学，1909 年开始就读于普朗克门下，1913 年回国，严复聘其为北京大学理科学长，1917 年蔡元培接任北大校长，夏元瑮仍继任理科学长。1918 年修改订理科课程，提出增设"相对论"、"原量论"等课程，说明

---

① 鲁迅《影的告别》，《鲁迅全集》（第二卷），北京：人民文学出版社，2005 年，第 169 页。

② James Reeve Pusey，*Lu Xun and Evolution*. Albany：State University of New York Press，1998.

③ Andrew Jones，*Developmentary Fairy Tales: Evolutionary Thinking and Modern Chinese Culture*. Cambridge：Harvard University Press，2011.

④ 刘纳《〈说铂〉，新物理学，终极——从一个角度谈鲁迅精神遗产的独异性和当代意义》，《中山大学学报（社会科学版）》2006 年第 6 期。

那时候在新文化中心,有人熟悉相对论和量子力学。[1]

鲁迅早期的科学知识,包括他对西方新进科学潮流的了解,与他后来作品中形成的独异的诗学特征之间有何关系?青年鲁迅的科学背景和科幻翻译,与鲁迅后来的文学思想有何种关联?民国之后,科学小说消隐,写实主义兴起。科学小说的消隐,变成一个文学史上的难题。为什么提倡赛先生的年代,科学小说却失去了读者的青睐?直到中国文学经历过许多次运动,到了 21 世纪初期,中国科幻小说再次经历创世纪的时刻。这新一轮的科幻新浪潮,对我们重写文学史有何启示?

对于许多问题,本文没能够提供一个确定的答案。包括《狂人日记》是不是一篇科幻小说。然而如果不带成见去阅读《狂人日记》,我们是否会颠倒文学史秩序,试图把《狂人日记》看作科幻新浪潮的先驱?假设——第一次阅读《狂人日记》的读者,即如同在 1918 年 5 月翻看《新青年》杂志的读者那样,我们在这个文本中感受到的,或许会和今天阅读《医院》《地铁》的感受有些相似。现实是不对的。何为真实?狂人在字缝里读出了吃人——这是一个颠覆现实感的令人不安的"虚拟"的真实?一百年后,韩松小说中北京地铁里蜕化的人在吃人;刘慈欣太空史诗中的星舰文明在伦理上争论吃人的必要性。吃人是病理的体现、文明的病症、文学的隐喻、真实的话语?鲁迅借此写出一个让人不安的世界,颠覆了我们对于日常生活的感受。中国科幻新浪潮在鲁迅写作《狂人日记》一百年后的今天,也正是做到了这一点。回到未来,我们发现世界不对了。

1918 年 4 月,鲁迅在补树书屋写作《狂人日记》,他写的是一篇无可名状的小说,异象幻觉重重叠叠,透过虚拟的情境展示的真实事件惊心动魄。这篇小说引起中国文艺的地震,其回响直到今天仍然不曾止息。但当时,《狂人日记》是一个异数,整整一年以后,鲁迅发表《孔乙己》,中国写实主义文学可以模仿的范本出现。《狂人日记》文本的黑暗辐射,伴随鲁迅一生的写作,到一百年后通过新浪潮科幻作家的想象重新照亮了现实中"不可见"的维度,他们笔下再次如《狂人日记》那样引发了世界观的变革。

(作者单位:韦尔斯利学院)

---

[1]　参考武际可《近代力学在中国的传播与发展》,北京:高等教育出版社,2006 年,第 115 页。

自由诗的"韵律"如何成为可能？

——论哈特曼《自由诗的韵律》兼谈中国新诗韵律问题

李章斌

哈特曼是美国当代诗人、诗学研究者，其专著《自由诗的韵律》（*Free Verse: An Essay on Prosody*）自出版以来，产生了很大的影响。①它讨论的是现代诗歌和诗学上的大问题：自由诗究竟有没有韵律或节奏可言？它的韵律（如果有的话）究竟如何定义和分析？这样的"韵律"与传统的格律是什么关系？与这一领域的大部分著作相比，哈特曼这本书视野更为长远，立论深思熟虑，它从自由诗的韵律问题出发，重新质问过去韵律学的一些基本假设，力图破除后者给现代诗歌节奏的理解设置的一些障碍，从而重新设定韵律之本质与基础。虽然笔者不完全赞同其观点，但是对其中涉及的一些问题深入辩驳，有望让传统的韵律学研究焕发新的生机，柳暗花明。

中国新诗已有百年之久的历史，但关于新诗形式的质疑却一直没有消停，最引人注目的质疑是：新诗有没有形式，有没有韵律？这种质疑一方面源自新诗写作在形式上较为纷繁杂乱的现状，另一方面则是学界对自由诗的韵律特征还缺乏成熟的理论认识的结果。哈特曼的专著虽然针对的是英语诗歌，但是对汉语新诗的节奏研究也有重要启发。颇以为憾的是，哈特曼的著作在中国甚少人问津，仅有少数学者简略提及。有的"介绍"甚至南辕北辙，言不及义。②下面笔者从一个中国诗学研究者的角度出发，对哈特曼的理论进行细读和讨论。在我们

---

① 此书由普林斯顿大学出版社 1980 年初版（2014 年重版），西北大学出版社 1996 年出版了修订版，本文引述均据：Charles O. Hartman, *Free Verse: An Essay on Prosody*. Evanston：Northwestern University Press, 1996. 文中凡引述此书，均在正文中旁注页码，不另出注。

② 有学者认为该书"尽管理论性较弱，观念比较零散，但是对于自由诗节奏研究的实用性很强"（黎志敏：《英语诗歌形式研究的认知转向》，《外国文学研究》2008 年第 1 期）。这与事实正好相反，哈特曼的这本书理论性相当强，概念构建层层推进，立论步步为营。

看来,对其理论深入对话和辩驳(而不是简单地介绍引进),将其与汉语诗学和诗歌相互映照,可以给汉语诗歌韵律中的一些问题的解决提供重要线索。

一、"格律"、"节奏"、"韵律"的混淆和辨析

谈到自由诗的"韵律"或者"节奏",很多读者的第一反应就是:自由诗难道也有韵律或者节奏吗?这种理解在英语或者汉语诗歌中都普遍存在,这也是哈特曼这本书首先要面临的难题。很长时间以来,一直有一种根深蒂固的理解,即:"格律等于韵文,等于诗歌,甚至等于文化,等于文明"(第6页)。自由诗在诗律学上也往往被当作"异类"甚至"异端",而自由诗的盛行,则危及韵律学(prosody)的存亡。"如果自由诗被驱逐或消灭,那么韵律学将会幸存;如果没有,那么韵律学将消亡。而后一种情况果然成为了现实。"(第7页)哈特曼指出,韵律学在20世纪虽然一直有学者研究,但是越来越不被学界和教育界所重视,也很难引起持续的学术兴趣。①

确如哈特曼所言,自由诗与韵律学(诗律学)一直处于一种对峙状态,甚至是一种"互毁"状态中:一方面是自由诗的写作普遍忽视传统的韵律(学),另一方面是一些认同传统韵律(学)的学者和读者频频攻击自由诗是一种没有"韵律"或者"节奏"的诗歌,甚至不能算"诗",因为它没有格律。比如哈特曼提到的一二十年代很多参与自由诗大论争的学者就是如此。康拉德·艾肯(Conrad Aiken)把自由诗称为一种"没有节奏的诗"(第23页);而富勒(Henry B. Fuller)则认为自由诗"既不是韵文,也不是散文"(第46页)。哈特曼意识到,很多学者都把"节奏"(rhythm)和"格律"(meter)看成一回事,因此韵文就等于格律诗。比如华纳(H. E. Warner)断言:"毫无疑问,节奏(rhythm)是诗歌的基本成分;就诗歌而言,节奏与格律是同一的"(第23页)。由于自由诗没有格律,很多人推断,它在性质上是某种"散文"(第23页)。

有趣的是,中国现代很多学者和诗人也有与此极其相似的见解。从一开始就反对新诗的学衡派主将吴宓认为,无论是白话诗还是美国的自由诗,都不能算诗:"所有学者通人,固不认此为诗也。"②吴宓自视学贯中西,他放言美国自由诗

---

① 格罗斯的专著《现代诗歌的声音与形式》也描述了20世纪韵律学面临的一些难题,参:Harvey Gross, *Sound and Form in Modern Poetry*. Ann Arbor: University of Michigan Press, 1964.

② 吴宓:《论新文化运动》,《学衡》第四期,1922年4月。

只是"少数少年,不学无名,自鸣得意"的产物,不会有什么前途。[①]而提倡新格律诗的诗人闻一多则把"节奏"、"格律"和"form"(形式)看作同一个概念,在他看来,没有格律,就谈不上有形式,也不能算是"诗":"因为世上只有节奏比较简单的散文,决不能有没有节奏的诗。本来诗一向就没有脱离过格律或节奏。这是没有人怀疑过的天经地义。"[②]叶公超也认为:"格律是任何诗的必需条件,惟有在适合的格律里我们的情绪才能得到一种最有力量的传达形式……只有格律能给我们自由。"[③]可见,"格律=韵文=诗歌"这种观念在中国也根深蒂固。

针对这些对自由诗的质疑,美国学界一直有一种企图去自由诗中寻找所谓的"格律",或者类似于格律的理论尝试,即在自由诗的节奏中寻找某些固定的、抽象的法则,来证明自由诗也是"韵文"的一种。洛厄尔(Amy Lowell)、格罗斯(Harvey Gross)、弗莱彻(J. G. Fletcher)等,都是这条路线的代表。洛厄尔认为在自由诗中,一般两个重音之间的时间间隔往往是相同的(即等时节奏),因此自由诗是"有节拍的"(cadenced)。[④]格罗斯则认为很多自由诗都是一种宽松的"重音格律"(accentual meter),如 T. S. 艾略特《荒原》的首四行。[⑤]哈特曼认为,这些理论都太过于含糊,缺乏可分析性,并没有真正说清楚自由诗的所谓"节拍"(cadence)究竟是如何有别于散文的,而它们几乎在所有的语言中都存在。所以他认为:"如果这些作家的理论能成立的话,所有的英语韵文——甚至所有的英语语言——都是重音格律和等时节奏的(isochronous)。"(第44页)这些论者实际上犯了和前面那种否定自由诗的论者同样的错误,即以为韵律即格律,因此勉为其难地把自由诗与传统格律体系画等号。这注定是要失败的,因为自由诗本来就是以有意抛弃格律为初衷的,它的节奏体系显然不在"格律"的范围内。可是,抛弃"格律"概念,又如何定义和认识自由诗的节奏呢?

哈特曼认为,要弄清楚自由诗的节奏,必须先区分"节奏"(rhythm)、"韵律"(prosody)、"格律"(meter)这三个概念,不能将三者画等号,也不能将"韵文"

① 吴宓:《论新文化运动》,《学衡》第四期,1922年4月。

② 闻一多:《诗的格律》,收入《闻一多全集》(第2册),武汉:湖北人民出版社,1993年,第140页。

③ 叶公超:《论新诗》,《文学杂志》创刊号,1937年5月。

④ Amy Lowell, "The Rhythms of Free Verse", *Dial*, 1918, 64, pp. 51 - 56; "Some Musical Analogies in Modern Poetry", *Musical Quarterly*, 1920, 6, pp. 127 - 157.

⑤ Harvey Gross, *Sound and Form in Modern Poetry*. Ann Arbor: University of Michigan Press, 1964, p. 38.

（verse）与"格律"等同起来。首先来看"节奏"，哈特曼的定义是：

> 诗歌中的节奏，指的是语言元素在时间中的分布特征。（第 14 页）

这个定义相当宽泛，按照这个定义，任何语言都是有节奏的。但这也正是它的好处，因为这样可以将过去被韵律学排斥在外的因素重新纳入视野之内。诗歌声韵的所有方面都可以，而且应该纳入到"节奏"概念中来，而过去韵律学关注的对象，其实主要是"格律"的范围。哈特曼指出，格律与节奏从来都不是一回事。他援引巴菲尔德的见解："节奏不是格律，它不是格律的别名，而是比格律更为微妙的东西。节奏是在潜在的规律性之上不断变动的东西，而格律是不变的。"（第 22 页）换言之，格律是一种与节奏相对的抽象的规律性，它是固定的。在哈特曼看来，格律与节奏之间的关系就是一种"实际成形"（actuality）和塑形的"抽象原则"（abstractions）之间的关系，而且两者之间充满"张力"（tension）（第 22 页）。

在我们看来，这个区分对于格律诗的研究同样也是有意义的，因为这样可以把过去被格律法则的探讨遮蔽的一些节奏因素彰显出来。比如文学理论家弗莱（Northrop Frye）观察到，很多英语格律诗中的重音分布与格律法则经常相互矛盾，甚至相互取消："如果我们'自然地'读很多抑扬格五音步诗行（iambic pentameter），把一些重要的词按重音来读（就像在口语中一样），就会发现，古老的四重音诗行从［五音步诗行］的格律背景中凸现出来了。"弗莱认为，这实际上是古英语的四音步节奏在潜在地起作用（第 36 页）。我们知道，五音步诗行的规则要求每行必须有五个重音，如果弗莱的观察能成立的话，那么这岂不是意味着英语所谓"格律"实际上并不成立？对于这个争论不休的问题，哈特曼的看法是，弗莱所观察到的，实际上是抽象的格律规则与语言的实际运动之间的差别，即格律与节奏的差别，因为英语格律中的重音本来就是一种"相对重音"（relative stress），是由抽象的格律法则"给定的"（imposed）（第 36 页）。哈特曼强调，韵律（包括格律）很大程度上是由习俗所约定的，并不是一种纯自然的语音现象。他指出，格律法则如果要生效，就必须"被诗人和读者所分享，而且被认定为一种'约定俗成'（convention）"（第 17 页）。哈特曼对格律的定义是：

> 格律是组织模式可以计数的（numerical）的一种韵律。（第 17 页）

格律诗有着诗人和读者所公认的较为恒定的语音元素的分布规则，那自由诗呢？它的语言元素并没有恒定的分布规律，它如何变成大家认可的"习俗"，如何具备"韵律"呢？过去很多韵律学家都是从特定的"组织"（organization）或"结构"（structure）的角度来定义"韵律"。哈特曼从"格式塔心理学"（Gestalt psychology）的角度反思这种思路："在很大程度上，组织或者结构存在于观看者的眼里。人们越是关注节奏，就越会深切地将其理解为有组织的。"（第 14 页）换言之，一种节奏是否成"组织"，更多地取决于你是否有意去"感知"它，而不是它本身的组织、结构如何。因此，他釜底抽薪，绕开"组织"、"结构"层面，直接从效用的角度来定义"韵律"（prosody）：

> 诗歌的韵律就是诗人用来操控读者对于诗歌的时间体验的方法，尤其是操控读者对这种体验的注意力。（第 13 页）

为了与传统的"韵律"定义接轨，他又提供了一个"折中"定义：

> 韵律是主导诗歌的建构和理解的节奏组织系统。（第 14 页）

那么，诗歌是如何"操控"读者的时间体验呢？或者说：这种能够主导诗歌的建构与理解的节奏组织是由什么组成的呢？哈特曼指出，节奏组织所运用的成分包括：（1）音色或音质（timbre），以诸如头韵（alliteration）、谐音（assonance）、押韵等形式出现；（2）音长（duration），就音节而言，就是音数（quantity）；（3）音高（pitch）或者音调（intonation）；（4）音强或者音量；（5）边界（boundary，语言的绵延边界）（第 14 页）。过去的韵律学家关注的主要是前四种成分，但是，哈特曼却强调第 5 种（边界）的重要性，边界是哈特曼韵律学关注的焦点，也是其韵律定义的关键。在哈特曼看来，语音边界甚至也是格律诗的重要因素。他援引新批评理论家维姆萨特（W. K. Wimsatt）和比尔兹利（Monroe Beardsley）的一篇论述格律的论文说："要理解韵句或者诗行，你必须理解一些更大的结构特征，尤其是［诗行］结尾。弥尔顿的诗行并不仅仅是一种书页上的视觉或者印刷事实，而且也是一种语言事实。例如，如果你尝试去把他的五音步诗行截成四音步诗行，那么，你会发现诗行结束于某个单词的正中或者一些诸如'on'或者'the'这样的弱词。"（第 14—15 页）哈特曼进一步说："分行的效果取决于诗行的边界。

进一步说,至少在弥尔顿诗歌的韵律中,词语的长度和其交界点的分布是重要的节奏因素。"(第 15 页)

现在来到此书的关键节点上了:分行与节奏和韵律之间的关系,这也是自由诗节奏的一个关键问题。诗人废名曾屡次强调"新诗应该是自由诗","新诗本来有形式,它的唯一的形式是分行,此外便由各人自己去弄花样了"。[1]分行是新诗形式的关键,但是,关于分行与新诗节奏的关系却一直缺乏深入的理论探索,哈特曼的理论路径可以对汉语诗歌韵律学带来启发。他说:

> 韵文比散文更难读.原因之一是,除非一个人有意忽视分行,他/她都会在行末停顿一下。不管这个停顿还起到别的什么作用,它首先迫使读者放慢读速,使后者更加注意所读的东西。(第 52 页)

这样,分行就直接关涉到哈特曼的"韵律"定义的核心,即"时间体验"和"注意力"的操控:"我对'韵律'的定义集中于注意力的操控这一点,如果分行有助于增强注意力,那么它就是一种韵律手段,不管是在格律诗行中还是在别的诗行中。"(第 52 页)他进一步说:"诗歌之所以常常以韵文来写是因为分行增强了这种注意力,后者对于韵律而言是必需的,对于诗歌而言也是基本的。"(第 52 页)因此,通过分行造成的节奏效果,达成对"时间体验"和"注意力"的操控,从而成其为一种"韵律",而自由诗的"韵律"也就成为可能了。从哈特曼的角度来说,虽然自由诗摒弃格律,但仍注重分行,这就意味着,不管有意还是无意,诗人都在操控诗歌的节奏进程,这就与散文在节奏行进上的无区别性显著地区别开来了。因此,哈特曼认为,分行可以作为韵文与散文的分界线(第 52 页),进而保证自由诗也是一种"韵文"(verse);而且,他考证英文"verse"之本义,即"分行的语言"(第 11页)。因此在此意义上说自由诗是"韵文"是合理的。

可见,哈特曼追根溯源,从诗歌整体(包括格律诗)和整个韵律学的角度,探索了分行的韵律学意义,为自由诗的韵律问题打开局面,也彻底阐明了分行与节奏的内在关系。至少,在其自身的理论逻辑中,是严密而周全的。但是,这一理论逻辑既是他的重要贡献,也是其不足。读者恐怕和笔者一样持有疑虑:难道仅分行就可以保证一首诗歌具有"韵律",保证自由诗是"韵文"? 这与我们的"韵

---

[1]　废名:《论新诗及其他》,沈阳:辽宁教育出版社,1998 年,第 154 页。

律"观念相差未免太大,而且未免太轻易了吧? 那么,传统韵律学所念兹在兹的各种韵律结构、组织,在这个理论体系下还有什么意义?

二、韵律的基础:分行抑或复现性的结构?

不妨先看看哈特曼对语言边界(boundary),尤其是分行的节奏效用的分析,再深入讨论其局限性才更为稳妥。关于分行,在一二十年代自由诗争论时,有不少保守派论者将自由诗攻击为一种分行的散文。哈特曼则反其道而行之,他做了一个实验,将《传道书》(Ecclesiastes)一段散文改写为分行的"自由诗":

> Remember now thy Creator,
>
> In the days of thy youth,
>
> When the evil days come not,
>
> Nor the days draw nigh,
>
> When thou shalt say:
>
> I have no pleasure in them...(第 56 页)

哈特曼发现,经过分行后,由于读时必须在行末停顿,这段话的节奏产生了显著的变化:(1)每读到新的一行时,由于需要能量来重启新的节奏段落,这需要在行首增加一些特别的重音;(2)每一行变成了单独的节奏整体,而不是更大的节奏单元的一部分;(3)由于分行打断了句子的行进过程,排比(parallelism)、对比(antitheses)这些结构原来从属于更大的节奏单元,现在则需要单独强调(重读),来回应前面的排比、对比单元(比如第 2、3、4 行的"days")(第 56 页)。与散文相比,分行不仅带来了节奏的变化,甚至也导致了"言外之意"的差异。

通过这个有趣的实验可以看到,语言是否分行、如何分行绝不是一件无关紧要的事情。这样,哈特曼也有力地反击了那些攻击自由诗的论者,后者往往把分行视为自由诗无关紧要的遮羞布。有的反对自由诗的论者认为,每一段话都可以有很多种分行的方式,这些不同的方式"同等地好,而且不会改变语言的价值"[1]。不同的分行显然不是"同等"地好,其节奏和"言外之意"都会显著地

---

[1] H. E. Warner, "Poetry and Other Things", *Dial*, 61 (Aug,1916), p. 92.

不同，这也提醒自由诗的写作者，谨慎地对待分行，尤其要留意它对节奏所带来的微妙影响。不妨来看看汉语诗歌中的例子：

> 就把我们囚进现在，呵上帝！
> 在犬牙的甬道中让我们反复
> 行进，让我们相信你句句的紊乱
> 是一个真理。而我们是皈依的，
> 你给我们丰富，和丰富的痛苦。①

这是穆旦的《出发》的最后一节。读者仔细分析一下第 3—4 行的分行："让我们相信你句句的紊乱/是一个真理。"这里的跨行，就像哈特曼所言，打断了语句的行进过程，带来一种节奏上的停顿和中断，读者读到"句句的紊乱"以为这是穆旦在谴责"上帝"，可是读到下一行，陡然发现"句句的紊乱"却"是一个真理"。这样，就突出了"句句的紊乱"与"一个真理"之间的矛盾性并置，从而形成一种极大的内在张力。实际上，不独此处，这首诗的其他部分的形式安排，也处处在强调转折、对比。再看最后一句（"你给我们丰富，和丰富的痛苦。"），这一句节奏响亮，语言掷地有声，而且充满了张力。因为此句有一个节奏上的"突转"，就是中间的逗号，这里起到标示停顿的作用，也起到突出的作用，突出了"丰富"与"痛苦"的转折与对比。另外，"丰富"与"痛苦"之间的叠韵（"丰"与"痛"韵母相近，"富"与"苦"叠韵）也加强了这种对比，还带来了韵律感。读者不妨思考，若没有这个逗号和停顿，写成："你给我们丰富和丰富的痛苦。"节奏上就过于平滑，把对比的效果给遮蔽了。可见，标点等书面形式和分行一样，都可以起到微妙的节奏效果，它们都是通过控制语言元素的"边界"来制造节奏效应的。

　　现在可以较为清楚地看出哈特曼韵律学的特色与局限了：这种倚重语言边界的韵律认知路径在一定程度上是依赖于诗歌的书面形式的，必须通过"看"的方式来体验。分行的停顿在听觉上，与行内的停顿是没有区别的，如果仅凭听觉，不看文字排列，听众很难分辨出何处是行尾、何处是行中。在传统的格律诗中，由于分行基本上是均齐的（至少长度是固定的、先行约定的），而且有较为规律的节奏模式，读者很容易从听觉上判断分行，所以，格律诗的分行主要是一个

---

① 穆旦：《穆旦诗文集》（第一册），北京：人民文学出版社，2014 年，第 81 页。

语音(声韵)事实,书面形式是次要的。而在自由诗中,由于约定性的节奏模式不复存在,而且分行往往长短不一,读者对节奏的辨认得靠书面形式的协助(类似于乐谱与音乐的关系),所以其分行同时是书面事实和声韵事实。这也是哈特曼的韵律学向视觉——阅读的方向倾斜的根源。哈特曼还进一步强化了其韵律学的认知——心理倾向,他虚化了传统的节奏组织、结构在韵律学中的作用,而更关注注意力的控制和心理体验的生成,这就有将"韵律学"变成"阅读学"或者接受心理学的危险了。诚然,正如哈特曼所言,分行可以将"韵文"(包括自由诗)与"散文"在形式上区别开来,但是,将整个韵律学大厦建立在"边界"这一根柱子上,难免会令人担忧它是否稳固可靠。若将分行视作韵文与散文之间的一条分界线,那么,问题在于:分界线确实可以划定韵文这一"国度"的范围,但是这一"国度"的性质并不是边界线本身,后者只是一个标志,它并没有说明这个"国度"的全部性质、特征。

哈特曼的韵律认知注重"时间体验"的控制,这是有见识的观点。但是,"时间"这个问题显然还需要深入挖掘。时间是运动的尺度,必须放在"动"中来认识和体验,而在书面形式首先看到的是静止的空间。就诗歌而言,"时间"必须放在声韵的流动绵延中来感受。诗人布罗茨基说:"所谓诗中的音乐,在本质上乃是时间被重组到这样的程度,使得诗的内容被置于一种在语言上不可避免的可记忆的聚焦中。""换句话说,声音是时间在诗中的所在地,是一个背景,在这个背景的衬托下,内容获得一种立体感。"[①]布罗茨基的话清晰地告诉我们,韵律/作诗法究竟是如何操控"时间体验"的,即营造独特的声音进行方式,使其置于一种"可记忆的聚焦中"。韵律/韵律学不管往什么方向发展,首先必须立足于声音,不能完全变成一种阅读体验。因此,必须考虑一些对于韵律更为根本的因素。前面哈特曼分析过,可以供节奏利用的语言因素至少有五种,而他强调的其实是第五种(语言边界),那么,前四种呢? 比如某种音质的重复、某些声调或者音量的字音的有序搭配,是否可以造成韵律呢?

实际上,哈特曼也考虑过这种可能,但是他质疑这些手段能否在自由诗中有效运用。他曾引述布里奇斯(Robert Bridges)的观点,后者试图把复现(recurrence)原则运用自由诗中:"韵文与散文的唯一区别似乎是,散文的节奏没有那么明显或者很少重复;如果节奏有重复你就会形成一种期待。"因此,布里奇斯认

---

① 布罗茨基:《小于一》,黄灿然译,杭州:浙江文艺出版社,2014年,第37页。

为自由诗这种"中间形式""或许可以结合韵文/散文两个系统的优点：它可以在某种程度上拥有散文的自由和韵文的可预期性"①。布里奇斯是传统的韵律学家，他对韵律的认识是从"复现——预期"这一理论线索展开的，在现代中国，朱光潜也有类似的观点。②但是，哈特曼更关注传统韵律学的不足（尤其在面对自由诗时），对其优点却很少纳入考虑。他认为复现原则并没有办法将诗歌与散文区分开来，甚至会让自由诗的韵律"失效"（unworkable），因此并不看重其效用（第48页）。而布里奇斯则更关注自由诗抛弃格律之后引发的负面效应，他对于自由诗如何"结合两个系统的优点"也没有详细分析，这是颇为遗憾的。

实际上，布里奇斯的观点值得重新思考，但是需要调转一下方向。关于如何造成韵律"预期"，他关注的主要是格律的固定范式。但是，从诗歌史来看，在"格律"成熟之前，诗歌就已经形成了丰富的韵律手段了。《新普林斯顿诗歌与诗学百科全书》中的"自由诗"（free verse）词条下说："自由诗的历史其实可以追溯到规则的格律体系形成之前的口传诗歌时期，苏美尔（Summerian）、阿卡得人（Akkadian）、埃及、梵文、希伯来诗歌的文本都有一个共同点：即在各自不同类型的格律还未被用于约束诗歌之前，就都使用重复和排比来实现韵律之规律性。"③而我国早期的《诗经》《楚辞》也是大量使用重复、排比来造成韵律。在我们看来，语言元素较为明显、密集的重复都可以造成心理"预期"，形成韵律，而格律只是各种手段中其中最为固定、严格的一种而已，而且往往是文人化的结果。自由诗虽然抛弃了格律，但是依然可以运用很多古老的、基本的韵律手段。令人遗憾的是，哈特曼在分析自由诗时，很少深入地考虑重复和"韵律"之间的微妙联系。比如艾略特《四个四重奏》（*Four Quartets*）中的著名片段：

> Time present and time past
>
> Are both perhaps present in time future,
>
> And time future contained in time past.
>
> If all time is eternally present

① Robert Bridges, "A Paper on Free Verse", *North American Review*, 216(804)(Nov., 1922), p. 649.

② 朱光潜：《诗论》，北京：北京出版社，2005年，第151—153页。

③ A. Preminger & T. V. F. Brogan, ed. *The New Princeton Encyclopedia of Poetry and Poetics*. Princeton：Princeton University Press, 1993, p. 425.

All time is unredeemable.[①]

哈特曼认为这首诗的节奏控制更依赖句法,他注意到诗中的高密度的重复,但是他认为:"这些重复,代替了格律的确定性,让我们想起了惠特曼;但排比句法不如其中咒语的循环逻辑重要。"(126—127 页)但是,哈特曼并没有意识到,其实两者在韵律上并没有本质区别,排比意味着句法、语词的重复;而所谓"循环逻辑"在声韵上也必定反映于同一词语的重复(但语义有微妙的变化),比如此诗中的"present"一词。在这样一本谈论"韵律"的书中,在面对如此明显的韵律时,哈特曼考虑的却是"逻辑"、"句法"(当然,其分析是可以成立的),这个例子鲜明地暴露了其"韵律学"的"阅读学"倾向。若读者朗诵这几行诗,很容易发现它有着大量的词语重复,比如"time"(7 次)、"present"(3 次)、"future"(2 次)、"past"(2 次),如此频繁的反复让这首诗在听觉上几乎接近绕口令。绕口令、谐音本来就是一种韵律游戏,它们通过语音、语法的重复对语言自身展开了"质问"。当代中国诗人有很多这样的诗句:"远在远方的风比远方更远"(海子《九月》),"死人死前死去已久的寂静"(多多《他们》),"在后人的尿里忍受着/物并不只是物,在曾经/是人的位置上忍受着他人/也是人"(多多《忍受着》)。另外,诗中的排比("time…"词组)、对比("past"与"present"的对比),都起到了韵律作用,排比自然是一种重复;而对比,也要求相"对比"的两个对象在结构、范畴上是一样的,换言之,只有在同一范畴内的东西才谈得上"对比"(如"天"对"地"、"水"对"火"),这就是为什么在中国的律诗中,"对仗"也是格律规范的要求。它首先是一种韵律机制,加强了认知的结构性。

因此,结构、组织特性并不是一个可以随意抛弃的韵律学因素,哪怕在自由诗的韵律与韵律学研究中也如此。而且,从惠特曼、T.S.艾略特身上可以观察到,由于抛弃了格律法则,写自由诗的诗人必须求助于一些更基本的韵律手段,比如复沓、排比、头韵、对比、对称等。这些手法,从本质上说,都是建立在重复与同一性的基础上,而要求重复、同一性,是人的韵律认知的基本成分。叶公超认为:"在任何文字的诗歌里,重复似乎是节律的基本条件,虽然重复的要素与方式

---

① T. S. Eliot, *Collected Poems, 1909 - 1962*. New York: Harcourt, Brace & World, 1963, p. 175.

各有不同。"①因此,应该重新从结构、组织的角度来定义"韵律"(包括自由诗的"韵律")。我们的"韵律"定义是:

> 韵律就是语言元素在时间中有规律的重复。

而"格律",正如哈特曼认识到的,依赖于"约定俗成",而且,在我们看来,其节奏特点其实也是一种重复,只是这种重复往往是周期性的、固定的,因此,我们对它的定义是:

> 格律就是语言元素在时间中周期性的、先前约定的重复。②

我们的"韵律"定义比哈特曼的定义要窄,它更强调节奏的规律性的层面,这就与传统的韵律学"接轨"了。读者可能会问:那么,那些没有明显的重复的自由诗(如上引昌耀的《烈性冲刺》),岂不是没有"韵律"可言? 对此,我们的理解是,韵律学其实不必强行保证所有自由诗都有"韵律",只需要证明很多自由诗有"韵律"即可。而且,那些不符合我们的"韵律"定义的诗歌(或者诗歌片段),也未必在节奏上和散文无异。就像哈特曼已经证明的那样,它们可以通过分行等语言边界的控制,实现特别的节奏效果。

我们的定义与哈特曼的定义与其说是矛盾的,不如说是互补的,两者的差异本质上是认识角度、关注焦点的差异。在"结构/组织——认知/心理"这两极中,哈特曼明显地向后者倾斜,因此,他的这本书可以说开启了英美80年代以来韵律学的"认知范式"的先河。对于这种范式,我们并不反对,同时也有所保留。因为,到底"结构"是人有意"认知"出来的,还是"认知"是由"结构"塑造的,这其实是一枚硬币的两个方面。比如哈特曼认为,分行导致了人们对韵律结构的"特别注意",所以会觉得韵文相对而言较成组织。其实这个问题也可以反过来看。在很多情况下,正是由于分行对句子的语法、时间进程的"中断",很多复现性的结构才有频繁出现的可能。比如多多的《依旧是》:

---

① 叶公超:《音节与意义》,《大公报·诗特刊》(天津)1936年4月17日。
② 关于笔者对"韵律"、"格律"问题的具体看法,见李章斌《在语言之内航行:论新诗韵律及其他》,北京:人民文学出版社,2014年。

> 走在额头飘雪的夜里而依旧是
>
> 从一张白纸上走过而依旧是
>
> 走进那看不见的田野而依旧是
>
> 走在词间,麦田间,走在
>
> 减价的皮鞋间,走到词
>
> 望到家乡的时刻,而依旧是①

这首诗反复使用"依旧是"这样一个没有宾语的句式,从而造成一种语义上悬置不决的感觉,形成了韵律。而诗人 W. H. 奥登也经常反复使用前置状语(甚至绵延一整个诗节),将读者置于一种语义上的不确定性之中。这些例子说明,"分行"其实是一张进入"韵文"的"通行证",它给语言运作带来很多"自由",其中就包含了创造韵律的自由。所以,虽然分行并不确保自由诗必定有明显的"韵律"(就我们的定义而言),但是它却促成了更大"韵律"之可能性和必要性。在这个意义上,确实可以从文体"趋向"的角度,将自由诗视为一种"中间型式",它融合了同一性与差异性,既制造"预期",也往往突破"预期",带来"惊奇"。

关于哈特曼韵律学的心理——认知路径,我们想做的第二点修正就是,这一路径强调的是韵律自觉意识的唤醒,主要是"意识"层次的问题。但是,韵律很多时候是靠潜意识/前意识来发生效应的,它可以同时在潜意识与意识层面运作,并不总是要求人们去"特别注意"它才能感受到它的存在。对于同一性、重复节奏的认可,甚至可以说是人类的"时间体验"中的"集体无意识"。约定俗成的东西固然是可以共享的,但是可以共享的东西却未必是明确约定的东西,它也可以是集体无意识的东西。否则就难以说明,为何在口传诗歌时期,也就是人们还没有对"韵律"有任何理性认知之前,各种语言的诗歌就有那么多重复性的节奏元素的存在。而且,在民谣、流行音乐中,亦以大量的重复性节奏段落来加强韵律感。再者,在新诗中,那些读者熟读能诵的诗句,也大都是采用重复、对称(对比)这些韵律手段。比如"轻轻的我走了,正如我轻轻的来"(徐志摩《再别康桥》)、"卑鄙是卑鄙者的通行证,/高尚是高尚者的墓志铭"(北岛《回答》)、"该得到的尚未得到/该丧失的早已丧失"(海子《秋》)。这些现象,正说明了韵律有潜移默化

① 多多:《多多诗选》,广州:花城出版社,2005 年,第 202 页。

的感染方式,"不约而同"地被分享。

三、对位法:走入多重认知的韵律学

关于自由诗的节奏,哈特曼并不重视复现性的节奏元素的作用,他强调的是一种他称之为"对位法"(counterpoint)的节奏组织。"对位法"本为音乐术语,意谓多重独立的旋律同时在一个乐段中发声,相互配合,形成既对立又和谐的效果,它也是"复调"的主要手段之一。在哈特曼看来,当多种节奏模式相互冲突时,就会构成"对位法"(第25页)。他以一整章的篇幅论述诗歌节奏中的"对位法"形式。哈特曼以弥尔顿的《失乐园》为例,来说明格律诗中的"对位法":

> ...Him the Almighty Power
> Hurl'd headlong flaming from th' Ethereal Sky
> With hideous ruin and combustion down
> To bottomless perdition,there to dwell
> In Adamantine Chains and penal Fire,
> Who durst defyth' Omnipotent to Arms.(第70页)

弥尔顿的诗歌大量使用倒装、省略等,对语法的扭曲几乎达到极限,这是众所周知的。哈特曼认识到,通过句子语法结构的扭曲,每一诗行都具备"自持力",每一行都创造了一种"能量的漩涡"(第71页)。比如"down"本来用来指"Hurl'd"(猛掷)这一动作的方向(正常语序是"Hurl'd Him headlong down..."),但是放在第三行末,就使得它与前面的"hideous ruin and combustion"产生了关联,让这个介词也描绘了它们的下坠之态。我们想补充一点,就是通过倒装,这几行诗的动态过程被完全展现出来,而且让这些介词都具备了动词的效果,从"from"到"with"再到"down",到"to",最后到"in",摹写了撒旦从天上被猛掷下来,着火,下坠,坠入地狱,最后禁锢于镣铐与刑火之中的过程。哈特曼认为,从他的较为宽泛的"韵律"定义(即操控读者对于诗歌的时间体验)来看,这是一种非常高明的韵律手法,它在语法与抑扬格诗行之间构造了一种对位。

在我们看来,"对位法"这个概念(本质上是一个隐喻)对于中国的韵律学研究也会带来启发,甚至对旧诗的格律研究也是如此。它可以让我们避免过去那种将节奏问题同质化的倾向,认识到其中的多重性。关于旧诗的节奏,有不少学者认为其基础是平仄,有学者[如英国翻译家韦利(Arthur Waley)、中国学者吴宓、王光祈等]甚至将其与英诗格律的轻重音所构建的音步相比,认为旧诗节奏之规律性也是由平仄相间构成的。[①]但此说漏洞甚明:古体诗并不拘平仄,但它依然有整齐的节奏,不逊于近体(律诗)。闻一多反驳了韦利的看法,他认为中国旧诗与英诗的音步之排列类似的是"逗"。[②]朱光潜也持类似的看法,他认为"四声对于中国诗的节奏影响甚微",旧诗节奏可与英诗的轻重音步相类比的是顿之均齐。[③]我们同意朱光潜的基本判断,即顿的均齐分布是旧诗节奏之规律性、同一性的基础。但是,四声也并非对节奏影响"甚微"。律诗中平仄之安排和顿逗之分布,是两种不同的节奏因素,它们之间的对立与融合,实际上也构成了一种"对位法",这比哈特曼的例子更接近音乐之"对位法"的含义。这一点闻一多直觉地认识到了。他认为,整齐的顿逗所造成的节奏,会显得"单调",而"救济之法"就是平仄:"前既证明平仄与节奏,不能印和,且实似乱之也。诚然,乱之,正所以杀其单调之感动也。"[④]闻一多观察平仄声调与顿逗节奏之间的张力,而且意识到这正是在均齐的节奏中加入差异性因素,殊为难得。卞之琳在其《重探参差均衡律》一文中也意识到汉诗的平仄安排与英诗轻重交替规律之区别:"我一再说过英语传统律诗以轻重音安排成格,可以行行都是'轻重/轻重/轻重/轻重……'之类,汉语定型律诗却不能平仄(失对、失粘)即不能句句都安排成'平平/仄仄/平平仄'之类,而必须在各句间保持'对'和'粘'。"[⑤]之所以如此,是因为平仄的安排并不是像英诗轻重音的安排那样用来加强节奏的整一性,而是为了在参差变化中实现一种"均衡"。卞之琳所谓"参差均衡律",如若放在"对位法"的视野中,就可以得到更深入的理解了。

实际上,研究传统格律的学者也意识到"对位法"的存在,只是定义有所区别。早在1920年的名著《弥尔顿的韵律》一书中,布里奇斯就讨论了格律与句

---

① Arthur Waley, "Introduction", *One Hundred and Seventy Chinese Poems*, trans. Arthur Waley. London: Constable, 1918. 吴宓、陈训慈合译:《葛兰坚论新》,《学衡》第六期,第10页。王光祈:《中国诗词曲之轻重律》,上海:中华书局,1933年,第2—3页。

② 闻一多:《律诗底研究》,收入《闻一多全集》(第10册),第148—149页。

③ 朱光潜:《诗论》,北京:北京出版社,2005年,第201、212页。

④ 闻一多:《律诗底研究》,收入《闻一多全集》(第10册),第149页。

⑤ 卞之琳:《重探参差均衡律》,收入《人与诗:忆旧说新(增订本)》,合肥:安徽教育出版社,2007年,第397—398页。

法、音节数量等其他节奏因素的"互动"（interplay）。[1]但是，富塞尔（Paul
Fussell）认为："除非在有节制的较为规律的格律作品中，对位法是不可能实现
的；因为变化首先得参照固定的东西，才能成其为变化。"[2]哈特曼反对此看法，
他认为自由诗节奏中也存在对位法。来看哈特曼举的例子，威廉斯（W. C. Wil-
liams）的《阴影》（"Shadows"）：

> Shadows cast by the street light
>   under the stars,
>   the head is tilted back，
> the long shadow of the legs
>   presumes a world
>   taken for granted
> ...（第 67 页）

可以看出，威廉斯的这首诗颇为接近未来派诗人常用的"楼梯诗"形式，三行为一
单元，呈阶梯状排列。哈特曼认为，这首诗歌使用了一种等时节奏，即每一行所
占时长是相同的，并实现了等时节奏与语法之间的对位法（第 66 页）。比如，第
1—13 行基本上是以语法分段来断行，但到第 14 行之后的几行，则打断了语法
的连续性，在语法段落中间跨行，如"That/is"，这造成一种"悬置不定"的感觉，
代替了前面 13 行的那种"镇定的"节奏感（第 69 页）。诚然，这里的分行与语法
的关系确实起到了一定的节奏效果，但是很难在这首参差错落的诗中感受到像
《失乐园》那样强的节奏感以及与语法结构的对位效果。哈特曼承认，若自由诗
行中没有等时节奏之类的节奏形式，仅依靠分行与语法之间的对位来控制节奏，
那么这样造成的韵律很可能就是一种"极弱的韵律"（第 72 页）。实际上，这首诗
的所谓"韵律"就是比较弱的，诗行忽长忽短，几乎感觉不到明显的规律性，那与
此"对位"也无从谈起了。差异性是从同一性中对比出来的。如果"对位"的两者
都是不断变化的一团乱麻，"对位法"就无从构建了。

---

① Robert Bridges, *Milton's Prosody*. Oxford：Oxford University Press，1921，p. 87.

② Paul Fussell，"Counterpoint"，*Princeton Encyclopedia of Poetry and Poetics*，Alex Prem-
inger ed. Princeton：Princeton University Press，1974，p. 155.

　　因此我们需要认真考虑富塞尔那句看似极端的断言,即当诗歌节奏的规律性丧失之后,与之相生相克的"对位"因素也很难起到明显的效果了。但是,自由诗也不是完全没有可能实现这种"对位法",而且相互对立的节奏因素的使用同样是有意义的。前文我们说过,语言因素的重复会给诗歌带来韵律,而自由诗也多使用词语、词组、句式的重复来营造韵律。但是,同时也要意识到,过于整一化的重复(尤其是排比)会使得诗歌节奏显得单调,乏味。实际上,若观察中国郭沫若的诗歌,或者五六十年代的"政治抒情诗"(如郭小川),我们会发现其问题并非没有节奏,而是节奏过于单调,一味排比重复。而下面这首周梦蝶的《摆渡船上》节奏就显然更为丰富了:

> 负载着那么多那么多的鞋子
> 船啊,负载着那么多那么多
> 相向和背向的
> 三角形的梦。①

　　这节诗较好地克制了重复造成单调感。第一行"负载着那么多那么多"在第二行又出现了一次,读者读到这里,预期的是与上一行的"鞋子"类似的一个名词,但是这个名词却没有立即出现,在第三行也没有出现,直到第四行才出现:"梦",这个延宕了两行才出现的"梦"给我们带来了惊奇之感,原来"船"所负载的居然是"梦",这引人深思。如果"梦"在第二行就出现:"船啊,负载着那么多那么多的梦",这种惊奇感就凸显不出来了,而且节奏上也显得平顺、单调。这里的分行、停顿实际上与重复节奏构成了"对位法",以闻一多所谓"乱之"的方式增加了韵律的丰富性。所以,"重复——预期"只是韵律认知的一面,而另一面是"变化——惊奇",这是对位法的真正效应,也是"参差均衡律"的关键。因此,把"对位法"这个音乐隐喻引入韵律学,目的之一在于避免把节奏看作一个单一本质的现象,而是看成由多重因素构成的体系。节奏认知是一个相当复杂、多面的过程,并不是简单的拍子整齐的问题,它涉及预期与突破预期、习俗与违背习俗、声韵与语义等多层面的复杂关系。

---

① 周梦蝶:《周梦蝶·世纪诗选》,台北:尔雅出版社,2000 年,第 26 页。

四、结语

总的来看,哈特曼的韵律认知强调的是对"节奏"的体验和注意力的生成,他关注的焦点是诗行和语法等层面对于节奏的影响。而我们的"韵律"定义强调的是语言的结构特征以及它对认知的"塑形",关注的重心是复现性的韵律结构与差异性因素的作用。在我们看来,哈特曼定义的"韵律"改名为"节奏感"或者"节奏自觉"(rhythmical awareness)更恰切。虽然"节奏"是所有语言都拥有的特征,但是并不是任何语言都能引起我们对其节奏的"注意",我们定义的"韵律",其实在效果上也可以带来这种"节奏意识"。但是,仅仅依靠分行和语法的操控,这样造成的"节奏感"很可能是很微弱的。当然,我们所定义的"韵律"涵盖的种种复现性的结构,并不能囊括所有能够引起"节奏意识"的手段,但是它们依然是这些手段中最基本、最重要的一类,而其中"格律"又是这一类手段中最鲜明、最有可分享性的一种,无怪乎人们经常将"格律"与"韵律"、"节奏"混淆在一起。

节奏问题纷繁复杂,要构建一个同质性的理论体系几乎是不可能的,也是没必要的。我们对韵律的定义与哈特曼相比,不仅强调的重心不同,而且定义的方式也不同:用法国哲学家保罗·利科对定义本身做的两种区分——即"名义定义"和"现实定义"——来说[①],我们的定义更接近于"名义定义",侧重于韵律的结构特征的辨认;而哈特曼的定义(及分析路径)则更接近于"现实定义",它注重节奏意识这种现象是如何产生的,如何在认知——心理上运作,等等。节奏、韵律可以说是人类精神世界里最复杂、最多样的一种(一群)现象了,关于韵律、节奏的定义,几乎每个韵律学家都不一样,更不要说不同文化中的学者了。在我们看来,诗歌韵律研究者不仅需要给出一个自圆其说的、有可分析性的理论体系,而且更需要对自身的特色、角度以及不足有清醒的认识,能够将不同的角度相互联系,这样才能将韵律学从"各执己见"的分歧状态中拉出来。研究韵律可谓"盲人摸象",往往各有所得,亦各有所失,如"盲人"之间能相互补足所得,离真"象"就近了一步。

(作者单位:南京大学)

---

① 保罗·利科:《活的隐喻》,汪堂家译,上海:上海译文出版社,2004年,第88页。

不能承受之真——小说与虚构[*]

黄　荭　Philippe Forest　鲁　敏

黄荭：菲利普·福雷斯特（Philippe Forest）大部分文学作品都源于强烈的个人生活。读过他作品的人都知道他的创作源于什么，《永恒的孩子》和那一份哀悼对他而言又意味着什么。处女作《永恒的孩子》于 1997 年由伽利玛出版社推出，那是对幼女的死"无半点虚构"的回忆，从此写作一发不可收，他一直不停地重写、重现自己生命的故事，以此来探求"'真'之不可破解的奥秘"。最近 99 读书人再版了这本书，想问菲利普，今天你自己如何看待这个文本？时间过去，那份真实在一次次被讲述、被重复的过程中是否依然完好无损？

福雷斯特：我写完《永恒的孩子》已经快二十年了，现在看到中国又出了新版，对我来说有种奇怪的感觉。书写完后我就不再去看了，但记忆依然存在，它以另一种方式不断地重现。写自己的生活，的确是一种奇特的经历。当我们去写寓言或传说，可以说题材是永恒的，但是写个人生活就是另一回事。它没有那么永恒，因为过于个人化。有些书会在几个世纪里不断地被阅读，书写的内容都是个人的生活。所以写作对我而言，并不是保存我的记忆，因为把个人记忆书写出来后就变成了集体记忆。当生活

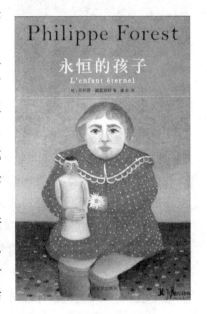

＊　本文是从 2016 年 3 月 29 日下午由南京法语联盟组织在先锋书店举办的"不能承受之真：小说与虚构"文学见面会的会谈记录整理而来。后于 2016 年 6 月 30 日在《文学报》发表（有删节）。

变成书,书往往就会替代记忆,作家会认为书是真实的,反而质疑自己的记忆是否真实,是否真如我所写。因此在某种程度上,想象替代了真实。写《永恒的孩子》时,我的女儿刚刚去世,我还沉浸在巨大的悲痛中,所以我的表达也受到当时心情的影响,悲痛和创伤就永远呈现在这本书里。不过,近二十年时光流逝,在我,这种悲痛肯定有所变化,在我的其他小说里,这种痛苦有不同的呈现方式,我的感受不同,所以写出来的基调和内容也有所不同。

黄荭:法语联盟这次的活动海报做得有意思,绿幽幽的,带着些许斑驳的黑渍,让我想到年代久远的邮筒,杵在那里,承载了记忆,又有些寂寥,仿佛今天读图时代的文学。鲁敏曾经和邮局打过十八年的交道,先是读书,后是工作。"浸泡在这老绿色里的十八年,我对日月有了初步的、体己的感受,我破灭了一些梦,失去过各种东西,有了自己的孩子,变得世故而冷静,但最终不世故、不冷静地爱上了写小说,并决心一去不返。"这十八年的邮局生活是否成了你日后写作的起点?抑或是,这种生活是你想逃离的?是小说给了你"无限刺探的自由、疯狂冒险的权利",让你可以用小说的虚妄来抵抗生活的虚妄……

鲁敏:我觉得每个人过往的生活、你从事的职业、你吃过的食物、你读过的书、你接受的教育、你认识的朋友,其实都是在直接地或者间接地塑造你的审美、塑造你对世界的看法、塑造你的性格、塑造你的取舍好恶,等等。所以说,在邮局工作的那些年,跟其他阶段对我的影响是一样的。我做过很多职业,卖过邮票、拍过电报、做过报刊发行、做过储蓄柜员、行业记者、秘书等等,我觉得这些职业都变成了深浅不一的烙印。在当时你可能不觉得它会有什么作用,因为那只是在生活、在过日子。但是若干年后,它会不自觉地渗入笔下。所以我写过以邮递员为主题、以火车上长途押运员为主题的小说。邮局的那种绿色,那种很老旧的绿色,特别像我们惆怅的感情,就是你对情感的投递、呼唤,或者中途的丢失,这种惆怅跟职业无关,是一种情绪上的影响。

黄荭:我想到鲁敏写的《谢伯茂之死》,这部作品我个人很喜欢,最近也被埃及的译者翻译成了阿拉伯语。在现代社会里,人们基本上已经不再写信了。在鲁敏的这部作品中,谢伯茂是个不存在的收信人,但是邮递员还是孜孜不倦地去寻找这个虚构的人物,我觉得这其中有很深的寓意。请鲁敏谈一谈创作这部作品的感受。

鲁敏:这是一部短篇小说,已经被翻译成了西班牙语、俄语还有阿拉伯语。故事很简单,讲一个邮递员送一封怎么也送不出去的邮件,借此阐释现代人内心的孤独。有时候,我们看起来似乎朋友很多,但是当你想找人说一说自己的内心、说一些关于自己的话时,往往这个人却非常难找到。这部作品里的主人公就是这种情况,他在各种社交平台上都找不到倾诉对象,于是就想到了写信,从收信人的人名到地名都是杜撰的。收信人的地址设置在了南京的老城南。老城南有很多地名在城市变迁的过程中消失了,主人公就找了一个自己喜欢的老地名,用毛笔写在信封上寄出去,但其实信纸上没有任何内容,只是空白的纸张,他却认为这样就能满足他内心的倾诉欲望。收信人叫谢伯茂。拿到这封信的邮递员是个很认真、很优秀、很有职业自豪感的邮差,所有的死信在他手上都能变"活",顺利送到收信人的手上。可是他找遍整个南京城都没有找到这个叫谢伯茂的人。有一天,孤独的寄信人和抓狂的邮递员相遇了,寄信人对邮递员说不用找了,你找不到的,谢伯茂已经死了。换句话说,我虚构了一个人,又让他死亡,讲了孤独如何诞生、向外呼救,又如何把它泯灭、消解在自己的内心。

福雷斯特:我很期待这本书以及鲁敏的其他作品能被翻译成法语。这个故事很有意思,让我想到我们作家就像邮递员一样在传达情感,也让我想起自己的另一部作品——《云的世纪》。

黄荭:是的。《云的世纪》讲述的是你父亲那一代飞行员的故事。航空最初是邮政航空,用于运输信件包裹,后来才有了民航。请你说一说父亲在这部作品中意味着什么,这部书是否也是对一个世纪的告别。

福雷斯特:《云的世纪》和我的其他作品一样,也是跟逝去有关,但我是以不同的方式来讲述的,每次选择的主题也不一样。这是一本很厚的书,讲的是20世纪飞行员的故事,具体来说,是我父亲作为飞行员的故事,他先是在"二战"中做了飞行员,之后在法航工作,直到退休,退休时巴黎—北京航线正好即将开通。这既是一部历史小说,也是一部讲述我个人家庭的小说,与圣-艾克絮佩里的作品有些相似。

黄荭:在鲁敏的作品中父亲也是一个绕不过去的形象。在《回忆的深渊》里,鲁敏写有一篇题为《以父之名》的文章，我看了非常感动。而且，死亡也是你作品中经常出现的主题，你甚至写过各式各样的死法。那么，父亲和死亡对你的写作有什么影响？菲利普的作品给我的最深的印象无疑就是哀悼，固执的哀悼。我想请你们谈一谈，在何种程度上，文学是"置之死地而后生"？死亡在你们的作品中更多是一种美学还是哲学的形式？

鲁敏：其实，死亡是很多作家都会去书写的话题。比如，我跟菲利普的写作状态和领域都不同，但是我们的作品中有一个共同点，就是死亡。大部分时候，我们都会说爱、生命、美好等字眼，但我觉得，其实我们的餐桌上每天都坐着一位看不到的客人——死亡，可是大家不太愿意承认或是接受这个事实，但我觉得它是一个重要的、不可摆脱的存在。写死亡，不仅是感性的事情、不仅是审美的事情，也是一个哲学思考上的事情，是每个作家都要面对的主题。所以我很高兴地看到菲利普在自己的作品中反复地书写死亡，它是我们每个作家、每个生命个体都必须去面对的永恒的客人。在我们每个人的生命中，都会有亲人离去。这种感觉很奇怪，就像，如果你满口的牙齿都健在，你就从来都不会觉得自己有一口好牙，但是如果你掉了一颗，你就会永远感到自己掉了一颗牙齿，即使用高科技手段补上了，但你永远都知道那是一颗假牙。生活中某一亲人的离开或者不在场，让你觉得即使通过各种各样理智的手段来填充这颗假牙的位置，它都无时无刻在以一种假的方式提醒你、警告你、不断地压迫你，告诉你这不是一颗好牙，你比别人少一颗牙齿。菲利普成了残缺的父亲，我成了残缺的女儿，对于作家而言，这种残缺往往是一个非常好的出发点。如果你的生活过于圆满、喜乐、宁静，也许并不能提供理想的写作土壤。说起来比较残酷，但这是个事实：不足的生活、残酷的生活、被压迫的生活、不自由的生活等等，往往会成为最好的写作土壤，在这里可能会产生鲜花、臭虫、肥料等等，你能想象到的一切都会产生。所以，我一方面感叹死亡和残缺，另一方面也在非常仔细、非常贪婪地占有这件东西。我觉得艺术家有权力去处理这种残缺。

福雷斯特：我非常赞同鲁敏女士的观点，作家有权力去写自己的过往、自己生命里的不完整以及不幸,甚至说,作家有义务去书写这方面的内容。文学让我们可以去思考、去寻找一些问题的答案,哪怕这些问题是无解的。哲学、科学、宗教都在寻找人生和世界的答案,这些学科有时候能够很好地解释某些问题,但有时候并不能找出答案,而文学却可以带着我们去探寻这些无解的问题。文学家有权利去谈论死亡,但是不能随意地去谈论,而是要带着爱去讲述死亡。

黄荭:刚才菲利普说,哲学、科学和宗教不能解决的问题,我们可以通过文学去讨论、去思考。记得两年前鲁敏送过我她的一本书——《九种忧伤》,还题了词:"有文学,不忧伤"。幸好我们还有文学。书名是九种忧伤,但实际上只写了八个故事、八个忧伤,那么第九种在哪儿呢?可能是读者的忧伤,芸芸众生都会有的各自的忧伤。忧伤不仅是鲁敏作品中经常出现的内容,也是菲利普常常书写的主题,忧伤可以是个人的小忧伤,也可以是国家、社会层面很真实、很现实的忧伤。比如《不食》,说的是对食品安全隐患之忧。类似的短篇小说鲁敏写了很多,都带一点寓言的色彩,既有些光怪陆离,又有些警世的意味,这种写作方式也是中法两国作家都比较擅长的。想请两位作家就"忧伤"的话题和寓言的写作方式来谈一谈你们的想法。

鲁敏:我觉得首先应该把"忧伤"这个词去魅化,因为很多词都已经被网络改变得很奇怪,比如"远方"、"理想"、"诗意"成了很反讽的词语,我们好像不敢再去碰它们了。但是如果回到"忧伤"的本意,我在这里是表达一种愁苦乃至怒目金刚。现在的所有娱乐方式,比如旅行、美食、拍照,都在提醒我们要笑、要开心,好像开心才是我们生活的全部内容、全部追求。可是作为一个作家,我就是喜欢愁眉苦脸的人。忧伤是一个完整的人性的一部分,生活中有很多不如意的、向下的、负面的东西,可以通过文学、艺术、歌曲等等去宣泄出来。我的《九种忧伤》里是有些寓言性,比如在一个故事里,有个人家

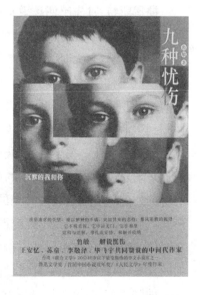

养了鸽子,妻子想吃鸽子肉、鸽子蛋,因为很补养。可是丈夫却觉得鸽子的飞翔、飞翔的消失,这种人和理想、人和飞翔、人和理想的消失之间的关系更能吸引自己。一个追求肉身的健康,一个追求精神的寄托、灵魂的痛苦和追问。可能很多

人都觉得肉身是需要补养的,但其实我们的精神也是需要的。《九种忧伤》这部小说集大致就是想呈现这样的思想。

黄荭:菲利普的《薛定谔之猫》在中国出版时,我请鲁敏写了推荐词,她是这样写的:"我们在思考,同时脑中空空。我们在阅读,同时目无所见。我们在吞咽,同时饥肠辘辘。我们在爱恋,同时冰冷无情。《薛定谔之猫》像巨大但和气的阴影,覆盖着软绵绵的生活,所有那些无聊、衰败的时刻。"这样一段话其实也可以用来描述鲁敏自己的作品。在某种意义上,两位作家的作品之间是有共鸣的,因为反映的都是这些"无聊的、衰败的时刻",而这样的时刻也是我们曾经那么在意、那么爱恋的时刻。《薛定谔之猫》的第二十八章叫"一滴忧伤",菲利普写道:"每个人都背负着一只承载忧伤的罐子,一滴微小的忧伤足以使它漫溢。而且一不留神,它会从四面八方流淌出来。我们感觉随时可能哭出来,但不知是为了什么事、什么人。这些眼泪和世上所有的悲伤一样,不管是自己的还是别人的,是大悲还是小戚,因为它们同样表达了面对光阴无情的感伤。时间带走一切,它把我们钟爱的一切一个接一个推向虚无,不留给我们任何可以依赖的东西。"那么菲利普,谈谈你所理解的"忧伤"?

福雷斯特:首先感谢鲁敏女士为《薛定谔之猫》写的推荐词,我也很认同她的观点。无论我们生活在什么样的社会中、环境里,都会感到周围有种幸福和快乐对我们的专制,它无时无刻地包围着我们,在我们身上施加它强大的力量和影响,一直在制止或者诱惑我们。但其实,生活的底色是忧伤的、悲伤的,甚至是悲剧的,我们需要用忧伤和悲剧去对抗幸福和快乐对我们造成的压力和专制,如果回归到生活的真正核心上,就会看到它是忧伤的,这是文学的一种功能,也是文学家的一个责任。关于寓言,我想说,人类最初的故事就是以寓言、神话和传说的形式来表述的,这也是文学的起源。而且当一个人还是孩子的时候,父母给我们讲的睡前故事也是这种类型的。所以说寓言和故事是文学最初的、最基本的形式。后来的先锋派让小说变得更加复杂、离文学最初的本质越来越远,不过我在写作的时候,还是想回到讲故事的功能上。虽然我的作品很多时候具有哲学上的含义,但我还是想尽量通过讲故事的方式来书写,这也是文学家不应该放弃的一种讲述方式,因为读者喜欢听故事,他们需要故事,这种书写也是在把现代的先锋文学和最初的文学形式联系在一起,比如我在《永恒的孩子》里就写到了《彼得·潘》和《爱丽丝梦游仙境》。

黄荭:菲利普在自己的书中会写到其他作家的作品,可见好作家很多时候首先是个好读者，阅读对写作有着很大的作用。我知道菲利普的阅读量非常大，这也可能跟他是文学批评家有关，比如雨果、马拉美、普鲁斯特、罗兰·巴特、乔伊斯、夏目漱石、大江健三郎……他也阅读了不少中国文学的法译本，包括中国的古典文学，如《红楼梦》《水浒传》《西游记》，同时他也非常关注中国当代作家，如莫言、余华、毕飞宇、韩少功。我想请菲利普谈一谈阅读对写作的影响，你又是如何看待中国当代作家的写作的？

福雷斯特：我其实还不能算是非常了解中国文学。但十几年来，我多次来到中国，有机会结识了许多中国作家，与他们对话，就像今天有幸在此和鲁敏交流一样，这对我而言是十分重要的。我认为阅读、了解、关注外国文学是非常重要的事情，因为文学既是国家的也是世界的，文学中有全人类共通的地方，我们可以通过文学去了解其他的国家和民族。我们在电影院、电视，甚至是一些书上看到的内容，都呈现出一种均质的、全世界都一样的、贫乏的形式。因此，为了打破这种霸权，我们要关注世界文学的多样性，要听到别样的声音。除了中国文学，我也在关注其他国家的文学。十五年前，我开始接触日本文学，并开始对日本作家的作品发生了很大的兴趣。我对中国的古典和当代的文学作品都很感兴趣，但是还不够了解。去年，我读了《西游记》，今年，我的行李箱里又多了一本《水浒传》。我也阅读当代中国作家的书，比如，在莫言获得诺贝尔文学奖后，我被邀请在巴黎举办的一个关于莫言的写作研讨会上做总结发言；不久前，我在一本法国文学批评杂志上发表了一篇很长的文章，谈刚译成法语出版的毕飞宇的《苏北少年"堂吉诃德"》。这本具有自传色彩的非虚构作品很是打动我，标题很有趣，这本书讲述了"文革"时期身在乡下的一个中国少年的经历，却有西班牙古典时期"堂吉诃德"的影子。而作为法国作家，我也希望在中国文学中找到回应。

黄荭：那么，鲁敏，你最喜欢的外国作家有哪些呢？

鲁敏：外国作家读的中文作品往往仅限于莫言、《红楼梦》，而中国作家长期对外国文学的吸纳可能会占到阅读量的百分之五十，当然这要归功于各位翻译了。菲利普强调不同国度的作品对本土作家的影响，我觉得中国作家在这一点上，既幸福又不幸。因为你看到全世界有那么多非常优秀的作品，然而你终其一生能否达到那样的高度？但阅读外国文学作品对于写作来说也是个很好的参照，因为你会知道什么是顶尖的写作，哪怕身处小乡村也依然可以知道世界上最好的写作水平在哪里。我个人喜欢的外国作家和作品太多了，像伊莱娜·内米洛夫斯基的《法兰西组曲》、法国哲学家阿尔都塞的自传、罗曼·加里的《来日方长》、塞利纳的《茫茫黑夜漫游》还有纪德等等,再比如日本的三岛由纪夫。中国作家是一个兼容并济的群体,我们的清单上会列出一大串外国作家的名字,然而外国作家对中国作品的了解就很少了。这也牵扯到文化输入输出的问题,中国作品输出之路漫漫其长。

黄荭:刚才鲁敏也谈到了译介的问题。国外的版权机构或者代理人常常对中国作家有一种类似"海外订制"的诉求,要求作品展现符合他们想象的中国的样子。曾经有一个在德国工作的法国人古维兰女士,她的职业是金融领域,但她对心理分析很感兴趣。她偶然看到鲁敏的小说《取景器》,想翻译成法文。关于翻译的问题你们之间互相发了不下二十封邮件讨论。她有没有成功翻译你的这部小说?最终是否出版了呢?

鲁敏:关于"海外订制"的问题,各个国家的版代总会对我们提出一些非常具体的要求,比如说意大利出版人要求"非虚构的、最好是出人命的"故事;比如德国版代要求讲述"女性的都市情感,当下年轻人在都市中苦苦挣扎"的作品。我觉得他们对中国文学的眼光具有新闻纪实的期待,西方读者很想了解中国在发生什么,人们如何生活、忍受生活。但是我一直认为,文学的内涵和外延是大于新闻的,不仅要反映现实,还要反映普遍、深沉、内在的感情。国外的读者好像在打量远道而来的远房亲戚,他们首先关注的是你的衣食住行、外貌形容、是否辛苦,但关注不到你的内心,关注不到你是否也经历了亲人离散、是否也有理想和精神寄放。这就导致了输出时双方期待的差异性:我们的作家在写作时依然希望写我们的内心、写我们的精神、写文学的永恒的主题,比如死亡和爱。但是国外的出版业更希望看到一些表面化的、社会性的或者新闻性的作品。所以说,这种差异导致了我们文学和艺术输出的延后。

关于那个作品的翻译,她是一位在德国生活的法文译者,看到我的中篇很喜欢,我们通了很多封信。我感觉翻译之路是很艰难的,很多我们看来很简单的问题,在她看来会有些困惑。比如一个人袖子上戴着"三道杠",她不明白什么意思;或者我引用的一句古诗"吴刚捧出桂花酒",就更没办法理解了。她完成了作品的全部翻译,但由于这篇小说所写的就是人的内心、是情感流失,不是那种时代动荡的纪实,所以很遗憾,它现在还躺在那位法文译者的电脑里。

黄荭:我个人十分喜欢鲁敏的写作,相信有朝一日一定会被译成法文。今年1月我在法国参加了第一届关于菲利普创作的学术研讨会,我私下问菲利普,你写了《误读之美》《东京归来》这些谈论日本的书,是不是也应该写一本关于中国的书，或许这也是一种"中国订制"。你会参考我这个订制意见吗？你接下来的写作计划和方向是什么？如果不迷信的话，可否谈一谈下一本书的创作？

菲利普：我在法国刚刚出版了一本很奇特的书《一种幸福的宿命》，是以字母 A、B、C、D...的顺序来写作的，26 个字母都将展开来写。灵感来自兰波的诗歌《元音》，每个元音对应一种颜色。这本书属于自传体。我的下一部小说将在 9 月由伽利玛出版社出版。在这方面我有点迷信，所以暂时保密。至于关于中国的书，我有时候会在脑海中酝酿一些想法，形式可能类似《然而》。

鲁敏：听到菲利普的新书介绍，我觉得菲利普在创新上特别具有探索精神，可能因为他是先锋作品的研究者。我觉得中国作家，尤其是我，特别要向他学习这一点。他的《然而》里有游记、有人物传记、有评传，有非虚构，也有虚构，文体跨界比较灵活、轻灵，不会很"重"。二十六个字母这本书也应该是比较创新的体裁。再比如《薛定谔之猫》，是量子小说。中国作家很少会碰这种高科技宇宙论之类的东西，在这一点上，菲利普非常值得我们学习。

（作者单位：黄荭，南京大学；Philippe Forest，Université de Nantes；鲁敏，江苏省作家协会）

两　地　诗

王德威

　　骆以军是当代华语世界的重要作家之一,宋明炜是美国名校韦尔斯利学院教授,近年来以科幻研究见知学界。骆以军生于台湾,并以台湾为创作基地;宋明炜来自大陆,长期定居美国。两人天各一方,却缘于文学热情成为好友。甚至"好友"不足以形容他们的关系;他们是彼此的知音。

　　这是一种奇妙的缘分。他们藉网络互通有无,谈抱负谈创作谈情怀,每每不能自己。言之不足故嗟叹之,嗟叹不足故歌咏之,遂有了诗。他们的诗作有的空灵抒情,有的充满人间气息,原非刻意为之,合成一集,却有了巧妙的对应。《白马与黑骆驼》是他们各自跨越时空、专业、想象界限的尝试,也是友谊的见证。

　　《白马与黑骆驼》不全然是古典或浪漫的,个中另有奇趣。诗集原名《合肥集》,其实"合肥"无关中国地理,就是两个胖大中年直男的重量级告白。他们幽了自己一默。曾经在美东见证这样的场面:梭罗不食人间烟火的瓦尔登湖畔,但见胖嘟嘟的白马、黑黝黝的骆驼信步走来,果然举足轻重。奇妙的是,他们写起诗来,倒是举重若轻。中年维特的烦恼,资深徐志摩的忏情,经过淬炼,乃成为歌哭的真诚见证。人生本来就是复杂的,诗人不能为体重负责,诗人只为最纯粹的文字负责。

　　以军、明炜和我的因缘其来有自。回头看去,大约是1992年吧,我应台北艺术大学戏剧系陈芳英教授之邀作课上演讲。以军正是她的学生,当时刚赢得文学大奖,成为文坛瞩目的新星。文字里的骆以军世故颓废,流露一股痞气。殊不知见了面却是个粗大羞涩的男生,结结巴巴,简直有点手足无措的样子。我们胡乱应酬几句,大约不离努力加油等陈腔滥调。之后几年,以军进入创作爆发期,《我们自夜暗的酒馆离开》《妻梦狗》《月球姓氏》……相继出版。他的文字华丽枝蔓而隐晦,读者却趋之若鹜。的确,我们是以读诗歌的方式读他的小说。

　　1995 年，以军自费出版诗集《弃的故事》，俨然现出他骨子里的诗人真身。诗作以远古"弃"的出生神话作为核心，述写世纪末的荒凉境况，生命舍此无他的临界选择，还有"爱"作为救赎的可能与不可能。"弃的诗学"于焉兴起，成为他创作最重要的母题。现实人生里，他正面迎向重重考验。《远方》讲述父辈故乡有如异乡的遭遇，《遣悲怀》写故人之死带来的巨大悲怆，无不来自个人经历。《西夏旅馆》铺陈族群灭绝的史话/寓言，残酷而凄迷，则是"弃"的诗学的极致发挥了。

　　2000 年夏天，我在上海初见明炜。他申请赴美获得多所名校奖学金，最后选择我当时任教的哥伦比亚大学。犹记得在虹桥机场一眼就认出明炜，地道山东大个儿，满脸诚惶诚恐。还没等到行李，他已经进入正题，报告博士论文打算作青春与中国，一路谈到旅馆，欲罢不能，虽然他的妻子秋妍提醒也该让王老师休息了。但谁能挡得住明炜的热情？第二天同赴苏州会议，一路继续谈未来计划。五年之后，他果然以此为题，完成论文。

　　明炜敏而好学，尊师重道，家教颇有古风。但在温柔敦厚的教养下藏着执着与激情，每每一发不可收。这令我感动，但要到几年后访问他的家乡济南，才算恍然大悟。他陪我游大明湖，匆匆介绍名胜景点后，来到一处人烟稀少的院落。他告诉我十六岁就出入这个地方，与各角落走出来的民间诗人往来，每逢佳日，各自将得意之作挂在铁丝线上晒衣服似的公诸同好。那是抒情的年代。明炜为自己取的笔名叫大雪。这是白马的前身了。

　　以军、明炜初识于 2005 年我在哈佛大学主办的一次会议上。那应该是海外华语语系研究首次大型活动，出席作家有聂华苓、李渝、也斯、黎紫书等。明炜正在哈佛大学担任博士后研究，躬逢其盛，与以军一见如故。他们往来的一些细节我其实是后知后觉，但记得明炜 2008 年来台开会时见到以军的兴奋。此时《西夏旅馆》刚出版，以军的搏命之作。那样繁复壮丽却又充满忧郁与非非之想的作品，是以身心健康换来的。而明炜的生命似乎也酝酿某种不安。这两人开始有了同病相怜之叹。几年之后上海又一次相聚，一天一大早旅馆餐厅见到他们正儿八经地聊失眠，聊安眠药的处方和药效，如此同仇敌忾，简直要让我为前一晚的呼呼大睡而惭愧不已……

　　过去十多年，以军和明炜进入人生另一阶段。以军靠写作维生，出了不少品质时有参差的书；明炜则忙于种种等因奉此的学术活动。以军游走文坛，谈笑风生，殊不知身心俱疲；明炜的学问做得有板有眼，却时而闷闷不乐。仿佛之间，他们陷入自己设置的黑盒子。然而现实越是如此紧迫压抑,反而越激发找寻出口的想象。2014 年以军出版《女儿》,从科幻角度介入他擅长的伦理荒谬场,令人耳目一新。之后《匡超人》《明朝》等作形成一个类三部曲的系列。与此同时,明炜已经开始他的科幻研究。刘慈欣、韩松、王晋康……曾经的边缘作家陡然成为时代新宠,明炜的推动功不可没。

以军和明炜有如不同轨道上行进的星球,却每每相互吸引。他们对异托邦世界的迷恋,对宇宙幻象的遐想,对人性幽微面的惊诧,对巴洛克、曼陀罗、波拉尼奥(Roberto Bolaño,1953—2003)美学的亲近,不都是在现实以外,拟造、遥想另类空间?归根结底,那正是一种由诗和诗意所启动的空间,唯有诗人得以一窥究竟。事实上,不论小说创作还是学术研究,以军和明炜其实从来没有离开他们的青年梦境太远。在梦里,正像刘慈欣的《诗云》所描写的那样,大地沉落,星云涌现,定眼望去,那星云其实是无尽的诗行翻腾搅扰所形成的文字奇观,浩瀚瑰丽,弥散天际内外。

《白马与黑骆驼》就是以军和明炜徜徉诗云所摘落的一二结晶吧。明炜的《白马》如是写道:

> 冬天的梦里,夏天丰盛如节日
> 我呼出的白色的气息,在记忆里变成冰,化成水
> 白马从梦的池塘饮水,飞奔着穿过我们来不及写完的故事

他的诗随“兴”而起,饶有象征主义的风格,每每令我想到青年何其芳和梁宗岱。有时他也是阴郁的困惑的:“睡到懵懂的时候,听见有人说未来/声调如打卡机那样单一,冗长不断重复/2049,2066,2079,2092……”[《无题(听见有人说未来)》];“你悲痛,所以我忧伤/除了我之外,还有另一个我/你走去哪里,我也在哪里/你在荒野流浪,我也居无定所。”(“Wuthering Heights”)。他的诗充满与诗人与画家的对话,《纳博可夫的梦》《十九世纪浪漫曲》,阿赫马托娃(Anna Akhmatova,1889—1966)、莫迪里阿尼(Amedeo Modigliani,1884—1920)……一个世纪以前的现代主义丰采,恍如昨日。他喜欢巴尔蒂斯(Balthus,1908—2001)的画,抽象与具象之间,迷离的梦中风景动人心魄。那首《中国》充满巴尔蒂斯画面感,此时此刻读来,怎能不让人喟然无语:

高速公路上那些疾驰闪过的记忆里的影子
照亮灰色无云的天空
远方楼群无声地绽放红花
有许多魂灵向四处坠落

每一次渡江我看到此情此景，时间都逆向走动
回到那个许久以前的时刻你问了我一个问题
而我永远错过了回答

相对明炜诗风的飘忽灵动，以军的诗歌总是承载某种叙事性，这也许和他作为小说家有关。但就在读者以为他的故事将要结束，他脑洞突然大开，又转入另一层意象堆栈。以军的诗看似直白随意，总似有隐忍不发的郁闷。弃的惶惑，废的徒然，燃尽的梦想，沉沦的家国，最后最后，没有明朝：

是我闻到自己肉身被火葬的气味吗
是我的大脑神经丛　　曾经一团团发光　　洒开的银粉　　玻璃裂纹
般的发亮细丝
它们都像宇宙中熄灭的白矮星
整个星空大厅的灯没入全黑？（《忏悔文》）

和明炜一样，以军的诗毕竟不能对现实无感。这些年来他身处快速变化的社会，跌跌撞撞。是非如此混沌，诗反而以其隐晦直指事物真相。他写常玉，恐怕自己也心有戚戚焉？

这样的痛苦让我
几乎　　几乎
要放弃脚下踩踏的地板

这样的痛苦让我
想举起小金锤
往你的头额砸去

裂迸喷出的黑光　　千万洒纸花般的蝙蝠

原始之前　　天地绝　　鬼神哭之前的

猿类眼中所见的闪电　　火山爆发　　洪水

乌鸦拖出尸腔白肠子

没有任何想象力（《常玉2》）

　　然而诗歌抵抗诠释，而有赖诗人和理想读者间的默契。可以是一闪而过的灵光乍现，也可以是直见性命的心领神会。更多的时候是无可奈何的错过。以军和明炜何其有幸，跨越种种距离，发现共鸣的可能。他们谈诗写诗，时有唱和，成为彼此最佳读者。以军赠明炜的组诗提名"但使愿无违"，典出陶渊明"衣沾不足惜，但使愿无违"，这是朋友之间最大的寄托了。

　　白马与黑骆驼可能只是浮沉"诗云"中极其渺小的星球，但无碍彼此以诗会友的壮志。我见证他们多年友谊，不禁联想起现代文学上的一段佳话。"人生得一知己足矣，斯世当以同怀视之。"在另一个时空里，曾有如此惺惺相惜的朋友，世道如此浑浊，他们却不顾艰难，彳亍同行。前人风范，虽不能至，心向往之。

（作者单位：哈佛大学）

"但使愿无违"

骆以军

    我第一次见到明炜，是在 2005 年，参加王德威老师在哈佛大学办的一个研讨会，当时有许多前辈作家，包括我第一次见到聂华苓老师，和李渝（我年轻时可是一字一句抄读她的《温州街的故事》啊）。记得那晚，众人聚坐在杜维民先生邀的燕京图书馆，随意畅谈华文小说。当时或已夜深，或我尚处在因时差未转换的半睡眠状态，我觉得一室的人，都像鲁迅讲的版画里，一种光与影互相颠倒的刀刻线条之感。大家说话都像在说梦话。我记得我（当时我其实才三十七八岁）提及台湾年轻辈有几个非常好的小说家，如童伟格、伊格言、甘耀明，但文学环境愈见艰难；而那时那么年轻的明炜（当时好像是在哈佛大学做博士后），则以一种像大提琴演奏的嗓音，讲着朱文、韩东（我当时完全没听过）这些也是"六〇后"非常有原创性的小说家，可惜因某个无端的事件，但（读者，或评论者）错失、错过，而他们好像后来也离开小说创作本该出现的高峰期。这种谈起一个"本来该是这博物馆这面墙挂着的一幅精彩画作"，一种对文明原本该以巴洛克建筑般的多品样出现，但像《红楼梦》中的宝玉发呆气感伤一陌生女孩之死，是我最初对如此年轻的明炜的印象。后来众人散去，夜色中我和妻，与明炜和秋妍，还在朦胧街灯、高大树影下，意犹未尽地谈论西方的那些小说家、日本的那些小说家、拉美的那些小说家，像昆德拉、奈波尔、鲁西迪这样的小说家，然后感慨华文现代小说一百年后，品类还是略窄，种种。总之，那于我像是开启了一场"关于小说的漫漫长夜"，未必在酒吧，但在其后的二十年，拆分不同章节，我与明炜每次相遇，就如古人秉烛夜谈，他像是开了哆啦Ａ梦的时空门，每次分隔几年重逢，这之间他又去了哪些不同的城市、不同的国家。

    一次是明炜来台北开会，当时我还开车，还身强体壮，意兴风发。自荐当向导开车带他上阳明山（我可是老阳明山了），分享几个我的秘密景点。那时好像是冬天,山中大雨不停,山路间云雾笼罩,什么风景都看不见,好似我那样开车在山里绕着,雨声和车子雨刷声,非常奇幻的,明炜开始跟我讲一本小说《洪堡的礼物》,那像一千零一夜的说故事时光,他充满对这个故事的热爱,简直像古代说书人,把全本的几个人物背景、深层的创作者内心的迷失与创作、美国那个时代大诗人与社会名流阶层、电影圈的牵扯,充满暴得大利的名利场背景,主人公对他亦师亦友的过气大诗人"洪堡"(我听明炜整趟说下来,一直以为那名字叫"红宝"),他整个巨细靡遗地跟我说不同章节,这主人公的命运遭遇,光怪陆离地掉进一个偷拐抢骗的高级诈骗黑洞。我记得我听得如此着迷,一边缓慢开车在山中云雾腾翻,车前灯照出可见视距不到两米的"不知此刻我们在哪里",但听得我抓耳挠腮、张大嘴巴,意识到身旁这人,和我一样是个"小说痴人",说起好小说,那个鸠迷沉醉,简直像我俩是在《海上花》那时代的长三书寓的鸦片床上,各咬着根烟管,半梦半醒地说庞大如佛经、空色一境的《红楼梦》,那么欢喜畅快弹奏着灵魂的琴弦。

这事过去了怕有十年,有一天,好友黄锦树君寄了一本厚书给我,说他买错多买了一本,便送我(他常干这样的事,可能是诤友老觉得我不读书,转个方式寄些书给我),我一看,不就是当年明炜在那山中云雾乱绕的车上,说了三四个小时给我听的《洪堡的礼物》吗?当时我已进入到这几年身体急遽损坏的状态,阅读状况确实不比从前,那两年只有波拉尼奥的《2666》和《荒野追寻》,每天书包背着其中一本,到小旅馆一读再读,书都被我读烂了。除此之外,朋友介绍一些新的、国外某个很厉害的小说家,我都恹恹读不太进去,我自己觉得是天人五衰,不只作为小说创作者的这个我枯萎蜷曲,连作为小说读者的那个我也失去了"至福的能力"。但收到这本《洪堡的礼物》,我自然回忆起许多年前,在阳明山"雾中风景"听明炜娓娓叙述的那个糅杂了古典诗的乡愁、费兹杰罗式的浮华奢夸(但是在当时新兴的芝加哥)、偷拐抢骗的可能在《儒林外史》《金瓶梅》或《红楼梦》中,像织布机那样线索错综的,建立在浮名、贪欲、女色之间的"黄金时代的忏悔录"。我意外地深深着迷,读进去了,且像愚钝之人才迟到地体会多年前,明炜跟我说这个故事,后头的百感交集。我受此书启发,后来写了《匡超人》,我缺乏上流社会见闻,但写台北的文人心事、偷拐抢骗、真情与谎言混杂的热闹——一个我的时代的浮世绘。

这于是,明炜于我,都是隔了好几年,在梦游般的某一座城市,两人像魏晋人那样对座,而他都如此自然,像琴者拿出一把古琴,在我眼前高山流水地弹奏起来，不，他都如那次在阳明山对我说《洪堡的礼物》，以一种对那些小说真挚的热爱，跟我说几个小时。2010年在复旦大学，王老师和陈思和老师办了一个超大的研讨会，莫言、王安忆、余华、苏童都到场，一场一场的座谈，但好像最后一天明炜主持了一场当时还都颇小众的中国科幻小说的对谈，我没去听，但据说整个爆满，现场气氛极热烈。我对所谓科幻小说只是门外汉，对当时已撞开沉闷文学空间之门的中国科幻小说更一无所知。但那晚，明炜来我饭店房间，啊那像神灯魔法的一千零一夜说几小时故事的时刻又启动了，他一则一则跟我说刘慈欣（那是我第一次听到这个名字，当时也只有短篇，还未有神作《三体》）的《乡村教师》《流浪地球》、韩松的一些怪奇又暴力的寓言、另一些年轻科幻小说家的作品。我真是听那每个故事，都像唐传奇或聊斋里的极品，真是大开脑洞、不可思议，但明炜像一个分享他整本神奇宝贝卡给他好朋友观赏的小学生，完全不知疲倦为何物，我记得那晚听着一则一则梦幻奇怪的科幻小说，听到两三点，我整个大脑内存都濒临崩溃，记不下那许多折缩的故事档了啊。

之后又过了几年，我和黄锦树、高嘉谦、另一些师友，到哈佛大学参加王老师办的一个研讨会，那时身体已像连环炸弹的最初几次爆炸，那趟旅行对我或也是我人生最后一次飞这么远、这么久吧？那次旅行非常快乐，有一天众人还去梭罗的瓦尔登湖畔漫游，北美秋天的枫红真是摄人，漫天漫地都是那种金红色。明炜在韦尔斯利学院任教，有点地主之谊，有天我和锦树还去了他和妻子秋妍的漂亮房子，吃了秋妍亲煮的炒米粉。那天下午，明炜当导览，带着大家参观哈佛大学的博物馆，我很难描述我对那个记忆的感慨，我对这些印象派谁谁谁的画作一无所知（这几年比较有在网络上补课了），对那些北魏的佛头、唐三彩、宋代窑瓷、明代青花、清三代珐琅彩，全无知且无感（也是后来几年勉强补了些课），对什么两河流域、埃及、希腊的雕刻或陶瓶或铸铜，也是像傻瓜看洋片，在那些玻璃展柜前说些屁笑话。但明炜就像这间博物馆是他家巷子口的土地公庙，他已无数次进来，就差无法穿透玻璃墙去抚娑它们，解说时那种像自己亲人、恋人的爱意，完全不受我们其他人因为对艺术品或艺术史的隔陌，且在这样短时间旅途行程中安排的"一次参访"，露出的调笑与高中生式耍废，他如此真挚、傻气、意兴湍飞跟我们说着一件一件艺术品迷死人的身世，只恨时间不够啊。之后又带我们去哈佛大学旁的一间美丽的书店，因为全是原文书，我又是像鸭子被牵进雷神们的兵器库，无任何可以进入平台上柜子里任一本书的想象通道。锦树是书痴，到了书店就快乐起来。而明炜又以那种温柔但任性（又像小学生带他的好朋友参观他的秘密宝库)的真情，说着他最初到美国，在哥伦比亚大学，如何如何和一家小书店的情谊，在另哪座城市，又是哪家书店他去帮他们干了几个月免费杂活，只为能待那一直看书。

也许那时我心中就浮现了"白马与黑骆驼"这个对照组的两个"梦中动物"，它们未必属于光、未必属于影，但很奇妙的，我其实大他六七岁，但他着实很像阿难博学聪慧，像所谓"希腊性"那样的宽阔多样。生命很多时刻其实是开了我一个"新手印"，全新打开另一个世界的启蒙者，但并不是老师，更像少年玩伴，真心实诚，且因慷慨的个性，完全不保留倾心相授。我生长于台北旁的小镇永和，我父亲是 1949 年只身逃难到台湾来的，"因此有了我的叙事景深"，我青少年时光如侯孝贤、贾樟柯电影里那种小混混，那也成了我日后写小说始终和正常人世偏斜了视角的说故事气质。但我好像不曾遭遇像明炜这样的朋友，他生于新中国，但似乎少年时就开了写轮眼，他外公那边好像和国民党有关，因此包括他母亲、舅舅、至少四五个阿姨，在"文革"时都受到不同苦难，但又各自因从小家庭的新文艺教养，各自展开成向往新时代新空气新文艺但终一整代被耗损的女性史(后来我读过他的一篇未来小说的大纲，他的母系家族，故事真的太精彩了，完全不输《追忆逝水年华》或《红楼梦》)。他在近几年发表的几个短篇，写了当时他还是少年，但已被一群怪人(像江湖奇侠般聚会的诗人)视为天才。等我在后来这十多年快二十年间，遇到的明炜，已在美国略能生根，在名校任教，且成为将中国科幻小说引介到西方的重要推手。我想说的，是他与我简直像颠倒、序列里的每个基因密码都差异的这样一个大脑、灵魂，我与他之间竟发生着这样的友谊。最初相识，他给我的印象是艺术、文学、古典、现代皆完好教养的一个奇特的"大脑袋"，但时光拉长，几次的相见(中间都隔了几年，所以两人各自人生际遇，都像要用遥控器快转影片，今夕何夕)，我慢慢发现他性情里和我极对拍的，孩子般的真情、永不停止的好奇心、对一些美好未来愿梦的容易感动，他完全没有学院气。

这样说好像一个颠倒至太对称的"两地书"，但其实我们都已换乘过不同年纪河流的渡轮、胶筏、小舟(明炜可能更还有跳空间移动的宇宙飞船)，很奇妙的，是可以品尝一会因时光陈放的，有些各自对文明、对景框不可思议的裂渍、苦难仿佛永劫回归无法超度，这些带点微醺的，友情的，以诗的形式，遣悲怀、寄缺憾、文明想象的畅恣激情、难以言喻的"只有此刻的我看见这样的美景"，我觉得这是一本无比美丽的小书。它让我相信，人最后，如此渺小，譬如宇宙星尘，在从前许多同样黑暗、绝望的时代，但乱世中得遇心智、品德皆高于自己的知交，即使"人生不常见，直如参与商"，即使说起自身，"浑似不欲簪"，但那个抚琴弹奏、对酒当歌的友谊的快乐，那真是奢侈、幸运的事。其实很像多年前，我孩子小时，我伴读时读过一本外国绘本，讲两只小老鼠的友情，其中一只，总是在世界各地旅行，另一只则是不出门老待在自己小小的老鼠洞里，但前者总会从世界各地、各城市寄来不同的明信片，短短讲述它看见的某个风景、遇到的某段有趣故事。而后者则快乐地、静静地生活着，等着这些不知老友又从地球哪处发来的明信片。我觉得这是描述这些诗的背景，最童话的样态啊。我这几年因病，常说起话来叨叨不休，怕给这本轻灵互奏的诗集添乱，就此打住。

是为记。

（作者单位：香港科技大学）

"在看见彼此的瞬间，分形出另一个世界"

宋明炜

以军写到我们第一次相识，我记得那时美东已是深秋，阴天还是雨后，红红黄黄的凌乱秋叶点缀在预备抵挡严冬的黑色树木枝干之间，世界颜色都变得深了，在那背景上，好像电影镜头突然仰角打开明亮的画面，我们看着以军和他妻子的年轻快乐无忧的面孔，那时候我们也都很年轻吧。那一年，以军不到四十岁，我才三十出头而已。那时还是 21 世纪初，不算太平盛世，但人们似乎都至少期待新世纪不会比 20 世纪更坏。我读以军回忆我俩的交往，一路写下来，过去十几年在上海、台北、麻省的几次重逢，在混沌记忆中点亮许多星花旧影，让经历的一些时间又活过来。我想起，有一次以军（可能是正在旅馆熟睡被我吵醒后）在电话里对我说：明炜，明炜，我们要保证，过很久以后，等你到四十多岁快五十岁，我到五十多岁快六十岁，我们还要像现在这个样子啊！他会这样说，大概因为我前一晚拉住他刹不住车地狂聊科幻到半夜，可能真的让他一夜没有睡好，实在所谓"这个样子"是指任性失礼，但也是自由自在、无拘无束，甚至童言无忌的意思。那时候以军在电话里说这话，让我感到甜蜜，像是听到了我最敬重的兄长的许诺，那一个瞬间，我对时间的未来形状完全有着浪漫的画面；那个时候，正是十二年前的丰盛夏日，我想不到时间会是如此锋利无情的单向箭头，此时此刻，我们不正是已到了以军电话里说的年龄吗？写这些字句，我在美东，以军在台北，我们之间隔了半个地球，而我们现在所居的世界连带着不可预期的未来，距离许多年前那个深秋时分的欢乐与无知，早已经撕开了一道不见底的渊深，有如降维宇宙中物理和伦理坍塌、失去时空的秩序与正义、心灵内外的废墟化和一切数学定律都失效之后的混沌，像以军写过的"洞"里释放出恶魔，阴云密布的天空下，末日将至。我读以军那样珍爱地写我们相遇的一次次时空节点，他夸张地对那些时刻的巴洛克礼赞，而在过去三四年间，以军认真地带我一起策划和出版这一册诗集，我明白这是以军给我的礼物，是在这个星光渐渐熄灭的宇宙中，他用生命中那些明亮永恒的光子编织出的最璀璨的礼物。

以军夸张了我在过去十几年中对他的意义，但作家骆以军对我的意义，除了个人友谊的层面，却发生了全方位的量子革命那样的影响，是以军的《遣悲怀》《西夏旅馆》《女儿》《匡超人》《明朝》给了我一把打开 21 世纪感性和文学的钥匙，以军的全部写作之于华语文学，在我心目中堪比波拉尼奥之于西方文学的意义。但与波拉尼奥经历智利政变那个地球上最后的夜晚，乃至毕生都在面对 20 世纪最不可捉摸的恶的主题不同，以军完全是自己从一颗纯粹的文学种子，在漂流的岛屿和虚无的美学中，生根发芽，灌注生命的血浆，长成枝繁叶茂的最盛大有如迷宫无限折叠的华文文学罕见的树型宇宙。以军的小说，从私人到历史到未来，从叙述到伦理到物理，从美学叛逆到认知转型到时空折叠，他比任何一位华文作家都更勇敢地（举起金箍棒）穿梭进入 20 世纪战乱、流离、丧失的黑洞，再（使出七十二变）从另一面的白洞中喷射出 21 世纪文学形形色色瑰丽无边的新巴洛克宇宙。骆以军的文学启发我去认真思考新的文学观，新的感知和思考方法，新的美学、哲学和知识的可能性，这启示的意义甚至不仅仅局限在台湾文学，而是与台湾在世界文学中的位置有关，也和包含台湾、华文文学在内的整个世界文学的未来走向有关。但，这还不是我要在这里写的重点，那应该是我和我的同事们要努力去做的另一件事——我私心的愿望，是要让世界上的读者们都知道 21 世纪的世界文学，不仅有从智利流亡欧洲的波拉尼奥，还有来自台湾地区，那另一个经历过或预期着地球上最后的夜晚、在历史洋流中流转不已难以确定的文学地点，骆以军为我们打开的深邃与幽暗、华丽与忧伤的文学时空。

与波拉尼奥一样，骆以军虽然是一位了不起的小说家，但他更根本是一位诗人。他所有的小说写作，也都可以说是"弃的故事"；他完全打乱线性叙述、抛弃确定性语法和写实语意的书写方法，也更近于诗，而不是寻常的情节主导长篇小说——虽然他是一位最动人的讲故事的高手，但在他小说中将各种彼此异质但又纠缠不已的故事，用不容置疑的真挚情感结构在一起的方式，并不是一个有等级的时间线性叙述结构，而更像是让每一个诗行都自成一个世界、让每一个隐喻都孕育新语言的诗意绽放。

如果我也自称是一个诗人，面对骆以军这样的诗人，我会感到无地自容，因如以军所说，我清楚自己刚好成长在一个开放的年代，我的一切写作都来自模仿，结果当然非常拙劣。在遇到骆以军、渐渐理解他的文学世界之前，我没有机会，或勇气直面自己写作的真相。然而，以军给我的礼物，就是他给了我"白马"。我从年少幼稚的写作终结之后，有二十几年没有文学写作。其实也不过就是四五年前，我记得是在一个圣诞节前夕的凌晨无眠时光，我突然写了《白马》，以军是最初的读者之一，他的夸张而又无比真诚的鼓励，给我信心，让我继续写下去，在短短两个月里，我写出了这本集中三分之一左右的诗。虽然以军后来给了我"白马"这个称呼——他总是那么抒情地给我写信：白马明炜。但"白马"在这首诗，在我最初的诗意冲动中，完全不是指向自我的。"白马"是我对世界赐予我最好的那些礼物的一个总称。拆解成微小意义，举一个真实的例子，对我影响最大的师长，包括我父亲和我的老师，都属马。"白马"最初是为老师写的，也是为我父辈而写。"白马"也是以军，虽然他是"牡羊"。"白马"是马也非马，是一切我珍视、宝贵的。《白马》是一首感恩之作。正因为以军的坚持，"白马"这个名字固定下来，成了我后来持续写作的灵感和动力。

也因此，对于本书标题《白马与黑骆驼》，我愿意给予一个新的解释，这不是一个白马和一个黑骆驼，作为两个人，抑或两个不同物种的写作。白马和黑骆驼，实在如同左手画右手，或奇美拉的两个偶然显形。我读以军为本集新写的诗，感动且明白这些文字超出了有形有矩的诗，是我们苦难而无物的"今夕"亦"明朝"在黑骆驼中的量子缠结，也是所有那些如永恒粒子般的微小卑微的善良和美，呈现为白马状态的曼陀罗分形。以军也是我心目中的白马，我则是笨笨的写字人，是那个目睹宇宙奇迹惊叹不已却无处钻凿的工匠，试图在自己刹那的方寸画页上，重绘白马和黑骆驼在现实世界中的投影。但是归根结底，在这个世界上，既没有白马，也没有黑骆驼。这些诗行是烟灭的光电，我们就这样在看见彼此的瞬间，分形出另一个世界，可以容纳爱、美和我们的希望。

最后要感谢我们的老师，王德威教授，他是这个白马和黑骆驼量子缠结过程的观测者，他的注视让我们存在，给我们实体。

（作者单位：韦尔斯利学院）

李洱碎谈

李　洱

　　1. 只发生一次的事,尚未发生;每天发生的事,未曾发生。这不是你说的,是《获奖之舌》的作者卡内蒂说的。很多年之后,昆德拉接着讨论这个问题:曾经一次性消失了的生活,像影子一样没有分量,也就永远消失不复回归了。无论它是否恐怖、是否美丽、是否崇高,它的恐怖、崇高以及美丽,都已预先死去,没有任何意义。然而,如果14世纪的两个非洲部落的战争,一次又一次重演,战争本身会有所改变吗? 昆德拉的回答是:会的,它将变成一个永远隆起的硬块,再也不复回归原有的虚空。卡内蒂和昆德拉都是在讨论人类经验的构成方式。从写作发生学角度看,他们的差异造就了他们的不同。卡内蒂是说,只发生一次的事,构不成经验,还进入不了文本;每天发生的事,因为已熟视无睹,已难以进入文本,就像里尔克在《马尔特手记》中表明的那样,只有那些已经发生过,但却被人忘记,后来又栩栩如生地回到记忆中的事物,才构成文学所需要的经验。卡内蒂期待遗忘,将遗忘作为记忆的过滤器,正如休谟所说,经验就是活泼的印象。昆德拉则反抗遗忘,并把它上升到政治范畴:人类与权力的斗争,就是记忆与遗忘的斗争。可以认定,昆德拉的反抗遗忘,其实带着无尽的乡愁。卡内蒂虽然也有过流亡生涯,但他却没有这种乡愁。他说:战争已经扩大至全宇宙了,地球终于松了一口气;旧的废墟被我们保留下,为了能将它们与刚炸毁的新废墟做比较。再回到《获奖之古》著名的开头,你想,卡内蒂的话也透露了这样一个事实:幼年时期的卡内蒂,因为发现了不可告人的秘密,曾不止一次受到割舌的威胁。作家就是不止一次感受到威胁的痛苦,但却有幸保留住舌头的人。然后呢? 因为他写作,因为痛苦被写出而得以释放,所以他获救。他在写作中让昨日重现,从而在语言中获得了纠正的可能。而被那些被写下来的文字,虽然是第一次发生的,但因为它成为印刷品,所以它又在每一天出现。当它们被我们读到,它就构成了我们经验的来源。

2. 活字印刷术的出现,使得个人经验可以相对便捷地进入公共空间。在毕昇发明活字印刷术 400 年后,德国谷登堡印刷机的诞生,从根本上改变了文明的传播方式,并塑造了新的文明。从印刷机诞生的那一刻起,信息就开始批量复制,知识、宗教和道德观念也被批量生产。谷登堡印制了《圣经》,也印制了报纸。随后,对报纸的阅读又替代了晨祷。正如黑格尔所说:晨间读报就是现实主义的晨祷;人们以上帝或者以世界原貌为准,来确定其对世界的态度。报纸改变了口耳相传的经验传授方式,导致了阅读社会的形成。考虑到谷登堡作为铸造金币的工人,是从铸造金币的工作中得到启发,才萌生了铸造金属活字的念头,所以书籍和报纸的出版发行,就像货币的铸造和流通,人类的写作和阅读成为一种潜在的经济行为。因此,写作不再仅仅是个人情感的抒发,它需要与阅读世界建立起对话渠道。而谷登堡研制出的由亚麻油、灯烟、清漆等原料构成的用来印刷的黑色油墨,又成为另一种隐喻。

3. 哦,灯烟,这古老的人造颜料。宋应星在《天工开物》中说:凡墨,烧烟凝质而为之。由灯烟制成的油墨和墨汁,当它被用于书写和印刷,就如同蜡炬成灰泪始干后又再次点亮,如同灯火阑珊处的千百度蓦然回首,如同流水目送落花重新回到枝头。轻柔的灯烟,它的颗粒宛如语言的原子,秘藏着人类的还魂术。由灯烟绘成的早期画作,如同马血绘成的壁画一样耐久,存入人类经验的深处。此时你想起了幼年时的灯盏,当你掌灯步入黑暗,你的另一只手护在灯前,因为你能感受到微弱的穿堂风带来的威胁。你急于在灯下打开你买来的第一本书《悲惨世界》。你闻到了灯烟的味道,因为灯烟已经飘入你的鼻孔。你并不知道那是伟大的人道主义作品,你只是在睡梦中为珂赛特与冉阿让的相逢而喜悦无限。哦,有多少艺术的秘密,潜形于轻柔的灯烟。油灯在黑暗中闪烁,它突出了黑暗和光明,强调着时间的有限与永恒。你多么怀念油灯下的阅读,它将你一次次拽入前所未有的紧张和满足。还是掐掉回忆,回到另一个启示性的说法吧,它来自阿甘本。在评论麦尔维尔的小说《抄写员巴特比》的时候,阿甘本提到了巴特比抄写时的工具:墨汁。阿甘本说:墨汁,这用来书写的黑暗的水滴,就是思想本身。

4. 阿甘本对"同时代人"的定义,在任何时代都是一个文学常识。仅仅在一年前,抄写员巴特比还是一个反抗性的文学形象。他拒绝抄写,拒绝工作,拒绝被纳入体制化轨道,你就是把他捆起来都不行。他的口头禅是:我倾向于说不。

他是世界文学画廊中最早的"躺平"大师。但随着"躺平"成为一种习性,你在充分感受到他身上所具有的预言性质的同时,又会不安地对他重新作出评估,就像需要重审阿甘本所阐述的"黑暗的水滴",究竟是黑暗本身,还是充满黑暗的启示。这是时代语境对经典的"改写",当然改写的不是经典本身,而是我们对经典的阅读方式。因为语境的变化,这位不合时宜的抄写员巴特比,他的反抗性突然荡然无存。他不仅没有与时代脱节,反而与时代严丝合缝,已经不再是阿甘本所说的"同时代人"。但奇妙的是,也正是从这一刻起,《抄写员巴特比》在中国语境中成为经典:再愚钝的人,也能在身边找到现实依据。小说所唤出的经验贬值之日,正是那个经验普泛化之时;经验普泛化之时,就是经典诞生之日。当一个人物成为经典人物,他其实已经泯然众人。这实在过于吊诡了。不过,借用卡尔维诺的说法,正是这个人,这部经典,帮助你在与它的关系中甚至在反对它的过程中确立你自己。

5. 在讨论经验贬值问题的重要论文《讲故事的人》一文中,本雅明提到了希罗多德在《历史》第三卷第十四章中讲述的一则故事:波斯国王冈比西斯,俘虏了埃及法老萨姆提克三世。冈比西斯决心羞辱法老一番,遂下令把萨姆提克放在波斯大军凯旋的路边,并让萨姆提克的女儿用水罐汲水,好让做父亲的亲眼看到。所有埃及人都因受此羞辱而恸哭,只有萨姆提克独立寒秋,一声不吭。甚至,当他又看到了正要受刑的儿子,他依然无动于衷。可是后来,当他在俘虏队伍中看到自己的贫病交加的仆人,他终于哭了起来,双拳捶地,表现出最深切的哀伤。本雅明引用了蒙田的解释:法老早已满腹悲苦,再加上一分就会决堤而出。而本雅明提供的第一个解释是:法老不为皇室成员的命运所动,因为这也是他自己的命运。第二个解释是:看到这个仆人,法老的情绪放松了,因为放松而爆发。本雅明的第三种解释是:贫病交加的仆人,此时就是戏剧中的一个角色,在生活的尘世布景中,那些在实际生活中从来不为我们所动之事,一旦被搬上舞台,我们便会受到深深的震动。这确实是一个有力的解释。不过,同样是入戏过深,埃及法老则没有他的中国同事阿斗精明。在布莱希特之前,阿斗已熟谙间离效果之妙,并且让自己成为乐不思蜀这出历史名剧中的主角。法老的另一个中国同事宋徽宗,则是边奏乐边与妃子们弄璋弄瓦。儒道互补之说对此似乎无法解释,本雅明则为我们理解中国历史名剧提供了思路。其实,按本雅明的思路,这个故事还应该有另外的解释,那就是隐藏在法老内心深处的经验被激活了。他曾经看到过此类情景,只是当初的施虐者是他本人,受虐者是邻邦的国王;现在施虐者是邻邦的国王,受虐者成了他自己。他曾经是这出戏剧最初的作者、最初的导演,现在成了这出戏最好的读者、最好的演员。就这出戏剧而言,世上再没有第二个人如法老这般拥有如此充盈的创作经验和阅读经验。

6.阿斗携带未死的家眷为我们出演了乐不思蜀的名剧,萨姆提克三世的某任祖宗则为我们提供了语言学研究最早的实验报告。老萨姆提克试图证明埃及民族是世界上最古老的民族。他认为,最古老的民族一定拥有最古老的语言,这是一种人类天生就会说的语言。如果婴儿一出生,就把他们隔离开来,没有机会鹦鹉学舌,那么他们会本能地说出什么样的语言呢?他认为,他们说出的第一个词、第一句话,一定是人类最原始的语言。法老大胆假设,小心求证。两个婴儿有一天突然叫道:贝克斯,贝克斯。语言学家经过详细研究,终于弄明白贝克斯的意思就是面包。设想一下,如果继续把他们隔离下去,在进入青春期之后,他们会说什么呢?这使人想起告子的名言:食色,性也。食色,就是人类最原始的语言。但是,这种原始的语言,虽然携带着生命的气息,但它并不是真正的语言。语言在时间中生成,在时间中被再造出来,与历史构成紧张的互动关系,是一种历史修辞。就这个例子而言,只有记录下这个实验过程,记录下这个从人性出发,却灭绝了人性,最后又说明了人性的实验过程的语言,才是语言。

7.但是,语言,更具体地说文学语言,不应该仅仅停留在对人性的描述上。人性就在那里,你写与不写,它就在那里,或悲或喜。讲述善与恶斗争,自有文字以来就从未停止过。一个基本事实是,所有关于善与恶斗争的讲述,都是借上帝之口讲述的,都是替天行道。无论对使徒还是对病人,耶稣的话从来都简单明了,因为他把他们看成了心智不全的儿童,而记录那些讲话的人,也诚恳地把自己当成了儿童。孔子总是用最简单的比喻说话,就像老人在教育一帮孙子,而记录那些言行的人,也亲切地把自己当成了孙子。人类百转千回的历史,在耶稣和孔子看来简直一目了然。你承认,呈现善与恶的斗争是文学的基本母题,与此相关的还有仇与恕。或者说,它们本来就是同一个主题:因为有了善与恶,所以有了仇与恕;仇与恕的演绎,则证明了善与恶的存在。但是有一个疑问:既然有了那么多伟大的作品,在不同时代、不同国度,已经反复地演绎了这个主题,你为什么还要这么写?你是在给古希腊悲剧、古罗马神话或者《论语》《孟子》增添世俗注脚吗?果真如此,历史早就终结了,而事实上历史并没有终结,即便我们今天所处的社会已经被某些人着急地称为后人类社会,历史也并未终结。否则,所谓的三千年未有大变局,又该从何说起呢?你的兴趣仅仅是喜欢重复萨姆提克实验吗？或许应该记住希尼的嘱托：作诗是一回事，铸造一个种族的尚未诞生的良心，又是另一回事；它把骇人的压力与责任放到任何敢于冒险充当诗人者的头上。

8. 人们一次次引用阿多诺的那句格言：奥斯威辛之后写诗是野蛮的。人们记住了他的格言，这是他自己选择格言体写作的结果。但是格言也有它的语境，他的原话又是怎么说的？社会越是成为总体，心灵越是物化，而心灵摆脱这种物化的努力就越是悖谬，有关厄运的极端意识也有蜕变为空谈的危险。文化批判正面临文明与野蛮的辩证法的最后阶段：奥斯威辛之后写诗是野蛮的。这也是对这样一种认识的侵蚀：今日写诗何以是不可能的。绝对的物化曾经把思想进步作为它的一个要素，而现在却正准备把心灵完全吸收掉。只要批判精神停留在自己满足的静观状态，它就不能赢得这一挑战。这段话出自《文化批判与社会》一文，写于 1949 年。但是，早在 1966 年，阿多诺在《否定辩证法》一书中已经对此做了修正：日复一日的痛苦有权力表达出来，就像一个遭受酷刑的人有权力尖叫一样。因此，说奥斯威辛之后你不能再写诗了，这也许是错误的。阿多诺更愿意选择格言体写作，正如哈贝马斯在一篇讨论卡尔维诺的文章中说，阿多诺认为令人信服的格言，是最恰当的表现形式，因为格言作为形式能够把阿多诺内心的知识理想表达出来，这是柏拉图式的思想，它在论证语言的媒介中无法表达出来，起码不能清楚地表达出来：知识事实上一定会冲破话语思想的牢笼，在纯粹的直观中确定下来。也就在那篇讨论卡尔维诺的文章中，哈贝马斯提到了哲学、科学、文学的作者放弃独立地位的问题：卡尔维诺所讨论的主题，就是文学作者对语言的启蒙力量的依附性，而对于语言，文学作者并不能任意支配，他必须通过与超常事物的联系使自己沉浸在语言当中；科学作者也不能彻底摆脱这种依附性，哲学作者当然更不能了。

9. 莎士比亚把《哈姆雷特》的故事安排在 8 世纪的丹麦，而这个故事的原型其实直到 12 世纪才被丹麦史学家以文字形式记录下来，但我们都知道莎士比亚真正要写的是 16 世纪末和 17 世纪初的资本主义的英国。从故事讲述的时代到讲述故事的时代，哈姆雷特在八百年的时间中慢慢成形，他的身上积聚着八百年的灰尘和光芒。一千个读者就有一千个哈姆雷特，首先说的就是这个人物身上积聚了空前的复杂，同时他又是如此透明，就像琥珀，就像经书中的人物。在他的所有复杂性当中，善与恶的斗争依然存在，他对奥菲利亚的爱依然光芒万丈，但又绝不仅限于此。甚至在莎士比亚的文体中，你都可以体会到资本主义横扫一切的力量,它类似于马克思对资本主义的批判总是带着无限的柔情。伟大的诗人,让我们认识到他们是辩证法大师。事实上,他们创造了自己的辩证法,同时又穿越了自己的辩证法。

10. 无法否认,我们心中确实时常回荡着善与恶斗争的旋律。它仿佛把我们带到了自己的童年和人类的童年,那确实是我们需要不断重临的起点。这个时候,我们视野所及一定有孩子的身影。每当我们给孩子讲故事的时候,我们都在极力抑制怀疑主义的情绪,极力证明故事中的世界是一个真实的世界。然而,当孩子进入青春期、即将踏入成人世界的时候,我们又会格外谨慎地把怀疑主义情绪当作珍贵的经验传递给他们,免得他们上当受骗。华兹华斯在诗里写道:婴幼时,天堂展开在我们身边! 在成长的少年眼前,这监房的阴影,开始在他周围闭环。那么,你是要告诉他们,人类的未来就是没有未来的未来吗? 显然不是。你带着难言的愧疚,诉说着你的企盼,企盼这个正在听故事的孩子,拥有这样的未来:当他穿越怀疑主义迷雾的时候,心中有善意,那善意不是脆弱的,而是坚韧的,足以抵抗恶的侵蚀。但同时,你又知道,这还不够,你对他还有更高的企盼。虽然,经验告诉我们,苦心托付常常是徒劳的。

11. 索尔·贝娄的一个疑问仿佛是对阿多诺的回应:假设作家对现代科学有了兴趣,他们会拿科学做些什么呢? 在 19 世纪,从爱伦坡到瓦莱里,科学给了作家们一些或兴奋或邪恶的想法。戴上精确、演绎、测量、实验的面具,这假面舞会让他们高兴极了。在那时候,掌握科学这件事情还是可以设想的。但到了 20 世纪,作家就不能这么指望了。他们多少有些敬畏。他们害怕了。他们提出某些观点,拥有某种印象。他们已经失去了信心,不愿宣称自己掌握了知识。现在的知识是什么? 甚至去年的专家如今也不是真正的专家。只有今天的专家才可以说知道一些事情的,而如果他不想被无知压倒,就必须迅速跟进。事实上,一些作家认为,信息是今天唯一的缪斯女神。然而,面对着周日早上的《纽约时报》,我们都开始明白,完全知情也可能是一种错觉。我们必须等待艺术生产出信息的象征等价物,也就是知识的客体或符号,以及超越单纯事实的观念。

12. 然而,人们对作家的要求难道不就是唤出"信息的象征等价物",创造出"知识的客体或符号"吗? 所以,从通常的意义上说,我们对当代作家的要求,可能已经超出了对科学家智力以及对人类想象力的要求。或许,正如哈姆雷特是在慢慢成形一样,那个"信息的象征等价物",也只有在时间中才能水落石出。作家要做的,就是把可能蕴藏着"知识的客体或符号"的信息,尽量用自己的方式呈现出来,然后等着人发现,让它成为知识系统中的一个链环。那是经验的结晶,得以像晶体一样照亮它自己以及人类的经验世界。那么,在此之前,你的工作仿佛就是把精子和卵子暂时冷藏,等待着它有朝一日能够幸运进入一个陌生的、温暖的子宫。为了保留信息,使那些有可能蕴藏着"知识的客体或符号"的信息不止于流失,有人倾向于多写,如韩信点兵,多多益善。麦克卢汉的那个著名比喻或可借来一用:我的研究就是盲人的探路手杖,凭借回声来探索周围的环境;盲人的手杖必须来回敲打,如果把手杖固定在某个物体上,手杖就没用了,失去了方向和定位。所以,当有人攻击作家写得太多,只是为了赚稿费的时候,其实忽视了作家寻找那个"知识的客体或符号"的艰辛。策兰在诗里说:清晨的黑牛奶我们薄暮时喝它/我们中午喝它早上喝它我们夜里喝它/我们喝呀喝。这种情况,不仅发生在作家身上,所有从事人文学科的人,都可能遇到此种情绪。索尔·贝娄的情况,也与此相似。在你看来,他的主题总是在不断地重复。每次重复,他都会增加新的案例,他会把那个案例写得栩栩如生,让所有观念和细节同时发言,形成语言的洪流,似乎想以此把那"知识的客体或符号"送入波峰浪谷。还是策兰说得最好:住在屋子里的男人他玩蛇他写信/他写到薄暮降临到德国你的金色头发呀/玛格丽特/他写着步出门外而群星照耀着他。人类学的重要创始人马林诺夫斯基的写作原则就是,快点把所有东西都写下来,因为你永远不知道写下来的东西以后有没有用,说不定那些琐碎记录蕴藏着珍宝。当然了,另一种完全相反的情况也完全可以成立,比如中国传统叙事美学所谓的"尚简用晦",比如贝克特的越写越少。贝克特不仅越写越少,还要反复删除,仿佛自我蒸馏,仿佛什么都没有留下,从而形成一个巨大的空无,回荡着空洞的声音。这是不是因为,知识的客体或符号,对他来说就是空无,就是空洞的声音?

　　13. 想起来了,马林诺夫斯基的经验有可能是对索尔·贝娄的纠正:文学不仅从别的学科那里得到教益,别的学科也从文学那里得到滋养。马林诺夫斯基是个小说迷,但他却把小说看成麻醉剂,终生不能自拔。他说:我发誓再也不读小说了,但这誓言只能保持几天,我就又开始堕落了。马林诺夫斯基的所有研究,在某种意义上都是为了发现贝娄所说的"信息的象征等价物"、"知识的客体或符号"。而马林诺夫斯基所发现的"信息的象征等价物"、"知识的客体或符号"就是"库拉",那是一种广泛、复杂的贸易体系,其基本形式是红贝壳项链和白贝壳臂镯的交换:红项链按顺时针流动,白臂镯按逆时针流动,两种物品在库拉圈中不断相遇、循环互换;一次交换并不意味着你与库拉再无关系,因为库拉的规则是,一次库拉,终生库拉。"库拉"作为马林诺夫斯基理论的关键词,在他的日记中是伴随着对小说的渴念而首次出现的。1917 年 11 月 17 日,他在日记中写到特别想看小说,然后才提到了他一生中最重要的发现:库拉。在小说阅读和人类学发现之间,一定有着某种隐秘的联系:是康拉德笔下的航海冒险和吉卜林笔下的丛林风光,激起了马林诺夫斯基对异域生活的强烈兴趣,而萨克雷笔下的伦敦名利场与库拉一定有着惊人的同一性。

14.“大声地念着他自己”的中秋诗会结束了,晚宴开始了,一切都放松了。你听到了俏皮的指责:文学与社会的关系,就像医生与病人的关系。你不能说病人的病生错了,只能说自己的知识不够。你听到了爱国主义宣言:圆明园的几根柱子,至今支撑着我的精神世界。你听到了一个从海德堡回来的人引用着荷尔德林的诗:人类的语言我一窍不通,在神的臂弯里我长大成人。有人谈起,在自家院子里挖了一口井,井水甘洌。莫非打穿了地下岩层?你想起了希尼的诗:所以我写诗,为了凝视自己,为了让黑暗发出回声。一个女人抱着狗来向诗人问好,诗人夸狗长得好,女人说:狗下午出门散步,回来嘴里还叼着一根胡萝卜,您看这狗东西多聪明,还知道自己补充维生素。一位诗人亲自把酸汤面端上来了。你想起了杜月笙的名言:人的一生就是三碗面,体面,场面,情面。几乎同时,你想起了毕肖普的墓志铭:一切乱象都在持续,可怕,但快活。仿佛为了印证毕肖普的诗句,另外一桌的诗人及时地吵了起来,就像垃圾箱着了火。不过,挑事的那个诗人很快认怂了,面对举过头顶的茶几,狠狠地跺着脚说:难道您看不到我在发抖吗?您放下板凳,用手打我,不行吗?你连喝了三杯菊花凉茶才压住火。饭店保安闻声赶来,德高望重的老人看着保安缓缓说道:亲爱的年轻人,这个月明星稀的时刻,你应该到院子里去,看看我为你们写过的月亮多富有诗意。保安不解风情,问:你谁呀?老人说:我在阳光下的眼泪,为你浇灌了月光中的幸福,你说我是谁?

15.一个人的眼泪为另一个人浇灌了幸福,当然有诗意。宝玉的前世就曾用甘露浇灌过黛玉的前世,所以黛玉用一世的眼泪来报答。这是真正的诗意。诗意主要是指打开事物缝隙的能力,是以新的感受力刺破观念的能力,它意味着发现和创造,它意味着多重时间、多种感情在你笔下首次交织,然后渗入语言的幽谷。当杜甫说"朱门酒肉臭,路有冻死骨"的时候,"臭"和"骨"就是诗意的源泉，因为在此之前酒都是香的，冻死的只能是人，而不是骨头。骨头就是死了之后再死一次，并因此在诗中永生。当加缪因为外遇而对妻子解释说，"你就像我的姐妹，你很像我，但一个人不应该娶自己的姐妹"，他的话是有诗意的，因为他准确而勇敢地表达了自己的无耻、自己的柔情、自己的认知。特朗普曾在节目里赞美第一夫人梅拉妮娅从来不放屁，主持人问：她是不是也从来不拉粑粑？特朗普说：我想说的是，梅拉妮娅确实如此。主持人问：如果梅拉妮娅因为车祸毁容了，你还会爱她吗？特朗普问：胸怎么样了？主持人说：胸还好。特朗普说：这很重要。你觉得，这就是一个诗意盎然的节目。因为这公然的谎言、无端的诚实、惊人的私密、恐怖的庸俗，都是在电视节目上公然进行的。你想起了希尼描写青蛙的诗句：松弛的脖子鼓动着，用它的大嘴放屁。浪漫主义诗人，很难想象庸俗也可以具有诗意。米尔斯基说：果戈里在现实中所关注的层面是一个很难被翻译的俄语概念，即庸俗。这个词的最佳英译或许可以译为道德和精神的"自足的自卑"，他是一位伟大的禁忌破除者，他使庸俗占据了从前仅为崇高和美所占据的宝座。你得承认，果戈里的写作就是诗意的写作。认识不到这一点，你就无法理解鲁迅小说的诗意。毫无疑问，鲁迅的小说至今仍是中国文学史上最珍贵的诗章。

16. 你的思考多么不成体统，它们是从不同的镜子上滑落的碎片，好在与其相信没有真理，不如相信真理已经被摔成了碎片。当然，你也记得阿多诺嘲讽本雅明的那句名言：真理和以下虚假信念不可分——从这些非真实的形象中，迟早有一天，总会出现真正的救赎。当你因为思考而说话，试图说出你的某个观念，那相反的观念其实已经凌空欲飞。你同时接纳两种或两种以上相反的观念，之所以没有被撕裂，是因为你相信文学的本质就是反对本质主义。你想记录你的话，虽然保持着必要的提防，但并不过于谨慎，因为文学或者谈论文学总是意味着冒犯。你不喜欢谈论自己，试图维持老派的体面，但你喜欢通过品评别人的作品来臧否自己。你意识到，那些思考和絮语一旦落笔，就可能意味着它已离开或将要离开，它将使你的文字宛如刻舟求剑，但是刻舟求剑不正是每个写作者在逝川之上的肖像？

2021.10.6

（作者单位：北京大学）

中国文学的跨域世界观：

新文艺·新人物·新中国

吴　俊　何　宁　刘云虹　主编

下
卷

南京大学出版社

目　录

第三辑

第三辑

车中被背叛的女人

——张爱玲《封锁》对莫泊桑《羊脂球》的多重反转

藤井省三

一、《封锁》——发生于反转之城上海的反转爱情

1937 年 7 月 7 日,日本向中国发起全面侵略,抗日战争全面爆发,中国虽在首战中浴血奋战却仍不敌日军攻势。11 月上海、12 月南京,1938 年 10 月武汉、广州等从沿海到内陆的主要城市均已被日军占领。美英法所有主权的上海租界区相对于广大的沦陷区来说俨然成为一座孤岛,但随着 1941 年 12 月太平洋战争的全面爆发,上海租界也最终被日军接管。从 1941 年底到 1942 年初,日军借口发生恐怖袭击事件,连续在南京路、浙江路等闹市区和闸北、杨树浦等居民稠密地区实行封锁,严禁市民出入。刘惠吾所编《上海近代史》中有如下叙述:

> 从 1941 年底到 1942 年初,日军借口有恐怖事件,连续在南京路、浙江路等闹市区和闸北、杨树浦等居民稠密地区实行封锁,严禁市民出入。(中略)2 月 26 日,日本侵略者又宣布将在全市举行不定期不定点的恐怖演习,规定警哨一声便表示有恐怖事件发生,行人及车辆一律就地停止,以待搜查。(中略)规定恐怖事件的目击证人须大声喊叫:"有恐怖事件! 有恐怖事件!"而听到叫声的路人必须协助相关人员实现对恐怖分子的逮捕,不然就要被处以刑罚。[①]

1943 年 11 月,张爱玲(Eileen Chang,1920—1995)以日军占领下的上海为

---

① 刘惠吾编著:《上海近代史》(下卷),上海:华东师范大学出版社,1985 年,第 408 页。

背景,在《天地》月刊发表了短篇小说《封锁》。故事发生在因日军突如其来的封锁措施而长时间滞留原地的电车里,讲述了一等车厢中银行高级会计吕宗桢向大学英语助教吴翠远搭话而生出情愫,由此二人坠入情网,然而随着封锁的解除,吕宗桢却弃吴翠远而去。

> 滞留原地的电车内,两人之间的感情急速升温。吕宗桢抛出一句"我打算重新结婚",其后又改变主意,说:"我不能够离婚。我得顾全孩子们的幸福。我大女儿今年十三岁了,才考进了中学,成绩很不错。"不由叹道:"我年纪也太大了。我已经三十五了。"对此,吴翠远回应道:"其实,照现在的眼光看来,那倒也不算大。"当吕问她"你……几岁?"时,她低下头去,回答"二十五岁"。[①]

白流苏是张爱玲的代表作《倾城之恋》(1943 年 9 月发表)中的女主人公,二十岁前她经历过一场短暂的婚姻,而如今,面对亲戚——步入中年的徐太太殷勤的撮合,已经二十八岁的白流苏认为自己不可能再婚,她哀叹:"那怕不行,我这一辈子早完了。"如她所说,在当时,女性二十五岁便是快要超出了结婚适龄期。吴翠远之所以"低下头去",她的父亲之所以会认为"宁愿她当初在书本上马虎一点,出点时间来找一个有钱的女婿"都是同样的原因。另一边,吕宗桢刚满三十五岁却已经有了一个十三岁、正读初中的长女,如此算来,五六年后即使儿孙满堂成为爷爷也不足为奇了。

小说中以第三人称视角对吴翠远的姿容作了一番细致的描写:"(她)看上去像一个教会派的少奶奶,(中略)头发梳成千篇一律的式样,唯恐唤起公众的注意。然而她实在没有过分触目的危险。她长得不难看,可是她那种美是一种模棱两可的,仿佛怕得罪了谁的美,脸上一切都是淡淡的,松弛的,没有轮廓。连她自己的母亲也形容不出她是长脸还是圆脸。"面对这样一位样貌平平无奇的年轻女子,已婚且为人父的精英职员吕宗桢为何会主动上前搭讪呢?

这是吕宗桢为了避免与三等车厢里董培芝接触,情急之下作出的选择。年轻人董培芝是吕宗桢妻子的姨表妹的儿子,身为"一个胸怀大志的清寒子弟,一心只想娶个略具资产的小姐,作为上进的基础。吕宗桢的大女儿今年方才十三

---

① 张爱玲:《封锁》,《倾城之恋》,北京:北京十月文艺出版社,2012 年,第 157 页。

岁,已被培芝看在眼里,心里打着如意算盘,脚步儿越发走得勤了。"

"吕宗桢一眼望见了这年轻人,暗暗叫声不好,只怕培芝看见了他,要利用这绝好的机会向他进攻。"抱着这一想法,尽管吕宗桢换到了正好被吴翠远挡住的座位上以躲开董培芝的视线,董培芝却发觉了他,直接"向头等厢走过来了,谦卑地,老远的就躬着腰"。吕宗桢"迅疾地决定将计就计,顺水推舟,伸出一只手臂来搁在翠远背后的窗台上,不声不响宣布了他的调情计划"。其后根据吕宗桢向吴翠远的描述,他和妻子的婚姻是"母亲给定下的","她从前非常的美",如今出于"她……她那脾气……她连小学都没有毕业",他感到十分不满,就连母亲和妻子的关系都渐呈水火之势。怀着这股强烈的不满,他暗下决心:"培芝今天亲眼看见他这样下流,少不得一五一十要去报告给他太太听……气气他太太也好!谁叫她给他弄上这么一个表侄!"

话虽如此,像吕宗桢这样"老实的人",就算想要避开精于算计的董培芝,一心要借搭讪女性去塑造一个同自身品格完全相反的"这样下流"的形象,这又是为何? 事实上在电车禁行后不久,吕宗桢读到了颠倒印在包子上的新闻报道。这事的原委和经过,故事叙述者是这样说的:

> 联想到他夫人托他在银行附近一家面食摊子上买的菠菜包子。女人就是这样! 弯弯扭扭最难找的小胡同里买来的包子必定是价廉物美的! 她一点也不为他着想——一个齐齐整整穿着西装戴着玳瑁边眼镜提着公事皮包的人,抱着报纸里的热腾腾的包子满街跑,实在是不像话!

虽这么想,封锁状态下感到饥饿的吕宗桢打开包子的包纸后一看——

> 他轻轻揭开报纸的一角,向里面张了一张。一个个雪白的,喷出淡淡的麻油气味。一部分的报纸粘住了包子,他谨慎地把报纸撕了下来,包子上印了铅字,字都是反的,像镜子里映出来的,然而他有这耐心,低下头去逐个认了出来:"讣告……申请……华股动态……隆重登场候教……"都是得用的字眼儿,不知道为什么转载到包子上,就带点开玩笑性质。也许因为"吃"是太严重的一件事了,相形之下,其他的一切都成了笑话。吕宗桢看着也觉得不顺眼,可是他并没有笑,他是一个老实人。

读了包子表面如相片底片般反印着讣告和公司等的琐闻，没笑却感到不顺眼的吕宗桢在看到晚辈亲戚时，大抵是自发地决定颠覆自己"老实人"的人格，反转为"这样下流"的形象。小说中不论是本该正常行驶的电车被迫滞留原地，还是严禁人们上街走动的封锁命令本身，都是对日常生活的绝对反转，而日军对上海的占领更是一种历史性的反转。短篇小说《封锁》所描写的，正是在这些大大小小的反转之中应运而生的微不足道的暂时性的反转爱情。

二、《羊脂球》中反转的报纸琐闻

在因外国占领军强令而滞留原地的电车中，男人向女人表示爱意——同样的故事情节和构造还出现在法国作家莫泊桑（Guy de Maupassant，1850—1893）的短篇小说《羊脂球》中。该作"与《一生》齐名，同为莫泊桑的代表作"①。小说将舞台设置在十年前普法战争（1870—1871）中大获全胜的普鲁士军占领下的法国，最新版的日语译本中，译者前言对故事梗概有如下叙述："这个故事描述了为逃出普鲁士军占领下的卢昂城，乘马车前往吉艾卜的十名男女在他们数日逃亡途中发生的事情。"

原题 Boule de Suif 是身为妓女的女主人公的外号，意为"羊脂球"。人如其名，女主人公伊丽莎白·露西正如"羊脂球"一般"浑身到处都是圆圆的"。尽管过分丰满，作者却赋予她"娇艳美丽的容颜"，"实在妖媚动人，牵引着客人的心"，将她塑造成一位魅力十足的女性。汇集在马车上的十个人各自有着不同的身份、阶级和政治立场，他们分别是身为名门贵族的禹贝尔·卜来韦夫妇、大资本家迦来·辣马东夫妇、葡萄酒批发商洛瓦佐夫妇、两位修女、民主主义者科尔尼代和妓女羊脂球。这十人正是当时法国社会的缩影。

在中途落脚的托特镇旅馆里，普鲁士军官拦下了一行人。当得知军官扣留他们的理由仅仅是为了与羊脂球共度春宵，所有人都气愤不已。然而，他们对拒不顺从军官要求的妓女逐渐心生怨恨，竟抱团一致打算说服羊脂球妥协。后得知伊丽莎白·露西终于委身于军官后，众人却一反之前的亲热态度，转而对她冷

---

① 莫泊桑：《羊脂球·隆多里姐妹：莫泊桑杰作选》，太田浩一译，东京：光文社古典新译文库，2016年，解说第1312页。

眼相待。自觉遭到背叛的羊脂球流下了悔恨的泪水,小说走向结束。①

　　小说刻画了战败国法国各阶层对普鲁士军的一致反感,贵族、资本家等上流阶级对待妓女时表现出的机会主义虚伪歧视。

　　据中国研究者王斌博士在论文《莫泊桑与中国现代短篇小说》(2005 年)中指出,莫泊桑作品最初译介为中文是在 1904 年杂志《新新小说》上刊载的《义勇军》(冷血译)。其后,鲁迅(1881—1936)和弟弟周作人(1885—1967)在留学东京时,曾将当时流行于世界文坛的俄罗斯、东欧、英国、美国、法国作家的短篇小说汇集出版了《域外小说集》(1909)两卷,其中就收录了莫泊桑的《月光》。此后,莫泊桑的小说大量不断地译介至国内,时至今日依然给中国作家带来深刻影响。②

　　王斌在论文中指出,1929 年 6 月,短篇集《羊脂球集》(上海北新书局)作为莫泊桑全集之四出版。其后,中日两国分别探究了莫泊桑对施蛰存(1905—2003)和张天翼(1906—1985)的影响,并将丁玲描写被迫成为日军慰安妇的短篇小说《我在霞村的时候》(1941 年)同《羊脂球》放在一起进行比较研究。③就笔者管见所及,未有先行研究探讨过《羊脂球》与《封锁》之间的影响关系,因此本稿拟将两部作品包括二者在细节上的共同点进行全面细致的比较。

　　如前所述,《羊脂球》和《封锁》的情节框架相同,都讲述了在因外国占领军而长时间滞留原地的车中,男性觊觎车中女性的故事。《羊脂球》中,以妓女羊脂球为首的所有人物都表露出了对普鲁士军的憎恶。而向妓女投射的感情,不仅包括占领军军官的欲情,更包含了为求再次启程而希望妓女献身的马车上同乘者的丑恶又滑稽的利己心。

　　与此相对,许是因为《封锁》执笔和发表于日军占领上海时期,作品中并没有涉及人物对日本军的憎恨。但是,对女主人公吴翠远产生想法的男性不是日本

----

　　① 莫泊桑:《羊脂球・隆多里姐妹:莫泊桑杰作选》,太田浩一译,东京:光文社古典新译文库,2016 年,第 311—313 页。

　　② 王斌:《莫泊桑与中国现代短篇小说》,南京大学外国语学院博士学位论文,2005 年。按照樽本照雄所《新编增补清末民初小说目录》(济南:齐鲁书社,2002 年)第 882 页记载,《新新小说》1 年 2 号(1904 年 10 月 26 日)冷血译《义勇军》刊载后,《大陆报》3 年 4—5 号(1905 年 4 月 14—29 日)也刊载了《义勇军》。

　　③ 徐晓红:《施蛰存文学研究:以 1920、1930 年代的创作、翻译活动为中心》,University of Tokyo Repository 博士学位论文,2013 年。张晋军:《冷峭地审视人性之丑——论张天翼讽刺小说创作中对莫泊桑影响的接受与化用》,《太原大学教育学院学报》2008 年第 4 期。林静:《论〈羊脂球〉和〈我在霞村的时候〉中女性的悲剧色彩》,《2019 全国教育教学创新与发展高端论坛论文集(卷二)》,2019 年。

军官,而是和吴翠远相同的上海人,以及吕宗桢在封锁解除后马上忘却自己先前爱的告白,这两点都体现出该作与《羊脂球》的决定性差异。《羊脂球》中的贵族和资本家在妓女牺牲自己而满足占领军官的淫欲之后,非但没有忘却此事,反而对她的妓女身份产生了更加强烈的厌恶。如此看来,《封锁》中存在着对《羊脂球》两重甚至三重的反转。不仅如此,给予张爱玲这一反转构想的正是《羊脂球》里马车再次启程后的紧接着的那一节。

小说中有这样一个情节:因妓女的献身而得以再次启程的一行人,在马车中完全无视她的存在,一边暗暗地背地里议论,一边吃着自备的食物。而四五天前,逃出普鲁士军占领下的卢昂城的第一天,因路面积雪、车轮损坏致使他们深夜才到达多特的旅馆。一路上,妓女分明拿出自己储备的三天量的口粮和葡萄酒与同伴们分享,让他们免于饥饿。但是到了重新出发的那天,没有一个人分东西给她吃。悲哀的妓女羊脂球因屈辱寂寞和饥饿而抽泣……

熟悉《封锁》的读者,从这个充满欺骗卑劣的车内餐会描写中,想必会注意到以下一节的内容。

> "我们也拿些东西来吃吧?"伯爵夫人问。得到同意后,她解开了那些为了两家而预备的食物。(中略)那可真是一种美味了,还有些碎肉拌在里面。另外由一方用报纸裹着的漂亮的吕耶尔干酪乳酪干(藤井注:一种有名的奶酪),报纸上面印的"琐闻"(藤井注:在琐闻两字上加了着重号)的大字标题还在它的腴润的表面上保留得清清楚楚。①

奶酪上颠倒印着的"琐闻"究竟是什么? 对于笔者的疑问,法国文学研究者、东京大学名誉教授、广播大学教授野崎欢作出了解释:

> 小说此处提到的"琐闻",应是报纸的"栏"的标题(即用来表示新闻报道的类型标题)。实际是在报道"社会新闻",用"琐闻"(faits divers)作为标题。将记录市井杂闻的多篇报道刊登在一起,是当时新闻报纸的风格。
> 因此,包裹乳酪干的是新闻中最粗俗的"社会新闻",而不是什么特别的

---

① 莫泊桑:《羊脂球·隆多里姐妹:莫泊桑杰作选》,太田浩一译,东京:光文社古典新译文库,2016 年,第 114 页。

新闻。从这一点可以体会到作者的讽刺，即《羊脂球》故事本身刊登在"琐闻栏"（或许连"琐闻栏"都登不上），不过是不值一提的人生片断罢了。

初读太田先生的新译，虽认为是一部精心译就的好译本，但是否真的有必要在"琐闻"两字上加着重号（原文并未采用斜体而是加了括号）呢？依我拙见，译文中"琐闻"二字是否改成"琐闻栏目"会更加妥帖呢？[①]

如前所述，李青崖（1886—1969）所译莫泊桑短篇集《羊脂球集》于 1929 年 6 月由上海北新书局出版，该书收录了短篇小说《羊脂球》。醉心欧美文学的张爱玲看过李青崖译本的可能性很高。[②]提及"琐闻"的一句，李青崖译为"一张报纸，乘着一方很美的瑞士干酪，而在干酪的腴润部分，留下'琐闻'两个字的油墨印痕"。太田浩一的日译版和李青崖的中译版都说明了"琐闻"二字的油墨印，然而，被报纸包着的奶酪上只印着"faits diver"两词显然是不自然的；如野崎教授所说，顺带着将"琐闻栏目"下的报道也印出数行数段才能够解释通顺。张爱玲以李青崖所译《羊脂球集》中的"琐闻"为头绪，想象出了小说中 19 世纪 70 年代法国贵族和资本家夫妇不曾读过的 20 世纪 40 年代上海"市井琐记"："讣告……申请……华股动态……隆重登场候教……"

三、《封锁》对《羊脂球》的三重反转

莫泊桑的《羊脂球》中设置了这样一个反转——面对占领军仍有强烈的自尊及爱国之心、富有同胞之爱的妓女遭到贵族及资本家们的背叛而陷于凄凉境地。反印在瑞士奶酪上的报纸琐闻栏目，正是对妓女反转的悲惨境地的隐喻。

张爱玲构思《封锁》时，不仅从《羊脂球》中有关奶酪上反印着报纸琐记的情节中获得灵感，还对其情节构造进行了多次反转。第一次反转恐怕是为了逃避日军检阅，防止小说被禁发，作者在小说中隐去了封锁的主谋者日本占领军的身影。全文谈及日军的只有"街上一阵乱，轰隆轰隆来了两辆卡车，载满了兵"这一句。这一句描述带同一起回头看向卡车的男女主人公的脸"异常接近"，起到了

---

① 摘自 2020 年 1 月野崎欢教授寄给笔者的电子邮件。

② 有关欧美文学对张爱玲作品的影响，可以列举对她写成代表作《倾城之恋》产生巨大影响的英国戏剧家萧伯纳的《伤心之家》。参见藤井省三《女主人公的形象转换：从〈伤逝〉到〈倾城之恋〉——兼谈萧伯纳的文学影响》，《南京大学学报（哲学·人文科学·社会科学）》2019 年第 2 期。

"像银幕上特写镜头一般的"效果，发挥了让"他们恋爱着了"的作用。叙述者利用日军短时间的登场，将其转化为恋爱剧情里的大型催化工具。作者借此向读者明示了小说《封锁》和《羊脂球》一样以外国军占领下的城市为舞台，暗示了两篇作品间的影响关系，并用叙述技巧躲开了占领军的检阅。

第二重反转是上文所提到的"老实人"吕宗桢突如其来的人格变化，并且该反转循环往复着进行——吕宗桢由于十分厌恶妻子的外甥而做出车中调情的轻浮举止，虽然在外甥离开后立马变回"老实人"，但他还是在和吴翠远的对话中陷入爱河，只是封锁解除的同时就将此前情话抛诸脑后。这一系列不断重复的反转和《羊脂球》中贵族、资本家一以贯之的狡猾与歧视心理形成了对比。

《羊脂球》中，贵族和资本家们为了能够逃出外国军占领下的城市，险恶地利用了妓女的爱国心和自我牺牲的道义感，得以启程后他们马上对她的职业报以轻蔑和鄙夷，背叛了数日前为他们提供食物的妓女的一番好意。与此相对，《封锁》中的男女主人公同乘头等厢，同为中产阶级市民，在因街道封锁而滞留原地的电车中两人瞬间坠入爱河。解除封锁后男性虽然离开了女性，但"封锁期间的一切，等于没有发生。整个的上海打了个盹，做了个不近情理的梦"。由此说来，两人的恋情仅是一个不合情理的梦。作者企图通过这样的解释诱导读者：由于吕宗桢不过是从美梦中清醒过来，所以吴翠远也并不一定就是遭到了背叛。这便是《封锁》对《羊脂球》的第三重反转。

张爱玲受《羊脂球》启发的同时，在《封锁》中实现了对该作的三次反转。凭借这三次反转，作者描绘了不合情理的封锁背景下一段短暂而耀眼的恋爱美梦，也向熟悉莫泊桑的读者控诉了日本侵略军的不正当行为。讲述了男女主人公发生的一场不合情理的美梦，《封锁》不单是一部恋爱小说，还潜藏着反战和爱国的主题。就其表现的多样性和情节的多属性而言，《封锁》称得上是张爱玲文学的代表作。

四、电车前横穿马路的老婆子——鲁迅《一件小事》的影子

《封锁》从头至尾将舞台设置在电车中，小说始于对电车司机的描写，并在他的怒骂声中走向结束。《羊脂球》将舞台设置在主人公们同乘的马车和同住的旅馆两个空间里，小说中也写有一个马车夫。两相对比，前者中电车司机的存在感要强烈得多。以下是《封锁》的开头和结尾：

（开头）开电车的人开电车。在大太阳底下，电车轨道像两条光莹莹的，水里钻出来的曲蟮，抽长了，又缩短了；抽长了，又缩短了，就这么样往前移……柔滑的，老长老长的曲蟮，没有完，没有完……开电车的人眼睛盯住了这两条蠕蠕的车轨，然而他不发疯。

如果不碰到封锁，电车的进行是永远不会断的。封锁了。摇铃了。"叮玲玲玲玲玲，"每一个"玲"字是冷冷的一小点，一点一点连成了一条虚线，切断了时间与空间。

（结尾）封锁开放了。"叮玲玲玲玲玲玲"摇着铃，每一个"玲"字是冷冷的一点，一点一点连成一条虚线，切断时间与空间。

一阵欢呼的风刮过这大城市，电车当当当往前开了。（中略）电车里点上了灯，她一睁眼望见他遥遥坐在他原先的位子上。她震了一震——原来他并没有下车去！她明白他的意思了：封锁期间的一切，等于没有发生。整个的上海打了个盹，做了个不近情理的梦。……

开电车的放声唱道："可怜啊可怜！一个人啊没钱！可怜啊可……"一个缝穷婆子慌里慌张掠过车头，横穿过马路。开电车的大喝道："猪猡！"

司机唱的"可怜啊可怜"的歌，是在开头封锁开始后"大白天里""鸦雀无声的时候"回响的乞丐求乞的歌，这首歌的歌词也感染了司机。

实际上，《羊脂球》中支持共和政府的民主党人科尔尼代也在那辆马车里，在托特的驿站中，科尔尼代曾向羊脂球求爱，却反被羊脂球责备："不，亲爱的，有些时候这种事情是不能干的（中略）那普鲁士人不就在这幢房子里，可能就在旁边的房间里吗？"尽管如此，当贵族和资本家谋划着将妓女作为牺牲品献给外国军官时，唯一提出异议的便是这个科尔尼代。并且在小说结束时，他也拒绝加入把呜咽着的羊脂球排挤在外的车内餐会，更是用口哨吹起了《马赛曲》，以此来讽刺阴险的贵族和资产阶级一伙人。

爱国的至情，/你来引导来扶持我们的复仇的手臂罢。/自由，钟情的自由，/指挥你那些防御者赴敌罢！[①]

---

① 莫泊桑：《马赛曲》第六节，《羊脂球集》，李青崖译，上海：北新书局，1929年，第74页。

《封锁》中相当于《马赛曲》的是"可怜啊可怜"的歌,不难想象这是对同样贫困的自身的哀歌和亡国之痛的悲鸣。但是在《羊脂球》中,"羊脂球始终哭着,并且不时还有一声忍不住的呜咽,在两段歌词的间歇中间的在黑暗世界里传出来"①。《封锁》结尾处连接了《马赛曲》。但《封锁》中还添加了"一个缝穷婆子慌里慌张掠过车头,横穿过马路"的插曲。

张爱玲为何不将《封锁》的故事结束于"可怜啊可怜!"的歌声中,而是新加了一位"缝穷婆子"作为第四重的反转呢?看到这位在有轨电车前横穿马路的老婆子,应该会有不少读者联想到鲁迅的短篇小说《一件小事》(1912 年 12 月发表)。在"大北风刮得正猛"的北京,"我"搭乘人力车去上班,车子撞到了一位突然在车前横穿马路的"衣服都很破烂"的老婆子。"我"甚至怀疑这是老婆子精心设计的骗局,而满身灰尘的车夫却对老婆子温柔以待。"我"被其坚定的善意所打动,反省了自身对他人的不信任,发出了如下感慨:

> 几年来的文治武力,在我早如幼小时候所读过的"子曰诗云"一般,背不上半句了。独有这一件小事,却总是浮在我眼前,有时反更分明,教我惭愧,催我自新,并且增长我的勇气和希望。②

关于《一件小事》,笔者认为"以这些世间常有的事为题材创作的小说中,鲁迅想表达的是,自以杂志《新生》(日本留学期间创办的文艺杂志)为阵地发起的文学运动开始以来,始终流淌在他内心深处的那份对世间万物不灭的希望"③。不过,许是张爱玲对该作抱有别样的看法,例如,不管是在"大北风刮得正猛"的北京,还是在"太阳滚热地晒在背脊上"的上海,老婆子都像是目睹了一场"不合情理的梦"。她也由此产生了上述诸如此类的悠远遐思。

(作者单位:名古屋大学)

---

① 莫泊桑:《马赛曲》第六节,《羊脂球集》,李青崖译,上海:北新书局,1929 年,第 118 页。
② 鲁迅:《一件小事》《鲁迅全集》(第一卷),北京:人民文学出版社,2005 年,第 482—483 页。
③ 藤井省三:《鲁迅事典》,东京:三省堂,2002 年,第 66 页。

破镜重圆没办法
——《纽约客》非虚构之"北平叙事"考

叶　子

在杜鲁门·卡波特（Truman Capote）于 1965 年重新炒热"非虚构小说"（Non-fiction novel）的概念之前，《纽约客》（*The New Yorker*）杂志已践行"非虚构"写作长达二十年之久。相比普通新闻刊物，《纽约客》"特派记者"栏（A Reporter at Large）的实践者们似乎享有更多自由表达的空间，在求真的基础上，注入小说叙事的趣味与审美。战后二十年间，杂志的"非虚构"版块有着惊人的快速成长。1946 年 8 月 31 日，《纽约客》前所未有地取消了"街谈巷议"、"城市活动导刊"、"小说"与"评论"等栏目，将整一期七十页的全部版面留给了一篇与广岛核爆有关的文章。[1] 著名的"广岛"特刊成为一个关键性的时刻，使《纽约客》顺利完成了从轻松到严肃、从娱乐到专业的文化转型，这篇融合报道与小说技法的文章，本身也被认作"非虚构"作品最早的范例。

一

《纽约客》"非虚构"的目光紧追抗战胜利后的中国，关于北平的叙述屡见不鲜。前述《广岛》一文的作者约翰·赫西（John Hersey）出生于天津，父母为来华传教士。就在"广岛"特刊的前三个月，赫西正为杂志撰写《北平来信：4 月 25 日》，介绍设于协和医院的军事调处执行部。赫西心灰意冷地记录，原以为军调部是美国人在华的重要组织工具，但由国民政府、中国共产党和美方代表组成的三人委员会，很难就停战谈判或调处起到任何实际作用；谈到军调处失败的种种前兆，赫西罗列政治协商会议以来民主联合政府崩溃的诸多证据，并颇费笔墨细

---

①　John Hersey, "A Reporter at Large: Hiroshima", *The New Yorker*, August 31, 1946.

述"未被充分报道"的"四·二一"北平音乐堂事件。①1946年4月21日,由各界团体促成的国大代表选举协进会,为抗议国大代表候选人名单,在中山公园音乐堂露天舞台组织讲演,无奈遭人捣乱会场,累及无辜听众和讲演人。事后,国民党党政当局称此事为不同团体间的寻常结伙斗殴,并任由小报恶毒诋毁讲演人中的受害者陈瑾昆。②而中国共产党方面,则将"四·二一"定性为暴徒事先参与布置,使用木棍和长枪做武器的流血事件。③与事后两党宣传针锋相对的报道相较比照,赫西的《北平来信》至少在表面上保持中立。他在《纽约客》中谨慎描述"鸡蛋与石子齐飞"的冲突场面,未直接使用"惨剧"、"血案"或"暴行"等词,但又不禁道出寻衅滋事背后的某种预谋或组织。以下是赫西委婉的表述:

> 在会议开始前一小时,一位我恰好认识的对政治不感兴趣的老先生,正在中央公园(中山公园)一家名叫"来今友轩"(来今雨轩)的茶座午餐,地点正巧在音乐堂后面。他向窗外望去,惊讶地看到有警察手提装满鸡蛋的篮子,把鸡蛋分发给一群年轻人。④

北平音乐堂事件的重要性,远不及同一时期重庆接连出现的沧白堂事件和校场口事件,但它的发生地是北平地标性的公共空间中山公园。那位藏在赫西转述背后、显然不愿透露姓名的老者,不仅"恰好"与赫西相识、"恰好"对政治不感兴趣,又"恰好"于事发之前身处来今雨轩,占据对音乐堂后台的有利观察点。

应该说,赫西本人是"事实"的拥护者。他曾明白表示,所谓观察遗漏所产生的失真,和加入发明所产生的失真,两者有本质区别,前者导向偏见,而后者会让"读者脚下的大地打滑"⑤。但关于音乐堂事件的材料,多少发生了某种程度的

---

① John Hersey, "Letter from Peiping", *The New Yorker*, May 4, 1946.

② 报道称陈瑾昆因富媚而"得温饱",在前门外大街坐拥大批房产。见阿大:《记"北平沧白堂"主角》,《消息(上海)》1946年第11期;徐大风:《中山堂前头破血流:风流寡妇与陈瑾昆》,《香海画报(上海)》1946年第11期。

③ 参见《来件:北平市国大代表选举协进会为"四·二一"血案告同胞书》,《文萃》1946年第28期;《北平四·二一血案发生后华北民主同盟支部的严正表示》,《民主周刊(昆明)》1946年第9期;子冈:《关于北平音乐堂事件》,《消息(上海)》1946年第11期等。

④ 括号内为笔者注。见John Hersey, "Letter from Peiping", *The New Yorker*, May 4, 1946.

⑤ John Hersey, "The Legend on the License", *The Yale Review*, Autumn 1980.

改造或转换。赫西将"来今雨轩"极为仔细地译作"来今友轩",说明他熟知此名典出何处,也知晓此地在北平的社会空间中扮演何种角色。[①]不能说赫西是出于某种立场的谋算,而故意提及来今雨轩,但说它是一种因应时势的"巧合"也未尝不可。不经意间,赫西的"转述"实际上赋予了著名的"来今雨轩"一种新的意义,它不再仅仅是文化名流聚集地,而是与政治风波直接发生关联,悄无声息地成为权力事件的绝佳观景台。可惜音乐堂事件之单薄,无法给予赫西足够的施展空间,到了《北平来信》的结尾处,他就已经忘记自己正使用着"转述"的伪装:

> 架越打越凶,民主同盟文雅的盟员们开始有些害怕,这时,正在中央公园散步的四名美国海军陆战队员听到动静,冲了上来,大喊:"散开,你们这些没用的混蛋!"战斗瞬间化解。[②]

用双引号框住被引述的对话,是赫西既官方又在场的描画姿态。理论上他既可以是局外人,又可以是局内人,但文体本身的暧昧不明,让赫西无法对这一发现中的英雄主义维度完全弃之不顾。

在赫西讲述音乐堂事件两年之后,另一位亚洲版块的作者克里斯托弗·兰德(Christopher Rand)在《北平来信:5月24日》中预言,一年内战局必有根本转变,二三十万余中国人民解放军将向北平进发,并在该地区压制政府军。通常,《纽约客》负责亚洲地带的特派专栏作者都有丰富的在地经验,兰德虽然没有在中国生长的经历,但长期驻守港澳。作为赫西的重要继任,他启动的却是另一种不同的城市地理观察:

> 事实上,北平的冷静是用一种近乎不凡的哲学去接受变化……并同样坚信这座城市有能力承受这种混乱。人们对突如其来的动荡并不陌生。北平不仅是汉人的故都,且几百年来,也是内亚各民族及各民族碎片(满族、蒙古族、鞑靼族和藏族)……的故都。这些民族几百年来相互争斗……一些布里亚特蒙古人在1920年代初,被布尔什维克从西伯利亚贝加尔湖附近的牧

---

① "来今雨轩"典出杜甫《秋述》中的感叹,"常时车马之客,旧,雨来;今,雨不来。"说明友旧时雨天都来,如今遇雨不来。后旧雨今雨,又代指故交新知。

② John Hersey, "Letter from Peiping", *The New Yorker*, May 4, 1946, p. 95.

场驱赶，一直向南迁移，自此被共产党人步步紧逼。据说一开始有两万人；现在剩九百人。他们在北平懵懂地走街串巷，穿长袍高靴，戴锥形帽，如怯生生的乡下人……仿佛遭遇船难的水手，在沙滩上奄奄一息。①

兰德这番话，并非只是将同情的目光投向边缘的布里亚特人，也不只为说明各族群（或各类意识形态）间的殊死斗争在北平随处可见。欧文·拉铁摩尔（Owen Lattimore）的《中国的亚洲内陆边疆》（*Inner Asian Frontiers of China*，1940）此时风靡已久，几乎可以肯定，兰德是拉铁摩尔的读者，他在漫谈中悄然无息地对北平"去中心化"，将其作为内陆亚洲多元文化辐射的一部分。②并且，兰德依循拉铁摩尔的方式，试图从边疆发现中国，这意味着真正令他，也令《纽约客》反感的，是将"中国性"等同于"汉人特性"的惯有叙事。受兰德多民族都城史的启发，《纽约客》借新闻界使用"Peking"或"Peiping"两种译名的乱象，仔细钩稽北京城的历代沿革，同时也整理了诸多通讯社与报社的意识动向。③关于译名的讨论，与前述两篇《北平来信》一起，均可作为 20 世纪 50 年代《纽约客》中北平故事系列的前奏。

二

北平故事系列前后共九篇，大致篇名与编年为：《龙、粉红婴儿和领事馆》（1953 年 11 月 14 日）、《白丧，白袜》（1954 年 9 月 25 日）、《红色大门和水鬼》（1955 年 5 月 28 日）、《皇帝呀，齐兵马》（1955 年 9 月 24 日）、《罪犯、干部和厨子》（1956 年 4 月 28 日）、《银顶针与血红裙》（1956 年 10 月 6 日）、《祖先》（1957 年 4 月 6 日）、《狗、麻将和美国人》（1958 年 4 月 19 日）和《宅人桌椅》（1959 年 11

---

① Christopher Rand, "Letter from Peiping", *The New Yorker*, June 5, 1948, p. 52.

② 除此之外，拉铁摩尔的《蒙古纪行》和《中国简明史》等书也已出版。参见 Owen Lattimore, *Inner Asian Frontiers of China*. New York：American Geographical Society，1940；*Mongol Journeys*. New York：Doubleday Doran，1941；*The Making of Modern China: A Short History*. New York：W. W. Norton，1944.

③ 包括效仿美联社和合众国际社的《泰晤士报》《镜报》《纽约新闻报》《纽约世界电讯报》《纽约太阳报》，以及《先驱论坛报》《纽约邮报》《每日指南报》等。参见 J. M. Flagler, "The Talk of the Town：City of the Great Khan", *The New Yorker*, July 14, 1951.

月 11 日）。①

作者大卫·季德（David Kidd）并非特派记者中的一员，他 1926 年生于美国肯塔基州科尔宾的一个煤矿社区，童年跟随在汽车行业担任主管的父亲搬至底特律，15 岁起自学中文，取名"杜蕴明"。1946 年 4 月，司徒雷登在密歇根大学访问时，即将毕业的杜蕴明被选拔为燕京大学的交换学生。②同年 7 月，一方面，马歇尔将军召命正准备从燕大退休的司徒雷登为驻华大使；另一方面，身处美国的杜蕴明却收到燕大电报，称受时局影响，校园生活窘迫万状，北平学生膳费无着，望其推迟入学计划。对于未满二十岁的杜蕴明来说，中国之行是千载难逢的人生机遇，他毅然烧掉电报，执意登上从旧金山港出发的邮轮。来华不到一年，1947 年 7 月起，杜蕴明在国立清华大学做外文助教，与国立北京大学的燕卜荪（William Empson）和太太赫塔（Hetta Empson）相识。③在赫塔撮合下，他结识了曾任北洋政府大理院院长余棨昌的四女儿余静岩。两人初见在剧院包厢，姗姗来迟的余家四小姐，不仅与美国青年杜蕴明分享了自家茗茶，还领他去后台见了卸去脂粉的名旦筱翠花。

但《纽约客》中的北平故事系列将闲情雅致一并省略，直接叙述 1948 年年底的北平围城。此时，无论杜蕴明或余静岩，均已陷入水电粮煤紧缺的困顿之中。系列首篇《龙、粉红婴儿和领事馆》首节即是共产党接管北平的戏剧性时刻，解放军入城后，有部队在余家前院安营扎寨：

　　　　余家人——包括 Aimee（静岩）的两个兄长、八个姊妹，再加上各自的妻

---

① 20 世纪五六十年代，《纽约客》杂志常常连载非虚构作品，单篇版面可高达几十页，甚至上百页，这让杂志与非虚构作者们互利共赢。其时《纽约客》的年广告版面常常是现今纸版刊物的六倍，而如果一本书的大部分已在《纽约客》登载，也必然促进此书的推广和销售。但《纽约客》今日极少再有长文（无论虚构还是非虚构）连载式的密集发表。北平故事系列参见 David Kidd, "Dragons, Pink Babies, and the Consular Service", *The New Yorker*, November 14, 1953; "White Funeral, White Socks", *The New Yorker*, September 25, 1954; "Red Gates and Water Devils", *The New Yorker*, May 28, 1955; "All the Emperor's Horses", *The New Yorker*, September 24, 1955; "Criminals, Cadres, and Cooks", *The New Yorker*, April 28, 1956; "Silver Pins and Blood-Red Skirts", *The New Yorker*, October 6, 1956; "The Ancestors", *The New Yorker*, April 6, 1957; "Dogs, Mah-Jongg, and Americans", *The New Yorker*, April 19, 1958; "Houses and People and Tables and Chairs", *The New Yorker*, November 14, 1959.

② *The Shanghai Evening Post and Mercury*, April 17, 1946.

③ 苏云峰编：《清华大学师生名录资料汇编 1927—1949》，台湾"中央研究院"近代史研究所史料丛刊（49），2004 年，第 34 页。

子、丈夫、孩子、姑姨、叔舅等,大概二十五口人……在老宅已住了几代,由高墙围起,加上外围建筑和巨型花园,共计五万平方英尺。有上百间屋,曲廊和庭院宛若迷宫。过去每个房间都用火地——就是在砖地下烧炭火,1911年革命后,取暖费用太高改用煤炉。通常,少说有 20 多个佣人,围城期间只剩下不到 10 人……佣人们变得又凶又懒,不好好生火,也不好好做饭。有个佣人一边生煤炉,一边对病重不能说话的余老先生道:"再过两天试试,看看到底谁给谁生火。"这人被辞退,接连两天在大门前诉苦,引得当兵的深切同情……余家人不再走正门,改从后巷的小门进出。总之,这样的环境不适合举办婚礼。①

杜蕴明在旧政权移交新政府的第一现场,以侨民身份书写国共内战及解放初期的北平,这是绝大多数西方记者钦羡而不曾拥有的便利。而他也不断有意强化单枪匹马深入腹地探险的印象:"至少据我所知,那不平凡的几年只有我独自一人是第一手的直接记录者。"②在中译本的前言,和与他人闲谈的场合,他不止一次谈及,当年远渡重洋,是上千名旅客中唯一来华留学的外国学生,甚至可能是开国大典时广场上唯一的美国人。③但仅靠见证的"唯一性",还无法确保叙述与经验的紧密无间。从杜蕴明的"看见"到"书写看见"之中,有着巨大的时间间隔。北平故事的人物素描、对话和行动,事实上都是在所描述事件发生后很久才被重新确立起来。与赫西在"四·二一"之后的第四天就将文稿用无线电通讯发回杂志编辑部不同,杜蕴明启动为《纽约客》写作北平故事系列时已回到美国,并在亚洲学院任教多年。而这几年,正是中美关系分外动荡的几年。

在处女作即获普利策小说奖④的约翰·赫西与素人作者杜蕴明之间,或许很难做出恰当的比较,但前者确为后者提供了某些有迹可循的启发。有一处值得注意的地方,是赫西曾在《北平来信》的首节,改写"鹅妈妈"童谣中的"矮胖

① David Kidd, "Dragons, Pink Babies, and the Consular Service", *The New Yorker*, November 14, 1953, p. 94.

② David Kidd, *Peking Story: The Last Days of Old China*. New York: Crown Publishing Group, 1988, p. xi.

③ 比如,法国汉学家易杰(Nicolas Idier)在半传记半虚构的作品中,曾短暂提及画家刘丹与杜蕴明的交往。见大卫·季德:《毛家湾遗梦:1949 年北京秘闻》,胡定译,北京:中华工商联合出版社,1996,第 3 页;尼古拉·易杰:《石头新记》,徐梦译,深圳:海天出版社,2016 年,第 253 页。

④ 赫西的第一部小说《钟归阿达诺》(*A Bell for Adano*, 1944)在 1945 年获普利策小说奖。

子",称"齐了蒋兵与蒋马",也怕是"破镜重圆没办法"。①1960 年,杜蕴明将北平故事系列整理出版,书名拟定为《皇帝呀,齐兵马》(*All the Emperor's Horses*)。②这样一来,对作为北平缩影的余家大院——从墙头衰落、一经解体再无法修复的庞然大物——所做的挽歌,就此和毫不感伤、天真而残忍的童谣声连结。

三

杜蕴明从未提及,他的岳父余棨昌曾在民国三十年编撰《故都变迁纪略》,翔实记载了北平的城垣、故宫、内外城及郊垧,并附录故都掌故轶闻。余棨昌在自序中说及:

> 凡建置之兴废,名迹之存亡,道路里巷之变更,无一不目睹而心识之。在今日事过境迁,人皆淡忘,独予于往日之旧京,犹惓惓于怀,而不能恝置焉。夫以声明文物绵延六百余年之古都,予幸生其间,既见其盛,旋见其衰,复见其凌夷,以至于今日而予犹偷息于此,此予之悲咽而不能自已者也……故老凋零,能知往事者盖以寡矣。③

杜蕴明晚年也曾发出过类似的感叹,"曾经在那里生活过的西方人,如今只有少数人还活着……等我们死了,那时经历的奇妙生活也将被黑暗吞没。"④但"惓惓于怀"也好,"悲咽不能自已"也罢,绝非北平故事的基调。

余家在什刹海积水潭北岸,建有背城临湖的余氏宗祠。⑤杜蕴明在鬼影憧憧

---

① 这里妇孺皆知的"鹅妈妈"(Mother Goose)童谣"矮胖子"(Humpty Dumpty),歌词为:矮胖子,坐墙头(Humpty Dumpty sat on a wall)/ 栽了一个大跟斗(Humpty Dumpty had a great fall)/ 国王呀,齐兵马(All the king's horses and all the king's men)/ 破镜重圆没办法(Couldn't put Humpty Dumpty together again)。见 John Hersey, "Letter from Peiping", *The New Yorker*, May 4, 1946, p. 86.

② David Kidd, *All the Emperor's Horses*. New York: Macmillan, 1960.

③ 余棨昌:《自序》,见沈云龙编《近代中国史料丛刊续编第 76 辑:故都变迁纪略》,台北:文海出版社,1974 年,第 1 页。

④ David Kidd, *Peking Story: The Last Days of Old China*. New York: Crown Publishing Group, 1988, p. xi.

⑤ 原址在今日的西城区德胜门内西顺城街。参见肖纪龙、韩永编《〈北平余氏宗祠记〉刻石和余棨昌》,《北京石刻撷英》,北京:中国书店,2002 年,第 189 页。

的祠堂花费不少笔墨,但总以喜剧渲染。《祖先》这篇,为遗物的散失发出些许诗意的哀悼,又生动质疑了对风俗传统的守望。他与妻子一同整理破旧的宗祠,翻出上百卷祖宗的绢布画像,不禁问:

> "为什么不卖了,既然家里要用钱?"(在美国,祖先的画像怎么也能卖五十到一百五十美元吧。)静岩笑道:"谁会要别人家的祖宗像! 一文钱不值。要么绢帛和锦缎包边还值点。"我边卷画边问:"这谁?""不认识。只知道姓余。"①

又有中元节在宗祠祭祖,余家人点燃最后几炷香后,祠堂就此大门紧锁。向亡者与宗祠的永别,原本哀伤肃穆,真正"旋见其衰,复见其凌夷",杜蕴明下笔却如同夜宴散场,欢快记录尘土飞扬的深夜返程之旅:

> 车夫都是结实的年轻人,也许是车钱给得多,也许是三人一起在月光下空旷的路上蹬车,让他们心情愉快,相互招呼:"老王八,跑快点!""别挡我道!""给你爹让开!"彼此激励鼓劲,逗笑着在大道上奔驰。②

余家祠堂将在 1951 年夏,与新中国规模最大的游泳场、著名的什刹海人民游泳场毗邻。发动群众开展疏浚西小海的河湖工程,是新北京市政建设的一部分,既能把北京最"脏"的地方变美,又能把"有害"的地方加以利用。1951 年 6 月 6 日,人民游泳场建成开放的揭幕典礼上,在前一年写作话剧《龙须沟》响应首都市政建设的老舍曾有一段澎湃的发言,声称"臭的龙须沟没有了",变成青年们"锻炼身体的地方"。③老舍也恰巧提及积水潭北岸的改造:

> 这个游泳场的北面,过去是聚贤堂,那里有戏楼,很多所谓"达官贵人",坐在那儿看戏,吃鲜藕,吃鲜菱角。现在,那些"达官贵人"也没有了。这不是平白无故地生出来的,这是政治作用,这只有人民政府才能做到,人民政府就是为人民服务的嘛……我们要打美国鬼子,要建设我们的国

---

① David Kidd, "The Ancestors", *The New Yorker*, April 6, 1957.
② David Kidd, "The Ancestors", *The New Yorker*, April 6, 1957.
③ 《全国规模最大的游泳场 北京市什刹海人民游泳场揭幕》,《人民日报》1951 年 6 月 7 日。

家,就要有好身体。我们现在有了这个设备,就要利用这个设备,把身体炼得棒棒的。[①]

讲演道明了新时代理想所折射的国家意义,同时,也在有产与无产、遗失与发现、毁灭与重建之间,建立了清晰可辨的划分与对立。

杜蕴明错过了首都盛夏的欢聚,1950 年人民政府在西小海(积水潭)疏浚护岸时,他已携余静岩去往美国。[②] 或许是受到各式报道的启发,1956 年,实际上已和余静岩分手,移居日本的杜蕴明,决定用《祖先》一文,记录余家祠堂到人民游泳场的巨大改变。虽然离开北京时,积水潭明明还水浅泥臭蚊虫萦绕,但《祖先》中的杜蕴明却已"目睹"社会主义城市建设的伟大景观:聚合了几百位游泳者的快乐泳池,其中身体裸露的泳装少女和钢筋混凝土跳台相映成趣。他在《纽约客》中回忆,自己在积水潭南岸与祠堂隔湖相望时心情复杂,急忙换上泳裤游去北岸,"湖水和想象中的一样凉"[③]。然而,等到杜蕴明晚年,北平故事再版之时,此处的记忆又转变为他在"岸边租了一条小船",独自划船渡湖。[④] 说不清究竟游泳还是租船,是池水还是湖水,因为"渡湖/渡池"一事本为虚构。此处微妙的措辞耐人寻味:"仅仅是一瞬间",他"瞥见"祠堂半开的大门,对里面少了一半灵牌的祭台"似有印象","无法判断"是否有穿泳衣的青年闯入祠堂搞破坏,只是"推测"那些湖水中上下漂浮的灵牌,是自娱自乐的游泳者新发明的水上游戏。[⑤] 这里,颇有讽刺意味的是,冷战局面提供的不是关于变迁的想象,而是虚拟的个体经验。在打破祠堂大门、扔掉灵牌的嘈杂声中,杜蕴明记录下的对景观的识别,是为真实具体的个体危机蒙上了"不平常"的效果滤镜。这样一来,余氏祠堂反倒成为真正意义上的废墟,其中真实的人类痕迹不复存在,全然是被隐匿的与被冥想的对象。

20 世纪 70 年代初,高居翰(James Cahill)在京都访学时结识了杜蕴明和他的同性伴侣森本康义。四十年后,在《一部略假的经典》中,高居翰言及杜蕴明公

---

① 《全国规模最大的游泳场 北京市什刹海人民游泳场揭幕》,《人民日报》1951 年 6 月 7 日。

② 《北京市卫生工程局修建人民游泳池》,《人民日报》1950 年 8 月 5 日。

③ David Kidd, "The Ancestors", *The New Yorker*, April 6, 1957. p. 120.

④ David Kidd, *Peking Story: The Last Days of Old China*. New York: New York Review of Books, 2003, p. 112.

⑤ David Kidd, "The Ancestors", *The New Yorker*, April 6, 1957. pp. 120 - 121.

开的同性恋身份,猜测他或许在性向上经历了转变,也或许,与余静岩的婚姻是一项纯粹的"义举",是为了"助她离开中国而娶她";但高居翰反对将《纽约客》中"明显具有欺骗性的描绘"奉为经典。[1]持同样观点的还有汉学家吴芳思(Frances Wood),在他们看来,杜蕴明的写作与他的为人一样,"出色但令人无法信服"[2]。从某种程度上说,杜蕴明确实没有赫西采纳口述史时的谨慎与克制,也没有效仿《广岛》的叙事,抹去高度主观的判断性旁白。四分之三个世纪后的今天,《纽约客》编辑部共有 18 位事实核查员,以确保刊载文章中每一条转述的真实与准确。[3]以今日事实核查之标准,不受文体规范束缚、叙述风格介于报道与虚构之间的北平故事,恐怕无论如何也不会再被采纳。20 世纪 80 年代,杜蕴明用"北京"取代书中所有的"北平"。1996 年,他因癌症在京都病逝。

新世纪版《北京故事》的封面,是鲜丽光彩的中式厅堂,挂一副歪歪扭扭的五言楹联:"事为名教用,道以神理超",横批写"海阔天空"。[4]对于杜蕴明来说,非虚构叙事之"道",自有其玄妙的精神形态。《纽约客》的北平叙事中,触目皆是他对"求真"的讽刺。哪怕忆及岳父出殡,他也不忘嘲笑手拿相机肩挂皮袋子的外国记录者——那些想要拍得更真切,靠火太近而烧了眉毛的人。[5]

(作者单位:南京大学)

---

① James Cahill, "A Somewhat Spurious Classic", http://jamescahill.info/the-writings-of-james-cahill/responses-a-reminiscences/200-78-a-somewhat-spurious-classic.

② Frances Wood, *The Lure of China: Writers from Marco Polo to J.G. Ballard*. San Francisco: Long River Press, 2009, p. 3.

③ 据曾负责此项工作的樊嘉扬(Jiayang Fan)称,在工作中,2010 年她曾多次致电王蒙,仅为核实查建英转述他的引文时句句属实。查建英一文见 Jianying Zha, "Letter from Beijing: Servant of the State", *The New Yorker*, November 8, 2010, pp. 60-69.

④ David Kidd, *Peking Story: The Last Days of Old China*. New York: New York Review of Books, 2003.

⑤ David Kidd, "White Funeral, White Socks", *The New Yorker*, September 25, 1954.

普实克和夏志清的鲁迅研究及其方法论反思

沈杏培

在海外鲁迅研究的学人中,普实克和夏志清是两个重要的历史人物。普、夏两人的现代文学研究分别开始于 20 世纪 30 年代和 50 年代,在西方汉学界和大陆学术界均产生了重大而持久的影响。两人结缘中国现代文学的方式不同:普实克来华游学,结识郭沫若、冰心、郑振铎等人,并与鲁迅书信往来,回国后著文立说,出版回忆与游历文章,撰写关于中国现代文学的研究文章,翻译鲁迅作品;夏志清 40 年代后期赴美之后,接受欧美教育,先是在官方机构资助后在个人学术兴趣驱使下撰写中国现代文学研究文章。两人渗透在研究对象上的立场也迥异:普实克同情中国革命,认同中国左翼文学的现实情怀和历史功绩,把鲁迅奉为中国现代文学的方向性人物;而夏志清对鲁迅和左翼文学则怀着某种固执的敌视和偏见,以崭新的史观重新整饬现代文学史的肌理,以新批评的方法和"伟大传统"的坐标解读现代作家作品。两人的这种学术异见以 1961—1963 年在欧洲著名刊物《通报》上的论争达到顶点,通过这次"普夏之争",两人的"鲁迅学视野"和"现代文学史观"进一步得到了彰明。可以说,普实克和夏志清的学术争鸣,带有特定的"冷战背景"或意识形态色彩,但由这份学案所衍生而成的论争史、阐释史,在过去的半个多世纪已成为一份重要的学术遗产,值得我们细细梳理。本文试图重新检讨普夏现代文学研究和鲁迅专论的学术理路,追溯他们的鲁迅学各自濡染或启用的理论资源,并对他们各自研究的优劣进行反思。

一、普夏结缘鲁迅的历史背景与学术研究的理论资源

夏志清的中国现代文学研究始于 1952 年。在此之前,"我在国内期间,虽也看过一些鲁迅、周作人、沈从文等人的作品,但看得极少,对新文学可以说完

全是外行"①。对于夏志清从事研究之初的这种外行状态和空白的新文学功底，他的友人林以亮曾说："同一班青少年比起来，他的旧小说知识可以说是贫乏的。更奇怪的是那时他对五四运动以来出现的新小说家——一般中学、大学生的偶像如鲁迅、茅盾、巴金、沈从文等——似乎从来没有听见过，连通俗小说家如张恨水等也毫无印象。但话说回来，这对他将来治学未始不是一个有利条件，因为灵台空明，纤尘不染，犹如一面镜子，可以清晰地反映出一个作家或一部作品的客观价值。"②可见，夏志清对中国现代小说较为隔膜，与此呼应的是，夏志清在北大读书和去国求学时则接触了大量西方文学经典。夏志清自中学时代英文较好，又喜读大作家的全集，读遍丁尼生、莎士比亚等人的作品，在北大时几乎把"伊丽莎白时代诸大家一网打尽"③。他还自修德文，读完歌德、海涅、席勒，在理论上涉猎批评家休劳的《论布雷克》和波洛克斯的《精致的骨坛》——波洛克斯的新批评日后成为夏志清文学研究的重要方法。抗战爆发后，夏志清入光华大学英文系，主修西洋文学，从英国诗歌入手，遍读特莱顿、勃朗宁等大诗人的全集。

对于鲁迅，夏志清似乎有种天然的排拒和决绝的疏离。《中国现代小说史》给予鲁迅的篇幅是很少的，对其作品的分析缺少深度也很不系统，对于鲁迅的文学史定位也是语焉不详。夏志清对于小说史"激活"了张爱玲、沈从文、钱锺书和张天翼颇为自得，一直到晚年仍然认为自己的文学史"讲了四个人"，他认为"最大的遗憾"是疏忽了萧红、李劼人这几个重要作家④。他并不觉得冷遇作为"新文化的旗手"的鲁迅有何不妥。

从时代背景来看，夏志清无疑与20世纪五六十年代的冷战格局有着千丝万缕的联系，冷战文化影响了夏志清对作家的取舍和渗透在研究对象中的文学史观。第二次世界大战之后的1947年到1991年，以美苏为首的两大阵营形成对峙状态，这种相互遏制、不动武力的状态即为"冷战"。1951年的夏志清，还是耶鲁大学英文系的学生，此时面临着写论文，尤其是找工作的生计之忧。此时耶鲁大学政治系教授饶大卫（David N. Rowe）刚从政府领到一笔钱，正在招聘人马急欲启动研究。夏志清很快加入了饶大卫的《中国手册》编写团队，年薪4000美

---

① 夏志清：《中国现代小说史》，上海：复旦大学出版社，2005年，中译本序第6页。
② 夏志清：《鸡窗集》，上海：上海三联书店，2000年，前言第8—9页。
③ 夏志清：《鸡窗集》，上海：上海三联书店，2000年，前言第9页。
④ 季进：《对优美作品的发现与批评，永远是我的首要工作——夏志清先生访谈》，《当代作家评论》2005年第4期。

元。据夏志清介绍,《中国手册》是供美国军官阅读的内部资料,立场上反对红色政权。尽管这份资料后来未被美国军方重用,黯然淡出,但夏志清一人撰写了《文学》《思想》《中共大众传播》三大章,尤其是《文学》这部分正式启动了夏志清的现代文学研究之路。1952 年,夏志清为自己的中国现代文学史研究计划向洛克菲勒基金会申请资助,获得认可和充足的补助金,并开始了为期三年的中国现代文学史研究①。值得注意的是,为了维护国家利益、确保国家安全,美国政府同公立大学与私立大学合作在校园监控、举报左派人士。同时,还利用慈善性基金会作为掩护机构隐秘开展中央情报局项目——包括洛克菲勒基金会在内,卡内基基金会、福特基金会等当时最大的三大私人基金会,此时都在政府的意识形态渗透和操控之中。可以说,"就在联邦政府与基金会资助下,学术界开始结成新的区域研究单位,打造起冷战学术体制","夏氏兄弟正是透过带有政治任务的学术体制,方得以逐渐开展他们的研究,从而建立起在海外的中国现代文学研究,实践他们关于报国与学术的理念"。②这种冷战文化塑造了夏志清的文化心理和中国现代文学史研究策略。夏志清非常抵制鲁迅,并在文学史写作中淡化、贬低鲁迅。同时他对左翼文学的重要人物丁玲、茅盾等的评价也极为严苛。

夏志清的小说史写作受英美"新批评"的影响已是一个不争的事实。他曾详细叙说过写作现代文学史时的理论储备,包括他在 50 年代初期对新批评派小说的阅读,以及让他"受惠不浅"的英国大批评家李维斯(F.R.Leavis)的《大传统》对他的影响。③新批评派是英美现代文学批评里最有影响力的一个流派,20 世纪 20 年代发端于英国,四五十年代在美国蔚然成风。"新批评"的鼻祖波洛克斯(Cleanth Brooks)是他在耶鲁大学时的业师,新批评的其他几位大将也是他的老师。对于夏志清来说,这种学术环境的濡染和研究方法上的师徒传承是很明显的。新批评派本质上坚持的是作品本体论的论调,所反拨的是此前流行甚广的实证主义和浪漫主义文学批评,这一流派坚持文学批评应由社会历史转向文本、从作家转向作品等共同主张。新批评派把文学批评由先前的外部研究引向

---

① 这部分史实参见夏志清《中国现代小说史》,上海:复旦大学出版社,2005 年,中译本序第 5—7 页。

② 张鸿声、朴宰雨:《世界鲁迅与鲁迅世界:媒介、翻译与现代性书写》,北京:中国传媒大学出版社,2014 年,第 210 页。

③ 夏志清:《中国现代小说史》,上海:复旦大学出版社,2005 年,中译本序第 7 页。

了内部研究,让人们关注文本内部的语言、结构、文体等风景,但其缺陷也是非常明显的,"专注文本和语言的内部研究,从而忽视了文学与社会和文化之间的天然关系,暴露它的偏执与片面性","孤立地研究个别作品,不仅割断了作品与历史、文化和社会的联系,还破坏了文学研究的整体性"。①

无论是对中国古典小说的解读,还是对中国现代文学的研究,夏志清启用的批评方法是新批评派的路数,即在鲜明的世界文学比较视野下,使用文本细读的方法,重视对作品自身价值的鉴别与评价,较少以政治、历史等非文学的标准确定作家作品的高低——之所以说"较少",是因为尽管夏志清客观上使用了新批评的方法,尽可能忽略文学的历史因素和意识形态色彩,从而追求他所确立的"优美作品之发现和评审"②的宗旨,但由于他主观上对于鲁迅和部分左翼作家的厌弃,以及苛刻的"伟大作家"的文学标准,而使其中国文学研究实践在"去政治化"的外衣下隐藏着另一种政治偏见与意识形态色彩。在1960年初版《中国现代小说史》所作的序言里,夏志清这样坦承自己的学术思路:"这项研究当然不是作为政治学、社会学或者经济学研究的附庸而筹划的。文学史家的第一项工作永远是对优秀作品的发现和评价:假如他仅仅把文学材料视作反映某个时代政治和文化的一面镜子,他的研究将对学习文学的学生以及其他领域的学者们毫无意义。"③在晚年的访谈中,对于这一研究方法他仍然毫不动摇,"作为文学史家,对优美作品的发现与批评,永远是我的首要工作。我到现在仍然坚持这一点"④。特定的知识背景和文化传统塑造了特定的学术方式,这点正如刘绍铭所说,"由于他的科班训练有异于汉学传统,因此他读的不论是线装书或是横排的现代文学作品,见解若与时俗大异其趣者,亦不足为怪"⑤。

普实克(1906—1980),捷克斯洛伐克著名汉学家,早年在捷克的布拉格、瑞典的哥德堡、德国的哈勒和莱比锡等地学习汉语及中国历史与文学。在布拉格

---

① 赵一凡、张中载、李德恩主编:《西方文论关键词》(第一卷),北京:外语教学与研究出版社,2017年,第686页。

② 夏志清:《中国现代小说史》,上海:复旦大学出版社,2005年,中译本序第15页。

③ 夏志清:《中国现代小说史》英文版初版序言,张德强译,载《近代文学研究》(公号)第112期。

④ 季进:《对优美作品的发现与批评,永远是我的首要工作——夏志清先生访谈》,《当代作家评论》2005年第4期。

⑤ 刘绍铭:《夏志清传奇》,见夏志清《谈文艺 忆师友:夏志清自选集》,台北:INK印刻出版有限公司,2007年,第321页。

查理大学读书时,主攻古希腊罗马历史,后来受其导师、著名汉学家高本汉的影响,学业兴趣开始转向中国。关于普实克与鲁迅的结缘和交往史实,通过普实克的《回首当年忆鲁迅》①、《中国——我的姐妹》②、戈宝权的《鲁迅和普实克》和陈漱渝的《普实克和他的东方传奇》③等文,可以清晰地看到普实克走进鲁迅、译介鲁迅,以及两人在 30 年代短暂的书信交往过程。30 年代初期,普实克来华研究中国历史,无意间一个叫王福时的大学生送给普实克一些鲁迅的杂文集,这些像匕首一样的文字令他"惊喜交集","鲁迅为我打开了一条通向中国人内心的道路"④,普实克与鲁迅的缘分从此缔结。在普实克看来,鲁迅的作品"可与杜甫的诗相媲美","我是通过自己研究中国古典小说和短篇故事的论文,才得以和鲁迅先生接近的,他写了第一部中国小说史以及其他一些有关这方面的研究论文。我就这些问题和他在书信里进行探讨,他对我提出了一些很有价值的建议"。⑤ 1936 年 6 月,普实克在日本给鲁迅写了一封信,谈到准备将《呐喊》翻译成捷克文,希望鲁迅为译作作序且提供照片,并希望鲁迅谈谈他在中国文坛的地位。鲁迅抱病为这个不相识的捷克青年写了《〈呐喊〉捷克译文序言》,附了照片,授权翻译并表示不要稿费。普实克收到信异常激动,并给鲁迅回信致谢。1937 年 12 月,由普实克、诺沃特娜选译的《呐喊》(收入鲁迅的 8 篇小说,附有鲁迅的亲笔短序)由布拉格人民文化出版社出版。该书是鲁迅作品的第一个捷文译本,后记亦是第一篇向捷克读者介绍鲁迅其人其文的文章。自此之后的十年中,普实克发表、出版了很多鲁迅的相关文字。⑥ 这些关于鲁迅的论述有不少在当时产生了很大的学术影响。比如在《〈中国现代文学研究〉引言》一文中,普实克针对波文 1946 年在北平出版的《中国现代文学史》中的资料谬误,以及对鲁迅的误读进行了纠偏,有利于鲁迅在西方读者中的传播。⑦《中国现代文学史的根本问题——评夏志清的〈中国现代小说史〉》(1962)引起的"普夏之争"几乎成为

---

① 普实克:《回首当年忆鲁迅》,《解放日报》1956 年 11 月 17 日。

② 雅罗斯拉夫·普实克:《中国——我的姐妹》,丛林、陈平陵、李梅译,北京:外语教学与研究出版社,2005 年。

③ 陈漱渝:《普实克和他的东方传奇》,《上海鲁迅研究》2010 年第 1 期。

④ 普实克:《回首当年忆鲁迅》,《解放日报》1956 年 11 月 17 日。

⑤ 雅罗斯拉夫·普实克:《中国——我的姐妹》,丛林、陈平陵、李梅译,北京:外语教学与研究出版社,2005 年,第370 页。

⑥ 张杰:《鲁迅:域外的接近与接受》,福州:福建教育出版社,2011 年,第 300—303 页。

⑦ 陈漱渝:《普实克和他的东方传奇》,《上海鲁迅研究》2010 年第 1 期。

海外汉学的一桩公案(下文专论)。再如《鲁迅的〈怀旧〉——中国现代文学的先声》(1967)一文,普实克认为这篇小说的特点在于"不以情节为阶石而直达主题的中心",并将这种削弱情节,甚至完全取消情节,对个人回忆方面的强调的倾向看成抒情作品对叙事作品的渗透,由此得出"鲁迅作品中明显的怀旧和抒情特征使他不属于十九世纪现实主义传统",以鲁迅为代表的新文学的出现是一种"突变"。①尽管对《怀旧》的解读,普实克与王瑶、王富仁等人观点有别,但不可忽视普实克在这篇解读中的一些新见:比如把鲁迅放在与中国文学传统以及欧洲文学传统中进行考察的"世界视野";比如第一次用"抒情性"这一概念解读这篇非情节化的小说——正如王德威所说,普实克是西方汉学家中第一个"将抒情与史诗并置起来讨论中国现代文学"②。可以说,王德威后来提出中国现代文学的"抒情传统",并以此作为重新阐释中国现代文学的理论符码,可能正是受惠于普实克的学术启迪。1952 年 10 月,在普实克的热切主张和推动下,布拉格的鲁迅图书馆得以成立,这既是中捷两国文化互信和交流的见证,也是普实克与鲁迅跨国情谊的历史延续。

从学缘谱系和知识背景的角度追踪普实克的学术渊源很有必要。普实克学术背景丰富,曾求学于布拉格、德国、瑞典,又在日本、中国留过学,师从过瑞典汉学家高本汉、哈龙和黑尼施等学者,其专业从最初的社会历史学转向中国中古和中国近现代文学。1945 年普实克创立了东方语言学和远东历史学教研室,并创办《新东方双月刊》。1953—1968 年普实克担任捷克斯洛伐克科学院东方研究所所长,1955 年当选为科学院院士。③不得不说的是,20 世纪 50 年代在捷克布拉格,一批研究中国文化和中国文学的学者(包括普实克的学生或其他同僚),以普实克为中心,形成了学术史上著名的"布拉格汉学派"——此学派区别于 20 世纪 30 年代以结构主义语言学为特色的布拉格学派(又称功能语言学派)。对于普实克和布拉格汉学派,在学术方法上,"普实克的批评方法一方面受到了马克思主义(历史决定论)美学的熏陶,另一方面受到了形式主义(如什克洛夫斯基、提纳诺夫)、结构主义(穆克洛夫斯基、雅各布逊)的影响,并在这两个方面尽可能

---

① 雅罗斯拉夫·普实克:《普实克中国现代文学论文集》,李燕乔等译,长沙:湖南文艺出版社,1987 年,第 116、119 页。

② 季进:《另一种声音——海外汉学访谈录》,上海:复旦大学出版社,2011 年,第 106 页。

③ 刘燕:《从普实克到高利克:布拉格汉学派的鲁迅研究》,《鲁迅研究月刊》2017 年第 4 期。

达成一种辩证的张力"①。在评价中国现代文学时,普实克更注重现代作家作品与新民主主义革命之间的复杂关联,重视文学的历史作用,同时也会兼顾新文学作品中的传统因素遗存。夏志清与普实克的学缘差异,总结起来便是:"前者是一位中国留洋学生,受训于美国'新批评'大本营的耶鲁大学英文系,以欧西文学为基准回顾中国古代和现代文学;其思想倾向主要是英美的自由主义,对共产主义及其政权非常抗拒。后者的基本训练是欧陆的学理传统,对中国文化始于好奇想象,再转化成同情投合;这当然又与其政治思想由民族解放出发,再求寄托于社会主义的理想有关。"②不同的知识背景、文化传统决定或影响了普夏两人的学术视点和研究方法。因而,面对鲁迅这一研究对象,两人也呈现了迥异的学术理路。

二、"普夏之争"中的两种鲁迅研究理路

1960 年,夏志清的《中国现代小说史》(*A History of Modern Chinese Fiction*)由耶鲁大学出版社出版,该书被西方学者认为是"拓荒巨著"③,同时也得到了尖锐的批评。典型的有,捷克斯洛伐克汉学家普实克在 1961 年欧洲顶级刊物《通报》(*Toung Pao*)上发表题为《中国现代文学史的根本问题——评夏志清的〈中国现代小说史〉》,指责夏志清是"有严重政治偏见的主观批评家"。夏志清随后撰写相近篇幅的长文《论对中国现代文学的"科学"研究——答普实克教授》,逐一反驳普实克的观点。普实克长夏志清十五岁,在 20 世纪三四十年代,他就已翻译出版了捷克文《呐喊》《子夜》《论语》《中国话本小说集》等作品,奠定了学术地位,论争之时,普实克已是声名远扬的国际汉学家,而夏志清则刚刚崭露头角。这场争论中,双方都情绪激昂地指责对方的文学观念和研究方法存在缺陷,双方的文学史观也通过这场硝烟弥漫的论争得到了彰显。这场论战被称为"普夏之争"、"普夏笔战"。如今回顾这场文坛学案,普实克及其学生之所以发起对夏志清论著的尖刻批评,在于不满夏志清过于"主观"的学术方法,而夏志清

---

① 刘燕:《从普实克到高利克:布拉格汉学派的鲁迅研究》,《鲁迅研究月刊》2017 年第 4 期。

② 陈国球:《"文学批评"与"文学科学"——夏志清与普实克的"文学史"辩论》,《北京大学学报(哲学社会科学版)》2011 年第 1 期。

③ 夏志清:《中国现代小说史》,上海:复旦大学出版社,2005 年,中译本序第 10 页。

的奋起回击更多有维护声誉的意味。①

在具体论争中,普实克的文章分为"概论"、"方法的对比"、"作家群像"三部分,其中在第二部分,"普实克将47页书评中的整整20页奉献给了鲁迅"②,主要以鲁迅为例谈论夏志清的批评方法;夏志清的回击文章也包含三个部分:"基本问题"、"鲁迅"、"其他作家"。可见,两人的论争针对性很强,覆盖了方法论、鲁迅和其他作家三个方面。

从基本文学史观和批评方法上看,普夏两人的差别是显见的。夏志清坚持艺术自律原则,反对文学承载过多的社会功能,治文学史时多以新批评的方式分析作家作品。夏志清责难中国现代作家过于拘囿于社会问题,而导致文学过重的现实指向色彩。在他看来,好的文学除了艺术技巧层面,更应有超脱社会表层和现实内容的对心理真实、个体生活的表现,甚至体现宗教信仰和欧美"大传统"的文学。他所执持的批评标准,"全以作品的文学价值为原则"③。在对鲁迅的看法上,夏志清秉持着这样的观点——"我对鲁迅亲共、捧苏联文艺一向有意见。"④而普实克则非常看重文学的社会、历史层面的功能,如果说夏志清看重的是文学的文本价值,那么普实克更注重在社会、文化、历史视野里考察文学的功能。当夏志清在文学史中高举"伟大传统"和劳伦斯"勿为人类但为圣灵写作"标杆,轻视济慈所说的带有"明显的图式"而偏爱"无个人目的的道德探索"等文学观念,贬低鲁迅责难现代作家的平庸时,普实克则认为批评家不应该简单指责现代作家,而应认真反思现代作家选择这种文学道路的必要性,努力揭示决定现代文学的历史背景。继而,普实克进一步指出,夏志清的根本问题在于,"他未能把他在研究的文学现象正确地同当时的历史客观联系,未能将这些现象同在其之前发生的事件相联系或最终同世界相联系。他没有采用一种真正科学的文学方法,而是满足于运用文学批评的做法,而且是一种极为主观的做法"⑤。

---

① 一直到晚年,夏志清都将这场论争视为捍卫自己的荣誉之战。他说,面对普实克在欧洲知名学报《通报》上撰文把这本书批得"体无完肤","我迫得奋起作辩,不然我在批评界、学术界的声誉恐怕就要毁于一旦了"。参见夏志清《夏志清论中国文学》,万芷均等译,香港:香港中文大学出版社,2017年,序言第3页。

② 夏志清:《中国现代小说史》,上海:复旦大学出版社,2005年,第333页。

③ 夏志清:《中国现代小说史》,上海:复旦大学出版社,2005年,第327页。

④ 刘再复:《夏志清先生纪事》,《新文学史料》2014年第3期。

⑤ 雅罗斯拉夫·普实克:《普实克中国现代文学论文集》,李燕乔等译,长沙:湖南文艺出版社,1987年,第220页。

文学史观和批评方法上的这种差异鲜明地体现在他们对鲁迅的研究实践和论争中。首先，在对鲁迅文学成绩的总体评价上，两人争执不下。夏志清在小说史中重点分析了从《狂人日记》到《离婚》的九部作品，认为这些作品是新文学初期的"最佳作品"，这些"主要描写一个过渡时代的农村或小镇的生活"的作品，"有足够的感人力量和色彩去吸引后世读者的兴趣"。但除此，夏志清认为《孤独者》《伤逝》《幸福的家庭》充满了伤感的说教，而且取材仅仅局限于"故乡经验"是他的一个"真正的缺点"；同时，《故事新编》的浅薄与凌乱，显示出一个杰出的小说家"可悲的没落"；晚年杂文的创作体现了"创作力的消失"，在此基础上，夏志清得出结论：鲁迅的"自以为是"和"他自己造成的温情主义使他不够资格跻身于世界名讽刺家之列"①。普实克在批驳文章中，一方面在具体作品的分析上提出了不同的意见，比如对于夏志清所认为的《故乡》中闰土的格外不幸来源于"家室之累"，普实克则认为沉重的捐税、兵乱、孩子、官府和高利贷者合力造成了闰土的不幸②。再如，普实克不同意夏志清用象征主义的方式解读《药》。此外，普实克试图指出夏志清在脱离历史语境和资料缺乏情况下对鲁迅做出的诸多论断都是错误的，在方法上是一种主观主义的批评方式。普实克认为鲁迅对旧制度和黑暗现实不屈不挠的抗争这一"统一的思想和目标"影响着鲁迅的整个创作。

在对1926年以后鲁迅文学的评价以及鲁迅创作是否衰竭问题上，普夏两人展开了针锋相对的论争。在此问题上的看法上，夏志清与其兄长夏济安如出一辙。夏济安认为1926年创作完《彷徨》和散文诗集《野草》之后，标志着鲁迅"创作生命的结束"③。夏志清看法与此类似，他认为，1926年从北京南下后，鲁迅在厦门和广州两地的生活的无定和不愉快，以及与其他左翼作家激烈的论争，使得鲁迅不能够专心写小说，1929年在信仰共产主义后，成为众人拥戴的文坛领袖。20年代后期的这种经历与转变下，"他很难再保持他写最佳小说所必需的那种诚实态度而不暴露自己新政治立场的浅薄。为了政治意识的一贯，鲁迅只好让

---

① 夏志清：《中国现代小说史》，上海：复旦大学出版社，2005年，第34—40页。

② 雅罗斯拉夫·普实克：《普实克中国现代文学论文集》，李燕乔等译，长沙：湖南文艺出版社，1987年，第240页。

③ 夏济安：《黑暗的闸门：中国左翼文学运动研究》，万芷均等译，香港：香港中文大学出版社，2016年，第128页。

自己的感情枯竭"①。因而,鲁迅后期的杂文写作成了鲁迅艺术枯竭后的避难所。对于 20 年代后半期以后的散文,夏志清肯定它们"有生动不俗的意象或例证"、"绝妙的语句"、"冷酷狠毒的幽默"等艺术特性,"但整个来说,这些文章使人有小题大做的感觉。鲁迅的狂傲使他根本无法承认错误。文中比较重要的对社会和文化的评论,又和他的诡辩分不开。他可以不顾逻辑和事实,而无情地打击他的敌人,证明自己永远是对的"②。普实克并不赞同鲁迅后期创作力衰退的论调,关于鲁迅离开北京后停止小说创作的原因,他认为段祺瑞政府的"三一八惨案"对学生的屠杀迫使鲁迅离开北京,而蒋介石的 1927 年的血腥"捕赤"又迫使他离开广州,"一定是这两个事件使鲁迅认识到了全力投入同反动派斗争的必要性,而且从那以后,他便成为一位不妥协的战士。很明显,这种斗争和为赚得微薄稿酬来维持家庭使他没有时间平静地从事创作。然而他这一时期的杂文被证明具有特殊的思想深度"③。

如今,距离夏志清立论的年代已过去五十余年,鲁迅研究已逐渐褪去了意识形态绑架,"鲁学"也成为现代中国最具魅力而言说不尽的论题之一。夏志清关于鲁迅的种种论断,其武断、意气,以及由此形成的学术见解上的偏狭甚或错误,无须做太多学理上的辨析便可昭然。鲁迅杂文的价值,鲁迅后期创作力等问题,在学界几乎已形成了一些共识性的看法。比如,关于鲁迅的杂文,鲁迅的"宿敌"梁实秋曾说过,"鲁迅的作品,比较精彩的是他的杂感"④。其实,鲁迅的至交瞿秋白早在 1933 年在《鲁迅杂感选集》长篇序言里,就已对鲁迅杂文的价值做了令人信服的系统阐述。瞿秋白把鲁迅杂文放在中国现代历史进程,以及鲁迅由进化论到阶级论、由个性主义到集体主义的思想转变历程背景下加以考察,他认为鲁迅的杂感是一种"社会论文",并将这种文体称为"战斗的阜利

---

① 引自夏志清《中国现代小说史》,香港:香港中文大学出版社,2001 年,第 40 页。这段文字在 1979 年台湾友联出版社和 2001 年香港大学中文出版社的同名书中都存在,在 2005 年的复旦大学版中删除了。之所以删除类似贬鲁言论,译者和出版方是为了淡化该书初版本中过强的政治偏见。

② 夏志清:《中国现代小说史》,香港:香港中文大学出版社 2001 年版,第 42 页。

③ 雅罗斯拉夫·普实克:《普实克中国现代文学论文集》,李燕乔等译,长沙:湖南文艺出版社,1987 年,第 241 页。

④ 梁实秋:《关于鲁迅》,台北:爱眉文艺出版社,1970 年,第 6 页。

通(feuilleton)"①——所谓卓利通,原指欧洲报刊上的短篇小品文。至于鲁迅为何钟情于这种文体,以及鲁迅赋予了这种文体怎样的特质,瞿秋白这样说道:"谁要是想一想这将近二十年的情形,他就可以懂得这种文体发生的原因。急遽的剧烈的社会斗争,使作家不能够从容的把他的思想和情感熔铸到创作里去,表现在具体的形象和典型里;同时,残酷的强暴的压力,又不容许作家的言论采取通常的形式。作家的幽默才能,就帮助他用艺术的形式来表现他的政治立场,他的深刻的对于社会的观察,他的热烈的对于民众斗争的同情。"②瞿秋白这篇长文,是现代文学史上最早系统谈论鲁迅杂文的专论,可以说是带着"了解之同情"的历史眼光,切近历史真实语境,符合鲁迅晚年的文化心理和真实处境,对鲁迅杂文的历史成就所做的断语确切可信。简言之,鲁迅之所以在晚年放弃小说的写作而转向杂文写作,其原因并非夏志清所言创造力的衰退,鲁迅选择了这种"更直接的更迅速的反映社会上的日常事变"文体,在于其急切批判社会积弊、急速坦陈忧愤心情的文化心理所致。

面对普实克的这些批评,夏志清在翌年的《论对中国现代文学的"科学"研究》一文中部分地赞同对方的观点并纠正了自己的一些看法,但更多的是重申自己的批评立场或反驳普实克的观点。比如,对于普实克批评他对个别作品评价错误,夏志清承认自己对《狂人日记》的评价过低,经过进一步的阅读和思考,他得出新的结论:"《狂人日记》是鲁迅最成功的作品之一,其中的讽刺和艺术技巧,是和作者对主题的精心阐明紧密结合的,大半是运用意象派和象征派的手法。而我要求作者'把狂人的幻想放在一个真实故事的构架中'并'把他的观点戏剧化'是错误的。"③但对普实克指责自己在鲁迅研究上属于"主观的观察"而缺少"更细致的科学分析",夏志清显然不能苟同,针对普实克的质疑,他对《故乡》中闰土的悲剧起源、《药》中的象征主义、《祝福》中祥林嫂的悲剧诱因等命题一一详细辨析,试图指出,他的解读基于文本本身,借用象征主义(比如《药》中的华夏两姓的象征意味,《祝福》中狼的象征意义),做出了符合文本原意的阐释。同时指出,普实克由于过分倚重作者意图,对鲁迅小说的"意图与目标"所抱的"事先假

---

① 何凝:《〈鲁迅杂感选集〉序言》,鲁迅:《鲁迅杂感选集》,上海:青光书局,1933 年,序言第 2 页。

② 何凝:《〈鲁迅杂感选集〉序言》,鲁迅:《鲁迅杂感选集》,上海:青光书局,1933 年,第 2 页。

③ 夏志清:《中国现代小说史》,上海:复旦大学出版社,2005 年,第 336 页。

定"①,使他做出了带有偏见的解读。

夏志清的《中国现代小说史》80年代甫在大陆面世,其贬鲁迅和左翼而扬张爱玲、沈从文、钱锺书的文学史格局给大陆学界带来不小的震惊,也引起了很多非议。与夏志清颇有交情的刘再复,当年初读到小说史时,对于夏志清在张爱玲和鲁迅之间表现出来的"过于偏激的褒此贬彼"和"以嘲讽的基调描述鲁迅"的价值立场难以接受,持"保留"态度。②夏志清对鲁迅的贬抑,对于国内学术界的影响是明显的,一方面,他不袭文学史极度推崇鲁迅的传统,把鲁迅从现代文学之父和文学最高峰的神龛里移放到功过同样明显的杰出小说家行列,这成为后世倒鲁、骂鲁、反鲁派常常征引的理论资源;另一方面,他把鲁迅边缘化、打入文学史另册的学术实践,其所包含的政治偏见、去历史化的研究方法和诸多"独排众议"的结论,引发了广泛的争议,成为后世不断反思的学术论题。

三、政治偏见、作者意图、历史化与文学史观的纠缠

普实克、夏志清的现代文学研究和鲁迅研究分别起步于20世纪30年代和60年代,作为海外汉学的两个旗帜性的代表人物,他们的文学史观念、学术方法和具体学术见解均对后世产生了重大影响。尤其是夏志清的《中国现代小说史》一书,在80年代的文化和文学解冻时期,更是以势不可挡的态度冲击了国内学者的治史理念,成为引发80年代后期"重写文学史"思潮的重要因素。程光炜曾撰文说到,夏志清推崇文学本身的美学和修辞,"他事实上是在为80年代的中国现代小说史建立一套关于经典作家和作品的行业标准,以及一丝不苟的审美过滤机制",而夏志清的研究所依据的新批评的"知识原点"显然区别于此前以社会学为知识原点的理论传统,这也就意味着他要把80年代的中国现代文学研究"重新纳入到世界性的知识视野和理论范畴之中"③。这种关注文学本体价值的"过滤机制"和"世界视野"正是夏志清留给后人的重要遗产。可以说,夏志清和普实克的鲁迅研究代表了海外汉学的两种基本路数,包含了诸多值得细致探析的重要话题。除了上文所提到的理论渊源、批评方法、普夏之争等话题,他们的

① 夏志清:《中国现代小说史》,上海:复旦大学出版社,2005年,第346页。
② 刘再复:《夏志清先生纪事》,《新文学史料》2014年第3期。
③ 程光炜:《〈中国现代小说史〉与80年代的"现代文学"》,《南方文坛》2009年第3期。

鲁迅研究所涉及的政治偏见、作者意图、历史化问题,都是中国现当代文学史写作中具有方法论意义的重要议题,值得稍作辨析。

第一,政治偏见与文学史写作。

夏志清所置身的冷战背景及其西方知识体系,使他难脱审视鲁迅或现代文学上的西方视角和政治偏见。他对鲁迅和其他左翼作家怀有恶毒的"敌意"[①]招致普实克的极其不满。对于自己的治史立场,夏志清有着自觉的体认,他在晚年曾说过,早年他的中国现代文学阅读并不多,拿到英文系博士后,才开始真正阅读和研究中国现代文学,早年阅读记忆的空白使他减少了对这些作家的"感情负担"[②],同时他也不避讳自己的政治立场。夏志清清楚地看到建构这一神话的权力话语和意识形态因素,决绝地在自己的文学史中打碎了这一神话,这种"去政治化"的书写对于还原真实鲁迅、剥离鲁迅形象与现代权力因素之间的胶着关系,具有重要的意义。但另一方面,由于夏志清缺少对现代中国的真切了解,他没有看到或是故意忽视鲁迅作为现代中国秩序中的异类和先锋作用——正是这种对旧的社会制度和落后文化性格不屈不挠的抗争,使鲁迅成为现代中国追求现代性的颠踬旅程中的思想先锋和清醒的斗士。显然,夏志清缺少对鲁迅在现代中国文化史、思想史以及文学史上的这种重要作用的认识,在鲁迅与现代中国的关系上,"他可能不承认文学具有社会作用,但这种作用确实存在,作家应该对他的生活和创作向他所从属的社会负责"[③]。可以说,他以淡化或简化鲁迅的理念,对鲁迅进行了"去政治化"的书写,以新批评的方法剔除鲁迅所处的丰富而复杂的历史语境,直面鲁迅的文本,最终把鲁迅从文学史的经典序列中挤出去。夏志清的鲁迅研究是一次带着政治偏见试图矮化鲁迅,最终走向矫枉过正、远离真实历史图景的批评实践。依据冷战思维和西方"伟大传统"进行的疏离、重新编织既定文学史格局的写作,使其进入了用一种政治标准反抗另一种政治标准、以一套权力话语反对另一套权力话语的方法论简单循环之中。

有一个近乎悖论的问题值得我们追问。我们知道,夏志清在研究中国现代文学时体现了"感时忧国"的灼灼情怀。这种感时忧国与夏志清本人的历史记忆

---

① 雅罗斯拉夫·普实克:《普实克中国现代文学论文集》,李燕乔等译,长沙:湖南文艺出版社,1987年,第213页。

② 刘再复:《夏志清先生纪事》,《新文学史料》2014年第3期。

③ 雅罗斯拉夫·普实克:《普实克中国现代文学论文集》,李燕乔等译,长沙:湖南文艺出版社,1987年,第215页。

有关,"夏志清生于 1921 年,在他 1947 年赴美之前,整个青年时代可说都是在'五四文化潮流'和'抗战爱国激情'的感染下度过的"①。对于现代中国社会尤其是对动荡和战乱时局的这种亲身体验,应该有助于夏志清分析现代文学和现代中国之间的关系,鲁迅和左翼作家在社会进程中对底层的关注,对社会弊病的抨击,不正是一种"感时忧国"的最好体现吗?按理说,夏志清应该在这一点上与鲁迅、丁玲、巴金等作家具有某种共鸣。然而,在夏志清的鲁迅研究中,我们几乎看不到他对鲁迅那种忧愤之情和文化反思的认可,看不到他对鲁迅感时忧国情怀的知音之惜。究其因,根本问题还是在于其对人民政府权力和鲁迅的政治偏见,这种偏见限制了他对鲁迅现实主义精神的深度理解,新批评的路数又使他抽去了鲁迅置身的历史与文化语境,当仅仅在文本层面解读鲁迅小说时,简化、误读便不可避免了。

对于自己的这种偏见,早在"普夏论争"时,夏志清已经开始自觉反思,并对其进行了部分修正(上文已提及)。在夏志清的晚年,他对左翼文学和鲁迅的评价发生了一些变化,甚至是一种自我纠偏。刘再复在回忆文章中提到夏志清曾将《文艺报》上评价他的文章寄送给自己的细节,《文艺报》的这篇文章直言夏志清对鲁迅、丁玲怀有的偏颇,同时坦言,夏志清本人消解了"思想的偏见"。看得出,夏志清并不忌讳这篇文章对他反鲁倾向的批评,同时他非常认可该文作者指出夏志清自我纠偏这一晚年心态上的极大变化,甚至有几份惊喜。刘再复通过夏志清寄送剪报这一"很不寻常"的举动总结道,"晚年的夏先生很了不起,他放下了'左右两极,非此即彼'的思维方式了,放下曾有的'偏颇'了。他把'政治'搁置一边,用更纯粹的文学眼光评价作家,显然认可'校正和消解了思想偏见'这样的评说。"②大胆起用新的视角和新的方法,并不惮以政治偏见进行文学史研究,充分体现了早年夏志清作为治史者的独立果敢和范式上的开风气之先。同时,晚年夏志清对自我政治立场上的有限调适也体现了融通、平和的史家胸襟。

某种意义上,文学史既是一种还原文学史实的历史再现,更是一种充满主观性和历史性的建构性叙事。在一部文学史中,没有谁能打捞所有的文学活动与历史细节,也不能保证每一断语和评价都能客观公正。正是在这一意义上,夏志清凭一己之力,基于个体的知识结构和评价系统,对中国现代文学进行个体意义

---

① 张毓纯:《当代中国文学思想的政治脉络:夏志清、李欧梵与王德威之间的传承与变迁》,台北:台湾中山大学政治学研究所,2011 年,第 10 页。
② 刘再复:《夏志清先生纪事》,《新文学史料》2014 年第 3 期。

上的历史评价,尽管他的学术实践难逃大时代意识形态的渗透与个人对鲁迅的根深蒂固的偏见,但这丝毫不能掩盖他的诸多论断具有的拓荒意义。尤其是,不袭旧说,不畏权威,敢于独立评判文学现象,自立新说,更是当下学人应该记取的学术精神,这也是夏志清留给后人最大的学术遗产。夏志清一直对自己敢于形成"judgement"充满自豪,即使与博学的钱锺书相比,他也自信如此,"他对诗艺的研究、比较诗学的研究,是没话讲的。但是有一点可以说,他没我胆子大,我是综批中国文学"。①绝对公正而客观的文学史是不存在的,这种"片面的深刻"的文学史,比起当下那些四平八稳、毫无创新的各式文学史有价值多了,至少前者提供了新的研究范式或是在局部文学阐释上提供了新见。在对待鲁迅评价问题上,夏志清的贬抑鲁迅和左翼作家,在观念上破除了神化鲁迅的路数,为80年代后期开始的贬鲁思潮开了头。把鲁迅从意识形态的捆缚和高高在上的神龛里"解放"出来,让日常鲁迅、真实鲁迅回归大众视野,让鲁迅研究回归学术轨道,这是鲁迅研究在80年代之后的重大学术转向。客观地说,夏志清的鲁迅书写和现代文学史的写作方式,尽管带有"黑鲁"的偏见和意识形态层面的操控,但对于官方、学界过于单一的鲁迅言说不啻是一种巨大冲击,唤醒了治史者的理论自觉,为鲁迅研究的新局面提供了方法论上的支持。

第二,文学研究中的作者意图问题。

值得注意的是,在普夏两人的研究尤其是论战中,频频论及"创作意图"、"写作目的"这些关键词。文学批评和文学研究要不要考虑作家的"创作意图",答案是肯定的。但在如何定位"创作意图"的作用,即如何处理治史者的独立评价与作家的创作意图两种评价标准,以及如何认识创作意图与艺术效果之间的差异或悖论方面,两人具有较大分歧,并展开相互之间的责难。

普实克特别关注"作者意图",认为忠实于作者原意,这是解读作品主题,对文本进行历史性解读的重要维度,如果不尊重作者意图,显然是一种"主观的观察",缺少客观性和科学性。然而,夏志清则认为"衡量一种文学,并不根据它的意图,而是在于它的实际表现,它的思想、智慧、感性和风格"②。两人在这一问题上的论争,恰恰反映了传统社会历史批评、实证主义批评与新批评之间的重大分野,即传统社会历史批评对作者意图上的倚重和新批评对作者意图的轻视。

---

① 季进:《对优美作品的发现与批评,永远是我的首要工作——夏志清先生访谈》,《当代作家评论》2005年第4期。

② 夏志清:《中国现代小说史》,上海:复旦大学出版社,2005年,第324页。

传统社会历史分析,基于世界、作者、文本、读者是一个有机、相互作用的整体这一认识,认为文学文本,尤其是现实主义或浪漫主义文学,真实再现了作者的思想与情感,他们相信作家的自述、访谈、日记、传记等写实性文字的真实性,而且与文学文本之间可以构成一种相互印证的关系。因而,作家自己的声音和所谓意图,常常可以用来佐证或反驳文本的意义建构。新批评派也非常注重作者意图这一问题,只不过,新批评并不认可由作家发声形成的"意图"的合法性。新批评的"意图谬见(the intentional fallacy)"强调,"一首诗的意义在它的内部,是由其话语层面的语法、词义和句法等决定的,不决定于诗人在谈话、书信或日记里吐露的意向;作品的意义与作家的意图不相干,不能把作家在别的场合表现的意图强加到作品"①。上文提到,普实克批评夏志清的"主观描述"完全掩盖了鲁迅创作的意图和目标,而夏志清则指责普实克在解读鲁迅时过分依赖所谓"作者意图",甚至对这些意图抱有"事先假定",从而形成了带有"偏见的解读",二人通过"作者意图"这一中间环节相互指责对方是主观阐释,而自己才是科学分析。说到底,两人在"作者意图"上的分歧在于:第一,靠作者意图阐释文本,还是靠文本自身逻辑;第二,作者的真实意图是什么。细细辨析可见,夏志清和普实克两人都不否认"作者意图"的有效性,只是前者在文本阐释中并不看重立论和作者意图之间的相互印证关系,而后者则非常看重作者意图对于文学阐释的参照意义,甚至将之直接视为文本的意义终点。这点正如夏志清所说,"尽管普实克重组了一些'科学的'事实以说明鲁迅的勇敢的乐观主义,但事实证明,我对《故乡》及《呐喊》中其他小说的分析更符合鲁迅本人在《自序》中对自己的'意图'所做的评价。而且我并不是依靠那些'意图'陈述,而是完完全全通过分析小说本身得出这些结论的。"②当然,两人通过对"作者意图"的激辩,最终想要维护的是自己观点的合理性以及研究方法上的科学性。

"作者意图"这一问题,还值得我们在方法论意义上进行深思。比如,在"文本阐释—作者意图—科学分析"这一链条上,是否存在一种自然的逻辑关系,即一种文本阐释活动,如果体现了、印证了作者意图,这是不是一种更科学的文学批评?反之,如果一种文本阐释,不符合作者意图,甚至与之大相径庭,由此进行的文学批评是否因为这种主观而丧失了科学性和合理性?作者意图在文学批评

① 赵一凡、张中载、李德恩主编:《西方文论关键词》(第一卷),北京:外语教学与研究出版社,2017年,第683页。

② 夏志清:《中国现代小说史》,上海:复旦大学出版社,2005年,第339页。

和文学史研究中,能否作为批评者立论和判断的基础性坐标?"作者意图说"和"意图谬误说"各自的理论依据和功能短板是什么,文学批评和文学史写作如何甄别、合理利用作者意图? 这些问题值得细细辨析,限于篇幅,本文引出话题,不作详述。

第三,鲁迅研究的"历史化"。

夏志清和普实克的现代文学史研究所引出的另一个话题是,文学史是该"崇作品",还是"尊历史"? 从一般意义上来说,文学作品和文学历史是两个并不矛盾的范畴,都不可忽视。但从中国现代文学史的学科发展历程来看,由于晚清以来中国特定的历史动荡和内外交困时局,文学的发展是在与近代以来的政治、历史和文化的复杂啮合中进行的,文学承载着太多非文学的社会现实与历史政治内涵——这也正是 20 世纪中国文学被一些学者称作"非文学的世纪"的原因。而中国现代文学史,从最初作为古典文学史的"尾巴"继而获得自主性成为一门独立学科以来,一直与政治文化、现实功效、意识形态纠缠在一起,文学史的历史分期和文学理念无不是社会史、政治史的照搬或沿袭。一直到引入夏志清《中国现代小说史》的 80 年代,中国新文学史写作中的意识形态倾向、政治话语依然很明显。可以说,80 年代以前文学的历史性和社会性得到了充分的重视,而文学本体的价值并未得到足够的重视。在"重写文学史"的浪潮中,一些学者呼吁"把文学还给文学史"①。夏志清的文学史带来的是文学史观的变化,他重视作家作品,以作品价值的高低优劣作为最重要的评价标准。在作品与历史这两极,夏志清显然更注重前者。对这一选择,其兄夏济安在 1960 年 7 月 3 日致夏志清的信中曾这样鼓励:"你这本书主要的是作品的批评,关于史料方面,现在搜集的这点已够。再多搜集,恐怕反而要把书的重点淹没。"②

也就是说,从文学研究路数来看,尽管也注重文学史料的挖掘,但夏志清研究现代文学史更多启用的还是新批评和比较文学的方法。问题是,对现代中国文学的研究如果单以作家作品作为对象,固然可以借助新批评的方法和西方文学经典的坐标进行文学品鉴和价值估衡,但这种脱离了文本的历史语境的文学研究毫无疑问是充满危险的,上文提到的夏志清低估鲁迅杂文的做法就是明证。新批评、形式主义、结构主义以及其他理论话语,在解读文学文本时固然能够看

---

① 语出学者李杨。
② 王洞、季进编注:《夏志清夏济安通信选刊》,《新文学史料》2018 年第 1 期。

到文本的一些特质,得出一些新颖的结论,但这些西方理论如果脱离了具体区域地理、历史语境和文化传统,无异于一种理论预设与话语强行征用,会造成方法论上的强制阐释,其所得出的结论是不可信,甚至是极其有害的。

近些年,在鲁迅研究和中国现当代文学研究中,研究的"历史化"问题不断被提起。从 80 年代中期的"方法论热"始,新的观念和研究方法潮水般涌入国内,开始洗涤人们的头脑。90 年代以来,各种"主义"和"理论"以更加迅猛之势进入中国现当代文学研究,理论资源的丰富确实带来了文学阐释的丰富性,但理论话语与文本内容的脱节、去历史化等倾向也造成了文学研究上的过度阐释或强制阐释。在这样的情况下,一些学者呼吁中国现当代文学研究的"历史化"问题[①]。在鲁迅研究中,一直存在着"批评化"和"非历史化"的倾向。"不光是当代文学史研究,即使在现代文学史研究中,这种以'批评'的结果或主导'文学史'研究结论的现象,也非常明显地存在着。举例来说,就是引人注目的'鲁迅研究'。那些被'批评化'了的'鲁迅形象',不仅成为许多鲁迅研究者的'研究结论',而且也显而易见地成为关于鲁迅研究的文学史成果。"[②]可以说,无论是对于中国现当代文学整个学科,还是对于鲁迅研究这样的专题,"历史化"的学术理念已成为很多学者的共识,"历史化"地研究鲁迅也一直是颇具生命力的研究方法。普夏两人的鲁迅研究再次提醒我们重视对历史化这一问题的探讨,也使我们想起詹姆逊那句"永远历史化"(always historicize)的谆谆告诫。

四、结语

总体来看,普实克和夏志清是海外汉学家中的佼佼者,作为海外汉学第一代研究者开创了中国现代文学的研究范式,在欧美传播了中国现代文学。他们治学严谨,对中国文学(古典文学和近现代文学)倾心倾力,形成了诸多卓越而独到的研究观点。尤其是激烈交锋的"普夏论争",更是集中而鲜明地呈现了两人不

---

① 比如程光炜先生,近些年一直在呼吁并实践着当代文学的"历史化"研究。针对当代文学研究中存在的简单套用、过度依赖理论,以及仅仅停留在文学批评层面的倾向,程光炜提出当代文学研究的"历史化",在具体操作策略上,提出文学"周边研究"的路径。在程光炜看来,对研究对象的历史化,是为了发现"历史遗址"原本具有的复杂性、丰富性和多样性。可参见程光炜《文学、历史和方法》(《当代作家评论》2010 年第 3 期)、《当代文学学科的"历史化"》(《文艺研究》2008 年第 4 期)等文章。

② 程光炜:《当代文学学科的"历史化"》,《文艺研究》2008 年第 4 期。

同的文学史观,并由此引出了诸多值得探究的话题。他们所代表的社会历史批评和新批评一直到现在都是解读作家作品最基本的方法。当然,当我们对这一学案进行历史回顾时,更应该看到这些史观和方法的局限,尤其是生成、影响普夏两人学术理路的历史语境和知识传统。客观地看,普实克的鲁迅研究试图在较为丰富的原初语境下还原、阐释鲁迅,体现了历史唯物主义的态度和社会历史分析的思路,在研究方法和结论上更为可靠;而夏志清由于强烈的偏见,对鲁迅进行"减法式"研究,切割鲁迅与现代中国的复杂关联,忽略鲁迅文学所包含的巨大历史、文化内涵,把鲁迅的小说当作孤立文本放在新批评棱镜下进行封闭的内部解读,同时否认鲁迅《呐喊》和《彷徨》之外的其他文本的历史价值。可以说,由于政治偏见、西方视角和减法式研究,夏志清的鲁迅研究充满了武断和意气,限制了他在这一领域提出更多"史识"。尽管刘绍铭、王德威等夏志清的弟子或再传弟子在不同场合为夏志清进行种种"辩护",但一直以来对夏志清的"挞伐"并未停止,有学者甚至认为,由于强烈的意识形态操控,夏志清的《中国现代小说史》的鲁迅专章"几乎很少有立论能够站得住脚"[①]。因而,可以把夏志清的鲁迅研究视为一种症候,或是一个巨大语义场,在这样的症候和语义场里,汇聚了中西学术传统、不同文学批评标准、意识形态偏见、贬鲁和扬鲁等多重话语体系,而我们所要做的正是要对这些"话语"进行清理与反思,对这种"偏见"进行理解与"纠偏",这也是我们对海外鲁迅研究和海外汉学遗产应该具有的基本学术立场。

(作者单位:南京师范大学)

---

① 高旭东:《评夏志清贬损鲁迅的意识形态操控》,《中国文学批评》2016年第2期。

汪德迈与他的汉学引路人戴密微

李晓红　欧明俊

2021 年 10 月 17 日,法国著名汉学家汪德迈先生辞世,是世界汉学界难以估量的损失。汪德迈是法国汉学大师戴密微(Paul Demiéville)的学生,是法国汉学奠基人沙畹(Edouard Chavannes)的再传弟子。法国国民教育部首位汉语总督学白乐桑教授说:"汪德迈如同他的老师保罗·戴密微(Paul Demiéville, 1894—1979)、太老师沙畹(Edouard Chavannes, 1865—1918)等汉学家,都是(这样)严格意义上的汉学家。汪德迈的学识来自他的老师、太老师,我们将会把他与戴密微、沙畹联系起来看,因为他是他们'直接的知识科学血统'('filiation scientifique intellectuelle directe')的一部分。"[①]学界对戴密微、汪德迈汉学成就研究的成果已有不少,但目前还没有对汪德迈与戴密微的学术交往历程及汉学师承关系的系统梳理和评述。笔者因近年来合作《汪德迈学术访谈录》和《汪德迈先生年谱》,与汪德迈交谈沟通较多,直接录制了不少访谈材料,时时感受到他对恩师戴密微的无比崇敬与感恩之情。本文系统梳理二人学术交往历程,评述二人在法国汉学谱系里的地位和学术影响,希望对中法文化交流史和国际汉学史研究有所助益。

一、戴密微指导汪德迈走上汉学研究之路

汪德迈谈到他的师承关系时,感到最荣幸的莫过于师从在国际汉学界享有极高声誉的法国戴密微、日本内田智雄(Ushida Tomoo)和中国饶宗颐先生,他

---

① 2021 年 12 月 7 日访谈。白乐桑(Joël Bellassen)、李晓红(访谈)《缅怀法国伟大的汉学家汪德迈先生》,《孔子学院院刊》2022 年第 1 期。

在博士学位论文《王道:中国古代体制精神之研究》一书首页写道:"谨以此书向饶宗颐、戴密微、内田智雄致敬。"汪德迈时常谈到他们的教诲,感谢他们不仅教他中国文化知识,还树立精神上的榜样。1915 年,戴密微进入巴黎东方语言学院,1919 年,他毕业于东方语言学院,入法兰西远东学院,师从执掌法兰西学院中文教席的沙畹与烈维(Lévi Sylvain,1863—1935)诸教授,学习中文、梵文,自修日文,研习中国文化。[①]1931 年至 1946 年,戴密微在东方语言学院(l'École des langues orientales,后来改名为巴黎国立东方语言文化学院 Institut national des Langues et civilisations orientales,INALCO)任中文教授。1945年,戴密微被任命为法国高等实践研究院(EPHE)第 4 科研究导师,教授语文学、佛教哲学,直至 1956 年。1946 年,他接替马伯乐成为法兰西学院(Collège de France)自 1814 年设立"汉学讲座"教席以来的第六位(至 1964 年退休)"汉学讲座"教席,教授中国语言和文明。他于 1951 年成为法兰西学院铭文与美文学院院士(Académie des Inscriptions et Belles-Lettres,Institut de France)。

戴密微是汪德迈走上汉学研究之路的引路人。汪德迈《饶公选堂之故事》一文中谈到师从戴密微的经历,戴密微对汪德迈一生中的中文学习、工作安排、汉学研究等所提供的诸多具体指导和帮助是无人比拟的。他以身作则的榜样,对汪德迈的人生和学术道路影响极大。[②]

1945 年 10 月,汪德迈在国立东方语言文化学院注册了中文(Inalco),跟戴密微学习中文 1 年(1946 年以后,戴密微到法兰西学院执掌中文教席)。戴密微授课的助手是中国女教师林立薇(音译),每次上课时,她把戴密微准备的中文课文用旧式打字机打印出蓝色讲义(Sencyl),分发给每位同学,然后,她用自己补充编写的句子让学生操练,做作业。1951 年 10 月,汪德迈以优异成绩获巴黎大学法学博士学位,博士论文题目为《马克斯·斯特纳(Max Stirner)的思想理论》(Max Stirner Les idées économiques de Max Stirner)。他还因兴趣爱好选修了哲学,1952 年,获颁巴黎大学哲学硕士学位证书(DES),硕士论文题目为《莱布尼茨和中国思想》(Leibniz et la pensée chinoise)。1947 年,他又注册越南文,

---

① Madeleine Paul-David, «Paul Demiéville (1894 - 1979)», *Arts Asiatiques*, tomes 36, 1981,p. 67. 蒋杰:《保罗·戴密微的远东生涯与他的佛学研究》,见上海社会科学院世界中国学研究所编《中国学》(第一辑),上海:上海人民出版社,2012 年,第 438 页。

② 汪德迈:《饶公选堂之故事》,李晓红、周轶伦、房维良子译,《国际汉学研究通讯》(第八期),北京:北京大学出版社,2014 年,第 241—251 页。

1948 年、1949 年分别获得中文和越南文的语言毕业文凭。[1]

1951—1958 年,汪德迈到越南工作,1954—1955 年,他从西贡(今胡志明市)回巴黎 1 年,有时间都去听戴密微在法兰西学院讲授的佛教文献学与中国文学等课程,戴密微还有一门课讲授《庄子》,使用中国学者的注疏。汪德迈又到巴黎大学文学部,随谢和耐学习汉学博士前阶段课程——唐法典、明代思想史。1958年,汪德迈到日本工作,常返回法国,即听戴密微的课。汪德迈住的地方离戴密微家不远,经常拜访他,请教问题,逐渐熟悉。戴密微对汪德迈非常热情,汪德迈禀报戴密微:注册了法学硕士,研究中国法律的源头以及法家的形成及观念,准备写一篇有关中国文化的博士论文,得到戴密微首肯,第一位欣赏汪德迈的学者是戴密微。汪德迈心存感激,更加坚定了毕生从事汉学研究的信念。

1964 年,戴密微退休。1975 年 9 月 5 日,汪德迈与戴密微同行,出席荷兰莱顿大学汉学研究所汉学家、《通报》主编许理和(Erik Zürcher, 1928—2008)接任荷兰汉学家何四维(Anthony Hulsewé, 1910—1993)职位庆典。1979 年 3 月 23日,戴密微病逝于瑞士,汪德迈深情哀悼恩师。

二、戴密微帮助汪德迈到越南、日本研习汉学

1900 年,法国远东学院(EFEO)创建于越南河内,戴密微于 1919 年被提名为远东学院寄宿生(1919—1924)[2],后在远东学院工作。1956 年,汪德迈希望进入远东学院工作,研究汉学,便找时任远东学院院务委员会成员的戴密微举荐,戴密微举荐了汪德迈,关于远东学院的研究工作,戴密微《法国汉学研究史》说:"为发掘印度支那半岛考古学和文献学而工作,以各种手段来促进对其历史、古迹和文字的了解,为充实对这些地区及其临近的印度和中国文明的学术研究做出贡献。"[3]当时莫利斯·杜兰德(Maurice Durand)接受了汪德迈进入远东学院

---

① 汪德迈:《中国文化研究七十年》,2015 年 3 月,汪德迈在香港中文大学"饶宗颐访问学人讲座"上的演讲。

② Pensionnaire,即寄宿生,指被政府或者学术机构短期招募并获得薪金补助的研究人员。参见路易·嘉博德《〈法国远东学院学报〉沿革简述》,许明龙译,见《法国文学》丛书编辑委员会编《法国汉学》(第四辑),北京:清华大学出版社,1999 年,第 356—370 页。

③ 戴密微《法国汉学研究史》一文为戴密微 1966 年 3 月 15—16 日于京都大学人文科学研究所所做的演讲。载戴仁(Jean-Pierre Drège)主编《法国当代中国学》,耿昇译,北京:中国社会科学出版社,1998 年,第 43 页。

工作,1956 年 4 月 1 日,汪德迈被聘为远东学院(EFEO)研究员。戴密微为远东学院汉学研究的带头人,为汪德迈的指导教师,汪德迈承担越南北部汉代中国明器铜镜目录编纂收尾工作。1956 年,汪德迈接任属于远东学院的路易·菲诺博物馆(Musée Louis Finot)馆长,至 1958 年。1957 年,他又接替离任的杜兰德,担任远东学院越南中心负责人,将原远东学院越南中心的图书馆、博物馆、档案等移交给越南新政府,汪德迈重建远东学院越南中心。于河内任职时,汪德迈受邀与戴密微一起赴柬埔寨金边参加学术会议。1958 年 5 月,越南工作结束后,汪德迈回到法国。1998 年,法国政府为了表彰汪德迈于越南期间的杰出工作,授予他法国国家荣誉军团骑士勋章。

1926 年,法日两国共同创建了日佛会馆(Maison franco-japonaise,Nichi-Futsu Kaikan),戴密微在巴黎经人推荐,成为日佛会馆四名寄宿生之一,向日本老师学习汉学。后来,他任日佛会馆研究员兼馆长,直至 1930 年被召回法国。他在《日佛会馆学报》上发表各种汉学论文。1928 年,他开始依据中日文献编纂《法宝义林》(Hônogirin),这是一部涉及汉学的佛教百科全书,由日本帝国科学院赞助,并由其两位奠基人法兰西学院教授烈维和日本学者高楠顺次郎主持。戴密微最初对禅宗产生研究兴趣,是在日佛会馆主持《法宝义林》编纂工作期间[①],他出版了三册书。后来,《法宝义林》计划重新启动,法兰西学院铭文与美文学院决定把该书纳入自己的出版物中。1966 年,戴密微为此巨著事又返日本。

汪德迈为何选择到日本求学?1958 年 6 月,汪德迈从河内回到巴黎,非常渴望继续学习中文,但因无法到国内学习,便请求戴密微派他到香港地区学习。可戴密微回答说香港地区只重视商业,学习气氛不浓,到那里学习没有意义。他认为日本汉学家水平很高,如果要学习中文的文言文,应该到日本,于是派汪德迈到日本留学。12 月,汪德迈从法国前往东京,1959 年 1 月初到达京都大学学习,在那里工作 3 年。

结束了在香港大学跟饶宗颐的学习(1958—1961),汪德迈接受戴密微建议,1964—1965 年,他第二次赴日本学习,在京都大学人文科学研究所(Jinbun kagaku kenkyûshô)学习 3 年。作为研究人员的自由身份,他有充足的时间学习

① 蒋杰:《保罗·戴密微的远东生涯与他的佛学研究》,见上海社会科学院世界中国学研究所编《中国学》(第一辑),上海:上海人民出版社,2012 年,第 460 页。

与研究,加深对中国文化的认识。他跟几位老师学习,收获良多。吉川幸次郎(Yoshikawa Kojirö,1904—1980)是文学教授,研究《书经》《论语》《史记》的专家;小川环树教授(Ôgawa Tamali,1910—1993)是中国古代散文研究专家;重泽俊郎(Shigezawa Toshio,1906—1990)是研究中国哲学和思想史的专家;私立同志社大学(Dôshisha University à Kyoto)教授内田智雄(Uchida Tomoo,1905—1989)是中国法律研究专家;白川静(Shirakawa Shizuka,1910—2006)专长是甲骨文、金文研究,汪德迈对甲骨文产生了兴趣。汪德迈长时间参加研究中国法家与法律的大阪大学(University of Osaka)教授木村英一(Kimura Eiichi,1906—1981)主持的工作坊学术讨论,开始写作有关中国法家思想与法制主义的论文《法家的形成——古代中国特有的政治哲学形成研究》(La Formation du Légisme. Recherche sur la constitution d'une philosophie politique caractéristique de la Chine ancienne)。当时,汪德迈刚开始研究汉学,看过的古典文献不多,日本学者深爱中国文化的情怀、敬畏学术的严谨态度、深厚的学养、科学的研究方法都对汪德迈的汉学研究产生很大影响。当时,法国汉学家很少,主要是伯希和、戴密微等,没有出版系统解释中国古文字、青铜器或中国历史的辞典,所以戴密微派汪德迈到日本专门学习汉学,他认准了日本汉学家的杰出水平和在国际汉学界的领先地位。汪德迈通过实地考察、师从日本诸位汉学名家,开始真正进入汉学研究领域,研究甲骨文、金文和中国古代史。为了写好博士论文,首先必须具备古文字学——甲骨文基础。随着在日本学习的深入,他对中国思想史兴趣渐浓,深入思考表意文字的汉字与中国思想的关系,形成了著述思路。他思考中国古代思想是如何形成的,认为表意文字是中国古代的准科学。直至20世纪中叶,虽然有很多人研究甲骨文,但没有人以此为切入点,汪德迈认为这是他个人的发现。他的国家博士论文《王道》自1954年在索邦大学注册以后,经过十余年时间的深入思考,特别是到日本聆听了内田智雄的古代法律课,进一步认识了中国法律制度的历史和发展动力,认为研究《王道》必须回归《周礼》,回归儒学。他更加明确中、西文化在根源上的差异,即一个立足于罗马法系统,另一个则植根于礼乐制度。《王道》基本上是在日本期间完成的。

戴密微安排汪德迈赴日研习汉学,高瞻远瞩,引领汪德迈进入"汉字文化圈"的研究。在那里3年,他有幸亲睹各位汉学大家风采,亲炙教诲,他特别崇敬内田智雄,还有白川静和吉川幸次郎。他的学术理念和研究方法深受日本汉学家的影响,感到自己待人接物的方式都有日本文化的影子。

1981—1984 年，汪德迈第三次赴东京，职务是日佛会馆法方馆长，工作主要是安排法、日两国的交流活动，邀请法国学者、作家、艺术家访问日本，这需要他对日本高等院校及日本政府的文化、艺术等部门非常熟悉；他还组织日本专家到法国进行学术文化交流。这一工作对后来他转向《新汉文化圈》专著的撰写大有裨益，也是其汉学研究的延伸。而这些成就的取得，与戴密微的引导和帮助是分不开的。①

三、戴密微推荐汪德迈师从饶宗颐研习汉学

汪德迈成为饶宗颐的学生，缘于老师戴密微。汪德迈《饶公选堂之故事》谈到怎么成为饶宗颐的学生时说："这要感谢我的第一位导师保罗·戴密微。"②1954 年，饶宗颐出席由英国皇家亚洲学会主办、在剑桥召开的第 23 届东方学家国际会议，在会上宣布破译了《老子想尔注》的抄卷（即现存于剑桥大学编号为 S6825 的敦煌残卷）。这引起戴密微的特别关注，他发现一位学术奇才，他们很快建立起深厚友谊。1956 年，饶宗颐发表了研究成果《巴黎所见甲骨录》（《选堂丛书》之三），寄给戴密微，戴密微非常赞赏。1958 年，1964—1965 年，戴密微以法国国家科学研究中心（CNRS）名义两次邀请饶宗颐来巴黎法国国立图书馆帮助戴密微做编目工作，整理和研究敦煌经卷，饶宗颐到巴黎伯希和手稿资料库（Fonds Pelliot）做编纂整理工作，同时介绍了至今仍存于法兰西汉学院、巴黎塞努齐博物馆（Musée Cernuschi）和吉美博物馆（Musée Guimet）的 26 片甲骨文残片。1959 年，饶宗颐《殷代占卜人物通考》于香港大学出版，寄给戴密微。当时，欧洲无人研究甲骨文，世界范围内只有加拿大一位传教士学习甲骨文，戴密微认识到甲骨文在中国文化中的重要意义与地位，意识到学习甲骨文的重要性和迫切性，必须马上培养一位年轻学者学习甲骨文。

1961 年，汪德迈从日本学成回国后，虽然他在日本时跟随汉学家学过一些文言文，但是水平不高。戴密微决定派他到香港向饶宗颐学习研究甲骨文，寄予

---

① 参见冀青《戴密微（Paul Demieville）教授学术生涯述略》，《敦煌学辑刊》1987 年第 1 期；王振泽《饶宗颐先生与法国汉学家戴密微》，《国际汉学》2000 年第 2 期；陈友冰《法国"汉学三杰"之戴密微——海外汉学家见知录之十》，国学网 2013 年 1 月 6 日。

② 汪德迈：《饶公选堂之故事》，李晓红、周轶伦、房维良子译，《国际汉学研究通讯》（第八期），北京：北京大学出版社（第 8 期），2014 年，第 241—251 页。

厚望,要他明白中国文化的源头,希望他能帮助欧洲人研究甲骨文。①同时,汪德迈也希望跟中国人接触,学汉语口语。1962 年 9 月到 1964 年,他随饶宗颐习文献学、语言学特别是古文字学,学习《文心雕龙》《文选》研究课程,周末与印度学者白春晖(Vasant Vasudeo Paranjape)至饶宅听饶宗颐讲授甲骨文和《说文解字》,兼习"十三经""二十四史"。1962 年,汪德迈就饶宗颐《殷代贞卜人物通考》写出一篇报告,发表于《法国远东学院年刊》(*Bulletin de l'École Française d'Extrême-Orient*)第 2 期(总第 50 卷)。

汪德迈还跟饶宗颐参加了多次国际学术研讨会,1963 年,他们结伴远赴印度、斯里兰卡、缅甸、泰国和柬埔寨旅行。白春晖邀请饶宗颐到印度考察,汪德迈给戴密微的好朋友——法国远东学院(EFEO)院长让·菲琉匝写信,告诉他趁此机会请饶宗颐到远东学院印度研究所考察,并要求同意自己陪同。大概 7 月离开香港,先到孟买,再到蒲那,拜访了白春晖父亲,在那里待了 3 个月。

从 1965 年 12 月初至 1966 年 8 月末,在戴密微促进下,饶宗颐受到法国国家科研中心(CNRS)邀请来巴黎帮助整理和研究敦煌手抄本卷宗,校勘敦煌曲子。汪德迈结束第二次赴日留学,回到法国,继续为法国远东学院工作,被指派为饶宗颐学术助手。饶宗颐住在汪德迈家中,汪德迈每遇疑难问题时,便叩门请教,都能很快得到答案。在汪德迈眼中,饶宗颐就是一本活字典,更如同一个活图书馆。②

1966 年 1 月,汪德迈向饶宗颐介绍了霞慕尼(Chamonix)的高山自然景观,戴密微提议游览,因事务繁忙,所以委托汪德迈陪同。戴密微告诉汪德迈,饶宗颐喜欢谢灵运的山水诗,但是却从来没有见过雪山,因此建议他游览阿尔卑斯山(Alpes)。3 天后,汪德迈又陪饶宗颐到瑞士戴密微家住几天。之后,饶宗颐跟戴密微回巴黎,汪德迈也回法国南部住处。几天后,饶宗颐即回香港。饶宗颐和谢灵运诗韵,赋诗 36 首,结集成线装《白山集》(*Poème du Mont Blanc*),《白山集》后收入《清晖集》,海天出版社 1999 年出版。

同年夏天,戴密微邀请饶宗颐到他故乡庄山(Mont-la-ville,饶宗颐译为市山),饶宗颐创作了诗集《黑湖集》30 首,描绘夏日瑞士一侧的阿尔卑斯山脉。

---

① 汪德迈:《中国文化思想研究》,见金丝燕、董晓萍主编《跨文化研究丛书》(第一辑),北京:中国大百科全书出版社,2016 年,第 8 页。

② 参见汪德迈《我与我的老师饶宗颐先生》,李晓红译,2015 年 3 月 17 日,汪德迈在香港中文大学"饶宗颐访问学人讲座"上的演讲。

1968 年，戴密微把其中 17 首译成法文，又用英文赋诗，题于卷首，刊于瑞士《亚洲研究》第 22 期。[①] 2006 年 11 月，香港九所大学联合举办"学艺兼修 汉学大师——饶宗颐教授九十华诞国际学术研讨会"，为了向恩师祝寿，同时也代表法国汉学界感谢自 50 年代起饶宗颐与法国汉学界的合作，汪德迈特地主持再版法文版《黑湖集》献给恩师，新版改名为 *Poêmes du Lac noir*，巴黎法国远东学院出版。在再版前言中，汪德迈谈道："饶宗颐中文诗原作与戴密微法文译诗的交织融合充分体现了两国文学艺术的最高水平，美不胜收。"盛赞两位大师作品所体现的人文精神。[②]

1976 年 5 月，在戴密微协调下，饶宗颐应邀赴巴黎，任法兰西远东学院(EFEO)研究员。汪德迈于新宅接待恩师。1978 年，汪德迈以法国远东研究院(EFEO)的名义邀请饶宗颐来法参加他领导的研究项目，饶宗颐第三次长时间来法工作。

1989 年至 1993 年，汪德迈出任法国远东学院院长。他以法国远东研究院(EFEO)名义邀请老师饶宗颐至巴黎参加研究工作。不断推荐法国学者如马克(Marc Kalinowski，1946—)、傅飞岚(Franciscus Verellen，1952—)等到香港造访饶宗颐。1993 年，汪德迈退休后，法国远东学院院长一职悬空，他推荐饶宗颐先生继任，饶宗颐同意代任三个月，再次住在汪德迈家。[③] 11 月 25—26 日，饶宗颐被授予法国高等实践研究院荣誉国家博士学位和法国艺术及文学二等功勋章(Ordre des Arts et des Lettres)。仪式后，汪德迈建议并陪同饶宗颐考察巴黎以南 40 多公里山谷处皇港修道院(Abbaye du Port Royal des Champs)"小学校"(Petites Écoles)遗迹，"小学校"被饶宗颐称作"皇门静室"。

2006 年 12 月，饶宗颐九十寿诞之际，戴密微之女委托汪德迈将一批戴密微、饶宗颐往来书信、手稿、书画等珍贵资料交付香港大学饶宗颐学术馆，加上饶家所藏戴密微致饶宗颐信件，往来书信凡 80 通，遂成合璧。2012 年，香港大学饶宗颐学术馆出版郑炜明等主编《戴密微教授与饶宗颐教授往来书信集》，收录

---

① 谢和耐(Jacques Gernet)：《法国 20 世纪下半叶的汉学大师戴密微》，见戴仁主编《法国当代中国学》，耿昇译，北京：中国社会科学出版社，1998 年，第 114 页。

② 汪德迈：《我与我的老师饶宗颐先生》，李晓红译，2015 年 3 月 17 日，汪德迈在香港中文大学"饶宗颐访问学人讲座"上的演讲；潘耀明、郑炜明、罗慧等《汉文化应现代化而不是西洋化——专访法国知名汉学家汪德迈先生》，《国学新视野》，2012 年 6 月夏季号(总第 6 期)。

③ 汪德迈：《中国文化研究七十年》，2015 年 3 月，汪德迈在香港中文大学"饶宗颐访问学人讲座"上的演讲。

二人自 1957 年 1 月 26 日至 1978 年 10 月 11 日止 21 年间所通书信 80 多封。①
饶宗颐与戴密微互通信件，讨论学术，彼此信任和尊重，是 20 世纪中西学者交往
的楷模。②

　　汪德迈与饶宗颐逾 50 载的师生情谊，亦师亦友，联系密切，学术互动，互相
帮助。汪德迈一直感恩饶宗颐的帮助，出版著作也特别向饶宗颐致敬。饶宗颐
多次邀请汪德迈赴香港，参加香港大学饶宗颐学术馆举办的一系列学术研讨活
动，还到内地参加学术会议，做学术演讲，进行学术交流。

　　饶宗颐通晓英、法、日、德等多国语言文字，还精通梵文、巴比伦古楔形文字，
他的学术研究涉及文、史、哲、艺各个领域。汪德迈也会法语、英语、德语、中文、
越语等。饶宗颐慷慨地将学识授予学生，对汪德迈的汉学研究道路有明显影响。
汪德迈跟饶宗颐学习甲骨文，得饶宗颐真传，深入研究中国古文字学，明白了表
意文字的特点和重要性，主要从甲骨文入手研究中国学术文化，研究依靠饶宗颐
的贡献，在继承中创新。《中国思想的两种理性——占卜与表意》一书，从表意文
字到占卜学的研究，占卜学是自己的贡献。汪德迈由法入儒，《王道》基于甲骨
文、金文溯源先儒思想。饶宗颐《王道帝道论》一文推崇这部巨著为继法国马伯
乐之后欧洲汉学家研究中国上古史中最佳者。汪德迈将文字研究提升到科学、
哲学高度。饶宗颐的《文心雕龙》研究成果具有国际影响，汪德迈熟读《文心雕
龙》，推崇《文心雕龙》是最能代表中国文化的古代著作之一。

　　饶宗颐足迹遍及世界各地，用心感受世界各个国家不同文化差异，关注、理
解并尊重这种差异，摆脱某些成见。他有开放精神，包容气度，学术理念新，有国
际大视野，从世界范围角度和人类文明高度审视中外文化交流与融合，会中西之
学，融会贯通，气象博大。③汪德迈也如恩师饶宗颐，在欧洲向年轻一代传授汉
学，使他们更深地明白中国文化的深邃、伟大。汪德迈出任法国远东学院院长期
间，不断推荐法国学者到香港造访饶宗颐，饶宗颐精心指导他们。

　　吉川幸次郎认为文学是一切学问的基础，进行学术研究应从文学入手，饶宗颐

---

　　①　参见陈韩曦《饶宗颐——东方文化坐标》，广州：花城出版社，2015 年，第 108—110 页；陈韩
曦《饶宗颐学艺记》，广州：花城出版社，2014 年，第 41 页。
　　②　参见叶向阳《戴密微与饶宗颐：20 世纪中外学者交往的楷模——读〈戴密微教授与饶宗颐
教授往来书信集〉》，《国际汉学》2015 年第 2 期。
　　③　参见欧明俊《会通之学——饶宗颐先生学术的博大气象》，见郑炜明主编《饶学与华学——
第二届饶宗颐与华学暨香港大学饶宗颐学术馆成立十周年庆典国际学术研讨会论文集》，上海：上
海辞书出版社，2016 年，第 38—45 页。

对此深表赞同。他认为中国文化、中国的学问，文学最重要，特别注重中国文学的美。汪德迈受吉川幸次郎和饶宗颐的影响，认为中国文学从一开始就拥有他国文学无法比拟的地位，他重视文学，并有深入研究。汪德迈认为，中国文学是一种因文言的存在而拥有的世界上最高雅的工具，中国古典诗歌是无与伦比的。

　　饶宗颐非常重视接受西方先进的学术研究方法，认为法国汉学家的长处是古典学（philologie），法国的古典学更科学。他佩服沙畹（Édouard Chavannes），从沙畹那里学到西方古典学和考古学（archéologie）的方法论。与饶宗颐一样，汪德迈非常主张古典学和考古学的方法。[①]

四、汪德迈对戴密微及法国汉学谱系的承续

　　戴密微执着学术，孜孜不倦，深入越南、日本、中国等实地考察，积累了经验。[②]他懂中文白话，更懂文言文，喜欢说中文。1921 年 6 月至 1922 年 1 月，他受法国远东学院派遣，第一次到中国考察。他在北京居住近 5 个月，又赴云冈佛教石窟、孔庙、孔林、孔府和泰山等地考察。[③]他被博大精深的中国文化深深吸引，表达了要研究中国纯文学的意愿。1924 年至 1926 年，戴密微第二次到中国，在厦门大学教授西方哲学、法文、梵文、印度文明和佛教史。[④]学生谢和耐回忆文章里谈到，1925 年，在厦门工作时，戴密微怀疑自己是不是犯了"思念中国诗的病"，认为诗"是中国创作的最高水平的作品"。[⑤]汪德迈体会到与老师同样的感受，到印度支那与"汉字文化圈"诸国考察、研究。在日本留学的 1958 年到 1961 年间，放假时，汪德迈专程到厦门鼓浪屿看恩师的足迹，印象最深的是那里保存了浓厚的闽南文化如民居和风土人情，外国租界保护得非常好，随处可见中

---

　　①　参见欧明俊《互鉴与会通——饶宗颐与汪德迈学术思想比较》，见刘洪一主编《文明通鉴与文化创新研究——第二届饶宗颐文化论坛论文集》，北京：商务印书馆，2021 年，第 188—211 页。

　　②　谢和耐：《戴密微评传》，《通报》，第 65 卷，第 1—3 期，第 130 页。

　　③　谢和耐《法国 20 世纪下半叶的汉学大师戴密微》，载戴仁主编《法国当代中国学》，耿昇译，北京：中国社会科学出版社，1998 年，第 106 页。Yves Hervout，«Paul Demiéville et l'école française»，*Bulletin de l'École Française d'Extrême-orient*，vol. 69，p. 6.（吴德明：《戴密微与远东学院》，《法国远东学院院刊》总第 69 卷，第 6 页。）

　　④　谢和耐：《法国 20 世纪下半叶的汉学大师戴密微》，载戴仁主编《法国当代中国学》，耿昇译，北京：中国社会科学出版社，1998 年，第 107 页。

　　⑤　参见谢和耐《法国 20 世纪下半叶的汉学大师戴密微》，载戴仁主编《法国当代中国学》，耿昇译，北京：中国社会科学出版社，1998 年，第 107、113 页。

国本土文化与外来文化交融的痕迹。在福州,汪德迈拜访老朋友、老同事——于福州大学任教多年的荷兰裔法国汉学家施舟人。2018 年 5 月,汪德迈还应欧明俊教授邀请,在李晓红陪同下再度访问福州,到福建师范大学和福州大学讲学,那是早年曾于福建工作、生活过的老师戴密微和朋友施舟人给汪德迈带来的美好印象的结果。

汪德迈非常感谢恩师戴密微,正是他的指引和安排,自己才得以在越南、日本,香港和内地等顺利学习和考察,了解中国文化的神髓。汪德迈得老师真传,认为研究外国文化,必定要实地考察,不能"纸上谈兵"。他深深感到,语言学习一定要直接深入当地,身临其境,接触交流,随处体会,是另一种文化必修课。汪德迈认为,到中国实地生活,自己能够开口与中国人面对面交流,说中国话,可以更深层了解和熟悉中国文化,避免某些西方汉学家只从书本上了解中国的"教条式"汉学研究方式。汪德迈著有《新汉文化圈》[①],以新视角研究中国文化,进而系统研究受中国文化辐射的"汉字文化圈"国家如日本、韩国、越南等国的政治、社会制度、思维方式、民俗等。

法国汉学家多懂多种语言,戴密微知识渊博,知识结构合理完善,具有超人的语言天赋,熟练掌握运用法文、英文、德文、意大利文,而且口语很好,他跟老师沙畹学了梵文、藏文,还学过拉丁文、希腊文、俄文,掌握中文、日文、越南文,几乎熟练运用与汉学有关的一切语言。戴密微投入巨大热情研究中国文化,视野开阔,治学范围广,一直从事跨学科研究,涉足汉学研究许多领域,如史学、古文字学、文献学、中国语言文学、佛教、道教、中国哲学史、思想史等,还涉及印度及"汉字文化圈"国家文化,处于国际领先地位,有法国汉学家历来一脉相承的"百科全书式"的学者风范。汪德迈也掌握多种语言,除母语法文,还懂得九门语言:德语、英语、拉丁语、希腊语、越南语、日语、中文、韩语(基础水平)、梵文(基础水平),跨国界、跨语际、跨学科、跨时代研究,格局大,境界大。学术研究的中心是语言,掌握多种语言,对学习和研究汉学起到重要作用,方便与国际学者交流商讨,拉近距离,可以直接了解他们的研究成果,通过对比,加深对研究领域的理解。在一个文化里面的人不容易发现自己的问题,掌握了外语,便容易发现对方文化的优缺点。

戴密微研究中国哲学,尤其是中国思想史演变,讲授《庄子》,对其中《逍遥

---

① 汪德迈:《新汉文化圈》,陈彦译,南昌:江西人民出版社,1993 年。

游》《齐物论》和《秋水》等篇作过论述,分析《庄子》和历代《庄子》注释,深入研究庄子思想和宋、明理学,中、西最初的哲学思想。①汪德迈认为庄子用文学的语言解释最深的哲学问题,是人类历史上伟大的哲学家。汪德迈深入研究中国古代政治制度、中国思想史以及"新汉文化圈"国家历史文化。

戴密微最喜欢的研究领域是中国文学,认为语言文学是一切学问的基础,研究汉学最大的好处在于通过文学来了解中国。他由敦煌文学进入中国文学,他说到了晚年才醒悟出中国文学的伟大,就世界范围看,无论论质还是论量,其他国家的文学都根本没法与中国文学相比。戴密微认为从来没有哪一个国家像中国一样,诗歌居于如此优先的地位,中国古代诗歌是"中国天才之最高表现","汉诗为中国文化最高成就"。他对中国古典诗歌极富鉴赏力,深入细致研究,主持和带领一个小组集体选译《中国古典诗歌选集》,选译上至《诗经》下至清诗共204 位诗人 374 首古诗,包括词在内。他撰写长序,是第一篇中国古典诗歌通论。1962 年,联合国教科文组织赞助,伽利玛出版社在巴黎出版,1978 年再版,推动了法国汉学界对中国古典诗歌的翻译和研究工作,同时在整个汉学界都产生了巨大影响。②戴密微 80 大寿时,饶宗颐为他写的骈文寿幛《戴密微教授八十寿序》中,特别指出他对中国文学的推崇。③汪德迈接受饶戴密微影响,重视文学。2012 年 3 月 10 日,香港大学饶宗颐学术馆主办"饶宗颐讲座"上,汪德迈首开讲座《中国传统中至高的社会标准:文学的"文"和伦理的"仁"》,认为在世界历史上,中国文化的基础是"文",是第一位的;而西方文化的基础是宗教,是哲学,不是"文","文"只是第二位的。中国文学比西方文学更讲究、更细腻。这一观点明显受戴密微的影响。④

汪德迈与戴密微关系密切,亦师亦友,学术互动。戴密微慷慨地将知识传授给汪德迈,不仅教他中国文化的知识,还树立精神上的榜样,影响其一生。汪德迈得戴密微真传,缘分就结在中国文化上,结在中西文化交流史上。汪德迈一直热爱中国文化,把研究中国文化作为毕生学术追求。戴密微不希望汪德迈重复自己的研究道路,指导汪德迈从中国法家入手研究中国文化,继而扩展到儒家及

---

① 戴密微:《中国和欧洲的最早哲学交流》,《中国史研究动态》1982 年第 3 期。

② 参见黄琼瑶《汉学家戴密微的汉诗研究》,《中华读书报》2021 年 5 月 5 日。

③ 饶宗颐:《我所认识的汉学家》,《光明日报》2000 年 4 月 6 日。

④ 汪德迈:《中国传统中至高的社会标准:文学的'文'和伦理的'仁'》,在香港大学"饶宗颐讲座"上的演讲,2012 年 3 月 10 日。

整个中国思想史研究。

在法国汉学家的谱系中,雷慕沙(Abel Rémusat,1788—1832)为第一代开创者,继承者儒莲为第二代,沙畹属于第三代。沙畹有三个大弟子:马伯乐、伯希和及戴密微。戴密微与20世纪以前的儒莲(Stanislas Aignan Julien)、20世纪上半叶的沙畹并称为"汉学三杰",被法国汉学界誉为"我们的光芒"。[①]

历届"儒莲奖"获得者:1894年:沙畹(Edouard Chavannes);1897年:沙畹;1920年:葛兰言(Marcel Granet);1926年:葛兰言;1928年:马伯乐(Henri Maspero);1962年:饶宗颐(戴密微推荐);1969年:吉川幸次郎(Yoshikawa);1972年:谢和耐(Jacques Gernet);1980年:汪德迈;1985年:施舟人(Kristofer Schipper);1998年:程艾兰(Anne Cheng)。从上述历届"儒莲奖"获得者部分名单,可以看出戴密微、汪德迈在法国汉学家的谱系中处于主流地位,是继往开来的人物。

在法兰西学院的"汉学讲座"史上,戴密微的老师沙畹是第四位,伯希和、马伯乐和葛兰言故去后,戴密微接着执掌法兰西学院"汉学讲座"教席,成为有古老学术传统的法国汉学界掌舵人。戴密微成就高、影响大,印证了他"西方的汉学是由法国人创建的"的名言[②]。法国与其他国家的汉学家后辈多受到戴密微的教导,传承他的学术精神与风格。戴密微最重要的弟子是侯思孟(Donald Holzman,1926—2019)、谢和耐和汪德迈。汪德迈的汉学知识主要来自沙畹和戴密微,是他们"直接的知识科学血统"("filiation scientifique intellectuelle directe")的一部分,师生一脉相承,延续了法国自雷慕沙开启的汉学谱系。苏鸣远在《法国汉学50年》中说:"自从第二次世界大战结束以来,法国和外国的无数汉学家都受惠于戴密微的施教与指导,学到了他那不知疲倦的精神。"[③]1986年10月31日,谢和耐在法兰西铭文与美文学院纪念戴密微大会的报告中感叹道:"今天,整个法国汉学界都感激戴密微,甚至还包括印度学家和日本汉学家们等。"[④]

汪德迈几十年来参加学术会议,做学术演讲,进行学术交流,推动汉学研究,

---

① 参见陈友冰《法国"汉学三杰"之戴密微——海外汉学家见知录之十》,国学网2013年1月6日。(陈友冰引自吴德明《保尔·戴密微汉学论文集·序》,巴黎,1982。)

② 戴密微:《入华耶稣会士与西方汉学的创建》,见李学勤《失落的文明》,上海:上海文艺出版社,1997年,第447页。

③ 苏鸣远:《法国汉学50年》,见戴仁主编《法国当代中国学》,耿昇译,北京:中国社会科学出版社,1998年,第75页。

④ 谢和耐:《法国20世纪下半叶的汉学大师戴密微》,见戴仁主编《法国当代中国学》,耿昇译,北京:中国社会科学出版社,1998年,第117页。

全力以赴指导年轻一代的法国学者，不断推荐法国学者到香港造访饶宗颐，对中法文化交流做出独特贡献。法籍华裔学者程艾兰教授接掌由马伯乐、戴密微、谢和耐等执教过的法兰西学院法国最高"汉学讲座"教席，2007 年 12 月 11 日，程艾兰在法兰西学院法文就职演讲"La Chine pense-t-elle?"（中文版《中国其思乎?》[①]），谈及自己有幸接受汪德迈教导，不断得到鼓励，指以连通古代与现代的"王道"，延续了法国汉学学脉。

五、结语

戴密微是汪德迈走上汉学研究之路的引路人，他对汪德迈一生中的中文学习、工作安排、汉学研究等方面所提供的诸多具体指导和帮助无人可比。他以身作则，对汪德迈的人生和学术道路影响极大。戴密微高瞻远瞩，帮助汪德迈到越南、日本研习汉学，引领他深入研究"汉字文化圈"。汪德迈成为饶宗颐的学生，缘于老师戴密微。汪德迈跟饶宗颐学习甲骨文，得饶宗颐真传，明白了表意文字的特点和重要性，从甲骨文入手研究中国学术文化，依靠饶宗颐的贡献，继承中创新。汪德迈的汉学知识是沙畹和戴密微"直接的知识科学血统"的一部分，师生一脉相承，延续了法国自雷慕沙开启的汉学谱系。戴密微、汪德迈在法国汉学家的谱系中处于主流地位，继往而开来。汪德迈与他的汉学引路人戴密微承续法国前辈汉学家所走的道路，深爱中国文化，严谨治学，用一生研究中国文化，在中西文化研究和交流史上作出突出功绩。正因为戴密微、汪德迈的引领作用，当今法国汉学有长足的发展，呈现兴盛局面。他们是中西文化交流的楷模，搭起中西学术文化交流的桥梁，努力消除西方世界对中国文化的隔膜和误解。汪德迈和戴密微都是汉学研究开风气的人物，长期引领国际汉学研究的潮流，是现当代国际汉学史的创造者和见证人，本身就是一部活的当代国际汉学学术史，可串起现当代中法学术文化交流史以及整个国际汉学史。他们以"他者"眼光，跳出中国看中国，故能更清醒、更清楚地看到中国历史和文化深处的特质，客观理性地评价其长短优劣。

（作者单位：李晓红，阿尔多瓦大学；欧阳俊，福建师范大学）

---

① 《世界汉学》2010 年秋季号。

近三十年法国报刊对中国当代作家的
接受、评价与阐释

陈嘉琨

同其他欧美国家相比,法国对中国当代文学的译介与接受时常显得更超前、果敢,这大抵受惠于其延绵古老、高度发展的汉学传统的积累和沉淀,也得益于其系统完善且恒常优化的面向外国文学的翻译、编辑与出版机制。用法国翻译家林雅翎(Sylvie Gentil)的话来说,"这源于多家出版社的胆量,源于其探寻新作家时所拥有的鉴赏力,也源于始终对其他文化抱有极大兴趣的法国传统"①。20 世纪末已有书评人打趣,"在法国,没有哪个月份是没有一本中国小说出版的"②。当今法国翻译出版外国书籍的数目与质量位居世界前列,2010 年的相关数据显示,法国每年翻译中国当代小说的总量比英语国家多两到三倍。③ 十年过去,《读书周刊》(*Livres hebdo*)发布的法国出版业 2020 年翻译书籍统计报告④则指出,受全球公共卫生危机和购入版权数量缩减的影响,是年法国出版翻译书籍数目下滑且已连续三年呈现负增长,中文小说的法译本亦未能幸免。坎坷与阻隔或难规避,但中国文学近三十年来在法国译介所取得的成绩仍可圈可点。

报纸杂志在当今法国拥有广泛受众,《世界报》(*Le Monde*)、《费加罗报》(*Le Figaro*)、《解放报》(*Libération*)等全国日报定期发行文学副刊,传递书界新闻,刊登文学评论,是各大出版社推介图书的重要阵地;《人道报》(*L'Humanité*)、

---

① Sylvie Gentil & Caroline Puel, « Vous voulez le Nobel? Publiez en français! », *Le Point*, 2012 - 10 - 19.

② Pierre Canavaggio, « Laser-livres: Roman—*Soleil du crépuscule* de Fang Fang », *Le Point*, 1999 - 03 - 13.

③ Bertrand Mialaret, « L'art de la traduction littéraire: hommage à Liliane Dutrait », *Le Nouvel Observateur*, « Rue89 », 2010 - 11 - 13.

④ Nicolas Turcev, « Bilan 2020. La traduction tire la langue », *Livres Hebdo*, n° 8, avril 2021, pp. 97 - 98.

《十字架报》(*La Croix*)、《回声报》(*Les Échos*)等日报,《新观察家》(*Le Nouvel Observateur*)、《观点》(*Le Point*)、《快报》(*L'Express*)、《电视全览》(*Télérama*)等周刊,以及《世界外交论衡》(*Le Monde diplomatique*)等月刊也常设文学版面发布书讯;《文学杂志》(*Le Magazine littéraire*)等专刊更是不容忽视的重要媒介,曾多次出版中国专题特辑。上述媒体相对的权威性、影响力和可信度使它们成为当今中国文学进入法国公众视野的重要门户。随着一批作家在 20 世纪八九十年代进入创作活跃期,中国当代文学开始吸引法国出版社、文学代理人、汉学家及译者的关注,法国报刊对其报道的频密度逐年上升,作家及作品不时成为专文、书评探讨的话题。本文借助 Europresse 报刊数据库的相关文献,从宏观与微观两方面检视三十余年来中国当代作家及作品在法国报刊的评介中所呈现的形象,考察报道模式与内容的动态变化,分析评价与阐释背后的原因,或可为中国文学更好地"走出去"提供些许启迪。

一、重点关注的作家与文学事件

莫言是最受法国报刊关注的中国作家。早在 1990 年,汉学家、翻译家杜特莱(Noël Dutrait)便在《世界报》上高度评价莫言等作家的创作,称其"极具革新性的作品是世界文学的珍宝"[①]。1997 年《世界报》称赞莫言是"真正的语言大师",2004 年法新社(AFP)将莫言称为中国文学界"灯塔式的人物之一",肯定《丰乳肥臀》是"最受法国文学批评界关注的小说之一"[②]。当 2012 年莫言受诺贝尔文学奖加冕时,各大报刊均不吝版面共同见证了这一中国文学史乃至世界文学史上的重要事件。《世界报》认为,透过莫言,瑞典文学院致敬的正是 1949 年以后出生的一整代作家。"从贾平凹到余华,从苏童到阎连科,那是将中国当代小说重新推上世界文学舞台的一个世代,莫言大抵是其中最具代表性、最多产的作家"[③]。从 10 月公布得奖者到 12 月作家赴斯德哥尔摩领奖的两个月间,上述媒体围绕莫言发表的文章多达近百篇,相当于三十年间有关莫言的全部报道的三分之一。得益于法国出版界较早的发现和相对系统的译介,又经权威大奖

---

① Noël Dutrait, « Recul littéraire en Chine », *Le Monde*, 1990 - 06 - 07.
② Claude Castéran, « Littérature chinoise: une création débridée », *AFP Infos Françaises*, 2004 - 03 - 16.
③ Nils C. Ahl, « Mo Yan: le Nobel pour "celui qui ne parle pas" », *Le Monde*, 2012 - 10 - 13.

的价值认可,莫言成了法国人最熟悉的中国作家。即便近年来莫言的文学产出有所下降,但其待译作品仍有不少,新译本的陆续问世和学界的研究热情让我们有理由相信,法国媒体并不会太快将这位已被法国人阅读了三十余年的作家遗忘。

余华和阎连科同样是令法国报刊极感兴趣的两位作家,相关报道数量皆在百篇左右。不同之处在于,余华早在 1994 年就凭借《活着》引起《快报》的注意,在 2006 年前,媒体针对余华在 1994 年至 2002 年间先后出版的《世事如烟》《许三观卖血记》《古典爱情》《在细雨中呼喊》等作品法译本所作的推介、评述与专访已有 20 余篇,而阎连科则自 2006 年起进入法国报刊的视野。截至 2020 年,菲利普·毕基耶(Philippe Picquier)出版社以稳健的节奏陆续翻译出版了《年月日》《受活》《我与父辈》《日光流年》《炸裂志》《耙耧天歌》《发现小说》等作品,从而保证了阎连科的名字在各大文学副刊上的高频出现,专访、评论、译文摘录不一而足。2014 年作家荣膺卡夫卡奖后,媒体也着重强调他是第一位受该奖加冕的中国作家。相较于阎连科及其译者、出版商的高产,余华则更多地依靠 2008 年出版、深受法国读者喜爱的《兄弟》以及随笔集《十个词汇里的中国》、经典小说《活着》等几部作品保持着长期的评议热度。"经典畅销书"《兄弟》于 2008 年被《国际信使报》(Courrier international)评为最佳外国小说,2019 年被《世界报》评为 20 世纪 40 年代至今全球百佳小说之一。近年来,余华、阎连科和残雪更被各大媒体频频列入诺贝尔文学奖的预测名单。

法国报刊对毕飞宇、残雪、池莉、韩少功、贾平凹、刘震云、苏童、王安忆等作家也有较为持续、稳定的关注,三十年来各自被报道的频次介于 15 至 30 篇之间;阿城、陈忠实、迟子建、格非、麦家等作家受到的关注则相对少些,文章数目均低于 10 篇。至于姜戎、刘慈欣、王朔等作家,媒体对他们的关注虽不算少,但往往集中在若干特定事件与时间节点上,例如姜戎畅销书《狼图腾》,从译本出版到中法合拍的同名电影上映,商业链条上的每个环节都未曾受到媒体冷落;再如刘慈欣成为第一位获雨果奖的中国人后,法国以每年一册的速度完成《三体》三部曲的翻译出版,每一部的问世都在短时间内引起媒体热议;至于王朔,从改编自《动物凶猛》的电影《阳光灿烂的日子》起,媒体对他的兴趣似乎始终在文学的外围徘徊,一度热衷于讨论他在 20 世纪 90 年代的中国文艺界所引起的风波,后期则更多地聚焦于他在电影方面的业绩。

作家受邀访法参加活动、作家本人或其作品因各种契机进入法国视野等诸事都会成为各大报刊关注和评论的议题。1988 年法国文化部邀请中国参加文学节,阿城、北岛、芒克、韩少功、陆文夫、刘心武、张辛欣等十三位作家赴法,《世界外交论衡》在当月便刊登《中国文学的重生》①一文,指出在中国向世界开放的十周年之际,经历了重生的中国文学向世界自我开放,世界也开始将关注的眼光投向中国。该文介绍了中国当代文学的过去、现状和发展趋势,提及了十多位作家及其作品,字里行间满溢对中国文学未来的期待。

21 世纪初两国合办"中法文化年",2004 年中国首次以主宾国身份参加巴黎图书沙龙,法国各大出版社在书展前夕纷纷增量翻译出版中国文学作品,毕飞宇、残雪、迟子建、格非、韩少功、莫言、苏童、余华、张炜等三十余位中文作家空降巴黎,亲临这场文化交流盛会,成为报刊媒体热议的话题。《文学杂志》率先出版中国专题特刊为沙龙预热,深度介绍中国文学与文化,多位法国知名汉学家、翻译家基于自身研究领域参与了杂志的编写,其中有杜特莱对 20 世纪中国文学发展脉络高屋建瓴的梳理和对莫言创作的概述,有安必诺(Angel Pino)、何碧玉(Isabelle Rabut)对巴金、余华作品的解读,有安博兰(Geneviève Imbot-Bichet)对残雪、池莉、王安忆等中国女性作家的关注,亦有侯芷明(Marie Holzman)对鲁迅、莫言等作家的批判精神的探索。日报与周刊方面,作品在当时拥有最多法译本、已被评论人称为"中国当代文学'头号人物'"②的莫言得到了撰稿人的普遍青睐,《新观察家》《人道报》《世界报》先后刊载莫言专访长文,《解放报》《十字架报》《快报》《观点》等也发表文章介绍莫言,推介新近出版的莫言译本《丰乳肥臀》《藏宝图》《铁孩》以及先前出版的《酒国》《红高粱家族》等作品。与此同时,各大报刊以或长或短的篇幅推介了毕飞宇的《青衣》、苏童的《米》、池莉的《你是一条河》、格非的《雨季的感觉》等多种法译本。整体观照方面,法新社看到了中国作家创作风格的多样性,《世界报》描绘了追寻个性的中国作家群像,《人道报》聚焦于中国书市和图书出版情况,《解放报》采访了未能赴法出席沙龙的池莉,《新观察家》《费加罗报》将发言权交给翻译家、出版人安博兰,《人道报》则邀请中国文学研究者、翻译家安妮·居里安(Annie Curien)为读者解读中国当代文学的主要流派,分析外国文学如何影响作家的创作。时隔十年,上海市于 2014 年受邀参加巴黎图书沙龙,王安忆、毕飞宇、刘震云、金宇澄、李洱、路内等二十余位作

---

① Jean-Philippe Béja, « Du réalisme socialiste a une certaine préciosité. Renaissance de la littérature chinoise », *Le Monde Diplomatique*, juin 1988.

② Pierre Haski, « Invités et évités de la liste », *Libération*, 2004 - 03 - 18.

家赴法,《世界报》以早前已有多部作品被译介到法国、拥有一定读者群体的王安忆和毕飞宇为切入点报道了这一活动,《世界外交论衡》也借不久前《温故一九四二》和《一句顶一万句》法译本出版的热度发表了对刘震云的专访,同年还有莫言《红高粱家族》首个全译本、余华《第七天》译本等作品在法国出版,各报刊均作了常规推介。

二、对作家作品的共性、个性与普遍价值的揭示

当人们面对未知的、相异的事物时,不免倾向于借助已知的、熟悉的相似品达到认知的目的,由此建立的参照系或许不够准确客观,但就效用而言似乎确能推动接受的进程。法国报刊媒体在传递如中国文学那样相对陌生的信息时,最初往往须将之置于西方文学乃至本国文学的参照系内,在浅层的比对中寻找最大公约数,以提取一般共性,继而在多方因素的促进下渐次勾勒并接纳中国文学的个性,并且领会其作为世界文学的一部分所蕴藏的普遍价值。

莫言在被译介的早期即被多家媒体指出其作品有加西亚·马尔克斯的影子,《十字架报》在《丰乳肥臀》书评中将这部小说与《百年孤独》相提并论,同时认为莫言作品的风格"让人联想到莫泊桑的一些中短篇小说"[1];《观点》周刊直接将莫言唤作"中国的马尔克斯"[2],《费加罗报》则称之为"中国的福克纳"[3]。莫言获诺奖后,法新社结合莫言本人"我的父亲福克纳"的话语,将通讯标题定作"诺贝尔奖得主莫言,福克纳和加西亚·马尔克斯的儿子"[4];而在更早些时候,鉴于莫言作品强烈的隐喻性和讽刺性,《快报》书评人就提出,"莫言的名字将被刻在一座神殿的三角楣上,马尔科姆·劳瑞(Malcolm Lowry)、威廉·巴勒斯(William Burroughs)和弗朗索瓦·拉伯雷(François Rabelais)则是这座神殿的立柱"[5]。其中本土文豪拉伯雷逐渐成为莫言在法媒笔下的另一个代称,莫言小

---

[1] Claude Colombo-Lee, « Mo Yan, calligraphe de la tragi-comédie humaine », *La Croix*, 2004 - 03 - 18.

[2] Caroline Puel, « L'homme qui ne devait pas parler », *Le Point*, 2004 - 03 - 18.

[3] Mo Yan, « Le Vieil Homme et le château bleu », Noël, Liliane Dutrait (tr.), *Le Figaro*, 2008 - 08 - 18.

[4] AFP, « Le Nobel Mo Yan, fils de Faulkner et Garcia Marquez », *AFP Infos Françaises*, 2012 - 10 - 11.

[5] Thierry Gandillot, « Quatre caractère chinois—Mo Yan », *L'Express*, 2000 - 05 - 04.

说拉伯雷式的怪诞与粗犷令《新观察家》相信，"这是他们（中国人）的拉伯雷"①，《人道报》则据《生死疲劳》的创作风格指出，于法国读者而言，这部虚构作品仿佛是"拉伯雷住进了狄德罗的躯壳"②，法新社也曾将莫言称为"中国的拉伯雷"③，《文学杂志》着眼于莫言"充满讽刺的文风所蕴藏的能量"，认为他拥有"拉伯雷、斯威夫特和伏尔泰等作家的才气"④。也许是由于莫言在接受《世界报》专访时曾笑称自己抢了记者的工作⑤，《费加罗报》在评价揭露社会弊端的《酒国》时便将他比作"说中国话的亨特·S.汤普森（Hunter S. Thompson）"⑥。另有评论人被莫言小说生动的图像性和影像感所打动，称小说家是"布勒哲尔（Pieter Brue-gel）与卓别林（Charlie Chaplin）的混合体，在借助最离奇的个体命运描绘宏大的历史图景方面，这位文学巨人是大师"⑦。诸如此类，莫言的媒体画像不可谓不多变。

再来看余华和阎连科。2008年《解放报》专访余华时指出《兄弟》在整体上是相当"拉伯雷式的（rabelaisien）"⑧，而作者也表示了自己对《巨人传》的喜爱。2017年阎连科的《耙耧天歌》法译本出版，《费加罗报》认为小说情节"可能会让人联想起一部拉伯雷式的小说"⑨，《新观察家》同样肯定"其风格引人联想到拉伯雷笔下的乡村情景"⑩。而此前不久，《世界外交论衡》在评述《炸裂志》的"神实主义"写作手法时强调了南美魔幻现实主义对阎连科作品的影响，《炸裂志》则

---

① Ursula Gauthier, Mo Yan, « C'est leur Rabelais. Entretien avec Mo Yan », *Le Nouvel Observateur*, 2004 - 03 - 11, p. 106.

② Alain Nicolas, « La Chine, toujours réincarnée », *L'Humanité*, 2009 - 08 - 27.

③ AFP, « Mo Yan, le Rabelais chinois », *AFP Infos Françaises*, 2012 - 10 - 11.

④ Aliocha Wald Lasowski, « Mo Yan, retour vers l'enfance », *Le Magazine Littéraire*, n° 530, avril 2013, p. 41.

⑤ Nils C. Ahl, « Mo Yan: "En fait, j'usurpe le travail des journalistes" », *Le Monde*, 2009 - 09 - 11.

⑥ Sébastien Lapaque, « Mo Yan, l'ogre de Pékin », *Le Figaro*, 2012 - 10 - 12.

⑦ Serge Sanchez, « La Chine *in utero* », *Le Magazine Littéraire*, n° 514, décembre 2011, p. 32.

⑧ Yu Hua, « Rencontre—Yu Hua évoque "Brothers" et sa vision de la Révolution culturelle: "La Chine est plus riche et la vie plus exagérée que je l'imaginais" », propos recueillis par Claire Devarrieux, *Libération*, 2008 - 04 - 24.

⑨ Christophe Mercier, « Une Chine immémoriale », *Le Figaro*, 2017 - 03 - 23.

⑩ Didier Jacob, « Soupe chinoise », *L'OBS*, 2017 - 04 - 06, p. 90.

是"向加西亚·马尔克斯的《百年孤独》的有意致敬"①,《文学杂志》也指出"神实主义"是"一种让人不能不想到加西亚·马尔克斯的魔幻现实主义的体裁"②。在更宽广的文艺视角下,《费加罗报》③将阎连科作品的主人公比作法国军旅喜剧的著名演员搭档费南代尔(Fernandel Contandin)和波利娜·卡尔东(Pauline Carton),《世界报》④和《快报》⑤由《受活》联想到了托德·布朗宁(Tod Browning)的电影《畸形人》(*Freaks*),《新观察家》⑥则在《耙耧天歌》里设想出了一部泰伦斯·马力克(Terrence Malick)电影的布景。《费加罗报》曾在《年月日》里看到阎连科与海明威的共同点,感叹这部作品"很美,像是用中文重新写就的《老人与海》"⑦,而余华作品似乎兼有海明威、司汤达、巴尔扎克和萨特创造的质感,《世界报》曾写道,"作为一位怀有雄心的作家,一位对社会失望的作家,一位描写矛盾而委婉的爱的作家,余华身上当然有海明威的影子,也有司汤达的痕迹"⑧。《电视全览》也认为余华节制而朴实的语言接近海明威⑨。《世界报》称余华是"中国当代类似于巴尔扎克的作家","采用社会小说的暗码和西方的现实主义描绘其所在国家的新近转变"。⑩《新观察家》的书评人则视《第七天》为萨特的"《死无葬身之地》(*Morts sans sépulture*)的中国版本"⑪。至此,莫言、余华、阎连科三人都被认为有拉伯雷的特质,其中莫言和阎连科同时有马尔克斯的味道,而余华和阎连科则兼具海明威的文风,三位作家又各自拥有与其他作家、艺术创作者的相通之处。

此外,贾平凹曾以《古炉》中粗犷的对话将法国读者"带进奥威尔《动物农庄》

---

① Hubert Prolongeau, « Quand des ruffians inventent une ville », *Le Monde Diplomatique*, janvier 2016.

② Serge Sanchez, « Yan Lianke. Vaillante jusqu'à l'os », *Le Magazine Littéraire*, n° 579, mai 2017, p. 38.

③ Bruno Corty, « Corvée de soie chez Mao », *Le Figaro*, 2006 - 03 - 23.

④ Nils C. Ahl, « La monstrueuse parade de Yan Lianke », *Le Monde*, 2009 - 10 - 30.

⑤ André Clavel, « Ubu roi de Chine », *L'Express*, 2009 - 12 - 24.

⑥ Didier Jacob, « Soupe chinoise », *L'OBS*, 2017 - 04 - 06, p. 90.

⑦ Christophe Mercier, « *Les jours*, *les mois*, *les années* de Yan Lianke », *Le Figaro*, 2009 - 02 - 26.

⑧ Nils C. Ahl, « Une vie dans le bouillon de l'histoire », *Le Monde*, 2008 - 05 - 09.

⑨ Marine Landrot, « Un mordu de la vie », *Télérama*, 2014 - 12 - 17, p. 33.

⑩ Anonyme, « Les écrivains invités—Yu Hua », *Le Monde*, 2009 - 05 - 22.

⑪ Bertrand Mialaret, « Avec l'écrivain Yu Hua: *Morts sans sépulture*, version chinoise », *Le Nouvel Observateur*, « Rue89 », 2014 - 10 - 18.

的世界"①,他们还能在《长恨歌》"对女性与城市的长篇描摹"中找到王安忆文字里"左拉和狄更斯的印记"②。苏童的《妻妾成群》"有着些许基尼亚尔(Pascal Quignard)作品的修道士般的澄明,这是做减法的语言的魔力"③,阿城以"轻轻拂过现实的极短句"观察与记录世界,这种方式"有时让人想起彼得·汉德克(Peter Handke)在《缓慢的归乡》(*Langsame Heimkehr*)里的写作风格以及他对阿拉斯加的考察"④。残雪是"制度的迷宫里惘然若失的卡夫卡的小妹妹"⑤,王朔是"中国的杰克·凯鲁亚克(Jack Kerouac)"⑥,"约翰·勒卡雷(John le Carré)有一个中国表弟"名叫麦家⑦,陈忠实⑧和贾平凹⑨两人都写出了自己的《克洛什梅尔勒》(*Clochemerle*)。

　　正如有学者指出,"我们对他者的理解和接受都有主观的一面。受制于自己的'先见'甚至'偏见',我们对他者的理解总是掺杂着自己的想象"⑩。无论中国作家和作品被媒体赋予的西方世界里的"另一个自我"或"另一部分自我"是否悉数合理,我们都应以发展的眼光、开放的态度对待这些评论,因为在狭义的个体层面,认识共性常常是承认个性的先导,而对个性的承认与接受则是发现广义的普遍价值的前奏。因而有学者由此类参照性阐释联想到泰戈尔就人类寻求个别与普遍人性之间的联系所提出的"不断延伸的自我"的概念,强调"'不断延伸的自我'不仅是读者心灵与作品所构建的文学世界之间的交融,深层次而言也是民族文学与世界文学在相互碰撞中生成的新的意义,一部经典作品的价值或许正在于此"⑪。事实上,在报刊媒体的框架内,中国当代文学和作家的多重个性正在不断被揭示。居里安早已揭示,中国当代作家"实现了主题上与形式上的表

---

① François Bougon,« Clochemerle à l'heure du Petit Livre rouge »,*Le Monde*,2017 - 12 - 22.

② Astrid Éliard,« Nostalgie du Shanghaï des années 1940 »,*Le Figaro*,2006 - 08 - 04.

③ Annie Coppermann,« Jeux de l'amour et de la mort »,*Les Échos*,1992 - 01 - 21.

④ Jacques Decornoy,« Peintures de regards »,*Le Monde Diplomatique*,octobre 1991.

⑤ André Clavel,« Chronique des années de plomb »,*L'Express*,2004 - 03 - 15.

⑥ Christophe Mercier,« La littérature contemporaine—Le véritable miroir d'un pays qui bouge trop vite »,*Le Point*,1996 - 12 - 21.

⑦ Didier Jacob,« L'espion qui venait de Chine »,*L'OBS*,2015 - 11 - 12.

⑧ François Bougon,« Clochemerle en Chine »,*Le Monde*,2012 - 06 - 22.

⑨ François Bougon,« Clochemerle à l'heure du Petit Livre rouge »,*Le Monde*,2017 - 12 - 22.

⑩ 曹丹红、许钧:《关于中国文学对外译介的若干思考》,《小说评论》2016 年第 1 期。

⑪ 刘云虹:《文学译介视野中的莫言》,《文学跨学科研究》2021 年第 2 期。

达,其创作于每个人而言都是独特的。这一文学个性构成了中国当代文学的突出特征之一"[1],这些作家"都在书写他们与别人不同的对世界的看法,以及对各自身处的周遭世界的看法……鉴于其丰富性、生命力以及多样性,任何笼统的分类尝试都将以失败告终"[2]。《世界报》对莫言作品语言的独特性给予了特别的关注,指出"这种语言懂得在自我重新创造的同时保持对自身的忠实,从变化走向变化,混合形而上与通俗,任由自身放纵失度,却又藏匿于隐喻之后"[3],也曾肯定阎连科的《受活》"具有极高密度的文学沉淀",是"一部完善的作品"[4]。《文学杂志》没有忽视余华在 90 年代初期所经历的创作上的转变:"更具人道主义的内容和更为从容的笔调似乎既是内在成熟的产物……也是作家欲与其读者建立的种种崭新联系的表现。"[5]有书评人通过《长恨歌》发现,"王安忆相当精准、雕琢的文笔使她能够以高度的敏感把握其人物的情感、不安与羞愧",而且"对(上海这座)城市的再现最是动人"。[6] 另外,多家法媒不约而同对莫言、余华等作家日常创作模式的好奇也可算作对作家个性的关注。

与此同时,中国当代文学的普遍价值也逐渐被察觉。例如在《文学杂志》看来,当我们阅读余华的书时,"尽管它们以惊人的真实再现了中国,但我们不会(仅仅)为了了解中国而阅读它们,而(同样且尤其)会为了经由它们,在震惊、恐惧抑或感动之中同我们自身存在于世的状况实现互通"[7],而阎连科则显示了"从荷马到卡夫卡,所有贯穿时空的作家们共同怀有的博爱胸襟"[8]。《十字架报》曾深刻地指出,法国读者对中国的认知"长久以来都是某种镜子游戏产生的结果,但我们意识到,这些作家有着同样的欲望和同样的忧虑,即便他们并不拥

---

① Annie Curien, « Des écrivains en quête d'identité individuelle », *Le Monde*, 2004 - 03 - 19.

② Claude Castéran, « Littérature chinoise: une création débridée », *AFP Infos Françaises*, 2004 - 03 - 16.

③ Nils C. Ahl, « Mo Yan: le Nobel pour "celui qui ne parle pas" », *Le Monde*, 2012 - 10 - 13.

④ Nils C. Ahl, « La monstrueuse parade de Yan Lianke », *Le Monde*, 2009 - 10 - 30.

⑤ Isabelle Rabut, « Yu Hua: l'obsession du mal », *Le Magazine littéraire*, n° 429, mars 2004, p. 60.

⑥ Raphaëlle Rérolle, « La "ville insomniaque" », *Le Monde*, 2006 - 04 - 21.

⑦ Isabelle Rabut, « Yu Hua: l'obsession du mal », *Le Magazine Littéraire*, n° 429, mars 2004, p. 60.

⑧ Serge Sanchez, « Yan Lianke. Vaillante jusqu'à l'os », *Le Magazine Littéraire*, n° 579, mai 2017, p. 38.

有同样的文化"，"中国小说的现代性世界与我们的世界交汇了"。①

三、热衷评述的话题

前文已提及作家原著被改编成电影引起法国媒体关注的情况。事实上，电影对文学作品的改编历来是法国报刊广泛报道的主线之一。就早期情况而言，中国作家的作品能够为法国公众所知，可以说正是得益于电影直观的、超越国界的影像语言。1988 年，《红高粱》在柏林抱得金熊奖引发各界关注，1990 年林雅翱翻译的《红高粱》出版，《世界报》推介此书时强调，小说应当受到与电影同等程度的欢迎。莫言获诺奖后有论者指出，"最早期的译本在世界范围内随着电影而出现，莫言成为在国外被最广泛阅读的中国作家之一"②。无独有偶，1992 年苏童《妻妾成群》法译本紧随威尼斯影节银狮奖获奖电影《大红灯笼高高挂》的上映而出版，《回声报》的评论兼顾电影与小说，虽认为小说"如果没有电影的上映也许永远都不会被翻译出版"，但仍将重点放在了小说本身，称它"为当代中国文学打开了全新的视野"，"远比影像更接近我们的共情心"。③由于精彩的小说和电影几乎被同时呈现给大众，因此评者称《妻妾成群》是法国作家基尼亚尔被改编成电影的小说《世间的每一个清晨》(*Tous les matins du monde*) 的"绝妙双身"④，多年后芭蕾舞剧版《大红灯笼高高挂》在巴黎的上演再度让苏童的名字出现在各大报刊上。1994 年，电影《活着》在夏纳夺得评审团大奖，原著小说于同年在法国翻译出版，《快报》赞赏余华是"中国新浪潮中最有才华的青年作家之一"⑤。

在这些先例的开拓下，报刊作为法国文学艺术批评的重要平台，对中国当代文学的关注开始超越文本层面，进而延伸至作品经由电影、戏剧、漫画等艺术形式与载体的改编而实现的多维生成。对于《我不是潘金莲》《推拿》《长恨歌》《白鹿原》《温故一九四二》以及前文所述的王朔、姜戎等作家作品的推介和评论便是文本与影像相辅相成的例证。此外，池莉小说《云破处》由法国导演编排成舞台

---

① Jean-Yves Dana，« La culture fait le pont »，*La Croix*，2011 - 10 - 15.

② Nils C. Ahl，« Mo Yan：le Nobel pour "celui qui ne parle pas" »，*Le Monde*，2012 - 10 - 13.

③ Annie Coppermann，« Jeux de l'amour et de la mort »，*Les Échos*，1992 - 01 - 21.

④ Annie Coppermann，« Jeux de l'amour et de la mort »，*Les Échos*，1992 - 01 - 21.

⑤ Anne Pons，« Vivre! »，*L'Express*，1994 - 05 - 26.

剧在巴黎上演后口碑载道,多家媒体剧评人撰文评论,《世界报》形容其为"当代中国的致命《禁闭》(*Huis clos*)"①。2017 年,残雪短篇小说《归途》被改编融入以色列作曲家和比利时戏剧导演合作的歌剧《无限的当下》(*Infinite Now*),小说文本为音乐与戏剧两种艺术形式创造了对话的另一种可能,各报刊纷纷报道歌剧在巴黎的上演,读者和观众经由别样的维度感知了残雪的才华。2018 年,一位法国漫画作者改编自阎连科作品的图像小说入选法国昂古莱姆国际漫画节主竞赛单元,各大媒体对这一全球瞩目的漫画盛会的追踪报道也令阎连科的首部法译本重焕生机。

随着具有批判色彩和创新风格的中国文学作品在法国逐步得到译介并产生一定的影响,作为文学创作主体的作家本身开始激发媒体和公众的好奇心。在相对陌生的语言与文学面前,罗兰·巴特"作者已死"的观点显然并不适用。法媒热衷于从遥远国度的历史、社会与政治背景和作者身世中寻找作品的意义,作家在历史事件中的成长经历和家庭境遇是反复被呈现的部分,在创作中带有浓重的童年和故乡印记、书写历史漩涡的作家身上更是如此。莫言和阎连科的"农民—军人—作家"三重身份转变、余华的医生家庭背景和弃医从文的决定、王安忆的知识分子家庭出身和知青经历等都是被频繁提及的重要标识。莫言、阎连科、池莉、王蒙等作家的身份和职务时常受到特别关注。莫言获诺奖引爆舆论后,批评其不主动介入社会政治议题的言论不在少数,但亦不乏中立与理性的声音。比如《十字架报》就认为莫言已经通过其作品做出了回应,"他是其所处时代的见证者,他扎根于今天的世界"②。

贾平凹小说《废都》的法译本于 1997 年出版,各大文学副刊纷纷以"颠覆性""诲淫"等词宣传此书,不久《废都》获得当年菲米娜最佳外国小说奖,《解放报》随即发表书评称小说以《金瓶梅》的手法极尽色情描写之能事,强调此书在中国出版时曾引起风波。有学者认为,菲米娜奖评委之所以欣然为其授奖,不仅是为贾平凹的胆略与才华所折服,更重要的是,人们读到了"小说的文学价值和社会揭示力量"③。

---

① Brigitte Salino, « *Huis clos* meurtrier dans la Chine contemporaine », *Le Monde*, 2005 - 05 - 02.

② Dorian Malovic, « Le Nobel récompense le "réel merveilleux" chinois », *La Croix*, 2012 - 10 - 12.

③ 张寅德:《中国当代文学近 20 年在法国的翻译与接受》,《中国比较文学》2000 年第 1 期。

四、他者之镜折射文学文化共振

2020 年 11 月，法国作家、龚古尔奖得主马蒂亚斯·埃纳尔（Mathias Énard）的小说《掘墓人协会的年宴》（*Le Banquet annuel de la Confrérie des fossoyeurs*）出版，《回声报》[①]和《解放报》[②]先后刊登的两则书评都认为这部小说让人想起了中国作家莫言的《生死疲劳》以及书中的转世轮回情节，甚至将莫言这部小说的法文标题 *La dure loi du karma* 融入书评的题目中。如前文所述，法国报刊常将中国文学作品同公认的外国文学杰作相比较，也不时有书评人针对中国的不同作家与作品进行对比评论，却从未有过中国作家作品为推介法国本土文学提供参照的先例。我们有理由为该事件所反映的中国文学被法国读者和媒体接受的情况感到欣喜。

法国多家报刊有邀请国内外知名作家围绕特定的主题撰写特稿的传统，受邀作家则通过这一平台与世界对话。例如，2005 年，《世界报》"回忆"专栏每周邀请一位作家讲述一件记忆深刻的事，受邀的莫言为读者讲述了 1973 年初夏自己在县城观看朝鲜电影《卖花姑娘》一事[③]；《费加罗报》在 2008 年夏季邀请包括莫言在内的三十位外国作家以《奥德赛》中的同一个句子为开头撰写短篇小说，这便是《蓝色城堡》的由来[④]。2009 年余华为《解放报》"读书杂志"撰文《中国的大小工程》[⑤]。阎连科近年来两度为《世界外交论衡》"一作家，一国度"专栏特别写作，短篇小说《把一条胳膊忘记了》[⑥]和《纯真男孩的巴别塔》[⑦]由此诞生。2020

---

① Adrien Gombeaud, « Mathias Énard et le karma du Poitou », *Les Échos*, 2020 - 11 - 23.

② Claire Devarrieux, « La loi du karma dans les Deux-Sèvres. Mathias Énard retourne un coin de terre dans son nouveau roman », *Libération*, 2020 - 12 - 05/06.

③ Mo Yan, « Un film encore plus triste que notre vie », Noël, Liliane Dutrait（tr.）, *Le Monde*, 2005 - 07 - 22.

④ Mo Yan, « Le Vieil Homme et le château bleu », Noël, Liliane Dutrait（tr.）, *Le Figaro*, 2008 - 08 - 18.

⑤ Yu Hua, « Petits et grands travaux chinois », Angel Pino, Isabelle Rabut（tr.）, *Libération*, 2009 - 10 - 03/04.

⑥ Yan Lianke, « Le bras oublié », Sylvie Gentil（tr.）, *Le Monde Diplomatique*, août 2014.

⑦ Yan Lianke, « Babel jeune et innocente », Brigitte Guilbaud（tr.）, *Le Monde Diplomatique*, août 2020.

年《解放报》推出"一切文字里的病毒"特刊,迟子建以《当世界屏息时》①一文与三十多位在世界各地写作的作家共同书写灾疫;《新观察家》也应景推出"闭居的科幻小说"专题,八位"最伟大的幻想小说家尝试预言流行病的未来",中国作家刘慈欣②、宝树③受邀撰文。

报刊媒体贴近现实的固有属性得以让我们在文学副刊以外瞥见一部文学作品在目的语环境中的接受状况。迄今为止,余华的《兄弟》是最佳案例。小说法译本于 2008 年出版,同年,法国商界巨擘帕特里夏·巴尔比泽(Patricia Barbizet)在接受《世界报》专访时便提到自己正在阅读《兄弟》④;一则对法国名人勒克莱尔兄弟(Julien Clerc & Gérard Leclerc)的专题报道提及《兄弟》正在他们家中被传阅;法国前劳工部长、社会党前主席、现里尔市市长马蒂娜·奥布里(Martine Aubry)也在这一年向媒体透露自己正在读余华的《兄弟》⑤,还不忘推荐同事阅读中国文学,称一读进去便"不能自拔"⑥。2016 年,法国影星弗朗索瓦·克鲁塞(François Cluzet)接受《观点》专访时也称《兄弟》是他非常喜爱的一部书⑦。《回声报》在该年分享的一份政商界人士推荐书单中,《兄弟》赫然在列。报纸杂志的零碎信息的拼凑叠加也令我们在惊喜之余不禁感叹,当一部外国作品在译入语语境中被相对广泛地阅读与接受时,确能引起不小的文化共振。

从宏观上看,近三十年来法国报刊对中国当代作家及作品的关注情况大致经历了三个阶段。早期起步阶段一方面由进入国际视野的电影打开局面,另一方面由专业研究者引领,前者仅涉及有限的作品,后者以文化普及和作家群像描绘为主,就阐释的深度与广度而言,两者之间存在着明显的分化,稿件总数不多,

---

① Chi Zijian, « Quand le monde retient son souffle », Brigitte Duzan (tr.), *Libération*, 2020 - 03 - 19.

② Liu Cixin, « Les virus pourraient engendrer une forme d'intelligence », *L'OBS*, 2020 - 04 - 09.

③ Baoshu, « J'ai vécu de nombreuses années à Wuhan », *L'OBS*, 2020 - 04 - 09/15.

④ Frédéric Lemaître, « Patricia Barbizet, une artiste de la finance », *Le Monde*, 2008 - 05 - 29.

⑤ Sabrina Champenois, « Martine Aubry: la 36ᵉ heure », *Libération*, 2008 - 11 - 04.

⑥ Élise Karlin, Marcelo Wesfreid, « Quand Martine dîne au Marco Polo », *L'Express*, 2009 - 03 - 12.

⑦ Thomas Mahler, « François Cluzet: "Je pourrais faire l'artiste de gauche comme Arditi..."», *Le Point*, 2016 - 03 - 17.

故难成气候。在中期开拓阶段,得益于中法两国共同创造的文化、文学际会,国力上升的中国在国际社会的频频亮相激发了世界了解中国的好奇心,中国文学融入世界的愿望与法国乐于兼收并蓄的文化传统逐渐形成一股合力,诺贝尔文学奖对莫言作品的认可更是一度掀起空前的舆论浪潮。报刊媒体既是风向标,也是助推器。在法国出版行业的促成下,中国文学评论人开始出现,专业研究者并未退场,新近翻译出版的中国文学作品得以频繁现身报刊新书速递板块。当下,法国报刊对中国当代作家的评介进入相对平稳发展的阶段,大奖余波渐息,但水涨船高,该事件为法国媒体与读者开辟的视野没有收缩,在两国翻译出版界各方的推进下,中国文学在异域得到更广泛的阅读,媒体的关注仍在持续。微观而言,早期即已存在的缺憾与偏离并未随着关注的持续、交流的深化而得到切实有效的弥补与中和。媒体对不同作家的关注程度差距悬殊,比起为读者介绍新作家,它们更乐于在相对受读者欢迎的知名作家身上做报道的叠加;西方文学杰作依然不可避免地成为衡量中国文学作品的对照物和标尺,尽管这一现象有缓和的趋势,但中国文学的独特个性和普遍价值仍有待得到更深层次的理解和承认;的确,"文学之镜固然可以透视社会现实与个体境遇,但作为一种审美再现与文化建构,文学的内在价值必然首先体现在其文学性上"①。然而,意识形态的差异仍在被报刊媒体不必要地聚焦放大,在社会性、政治性的滤镜中,作品本身的文学性有待进一步被把握。当今时代,报刊媒体在培育民智和引导舆论方面依然发挥着不容小觑的作用,它是中国文学驶向世界进程中的重要渠道,也为中国文学在他方提供了一种映射,但关注的同时须审慎参考,理性看待。

（作者单位：上海外国语大学）

---

① 刘云虹:《翻译家的选择与坚守——杜特莱译介中国当代文学之路》,《中国翻译》2019 年第 4 期。

莫言作品在法国的译介及其启示

刘云虹

中国当代作家中,莫言被认为是作品被翻译最多、在国外影响最大的一位,据统计,其作品目前已被翻译成五十余种语言,共计两百多个外文译本。[①]法国是译介莫言作品最多的国家,"自 1988 年向公众推出短篇小说《枯河》(*La Rivière tarie*)开始,法国就凭借其持续卓越的出版业绩遥遥领先其他国家"[②]。不仅如此,作为世界范围内译介中国当代文学的重镇之一,法国对莫言作品的发现和翻译也在相当程度上影响着其他国家对莫言的关注,在莫言走向世界的进程中扮演着某种"必要中转站"[③]的角色。本文通过考察莫言作品在法国的译介情况,揭示中国文学海外接受与传播的影响要素,并力求通过莫言作品法译的个案分析为推动中国文学文化更好地"走出去"提供一定的参照。

一、多重的翻译契机与动因

翻译活动具有显著的社会文化属性,其发生离不开时代背景与文化环境,更需要借助一定的契机。莫言作品在法国的翻译可以追溯至 20 世纪 80 年代,短篇小说《枯河》1988 年被译为法语并收录于《重见天日:中国短篇小说集(1978—1988)》[*La Remontée vers le jour*, *nouvelles de Chine* (1978 -1988)]。《枯河》是莫言作品法译的首次尝试,真正引起法国文化界关注的则是 1990 年由南方书编出版社推出的《红高粱》法译本,而促使该译本诞生的一个重要契机在于,同名

---

① 参阅《莫言十年新作〈晚熟的人〉即将由人民文学出版社出版 | 再叙故乡人事》,"人民文学出版社"微信公众号,2020 年 7 月 26 日。

② 张寅德:《莫言在法国:翻译、传播与接受》,刘海清译,《文艺争鸣》2016 年第 10 期。

③ Caroline Puel,« Vous voulez le Nobel? Publiez en français! »,*Le Point*,2012 - 10 - 19.

电影在柏林电影节上大放异彩并一举夺得金熊奖。伴随着富有感染力的电影画面，莫言以"极具感官性的写作"所描绘的那个"野蛮又神秘之地"①展现在法国观众眼前，充满中国特质的异域情调令人震撼，也引发了出版界对原著的兴趣。如法国媒体所言，在电影热映的良好效果助力下，"莫言从那时起便逐步获得一种国际声誉。译本不断增多"②。《红高粱》在法国出版后的五年间，莫言另外四部作品的法译本也相继问世，分别是《天堂蒜薹之歌》(1990)、《筑路》(1993)、《透明的红萝卜》(1993)和《十三步》(1995)。莫言在接受采访时曾表示："实事求是地说，中国文学走向世界，张艺谋、陈凯歌的电影起到了开路先锋的作用。最早是因为他们的电影在国际上得奖，造成了国际影响，带动了国外读者对中国文学的阅读需求。各国的出版社都很敏感，他们希望出版因电影而受到关注的文学原著，我们的作品才得以迅速被译介。"③

翻译是一种重要的文化建构力量，与文化之间有深刻的互动关系，翻译活动在很大程度上不仅决定着中外文化关系的演变与发展，也是特定历史时期中外文化关系影响下的产物。因此，中外文化交流的推进必然为翻译拓展其可为的空间。21世纪初，随着中国和法国在文化等层面的交往不断深入，两国政府决定合作开展"中法文化年"活动。2003年10月至2004年7月，中国文化年率先在法国举办，法国文化界乃至社会各界掀起了一股中国文化热潮。中国当代文学是中国文化年期间被重点推介的内容之一，2004年第24届法国图书沙龙以中国为主宾国，展出四百多种有关中国的法文图书，包括莫言在内的三十多位中国作家、学者受邀出席。在这样的背景下，中国当代文学在法国备受瞩目，其"翻译出版出现了前所未有的高潮，从2002年的17种猛增到2003年的29种，而2004年已超过40种，突破历史水平"④。在这"突破历史水平"的中国当代文学法译中，已受到法国出版界关注的莫言作品获得了尤为重要的翻译出版契机，2004年内，《丰乳肥臀》《藏宝图》《铁孩》《爆炸》法译本接连被推出。

作为一种象征资本，文学奖项在中国文学外译中扮演着不容忽视的角色，往往与文学译介处于某种互动关系中，构成翻译的直接动因。获诺贝尔文学奖之

---

① Frédéric Bobin, « Mo Yan, la Chine entre les lignes », *Le Monde*, 2000 - 08 - 18.

② Alain Nicolas, « Mo Yan: J'écris comme se comporte le peuple chinois », *L'Humanité*, 2012 - 10 - 12.

③ 术术:《莫言、李锐:"法兰西骑士"归来》,《新京报》2004年4月15日。

④ 胡小跃:《"从伏尔泰开始，到杜拉斯炙热"》,《新京报》2005年9月2日。

前,莫言在法国获得了两个重量级奖项:2001 年《酒国》获法国洛尔·巴塔庸外国文学奖,2004 年莫言获法国文化部颁发的"法兰西艺术与文学骑士勋章"。文学奖项的授予不仅是对作家文学创作的肯定和褒奖,也势必推动作家及其作品在相关翻译场域和文化语境中受到特别的青睐。2005 年至 2012 年,莫言作品在法国的译介得以稳步推进,几乎每年都有新的译作出版,其中包括《师傅越来越幽默》(2005)、《欢乐》(2007)、《四十一炮》(2008)、《生死疲劳》(2009)、《蛙》(2011)等。若将视域拓展至整个海外,可以看到,赢得诺奖桂冠前莫言在其他国家也收获了多个文学奖项,如 2003 年《檀香刑》获越南作家协会的"翻译文学奖";2005 年获意大利诺尼诺国际文学奖;2006 年获日本福冈亚洲文化奖;2008 年《生死疲劳》获第一届美国纽曼华语文学奖;2011 年获韩国万海文学奖。据笔者观察,"莫言所获国际奖项正好分布在作为莫言作品译介重镇的法国、美国、意大利、日本、越南和韩国,这并非简单的巧合,而是颇为有力地说明了象征资本在文学传播与接受中的重要意义"①。当然,诺贝尔文学奖对提升莫言及其作品的国际关注度和影响力具有毋庸置疑的作用,从全世界文学场域来看,这一作用很可能是决定性和导向性的,但就法国而言,其"对莫言的兴趣由来已久",因此正如学者所指出的,2012 年莫言荣获诺贝尔文学奖所带来的影响是"为其在法国的译介与接受注入了新的动力"②。借助这一"新的动力",法国出版界于 2013 年推出《变》的法译本,2014 年又出版了《红高粱家族》的首个全译本。随后几年里,莫言作品的法译本基本上以每年一部的均衡速度与读者见面,包括《超越故乡》(2015)、《幽默与趣味·金发婴儿》(2015)、《食草家族》(2016)、《战友重逢》(2017)以及收录了莫言七部短篇小说的合集《白狗秋千架》(2018)。

翻译活动具有社会性、文化性等基本特征,文学译介必然依赖于一定的外部条件。正是在电影、文学奖项、政府推介等多重因素的推动下,莫言作品逐步走入法兰西语境,成为中国当代文学在法国最重要的代表。同时,我们也应该看到,这种种契机和因素所发挥的作用固然十分重要,但决定中国文学在法国译介的最根本动因在于作品本身。如果将世界文学理解为"一种阅读模式"③,那么

① 刘云虹:《文学译介视野中的莫言》,《文学跨学科研究》2021 年第 2 期。
② 张寅德:《莫言在法国:翻译、传播与接受》,刘海清译,《文艺争鸣》2016 年第 10 期。
③ 大卫·丹穆若什:《什么是世界文学?》,查明建、宋明炜等译,北京:北京大学出版社,2014 年,第 309 页。

它必然与"主体文化的价值取向和需求相关"①。法国有着深厚的文学传统,对作品的文学特质与艺术创新更为敏感,并且 20 世纪 80 年代中期开始,法国文学和汉学领域对中国当代文学的认知与接受立场便发生了变化,从"通常把中国当代文学视为纯粹的文献"转为意识到"应该开始从另一种角度来看待今天的中国文学:作为文学的角度"。②所以,法国出版界在发现和选择中国当代文学作品时格外注重文本是否具有独特的文学品质。莫言对此深有体会:"电影只是冲开了一条路,让灯光照在我们身上,能不能持续受到读者的欢迎还是看作品本身的文学价值。实际上,张艺谋也不仅仅改编了我们几个作家的作品,但是,不断被各国译介的就是这几个人,所以,最终还是文本本身的质量决定的。像我被翻译到法国的作品《丰乳肥臀》《酒国》并没有被改编成电影,但要比改编成电影的《红高粱》反响好很多。"③在莫言的众多作品中,《酒国》是极具文本实验意义和文体价值的一部,其法译本于 2000 年由法国瑟伊出版社推出。可以说一经出版,《酒国》便引起了法国文学界和媒体的普遍关注,成为一个"各界阐释、理解莫言的主要依据"④,并于翌年获得法国洛尔·巴塔庸外国文学奖。如此热烈的反响和《酒国》在国内一度并不被看好的接受状况形成了反差。探究个中原因,不难发现,作品中彰显出的文学品质尤其是在叙事技巧上的革新构成它在法国得到普遍关注与接受的关键。法国洛尔·巴塔庸外国文学奖对《酒国》的授奖词中所凸显的正是小说在文体上的实验性:"由中国小说家莫言原创、汉学家杜特莱翻译成法文的《酒国》,是一个实验性文体。其思想之大胆、情节之奇幻、人物之鬼魅、结构之新颖,都超出了大多数读者的阅读经验。这样的作品不可能被广泛阅读,但却会为刺激小说的生命力而持久地发挥效应。"⑤法国主流媒体之一《世界报》也对莫言在《酒国》里运用的精湛艺术技巧给予充分肯定,认为"他将寓言、虚幻故事、道家思想和荒诞离奇熔为一炉;他游刃有余地使用镜像效果,模糊了现实

---

① 大卫·丹穆若什:《什么是世界文学?》,查明建、宋明炜等译,北京:北京大学出版社,2014 年,第 311 页。

② Noël Dutrait, « Traduire la littérature chinoise contemporaine au début du XXIᵉ siècle, une question de choix », In Paul Servais (ed.), *La Traduction entre Orient et Occident*, *modalités*, *difficultés et enjeux*, Louvain-la-Neuve: L'Harmattan/Académia, 2011, p. 83.

③ 术术:《莫言、李锐:"法兰西骑士"归来》,《新京报》2004 年 4 月 15 日。

④ 杭零:《莫言在法国的翻译与接受》,《东方翻译》2012 年第 6 期。

⑤ 莫言研究会:《莫言与高密》,北京:中国青年出版社,2011 年,第 172—173 页。

与想象的界限",而"没有使用刻板的语言"来揭露社会问题。①凭借《酒国》的出色翻译同样获得洛尔·巴塔庸外国文学奖的翻译家、汉学家杜特莱（Noël Dutrait）正是莫言作品的主要法译者和研究者之一，论及莫言的文学创作，他表示："莫言涉及了关于中国社会的所有主题，同时也从来没有忽视文学本身的品质。他不是一个站在这边或那边的政治激进主义分子，而是一个讲故事的人、一位作家、一个关注周围世界的观察者。他能探测人类的灵魂，并展现美与丑、人性与非人性在什么程度上是接近的。他的作品的广度使他成为一个文学巨人。"②从以上评论可以看到，尽管文学作品作为"一种社会话语产品"，必然具有"认识属性"③，通过文学来了解中国的历史与社会现实的接受路径不容忽视，但就根本而言，作品的文学价值与独特个性应该被认为是推动莫言作品在法国的翻译与接受的一个最重要的因素。

二、动态发展的系统译介

自 1988 年《枯河》翻译出版至今，莫言作品在法国的译介走过了三十余年的历程。应该说，20 世纪 90 年代，法国出版界推出中国当代作家的作品时普遍抱着一种尝试的心态，莫言作品的法译因而呈现一定的偶然性和零散状态，《红高粱》《天堂蒜薹之歌》《筑路》《透明的红萝卜》《十三步》这五种法译本"散落"在五家出版社。所幸，这种分散出版的状况很快有了改变。法国翻译家林雅翎（Sylvie Gentil）曾指出，莫言作品法译本的数量远高于其他语种的译本，其原因在于"多家出版社的胆识、寻找新作家的品位以及法国对其他文化始终怀有浓厚兴趣这一传统"④。1995 年出版《十三步》之后，法国瑟伊出版社正是凭借过人的胆识和眼光，逐步与莫言建立起稳定的合作关系，持续、系统地翻译出版莫言作品。瑟伊出版社成立于 1935 年，在人文社科和文学出版领域享有盛誉，堪称法国出版界的"巨头"，在世界范围内也有重要影响。该社 21 世纪初开始大规模出版中国当代文学作品，与莫言紧密合作后于 2000—2018 年间向法国读者推出了包括其代表作《酒国》《丰乳肥臀》《檀香刑》《四十一炮》《生死疲劳》《蛙》《红高粱

①　Douin Jean-Luc, « Mo Yan et les ogres du Parti », *Le Monde*, 2000‐03‐31.

②　刘云虹、杜特莱：《关于中国文学对外译介的对话》，《小说评论》2016 年第 5 期。

③　童庆炳：《文学理论教程》，北京：高等教育出版社，2018 年，第 340 页。

④　Caroline Puel, « Vous voulez le Nobel? Publiez en français! », *Le Point*, 2012‐10‐19.

家族》等在内的十五种莫言作品法译本。权威出版社的系统译介促使莫言作品法译本"发行量越来越大",莫言则"被完美地贴上了外国权威作家的标签"。①

特别要指出的是,除了稳定的出版速度和日益增长的发行数量,瑟伊出版社对莫言作品的系统译介还着重体现在该社任用杜特莱和尚德兰(Chantal Chen-Andro)两位固定的译者来进行翻译,上述十五种法译本中,除《红高粱家族》外,其余十四种均由二人分别译出。作为翻译过程中居于核心地位的主体,译者之于译介活动的重要性不言而喻。"译本的品质如何、文学译介与传播的效果如何,甚至中国文学与文化'走出去'的目标能否得以实现,都在很大程度上取决并依赖于翻译家的自主性与创造性工作。"②杜特莱和尚德兰不仅是翻译家,也是热爱中国文学、多年关注并致力于中国文学研究的汉学家。杜特莱自20世纪80年代开始翻译中国当代文学,先后翻译出版了阿城的《棋王》《树王》《孩子王》,韩少功的《爸爸爸》,苏童的《米》以及莫言的《酒国》《丰乳肥臀》《师傅越来越幽默》《四十一炮》和《战友重逢》等二十余部作品,为推动中国当代文学在法国的译介与接受做出了杰出贡献。不仅翻译成就斐然,杜特莱还长期从事中国语言文学的教学与研究,对中国当代文学的总体特征与发展进程都有深入了解。翻译家和汉学家的双重身份使他在"翻译什么"和"如何翻译"这两个翻译的根本性问题上有着理性的选择:在拟译文本选择上以文学性为首要考量因素;在翻译过程中"始终努力做一个尽可能忠实的译者"③。尚德兰1990年翻译出版了莫言的《天堂蒜薹之歌》,此后便长期关注莫言,是翻译莫言作品数量最多的法国汉学家,《筑路》《檀香刑》《生死疲劳》《蛙》《变》《超越故乡》《食草家族》等多部莫言作品法译本均出自她的笔下。尚德兰还是中国当代诗歌在法国的主要推介者,翻译了北岛、顾城、西川等一批中国当代诗人的作品。与杜特莱一样,尚德兰也主张翻译应遵循忠实性原则,在接受采访时她曾明确表示对美国译者葛浩文"在翻译时考虑读者阅读习惯,不惜说服作家改动行文甚至故事结尾"的做法并不认同,在她看来,"不背叛原文又要琢磨最好的法文"才是译者应尽的责任。④

---

① 张寅德:《莫言在法国:翻译、传播与接受》,刘海清译,《文艺争鸣》2016年第10期。

② 刘云虹:《翻译家的选择与坚守——杜特莱译介中国当代文学之路》,《中国翻译》2019年第4期。

③ 刘云虹、杜特莱:《关于中国文学对外译介的对话》,《小说评论》2016年第5期。

④ 张艺旨:《莫言获奖真的得益于葛浩文的译文再造吗?》,https://www.jiemian.com/article/711827.html。

　　文学翻译是一个以生成性为本质特征的动态发展过程,翻译的生成既在于翻译之"生",即原作新生命的诞生,也在于翻译之"成",即"译本生命在目的语社会文化语境中的不断延续、丰富与传承"①。而译本生命丰富性的拓展"不仅取决于一个又一个与原作有着血脉亲缘关系的译本的延续本身,也取决于一代又一代读者对译本的创造性阅读与阐释"②。在这个意义上,"译"与"介"两个方面都不可或缺,法国读者,尤其是文学、翻译和批评等各界对莫言作品的阐释构成莫言作品在法国持续不断得到译介的关键要素之一。在法国,对莫言及其作品的学术研究和主流媒体评论兼而有之,且几乎与翻译出版同步。从第一篇有关莫言作品的学术论文《莫言的〈红高粱〉》(尚德兰,1989)到首部研究莫言的专著《莫言:想象之地》(张寅德,2014)③;从1990年杜特莱在《世界报》撰文称莫言等作家"具有强烈革新性的作品是世界文学的珍宝"④,到各大主流媒体对《酒国》《丰乳肥臀》《檀香刑》《生死疲劳》《蛙》等作品的评论,再到莫言加冕诺贝尔文学奖在各界引发的事件性效应,可以说法国翻译界、学术界、媒体共同建构起莫言作品在法国的接受和传播空间,推动原作获得超越时间与空间的持久生命力。如果说,"一个作家在异域能否真正产生影响,特别是产生持久的影响,最重要的是要树立起自己的形象"⑤,那么这一形象的树立既离不开作家具有独特个性的创作本身,也同样甚至更加依赖于目的语读者对作品的创造性阅读,即读者能否在阅读所形成的特定对话关系中发现原作之"美",参与原作新生命的创造。

　　法国各界对莫言作品的阐释和解读具有多重性,但其中一个鲜明的特征是注重莫言独特而多元的写作风格。莫言获得诺贝尔文学奖后,《世界报》很快发表评论,以整版篇幅对莫言及其文学创作进行了介绍和评价。文章对莫言作品语言的独特性和创新性尤为关注:"莫言的语言常常是丰富而精湛的。这种语言擅长在自我革新的同时对自身保持忠诚,不断寻求变化,将形而上与通俗相结合,允许一切极端却又藏身于隐喻之后。为描绘出渴望和贪婪的所有形式以及欲望的力量,这正是必不可少的。"⑥2014年《红高粱家族》全译本出版之际,《世

---

① 刘云虹:《试论文学翻译的生成性》,《外语教学与研究》2017年第4期。
② 刘云虹:《试论文学翻译的生成性》,《外语教学与研究》2017年第4期。
③ 陈曦:《莫言作品在法国的译介研究》,济南:山东大学出版社,2020年,第35—37页。
④ Noël Dutrait, « Recul littéraire en Chine », *Le Monde*, 1990‑06‑07.
⑤ 许钧、宋学智:《二十世纪法国文学在中国的译介与接受(增订本)》,译林出版社,2018年,第143页。
⑥ Nils C. Ahl, « Mo Yan: le Nobel pour "celui qui ne parle pas" », *Le Monde*, 2012‑10‑13.

界报》有评论指出："《红高粱家族》全译本中尤其体现出一种不多见的对话与描写之间的平衡。当粗犷且有时残暴的口语性逐渐将作者的其他作品转变为激越而感情丰沛的长篇散文诗时,这个故事里的精湛技巧首先在于构思。作为独特叙事装置的情节(从父亲到儿子,跨越三代人)占据了上风。构思和情节调节着莫言特有的丰富文体与奔放情感,同时又适时为其精心设置了开阔的空间。"①莫言作品的主要法译者之一杜特莱则关注到莫言在写作风格上的不断革新:"莫言总是在尝试不同的写作风格。比如,《酒国》像是一本侦探小说;《丰乳肥臀》是一部宏大的史诗般的小说,足可以和托尔斯泰、巴尔扎克和马尔克斯的作品媲美;《檀香刑》有民间戏曲的印记;《蛙》的最后一部则是一出有萨特风格的戏剧。"②在他看来,莫言之所以"与众不同",正因为他拥有"强大的写作能力,以及独创又多元的写作风格"③。这样的解读可以说准确地把握了莫言作品的文学特质与价值,对语言的探索、对叙事技巧的革新正是莫言在文学创作中坚持不懈的追求。他曾明确表示:"我对语言的探索,从一开始创作就比较关注,因为我觉得考量一个作家最终是不是一个真正的作家,一个鲜明的标志就是他有没有形成自己独特的文体,而且我又觉得如果过早地让自己的语言风格定型的话,那么这个作家实际上也就没有发展了,就终结了他的艺术生命,应该是一个不断发展变化的过程。……只有在不断的探索当中,包括语言的探索,小说其他的一些技术层面上的探索,才能时刻处在具有创造精神的状态。"④此外,在对莫言的阐释与接受中,法国评论者还敏锐地捕捉到莫言作品与本民族文学传统的共通之处,认为莫言的创作不仅让人联想到福克纳和马尔克斯,还"具有某些法国文学的特质",如"在《丰乳肥臀》这幅令人目眩的中国历史画卷中,莫言富于创造性的、气势磅礴、激情澎湃的语言,讽刺夸张的描写,民间故事的风格,对荒谬现象的有力批判都不禁令法国评论者联想到拉伯雷的《巨人传》"。⑤这样的参照式阐释不仅揭示出莫言作品中引起法国读者共鸣的特质,也无疑更激发了文学接受中的某种亲近感。无论对原作文学特质的准确把握,还是拉近读者与原作距离的阐释

---

① Nils C. Ahl,《 L'ivresse mesurée 》, *Le Monde*,2014 - 11 - 07.

② 崔悦:《法国热评莫言获诺贝尔文学奖》,人民网,2012 年 10 月 13 日。http://world.people.com.cn/n/2012/1013/c1002 - 19253432.html.

③ 崔悦:《法国热评莫言获诺贝尔文学奖》,人民网,2012 年 10 月 13 日。http://world.people.com.cn/n/2012/1013/c1002 - 19253432.html.

④ 莫言:《碎语文学》,北京:作家出版社,2012 年,第 202 页。

⑤ 杭零:《莫言在法国的翻译与接受》,《东方翻译》2012 年第 6 期。

参照，都对莫言作品在法国的持续译介发挥着积极的推动作用。

三、多维的互动

翻译是一个受多重因素影响的动态过程。翻译场域内各主体要素，尤其是作者、译者、读者、媒体之间的互动对促进莫言作品在法兰西语境中的接受与传播具有不容忽视的意义。

首先，从作者和译者的互动来看，杜特莱和尚德兰两位莫言作品的主要法译者都与莫言有直接的交往。以杜特莱为例，他与莫言的第一次见面是1999年在北京，当时正在翻译《酒国》的杜特莱对莫言进行了一次访谈，"问了他很多问题"①，涉及《酒国》、莫言的文学创作以及他对中国当代文学的看法等。初次交流之后，杜特莱在翻译莫言作品的十余年间始终与莫言保持着密切的沟通，他曾说："当我翻译莫言的小说时，我经常给他发电子邮件，他总是耐心地回答我的问题。"②这种以解决翻译问题为目标的问答式沟通在译者与作者的交往中是比较常见的，但杜特莱与莫言的互动并不仅限于此。当莫言通过一部又一部作品"把'高密东北乡'安放在世界文学的版图上"③时，高密就成为打开莫言文学创作世界的一把钥匙，喜爱莫言的读者都不禁被这片土地的神奇魅力所吸引，杜特莱自然也不会例外。2004年和2014年，杜特莱两次去高密，参观莫言旧居、莫言文学馆，探寻莫言小说创作的心路历程，了解高密的风土人情。回忆第一次参观高密的经历时，杜特莱表示："当时我正在翻译《丰乳肥臀》，能亲眼看看小说故事发生的地方，这对我来说非常有意思。在高密和莫言的朋友们一起聚餐时的欢乐气氛，让我感受到了《酒国》中所描绘的喝酒艺术，这在山东确实是一个现实。"④翻译是"历史的奇遇"，更是一种有温度的相遇，所寻求实现的正是文化相融与心灵相知。杜特莱是法国著名翻译家、汉学家，也是莫言作品主要的翻译者和研究者，两次探访高密不仅有助于他了解莫言的写作背景、理解莫言小说的内涵，且更深层次来看，也必然对推动莫言在法国的译介与接受产生积极的影响。

---

① 刘云虹、杜特莱：《关于中国文学对外译介的对话》，《小说评论》2016年第5期。

② 刘云虹、杜特莱：《关于中国文学对外译介的对话》，《小说评论》2016年第5期。

③ 莫言、刘琛：《把"高密东北乡"安放在世界文学的版图上——莫言先生文学访谈录》，《东岳论丛》2012年第10期。

④ 刘云虹、杜特莱：《关于中国文学对外译介的对话》，《小说评论》2016年第5期。

其次，从作者、译者和读者的互动来看，各类图书沙龙、文化活动、学术研讨等都为这一多方参与的交流提供了契机。如 2001 年 12 月，莫言在法国国家图书馆发表《小说的气味》的演讲；2004 年 3 月，莫言在第 24 届法国图书沙龙期间与读者见面；2014 年 9 月，莫言在埃克斯书城和巴黎 L'Arbre à lettres Mouffe-tard 书店参加《红高粱家族》法译本推介活动等。又如 2004 年，莫言参加了"两仪文舍"的交流。"两仪文舍"是法国人文科学之家基金会创办、由法国著名汉学家安妮·居里安任学术负责人的一项实验性文学活动，其法文名称是 Atelier littéraire bipolaire，直译为"两极文学工作室"。文舍采用定期举办写作工作坊的形式，以文学为中心将法语和汉语两种语言的作家、翻译家、研究人员、读者汇聚在一起，就作家的创作展开研讨与交流。具体运作方式为：文舍以同一命题分别向一位汉语作家和一位法语作家约稿，两篇文稿写成并付诸翻译后，两位作家在阅读对方作品译文的基础上展开对话。活动中，兼具作者和读者身份的作家以及译者和读者同时参与探讨，充分彰显出文舍所具有的积极开放的文化碰撞与沟通这一重要特征。2004 年 3 月 22 日，莫言应邀参加了在法国国家图书馆举办的第七期"两仪文舍"讨论会，与法国作家捷妮雅·布里萨克（Geneviève Brisac）以及尚德兰和李金佳两位译者进行了交流。莫言和布里萨克就各自对本期主题"孩子"的理解以及双方以此主题写就的作品展开了多维度对话。同时，本次活动中，尚德兰就翻译莫言小说时遇到的困难，如小说题目"大嘴"的翻译、中译法过程中经常出现的时态处理、家庭成员称谓的翻译等问题①与莫言深入沟通，共同寻求超越翻译障碍之道。无论是文舍活动现场创作、翻译、阅读各方的近距离交流，抑或官网的录像转播、讨论文稿的出版发行，莫言及其作品无疑在中法两种语言文化的深度交汇中获得了新的理解与阐释，其接受与传播的空间也得以进一步拓展。

在莫言与读者的互动中，作为特殊读者或专业读者的作家、研究者的介入并不鲜见。法国作家、2008 年诺贝尔文学奖得主勒克莱齐奥和莫言的相遇便是由阅读对方的作品开始的，近年来这两位互为读者的当代代表性作家又进行了多次对话，如 2014 年 8 月在西安的"长安与丝路的对话"、2014 年 12 月在山东大学的"文学与人生"对话、2016 年在浙江大学的"文学与教育"对话、2019 年 10 月

---

① 安妮·居里安：《孩子，夸张与视觉——第七次"两仪文舍"讨论纪要》，蒙田译，《上海文学》2005 年第 3 期。

在北京的"历史、民间与未来——诺贝尔文学奖作家高峰对谈"等。两位诺贝尔文学奖得主的数次深度交流"正是中外文学良性互动的生动一例"①，而无论经由阅读作品所实现的心灵沟通，还是面对面交流所激发的理解与共鸣，都为扩大中国文学的国际影响力、推动莫言作品的国际传播发挥了积极作用。同时我们看到，国际研讨会也是此类互动的重要平台。如法国大学和研究机构于2013—2014年间举办了两次有关莫言作品的国际研讨会，分别是2013年10月在巴黎第三大学、第七大学召开的"莫言，地方与世界的交汇"研讨会以及2014年9月在埃克斯-马赛大学召开的"莫言研究：翻译、接受与阐释"研讨会。来自中国、法国、美国、瑞典、瑞士等国的数十位学者参与交流，共同探讨世界文学视域中的莫言及其作品。莫言带领北京师范大学国际写作中心一行，参加了2014年的第二次国际研讨会，并在会议期间被法国埃克斯-马赛大学授予名誉博士学位。学位授予仪式上，贝尔朗校长表示："莫言先生是杰出的文学家，他的文学创造力和想象力超越了语言的藩篱，成为人类共同的精神财富……相信在双方的共同努力下，莫言先生的作品将为法国人民了解中国文化打开一扇窗口。"②的确，通过作品，也通过学术交流与互动的平台，文学场域内各主体之间的相互理解日益加深，莫言在法国乃至世界范围内的接受度和影响力持续提升。

最后，从作者与媒体的互动来看，法国多家报刊对莫言等中国当代文学代表性作家长期有所关注，以不同的形式与作家展开交流，并经由媒体的辐射效应使法国大众加深对中国作家和中国文学的了解。如2005年，莫言应《世界报》"回忆"专栏的邀请，为读者讲述"一个让他记忆深刻的事件或现象"；2008年，《费加罗报》邀请三十位外国作家以《奥德赛》中的同一句话开头撰写短篇小说，莫言也应邀参加这一活动，他创作的《蓝色城堡》由杜特莱夫妇翻译后在该报全文刊出；2014年，《十字架报》第40000期出版之际，该报邀请包括莫言在内的四十位来自各界的知名人士分别撰写致"未来"的千字文，就"未来"这一话题与读者交流各自的看法，莫言以"相信人性"为题表达了对中国和世界未来的信心。这样的互动在作家与大众之间搭建起沟通的桥梁，因而很大程度上也有助于中国文学文化在法国的传播与接受。

---

① 许钧：《中外交流 文化互鉴——诺贝尔文学奖得主莫言与勒克莱齐奥的交往与对话》，《外语教学与研究》2018年第1期。

② 中华人民共和国驻马赛总领事馆：《埃克斯-马赛大学授予中国作家莫言名誉博士学位》，http://marseille.chineseconsulate.org/zlgzxhd/201409/t20140922_3868459.htm。

莫言是中国当代最具代表性的作家之一,莫言研究以及由此拓展的对新时期中国文学变革与经验的探索是当下文学文化研究中极具价值的议题。新近出版的"莫言与当代中国文学创新经验研究"丛书及相关评论正说明了这一点。该领域的研究与探索不仅应在中国文学的自身传统与历史进程中推进,也需要在世界文学语境下、在"世界性与本土性交汇"①的视野中展开。借助"他者之镜",经由他者而观照自身,无疑有助于深化对莫言、对中国当代文学的认识。考察莫言作品在法国的译介与接受,以下几点启示值得关注:(1)从翻译之"生"到翻译之"成",文学译介与接受是一个漫长的历程,绝非短期可以实现,获得诺贝尔文学奖固然给莫言带来了巨大的国际声誉,但其作品在法国的翻译与传播早在20世纪80年代便已开启,并有赖于持续地译介与深入地阐释才得以推进;(2)中国文学能否"走出去"并"走进去",进而获得持久的生命力,最重要的因素在于作品本身,政治考量、文化猎奇等因素可能会一时带来某种接受效应,但长远来看,唯有作品自身的文学特质与价值可以使文学超越语言、地域、民族和文化的区隔而产生直抵人心的力量;(3)文学译介是一个非常复杂的过程,并不由文学交流中的任一方面单独主导或决定,而是主客观多重因素共同作用的结果,只有翻译场域内密切关联的各方相互协作、形成合力,方可为推动中国文学文化的国际传播创造有利条件,不断拓展新的可能。

(作者单位:南京大学)

---

① 贺绍俊:《一部学术上宏伟的"未完成交响曲"——读"莫言与当代中国文学创作经验研究"丛书》,《文艺报》2022年4月1日。

莫言在中东欧的译介、传播与接受

肖 进

作为中国第一位获得诺贝尔文学奖的作家,莫言的影响已远远超出中国,在全世界刮起一阵"莫言旋风"。已经有研究者就莫言在英美国家的影响、传播进行过研究和探讨。不过,衡量一个作家全方位的世界性声誉,据以评判的标准不能仅仅局限于本土和英语世界。从传播学的角度,在传播的深且广的层次上,更需要关注小语种国家的接受程度。虽然,本土和英语世界的受众在总量上占据优势,但传播不是量化,而是需要顾及人与人、民族与民族、地域与地域之间的有意义的信息接受和反馈。2012 年获得诺贝尔文学奖之后,对整个世界而言,作家莫言就成了一个有效的传播源,诺贝尔文学奖则转为一个强大的传播媒介。较之获奖以前,莫言作品在海外的传播几乎呈爆炸式展开。不仅原来产生影响的语种和区域更加深入,在众多小语种的国家和地区,莫言及其作品也第一次形成了全方位的辐射。本文主要探讨的,即是以中东欧为中心的小语种国家对莫言的译介和接受。以第一手资料数据为支撑,探讨莫言小说在中东欧的传播情况,分析"莫言旋风"形成的原因,展望中国当代文学在中东欧的接受前景,指出存在的一些问题并提出解决的方法。

一

中国对中东欧国家①的文学并不陌生。1909 年周氏兄弟翻译的《域外小说

---

① 本文所指的"中东欧",历史上既是一个地缘概念,也是一个政治概念。在几乎整个 20 世纪,"中东欧"主要是作为一个政治/地域概念出现的。与传统的"东欧"社会主义国家有很大的重合度。对当下来说,"中东欧"更多的是从经济体意义上的指称——"中东欧十六国"。本文中相关资料的搜集基本上是按照"中东欧十六国"的范围进行的。没有列入的国家,(受材料所限)尚未发现有对莫言作品的翻译。

集》中,尤其注重东欧弱小民族国家的文学。对于这一点,鲁迅在《我怎么做起小说来》一文中曾说,当时他们"注重的倒是在绍介,在翻译,而尤其注重于短篇,特别是被压迫的民族中的作者的作品。因为那时正盛行着排满论,有些青年,都引那叫喊和反抗的作者为同调的"①。《域外小说集》中的作者,大多是俄国及东欧弱小民族的作家,像波兰的显克微支、波斯尼亚的穆拉淑微支等。1917 年,周瘦鹃翻译的《欧美名家短篇小说丛刊》,也侧重于介绍东欧国家的文学。全书 50 篇小说,其中包括塞尔维亚等东欧国家的文学作品。鲁迅亦称赞"所选亦多佳作",肯定其成就。鲁迅和周瘦鹃外,施蛰存也非常关注东欧弱小民族和国家的文学。1936 年,施蛰存编译出版了《匈牙利短篇小说集》,1937 年编译了《波兰短篇小说集》,40 年代又先后翻译了显克微支的小说和保加利亚、匈牙利、捷克、南斯拉夫诸国的短篇小说集《老古董俱乐部》。新中国成立后,中国和东欧的社会主义国家在文化文学上的交流日益频繁,不仅有更多的文学作品被翻译,而且互派留学生,学习对方的语言、文学和艺术。总的来说,中国现当代文学对中东欧文学的引进、译介一直没有中断,但中东欧地区对中国文学的引介却并没有进入我们的视野。尤其是 20 世纪 80 年代以来的中国文学,对于中东欧国家还是相对陌生的。2012 年莫言获得诺贝尔文学奖是中国和中东欧文学交流的一个重要契机。由于诺奖在全世界的声誉,中东欧国家对莫言作品翻译的遍地开花的态势,已经显示出中国文学开始逐渐深入地走进中东欧。

为了能更好地了解中东欧国家对中国文学的译介与传播,笔者利用身在中东欧的地理优势,走访了一些汉学家和中文译者;同时,也利用互联网和当地报刊媒体等平台,用中东欧地区的不同语言查询了这些国家对中国当代文学的接受状况,整理了中东欧十个国家对莫言作品的翻译情况(未列出名字的国家,就笔者检索的材料,尚未发现对莫言作品的翻译)。表 1 是笔者整理的莫言作品在中东欧的翻译,按照语种、作品中文名称、外文名称、译者、出版机构和出版年份排列。表中所列外语均为该国语言。

---

① 鲁迅:《我怎么做起小说来》,《南腔北调集》,《鲁迅著译编年全集 拾伍》,北京:人民出版社,2009 年,第 75 页。

表 1　莫言作品在中东欧国家翻译统计列表

语种	中文名称	外文名称	译者	出版机构	出版年份
阿尔巴尼亚	《蛙》	*Bretkosa*	Iljas Spahiu	Onufri	2013
保加利亚	《生死疲劳》	*Умора живот и смърт*	Hinov Petko	Летера	2014
波兰	《丰乳肥臀》	*Obfite piersi, pełne biodra*	Katarzyna Kulpa	Warszawa：Wydawnictwo W.A.B	2007
	《酒国》	*Kraina wódki*	Katarzyna Kulpa	Warszawa：Wydawnictwo W. A. B	2006
捷克	《丰乳肥臀》	*Krev a mlíko*	Denis Molč anovn	Mladá fronta	2013
罗马尼亚	《红高粱》	*Sorgul Rosu；*	Dinu Luca	Humanitas Fiction；	2008
	《变》	*Schimbarea；*	Dinu Luca	De：Seagull；	2010
	《生死疲劳》	*Obosit de viață, obosit de moarte；*	Dinu Luca	Humantas Fiction	2012
克罗地亚	《变》	*Promjara；*	Karolina Švencbir Bouzaza	Zaprešić：Fraktura；	2013
	《酒国》	*Republika Pijanaca*	Zvonimir Baretic	Portalibris；Beograd, Sr.	2013
塞尔维亚	《蛙》	*Zabe*	Ana Jovanovic	Laguna；Beograd, Sr.	2013
斯洛文尼亚	《灵药》	*Drog*	Katja Kolšek	Litera, Zbirka Babilon, Maribor	2007
斯洛伐克	《民间音乐》	*L'udová hudba*	Anna Doležalová	A. Marencin	2008
匈牙利	《酒国》	*Szeszföld*	Kartonalt	Noran Libro Kft.	2013

　　表 1 向我们展示了中东欧国家译介莫言作品（乃至中国当代文学）的一些特征：

　　第一，从作品翻译的年份上，在 2012 年莫言获得诺贝尔文学奖之前，除波兰等少数国家外，中东欧地区对以莫言为代表的中国当代文学还是相当陌生的。举一个例子，2007 年斯洛文尼亚译者 Katja Kolšek 翻译了中国当代文学部分短篇小说，名为 *Sodobna kitajska kratka proza: Naj cveti sto cvetov*（《百花齐放：中国当代短篇小说》）[①]。集子中收有王蒙、卢新华、张洁、张抗抗、残雪、余华、格非、王安忆、苏童、莫言的作品。在导言中，译者引用了 20 世纪 50 年代提出的"百花齐放、百家争鸣"的口号，意在提请读者注意翻译的多样性。但是，在 21 世纪的今天，中国当代文学已经繁盛发展的时候，仍然把目光聚焦在新时期的"伤痕文学"，至少说明了对中国当代文学的陌生。而在 2012 年后，中东欧对莫言作品的翻译则呈遍地开花之势。除少数几部外，所有的翻译作品几乎都是在最近两年出现的。莫言成为中东欧国家最熟悉的中国作家。不仅如此，很多国家对莫言作品的翻译，是直接从中文翻译成该国语言，而不是从英语版本转译的。这体现了翻译者对原著的忠实，也是中国文化近些年来在中东欧国家逐渐形成影响的表现之一。

第二，与英美国家的译介相比，中东欧地区对莫言作品的选择也有一定的特点。根据表 1 分析，《变》《蛙》《生死疲劳》《酒国》是受关注最多的几部小说。而对于莫言早期的代表作《红高粱》和《丰乳肥臀》，则没有体现出较多的兴趣。至于莫言其他的长篇小说，如《天堂蒜薹之歌》《四十一炮》《檀香刑》等，根本就没有进入中东欧的视野。这说明中东欧对以莫言为代表的中国当代文学的了解还很不全面。对《变》这部具有自传性质的作品的翻译，显示出其重点是在通过自传了解莫言，向读者介绍这位新的诺贝尔文学奖的获得者。对《生死疲劳》和《蛙》的重视，基本上体现了对诺贝尔文学奖得主的翻译程序：首先翻译其获奖作品。虽然，诺奖委员会并没有明确指出是莫言的哪部作品获得了诺贝尔文学奖，但当记者问莫言最想推荐给欧美读者哪部作品时，莫言推荐了《生死疲劳》，"因为这本小说里边有想象力，有童话在里边，也有中国近代的历史变迁"[②]。至于《蛙》和《酒国》这两部小说，在诺贝尔委员会的颁奖词中，是和《丰乳肥臀》一起被诺贝尔文学奖评委会提名小组主席佩尔·瓦斯特伯格所提到的作品。这也使得很多

[①]　Katja Kolšek, *Sodobna kitajska kratka proza: Naj cveti sto cvetov*. Maribor: Zbirka Babilon, 2007.

[②]　《莫言诺奖发布会答记者问　向读者推荐〈生死疲劳〉》，中国新闻网，http://www.chinanews.com/cul/2012/12-07/4390974.shtml.

国内的媒体纷纷认为《蛙》是莫言获得诺贝尔文学奖的作品。①至于莫言获奖之前,一些译者对《灵药》和《民间音乐》的翻译,仅仅是作为介绍中国当代文学的一部分,并未见有什么影响。

第三,译者与出版。与莫言作品的英语、日语、法语和瑞典语译者相比,中东欧的译者相对分散,且大多并非专业的当代文学翻译者。现在几乎公认的是,莫言作品获奖的重要原因在翻译。英译者如葛浩文,日文译者如吉田富夫、瑞典文译者如陈安娜等,都对莫言作品的海外传播做出了很大贡献。美国作家约翰·厄普代克甚至认为,"在美国,中国当代小说翻译差不多成了一个人的天下,这个人就是葛浩文"②。根据笔者与中东欧译者的交流,大部分的中东欧译者对中国当代文学了解不深,更谈不上研究。多数译者仍然谨守欧洲汉学的传统,醉心于中国古典文学的翻译和研究,如《诗经》《红楼梦》,乃至《围炉夜话》《三十六计》等。对当代文学的翻译只是偶尔为之。另一方面,莫言作品在这一地区的翻译,多为出版社约译。也就是说,出版社针对诺贝尔文学奖这个巨大的传播媒介,从翻译市场的角度出发,选取莫言的某一部作品,邀请译者进行翻译。因此,译者对翻译哪部作品没有主动权,一切都要满足于出版社盈利的目的。这既限制了译者的选择和发挥,也影响了译者对所译作品的兴趣。③除非出现像 The Dalkey Archive④这种非营利性的出版社,才能更好地发挥译者和编选者的才华,对翻译对象有更多的文学上的考虑和建议。

---

① 《莫言获诺贝尔奖作品〈蛙〉》,2012 年 10 月 12 日,光明网,http://culture.gmw.cn/2012 - 10/12/content_5348247.htm http://culture.gmw.cn/2012 - 10/12/content_5348247.htm;《莫言诺贝尔获奖作品〈蛙〉年底出版世界语版本》,2013 年 7 月 22 日,人民网,http://media.people.com.cn/n/2013/0722/c40606 - 22271360.html。

② John Updike, "Bitter Bamboo: Two Novels from China", *The New Yorker*, May 9, 2005.

③ 中东欧的译者大部分出身汉学,受欧洲汉学的影响很深。他们对中国文学的看法还是"厚古薄今"。笔者通过与部分译者的交流发现,相对于当代文学,他们更喜欢中国古典文学。有译者就认为,《围炉夜话》就比莫言的作品更受欧洲读者欢迎。从这一点看,顾彬对当代文学的看法在欧洲其实是有代表性的。

④ The Dalkey Archive 出版社是一家非营利性出版机构,也是美国最大的翻译文学出版机构。近年来与塞尔维亚裔作家亚历山大·黑蒙合作,由黑蒙遍选欧洲作家创作的短篇小说,编成《最佳欧洲小说(2010—2014)》结集出版。其合作的最大亮点在于,出版社除了对多种不同语言的作品进行翻译外,不干涉作家的审美和文化取向,给编者完全的信任。显然,这种良性合作现象在中东欧现在还不可能出现。

二

以莫言为代表的中国当代文学在中东欧的接受与传播，既有现实的表层因素，又有较为深层的文化动因。现实因素在于两个方面：一是诺贝尔文学奖的巨大影响力，使得中东欧的读者不得不关注莫言和中国当代文学；二是中国近些年来文化软实力的延伸，使得中东欧的读者开始意识到以中国当代文学为代表的中国文化在中国崛起过程中的重要意义。深层动因则在于，中东欧读者对莫言和中国当代文学的接受，体现了欧洲汉学历史性的"接续"。这种历史性"接续"的关键点在于西方对中国文化的持续关注：从古代的"丝绸之路"到传教士时期的儒家文化西传，西方世界对东方文明印象深刻。莫言小说中的传统性、民族性，都让西方的读者感觉像是一个"熟悉的陌生人"，其文化上的吸引力自不待言。

莫言获得诺贝尔文学奖后，中东欧国家大都在第一时间进行了报道。兴趣点集中在三个方面：首先，他们好奇莫言获得此奖到底有什么特殊之处？其次，与此相关联的，是不约而同的对莫言作品中魔幻现实主义风格的推重。最后，非常关注莫言小说对中国传统文学和民间文化的继承和发展，如莫言作品中对章回体的借重、对传统讲唱文学的重温等。

作为对中国当代文学还相当陌生的中东欧，其最直接信息源的获得不外乎诺贝尔委员会对莫言获奖的颁奖词。在诺贝尔委员会的颁奖词中，非常明确地打造了一个拉伯雷、斯威夫特、马尔克斯、莫言的文学谱系。但显然，莫言后来居上，"他比拉伯雷、斯威夫特和马尔克斯之后的多数作家都要滑稽和犀利"。个中原因在于，较之于这些前辈，莫言的"魔幻现实主义融合了民间故事、历史与当代社会"。这个评价，一方面看到了莫言写作的国际化的一面（魔幻现实主义），另一方面又体现出本土化、民族性的一面（民间故事、历史与当代社会）。这两个相反相成的因素是莫言走向世界的重要支撑。唯其具有国际化的写作，才能进入西方读者熟悉的视域，使得他们把挑剔的目光转向东方这片古老的土地；而唯其具有民族性，也才能吸引西方的读者逐渐走进中国的文学、社会和传统之中。也正因为如此，一向作为西方作家专利的诺奖才对莫言大加赞赏："莫言生动地向我们展示了一个被人遗忘的农民世界，虽然无情但又充满了愉悦的无私。每一个瞬间都那么精彩。作者知晓手工艺、冶炼技术、建筑、挖沟开渠、放牧和游击队的技巧并且知道如何描述。他似乎用笔尖描述了整个人生。"

曾有论者认为,莫言获得诺贝尔文学奖,是由于他的小说对中国历史和现实的丰富书写与批判性的表现,由于身后的民族文化载力与鲜明的人文主义立场,与"经济崛起"、"国家强盛"之间并无对应性的关系。①这固然体现出作者对诺奖开放眼光的肯定和对汉语新文学一百年来发展的自信。但是,如果从传播的角度来看待莫言在中东欧乃至全世界的译介和接受,"经济崛起"、"国家强盛"作为一种背景化的东西,形如一只"看不见的手",无处不在。这可以从两个方面进行分解:一方面,作为 GDP 世界第二的经济体,中国对于中东欧的经济发展而言,已经成为不可或缺、举足轻重的合作伙伴。在中东欧经济转型、发展陷于停滞状态的困窘形势下,中国是带动其复兴和繁盛的强劲动力。这连带着带动中东欧在文化意识上对中国的开放和拥抱。自 2010 年以来,中东欧和中国的交往日益频繁。2012 年 4 月,中国与中东欧国家领导人在波兰华沙会晤。双方发起关于促进中东欧与中国友好合作的 12 项举措。同时,一些中东欧国家(如斯洛文尼亚),借建交周年为契机,以纪录片和图片展的形式,向中国人较为直观地展示其文化面貌。2013 年 11 月,中国与中东欧国家领导人在罗马尼亚的布加勒斯特举行会晤,期间发表《中国—中东欧国家合作布加勒斯特纲要》(以下简称《纲要》)。《纲要》的第七条专列"活跃人文交流合作"项目,给中东欧和中国在文化、旅游、教育等方面的合作建立了制度性保障。其中,决定每两年举行一次中国与中东欧青年政治家论坛和中国—中东欧国家文化合作论坛,从制度上确定了中国和中东欧的文化交往。②中东欧国家和中国的文化合作论坛在相互尊重、平等互鉴的基础上,倡导不同文化之间的平等对话,促进各民族文化的多样性发展和共同繁荣,培育市场化运作能力,推动各自的文化机构、专业组织和国际艺术节之间建立直接联系,开展交流与合作。中东欧国家在面对中国时所展现出的开放姿态,是中国当代文学,尤其是莫言的作品能在许多国家得到传播和接受的先决条件。

另一方面,"经济崛起"、"国家强盛"也体现在以经济做后盾的文化软实力的凸显。这主要表现在以孔子学院为代表的中国文化"走出去"策略。与经济相比,文化的力量相对柔和、感性,也更贴近人心,在相互的交流中最容易给人以潜

---

① 张清华:《诺奖之于莫言,莫言之于中国当代文学》,《文艺争鸣》2012 年第 12 期。
② 《扬帆中国与中东欧合作》,《瞭望新闻周刊》2013 年 12 月 3 日。

移默化的力量。作为中国文化传播的平台,孔子学院的作用不可低估。2012 年以后,中东欧国家掀起的"莫言热",不仅因为莫言是诺贝尔文学奖得主,还与孔子学院以多种形式进行的推介密不可分。如斯洛文尼亚虽然早在 2007 年就翻译了莫言的短篇小说,但是近年来却出现翻译后继乏人的现象。莫言获奖后,孔子学院以开展讲座、组织交流研讨等形式,让更多的斯洛文尼亚民众认识、了解以莫言为代表的中国当代文学。保加利亚孔子学院在得知汉学家韩裴(Petko Hinov)翻译莫言的《生死疲劳》后,邀请他到孔子学院为汉学专业的学生和汉学爱好者作关于"论翻译——以莫言小说《生死疲劳》为例"的讲座[1],把本来属于一个译者的默默无闻的翻译工作转变为对中国文化的宣讲和认识。克罗地亚的孔子学院联合莫言小说《变》的译者 Karolina Švencbir Bouzaza,组织一个特殊的"朗诵会",用克罗地亚语、英语和汉语分别向观众朗诵这部小说,以直观的方式传达具有浓厚中国意味的文化气氛。[2]在塞尔维亚,则是由孔子学院和塞尔维亚 LAGUNA 出版社共同组织关于莫言的座谈会,专程邀请中国专家主讲。座谈会同时配以多媒体宣传材料,向在场的两百多名贝尔格莱德市民和学生介绍中国现当代文学的现状、中国作家与诺贝尔文学奖的关系、莫言生平与创作、莫言代表作等。讲座还引起了塞尔维亚媒体的广泛关注,电视台和主流报纸进行了采访、报道。随后,由 Ana Jovanovic 翻译的《蛙》在塞尔维亚出版。[3]这种由出版社、孔子学院、当地主流媒介共同推动的文学译介和交流几乎是中东欧进行文化推广的一个良性循环模式。孔子学院在这中间不仅起到了媒介的作用,还以自身为基础,搭建了一个沟通、交流的平台。

现实因素之外,中东欧作为欧洲与中国文化交流的门户,与中国也有着更为久远的历史渊源。从根本上说,莫言小说在中东欧的接受,既体现了西方在几个世纪以来对中国文化的持续关注,也是其拓展关注视野的一个有效窗口。在某种意义上,这反映了以欧洲为代表的西方对东方文化的"重看"和"接续"。对西方而言,传统中国始终是作为东方的神秘"他者"而存在的。可以说,中国和西方的交流历史,也是西方的一些先驱者逐步揭开中国的神秘面纱的过程:蒙元的强

---

① 保加利亚索菲亚孔子学院举办主题为"论翻译——以莫言小说《生死疲劳》为例"讲座,2014 年 5 月 13 日,http://oci.bfsu.edu.cn/archives/5098。

② Čitanje：Mo Yan,http://vimeo.com/68043345.

③ 《贝尔格莱德孔子学院举办莫言讲座》,2012 年 11 月 23 日,http://www.hanban.edu.cn/article/2012 - 11/23/content_472657.htm。

大令西方惧怕,明清的停滞令他们失望,20世纪后的中国如何走向,其实与整个世界都有关涉。当下的中国已然是一个经济巨人,GDP总量排名世界第二,然而,中国在世界上的地位日益重要的同时,又让西方感到畏惧,近些年来甚嚣尘上的"中国威胁论"便是这种畏惧的一种体现。如何了解中国,从何种视角观照中国,成为许多西方人考虑的重点。当代文学在西方的传播和接受,让他们看到,从文化视角了解中国是一个重要选项,也是极为重要的契机,因为,文学的每一步前行,都不仅仅只关乎文学。

从历史的角度看,这里显然存在一种"推移"。不仅是研究对象的"推移",也是研究思维的"推移"。明清时期,西方传教士在中国的传教效果,远没有从中国带回去的文化更让欧洲人震惊。儒家文化在抗衡基督上帝的同时,也给西方人上了生动的一课。几乎每一个有主动意识的传教士都或多或少地在西方传播了儒家文明。进入现代社会以后,虽然西方的研究者仍然把目光聚集在中国古典文化上,但中国社会的变化已吸引他们不得不关注新的发展。一时代有一时代之文学,当代中国的社会变化催生了当代的文化和文学,西方的读者如果想要了解当代的中国,就必须首先明了当代文学在接续传统和走向现代的过程中所具备的独特特质,进而才能解读中国何以在当下的世界上如此重要。对西方而言,这一解读是无比重要的。以莫言为代表的中国当代作家,在其成熟著作中,立足点往往扎根于中国传统的民族文化,而技巧和眼光却带有世界性。莫言作品中中国传统文化和魔幻现实主义的深入结合,不仅可以让西方的读者重温千百年来神秘的东方文化,更看到了一种似曾相识的结合体。在那里,传统不仅走向了现代,传统还进一步和世界潮流汇合。很难分清哪里是传统中国,哪里是魔幻现实主义,哪里是现代中国,所有这一切组成了一个复杂的多面体。如果要说莫言的作品之于西方读者的真正魅力,可能就在于此。

三

总体来看,借助于诺贝尔文学奖这个强大的传播源,莫言小说在中东欧普遍性的被接受,是中国当代文学在中东欧传播的一个良好开端。但也要看到,无论是从翻译的数量还是质量上,这一开端都只是表层的、散碎的,并不能形成一个完整的、能够自我生发和良性循环的译介传播渠道。前述提到,因为地域和语言的复杂性,中国当代文学在中东欧的传播有其不同于英美语言国家的独特性。

这就是说,莫言小说在中东欧的传播,既存在着美好的前景和空前的机遇,也存在一些亟须解决的挑战和问题。

文学交流的机遇离不开整体性的交流和发展。莫言小说在中东欧的译介,主因虽然是由于诺贝尔文学奖的巨大刺激,但其背后却体现出中国经济的强大杠杆功能和中国在国际社会日益扩大的影响力作用。东欧解体之后,中东欧国家的民族性日益凸显。其标志就是对本民族文化和民族语言的认同。与此同时,中东欧各国也加强了自身同外界的经济文化发展。在这样的大背景下,2012年莫言获得诺贝尔文学奖在中东欧国家对中国文化的想象、接触乃至接受上起到了强劲的触发作用。可以说,通过阅读莫言所产生的对当下中国的想象,不仅仅是出于经济往来带动文化交流这样一个简单的因素,这背后其实隐含着中东欧国家对中国作为巨大的经济体"他者"存在的文化审视和想象,中东欧作为一个地缘性强的区域,在面对中国时,其本身就对中国存在一个"想象的共同体"。这个"共同体"不仅是经济上的,也是文化上的。安德森在《想象的共同体》中认为,以小说和报纸为载体的印刷资本主义在建构民族国家想象中起着重要的媒介作用。①就现代民族国家而言,把传统与现代结合起来的莫言小说,正向西方读者展示着一个旧而新、传统而现代的中国形象。这是一个中国人用自己的体验和阅历、观察和思考而写下的印记,其中有光明,也有悲苦和阴郁,这既不同于那些身处异乡的中国人笔下的单纯想象与回忆,也不同于意在观察中国的外来者肤浅的了解和认知。它有批判,也有怜悯;有嬉笑怒骂,也有正襟危坐的深刻思考;他并未就所述问题和现象给出现成的答案,但其所述所讲,却给人留下了开放的思绪。这一切,在西方读者头脑中凝聚成一个可感可知的现代中国,一个想象中的共同体。

但这毕竟还仅仅是一个开端。如果说莫言在中东欧国家掀起了中国文学的"热潮",那么,冷静打量的话,这个"热潮"里尚存着许多可能使它冷却的因子。我们必须发现并辨析这些"冷却因子",在看到机遇的同时充分估量挑战并且努力使挑战转化成机遇,找到解决问题的办法。这样,当代文学在中东欧的传播才能够形成良性发展的循环,真正达到中国文学"走出去"的目的。

挑战之一是翻译问题。首先,大多数中东欧译者并没有对中国当代文学进

---

① 本尼迪克特·安德森:《想象的共同体——民族主义的起源与散布》,吴叡人译,上海:上海人民出版社,2011年,第43页。

行深入研究和跟踪分析，"偶尔为之"是其主要特征。这是这些译者与葛浩文、陈安娜、吉田富夫等译者的最大区别。"偶尔为之"造成的后果是，莫言作品虽然在中东欧呈现遍地开花之势，几乎每个国家都有译介，但译作不多、不系统，总体上呈碎片化、表层化现象，并且很少有研究性的学理支持。基本上每个国家翻译的作品只有一部或几部，绝大多数是介绍性的，远远谈不上深入。其次，由于国家小、人口少、语言单一，读者对译介作品的接受度也相当有限。据笔者在中东欧国家授课和调查的情况，很多汉学系学生对中国当代文学极为陌生。如斯洛文尼亚卢布尔雅那大学汉学系竟然没有教授中国现当代文学的教师，学生自然难以接触到中国当代的作家和作品，调查结果也显示，大多数学生对于中国现当代文学几乎全然不知。再次，就笔者所了解，中东欧国家的译者虽然多是汉学家，但在汉学领域却并不具有很高的权威性。这主要是和欧洲汉学的传统有关。和美国汉学相比，欧洲汉学仍然强调以中国古典文学和哲学研究为中心，对中国现当代文学的关注不多。权威的欧洲汉学家大都以从事中国古典文学和典籍的研究为主，这就决定了当代文学的研究者和译者的尴尬地位。举例来说，2007年翻译《百花齐放：中国当代短篇小说》的斯洛文尼亚汉学家 Katja Kolšek，2010年翻译莫言自传性小说《变》的克罗地亚译者 Karolina Švencbir Bouzaza，都是年轻的汉学学习者，对当代文学的翻译还处在尝试阶段。Katja Kolšek 在翻译这部小说集之后便离开了中国当代文学研究领域，从事政治哲学研究。保加利亚的译者 Hinov Petko 甚至直接对笔者说，相对于中国当代文学，他更喜欢《诗经》《围炉夜话》和《红楼梦》，翻译当代文学作品只是偶尔为之。可见，中国文学要真正深入中东欧，选择和培养优秀的译者是当务之急。

当代文学译者的稀缺甚至凋零的现象和这一区域的汉语教育发展也有着很大的关联。20世纪90年代东欧解体之后，中东欧国家普遍存在着欧化趋势。与50年代相比，中国文学与这一区域的交流大大降低。以大学汉学系的发展为例，中东欧很多大学的汉学系建立时间很早，像捷克、斯洛伐克等国的汉学曾经非常发达，90年代以来，由于政治和经济的原因，这些汉学系的发展大多陷入停滞状态。前文所说卢布尔雅那大学长期没有中国文学教师便是一个典型的例子。近些年来，随着孔子学院在海外的建立，中国在中东欧的文化推介推动了汉语教育的发展，中国当代作家和研究者与中东欧的文化交流也逐渐增多，正如有研究者所指出的，只有把语言传播、文学交流和文化交流结合起来，形成合力，才能形成深刻的影响。

挑战之二是交流问题。程光炜在谈到当代文学的海外传播的时候，提出了当代作家海外演讲的问题。他认为中国作家到海外去演讲和交流是当代文学海外传播的一个重要方式。"因为演讲可以通过大众媒体迅速提升演讲者在文学受众中的知名度，借此平台使其作品得以畅销，进入读者视野。"①莫言在获得诺奖之前和之后，在海外多个国家和多所大学进行过访问、演讲，这些访问对象主要集中在英美国家，显然，莫言的作品也在这些国家和地区得到有效的传播。据何明星的统计，在莫言的所有作品译本中，英译本馆藏最多；其次是莫言的作品在北美传播的最广泛。②反观中东欧，莫言和这一地区的交流却几乎是空白。莫言去过和中东欧距离最近的意大利、土耳其，却没有能到中东欧国家与作家和同行进行交流。不仅是莫言，中国当代作家整体上与中东欧文化界的交流也不多。2012年中东欧国家斯洛文尼亚举办国际文学节，邀请了中国诗人王家新参加，这是一个成功的范例。只是类似这样的交流是太少了。程光炜在文章中提到曾获得诺贝尔文学奖的秘鲁作家略萨来中国演讲的"盛况"：不仅"北京的主流媒体、主流翻译界、当代重要作家，以及研究中国现当代文学、西班牙文学的中国人民大学、北京大学和社科院的师生"都参加了演讲，而且连远在上海的大众传媒都迅速报道了这个消息，这足以说明略萨的影响超出了"专业圈子"的范围。相信如果莫言能到中东欧国家进行访问和演讲交流，其对文学译介和接受的推动力当是巨大的。

挑战之三是文学的海外传播缺乏国际经纪人。艾布拉姆斯在名作《镜与灯》中曾提出著名的文学四要素，即作家、作品、世界和欣赏者。这是一部作品从写作到接受的几个必要因素。同样，一部文学作品要成功进行海外传播，也需要类似的几个条件，那就是作家/作品、译者、经纪人、读者。在这几个因素中，经纪人的地位尤其重要。经纪人不生产作品，也不翻译作品，其所作所为完全是一种商业行为，不是文学问题，但是在中国作家作品的海外传播中却起着举足轻重的作用。经纪人的主要功能是推动作品的传播。他的一边是作家/作品，另一边是市场。只有经纪人把市场做好了、做大了，作家的作品才能得到绝大多数人的阅读和接受。莫言获得诺贝尔文学奖后，曾有人预测，"莫言效应"可能会引起国外文学界对中国文学的暂时关注，但注定不会持久，③原因就与中国作家作品海外传

① 程光炜：《当代文学海外传播的几个问题》，《文艺争鸣》2012年第8期。
② 何明星：《莫言作品的世界影响地图》，《中国新闻出版报》2013年3月21日。
③ 李兮言：《中国作家需要好的海外代理人》，《时代周报》2013年11月14日。

播的代理机制缺位有关。对大多数中国作家而言,国内长期形成的文艺机制使他们对代理人问题显得陌生。作家蒋子丹质疑说"作家还有经纪人,我没听说过";王安忆表示,杂志的编辑会主动帮助作家发表作品,她也不认为中国需要作家经纪人制度。阎连科则直言自己养不起经纪人。[1]莫言自己则因为授权女儿代理自己引起争议。如果说就国内的现状而言,代理人问题还没有达到至关重要的地步的话,那么当代文学的海外传播则表明,作家要想自己的作品在海外有更多的读者、得到更广泛的推广,寻找合适的代理人势在必行。莫言的小说在中东欧国家的译介,如果经由好的译者、好的代理人和好的出版机构经手的话,相信会突破当下的表层与散碎,得到更有深度的传播和接受。

(作者单位:上海政法学院)

---

[1] 路艳霞:《莫言授权女儿代理自己引关注 作家不需要经纪人吗》,《北京日报》2013 年 3 月 14 日。

浊酒一杯敬莫言

——聊以两三声爆竹，和《四十一炮》齐鸣

Philippe Forest　撰　黄　荭　译

译者按：菲利普·福雷斯特（Philippe Forest，1962—　），法国知名学者、作家。1991年获巴黎第四大学文学博士学位，之后在英国多所名校教书；1995年回法国南特大学执教至今；《书界》《文学杂志》《艺术报》等杂志的特邀撰稿人；2011年起和斯蒂芬·奥德基一起主编法国知名文学期刊《新法兰西杂志》；曾获法国艺术文学军官勋章。学术专著有：《菲利普·索莱尔斯》《加缪》《文本和迷宫：乔伊斯、卡夫卡、缪尔、博尔赫斯、布托、罗伯-格里耶》《原样派史话》《大江健三郎》《小说，真实》等，文学创作有：《永恒的孩子》（1997年获费米娜处女作奖）、《纸上的精灵》《然而》（2004年获十二月奖）、《新爱》《云的世纪》（2011年法国飞行俱乐部文学大奖）、《薛定谔之猫》等。"我知道自己无力胜任写小说，没有想象和观察力。我唯一的能力是在阅读时施展这种才能。"这是作家的谦虚，也是学者的无奈。福雷斯特一直和"自传（撰）写作"保持一个谨慎的距离，虽然他创作的起点是"我"，而作家最终击中的是我们的心灵。

2013年10月18—19日在巴黎举行了以"莫言，地方与普世的交汇"为主题的国际研讨会，本文是福雷斯特在会上的发言。

一

每天早上，我都感谢自己的无知。我的无知无边无际，因此我跟它也没完没了。是它让我依然有机会去拥有新的阅读、新的发现、新的赞叹。可悲的是，人上了年纪，痴迷和激情都会随岁月消磨殆尽，也正因为如此，这一切才越发显得难能可贵。

通常，人们会认为一个作家应该喜欢和自己类似的作家。但事实并非总是

如此：当别人的作品仿佛是对你自己的作品拙劣可笑、投机取巧的抄袭时，你反而会厌恶、会鄙视。相反，你会真心诚意地欣赏那些和你正在创作的作品风格迥异的东西，因为在你看来，它们探索的是可能的纷繁世界的另一片天地，而文学正是在这种参差中得以展开。

不妨坦率直言：我感觉莫言的世界离我很远。我这里想说的并不仅仅是——甚至主要并不是——把我和中国文学分开的文化隔阂，尽管我相信自己阅读的中国当代文学比我的很多法国同行多（"同行"这种说法也很奇怪，仿佛从事文学创作会让同一国籍的作家之间滋生出某种同行之谊似的），可即便如此，中国当代文学对我而言依然相当陌生。不，我想说的是比所谓的"文化差异"更根本的东西，或许只是源自个性气质的反差，它因人而异，最终决定了一个作家的一切：从他的世界观、人生观到他表达它们所采用的纯粹的小说或诗歌的手法。

十二年前，我接触到莫言的作品，最近几个月读得更加仔细，我发现，即便在我自己的观念里，他都是一个"不得体"的作家，但他的"不得体"，我可以天真地说，也会产生一种冲击，一种慰藉，犹如沐浴了青春之泉。我不相信这样的发现会给我的写作带来什么改变，这对我而言或许有些遗憾。但我很高兴自己发现了它，因为它在我眼皮底下证明了今天，在某个地方，另一种文学存在的可能性，这一证明弥足珍贵。

因此，在接下来的字里行间对此聊表敬意，理由已然足够。

二

此外，这也正好是我这次发言的题目的用意。今年春天，我应邀为本次会议撰文，当时我根本不知道能说些什么，于是便拟了这个题目："浊酒一杯敬莫言"，其实这个题目拟得有点随意，很宽泛，为的是不把自己框得太死。

象征性地敬《酒国》作者一杯酒，不过是小事一桩。但说到荣誉——和随之而来的烦恼——莫言在不久前得了诺奖之后就领教过了。至于祝他健康，表达这样的心愿似乎过于平淡，因为他缺的显然不是健康，因为以我的判断，正是他充沛的精力才使得小说家写出数十部优秀作品，若换了是一个普通作家，写出一部这样的作品就够让他殚精竭虑的了。

我今天的发言更像是"闲聊"——以前听过我演讲的人可能会不习惯——我

的方式和平时不同——等我谈到莫言作品时方式还会再变一变,听到这里,诸位或许已经猜到,我丝毫都不认为自己是以专家甚至是行家的身份来发言,因为我本来就不是。今天,我仅仅是以一个作家、一个读者的身份站在这里。

我是在 2001 年认识莫言的,在安妮·居里安(Annie Curien)在法国国家图书馆举办的几场作家见面会上。之后我又见过他一两面。其实说"认识"有些言过其实。说"擦肩而过"或者"打过招呼"更为恰当。我们没有交谈过只言片语,因为语言不通,也因为我有时沉默寡言的性格,或许莫言给自己取的笔名用在我身上倒很合适,意思似乎是"默不作声的人"。

一年前,我和斯蒂芬·奥德基(Stéphane Audeguy)一起主编《新法兰西杂志》,旨在让这本有年代的杂志少一点法国腔调,我找到诺埃尔·杜特莱(Noël Dutrait),希望通过他和包括莫言在内的几位中国作家取得联系,请他们为我们正在酝酿中的任意一期杂志撰稿。我必须承认,当我得知莫言也读普鲁斯特时我惊讶极了。《在斯万家那边》问世一百年之际,我们正筹备出一期杂志向《追寻逝去的时光》的作者致敬,他或许很乐意就这个题目写一篇文章。这事儿似乎就要成了。不瞒诸位,就在我准备给莫言发信确认约稿的当天,我从收音机里得知,他刚被授予了诺贝尔文学奖。就算我去碰碰运气,结果也是毫无悬念。我料想他有别的事要操心——这在随后也应验了。但是几个月后,当徐爽邀请我以作家的身份参加今天的研讨会时,出于礼尚往来的考虑,而且很不凑巧我又没有像莫言那么好的借口,我想我是逃不掉的了。

三

我们都知道马拉美的名句,任何一位身心俱疲的作家都把它当座右铭:"肉体真可悲,唉!万卷书也读累。"[①]

但事实是,尽管从今年春天起我已读过两三千页莫言的小说,我依然远未读完他的所有作品——甚至是迄今为止他被译成法语的作品。

而谈及肉体——这个词,我不知道它在中文里的含义是否同样暧昧不清,在法语里它同时指代肉与性,无论在怎样的语境——肉体在莫言笔下意味了一切,除了"可悲":诚然,它有时是不幸的甚至饱受酷刑,却从来不是可悲的。大多数

---

① 此句用的是卞之琳的译文。

情况下：它愉悦、硕大、放纵，直至享乐、餍足甚至恶心。

比起我读过的其他书籍，有一本更能说明这点。这本书就是《四十一炮》。诺埃尔·杜特莱推荐我在这次发言前读读这本书。因为，用他的话说，这本小说在法国并未受到应有的礼遇，不同于莫言其他几本更出名的小说，它依然期待在这里找到属于它的读者。或许他建议我读这部作品还有更深的用意，或许他觉得这样一本小说可能以这种或者那种方式跟我产生共鸣，仿佛冥冥中我注定要和它相遇。我不知道他的真实想法。如果他真有此意，我读完这本小说后还是没有猜到原因。但不管怎么说，我还是欣然照做不误。

接下来的点评无非是谦卑地写在这部鸿篇巨制页边空白处的零星笔记，我称之为：聊以两三声爆竹，和《四十一炮》齐鸣。不过，在一部真正的作品中——比如莫言的小说——所有作品都各自独立又互相关联，因此，每本书页边都和所有其他书的页边相通，我的这些点评也因此不可避免地会涉及作家的其他几本重要小说，虽然我对它们的了解不多。尤其是这几部：《酒国》《生死疲劳》和《檀香刑》。

四

我不打算概述《四十一炮》的情节。

我觉得自己根本做不到。

这种修辞手法叫"忽略暗示法"，通俗地说就是"此地无银"，预示了我仍要知其不可为而为之。

小说以两个平行的故事展开，叙事基调明显有别（一为现实主义的手法，另一为超现实主义的手法——我用这个形容词是因为不管怎么说，它在我看来是最贴切的），排版也是（法语版中它们分别以斜体和正体印刷——不过我对它们在中文原版里的对应版式毫无概念），当然，这两个故事又纠缠在一起，交织成一个整体。

在第一个故事里，一个叫罗小通的年轻人为了改过自新，迎接更加虔诚向善的新生活，在一座破旧的寺庙里，按兰大和尚的授意，讲述他的童年。在他忏悔时，古庙内不断发生各种千奇百怪的事件，整个庙宇幻化成一个光怪陆离的舞台，一出滑稽怪诞的戏剧正在上演，幻想与梦魇交织在一起，不断地变形。

第二个故事套在第一个故事里，是年轻的罗小通向兰大和尚讲述了十几年前,当他还是小孩子时的故事。这个孩子从父亲那里继承了独特的天赋,看到肉食就胃口大开,这一禀赋让他年纪轻轻就在村子里飞黄腾达,因为中国乡村看重的是杀猪卖肉的活计,这一传统技艺在当地的企业家——毫不吝啬的老兰的带领下,逐渐沦为唯利是图、信誉堪忧的产业。

小说结束于罗小通讲述的一场双重的焰火表演,既像一场灾难,又像一场圣典。在母亲去世(被杀)、同父异母的妹妹死亡(被毒死)和父亲被捕后,这个孩子机缘巧合获得了能让大炮派上用场的四十一枚炮弹,那是一门抗战时期遗留下来的旧大炮,尽管武器一点都不合适,但为了向老兰报仇,他用炮炸平了整个村庄,最终才击中他的目标。而故事说到这里,罗小通也在癫痫病突发的折磨下精神错乱,他结束忏悔的那个破败的寺庙变成了一个舞台,四十一位裸女骑着四十一头公牛呼啸而来,仿佛向观众谢幕一般,所有活着和死去的人们都鬼魅般地重现。

这就是我所理解的,至少我这么认为。

五

西方读者要想真正读懂这部小说,或许还缺少许多登堂入室的"钥匙",这部作品借鉴了一种他们并不熟悉的文学传统,集高雅文学与民间文学于一体,大量参照了古老的信仰和迷信传统,同时反映了历史的真实和当下政治及社会的时事,对此西方读者只知其大体,却不解其详。要想充分领略莫言的艺术,在这些方面只有一些装点门面的文化是远远不够的,况且莫言在《檀香刑》后记中也明确强调他的文学是典型的中国特色。但不可否认,他的作品既然能引起我们的共鸣,就说明它具备了一种真正的普世的价值——作品在西方的接受以及诺贝尔奖评委会的认可便是明证。

缺少这些中国"钥匙",西方读者就应该用他们现有的"钥匙"去解读。如果现有的钥匙不能完全对上文本的锁眼,不是专门为这把锁而打造的,那也不排除这些钥匙仍有其用武之地,可以让他们进入到作品的内部,尽管可能会把锁弄坏一点点。

我将试试那把最趁手的钥匙。

不管在法国,在欧洲,甚至在美国,评论莫言最常使用的形容词莫过于"拉伯雷式的",这个词与其他所有从某个知名作家的姓名派生出来的形容词一样,并无深意,譬如"萨德式的"、"马索赫式的"、"卡夫卡式的"。这个词在字典中的定义如下:"具有拉伯雷笔下自由、狂野的快乐"。批评家提到中国作家莫言的作品是"拉伯雷式的"正是此意。

莫言有没有读过拉伯雷?

我一无所知。

但话说回来,他的确读过普鲁斯特!

不过,在我看来,莫言的这部小说的确是"拉伯雷式的"(在某些方面我觉得莫言和拉伯雷是相近的),但所取之意和如今享誉盛名的另外两位作家米兰·昆德拉、大江健三郎对"拉伯雷"的理解有别。两位作家殊途同归,都把《卡冈都亚》和《庞大固埃》的作者视为现代小说艺术的大师之一。确切地说:是和俄罗斯著名批评家米哈伊尔·巴赫金(Mikhaïl Bakhtine)教我们对这个作家的解读方式有别。

<h1 style="text-align:center">六</h1>

"拉伯雷式的",应该由此入手,莫言的作品首先符合这个词的本义。维克多·雨果曾称拉伯雷是"吃喝界的埃斯库罗斯",是他发现了口腹之享,把"肚子"引进文学殿堂。像《四十一炮》和《酒国》这样的小说当之无愧是琼浆佳馔的现代史诗,把贪食善饥和酗酒成疾上升到了艺术的高度,在某些类似的场景中,比如描写小罗在当地的吃肉大赛中力克对手而拔得头筹的那场宴席,将这种艺术表现推到极致。

读莫言的作品最好要有一副铁石心肠,有时候,他描写一头驴被撕成碎块或犯人被处以极刑会给读者带来感官上罕见的冲击。在他的笔下,任何东西都能用来果腹,尤其是那些可能让西方读者作呕的东西,令小说主人公大快朵颐的美味佳肴是西方读者闻所未闻的:尤其是狗肉——主人公偏爱的菜肴——还有燕窝。小说中的人物,因其超出常人的食量而被渲染上法国民间传说中食人妖的巨人形象,而我们知道,《庞大固埃》和《卡冈都亚》的创作灵感也源于此。

莫言笔下的肉和酒,对那些了解其中奥秘的人而言,拥有《巨人传》第五部中"神瓶"的神奇功能,在拉伯雷的笔下,是"神瓶"教我们生活的真谛和奥秘。正是通过它们,我们才和所有生灵联系在一起,就像《四十一炮》中的小主人公所做的那样,他拥有一种神奇的能力,能听到盘中肉跟他说话,向他倾吐一番绵绵爱意,让吃这一行为拥有了一种普遍的意义和情色的味道。通过它们，小说主人公与酒神和肉神对话，最终清醒过来。莫言对此褒贬不一，时而赋予它某种揭示超自然的价值，时而又认为是可怜的食物中毒或可怕的酒后口干舌燥。

对身体的关注最基本的就是将人类简化为进食、消化、排泄的机械体，这是人和动物的主要共通性，在这方面，人和动物总可以相互转化，这种关注无疑是莫言创作世界中最鲜明的标记。

七

拉伯雷的作品中有这样一种风格，它崇尚的是"怪诞"（grotesque）美学，浪漫主义用自己的方式对它进行了新的诠释，用来反衬崇高（sublime）。我丝毫不怀疑这种写作风格也存在于中国传统之中。我们也了解把超自然的事物融入小说叙事的手法，尤其是通过疯癫、滑稽却不失某种真实的表现形式。《庞大固埃》或《卡冈都亚》中出格荒诞的言论丝毫没有影响它们表达世界以及评价其现状的能力。

莫言让他那些酗醉的、癫狂的、被梦魇和幻觉萦绕的人物及叙事者陷入一种被扭曲的意识状态之中，使现实的场景发生变形或者更准确地说是失真，这样一来，面对怪诞变形的形象，读者如果站对了位置，就能看到蕴藏在这个形象之中的另一个形象。莫言的每一部重要的小说——我所读过的每一部——都貌似一个寓言故事，乍一看光怪陆离，让人感觉难以置信：在《生死疲劳》中，一个被杀死的男人转世成驴、牛、猪和猴；在《酒国》中，一位侦查员冒险进入一座类似吃人妖城堡的令人惶惶不可终日的城市，当地还有人吃婴儿；在《四十一炮》中，一个小男孩嗜肉如命。然而每一则寓言故事都清晰地见证了世界和历史：西门闹的一连串化身让他成了对中国20世纪下半叶许多重大事件最好的观察者。

这样一种现实主义的目的何在？它的批判意义毋庸置疑。和拉伯雷一样，莫言的艺术创作也想达到讽刺的效果，抨击人性中他所见到的扭曲和罪恶，批判那些人们用来为自己无耻行径开脱的错误的价值观。寓言作家古老的艺术传统就是通过刻画动物来纠正人们的行为。然而，在莫言的世界里，所有人都是动物——只消拥有《檀香刑》中的神奇老虎毛，便能看到他们现出原形——所有动物都是人——只是暂时活在这种或那种动物的皮囊里。莫言的小说从各个方面、各个方向都超出了寓言故事的框架和主题，这很关键，除此以外，《生死疲劳》

有一点会让人不由自主地联想到奥威尔的《动物农庄》。

回到《四十一炮》,这部小说可以用一种完全透明的方式去解读:小罗见证了他出生的家乡从农村到拥有许多现代化大工业的乡镇的转变,莫言在书中明确地将后者也描绘成一个充满贪污腐败、尔虞我诈的世界,他让主人公成为这个世界的见证者,演出了一场变形记,这场变形记在书中是以建造一家大型肉联厂为象征的,在这家肉联厂里,人们系统地运用各种技术大批生产假冒伪劣食品。《四十一炮》和《酒国》一样——两部小说都有很多酷似的视角——莫言在这部小说中描绘了一个吃人如饕餮盛宴的世界,在那里,人们出于贪婪和暴戾,互相吞噬、互相毒害。

八

至少在西方,人们认为是拉伯雷开创了小说的先河,而关于小说,我们就真的言尽于此了吗?

或许值得商榷。当昆德拉——这里以他而不是以大江健三郎为例——明显借鉴巴赫金过去对拉伯雷的解读,将拉伯雷尊为现代小说之父时,他用一句著名的话定义了拉伯雷:他如同一方乐土,在那里,所有判断都被悬置,人们靠幽默就可以"沉醉在人世间事物的相对性里",享受着"由确信什么都不确定这一想法带来的奇妙愉悦"。我无意挑起由昆德拉的思想引发的复杂争论,我曾就此表达过自己的观点,若想领悟他的思想,就不能把它理解为对相对主义的辩护。因为小说的"真"的确存在。这种"真"本身人们不能尝试把它简化为任何一种正解,而是为我们开启了一种对真的令人眩晕的体验。正是在这个意义上,莫言的这部作品,和他其他任何一部作品一样,可以称之为"拉伯雷式"的,也就是说符合小说根本精神的。

提供一个对人的去理想化的形象——它从民间故事中汲取而来,和那些agélastes①(不会笑的人)的哲学和宗教所推崇的形象相悖——指出世界残酷的真实是通过颠倒、变形来揭露的,小说,援引巴赫金的说法,实质上是"毁灭和重生时刻的狂欢",其中表达了"对衰退、更迭、死亡与重生的悲叹"。在莫言的小说

---

① 源自希腊文,为拉伯雷创造,指那些不懂得笑、没有幽默感的人。他们从未曾听过上帝的笑声,自认为掌握绝对真理,人人都得"统一思想"。拉伯雷对这群卫道士是既厌恶又畏惧,他们对他的迫害使他几乎放弃写作。——译注

中，没有哪一部能比《生死疲劳》更清晰地体现了这一点，在这部小说中，一种悲天悯人的情怀通过一系列感人肺腑的独白表现出来，而这也是小说应该具备的唯一一种情怀。

仅就我个人能作出的评判和理解，这就是莫言所捍卫的小说观，莫言以此作为唯一的尺度对自己的作品作了恰如其分的评价，这种源自小说创作的小说观也让他的作品成为对小说创作的深刻反思。原因在于，尽管莫言在追求小说艺术的同时也在排斥它，但他在每一部作品里，都借叙事的外壳，对小说艺术进行了认真思考。如此一来，在《檀香刑》中，用一些和巴塔耶定义艺术品非常相似的话语，在巴塔耶看来，艺术就是一场献祭，小说也是在戏剧与自我牺牲这两面镜子之中审视自己，这两者被认为是同一样东西。在《酒国》里，故事情节以作者与另一个作家之间的书信对话的形式展开，这个作家仿佛就是作者可笑的化身一样。这部小说同其他几部一样，都嵌入了作者贬低揶揄自己的画像——"莫言，体态臃肿、头发稀疏、双眼细小、嘴巴倾斜"——仿佛为了表明作者也可以是其创作的主要人物。

九

我的结语要回到《四十一炮》——确切地说是回到这部作品十分独特的后记"诉说就是一切"，在这篇后记中，莫言所说的话和他几年后在接受诺贝尔奖时的答谢词十分相近。在答谢词中，小说作者是这么定义自己的："我是一个讲故事的人。"

谈到《四十一炮》，莫言表示："这本书的主旨就是诉说，讲述故事即主题，讲故事就是这本书的灵魂。就是为了讲故事而讲故事。如果非要说这本小说的情节，那说的就是一个小孩儿滔滔不绝地讲故事的故事。"

我们可以设想像莫言这样的作者为什么推崇这个理念。认为文学的对象只能是义学本身，认为任何一本小说从本质上说都是一部关于小说的小说——正如许多作家有时候所断定的那样，从布朗肖到巴特，我们很惊讶地发现莫言也赞同他们的观点——这个想法让那些打算约见作者谈一谈作品内容、作者观点与作者表达的信念的人吃了闭门羹。这套把戏很常见。其他人在他之前就已经用过了。人们不能振振有词地去批评一个经验老到的作家表现得如此谨小慎微。

然而，我们从一开头的卷首语中就能看出这部作品的态度。在致读者中，讲述者向听他诉说经历的读者说道："大和尚，我们那里把喜欢吹牛撒谎的孩子叫做'炮孩子'，但我对您说的，句句都是实话。"这也是克里特人或者说撒谎者经典的悖论的一个海外版和新的改版，用这句自相矛盾的话，说话人既表达了真实的一面，也表达了虚假的一面：当他说自己一直在说谎的时候，他说的可是真话？当他以为自己最终说出了真话的时候，他是否依旧在骗人？

这便是只有小说语言才能带来的眩晕效果，也是每部卓越的作品一直看重、革新并思考的内容，因为正是这种眩晕，也只有这种眩晕才能折射出另一种寓意更广的眩晕，在眩晕中，人类的意识在不可能的考验中发现自己，同时也迷失自己。没办法保证或证明真正的文学所力求达到的感人肺腑的狂喜是经由它而实现的："我擦擦眼睛，手背上沾着两颗亮晶晶的泪珠。我被自己的叙述深深感动，但大和尚的嘴角，却浮现着几丝分明是嘲讽的笑纹。他妈的我无法使你感动，我暗暗地骂着，他妈的我一定要使你感动，我出家不出家已经无所谓，但我一定要用我的故事打动你的心，用我的故事的尖锐棱角戳破包着你心的那层坚硬的冰壳。"

因为，这就是讲故事的人的使命。

（作者单位：Philippe Forest，Université de Nantes；译者：黄荭，南京大学）

人性乌托邦

——关于格非的《江南》三部曲

张寅德 撰　王雯馨 译　鹜　龙 校

最近在中国大陆、香港、台湾以及华语世界的其他地方,日益增多的恶托邦文学(dystopian literature)已不容忽视。不可否认的是,这些空间与时间的投射承载着关于历史与当下的黑暗寓言。然而,其批判意识常常遭受误解,反被视为一种世界末日以及宿命论的观点,由此引发了常见的关于乌托邦终结的断言。

柏林墙的倒塌、极端自由主义经济带来的破坏以及生态和地缘政治灾难构成的威胁,这些无疑为普遍的觉醒提供了理由。然而,乌托邦——包括乌托邦主义(utopianism)——是否正在消失? 乌托邦主义与任何意识形态教条或设想都没有关联,而关乎人类对一个更加美好的社会和生活的向往。反乌托邦(anti-utopian)文学对于被工具化的乌托邦的批评,是否意味着乌托邦如今应该被指责为铁板一块,或者说,我们是否有必要将乌托邦置于其多元性和历史性中,尤其要强调乌托邦主义作为社会与个人抵抗各种形式的压迫和异化的持续存在,从而重新对其进行考量? 在这种意义上,难道没有必要重新定义乌托邦吗? 与其将它定义为一种蛊惑人心的地域言说(topolect),不如说它是一种人文主义话语。本文通过考察格非(1964—　　)于 2004 年至 2011 年间出版的《江南》三部曲①,试图

---

① 格非的《江南》三部曲包括《人面桃花》(2004)、《山河入梦》(2007)以及《春尽江南》(2011)。这三卷书最初分别单独出版,后于 2012 年经上海文艺出版社以三部曲的形式重新出版。本文中出现的页码为其初版的页码。参见格非 2004,2007,2011。英文论文原稿中所有翻译均由作者完成。

首卷的标题暗指崔护的一首诗《题都城南庄》(公元 796 年):"去年今日此门中,人面桃花相映红。人面不知何处去,桃花依旧笑春风。"参见 *Songs of the Immortals. An Anthology of Classical Chinese Poetry*,Translated and versified by Xu Yuan Zhong. New York:Penguin Books in Association with New World Press,1994,p. 70.

为这些问题提供一些答案,这部恶托邦小说通过移位(displacement)——将乌托邦从一个虚假的完美社会转向一个以人为中心的地方——以历史决定的方式从而呼唤希望的复现。"三部曲"贯穿了中国现当代百年历史,透过一个名叫花家舍的乌托邦村庄,在相继发生一场失败的革命,产生一个极权主义国家,并引发一场消费主义暴政之后,小说向现代性的邪恶提出了质疑。这种恶托邦的变体构建了有关乌托邦"意识形态"愿景的寓意式框架,而后者建立在诸如国家、进步与繁荣的神话的基础之上。与此同时,小说构建在人性乌托邦与任何(反)乌托邦地形学(topography)相对立的二元结构之上,提倡社会价值及个人价值、反抗政治或商业力量及其危害影响的解放计划构成了全篇叙事的基础。

本文旨在探讨《江南》三部曲演绎人性乌托邦[①]的方式,这种人性乌托邦并非基于构建误导性的桃源仙境的本体论,而是依靠伦理。小说中关于人类的乌托邦式想象镌刻在历史与社会危机的核心之中,因此,结合主题学(thematic)与时间顺序——即详细考察花家舍的表征及其连续变体——的双重方法可以适用于本研究。如果说,乌托邦主义如同后文论证的那样是人文主义,那么它在此处具有一个明显的语境化形态,这就需要考虑到虚构结构与社会话语间的张力;基于此,乌托邦主义开启了多重的意义,其中包含一个由拷问(interrogation)和非连贯(incoherence)构成的网络。本文并未将乌托邦的人性层面认作对抗灾难主题的另一种确定性,而是旨在揭示希望的时刻和悲观的时刻彼此共存,就像作者

---

① 此处借用伊曼努尔·列维纳斯(Emmanuel Levinas)在《社会主义与乌托邦》(1995)中的概念:"在某些抵抗和殉道的行为面前,在我们的世界之中,以纯粹之人的名义,勇敢地实行人性乌托邦,以反抗权力以及强大的政治实体的效力。这种伦理确立了其客观地位,表明自己是Wirklichkeit(现实),有效的现实,不再让它自身被压制于无力的'美丽的灵魂'或'不幸的意识'之中。无论如何,除了布伯(Buber)对于乌托邦社会主义分析做出的贡献之外,这是属于他个人的哲学人类学信条,在此之中,人与邻者的关系是依据著名的'我与你'模式构想而成,它与人格物化以及在其客观视角下总是占据上风的统治地位不同。'我与你'模式能够让我们对社会和国家进行明确的概念化区分,并构想一个没有'权力'的社会。"Emmanuel Levinas, *Alterity and Transcendence*. Translated by Michael B. Smith. New York: Colombia University Press, 1999, pp. 116 - 117. Martin Buber, *I and Thou*. New York: Charles Scribner's Sons, 1937. 同时参见 Catherine Chalier, *Lévinas: l'utopie de l'humain*. Paris: Albin Michel, 1993。

在怀疑与探寻之间表现出的摇摆不定印证了乌托邦跟阿多诺（Adorno）定义的一样①具有否定和可能性之间的内在矛盾。

一、欲望与历史时间性

建立人性乌托邦的第一次尝试体现在去历史化（deshistoricizing）的书写中，这在第一卷《人面桃花》中得到了证实。作者通过私人叙事将历史——例如辛亥革命前后的背景——转化为故事开篇主人公秀米进入青春期的个人经历。欲望的隐喻化（metaphorization）无疑体现了作者想要摆脱其公认的"未来小说"文体的意图，而"未来小说"正如梁启超于1902年开创的新小说一样，历经一个世纪仍具宣导效用，作为预言文学（prophetic literature）被重新使用，从而为民族复兴提供合理性的根据。小说通过强调个人冲动的欲望，将它与目的论式的乌托邦相抗衡，提出了在面对历史时间性的同时如何避免任何非辩证意识的风险问题，而历史时间性对于任何人类经验而言、从任何可能性的视角来说都是不可或缺的。

这种去历史化的书写②倾向于一个以人为中心的空间，后者基于一个已实现的乌托邦之地以及一个梦幻的异托邦之间二元对立的空间建构。花家舍在其存在初期看似地处一个偏远的岛屿，一处宛若人间天堂般和平、平等与繁荣之所。在桃花源和"大同"（Great Unity）思想的双重鼓舞下，这个已经实现的桃花源中出现了一个隐退的社群以及一群革命积极分子，后来的事实证明，花家舍成

① "乌托邦本质在于确定的否定中，在于仅仅是确定的否定，乌托邦通过把自身具体化为虚假的事物，总是同时指向应然。""Something's Missing：A Discussion between Ernest Bloch and Theodor W. Adorno on the Contradictions of Utopian Longing"，in Bloch Ernst, *The Utopian Function of Art and Literature*. *Selected Essays*. Translated by Jack Zipes and Frank Mecklunburg. Cambridge：MIT Press，1989，p. 12. 正如王德威（David Wang）在他关于三部曲末卷的书评结论中所指出的："但在时间的另一个转折点上诗人未尝不可能写出荒原里的乌托邦。"参见王德威《乌托邦里的荒原——格非〈春尽江南〉》，《读书》2013年第7期。Jeffrey C. Kinkley 提出了不同观点，他强调格非作品的特色来自其恶托邦的时间循环。参见 Jeffrey C. Kinkley, *Visions of Dystopia in China's New Historical Novels*. New York：Columbia University Press，2014，pp. 110-117。

② 值得注意的是格非所作的戏仿（parody）处理，为了保证历史的可信度，他用加括号的方式为一些人物撰写生平简注，然而，这些简注是通过强化虚构的合理性、从而拆解史学话语的拟像装置（simulacra devices）。

为暴力与破坏频现的土匪窝。这种恶托邦的表现形式可解读为对于权力的渴求，在所谓的平等主义社会中，这种渴求引发了时刻准备维持等级制度的头目人之间的血腥斗争。这个最终自我毁灭、想象之中的暴政国（cacotopia）与另一个地方相互平衡，那是一个梦幻般、不存在、看不见的地方，因为它仅仅存在于秀米的头脑中，它通过一种在别处的别处（elsewhere of elsewhere）超越了内在欲望及冲动贯穿其中的政治计划。

秀米为地下活动积极分子张季元描述的"大同"思想所着迷。她从日本归来之后，一直怀揣着近似革命倡议的愿景。在此促动下，她在镇上成立了普济地方自治会、开办一所学校①，以此实现建立一个人人平等的社会的抱负，做到让"每个人的笑容都一样多"②。尽管如此，这些昙花一现的事业与任何一项涉及中国未来社会的政治计划几乎毫不相关。相反，它们遵循的是个人的道德与情感，这些促使秀米投身于慈善工作，抑或让她隐退至其内心深处。她的学校由于缺乏适宜的教学方案，看起来更像是流浪汉或乞丐的收容所，而秀米对于这些人极富同情心。大饥荒中分粥的时刻是她努力结晶之时③，因为这一幕似乎在瞬间消灭了痛苦与不均。事实上，这种慈善的立场时常掩盖了年轻主人公爱情生活的秘密。在这一方面，花家舍从其革命功能———一个煽动起义的秘密场所———转向了一种私人的意义。这个场所激发了欲望的释放，因为秀米遭遇绑架的经历让她在发现张季元日记的同时自由地体验到初恋时的感受，而这位革命烈士在日记里面坦露了他对秀米的暗恋之情。监狱成为秀米的阅读场所，这为青春期的女主人公提供了意想不到的情感教育以及心理成长。

尽管如此，作者无意书写任何情节剧（melodrama），哪怕一些研究倾向于强调秀米和张季元之间的爱情故事，甚至暗示一种潜在的埃勒克特拉情结（Electra complex）。对于作者而言，欲望的表征事实上是为了更加集中地探索主人公的精神世界，正如她对隐居和冲动的倾向可被解读为乌托邦意识的一种特定形式，它似乎受制于精神分裂症，且与辩证法相割裂④。

---

① 格非:《人面桃花》,沈阳：春风文艺出版社,2004 年,第 165—167 页。

② 格非:《人面桃花》,沈阳：春风文艺出版社,2004 年,第 201 页。

③ 格非:《人面桃花》,沈阳：春风文艺出版社,2004 年,第 206 页。

④ Joseph Gabel, "Utopian and False Consciousness", *Ideologies and the Corruption of Thought*. Edited by Alan Sica. New Brunswick：Transaction Publishers,1997,pp. 61-70. 另见 Raymond Ruyer, *L'Utopie et les utopistes*. Paris：PUF,1950.

　　秀米建造以及生活之处是一个梦幻的世界,是一个隐居的、自给自足的宇宙。她最喜欢的栖所是封闭的凉亭,这是她父亲曾经的庇护所①。她虽然身陷囹圄,却矛盾地感到自在②。这种遁隐的倾向更接近于一种自闭症,因为她在假装失语的同时乐于将人心比作一个受困的小岛③。

　　这样的自闭症让时间产生了明显的空间化效应(spatialized effect)。秀米的心理时间表现出两个重要特征:一方面,这种心理时间被证明是回溯性的,正如在小说结尾,主人公感觉在时间中回灌的河流映出了二十年前她的自我形象④。逆向运转与病理排泄(morbid flow)相交织,正如她父亲消失的笑脸在冰花中隐现时,这一幻觉的场景宣告了她自身的死亡。另一方面,时间揭示了其重复与循环的本质。她永不停歇的行动遵循着一种不可遏制的、几近于阻止她停下脚步的机械动作。用她自己的话说,她做一件事只是为了忘掉其他的事⑤;她为不可能的事所着迷⑥,仿若中了魔不关心事情的价值取向⑦。在某种程度上,她的动力指向其天文学意义上以及在周期性运动中的运转。事实上,这种回溯和重复的时间性突显出分散和变质的时间,因为它触发了历史时间的中断。历史时间向来意味着流动和持续,它却被强迫性的行为消解,而这些行为既不通往任何未来,亦不会成为未来的先导。

　　作者通过演绎秀米的"非现实主义"梦想,确实成功地将她的愿望与任何的政治效力拆解。与此同时,作者通过强调秀米的"执迷不悟"(fixism)——她的执念被周围的人视为跟她父亲一样的痴或傻——指出乌托邦意识的局限性源于其过度的去历史化(dehistoricizing)倾向。当这种去历史化倾向如同主人公的处境一般,消除了欲望和满足之间的距离,它就变得极其非辩证,因为它不仅倾向于揩除所有具体的历史境况,还倾向于否定存在的历史维度。因此,主要的风险在于可能陷入一种用定量时间取代定性时间的"物化(reified)思想"。然而吊诡的是,这可能会以不可为而非为的名义反倒扼杀了可能性。

---

① 格非:《人面桃花》,沈阳:春风文艺出版社,2004年,第160页。
② 格非:《人面桃花》,沈阳:春风文艺出版社,2004年,第231页。
③ 格非:《人面桃花》,沈阳:春风文艺出版社,2004年,第275页。
④ 格非:《人面桃花》,沈阳:春风文艺出版社,2004年,第276页。
⑤ 格非:《人面桃花》,沈阳:春风文艺出版社,2004年,第195页。
⑥ 格非:《人面桃花》,沈阳:春风文艺出版社,2004年,第235页。
⑦ 格非:《人面桃花》,沈阳:春风文艺出版社,2004年,第196页。

二、作为社会抵抗的友爱(philia)

"三部曲"的第二卷在表述这个问题时转向了截然不同的视角。原因在于，秀米的儿子、梅城县县长谭功达的行为中被引入了一个有益的他性(salutary otherness)。虽然他从秀米那里继承了一种痴的执念，但这个梦想家与母亲不同，他具备发展友谊以及"共在"(being together)形式的能力，这种能力在新生的威权国家被证明是一种宝贵的社会力量。

与前一卷类似，花家舍在此处第二次出现凝结了针对恶托邦的批评。然而，作者在揭示威权与工具理性在建立统治秩序过程中共谋的角色时，展现出二者的新特质。基于此，这个乌托邦重生为一个田园式的人民公社，居住着1600多位勇敢的人，这个设计无疑参照了夏尔·傅立叶(Charles Fourier)的"方阵"(phalanx)①。作为一个封闭的世界，它通过建立一个没有分裂的"和谐"社会来追求整体性和完美性，它以井然有序的建筑和精深的行政管理机构为象征。然而，它在这种整体性和封闭性形式下创造的完美却难以掩盖居民们明显缺乏自由的事实，居民们全都严肃且伤感，因为他们的生活完全为一个神秘的、看不见的人所掌控——党委书记郭从年，他是将每一栋房子、每一个动作和每一个字都变成透明的"老大哥"(Big Brother)。譬如格非用101这个数字来指称负责监督的部门②，他在使用符号层面对奥威尔式(Orwellian)的世界的影射非常明显。

格非不满足于表达对这样一个警察国家的排斥，他通过指责工具理性与极权主义机制的共谋关系，指出其潜在的意识形态逻辑。小说成功地展示出现代性的一种堕落面貌，并且产生了一个矛盾的进程，解放计划在此过程中被推翻，

---

① "在方阵的试行阶段，有必要加强人数，将其提升至1900至2000人，包含受薪的辅助编员，因为这支编队比后期成立的编队需要克服更多的困难，之后我们将其缩减至1800人，随后1700人：固定的人数为1620人，但是必须稍微超出这个数目，尤其在缺乏精力的第一代时期。"Charles Fourier, *Le Nouveau Monde industriel et sociétaire ou les séries passionnées*. Paris：Bossange Père，1829，p. 119.

② 格非：《山河入梦》，北京：作家出版社，2007年，第276页。在《1984》中，101号房间是温斯顿·史密斯(Winston Smith)最终投降之处。参见 George Orwell，*1984*. New York：New American Library/Signet Classics，1961，p. 232.

由此成为自身的对立面①：整个人民公社忍受着来自专横法规的折磨，这些规定建起掌控自然以及统治人类之间恶性的平行关系。

主人公的形象展现出谭功达的矛盾状态。他作为理想主义者，膺服共产主义和科学信条，同时也受祸于相应的制度。他被苏联模式（Soviet model）体现的进步性所吸引，将自己变成一个"设计师"（project man），出门不会没有图纸在手。这位疯狂的管理工程师投身不可计数、或多或少具有可行性的事业之中，从修建大坝到开掘运河或勘探沼气，如普罗米修斯（Promethean）的行动②让他与古代神话中的愚公③相提并论。为了现代化所做的必需工作能够带来的益处不容贬低。然而，作者不认同的原因可能是谭功达对进步充满信心，忽视了功利主义理性可能会产生的政治后果。这种功利主义理性源自过度信仰理性的无限力量，如果它被剥离了价值与目的，那么这种功利主义理性便会将几何的精神及数学的方法嫁接到行政上。

党委书记、立法者郭从年便是使用科学方法统治人类的化身。他将理性的严谨运用在控制人口方面，禁止任何自发的欲望以及非理性的冲动，原因在于它们具有不可预测性。他强迫村民干活，除此就是惩罚洗脑，村民将强压内化为责任。他反复阅读《天方夜谭》，尤其是《终身不笑者的故事》中频频出现、不能推开的门的形象外化了一种浑然一体的法律中心主义，它标志着通过承认人对人的统治，达成一种去异化的异化（alienation of disalienation）的反常逻辑。

有幸的是，谭功达的乌托邦欲望尚未与权力结成同盟，其原因在于，他性格

---

① T. W. Adorno, *Aesthetic Theory*. Translated by Robert Hullot-Kenton. London: Continuum, 2004. Max Horkheimer, *Dialectic of Enlightenment*. Translated by Edmund Jephcott. Stanford: Stanford University Press, 2002.

② 参见无处不在的口号"人定胜天"所表达的信念。

③ 愚公移山是中国神话中关于毅力和意志的寓言。参见 *Taoist Teachings from the Book of Lieh Tzǔ*. Translated by Lionel Giles. https://en.wikisource.org/wiki/Taoist_teachings_from_the_book_of_Lieh_Tz%C5%AD/ Book_5（2015 - 05 - 04）。毛泽东在 1945 年 6 月 11 日中国共产党第七次全国代表大会上的发言中引用了这个故事，将其重新阐释为对全体行动的号召，并在 1949 年之后，将其改为社会主义建设的官方寓言。"现在也有两座压在中国人民头上的大山，一座叫做帝国主义，一座叫做封建主义。中国共产党早就下了决心，要挖掉这两座大山。我们一定要坚持下去，一定要不断地工作，我们也会感动上帝的。这个上帝不是别人，就是全中国的人民大众。全国人民大众一齐起来和我们一道挖这两座山，有什么挖不平呢？"参见 Mao Zedong, "The Foolish Old Man Removes the Mountains", 1945. https://www.marxists.org/ reference/archive/mao/selected-works/volume-3/mswv3_26.htm（2015 - 05 - 04）。

的另一面,譬如他的"多愁善感"掩盖了内心深处的人文主义倾向。他终日描绘的蓝图事实上带有"反科学"的标记,因为上面布满了难以理解的数字,这些数字与其说是技术数据,不如说是他对其年轻秘书姚佩佩爱慕之情的奇异线索。他所谓的白日梦、"痴"或是迷茫的时刻,实际上将他从物化(objectification)的危险中解救出来,将他重新引向人性的他者和相遇之中。这种基于从"我/它"转移至"我/你"范畴的双重立场①使得谭功达通过与邻居缔结友谊——譬如,他与极度压抑环境中的社会遗弃者姚佩佩之间的友谊——构想他的人性乌托邦。

格非在情节剧的外表下借用反专制(anti-dictatorial)的特征描述了两人的情感历程,他们之间的相互依恋包含了友好团结,后者则转化为面对政治压迫的顽强抵抗。姚佩佩是一位被边缘化的年轻女性,由于父亲被打成"反革命",她遭受着家庭出身的困扰。她如卡夫卡《城堡》中的 K 一样被排除在社群之外,格非曾就此写过一篇精彩的文章②。这种被遗弃的处境让人联想起一个国家通过消除所有不纯粹的分子从而创造一个仅由"新人"组成的社会,好似政权确保革命性的断裂要延伸到社会的肌理之中。谭功达无畏集体的仇视,不顾一切地反对排斥歧视,这从他对于新来者的照顾就可以看出。他首先承认受害者的基本生存权——为她提供工作机会与住房条件。他自发而大胆的行为勾勒出一个不再具有任何先验意识形态、阶级偏见或者其他身份先决条件的社会,即本质上建立在"任意的独体"③基础之上的社会。

格非强调这个以人为本乌托邦的社会维度。谭功达与姚佩佩之间的相遇和友谊走向了必要的共在,以成就接纳性的"生命"(bios)形式,将"生物性的生命"(zoe)或"赤裸生命"(bare life)抽离任何排斥性威胁。他们共同抵抗阶级斗争留下的伤痕,揭示出一种横向的"友爱",与政党国家强加的纵向的"人民一体"(People-one)相对立。这一点再次点明,共产主义遗忘而遮蔽了自身的创造:以共同存在、共同生活为特征的共性的存在④。然而,这种共同性对共生的共同体提出了挑战,因为它需要有社会分裂。谭功达从家族遗传的"痴"以及姚佩佩密

① Martin Buber, *I and Thou*. New York: Charles Scribner's Sons, 1937.
② 格非:《塞壬的歌声》,上海:上海文艺出版社,2001 年,第 135—159 页。
③ Giorgio Agamben, *The Coming Community. Theory of Whatever Singularity*. Translated by Michael Hardt. Minneapolis/London: University of Minnesota Press, 1993.
④ Jean-Luc Nancy, *La Communauté Affrontée*. Paris: Galilée, 2001, p. 38.

不可透的情感证明了他们不可化约的个性和力量，这一点明确这种他性（otherness）不会被任何政治同化。这个与分化或者靠近/分离的悖论游戏伴随的共同世界勾勒出了一种自由主义的民主，它要求国家不可逆转的撤退，从而支持无休止的社会分裂①，换言之，就是一个"权力真空的地方"，"权力真空的地方"无法被定位，只能通过社会运动和多元性才能将其定义。值得注意的是，从第一卷到第二卷，"大同"理想似乎蜕变为"桃花梦"，它不再是和谐整体的代名词，而带有审慎的边缘性以及顽抗行动的特征。它远非一个已经建成的共同体，而是一个即将到来的、不能运转的以及并未确定的共同体②，就像这对不幸的情侣所向往的自由，如流水、微光和野花一般短暂易逝而令人神往。

三、乌托邦人（utopian man）

作者在强调心理和伦理层面之后转向对审美层面的关注，这在最后一卷中尤为突出。作者通过谭功达之子即诗人端午这个"失败的人"和唯美主义者歌吟出的挽歌曲调，表现出了一种面对日益壮大并有望成为消费者天堂的商品社会的世纪末（fin-de-siècle）的悲观主义。然而，这种消极的乌托邦之中仍留存一线希望，因为这个"过时的人"是一个复杂的"乌托邦人"，他能够从这种新的异化形式中保留个人的完整性，同时抵制隐居的厌世冲动，并响应"不可言明的共通体"③的召唤。

比起前两卷，花家舍的第三个化身被给予了一个妖魔化的架构，显然，花家舍被设计成一个令人畏惧的世界，将任何救赎性的替代模式（counter-model）都排除在外。在毁灭性的新自由主义和道德瓦解的镜像中，花家舍被描述成妓院和"销金窟"④。这个"温柔富贵乡"可以称得上是一个"伊甸园"⑤，其唯一的原

---

① *The Analects*. http://ctext.org/analects/wei-zheng（2015‑08‑13）. Miguel Abensour，"Utopie et démocratie". *Raison Présente*，1997(121)，pp. 38‑39.

② Jean-Luc Nancy，*The Inoperative Community*. Translated by Peter Connor，Lisa Garbus，Michael Holland and Simona Sawhney. Minneapolis：University of Minnesota Press，1991.

③ Maurice Blanchot，*The Unavowable Community*. Translated by Pierre Joris. New York：Station Hill Press，1988.

④ 格非：《春尽江南》，上海：上海文艺出版社，2011年，第75、293—302页。

⑤ 格非：《春尽江南》，上海：上海文艺出版社，2011年，第76、308页。

则,用创始人张有德简洁的三字总结来说就是"来钱快"。因此,在重建后如迪士尼乐园般的布景中,村姑担任着导游、演员和妓女等多重角色来满足任何寻求灯红酒绿快感的顾客,这一点不足为奇。然而,面对这种全然的地狱,作者反对任何替代模式,正如他对几个当作参考范本的乌托邦公社表现出的失望。无论是在同一页中被提及的江苏华西村,或是安徽凤阳梨园公社小岗村①都无法成为效仿的实例,因为他们搭建的是无法复制的宣盛的繁荣②。就连绿珠和朋友在云南寻觅的隐居所,也仅被描述为与旅游出逃相关的幻想。格非受福楼拜(Gustave Flaubert)那部无法归类的小说《布瓦尔和佩库歇》(*Bouvard and Pécuchet*)的影响过深,以至于他无法屈服于任何完满的乌托邦的诱惑。端午同父异母的哥哥元庆关在他自己建造的精神病院里,然而他创建之时希望它成为一个免受外部侵略的避风港,最后却表现出沉重的讽刺意味。

作者通过对资本主义的恶托邦以及另类完美乌托邦的双重拒绝重申了他以人为中心的思考。与前两卷不同,格非在这里采用了一种准论说式的话语来补充叙事。格非借由人物的观点进行了"人的分类"——这是其中一章的标题。依照不同的道德标准,他建构了两种自相矛盾的类别。一方面是"有用"的人,正如地方志办公室负责人冯延鹤所称的"新人"。这些人执掌整个社会长达三十年,表现出新型的机会主义③。事实上,在绿珠眼中,这些由社会产生的成功的、富有的、自私自利的人更应该被称为"非人"(non-person),因为这位年轻的叛逆者拒绝用委婉的说法来表达她的否定与憎恶④。而另一面的人则被归类为"无用的人",吊诡的是,我们的诗人端午却为自己是其中一员而感到自豪。受到妻子家玉严厉批评的"失败的人",被社会抛弃的"多余人","一天天地在家烂掉"⑤的

---

① 河南新乡(南街村)可加入这两个例子中。
② 格非:《春尽江南》,上海:上海文艺出版社,2011年,第76页。
③ 格非:《春尽江南》,上海:上海文艺出版社,2011年,第200页。
④ 格非:《春尽江南》,上海:上海文艺出版社,2011年,第228页。绿珠使用的这个词语无疑是受到了孟子的启发:"从这个例子中我们可以看出,同情心对于人来说必不可少,羞耻和厌恶之心对人来说必不可少,谦虚和礼让之心对人来说必不可少,赞成与反对之心对人来说必不可少。"参见 *The Works of Mencius*. Translated by James Legge. http://ctext.org/mengzi/gong-sun-chou-i (2015-08-30).事实上,原文系统地使用了否定式来指称这一类"非人":"没有同情心的人是非人……"("由是观之,无恻隐之心,非人也;无羞恶之心,非人也;无辞让之心,非人也;无是非之心,非人也。")
⑤ 格非:《春尽江南》,上海:上海文艺出版社,2011年,第13页。

人，端午故意选择这种闲适的生活方式，可以让他无忧无虑，把时间花在读书、睡觉或者听音乐上①。这种刻意的冷漠显然指向庄子的哲学，后者经由冯延鹤博学而古怪的诠释而明晰②。归纳冯延鹤的智慧，需要借助一个极具批判性和现代性的论断："一个人只有在让自己变得毫无用处之后，才能成为自己"，因为这里涉及的无用性是经过彻底的再语境化，它是对于陷入衰败的社会的回应。

所有这些与当前中国社会和传统哲学相关的论点，听起来都是对"过时的人"理论的另类回应，正如京特·安德斯（Günter Anders）在 20 世纪 30 年代已经对此理论作出的阐述③。19 世纪，屠格涅夫（Turgenev）提出了"多余人"，以此影射一类尽管具备技术与能力但却不符合社会规范的个体，"过时的人"是对"多余人"的超越，并作为一个用以谴责技术唯物主义社会的批判性概念与"乌托邦人"密不可分。一个"技术社会"——更不必说后工业社会——被同化为一片"安乐乡"（Land of Cokagne），这使得一个"乌托邦人"成为"过时"，并同时试图消灭他，因为在这样一个社会中，不再会有乌托邦，也没有未来，只有持久的现状。人类不再被允许做梦，因为如今只有梦想着巨型机器（megamachine）的机器才能做梦。人们本着创造自己幸福的信念越是试图改善"安乐乡"，就越是在实行巨

①　格非：《春尽江南》，上海：上海文艺出版社，2011 年，第 6—8 页。

②　格非：《春尽江南》，上海：上海文艺出版社，2011 年，第 3、47 页。冯指的是孔子、庄子以及马克思。孔子："君子不器"（有造诣的学者不是一个器具），参见《论语》。庄子："无用者无忧，泛若不系之舟"（无用之人不会悲伤，他们漫无目的地游荡）。这是一处经过修改之后的引用；原文为："巧者劳而知者忧，无能者无所求。饱食而遨游，泛若不系之舟，虚而遨游者也。"（灵巧的人劳累，聪明的人忧伤。无能力者无所事事。他们吃得饱饱，无所事事地四处游荡。他们就像一艘从停泊处松绑的小船，漫无目的地四处漂流。）参见 *Zhuangzi*. Translated by James Legge. https://ctext.org/zhuangzi/lie‐yu‐kou（2015‐10‐11）。对于马克思的戏仿："你只有先成为一个无用的人，才能最终成为自己。"这句话模仿了著名的口号"无产阶级只有解放全人类，才能最终解放自己"，这句话本身就是对马克思和恩格斯思想的概括总结。参见恩格斯，1888 年英文版序言《宣言》，马克思、恩格斯：《共产党宣言》，"……被剥削被压迫的阶级——无产阶级，如果不同时使整个社会一劳永逸地摆脱任何剥削、压迫以及阶级差别和阶级斗争，就不能使自己从进行剥削和统治的那个阶级——资产阶级的控制下解放出来"。参见 Karl Marx and Friedrich Engels, *Manifesto of the Communist Party*. https://www.marxists.org/archive/marx/works/download/pdf/Manifesto.pdf（2015‐05‐04）。Friedrich Engels, "Preface to The 1888 English Edition", In：Karl Marx and Friedrich Engels, *Manifesto of the Communist Party*. https://www.marxists.org/archive/marx/ works/download/pdf/Manifesto.pdf.

③　Günter Anders, *L'obsolescence de l'homme*. Translated by Christophe David. Paris：Encyclopédie des nuances，t.1，2002；Paris：Ed. Fario, t. 2，2011. 参见 Patrick Vassort, *L'homme superflu*. *Théorie politique de la crise en cours*. Neuvy-en-Champagne：Le Passager Clandestin, 2012.

型机器的乌托邦,从而在不知不觉中促成了自身的灭亡。

察觉到这种危险的端午坚持成为一个"乌托邦人"。因为他注重保卫和维护现存的世界与人类,所以是反对进步的"保守派"(conservative)①。他力求获取一种"无宇宙论的自由"(acosmic freedom),不仅通过否定现实世界,还通过想象一个他认为有权拥有的世界。这种拒斥现实世界的能力——即他出生时发觉的世界——并以此虚构出另一个世界的能力②再次印证了他的人性,将他与只能适应环境的动物区别开来。

端午设想的另类世界主要由艺术构成,这不仅表达了他想要远离现世的意愿,同时揭露了他真正的乌托邦精神,因为他避免将艺术的解药实体化,将其视作一种"不切实际的希望"③。在这一方面,端午的方法既坚定又带有"精英主义"色彩。

艺术是诗人进行社会批判的特殊途径。端午跟随波德莱尔的脚步,选择成为远处的见证者,而他同样接近"拾荒者",瓦尔特·本雅明(Walter Benjamin)用此形容波德莱尔"收集历史的破烂"。由此可见,小说中充斥着描绘恶臭的水、泥泞的街道或腐烂的植物的段落,这些场景产生了"恶之花",而"恶之花"倾向于发掘埋藏在丑陋之下的美。因此,诗人通过升华波德莱尔和卡夫卡所珍视的美学和伦理再次证实自己的个体性,就像端午牢牢坚持着忧郁与理想的矛盾原则,同时试图在黑暗中寻找微光④。类似的方面也体现在端午的姿态之中:他的音乐品位展示出的精英主义。这反映出了某种形式的逃避主义或自恋的形式吗?很难断言。正如阿多诺阐述的那样,与其说端午的艺术追求为他提供平和与宁静的庇护所,不如说是他对于乌托邦概念的回应。当然,大量的艺术参照表明了一种反叛与越界的行为,其目的在于保护个体性免受物化的影响,无论这里的物化是媚俗、商业独裁或是社会乌托邦。然而,艺术必须作为真理来理解,而不是

---

① 在拉丁语中,conservere(保持,保存)的意思是 safeguard(保卫,救存)。

② 此处为柏格森的观点。参见 Christophe David, "De l'homme utopique à l'utopie négative". *Mouvements*,2006(45 – 46),pp. 135 – 136。

③ "当代矛盾的核心在于艺术必须是并且想成为乌托邦,乌托邦越是被现实的功能秩序所阻碍,它就越真实;但与此同时,艺术可能不是乌托邦,以避免通过提供假象和慰藉的方式来背叛它。如果艺术的乌托邦得以实现,那将是艺术在时间上的终结。"T. W. Adorno, *Aesthetic Theory*. Translated by Robert Hullot-Kenton. London: Continuum,2004,p. 5。

④ "希望不在于 K,不在于卡尔和弗丽达,而存在于他们的身后,不在黑暗的虚拟的对立面,而存在黑暗之中的某处。"引自格非《〈城堡〉的叙事分析》,载格非《塞壬的歌声》,上海:上海文艺出版社,2001 年,第 159 页。

作为实体化的补救方法:通过揭示当下社会缺乏的某些东西,艺术本身可能会变得缺失内容而成为一种"不切实际的希望"。就此,端午对于翟永明《潜水艇的悲伤》的评价扣人心弦,因为他表达了对结尾的保留态度,在他看来,诗歌末尾过于断然自信,而世界却如此复杂,充满可能性与不可预测性①。主人公的保留抵触应和了作者对卡夫卡的追求的思考:尽管卡夫卡有着深刻的洞察力,"但通往获救的途径却恍惚未明"②。

四、结论

以上最后一句点明了"三部曲"在其人性乌托邦的架构中最具特色的面貌。消极乌托邦(negative utopia)③显然是普遍的、在可能性和不可能性之间一直摇摆不定的主题。这种矛盾的模式起初源于有关乌托邦的一种绝望愿景,并通过三代人命运的发展,最终达成了一种白热化的形式。正如阿多诺阐述的那样,只有绝望才能拯救我们,其中双重原因自相矛盾地构成了所有乌托邦的两个基本条件:存在于当前社会中的对匮乏的意识,对未来的威胁④。在这一方面,格非的小说表明商品社会试图从人类当前关注的事情中移走的乌托邦,反倒应该因为各种各样的威胁而再次回归,无论这些威胁关乎政治、文化或是生态。正因如此,小说在挽歌式与对充满焦虑的展望式语调之间徘徊,通过对死亡问题的处理将犹豫不决的情绪引向了高潮⑤。附录中的最后一首诗可以被理解为旁注,高妙地表达出记忆与欲望的相互渗透⑥。这首献给家玉(别名秀蓉)的诗最初叫作《祭台上的月亮》,后被重新取题《睡莲》。这一新题与其说暗指佛教道德,不如说

---

① 翟永明的诗歌创作于 1999 年,诗中提及了潜水艇所象征的宁静,因为它与喧嚣隔绝,有利于创作。端午的评论与最后几行诗句有关:"现在我必须造水为每一件事物的悲伤制造它不可多得的完美。"参见翟永明《潜水艇的悲伤》,1999,http://www.douban.com/group/topic 2015 - 06 - 02。

② 格非:《塞壬的歌声》,上海:上海文艺出版社,2001 年,第 158 页。"尽管它的敏锐的洞察力照亮了暗房的一个个局部,但是通往获救的途径却恍惚未明。"

③ Michael Löwy, *Redemption and Utopia. Jewish Libertarian Thought in Central Europe*. Translated by Hope Heaney. Stanford: Stanford University Press, 1992, pp. 71 - 94.

④ 阿多诺:"除了绝望,没有什么可以拯救我们",引自 David Christophe,"Nous formons une équipe triste. Notes sur Günther Anders et Theodor W. Adorno", *Tumultes*, 2007(28 - 29), p. 174。

⑤ Paola Iovene, *Tales of Futures Past*, *Anticipation and Ends of Literature in Contemporary China*. Stanford: Stanford University Press, 2014, pp. 135 - 162.

⑥ 艾略特对其影响显而易见。参见《荒原》的开头:"四月是最残忍的月份,荒地上长了丁香,记忆与欲望参合在一起,又让春雨催促那些迟钝的根芽。"参见 T.S. Elliot, *The Waste Land*, 1922. http://www.poets.org/poetsorg/poem/waste-land (2015 - 06 - 04)。

指向了拉斐尔前派以及阿蒂尔·兰波（Arthur Rimbaud）的诗歌文本复兴的奥菲利亚神话①。格非通过将女主人公的死亡升华为一个关于缺席/在场的寓言②。标题的修改既非随意，也非徒劳，因为标题中含有的"睡"字，让人产生心爱之人在莲花上死去的想象，就像奥菲利亚的画像一样，好比"睡美人"躺在水花上。最重要的是，死亡被表面上若无其事的鳏夫描绘为休眠的情节揭示出一个矛盾的梦想，即社会的"期待"与"希望"③。参照乔治·巴塔耶（Georges Bataille）描述的缺乏、过渡以及狂喜，呼唤救赎的"我们"，仿佛妻子的死亡将他从自身抽离。从某种程度上看，格非似乎给出了对于《特里斯坦与伊索尔德》（*Tristan and Iseult*）的改写，因为主人公在爱情发生之前就通过失去它来体验爱情。这样由爱人组成的共同体根本上是对即将到来的共同体的信仰的一种隐喻④。小说通过质疑我们的时代表明了这一点，我们的时代在它到来时受到威胁，其中仍然存在着一个神秘的未来产生的、不可靠的可能性⑤。如果说乌托邦消失在荒原，那么依然留存着人性的地平线⑥。

致谢

本研究的初版于 2015 年 3 月由法国现代中国研究中心（CEFC）以及香港大学组织举办的"现当代中国语境中的乌托邦与乌托邦主义：文本、思想、空间"国际研讨会上发表。衷心感谢《亚洲研究》同行评审给出的宝贵意见，同时感谢 Leigh Fergus 细致的校读。

（作者单位：张寅德，Université Sorbonne Nouvelle-Paris Ⅲ；译者：王雯馨，南京大学；校者：骛龙，南京大学）

---

① Arthur Rimbaud，*Collected Poems*. Translated by Oliver Bernard. New York：Penguin Classics，1962.http：//www.mag4.net/Rimbaud/poesies/Ophelia.html.

② 格非：《春尽江南》，上海：上海文艺出版社，2011 年，第 376 页。

③ 格非：《春尽江南》，上海：上海文艺出版社，2011 年，第 375 页。

④ 格非：《春尽江南》，上海：上海文艺出版社，2011 年，第 369 页。秀蓉最后在痛苦中发出的最后一封信："我爱你。一直。假如你还能相信它的话。"端午的诗在某种程度上就是对这一爱情宣言的回应。

⑤ 参见 Maurice Blanchot，*The Unavowable Community*. Translated by Pierre Joris. New York：Station Hill Press，1988. 布朗肖在此书中对玛格丽特·杜拉斯的小说《死亡之病》作了细读。

⑥ 格非：《春尽江南》，上海：上海文艺出版社，2011 年，第 374 页。另一首诗："幸好，除了空旷的荒原，你也总是在场。"这与王德威在上述文章中关于荒原内部乌托邦存在的主张不谋而合。

多维度、多方位、多声部
——苏童在德国

陈　民

中国文学如何走出去的研讨不光引起中国文学界、翻译界的重视,也得到国外汉学界越来越多的关注,并且将讨论深入推进到如何走进异文化。2012 年莫言获得诺贝尔文学奖,意义不仅仅在于其文学成就得到西方主流文学界的肯定,更是反映中国文学在国际文学和文化舞台上的日益活跃,也证实了西方文学界和文学批评界开始将目光越来越多地投向中国。2000 年华裔法籍作家高行健获得诺贝尔文学奖时,德国媒体十分诧异,几乎找不到了解高行健作品的汉学家发表见解。莫言获奖时德国书市上已经出版了好几部作品,媒体虽然对其获奖并未全面认可,但也未感到十分迷惘。德国文学批评界特别是几位汉学家评点莫言时也常常提到余华和苏童等名字,这三位都是当代中国文学在德国具有较大影响力的作家。

一、多维度的译介状况

苏童作为当代中国文学著名作家之一,其作品在德国译介与莫言相当,也是较早受到关注的中国作家之一。苏童作品在德国翻译出版的有:《妻妾成群》(1992)、《妇女生活》(1993)、《来自草原》(1995)、《红粉》(1996)、《已婚男人》(1997)、《红桃 Q》(1998)、《罂粟人家》(1998)、《米》(1998)、《平静如水》(2001)和《碧奴》(2006)等。德译本的数量以及研究的关注度相对法国以及我国近邻的韩国数量上都不算少。"如果谈到在法国受到关注较多、影响较大的中国当代作家,苏童是一个不得不提的名字。从二十世纪九十年代初起,法国先后出版了六部他的作品:《妻妾成群》(1991 年,弗拉马利翁出版社)、《红粉》(其中还收录了《妇女生活》,1995 年,毕基耶出版社)、《罂粟之家》(1996 年,中法文对照版,友丰书局)、《米》(1998 年,弗拉马利翁出版社)、自选小说集《纸鬼》(其中收录十八篇短篇小说,1999 年,德克雷德·布鲁韦出版社),以及去年刚刚出版的《我的帝王生涯》(2005 年,毕基耶出版社)。"①我们的近邻韩国在当代中国文学研究中对余华、苏童等也非常重视。②

苏童与德国有着较深的渊源,他曾随作家代表团参加 2009 年的法兰克福书展,也曾去德国东部城市莱比锡交流和考察,该市与南京市为友好城市。苏童随笔集《河流的秘密》中便有一篇题名为《莱比锡》,但这座城市只是个引子。真正进入德国得益于电影《大红灯笼高高挂》1992 年获第 64 届奥斯卡最佳外语片提名,电影的成功和浓郁的中国风促进了《妻妾成群》的译介,小说进入德国也是采用改编的电影名《大红灯笼高高挂》,缩略为《大红灯笼》。法德译介的跟风非常紧,德译本是根据法译本的转译,难免被怀疑为仓促、粗糙之作,德国文学批评将其归入通俗文学的行列。

文学的译介受各种因素的制约,译介的片面和误读影响阅读与接受,其中译本的作用至关重要,译者和赞助人对译本的定位影响着译本的作用。没有译本的支撑,接受和传播无从谈起。对译本的分析可以更好地了解中国文学走向世界需要关注和思考的问题。本文选择《妻妾成群》和《米》两部作品的德译本分析苏童作品在德国的译介情况。苏童的德译本来自不同的译者,尽管译者不同,但采取的翻译策略大体一致,基本都是从目的语读者接受的角度。苏童在德国的译介从《妻妾成群》改编的电影《大红灯笼高高挂》开始,与中国当前的翻译出版策略大致相符,如奥地利诺奖得主耶利内克也是因改编的电影《钢琴教师》为普通读者了解,走下神秘的圣坛。从改编电影推进的作品更多易被纳入通俗小说行列,特别是在汉学家未看好的情形下。译本如何入法眼,入德国普通读者的法眼还是研究者的法眼不尽相同。对《妻妾成群》这类由改编电影先入为主进入异文化的文学作品进行翻译更接近普通读者的需求。在德文版《米》的扉页上写道:"苏童凭借短篇小说《大红灯笼》获得了国际声誉。批评界赞誉他为当代中国作家最具冲击力之一。……《米》是他的第一部长篇小说,稳固了其作为最具爆炸性(最具现实意义的)年轻作家之一的地位。……苏童洞察饥饿、性和暴力之

---

① 杭零、许钧:《翻译与中国当代文学的接受——从两部苏童小说法译本谈起》,《文艺争鸣》2010 年第 11 期。

② 金炅南:《中国当代小说在韩国的译介接受与展望——以余华、苏童小说为中心》,《中国比较文学》2013 年第 1 期。

间的关系。米不仅仅是一种生存食物和支付手段,对于五龙来说在他的疯癫中米同时也是感官诱惑的性激素,性的折磨工具,致命的武器和生活的象征意义。"①这是译者对这部小说和作家的解读,也被贯穿于译作中。德译本将这部小说定义为一部使人着魔的美丽散文,一部令人震惊之丰满、充满野性力量的长篇小说,也提到这部小说被黄健中拍成电影。大多数评论认为《米》是中国大陆少见的灰色调小说,苏童的描写冷酷无情,恶是无法拯救的,一丝温情都被无情击碎,恶的成长在米店、黑帮、家庭各生态环境下,无处不在,这种无情的描写让读者生恨的同时也更多进行思考。德国电台的书评将《米》所描写的家族衰落史视为布登勃洛克式,《布登勃洛克一家》在德国读者心目中的地位非常高,可见译者和赞助人(这里指出版社)对《米》的界定十分到位。

二、多方位的翻译技巧

对译本进行分析可以了解翻译对影响力起着至关重要的作用。现当代文学中各种叙事技巧的介入给翻译带来了诸多困难和各种可能,从接受者的角度出发进行翻译证明译者意识到异文化的读者直接接受的难度。通过对苏童两部德译本的分析可以了解中国文学走进德国遇到的困难和潜在的翻译可能。

1. 标点符号的添加和更改

一般而言,我们在对译本进行分析时不太会关注标点符号的运用。但仔细阅读苏童这两部作品的译本,不难发现对标点符号的改动非常大,主要表现为添加了引号和对感叹号的使用。标点符号的功能基本上国际通用,主要有两个:帮助理解的意义功能和制造停顿的节奏功能。标点的使用是对文本的一种阐释,翻译过程通常很少关照标点符号的更改变动,对现当代作品中标点符号的增改更给读者造成一种错位感。

现当代文学相对传统现实主义文学引号的应用较少。《妻妾成群》原作中只有颂莲刚进陈府时的对话使用引号,此后不再使用,阅读起来一气呵成。②德译本为了读者更好地明白对话,加引号标注直接引语。但因为德译本为法译本《大红灯笼》的转译,还不足以说明问题。再看《米》的德译本,也是选择了加标引号。

---

① Su Tong：Reis. Reinbek bei Hamburg: Rowohlt，1998.

② 苏童:《离婚指南、妻妾成群、红粉》,北京:人民文学出版社,2006 年。

而《米》的原文中几乎没有一个引号,并不影响母语读者的阅读。笔者在翻译德国当代文学作品时也曾斟酌是否需要添加引号,基于我国读者对西方文学范式较为熟悉和学习的热情,最终选择了保留原文的风格,原汁原味是忠实翻译的追求。而德国乃至欧洲的读者对中国文学、中国文化了解甚少,德文译者在翻译时根据文本的情况采取相应的策略和技巧也是出于翻译接受的考虑,同时不得不承认在形式上对原文本造成一定程度的破坏,使得译本更像强调故事性的传统叙事写作手法。

标点符号的运用在文学作品中还有意象暗示功能。标点符号的变动或变通证明了文学翻译走进去的难度主要在于文化、情感的意向传递。除了意义指向明确的引号应用,两部译作还大量使用感叹号取代原作中的逗号和句号、问号等一切译者认为无法满足情感传递的标点符号。

(1)原作中的语言表面轻描淡写,实则传递出愤怒与无奈的情感,译者认为这种隐性的情感只有通过感叹号方能显现。

《妻妾成群》的德译本[①]中,译者在翻译颂莲被卓云孩子呛声后的心情时,似乎不吐不快,用一个个感叹号将颂莲的怒火直白出来。

原作	颂莲心想这叫什么事儿,小小年纪就会说难听话。天知道卓云是怎么管这姐妹俩的。
译作	颂莲心想:"太不像话了!这么小就会说伤人的话!天知道卓云是怎么教育她的女儿们的!"

(2)也有使用一连串感叹号替代反问句渲染愤怒和无奈。如原作使用反问句强调女人间那种表面和谐、暗地互相争斗的微妙关系,而译作将互相之间的争斗完全表面化,缺少了若隐若现的感觉。

原作	颂莲说,呛,怎么又是我的错了?算我胡说好了,其实谁想管你们的事?
译作	颂莲回应道:"又来了!什么都是我的错!好吧,就算是我又无聊生事了!无论如何晚上不会再掺和你们的事了!"

(3)使用感叹号强化人物语气的夸张。原作用貌似平淡的语气描写颂莲表面平静的心情。如卓云送颂莲丝绸的场景里,原作表现得似乎丝绸并不贵重,但又强调产地。

---

① Su Tong, *Rote Laterne*. München: Goldmann Verlag, 1992.

原作	苏州的真丝,送你裁件衣服。
译作	"来自苏州真正的丝绸!"

另一部作品《米》①尽管是从中文直译,而不是从法文或英文转译,但也采用加感叹号的手法,说明译者在面对苏童表面平淡实则汹涌的语言时同样无能为力,只能借助标点符号的更改。一方面是基于译者对原文本的阐释,另一方面对原文本某些个性化、口语化的语气感到棘手难以翻译,只能选择加感叹号进行强调。例如《米》中五龙被阿保逼着叫爹的那场,加上感叹号恰恰相反,表达出五龙的声音不是无力而是悲壮。

原作	爹。五龙的声音在深夜的码头上显得空旷无力。
译作	"爹!"他的声音在黑夜的空气中听起来空洞无力。

柴生回家告诉绮云,看到抱玉带着日本宪兵队进了烟馆,绮云不相信柴生的话,原文的质疑口气在口语化表达中非常清晰。

原作	这不可能,抱玉在上海做地产生意做得很发达,他怎么会跑这里给日本人做事呢?
译作	"不可能!"她不相信自己的耳朵。"他在上海,生意很发达。没有理由跑这里来给日本人做事。"

以及《米》在接近尾声时描写五龙家境落败,柴生要卖家具。译者也是选择将口语化的表达变成直接引语,并加感叹号强化,而母语读者对口语化表达的理解自然而然。

原作	卖吧,卖吧。五龙的态度出乎母子双方的意料,他说,这家里的东西除了米垛之外,我都不喜欢,你们想卖就卖吧。卖吧,卖光了我也无所谓。
译作	"卖吧!卖了好了!"五龙的反应让庭院的两人吓了一跳。"除了米这屋里我啥都没兴趣。都卖了好了,我无所谓。"

加注感叹号强化对读者情绪的召唤。译者的尝试本无可厚非,对原作的任何改动都是译者逼不得已、痛苦的选择。但这里译者对感叹号的滥用完全将情感指向错误的方向。此外,我们不难发现感叹号因为与情感的紧密关联故多加在对话或内心活动中,所以常常和添加的引号一起出现。

---

① 苏童:《苏童作品系列:米》,上海:上海文艺出版社,2005 年。

2. 称呼及地名人名的翻译

《妻妾成群》的德文版名《大红灯笼》，出自电影《大红灯笼高高挂》。小说发生的时代尊卑分明，德译本里陈佐千称呼颂莲用"你"，颂莲称呼陈佐千用德语"您"的旧时尊称。译者充分意识到《妻妾成群》非当代背景，考虑到尊卑的时代差异性对应使用德语中旧时的尊称。

相对称呼，人名地名的翻译难度更大，特别是意向清晰的创作，如苏童是从苏州走出去的作家，写出了"枫杨树"系列小说，多河多水的苏州常常有枫杨树的影子。《米》就是苏童枫杨树系列之一。但《米》的德译本把枫杨树老家翻译成Fengyang，显然是错译，另外将地头蛇六爷翻译成 Meister Liu，Meister 在德文中主要是师傅、大师的意思，六爷的"爷"除了权威的意思还有些黑社会、地头蛇的味道，揭示了人性恶的一面，德译本的翻译未能完全达意。

3. 注释的添加

法译本对德译本的影响非常大，一般认为转译本不如直译本准确达意，但对于转译本我们也应该客观、一分为二地看待。转译本如果建立在优秀的译本基础上也算是合理的翻译策略，毕竟选择转译的译本应该说大部分都是经过考验的，对于成熟的译本在相近语言中转译也许可以避免直译尝试遇到的某些问题。《妻妾成群》小说译本参照法译本在页脚共加标三处注释。其中对重阳节"双九节日"的注释："这个节日在第九个月第九天，这天扫墓祭奠祖先，人们登山祈求神灵的保佑"（注：据法译本）。译本对仙鹤也做了注释："在道教中仙鹤是不死永生的象征"（注：据法译本）。译本对原作中"很轻松地上了黄泉路"的"黄泉路"注释："这是地下的泉源，人的灵魂在肉体死后安息的地方。"但又不是所有异文化元素都做了注释，如草台班子就翻译成草台队伍，草台只进行了音译，显然德语读者无法领悟其内涵，对此的理解只能囫囵吞枣了。而《米》的德译本没有添加任何注释。是否需要添加注释的争论在翻译界由来已久，诸如德国汉学家和翻译家考茨（中文名高立希）的翻译手法偏重改写，也许更适合对异文化的接受，但会对原作的整体性造成一定程度的破坏。如果无法在翻译中完全达意，笔者以为不如退而求其次，添加注释满足读者理解的需要。

4. 隐喻和意境不能表达之重

以《米》的德译本为例。织云去大烟馆寻找父亲时，初见六爷。原作营造出大烟馆吞云吐雾、飘飘欲仙的气氛，将织云和六爷分别以主体形式描述，而译作中六爷成为织云眼中的客体。

原作	织云疑惑地看着六爷的脸。六爷并不恼,狭长锐利的眼睛里有一种意想不到的温柔。织云脸上浮起一朵红晕,身子柔软地拧过去,绞着辫梢说,我给六爷跪下请安,六爷给我什么好处呢?
译作	织云仔细打量着陌生人。他看上去并不凶,而且意想不到在斜长、锐利的眼睛里隐现出一丝温柔,她脸一红,转身慢慢朝向他,手里玩着辫子。

原作中将六爷对织云的挑逗表现得很暧昧不清,译作无法体现这一意向。

原作	织云忘不了六爷的手。那只手很大很潮湿,沿着她的肩部自然下滑,最后在腰际停了几秒钟。它就像一排牙齿轻轻地咬了织云一口,留下疼痛和回味。
译作	她没法忘记六爷的手。那只手很大很潮湿,顺着她的肩滑到她的屁股上,在那停了会,温柔地拧了下。留下一股温暖的疼痛她带了回家。

再如原作中冯老板意识到织云堕落的开始,悲愤油然而生,译作就只有愤怒没有体现父亲的悲戚。

原作	冯老板直直地盯着织云看,最后咬着牙说,随你去吧,小妖精,你哭的日子在后面呢。
译作	冯老板愤怒地盯着他女儿好一会。然后说道:"你想做啥就做吧,小撒旦,你会后悔的。"

翻译过于直白少了那层隐晦,常常在《米》的德译本中可见。如:

原作	那畜生到底安的什么心?
译作	这头老猪怎么可能晚上老实睡觉呢?
原作	说到织云他们的眼睛燃起某种猥亵的火焰。
译作	每次说到织云,他们的眼睛就亮了。

不论是对标点符号的更改和添加,还是在专有名词翻译上的困惑,对文化意象名词进行注释,以及面对隐喻和意象翻译的无力,都说明异文化作品理解及翻译的障碍和难度。"文化的多样性,包括生活环境、社会习俗、宗教文化、意识形态等方面的差异,都会对作品的理解和翻译构成一定程度的障碍,在这个层面上翻译是'有限度的',尤其是语言特色层面的传达,困难很多。面对普遍存在的担忧,如汉语的韵味在翻译成另一种语言时很难表现出来,我们应该承认这种语言表现力的差异是客观存在的。在翻译实践中,译者也常常为这样的问题犯难。"①同时

---

① 许方、许钧:《翻译与创作——许钧教授谈莫言获奖及其作品的翻译》,《小说评论》2013年第2期。

很多原作的表达也不符合德国人的审美情趣。还有个很重要的因素,就是作家的多样性,如苏童、余华、莫言都是不同的叙事风格和语言特色,使得德国不多的汉译翻译工作者更加捉襟见肘。

"现今国内对于外国文学作品的翻译提倡忠实于原文,出版的一般也都是全译本,这是因为在接受西方文学的道路上我们已走了很久,如果再来对国外作品进行过多的删改已经适应不了读者以及社会对于翻译的一种要求。而中国文学,尤其是当代文学在西方国家的译介所处的还是一个初级阶段,我们应该容许他们在介绍我们的作品时,考虑到原语与译语的差异后,以读者为依归,进行适时适地的调整,最大程度地吸引西方读者的兴趣。当然,这种翻译方法不是无节制的,如葛浩文对于原作的处理就是有选择性的。"①德国汉学家,也是《红楼梦》译者之一的吴漠汀认为,"从语言文学的角度来看,在翻译一部经典作品时,有两种截然不同的工作方式:1) 人们把翻译作品与原作者的意图联系在一起,注重文本按照原著重建,并尊重作者的原意图。外来的以及对故事进展的加工等措施都会避免掉。2) 人们把一部作品的译文看作原版来看待。译文完成后,人们可沿着译版作者的思路去寻找翻译者在理解中改变原版意义的原因,或者去研究此译文对读者的作用。"②出于不同的考虑译者选择不同的翻译工作方式,各有利弊,这也正是文学翻译的魅力,对文学精品不断重译的尝试也说明了不同译者选择不同翻译技巧,各有千秋。对苏童的翻译与接受的问题意识说明翻译本无定式,才会产生潜在的可能性。苏童的成功胜在语言上,译介的难度也在语言上。

三、苏童在德国多声部的批评与研究

说起德国主流文学批评就不得不提汉学家顾彬。波恩大学汉学系顾彬教授对中国当代文学的炮轰于中国文学界不啻一场地震,他在许多场合公开指出中国小说家过度重视故事性,更倾向于将大多数中国当代文学归于通俗文学行列,而不是严肃文学。德国文学批评界强调严肃文学和通俗文学的界定。一贯不爱参与辩论的苏童也发表了自己的看法,认为汉学家精通的是汉字,但理解中国文

① 许方、许钧:《翻译与创作——许钧教授谈莫言获奖及其作品的翻译》,《小说评论》2013年第2期。

② 吴漠汀:《〈红楼梦〉在德国》,《红楼梦学刊》2006年第五辑。

学的精妙还是吃力的。此外中国文学的产出量巨大,相对而言一个人的阅读量却非常有限,顾彬的结论未免以偏概全。更何况顾彬还是"观念先行"。[①]到底顾彬持有怎样固有的观念？顾彬与绝大多数西方文学批评家一样认为中国缺乏人的思想,与欧洲文学传统相反,缺乏围绕人的思考。此外,顾彬本身也偏爱中国诗歌,较为推崇一些当代诗人,对中国小说一直持排斥的态度,并不认同中国小说家在叙事技巧上的成就,更看重一些当代诗人的语言,擅长叙事技巧和透明语言的苏童也因此遭到顾彬的批评。顾彬在《二十世纪中国文学史》中针对苏童小说指出:"苏童的主人公们是作为已定型了的人物上上下下。生物性完全支配了他们,以致情节进程带有一种必然性,第一事件都是可以预料的。无论男女,生活仅仅演出于厕所和床铺之间。苏童追随着世界范围的'粪便和精液的艺术'潮流。在此以外,则又悄悄地潜入了程式化的东西如:乡村是好的;女人是坏的而且是一切堕落的原因;邪恶以帮会黑手党的形式组织起来;一个多余的'闹鬼'故事和一个乏味的寻宝过程最终圆满地达成了这个印象:这里其实是为一部卖座影片编制电影脚本。"[②]但顾彬提到的小说家就只有莫言、余华、苏童等几位,也说明了苏童等的知名度。

顾彬的批评只是一家之言,在欧洲汉学界也存有争议,马悦然在接受《南都周刊》的专访时就表示:"顾彬是个二三流的汉学家,他的中文知识太浅,喜欢胡说。"[③]但顾彬在德国汉学家中较为活跃,对中国当代文学在德国的译介和认同有一定的影响。对苏童比较了解、受顾彬影响较大的德国汉学家马海默指出:"80年代中期最晚90年代初,各种流派和潮流层出不穷,一个作家不同的创作就可能被贴上不同的标签(先锋派、新现实主义、新历史主义等等)……同莫言一样取得成果的有余华和苏童。"[④]苏童是因长篇小说《米》等的创作被视为新历史主义者而出名。这三人(莫言、余华和苏童)叙述浅显易懂、形象生动的故事,也奠定了他们商业上的成功。因而构成了90年代的整体趋势:"先锋派的结束,故事的回归"(顾彬语)[⑤]。马海默同时也是苏童小说《碧奴》的译者。

---

① 参见《南京作家:德国老"汉"理太偏》,《现代快报》2009年2月26日。

② 顾彬:《二十世纪中国文学史》,上海:华东师范大学出版社,2008年,第356页。

③ 马悦然:《马悦然:莫言得奖实至名归》,《南都周刊》2014年4月17日。

④ Hermann, Marc und Wolfgang Kubin (Hrsg.), *Chinesische Gegenwartsliteratur-Zwischen Plagiat und Markt?*. München: Themenheft, 2009, p. 3.

⑤ Hermann, Marc und Wolfgang Kubin (Hrsg.), *Chinesische Gegenwartsliteratur-Zwischen Plagiat und Markt?*. München: Themenheft, 2009, p. 4.

和顾彬站在西方文学批评所谓世界高度俯视中国当代文学相反,德国出版的两部苏童研究专著都着眼于文本和创作分析并顾及中德文化之差异。苏珊娜·鲍曼的《红粉——中国作家苏童作品中的女性形象》[①],从女性形象的男性视角及其对女性评点的功能来分析苏童的创作;柯理博士的《中国新叙事——介于过去和现在之间的苏童小说》[②],探讨苏童叙事作品重构想象中的过去,特别是枫杨树村和香椿树街两个承载历史的场境。苏珊娜·鲍曼的研究抓住苏童作品的关键即对女性角色的塑造展开,将苏童视为文学先锋派、新写实主义和新历史主义的代表,也指出其叙事技巧为成功的要素之一,认为苏童的小说强调主体关怀,取代集体关怀。苏珊娜·鲍曼对苏童的评价不是建立在某种设定的观念上,而是从叙事理论对苏童的作品进行文本分析,总结出苏童在"继续逃离与回归乡村的交替游戏"(第44页)中。与顾彬对苏童创作中性丑恶的理解不同,苏珊娜·鲍曼认同"性同时是人类食饱和性的基本需求的象征"(第45页),但也指出《米》存在缺陷,似乎是苏童长篇创作的软肋。"早期枫杨村叙事中常追问过去对今天的意义,这部长篇小说'从故事的元层面'显得较为简陋。"(第46页)在苏珊娜·鲍曼看来,苏童对女性在爱与性的塑造上和他那些女性同行作家不同,作者从影像意义上是个观看者,一种男性的观看,只关注女性对性而无爱的需求,性也是性别斗争的武器,成为撕开女性面纱的工具。苏珊娜·鲍曼非常详细地介绍了苏童的创作和在中国以及西方的评论,研究建立在详细的中国文献和西方文献的基础上。

柯理博士对苏珊娜·鲍曼的这部专著评价很高。"尽管苏珊娜·鲍曼因其西方汉学的视野影响有局限性,但对苏童创作的理解具有重要意义,对理解中国当代文学的重要趋势也是很有启发。"(第3页)柯理博士的专著主要先介绍了当代中国的文学趋势和文学理论的讨论以及关于中国当代文学的西方汉学争论,特别有见地地指出对中国新叙事理解存在的可能性。提出苏童的叙事是从对过去重新建构走向当代的观察,在枫杨树村庄故事中重构虚拟的过去,在香椿树街的叙事中重构对自我过去的想象,建构令人费解的当下图像以及对想象来源与母题的追寻。认为苏童在西方首先是因为《妻妾成群》改编电影成为一个概念,

---

① Baumann, Susanne, *Rouge: Frauenbilder des chinesischen Autors Su Tong*. Dortmund: Projekt Verlag, 1996.

② Treter, Clemens, *China neu erzählen: Su Tongs Erzählungen zwischen Vergangenheit und Gegenwart*. Bochum: Projekt Verlag, 1999.

苏童的《妻妾成群》重新采用传统形式取得了巨大成功。关于苏童的文章大部分观点混乱，常常没有体系，苏珊娜·鲍曼的研究是个例外（第14页）。同时指出中国内部常常讨论作家归属某一潮流的问题，但这个问题对于西方的争论没有任何意义，"苏童自己也反对将他的创作归位某一个群体或者潮流"（第2页）。

在德国，目前已有两部以苏童创作为研究对象的专著，这在中国当代作家中并不多见。尽管西方汉学研究缺乏坚实的土壤，但也因其独特的他者视角具有一定的参考价值。两部专著着眼于文本分析，对苏童作品的阐释采取德国文学评论中通行的文本分析和叙事理论研究，因此更具有说服力。这两部专著同其他书评、评论充实了苏童在德国的译介和接受，同时也应该是苏童研究的重要组成部分。

(作者单位:南京大学)

《解密》的“解密”之旅

——麦家作品在西语世界的传播和接受

张伟劼

在 21 世纪中国文坛升起的新星中,麦家无疑是最有影响力的作家之一,不仅收获了多个重要文学奖项,也凭借其小说作品的改编引领了近年来“谍战剧”的热潮。2014 年,麦家的名字和形象开始频频出现在西方媒体的报道中。继其初版于 2002 年的成名作《解密》在英美世界广获好评之后,2014 年 6 月,麦家开启了他亲身参与的作品海外推广之旅,首站选择的是西班牙,随后到访墨西哥和阿根廷,在这三个拥有深厚文学传统的西语国家推动《解密》西文版的发行。该书由西语出版界巨头行星出版集团(El Grupo Planeta)发行,3 万册的首印数和 12.5％的版税率[①],以及规模庞大的广告投入和造势活动,是当代中国作家在海外难得享受的待遇。从西语世界各大媒体的报道和文学评论界的反应来看,《解密》得到了高度的认可,有力地提升了中国当代文学在西语国家的认知度。麦家作品在西语世界的初获成功,是否预示着中国文学海外译介的一些新趋势呢?对于中国文化“走出去”的战略来说,麦家及其作品的西语世界之行可以提供哪些有益的启示呢?

一、原本与译本

事实上,首部翻译成西班牙文的麦家作品并非他的成名之作《解密》,而是《暗算》。该书从中文到西文的翻译由一位中国译者与一位西班牙译者合作完成,系中国五洲传播出版社与行星出版集团的首度合作,于 2008 年 8 月在北京

[①] 高宇飞:《麦家:西方不够了解中国作家》,《京华时报》2014 年 6 月 25 日。

国际图书博览会亮相①。不过,行星出版集团虽已签约引进,却"因翻译的版本不理想便搁置了计划"②,这部小说并未成功走入西语世界。2014 年在西语世界引发关注的《解密》西文版,则是从该书的英译本转译的。以下我们将集中讨论这本书的中文原版和西文版。

尽管我们无法确定,麦家的海外巡回推广之旅从西语世界开始,是否出于作家的个人感情因素,但作家与西语文学的因缘之深却是无法掩盖的。麦家曾在国内的访谈中承认,阿根廷作家豪尔赫·路易斯·博尔赫斯是他的"精神之源"③。《解密》一书的开头就引用了博尔赫斯《神曲》中的一句话,似是作为对故事的带有神秘主义意味的预告:"所谓偶然,只不过是我们对复杂的命运机器的无知罢了。"④《解密》围绕情报与密码的题材探讨人生哲理,而博尔赫斯的著名短篇小说《小径分岔的花园》(又译《交叉小径的花园》,以下简称《花园》)亦将形而上学的思考融于侦探小说、间谍故事的形式之中,二者之间似有隐秘的师承关系。如果我们细读文本的话,还能在《解密》中发现更多的博尔赫斯的影子。比如在故事中,希伊斯给主人公容金珍的一封信中有这样的句子:

> 现在,我终于明白,所谓国家,就是你身边的亲人、朋友、语言、小桥、流水、森林、道路、西风、蝉鸣、萤火虫,等等,等等,而不是某片特定的疆土[……]⑤

试比较《花园》中,主人公的一段心理描写:

> 我想,一个人可能成为别人的敌人,到了另一个时候,又成为另一些人的敌人,然而不可能成为一个国家,即萤火虫、语言、花园、流水、西风的敌人。⑥

---

① 王怀宇:《麦家作品"远嫁"欧洲》,《青年时报》2013 年 8 月 25 日。

② 史斌斌:《麦家——西班牙语文学市场上一个崭新的"中国符号"》,国际在线 2014 年 7 月 25 日,http://gb.cri.cn/42071/2014/07/25/6891s4629693_1.htm。

③ 徐琳玲:《麦家,一个人的城池》,《南方人物周刊》2014 年第 35 期。

④ 麦家:《解密》,北京:中国青年出版社,2002 年。另见麦家《解密》,杭州:浙江文艺出版社,2009 年。

⑤ 麦家:《解密》,北京:中国青年出版社,2002 年,第 133—134 页。

⑥ 豪·路·博尔赫斯:《博尔赫斯短篇小说集》,王央乐译,上海:上海译文出版社,1983 年,第 75 页。

　　这两段话都涉及国族身份认同的问题，前者是一位犹太裔流亡科学家的独白，后者是一个为德国人卖命的中国间谍的独白，其相似度是显而易见的。或许我们可以认为，对博尔赫斯的作品，麦家已烂熟于心，以至于能在写作中不经意地引用；或许我们可以认为，麦家是以这样一种隐秘的方式向博尔赫斯致敬。

　　另外一方面，如果单看《解密》第一篇的话，我们似能找到哥伦比亚作家加西亚·马尔克斯名著《百年孤独》的影子。这一篇是容金珍家族历史的叙事，简直是一个微缩版的《百年孤独》：一个家族相继几代人的人生经历、来自西方的现代文明对本土固有文明的冲击、超自然现象的涌现、梦与现实的奇妙关系等等，无不是《百年孤独》同样涉及的题材。而作家本人也曾对西班牙记者坦言，《百年孤独》是他最钟爱的书籍之一①。

　　考虑到《解密》与西语文学的这种不解之缘，《解密》西译本的书名是耐人寻味的。不同于英译本的直译（*Decoded*），西译本将书名定为 *El don*，意为天才、才能。据作家本人说，西译本的这一改动给了他"一个惊喜"，他欣然接受②。从动词"解密"到名词"天才/才能"，《解密》在西语世界中的这个新名凸显了故事主人公的悲剧命运。作家本人或许没有想到，"*El don*"会令人联想起博尔赫斯最有名的诗篇之一：*Poema de los dones*（《关于天赐的诗》），同样是以 don 这个词为题。对于西语读者来说，如果稍作提示，从书名中就可以隐约感知到这两位作家间的师承关系。

　　遗憾的是，《解密》的西译本系孔德（Claudia Conde）从英译本转译的，在这种双层的过滤中无疑会遗漏一些东西。如前文提到的小说开篇引自博尔赫斯的话，2002 年的中国青年出版社版和 2009 年的浙江文艺出版社版均保留此句，然而在西译本中却找不到这句引言。前文提到的与《花园》文本中相似的句子，在西译本中则变成了：

> Ahora por fin he comprendido que cuando la gente habla de "su país"
> se refiere a su familia, sus amigos, su idioma, el puente que atraviesa cu-

---

　　① Aurora Intxausti, *Mai Jia, el espía chino de los 15 millones de libros*, El País, 2014 - 06 - 26. http://cultura.elpais.com/cultura/2014/06/24/actualidad/1403617161_754164.html.

　　② Karina Sainz Borgo, *Mai Jia: "Hay escritores que opinan, pero la literatura es superior a la política"*, Voz Populi, 2014 - 06 - 28. http://vozpopuli.com/ocio-y-cultura/45592-mai-jia-hay-es-critores-que-opinan-pero-la-literatura-es-superior-a-la-politica.

ando va a trabajar, el riachuelo que pasa cerca de su casa, los bosques, los caminos, la suave brisa que sopla del oeste, el rumor de las cigarras, las luciérnagas en la noche y ese tipo cosas, y no una extensión particular de territorio rodeada de fronteras convencionales[...]①

试比较《花园》中相应的原文：

Pensé que un hombre puede ser enemigo de otros hombres, de otros momentos de otros hombres, pero no de un país: no de luciérnagas, palabras, jardines, cursos de agua, ponientes.②

我们可以看到，这两段西文之间并不存在可以被认为有所暗合的地方，像"萤火虫""流水""西风"这样的词，在从博尔赫斯的西语原文到中译本、再从麦家的中文小说"回"到西文语境时，变成了另一种说法，使得《解密》与《花园》间存在的互文性关系受到了破坏。从这点上说，《解密》的西译本并不完美。

我们如果再仔细对照中文原本的话，可以发现，这个西译本并不是非常"忠实"的，在很多地方采取了照顾到译入语读者口味的归化译法。我们试比较几个案例：

1. 原文：在真人不能屈尊亲临的情况之下，这几乎是唯一的出路。③

译文：Si Mahoma no iba a la montaña, entonces la montaña tendría que ir a Mahoma.④（如果穆罕默德不前往大山，那么大山就自己来找穆罕默德。）

2. 原文：有点塞翁失马得福的意思。⑤

译文：Fue como agacharse para recoger una semilla de sésamo y en-

① Mai Jia, *El don*, traducción de Claudia Conde. Barcelona: Ediciones Destino, 2014, p. 197.

② Jorge Luis Borges, *Obras completas I*. Barcelona: RBA Coleccionables, 2005, p. 475.

③ 麦家：《解密》，北京：中国青年出版社，2002年，第3页。

④ Mai Jia, *El don*, traducción de Claudia Conde. Barcelona: Ediciones Destino, 2014, p. 11.

⑤ 麦家：《解密》，北京：中国青年出版社，2002年，第147页。

contrar una perla.①（这就好比弯下腰来捡一粒芝麻籽，结果发现了一颗珍珠。）

3. 原文：福兮，祸所伏。②

译文：La buena suerte depende de la calamidad y viceversa. Lo bueno puede venir de lo malo，y lo malo，de lo bueno.③（好运依附于厄运，反之亦然。好事可以从坏事中来，坏事也可以从好事中来。）

在例 1 中，译者凭空插入了一句西班牙谚语，以方便读者理解情节。在例 2 中，本应是一条中国成语的地方，西译本中又是一条西班牙谚语，读者自然能无障碍理解，原文笼罩的中国传统哲学的韵味却消失了。在例 3 中，译者似乎是在不厌其烦地解释这句来自《道德经》的名言。在小说原文中，这句话是作为“容金珍笔记本”的独立一节出现的，而“容金珍笔记本”一章的安排颇具先锋文学的实验意味，从中西经典中借用了不少资源，具有不可低估的文学价值，因此，译者对这一句话的翻译处理同样破坏了原文本与经典文本之间存在的互文性关系，或许，在忠实翻译的基础上加注说明该句出处的做法更为妥当。

目前，与英语世界和法语世界相比，西语世界的汉学研究仍有很大的提升空间，汉学家人数稀少，很难找到像葛浩文、陈安娜这样的在中国文学译介方面富有经验的译者，这样的现实与使用西班牙语的庞大人口并不相称。直到今天，中国当代文学作品仍主要是从英译本或法译本曲折进入西语世界的，这无疑为这两个世界的文化交流多加了一层隔膜，而由中国和西语国家译者合作翻译的模式还有待检验。虽然《解密》获认可、《暗算》遭挫折的事实并不足以说明前一种模式优于后一种模式，却也为中国当代文学翻译策略的选择提供了非常有益的参考。

二、传播策略

单昕在探讨中国先锋小说的海外传播方式时指出，从先锋小说开始，中国当

---

① Mai Jia，*El don*，traducción de Claudia Conde. Barcelona：Ediciones Destino，2014，p. 217.

② 麦家：《解密》，北京：中国青年出版社，2002 年，第 264 页。

③ Mai Jia，*El don*，traducción de Claudia Conde. Barcelona：Ediciones Destino，2014，p. 264.

代文学海外传播渐与国际出版操作规律接轨,作为文学生产的产品而不再是政治宣传品走向市场。西方出版社和代理人的主动出击、作家的明星化、作品的文集化等都表明传播方式的转型①。麦家作品在西语世界的传播就体现出这种中国文学作品作为文化产品进入国际出版市场的新趋势。经由中西出版方的合力运作,麦家作品得到了全方位的推销,实现了中国作家与外国新闻界、文学界和读者群之间的良性互动。"谁是麦家? 你不可不读的世界上最成功的作家。"这是西班牙出版商印在马德里公交车上的广告语②。"谁是麦家"隐藏的信息是,在 2014 年之前,麦家在西语世界几乎无人知晓,不像莫言、苏童、王安忆这样的在西语世界已有作品译介,拥有或大或小的名气的中国作家。后一句广告语则极尽夸张地鼓吹麦家的文学地位,制造一种爆炸式的幻觉,仿佛麦家作品是一个刚刚被发现的新大陆。麦家在西语世界知名度的迅速提升,绝不仅仅是作品质量的原因,也绝不仅仅是其作品与西语文学关联度的原因。用布尔迪厄的文化生产场的观念来看,"构建名誉"的不是单个的名人或名人群体,也不是哪个机构,而是生产场,即文化生产的代理人或机构之间客观的关系系统,以及争夺神圣化垄断权的场所,这里才是艺术作品的价值及价值中的信仰被创造的地方,也就是说,艺术作品是有着共同信念和不等利益的所有卷入场生产的代理人(包括作家、批评家、出版商、买家和卖家)共同完成的社会魔力运作的结果③。尽管麦家在西语世界的迅速"走红"有助于提高中国文学界的集体自信,也是增强民族自豪感的好事,在考察这一案例时,我们仍应保持审慎的目光。

前文提到,麦家作品的西译与推介,系中国的五洲传播出版社与行星出版集团的首度合作。事实上,在此之前,五洲传播出版社已经开始有计划地将中国当代作家成系列地译介到西语世界。如该社已经推出了刘震云的《手机》《温故一九四二》这两部畅销小说的西文版,并运作了刘震云访问墨西哥之行。与外方出版社的合作无疑能大大增加中国文学作品打入国际市场的胜算,毕竟在发行渠道、对本地读者口味的把握、与当地媒体的沟通乃至作家和作品的形象设计等方面,外方出版社具备更丰富的经验。麦家作品首度进入西语文学市场就是挂靠在西语世界出版巨头行星出版集团名下,且与多位诺贝尔文学奖得主的作品同

---

① 单昕:《先锋小说与中国当代文学海外传播之转型》,《小说评论》2014 年第 4 期。

② 高宇飞:《麦家:西方不够了解中国作家》,《京华时报》2014 年 6 月 25 日。

③ 皮埃尔·布尔迪厄:《信仰的生产》,见 Thomas E.Wartenberg 编著《什么是艺术》,李奉栖、张云、胥全文等译,重庆:重庆大学出版社,2011 年,第 299 页。

列著名的"命运"(Destino)书系，即已在其通往"世界上最成功的作家"的道路上成功了一半。五洲—行星的合作或许标志着一种新的中国文学海外传播模式的诞生：将中国出版社对本国文学现状的熟稔与外方出版社对其传统经营领域的掌握这两大优势结合起来；中国出版社推出的外译中国文学作品在接受国际市场的考验之前，先接受外方合作出版社的考验。

作家亲身参与作品的海外营销，也可视为麦家案例的一大亮点。我们可以从各大西语媒体的报道中看出，既然作家本人能与西语世界的记者、读者、评论家乃至同行面对面交流，麦家的形象经过了精心的设计，其个人经历与《解密》主人公的经历及故事背景被有机地缠绕在一起。密码的主题、神秘的东方、深不可测的中国军队等等，无不成为激起西语读者窥秘心理的元素。在作者与文本的互动中，作家本人则成了窥秘目光的聚焦所在，这位沉默寡言之人的举手投足都令记者和读者充满好奇。《解密》西文本的五洲传播版（中国国内发行）和行星-命运版均附有作者简介，用的是同样的作者照片，我们试比较二者文字的不同：前者共 151 个西班牙语单词，简单介绍了作者的作品概貌、写作风格和所获奖项[1]；后者则长达 309 个西班牙语单词，超过前者字数的两倍，在介绍作者所获奖项和作品概貌之前，先以足够吊人胃口的方式介绍作者生平："他当过军人，但在十七年的从军生涯中只放过六枪"，"他有三年时间住在世界的屋脊西藏，在此期间只阅读一本书"，"他曾长时间钻研数学，创制了自己的密码，还研制出一种数学牌戏"……[2]所有这些都与小说主人公容金珍的经历暗合，在作家的真实人生与文本的虚构人生之间建立起引人一探究竟的内在关系。由此可见，西班牙出版商将麦家形象的建构纳入一个由作家神秘人生、故事文本和作家现身说法共同构成的体系中。西班牙文学界的加入则使麦家世界级作家的地位获得了进一步的认可：知名作家哈维尔·希耶拉(Javier Sierra)在马德里参与《解密》的发布会，将容金珍比作西班牙人熟知的堂吉诃德[3]；另一位知名作家阿尔瓦罗·科洛梅(Álvaro Colomer)在巴塞罗那的亚洲之家(Casa Asia)与麦家展开对话[4]。

---

[1]　麦家：《解密（西班牙文）》，孔德译，北京：五洲传播出版社，2014 年。

[2]　Mai Jia, *El don*, traducción de Claudia Conde. Barcelona: Ediciones Destino, 2014.

[3]　Guillermo Lorn, "*El don*" de Mai Jia, Las lecturas de Guillermo, 2014 - 07 - 30.https://laslecturasdeguillermo.wordpress.com/2014/07/30/el-don-de-mai-jia-seudonimo/.

[4]　见"亚洲之家"官网：http://www.casaasia.es/actividad/detalle/213640-presentacion-de-la-novela-el-don-de-mai-jia。

就这样,《解密》作者的西班牙之行亦成了一次解密之旅:解作品的密,也解作家的密;作家阐释作品,作品也阐释作家,创作者与创作文本之间形成了富有神秘主义意味的互动。

可以预见的是,继麦家之后,将会有越来越多的中国作家走出国门参与自己作品的宣传,藉此也更为近距离地加入到与外国文学的互动之中,而作品在国际市场上的成功与否,将会是多方合力的结果。

三、西语世界的接受

如果说麦家作品在中国往往被贴上"特情小说"或"谍战小说"的标签的话,在进入西语世界时则被纳入了另一种认知模式。在西班牙最重要的在线书店之一的"书屋"(Casa del libro)的网页上,《解密》被归入"侦探叙事——黑色小说"的类别中①。西班牙新媒体"我读之书"(Librosquevoyleyendo)发布的专访报道也是这样评价麦家的:"他向我们证明,黑色小说之王的称号并非由北欧人独享。"②

"黑色小说"(novela negra)是从侦探小说(novela policíaca)中发展出来的一个门类。这种文学类型的特点在于,记录一个处于危机之中的社会,以一种对现实世界保持批判的眼光揭示人性的幽暗一面,多有道德层面的追问但并不作道德说教③。也就是说,黑色小说不仅仅是设计悬疑和推理的游戏,也致力于作社会批判和探讨人的内心冲突,将商业文学的魅力与严肃文学的关怀结合起来。在西班牙当代文学中,黑色小说崛起于 1975 年随着独裁者佛朗哥的去世而到来的文化解禁时期。经由巴斯克斯·蒙塔尔万、加西亚·帕翁和爱德华多·门多萨等作家的努力尝试,黑色小说成功地将侦探小说带入高雅文学的领地,成为西班牙当代文学中的一大重要体裁④。近几年来,随着瑞典的亨宁·曼凯尔(Hen-

---

① 见"书屋"官网:http://www.casadellibro.com/libro-el-don/9788423348060/2293278#。

② *Entrevista a Mai Jia*,Librosquevoyleyendo,2014 - 07 - 07.http://www.librosquevoyleyendo.com/2000/07/entrevista-mai-jia.html.

③ *La novella negra*,Instituto Cervantes,http://www.tetuan.cervantes.es/imagenes/catálogo2ecoacoplado.pdf.

④ Inmaculada Pertusa,"Emma García,detective privada lesbiana:la parodia posmoderna de lo detectivesco de Isabel Franc",*Revista Canadiense de Estudios Hispánicos*,otoño de 2010.

ning Mankell)、冰岛的阿纳德·因德里萨森(Arnaldur Indriðason)、挪威的乔·奈斯堡(Jo Nesbø)等这些北欧侦探——犯罪系列小说作家被西班牙出版社引进后的风行,黑色小说正在西班牙读者群中享受前所未有的热捧。西班牙《国家报》(El País)文化版 2014 年 7 月的一篇评论就指出,黑色小说在西班牙获得了太大的成功,有必要担心如何避免盛极而衰了①。由此可见,一旦把《解密》一书纳入黑色小说的类别,这本中国小说就赶上了黑色小说的热潮,尽管它并不完全符合黑色小说的定义。麦家的系列作品会不会继续贴着"黑色小说"的标签在西班牙上架,是否会达到像北欧作家那样的欢迎度,将有待时间给出答案。

很可能为《解密》一书在西语世界的受宠起作用的另一个因素,是引发全世界持续关注的"棱镜门"事件。斯诺登何去何从、美国的监听网到底覆盖了多大的范围、信息时代的公民究竟有多少隐私可以保留,成为全世界热议的话题。《解密》的故事涉及情报、间谍、信息战,恰好契合了西方世界公众的兴趣。在被墨西哥记者问起《解密》与斯诺登事件的关系时,麦家称,"可以理解,斯诺登事件有助于刺激国际读者对我的书产生兴趣"。他接着指出,"斯诺登事件对于所有人是一个警示。也许我们从没有想到会存在这样的事实,但事实就是如此,情报活动无处不在,不管在哪个国家,我们的隐私和秘密已经无处可藏。"②当《解密》与一个全球化时代的热点问题联系起来时,这部作品也就真正超越了中国本土的边界。

在中国文化对外输出的过程中,我们往往会相信一个神话:越是本土的就越是世界的,因此,推介到国外的中国文学作品首先应当是包含了最本土化、最能代表中国特色的题材的作品。于是,经常出现的情况是,中国文学的看点和卖点成了诸如一夫多妻、农村问题等"特色"题材,契合了西方人的"东方主义"想象。在与我们同为第三世界的拉丁美洲,作家们也曾普遍相信类似的神话,极力在作品中展现被赋予了魔幻色彩的本土民间文化。博尔赫斯就曾批评过这种倾向,他在探讨阿根廷文学的传统时指出,"整个西方文化就是我们的传统,我们比这

① Juan Carlos Galindo, *El éxito mortal de la novela negra*, El País, 2014-07-09.http://cultura.elpais.com/cultura/2014/07/08/actualidad/1404826359_583177.html.

② Héctor González, "*China se está volviendo irreconocible*": Mai Jia, Aristegui Noticias, 2014-07-07.http://aristeguinoticias.com/0707/lomasdestacado/china-se-esta-volviendo-irreconocible-mai-jia.

一个或那一个西方国家的人民更有权利继承这一传统"①。博尔赫斯自己的创作就完全不受本国题材的束缚,游走于全世界各种文化之间,而作为博尔赫斯的私淑弟子,麦家在《解密》中也游刃于东西方文化之间,甚至多次引用《圣经》的段落,并没有表现出对"本土化""中国性"的刻意追求。在全球化时代,"本土化"已然是一个神话,约翰·斯道雷在审视全球化时代的"本土"概念时指出,环绕全球的人口和商品流动把全球文化带入本土文化中,它明显地挑战了本土确立的文化边界观念;全球文化表现出一种游牧的特性②。《解密》的故事背景不仅有中国历史,也有世界历史:纳粹德国迫害犹太裔知识分子、以色列建国、冷战等等,都成为麦家的文学虚构游戏的资源,而译者的进一步加工处理(如给原故事中没有名字的洋先生安上一个像模像样的名字,给波兰犹太人希伊斯换上一个典型的波兰姓氏:Lisiewicz)则邀请全球读者一同加入猜测故事人物是否确有其人的游戏中。中国作家大量取用西方文化的资源,同样可以成就一部获得全世界读者认可的小说,而这也代表了全球化时代本土的边界消弭、文化杂交形态加速形成的趋势。西班牙《公正报》就对《解密》给出了这样的评论:"这是一部卡夫卡式的小说,同时也是一部道家的小说。[……]在小说的最后部分,卡夫卡和维特根斯坦应着道家和禅的节奏翩翩起舞。"③或许,麦家走出国门、接受外国记者采访这一行为本身就是全球化时代中国文学的一个隐喻:中国文学完全可以跨越固有的传统边界,与世界展开对话。

从西语世界对《解密》的接受中我们同样可以看到,对中国文学的聚焦不再仅限于政治。以往中国当代文学在进入西方世界时,往往被当作了解中国政治社会现实的文本,其美学价值被社会批判价值所遮蔽,而后者往往被故意夸大。比如许钧就曾指出,在法国主流社会对中国现当代文学的接受中,作品的非文学价值受重视的程度要大于其文学价值,中国文学对法国文学或其他西方文学目前很难产生文学意义上的影响④。我们可以注意到,尽管西语世界对《解密》的

---

① 博尔赫斯:《阿根廷作家与传统》,见其著《博尔赫斯谈艺录》,王永年等译,杭州:浙江文艺出版社,2005年,第68页。

② 约翰·斯道雷:《作为全球文化的大众文化》,见陶东风主编《文化研究读本》,南京:南京大学出版社,2013年,第377页。

③ José Pazó Espinosa, *Mai Jia*, *El don*, El Imparcial, 2014-07-20.http://www.elimparcial.es/noticia/140163/Los-Lunes-de-El-Imparcial/Mai-Jia;-El-don.html.

④ 许钧:《我看中国现当代文学在法国的译介》,《中国外语》2013年第5期。

解读仍不乏对中国政治现状的指涉，但更多的关注则集中到文学层面，对叙事技巧、语言风格、主题思想的兴趣超过了对中国政治的兴趣。吉耶莫·罗恩的评论文章就劝诫读者：这是一本非常有趣的小说，而小说就是小说，不要尝试在其中寻找对任何一个国家表现出的政治同情倾向①。哈维尔·贝尔托西则指出，尽管《解密》没有表现出足够的政治批判力度，但并不妨碍读者从书中获得一种愉快的、引人深思的，尤其考验智力的阅读体验②。莫妮卡·马利斯坦从文明与野性的角度来考察书中主人公的命运，指出天才的悲剧在于文明对野性自然的压制；对于一个从小自由生长在与人类社会隔绝的环境中、有着超常能力的人来说，文明世界不啻一个地狱③。麦家在《解密》的叙事中对中国古典小说技法的借用也引起了评论者的兴趣，尽管评论者并不一定能意识到这种叙事特色师承何处。如沙维尔·贝尔特兰就指出，"整个故事的编排技法精湛[……]所有的章节都带有一种富有魔力的节奏，激发读者在看完这章时迫不及待地要进入下一章。[……]也许，评价这部小说的最准确的词就是'非典型'。"④所谓"非典型"，就是西方读者鲜有见识过的讲故事的方式。由此可见，麦家从章回体小说中借用的"欲知后事如何，且听下回分解"式的叙事技巧也获得了西方读者的认可。

　　总的来说，作为一名中国作家，麦家在西语世界是迅速成名的，出现误报、误读也在所难免。在西语媒体的报道中，我们经常能找出撰稿人的失误，如按照西语姓名的习惯把"家"当作麦家的姓氏，搞错麦家这位浙江作家的出生地——或是"富阳省"，或是安徽省……可见西语世界对中国仍缺乏足够的了解。麦家在接受阿根廷记者采访时也指出，《解密》之所以在中国首版十多年后才被译介到西方，主要还是因为东西方交流的不对等。"在中国，我们非常注重引进西方文学，任何一个知名作家在中国都有翻译出来的作品，而中国作家的作品要被翻译

---

① Guillermo Lorn, *"El don" de Mai Jia*, Las lecturas de Guillermo, 2014 - 07 - 30.https://laslecturasdeguillermo.wordpress.com/2014/07/30/el-don-de-mai-jia-seudonimo/.

② Javier Bertossi, *Tres apuntes sobre El don*, Ojo en Tinta, 2014 - 08 - 21.http://www.ojoentinta.com/2014/tres-apuntes-sobre-el-don-de-mai-jia/.

③ Mónica Maristain, *Mai Jia y el don de la literatura*, Sinembargo, 2014 - 07 - 04.http://www.sinembargo.mx/04 - 07 - 2014/1046399.

④ Xavier Beltrán, *El don de Mai Jia*, Tras la Lluvia Literaria, 2014 - 07 - 08. http://www.traslalluvialiteraria.com/2014/07/el-don-de-mai-jia.html.

成外文,则要困难得多。[……]中国作家仍然处在一个边缘的地位,而我是幸运的。"①麦家的"幸运"是否也能成为更多中国作家的"幸运"呢?从麦家作品在西语世界的命运中,我们可以得到不少积极的启示。

(作者单位:南京大学)

———————

① Dolores Caviglia，*Entrevista a Mai Jia*，La Gaceta Literaria，2014 - 07 - 20. http://www. lagaceta. com. ar/nota/600115/la-gaceta-literaria/vivi-estado-abandono-escribir-se-convirtio-necesidad-fisiologica.html.

从中国科幻到世界文学

——《三体》在西班牙语世界的传播和接受

张伟劼

　　出版于 2006 年至 2010 年的中国作家刘慈欣的科幻小说《三体》(包括《三体》《三体Ⅱ·黑暗森林》和《三体Ⅲ·死神永生》,合称"地球往事"三部曲)不仅是中国当代科幻文学里程碑式的作品,随着其英文版的热销,国际科幻文学界的高度认可——作者在 2015 年凭该系列作品的第一部获第 73 届雨果奖,《三体》被翻译成更多的语言,也成为新世纪世界科幻文学最受欢迎的作品之一。在中国文学"走出去"的尝试中,这部得到中国当代作品翻译工程资助的作品成为最亮眼的标杆。据统计,截至 2018 年 3 月 31 日,英文版《三体》被全球 1149 家图书馆收藏,这一馆藏数量在中国当代文学各语种译作的馆藏数量中排名第一,遥遥领先于排名第二的英文版《解密》(麦家作品,全球 295 家图书馆收藏);在亚马逊和 GoodReads 平台上,英文版《三体》也是迄今为止读者评价数量最多的中国图书。[①]在英文版大获成功之后,《三体》也被翻译成世界上使用人口最多的语言之一:西班牙语。隶属于企鹅兰登书屋集团的西班牙诺瓦(Nova)出版社分别于 2016 年、2017 年和 2018 年推出了西文版的《三体》(*El problema de los tres cuerpos*)、《黑暗森林》(*El bosque oscuro*)和《死神永生》(*El fin de la muerte*)。如果要直观地了解一下它们在西语世界的人气和评价的话,在亚马逊网站西语页面上,截至 2022 年 4 月 7 日,《三体》三部曲的评分分别为 4.2/5、4.6/5 和 4.4/5,评论数分别为 989、575 和 452,而与此同时,莫言的《丰乳肥臀》西语版评论数仅为 39(评分 4.1/5),麦家的《解密》西语版评论数仅为 15(评分 3.6/5),可见《三体》三部曲在西班牙语世界的人气与其他在海外相对为人熟知的中国当代

---

　　① 何明星:《中国当代文学的世界影响评估研究——以〈三体〉为例》,《出版广角》2019 年第 14 期。

文学作品相比,可谓一骑绝尘。对《三体》在西班牙语世界的传播和接受做一番考察,或许能为中国当代文学特别是中国科幻文学"走出去"的尝试提供一些参考经验。从微观层面上看,《三体》三部曲的西班牙文译本是否针对以西班牙语为母语的读者在翻译"忠实"的原则上做了一些变通? 从宏观上看,《三体》得以进入西班牙语世界,是否遵循了"文学世界共和国"的规律? 西班牙语世界的媒体是如何看待这部作品以及它所代表的中国科幻文学的? 本文试图围绕这些问题展开。

一

作为三部曲的第一部,《三体》的西文版对中文原版的 36 个章节做了重新编排,调整了叙事顺序,分成三个部分,并分别命名为"寂静的春天""三体"和"人类的黄昏"。原来的第七章"疯狂年代"在西文版中成为第一部分的第一章,原本的第八章"寂静的春天"、第九章"红岸之一"紧随其后变为第二章和第三章,接下来第二部分就从作为原书第一章的"科学边界"开始。不难看出,对原书叙事结构的这种调整,为的是在一开始就吸引读者的注意力。"疯狂年代"的开头是:"中国,1967 年。'红色联合'对'四·二八兵团'总部大楼的攻击已持续了两天,他们的旗帜在大楼周围躁动地飘扬着,仿佛渴望干柴的火种。"[1]以此作为全书的开头,第一句就明确标示了故事发生的地点和时间,告诉读者这是一个中国故事,故事始于一个特殊的年代。后面一句再现了那个年代的典型场景,并且预示着一场悲剧的到来——一个女红卫兵的不幸身亡。我们再来看原书第一章"科学边界"的开头:"汪淼觉得,来找他的这四个人是一个奇怪的组合:两名警察和两名军人……"[2]尽管这个开头包含了一点悬念,也不乏一定的吸引力,但与"疯狂年代"的开头相比,就显得平淡无奇,戏剧性少了很多,更没有后者那样的基于众所周知的历史的宏大场面。一个读惯了科幻小说的人可能并不反感甚至会喜欢原书的波澜不惊的开头。博尔赫斯说过,侦探小说作家不仅制造了侦探小说,也制造了侦探小说的读者。[3]我们同样可以认为,科幻小说的读者也是被科幻作

---

① 刘慈欣:《三体》,重庆:重庆出版社,2008 年,第 58 页。

② 刘慈欣:《三体》,重庆:重庆出版社,2008 年,第 1 页。

③ 豪尔赫·路易斯·博尔赫斯:《博尔赫斯,口述》,黄志良译,上海:上海译文出版社,2015 年,第 57 页。

家"制造""训练"出来的，这些读者熟知或者说适应了科幻小说的叙事套路。《三体》的西班牙出版商和译者似乎想让这部小说接近更多的读者，而不仅限于科幻迷群体。经过这样的调整，《三体》西文版从一开头就展示出强烈的视觉冲击力，仿佛要告诉所有的受众：这是一个从头到尾都惊心动魄的故事。

作为科幻小说，《三体》中有不少作者发明出来的概念，比如"智子"。顾名思义，它指的是物理学意义上的一种粒子——在汉语中，如"中子""质子"等粒子都采用了"X 子"的命名方式，它是高度智能化的，用小说里的话说，是一个被改造成超级智能计算机的质子[1]，被三体人投放到地球上进行监视和破坏活动。在西文版中，译者也创造了一个西班牙语名词来对应"智子"：sofón。以 ón 为词尾，符合其粒子性质的设定，因为在西语中，electrón（电子）、neutrón（中子）、protón（质子）等指称粒子的词也都是以 ón 为词尾的。"sof-"的形态明显取自西班牙语中的一个后缀：sofía，这个后缀来源于希腊语的 sophía，正是智慧、科学的意思。由此可见，"智子"一词的翻译实现了一次创造性的转换，这种转换保留了这个词在原书中的科学创新的色彩，又完全适应西班牙语的语境，同时也忠实传达了这个词的原义。

《三体》的译者值得一提。在西语世界，中国文学作品的翻译更多是从作品的英译本或法译本转译，而非从中文直译的。诺瓦出版社在引进《三体》时，决定从中文直译，并且起用在中国学习工作多年的年轻译者哈维尔·阿泰约（Javier Altayó）。[2] 这位西班牙译者还与一位中国译者合作翻译了《三体 Ⅱ·黑暗森林》。总体来看，《三体》的西译本既做到了语言转换层面上的准确，又实现了文字的可读性——这是以非西班牙语为母语的译者很难做到的。在很多地方，《三体》的译者不仅对原文做了灵活的处理，使之更适应于西语读者，甚至"纠正"了原书中一些常识性的错误，尤其是当小说涉及与西班牙语国家有关的信息时，可以看到译者的精心巧思。

《三体》的故事从中国开始，但作者的视角远远不限于中国，而是囊括了整个世界甚至整个宇宙。对全人类命运的关切，对世界多个不同地区场景的想象，加上经由各个语种译本的传播，共同成就了《三体》三部曲的"世界文学"的性质。在《三体》第一部中的"古筝行动"一章，叙事场景主要设置在一个西班牙语国

---

① 刘慈欣：《三体》，重庆：重庆出版社，2008 年，第 275 页。
② 彭璐娇：《中国科幻文学在西班牙出版与传播的路径创新》，《新闻研究导刊》2021 年第 10 期。

家——巴拿马。这一章先讲各国军人聚在一起商量如何针对即将通过巴拿马运河的"审判日"号巨轮采取行动,中国警官史强和美国军官斯坦顿互不相让。在这段叙述中,雪茄被频繁地提及,它成了一个标志着这两个人物之间关系变化的道具,同时也预示了即将出现的巴拿马场景——众所周知,雪茄是古巴特产,古巴和巴拿马这两个西班牙语国家同属加勒比地区。译者在处理"雪茄"这个词时,交替使用 puro 和 habano 这两个西语名词,而并没有使用在发音上更接近"雪茄"的 cigarro。相比而言,cigarro 一词的含义比较宽泛,既可以指雪茄烟,也可以指普通纸烟,而 puro 和 habano 都只能指雪茄烟,尤其是 habano,它来源于古巴首都哈瓦那(La Habana)的名称,特指用古巴烟草在古巴制造的雪茄烟。古巴雪茄可以被视为一种在社交场合用以区隔、彰显品位的高档消费品。联系上下文来看,史强先是从烟灰缸里拿出斯坦顿上校没抽完的雪茄来抽,令后者心生鄙夷,最后史强提出了一个绝妙方案,斯坦顿把他的整盒雪茄送给他,以示心悦诚服:"警官,上好的哈瓦纳,送给你了。"①译者并没有把这里的"哈瓦纳"翻译成 habano,而是处理成"在哈瓦那抽的最好的烟"(lo mejor que se fuma en La Habana②)。在言语、目光和手势的交锋中,史强是粗俗的、狡黠的,斯坦顿是高傲的、保守的。拥有上好的雪茄烟,符合斯坦顿的人物设定:一个只会按常理出牌的老派高级军事官僚。作为粗人的史强不一定识货,可能都不知道"哈瓦纳"意味着高品质的雪茄烟,很可能是考虑到这一点,译者才把"哈瓦纳"一词做此变通。对"雪茄"的灵活处理,不仅贴合西班牙语的实际使用情况,也与小说的人物形象和情节进展有机地统一起来。接下来,斯坦顿和汪淼来到巴拿马,两人在闲聊中提到发生在 20 世纪末的美国入侵巴拿马的战争,斯坦顿说:"只记得在梵蒂冈大使馆前为被包围的诺列加总统播放杰克逊的摇滚舞曲《无处可逃》,那是我的主意。"③斯坦顿这个虚构的人物形象就这样与一段史实联系了起来,但事实上,《无处可逃》(*Nowhere to Run*)的演唱者并不是迈克尔·杰克逊,而是美国非洲裔女子演唱组合 Martha & The Vandellas,在西译本中,译者就把"杰克逊"改

---

① 刘慈欣:《三体》,重庆:重庆出版社,2008 年,第 255 页。

② Cixin Liu, *El problema de los tres cuerpos*, traducción de Javier Altayó. Barcelona: Editorial Nova, 2016, p. 324.

③ 刘慈欣:《三体》,重庆:重庆出版社,2008 年,第 256 页。

成了后者①。

《三体Ⅱ·黑暗森林》中出现了一个来自西班牙语国家的人物:"面壁者"之一、委内瑞拉总统曼努尔·雷迪亚兹。"曼努尔"完全可以对应西文中的常用男名 Manuel,"雷迪亚兹"这个姓氏则并不存在于西班牙语之中。西译本将"雷迪亚兹"拆分成 Rey 和 Díaz 这两个姓氏,于是,这个人物的名字就成了 Manuel Rey Díaz,这是一个标准的西班牙语全名,由名字、父姓和母姓组成,并且在发音上也与"曼努尔·雷迪亚兹"完全一致。小说在一开始提到他时,描述为"体型粗壮"②,西译本将这个词处理成 achaparrado③,这个形容词意为"矮胖",也就是说,不仅粗壮,而且个头不高。为什么要增添一层个头矮的意思呢?我们可以在对雷迪亚兹的那一长段介绍中看到,他"领导自己的国家,对泰勒的小国崛起理论进行了完美的证实"④,不仅大大提升了委内瑞拉的国力,还以弱胜强,击退了美国的霸权主义侵略。因此,西译本故意设定雷迪亚兹的身高,不仅与委内瑞拉的国际地位暗合,更为故事增添一层戏剧性:正是这样一个其貌不扬的小个子,领导一个南美小国,完成了如同大卫战胜歌利亚那样的壮举。在交代雷迪亚兹的结局时,故事场景设定在加拉加斯的玻利瓦尔铜像之下:"曾打败西班牙并试图在南美建立大哥伦比亚统一共和国的英雄身披铠甲,纵马驰骋"⑤。加拉加斯的玻利瓦尔广场的确矗立着玻利瓦尔纵马驰骋的铜像,但玻利瓦尔的将军装并不是铠甲——19 世纪初美洲独立战争的战场已经远离需要用铠甲护身的冷兵器时代了。在西译本中,"身披铠甲"变成了"身披战袍"(vestido para la batalla⑥),这就避免了让一个 19 世纪的伟人穿着不合时宜的作战服的"时代错误"(anacronismo)。

---

① Cixin Liu, *El problema de los tres cuerpos*, traducción de Javier Altayó. Barcelona: Editorial Nova, 2016, p. 325.

② 刘慈欣:《三体Ⅱ·黑暗森林》,重庆:重庆出版社,2008 年,第 84 页。

③ Cixin Liu, *El bosque oscuro*, traducción de Javier Altayó y Jianguo Feng. Barcelona: Editorial Nova, 2017, p. 85.

④ 刘慈欣:《三体Ⅱ·黑暗森林》,重庆:重庆出版社,2008 年,第 84 页。

⑤ 刘慈欣:《三体Ⅱ·黑暗森林》,重庆:重庆出版社,2008 年,第 274 页。

⑥ Cixin Liu, *El bosque oscuro*, traducción de Javier Altayó y Jianguo Feng. Barcelona: Editorial Nova, 2017, p. 250.

二

帕斯卡尔·卡萨诺瓦(Pascale Casanova)认为,存在着一个世界性的文学共和国,它是看不见摸不着的,却又是受到文学主导者一致认可的,并且,"文学共和国的地理建立在不同的文学首都及其(文学上的)依附区域之间相互对立的关系上,这些区域是根据与首都之间美学上的距离来划定的。这种文学地理最终被赋予了一个具体的认证权,即对文学进行认证的唯一合法的权力,负责制定与文学认可相关的规则。"①如果说也存在着一个科幻文学的世界性共和国的话,毫无疑问,长期以来,这个共和国的首都在美国,其科幻小说以及由科幻小说改编而来的科幻电影在全球各地的强势输出就是这种中心地位的明证。陈楸帆在接受乌拉圭媒体采访时坦言,因为老家靠近香港,所以他小时候可以接触到大量的科幻资讯特别是科幻电影,"我们几乎与美国保持同步"②。他描述的正是这种科幻文学地理的一种状况:在很长一段时间里,美国是科幻的中心地带,中国则是科幻的边缘地带。但到了 21 世纪,随着中国科幻文学的兴起(或者说复兴),科幻文学世界的版图逐渐地发生了变化。这种变化的关键,在于中国科幻文学翻译成英文、进入美国出版市场继而在英语世界传播。以卡萨诺瓦的文学世界共和国的视角来看,处于边缘地带的文学想要在全世界得到广泛传播,必须经由文学中心地带的认证,因此,一个不得不承认的事实是,中国科幻文学要进入西班牙语以及其他大小语种的世界,往往要先在美国翻译出版,获得英语世界的认可。

不少西班牙语媒体在报道新兴的中国科幻文学时都提到了一个关键性的人物:Ken Liu(刘宇昆)。这位美籍华裔科幻作家将包括《三体》在内的一大批中国当代科幻文学的优秀作品翻译成英文,主编了具有影响力的中国科幻文学选集,如乌拉圭《每日新闻》(*La diaria*)的报道所说,他成了一个"文化桥梁"③。宋明

① 帕斯卡尔·卡萨诺瓦:《文学世界共和国》,罗国祥、陈新丽、赵妮译,北京:北京大学出版社,2015 年,第 6 页。

② JG Lagos,*Primera sonda de la ciencia ficción china*,La diaria,14.09.2018. https://ladiaria.com.uy/cultura/articulo/2018/9/primera-sonda-de-la-ciencia-ficcion-china/.

③ JG Lagos,*Primera sonda de la ciencia ficción china*,La diaria,14.09.2018. https://ladiaria.com.uy/cultura/articulo/2018/9/primera-sonda-de-la-ciencia-ficcion-china/.

炜在回顾中国科幻外译史时指出,刘宇昆的出现,代表了近年来中国科幻在英语译介方面最重要的发展,他在译介方面的努力是中国科幻走向世界过程中的重要里程碑。①卡萨诺瓦在描述世界文学的建构过程时也特别强调了翻译的作用:一方面,翻译不仅仅是从一种语言过渡到另一种语言,对于边缘地带的作家来说,只有借助一种重要的文学语言进行的翻译活动,其作品才可以进入到文学世界之中②;另一方面,作为横穿文学边界的不可或缺的中间人,译者是文学史上最重要的人物之一,是真正的世界性工匠,也就是向着将文学总装成"一个"统一的文学空间努力的工程师③。《三体》能成为西班牙语世界的畅销书,除了如上文提到的西班牙译者的努力外,也间接地有赖于刘宇昆英译的关键作用。英译本的巨大成功,成为西班牙出版商决定引进《三体》的一大关键因素。

这家出版商——企鹅兰登书屋集团旗下的诺瓦(Nova)出版社位于西班牙巴塞罗那,主打科幻文学和奇幻文学,在西班牙语世界拥有 30 多年的出版经验。在该社官方网站的宣传页面上,刘慈欣已经与阿西莫夫(Isaac Asimov)、克莱恩(Ernest Cline)等著名科幻作家一道被列为他们的主力作者。刘慈欣作品在西班牙语世界的传播,在一定程度上复制了拉美文学"爆炸"作家的路径:从巴塞罗那走向整个西语世界。卡萨诺瓦认为,每一个语言"领地"都包括一个或多个中心,这一中心控制和吸引着依附于它的文学生产;对于拉丁美洲人来说,西班牙的知识与文化之都巴塞罗那就是一个巨大的文学中心④。作为加泰罗尼亚地区的首府,巴塞罗那长期以来保持着相对于西班牙其他城市的优势:工商业更为发达,政治氛围更为宽松,文化上更为多元化和世界主义。20 世纪 60 年代,哥伦比亚作家马尔克斯、秘鲁作家略萨等一批拉美新锐作家在西班牙语世界引发的"爆炸",离不开巴塞罗那出版人的精心推动。巴塞罗那无疑是西班牙语文学的首都,作品的传播从这个首都出发,一定能获得比在西语世界其他城市更为显著的效果。

---

① 宋明炜:《中国科幻小说是否会梦见"新浪潮"》,金雪妮译,《书城》2019 年第 4 期。

② 帕斯卡尔·卡萨诺瓦:《文学世界共和国》,罗国祥、陈新丽、赵妮译,北京:北京大学出版社,2015 年,第 156 页。

③ 帕斯卡尔·卡萨诺瓦:《文学世界共和国》,罗国祥、陈新丽、赵妮译,北京:北京大学出版社,2015 年,第 164 页。

④ 帕斯卡尔·卡萨诺瓦:《文学世界共和国》,罗国祥、陈新丽、赵妮译,北京:北京大学出版社,2015 年,第 132—133 页。

三

相比于英语国家,西班牙语国家的科幻文学并没有形成一个强有力的传统。博尔赫斯曾在 1940 年指出,西班牙语文学中,"理性的幻想作品"是少之又少的,而卡萨雷斯的《莫雷尔的发明》给西班牙语世界带来了一种新的文类①。博尔赫斯所谓"理性的幻想作品",从某种程度上说,正是与西班牙语文学强大的现实主义传统相对立的。西班牙语科幻文学的发展,其背后并没有一种发达的科技文化作为支撑,同时,第三世界的作家们更倾向于用写实的笔调去再现现实的政治—社会斗争。尽管在 20 世纪下半叶,我们可以看到一大批优秀的拉美幻想文学作品的涌现——它们往往被贴上"魔幻现实主义"的标签,但此"幻"非彼"幻",与这种幻想联系更多的是巫术、神话、非理性,或是现实与虚幻互相转换的文学游戏,而非对理性高度发达的反思或对未来科技的展望。到了 21 世纪,有学者指出,拉美的科幻读者群依然相对较小,而且贴有科幻标签的小说经常被看作二流或三流的低俗小说,经常作为文化帝国主义的同盟以及因被认为不反映现实而受到指责②。不过,近年来西班牙语科幻文学还是有了一定程度的发展,一些作品也被翻译引进到中国,如阿根廷作家萨曼塔·施维伯林的《侦图机》、古巴作家桑切斯·戈麦斯的《星际追踪》等。科幻文学从它诞生时起,就注定是一种世界文学。用宋明炜的话说,科幻文学是有关差异的启示——不仅是宗教、种族、性别、阶级与民族认同方面的差异,还有思想、情感表达与人生选择方面的差异。正是科幻对"差异"的关注与体现,使它成为真正意义上的"全球文类",包罗了无限的时间、空间、纪元、地点与人群。③西班牙、拉美科幻被翻译成中文,中国科幻被翻译成西班牙文,都进一步丰富了科幻的世界文学空间。

迄今为止,在西班牙语国家的文学研究界,《三体》以及刘慈欣的其他作品仍然鲜有被关注。在西班牙语学术平台 Dialnet 上,通过检索发现,仅有两篇西班牙语文章是关于《三体》的,而且是同一位中国学者撰写的文集文章。与学术界

---

① 博尔赫斯:《序言》,陈众议译,见阿道夫·比奥伊·卡萨雷斯《莫雷尔的发明》,赵英译,北京:人民文学出版社,2012 年,第 4—5 页。

② 拉切尔·海伍德·费雷拉:《拉美科幻文学史》,穆从军译,天津:百花文艺出版社,2016 年,第 9 页。

③ 宋明炜:《中国科幻小说是否会梦见"新浪潮"》,金雪妮译,《书城》2019 年第 4 期。

的冷淡形成鲜明对比的，是西班牙语媒体关于《三体》和刘慈欣的大量报道、评述。我们可以注意到，大体上看，拉美国家的媒体往往会把《三体》、中国科幻的勃兴和中国国力的增强联系起来，而西班牙的媒体则更关注科幻文学本身。

哥伦比亚《时代报》(*El tiempo*)的报道《中国科幻征服世界》将《三体》以及《三体》所代表的中国科幻"新浪潮"与中国航天工程的最新成就联系起来："嫦娥四号不仅是由它的燃料以及数千名工程师和科学家的才智推动的，也是由新一代中国科幻作家的想象力推动的。"这篇报道把这一科幻作家群体比作 20 世纪 60 年代至 70 年代轰动世界文坛的拉美文学"爆炸"作家群体，将刘慈欣视为这一群体的旗手，甚至称之为"中国的托尔斯泰"，并且把《三体》三部曲视为科幻文学的重心从西方转移到东方的标志。报道还提到了"中国梦"："引人瞩目的科学成就，对于'中国梦'的实现是至关重要的。'中国梦'，就是让这个国家重新站到世界舞台的中央来，而中国曾经在几千年里一直是世界的中心。因此才有了雄心勃勃的航天计划，该计划已经把 11 名航天员和一个空间站送上轨道，实现了两次登月之旅并且还将在月球上建立永久基地，并且有可能前往火星。正是在这种思想碰撞、充满希望的热烈氛围里，中国科幻文学发芽生长。"[①]虽然这篇报道时有夸张之语，不难看出，它的评述显示了第三世界的立场：正如当年的那批被贴上"魔幻现实主义"标签的拉美作家那样，中国科幻作家也实现了从边缘到中心的跨越；中国科幻、中国航天科技完全有实力与美国科幻、美国航天科技一争高下，对于深受北美的全方位影响的拉丁美洲来说，中国是一个新的巨人。智利《披露者报》(*El mostrador*)的报道也将刘慈欣作品达到的思想深度和广度与中国的快速发展联系起来：正是中国的生产力与科技现代化的迅猛发展，造就了一个充满巨大变化的舞台，使得刘慈欣拥有了一种超前的、世界性的、把全人类视为一个整体的眼光。这篇报道还充满乐观地认为，"也许 21 世纪就是中国文学的世纪，正如 20 世纪属于美国文学：多元的、带着挑战姿态和批判眼光的、创新的、有活力的、令人惊喜的。"[②]这篇报道并没有把中国科幻所代表的中国的崛

---

① Federico Kukso，*La ciencia ficción china conquista el mundo*，El tiempo，2019 - 10 - 06. https：//www. eltiempo. com/cultura/musica-y-libros/la-ciencia-ficcion-china-conquista-el-mundo-420078.

② Diego Muñoz Valenzuela，"*Sostener el cielo*"，*de Cixin Liu: el libro de cuentos de ciencia ficción de un seductor nato*，El mostrador，2022 - 02 - 23. https：//www.elmostrador.cl/cultura/ 2022/02/23/sostener-el-cielo-de-cixin-liu-el-libro-de-cuentos-de-ciencia-ficcion-de-un-seductor-nato/.

起看成一种霸权式的存在,而是着重于强调刘慈欣的世界眼光、宇宙视角,这也是大国崛起的一种标志。

但是无论如何,作为一种"全球文类"或曰世界文学,科幻作品不是国家形象的官方宣传广告,而是思考人类命运、探索人的可能性的艺术。西班牙"亚洲网"(Asiared)的报道总结说,《三体》是"关于我们这个时代的既真实又富有启示性的经验"①。西班牙《报界》(El periódico)报道了刘慈欣在巴塞罗那推广《三体》西文版的活动,并以刘慈欣的一句话作为标题:"科幻文学是世界性的"。这篇报道还以刘慈欣的另一句话作为意味深长的结尾:"对于我们的文明,我们要负起责任来——还是要保守一些为好。人类是有过这方面的例证的:当两个文明相遇时,相对弱小的那一个必定会输,正如西班牙曾经征服了美洲。"②所谓"我们的文明",显然,刘慈欣指的"我们"是全人类,而非单指中国人。他并且以西班牙人熟知的历史为例,来说明为什么人类在对待地外生命的问题上应当保持谨慎,这正是他的《三体》三部曲尤其是《黑暗森林》阐述的一个核心思想。该报的另一篇报道指出,对于西方读者来说,《三体》三部曲并不是所有的内容都易于理解的,有些内容会引起文化冲突(choque cultural),但另外一些内容则是亮点:三体人通过电子游戏与地球上的内应保持沟通;在一个受制于三个恒星影响的行星上,可以发展出什么样的生命形式;外星文明即将在四百年后入侵的消息,会在地球上引发什么样的社会变革;在太阳系展开的大战以及面对威胁的一千零一种解决方案;"黑暗森林"法则的揭示,掠食者不仅有一个,还有很多很多……③由此可见,刘慈欣的不少令中国读者拍案叫绝的想象,在西方读者的眼里同样是充满原创性的。一位西班牙评论家指出,刘慈欣以及其他中国科幻作家的作品尽管带有一些他无法完全接受的差异因素,但总体上说,在他读来,感觉这些故事就是一个西方作者写的,中国科幻作家拥有和西方科幻作家同样的

---

① *Ciencia ficción china de la mano de Liu Cixin*,2016 - 10 - 20. http://www.asiared.com/es/notices/2016/10/ciencia-ficcion-china-de-la-mano-de-liu-cixin-7483.php.

② Ernest Alós,*Liu Cixin: la ciencia ficción es universal*,El periódico,2016 - 10 - 18. https://www.elperiodico.com/es/ocio-y-cultura/20161018/liu-cixin-ciencia-ficcion-china-5565612.

③ Ernest Alós,*China mira a las estrellas a través de su nueva ciencia ficción*,El periódico,2018 - 04 - 24. https://www.elperiodico.com/es/ocio-y-cultura/20180424/ciencia-ficcion-china-cixin-liu-el-fin-de-la-muerte-6781021.

感性、同样的忧虑。①随着科学技术与人类生活越来越紧密的联系，以及世界各国必须共同面对的越来越多的问题，作为世界文学的科幻文学创作必然会越来越繁盛，这种繁盛也必然受到出版商、译者、评论家和媒体的共同推动。无论是科幻文学，还是其他种类的文学，都将呈现出越来越明显的你中有我、我中有你的局面。《三体》西文版的传播和接受，正是这种局面的一个写照。

（作者单位：南京大学）

---

① José Luis Charcán，*Cuentos chinos… de ciencia ficción*，Zenda，2017‐12‐21. https://www.zendalibros.com/cuentos-chinos-de-ciencia-ficcion/.

第四辑

王国维与西方悲剧哲学、美学的东传

龚 刚

朱光潜指出："悲剧这种戏剧形式和这个术语,都起源于希腊。这种文学体裁几乎世界各大民族都没有,无论中国人、印度人,或者希伯来人,都没有产生过一部严格意义的悲剧。"①不过,"悲剧"一词并非直接从希腊或欧洲其他国家引入中国,而是经过了日本这个中介,是"日本人最早将西文的 tragedy 和 comedy 分别意译为'悲剧'、'喜剧'这两个汉词"②。

更值得关注的是,对中国现代戏剧界与文艺美学界影响深远的中国无悲剧之说也发端于日本。曾积极参与梁启超"诗界革命"的蒋观云在《中国之演剧界》(光绪三十年,即 1904 年)一文中说:

> 吾见日本报中屡诋诮中国之演剧界,以为极幼稚蠢俗,不足齿于大雅之数,……中国之演剧也,有喜剧,无悲剧。每有男女相慕悦一出,其博人之喝彩多在此,是尤可谓卑陋恶俗者也。凡所嘲骂甚多,兹但举其二种言之,……③

对于日人的中国无悲剧说,蒋观云深表认同,他认为:

> 且夫我国之剧界中,其最大之缺憾,诚如訾者所谓无悲剧。曾见有一剧

---

① 朱光潜:《悲剧心理学》,合肥:安徽教育出版社,1996 年,第 277 页。
② 王向远:《二十世纪中国的日本翻译文学史》,北京:北京师范大学出版社,2001 年,第 33 页。
③ 蒋观云:《中国之演剧界》,原载《新民丛报》第三年(光绪三十年,明治三十七年)第十七号,见阿英编《晚清文学丛钞·小说戏曲研究卷》,北京:中华书局,1960 年,第 51 页。

焉,能委曲百折,慷慨悱恻,写贞臣孝子仁人志士,困顿流离,泣风雨动鬼神之精诚者乎?

在蒋观云看来,悲剧具有"陶成英雄之力"①,而且是社会变革的动力,因此,他热切期望悲剧剧种成为中国戏剧界的主流:

> 夫剧界多悲剧,故能为社会造福,社会所以有庆剧也;剧界多喜剧,故能为社会种孽,社会所以有惨剧也。其效之殊如是也。②

蒋观云等有识之士的呼吁与中国演剧界以戏曲唤醒民众抗争与救亡意识的自觉诉求相激发,促成了清末民初创作"悲剧"的风气。据统计,清末民初时期(1902—1917 年)发刊的改良传奇 99 种,以"悲剧"为结局的作品达到 40 种(包括虽然未完但可以推测结局为"悲剧"的作品),占了总数的 40.4%。京剧及地方戏作品以悲剧为结局的也颇多。以悲剧为结局的改良戏曲在题材上大致分为两类。一类是以中外重大政治事件为题材。如写皖浙起义失败和徐锡麟、秋瑾殉国的《轩亭冤》传奇、《苍鹰击》传奇、《六月霜》传奇、京剧《秋瑾》、粤剧《徐锡麟行刺恩铭》等,写国外亡国事的《亡国恨》传奇、京剧《越南亡国惨》等,写俄国侵略者暴行及爱国志士的抗俄斗争及勇于献身的《三百少年》杂剧、戏文《黑龙江》等。另一类以历史上民族战争故事为题材。如写蜀国灭亡的京剧《哭祖庙》,写岳飞抗金的《黄龙府》杂剧、川剧《朱仙镇》,写文天祥抗元的《爱国魂》传奇等,写史可法抗清的《陆沉痛》杂剧等。除这两类外,还有写男女爱情悲剧故事的《落茵记》杂剧、京剧《血泪碑》等,写爱国之士殉国的《后怀沙》杂剧、京剧《宋教仁遇害》等。③中国最早的话剧社——春柳社(1906 年成立于东京)则在这个时期上演了众多"悲剧"剧目,春柳社代表人物之一欧阳予倩在《谈文明戏》中说:

---

① 蒋观云:《中国之演剧界》,原载《新民丛报》第三年(光绪三十年,明治三十七年)第十七号,见阿英编《晚清文学丛钞·小说戏曲研究卷》,北京:中华书局,1960 年,第 51 页。
② 蒋观云:《中国之演剧界》,原载《新民丛报》第三年(光绪三十年,明治三十七年)第十七号,见阿英编《晚清文学丛钞·小说戏曲研究卷》,北京:中华书局,1960 年,第 51 页。
③ 赵得昌:《清末民初的悲剧理论与悲剧结局》,《首都师范大学学报(社会科学版)》2005 年第 3 期。

春柳的戏,多半是情节曲折,除了一些暴露的喜剧,还有就是受尽了苦楚最后勉强团圆——带妥协性的委委屈屈的团圆之外,大多数是悲剧。悲剧的主角有的是死亡、被杀或者是出家,其中以自杀为最多,在二十八个悲剧之中,以自杀解决问题的有十七个,从这十七个戏看,多半是一个人杀死他或她所恨的人之后自杀。①

从欧阳予倩的表述来看,他主要是以戏剧主角的结局作为判断一部剧作是否属于悲剧的依据:如果戏剧主角"受尽了苦楚最后勉强团圆",就不能算悲剧;唯有"受尽苦楚",最后以"死亡、被杀或者是出家"收场,才能算悲剧。也就是说,悲剧的结局必须是"不团圆",既不能是传统戏曲中常见的"大团圆",也不能是"小团圆"("带妥协性的委委屈屈的团圆")。这样的归类法略显简单,既未能将"悲剧"与"惨剧"、"悲情剧"加以区分,也没有充分意识到"悲剧"之为"悲剧"包含多种构成要素与独特的精神底蕴,不能简化为"主人公受难+不幸的结局"这一公式。

一　王国维的《〈红楼梦〉评论》与叔本华的悲剧哲学

由于悲剧这种戏剧形式和悲剧这个术语都起源于希腊,"悲剧"这个词也是以日本为中介从西方引入,因此,在探讨"什么是悲剧?""中国有无悲剧?""应否或能否建构起中国的悲剧理论体系?"这三个层层递进的重大文艺理论问题时,就应当以西方的悲剧观为参照。

王国维对于何为悲剧、中国有无悲剧等问题的探究,即是以西方的悲剧观为依据。在蒋观云发表《中国之演剧界》的同一年(1904年),王国维的文艺批评名篇《〈红楼梦〉评论》面世。此文首次引入德国哲学家叔本华的悲剧理论以及亚里士多德的悲剧净化说阐发《红楼梦》的哲学精神与美学价值,思辨精深缜密,立论大胆新颖,有振聋发聩之效,是一篇划时代的新式文艺评论,对《红楼梦》研究向内在精神层面掘进,西方悲剧美学与悲剧人生观在现代中国的传播、接受,以至中国传统文学批评的现代转型,均产生了深远影响。

---

① 欧阳予倩:《谈文明戏》,《欧阳予倩全集》(第六卷),上海:上海文艺出版社,1990年,第196页。

　　此文首先从哲学精神的高度指出,《红楼梦》是"彻头彻尾之悲剧"①,也就是说,《红楼梦》并非仅仅突破了传统戏曲、小说"大团圆"的收尾模式,而是从头到尾都体现出悲剧性。理由有三:

　　其一,显现了"厌世解脱之精神"。②文中指出,"《红楼梦》一书,实示此生活此苦痛之由于自造,又示其解脱之道不可不由自己求之者也",而"解脱之道存于出世,而不存于自杀。出世者拒绝一切生活之欲者也。彼知生活之无所逃于苦痛,而求入于无生之域"。以主人公贾宝玉为例,"彼于缠陷最深之中,而已伏解脱之种子,故听《寄生草》之曲而悟立足之境,读《胠箧》之篇而作焚花散麝之想。所以未能者,则以黛玉尚在耳。至黛玉死而其志渐决。然尚屡失于宝钗,几败于五儿,屡蹶屡振,而终获最后之胜利。读者观自九十八回以至百二十回之事实,其解脱之行程,精进之历史,明了精切何如哉!"王国维进而指出,遍观中国古代的戏曲、小说,仅《红楼梦》大背于中国人的"乐天精神",具有真正的"厌世解脱之精神",在艺术结构上,也没有受制于"始悲终欢"、"始困终亨"的套路,所以是"宇宙中之大著述",也是中国古代戏曲、小说中唯一的悲剧。③

　　其二,表现了"生活之欲"与苦痛相终始。文中指出,《红楼梦》一书,"除主人公不计外,凡此书中之人有与生活之欲相关系者,无不与苦痛相终始",宝琴、岫烟、李纹、李绮等人虽然貌似"藐姑射神人",但又"曷尝无生活之欲,曷尝无苦痛",只不过"书中既不及写其生活之欲,则其苦痛自不得而写之"。④

　　其三,彰显了"既有世界人生以上,无非永远的正义之所统辖也"⑤。所谓"永远的正义",即是指"生活之欲之罪过,即以生活之苦痛罚之"⑥,如"赵姨、凤姊之死,非鬼神之罚,彼良心自己之苦痛也",若"李纨之受封",虽有"戴珠冠,披凤袄","光灿灿胸悬金印"之荣,却"也抵不了无常性命"与"黄泉路近"的昏惨。⑦与"永远的正义"相对立的是"诗歌的正义",所谓"诗歌的正义",即是指"善人必令其终,而恶人必离其罚"这一审美世界里的虚构正义,在王国维看来,"吾国之文学,以挟乐天的精神故,故往往说诗歌的正义","此亦吾国戏曲、小说之特质

　　① 王国维:《王国维文学论著三种》,北京:商务印书馆,2010 年,第 13 页。
　　② 王国维:《王国维文学论著三种》,北京:商务印书馆,2010 年,第 13 页。
　　③ 王国维:《王国维文学论著三种》,北京:商务印书馆,2010 年,第 11—14 页。
　　④ 王国维:《王国维文学论著三种》,北京:商务印书馆,2010 年,第 13 页。
　　⑤ 王国维:《王国维文学论著三种》,北京:商务印书馆,2010 年,第 14 页。
　　⑥ 王国维:《王国维文学论著三种》,北京:商务印书馆,2010 年,第 11 页。
　　⑦ 王国维:《王国维文学论著三种》,北京:商务印书馆,2010 年,第 13—14 页。

也"，而"《红楼梦》则不然".①

王国维对《红楼梦》的悲剧性的认识及其对"永远的正义"和"诗歌的正义"的辨析，显然是以叔本华《作为意志与表象的世界》一书中关于悲剧本质的论述为主要依据，并参考了叔本华的《男女之爱之形而上学》、英国伦理学家西额唯克（即西季威克）《西洋伦理学史要》（通译《伦理学史纲》）中的《德意志之厌世论叔本华》等文献。②叔本华认为，个别人由于痛苦而纯化了、提高了认识能力，从而对于世界的本质有了完整的认识，"这个作为意志的清静剂而起作用的认识就带来了清心寡欲，并且还不仅是带来了生命的放弃，直至带来了整个生命意志的放弃。所以我们在悲剧里看到那些最高尚的［人物］或是在漫长的斗争和痛苦之后，最后永远放弃了他们前此热烈追求的目的，永远放弃了人生一切的享乐；或是自愿的，乐于为之而放弃这一切"③。显而易见，王国维对贾宝玉解脱精神与行程的论述即是对叔本华上述观点的阐发，贾宝玉的出家，正是在"漫长的斗争和痛苦"之后，放弃了"生命意志"，放弃了"人生一切的享乐"。

对于悲剧的本质，叔本华指出，作为"文艺的最高峰"，悲剧"以表出人生可怕的一面为目的，是在我们面前演出人类难以形容的痛苦、悲伤，演出邪恶的胜利，嘲笑着人的偶然性的统治，演出正直、无辜的人们不可挽救的失陷"，而人类的痛苦，一部分"是由偶然和错误带来的"，并且"已作为命运［之神］而人格化了"；一部分"是由于人类斗争是从自己里面产生的"，因为"不同个体的意向是互相交叉的，而多数人又是心肠不好和错误百出的"。④王国维以苦痛与有欲之生相终始作为衡量悲剧的标准，显然也是以叔本华的悲剧观为依据，并参考了他的意志论。叔本华认为，"意志之现于生物界者，得谓之曰'欲生之心'，而此欲生之心，乃一切动物之最深邃之精髓也。但此欲生之心，必不能满足于今日之世界，而不

---

① 王国维：《王国维文学论著三种》，北京：商务印书馆，2010年，第13页。

② 王国维在《〈红楼梦〉评论》中引用了叔本华《男女之爱之形而上学》一文中的观点并加以阐发，见《王国维文学论著三种》，第6—10页；《西洋伦理学史要》的译者即是王国维，最初连载于《教育世界》59号、60号、61号，后收入《教育丛书》第三集，教育世界1903年印本；王国维研读的《作为意志与表象的世界》应为英译本，他在《〈红楼梦〉评论》中译出了其中的两部分，并在旁注中标明"英译《意志及观念之世界》"的页码，见《王国维文学论著三种》，第21—22、26—28页。

③ 叔本华：《作为意志和表象的世界》，石冲白译，北京：商务印书馆，1982年，第351页。

④ 叔本华：《作为意志和表象的世界》，石冲白译，北京：商务印书馆，1982年，第351页。

满足之生活，即苦痛之生活。"①王国维的"生活之欲"与"生活之苦痛"相终始之说，即是对叔本华意志论的阐发。

对于有人要求"所谓文艺中的正义"，叔本华批驳说：

> 这种要求是由于完全认错了悲剧的本质，也是认错了世界的本质而来的。在沙缨尔·约翰逊博士对莎士比亚某些剧本的评论中竟出现了这种颠顸的、冒昧的要求，他颇天真地埋怨[剧本里]根本忽略了这一要求。不错，事实上是没有这种要求，请问那些奥菲利亚，那些德斯德孟娜，那些柯德利亚又有什么罪呢？——可是只有庸碌的、乐观的、新教徒唯理主义的，或本来是犹太教的世界观才会要求什么文艺中的正义而在这要求的满足中求得自己的满足。悲剧的真正意义是一种深刻的认识，认识到[悲剧]主角所赎的不是他个人特有的罪，而是原罪，亦即生存本身之罪。②

叔本华提到的沙缨尔·约翰逊（Samuel Johnson，通译萨缪尔·约翰逊）乃18 世纪英国文学泰斗，别号"约翰逊博士"（Dr. Johnson），他编辑的《英语词典》（*A Dictionary of the English Language*）博学多趣，深受后世推崇，包斯威尔的《约翰逊传》记录了他精彩纷呈的妙语、妙喻，更是令他享誉世界。他在莎士比亚戏剧的研究、推广上卓有贡献，1765 年，他和斯蒂文斯（George Steevens）编辑出版了莎士比亚戏剧全集批注本，并撰写了长篇序言。在这篇序言中，约翰逊对莎士比亚戏剧创作的得失进行了较为全面的评价。他认为莎士比亚是自然的诗人，其作品是生活的镜子，写的是普遍的人性；提出"理性""常识"作为批评的标准。他强调戏剧的感染力来自观众的主观同情，这带有后来浪漫派批评的色彩。他在文中还以大量篇幅为莎士比亚"破坏三一律"辩护，指出莎士比亚的创作是从生活而不是从教条出发，并以剧作中悲喜因素相间的特点说明这点。但他同时认为，莎剧缺乏道德目的、不讲是非，是严重过失。③叔本华对约翰逊博士的这种批评明显不以为然。在他看来，在莎士比亚悲剧中寻求"文艺中的正义"，是

---

① 见王国维《西洋伦理学史要》中《德意志之厌世论叔本华》一文，《教育丛书》第三集，教育世界 1903 年印本，第 34 页。

② 叔本华：《作为意志和表象的世界》，石冲白译，北京：商务印书馆，1982 年，第 351—352 页。

③ 参见萨缪尔·约翰逊《〈莎士比亚戏剧集〉序言》，姚乃强编《西方经典文论选读》，上海：上海外语教育出版社，2003 年，第 271—314 页。

"颠顿的、冒昧的要求",这种要求既认错了"悲剧的本质",也认错了"世界的本质"。只有"庸碌的""乐观的"的世界观才会要求"文艺中的正义",并在这要求的满足中,求得自己的满足。他进而指出,悲剧的真正意义是一种深刻的认识,认识到悲剧主角所赎的不是他个人特有的罪,而是原罪,亦即"生存本身之罪"。例如,《哈姆雷特》中的奥菲利亚、《奥赛罗》中的黛丝狄蒙娜(德斯德孟娜)、《李尔王》中的小女儿考狄利娅(柯德利亚)并没有任何过错,更没有犯罪,却都以死亡告终。她们的死,不是因为任何世俗的过错和罪行,而是因为"生存本身之罪",这就是王国维所说的"永远的正义"——"生活之欲之罪过,即以生活之苦痛罚之",而不是约翰逊博士所要求的"文艺上的正义"(即王国维所谓"诗歌的正义")——"善人必令其终,而恶人必离(罹)其罚"。在叔本华看来,无论善人、恶人皆因生存原罪而罹其罚,不但是"悲剧的本质",而且是"世界的本质"。悲剧的真正意义就是彰显了对世界本质的"深刻的认识"。很显然,王国维所谓《红楼梦》大背于中国人的"乐天精神"且未因袭"始困终亨"的叙事模式,因而是中国古代文学中唯一悲剧的论断,即是以叔本华的悲剧本质论为理论依据。而作为中国古代戏曲、小说精神底蕴的"乐天精神",正和叔本华所讥嘲的新教徒或犹太教的世界观一样,是一种"乐观"的,而不是悲观厌世的人生态度。

二 王国维对叔本华悲剧类型论的阐发

在以叔本华的悲剧本质论为依据论定《红楼梦》为"彻头彻尾之悲剧"之后,王国维又以叔本华的悲剧类型论为依据阐发了悲剧的三种类型,并得出了《红楼梦》为"悲剧中之悲剧"的论断:

> 由叔本华之说,悲剧之中又有三种之别:第一种之悲剧,由极恶之人,极其所有之能力以交构之者。第二种,由于盲目的运命者。第三种之悲剧,由于剧中之人物之位置及关系而不得不然者;非必有蛇蝎之性质与意外之变故也,但由普通之人物、普通之境遇,逼之不得不如是;彼等明知其害,交施之而交受之,各加以力而各不任其咎。此种悲剧,其感人贤于前二者远甚。何则?彼示人生最大之不幸,非例外之事,而人生之所固有故也。若前二种之悲剧,吾人对蛇蝎之人物与盲目之命运,未尝不悚然战栗;然以其罕见之故,犹幸吾生之可以免,而不必求息肩之地也。但在第三种,则见此非常之

势力，足以破坏人生之福祉者，无时而不可坠于吾前；且此等惨酷之行，不但时时可受诸己，而或可以加诸人；躬丁其酷，而无不平之可鸣：此可谓天下之至惨也。若《红楼梦》，则正第三种之悲剧也。兹就宝玉、黛玉之事言之：贾母爱宝钗之婉嫕，而惩黛玉之孤僻，又信金玉之邪说，而压思宝玉之病；王夫人固亲于薛氏；凤姐以持家之故，忌黛玉之才而虞其不便于己也；袭人惩尤二姐、香菱之事，闻黛玉"不是东风压倒西风，就是西风压倒东风"（第八十一回）之语，惧祸之及，而自同于凤姐，亦自然之势也。宝玉之于黛玉，信誓旦旦，而不能言之于最爱之祖母，则普通之道德使然；况黛玉一女子哉！由此种种原因，而金玉以之合，木石以之离，又岂有蛇蝎之人物、非常之变故，行于其间哉？不过通常之道德、通常之人性、通常之境遇为之而已。由此观之，《红楼梦》者，可谓悲剧中之悲剧也。[①]

王国维所引述的叔本华的三种悲剧说，出自《作为意志和表象的世界》第三篇，原文如下：

写出一种巨大不幸是悲剧里唯一基本的东西。诗人用以导致不幸的许多不同途径可以包括在三个类型的概念之下。造成巨大不幸的原因可以是某一剧中人异乎寻常的，发挥尽致的恶毒，这时，这角色就是肇祸人。这一类的例子是理查三世，《奥赛罗》中的雅葛，《威尼斯商人》中的歇洛克，佛朗兹·穆尔，欧立彼德斯的菲德雷，《安迪贡》中的克内翁以及其他等等。造成不幸的还可以是盲目的命运，也即是偶然和错误。属于这一类的，索佛克利斯的《伊第普斯王》是一个真正的典型，还有特拉金的妇女们也是这一类。大多数的古典悲剧根本就属于这一类，而近代悲剧中的例子则有《罗密欧与朱莉叶》，伏尔泰的《坦克列德》，《梅新纳的新娘》。最后，不幸也可以仅仅是由于剧中人彼此的地位不同。由于他们的关系造成的；这就无需乎[布置]可怕的错误或闻所未闻的意外事故，也不用恶毒已到可能的极限的人物；而只需要在道德上平平常常的人们，把他们安排在经常发生的情况之下，使他们处于相互对立的地位，他们为这种地位所迫明明知道，明明看到却互为对方制造灾祸，同时还不能说单是那一方面不对。我觉得最后这一类[悲剧]

---

① 王国维：《王国维文学论著三种》，北京：商务印书馆，2010年，第14—15页。

比前面两类更为可取，因为这一类不是把不幸当作一个例外指给我们看，不是当作由于罕有的情况或狠毒异常的人物带来的东西，而是当作一种轻易而自发的，从人的行为和性格中产生的东西，几乎是当作［人的］本质上要产生的东西，这就是不幸也和我们接近到可怕的程度了。并且，我们在那两类悲剧中虽是把可怕的命运和骇人的恶毒看作使人恐怖的因素，然而究竟只是看作离开我们老远老远的威慑力量，我们很可以躲避这些力量而不必以自我克制为遁逃蔽；可是最后这一类悲剧指给我们看的那些破坏幸福和生命的力量却又是一种性质。这些力量光临到我们这儿来的道路随时都是畅通无阻的。我们看到最大的痛苦，都是在本质上我们自己的命运也难免的复杂关系和我们自己也可能干出来的行为带来的，所以我们也无须为不公平而抱怨。这样我们就会不寒而栗，觉得自己已到地狱中来了。……有一个剧本可认为这一类悲剧最完美的模范，虽然就别的观点说，这剧本远远不及同一大师的其他作品：那就是《克拉维葛》。在一定范围内《汉姆勒特》也同于这一类，不过只能从汉姆勒特对勒厄尔特斯和奥菲莉亚的关系来看。《华伦斯但》也有这一优点；《浮士德》也完全是这一类［的悲剧］。①

对照王国维的转述与叔本华的原文，足见王国维文字之精雅、概括之精准。这样的转述，既是以"信"与"达"为标准对外来学说加以引介，更是以优美的文言文与优美的中国古典批评话语对外来学说进行雅化与"归化"，令其不着痕迹地纳入了中国文评系统，并成为批评的"美文"。王国维曾明确指出，外来的思想与文化"非与我中国固有之思想相化决不能保其势力"②。所谓中外思想"相化"，可以区分为两个层面，一个是语言上的"化"，一个是思想内涵上的"化"。以汉语美文的形式转述叔本华的悲剧观，即是语言上的"化"；以叔本华的悲剧观阐发《红楼梦》的悲剧底蕴，即是思想内涵上的"化"。因此，王国维对叔本华悲剧类型论的译介，可以说是内外皆"化"，令外来思想如同己出。

王国维概括叔本华的观点指出，悲剧有三种，第一种悲剧是"由极恶之人，极其所有之能力以交构之"；第二种悲剧是"由于盲目的运命"，也即"偶然和错误"；第三种悲剧是"由于剧中之人物之位置及关系而不得不然"，在此类悲剧中，"非

---

① 叔本华：《作为意志和表象的世界》，石冲白译，北京：商务印书馆，1982年，第352—353页。

② 王国维：《论近年之学术界》，《王观堂先生全集》（第五册），台北：文华出版公司，1968年，第1734—1740页。

必有蛇蝎之性质与意外之变故"，"但由普通之人物、普通之境遇，逼之不得不如是"。从叔本华的原文可见，他是以"造成巨大不幸的原因"为依据区分这三类悲剧，并列举了从古希腊至 18 世纪的众多剧本为证，王国维在转述时均未提及，这就对读者全面理解叔本华的悲剧类型论造成了一定困难。叔本华认为，第一类悲剧的例子是理查三世（莎士比亚历史剧《理查三世》中的国王、阴谋家），《奥赛罗》中的雅葛（伊阿古），《威尼斯商人》中的歇洛克（夏洛克），佛朗兹·穆尔（弗朗兹·穆尔，席勒剧本《强盗》中的反角），欧立彼德斯（欧里庇德斯）的菲德雷（淮德拉，《希波吕托斯》中的反角，系希波吕托斯后母，因求爱未遂而诬告希波吕托斯企图奸污她），《安迪贡》（《安提戈涅》）中的克内翁（克瑞翁）。第二类悲剧的例子是索佛克利斯（索福克勒斯）的《伊第普斯王》（《俄狄浦斯王》），以及特拉金的妇女们（应指《特拉基斯少女》中的得阿涅拉，她为了挽回赫拉克勒斯对她的爱情而轻信涅苏斯的诡计，将有毒的长袍送给丈夫，导致后者中毒发狂），且大多数古典悲剧根本就属于这一类，而近代悲剧中的例子则有《罗密欧与朱莉叶》，伏尔泰的《坦克列德》《梅新纳的新娘》。第三类悲剧的例子是《克拉维葛》（《克拉维戈》，歌德著）、《华伦斯但》（《华伦斯坦》，席勒著）、《浮士德》，而《汉姆勒特》（《哈姆雷特》）一剧仅从哈姆雷特对勒厄尔特斯（雷欧提斯）和奥菲利亚的关系来看，才可以归于这一类。由《哈姆雷特》的剧情可见，哈姆雷特是奥菲利亚的恋人，雷欧提斯是奥菲利亚的哥哥，他们都非蛇蝎之人物，而且本应亲如一家，却因为哈姆雷特误杀雷欧提斯之父波洛涅斯及奥菲利亚溺水而亡，而在决斗中同归于尽。不过，雷欧提斯的复仇固然是"不得不然"，但他和哈姆雷特，一个是大臣之子，一个贵为王子，并非"普通之人物"，且二人所亲历者，并非"普通之境遇"，其中既有"蛇蝎之人物"（如杀兄为王的克劳狄斯），也有"意外之变故"（如哈姆雷特误杀雷欧提斯之父波洛涅斯）。因此，叔本华之说实有于事不合、于理未惬之处。而王国维依据叔本华之说判定《红楼梦》为第三种悲剧，即"悲剧中之悲剧"〔此说由叔本华所谓"我觉得最后这一类（悲剧）比前面两类更为可取"化出〕，也有可商之处。因为，贾母贵为一品诰命夫人及皇妃的祖母，宝玉乃荣国府贵公子，不能算"普通之人物"，且金玉良缘与木石前盟之争，也非"通常之境遇"，而贾雨村之流忘恩负义、薛蟠之流颟顸无赖、王熙凤之流心狠手辣，岂非"蛇蝎之人物"？鉴于以上三点，《红楼梦》是否属于叔本华所谓"第三类悲剧"，是否可称之为"悲剧之悲剧"，实有商榷余地。但其说对于深入认识《红楼梦》的悲剧性则具有相当的启发性。

三　王国维的悲剧目的论及其悲剧观念之转变

在援引叔本华的悲剧本质论、悲剧类型论探讨《红楼梦》的悲剧性，并得出《红楼梦》为"彻头彻尾的悲剧""悲剧中之悲剧"的结论后，王国维又引用亚里士多德的悲剧净化说阐发悲剧的目的：

> 《红楼梦》之为悲剧也如此。昔雅里大德勒（通译亚里士多德）于《诗论》（通译《诗学》）中，谓悲剧者，所以感发人之情绪而高上之，殊如恐惧与悲悯之二者，为悲剧中固有之物，由此感发，而人之精神于焉洗涤。故其目的，伦理学上之目的也。[①]

亚里士多德有两个极重要的关于悲剧的理论，一个是悲剧主角的"过失"说，另一个即是观众心理的"净化"说。在《诗学》第六章里，亚里士多德认为，悲剧的作用是"激起怜悯和恐惧，从而导致这些情绪的净化"[②]。"净化"的英文为"catharsis"，拉丁文为"katharsis"，王国维将其译作"洗涤"，也颇为传神。在王国维看来，悲剧的"净化"功能，即是悲剧的"伦理学上之目的"，而悲剧所感发的"恐惧与悲悯"之情，也正与作为悲剧本质的"厌世解脱之精神"相契合。王国维进而指出，"世界之大宗教，如印度之婆罗门教及佛教，希伯来之基督教，皆以解脱为唯一之宗旨。哲学家，如古代希腊之柏拉图，近世德意志之叔本华，其最高之理想，亦存乎解脱"[③]。如果说，《红楼梦》的美学价值在于它是"悲剧中之悲剧"，那么，它的伦理学价值就是体现了"解脱"精神这一伦理学上的最高理想。贾宝玉"绝弃人伦"而出家，固然不符合"普通之道德"，也即忠孝之道，但从更高的道德境界着眼，他的不忠不孝，恰恰是对祖先的有生之罪（"鼻祖之误谬"）的救赎，体现了"一子出家，十祖升天"的大孝。[④]

综上所述，王国维发表于清末也即1904年的《〈红楼梦〉评论》一文援引德国

---

① 王国维：《王国维文学论著三种》，北京：商务印书馆，2010年，第17页。

② 朱光潜：《悲剧心理学》，北京：中华书局，2012年，第170页；参阅陈中梅译注的亚里士多德《诗学》（北京：商务印书馆，1996年）第六章，陈中梅将"katharsis"译为"疏泄"，见该书第63页。

③ 王国维：《王国维文学论著三种》，北京：商务印书馆，2010年，第20页。

④ 王国维：《王国维文学论著三种》，北京：商务印书馆，2010年，第18—19页。

哲学家叔本华的悲剧理论以及亚里士多德的悲剧净化说从多个方面阐发了《红楼梦》的悲剧性,对《红楼梦》研究的深化与西方悲剧理论的大规模引入中国产生了深远影响,也拉开了长达百年的中国有无悲剧之争的序幕。但是,王国维似乎没有意识到,从体裁上来说,《红楼梦》是小说,而非"悲剧"。他受叔本华的影响,将《红楼梦》和《浮士德》作为"悲剧中之悲剧"相提并论,并将贾宝玉与浮士德作比较①,虽有理论上的创见,但忽略了《浮士德》是一部长篇诗剧,与《红楼梦》体裁不同这一事实。按照王国维彼时的看法,《红楼梦》是中国古代文学史上唯一一部真正的悲剧,然而,这部真正的悲剧,体裁上却是小说,而非"悲剧",这就意味着,王国维未能清楚区分"悲剧"与悲剧(也即狭义的悲剧与广义的悲剧),也同时意味着,在漫长的中国古代文学史上,没有真正的悲剧可言。

约在十年之后,王国维修正了他的悲剧观,他在1913年初完稿的《宋元戏曲史》一书中指出:

> 明以后,传奇无非喜剧,而元则有悲剧在其中。就其存者言之:如《汉宫秋》《梧桐雨》《西蜀梦》《火烧介子推》《张千替杀妻》等,初无所谓先离后合,始困终亨之事也。其最有悲剧之性质者,则如关汉卿之《窦娥冤》,纪君祥之《赵氏孤儿》。剧中虽有恶人交构其间,而其蹈汤赴火者,仍出于其主人翁之意志,即列之于世界大悲剧中,亦无愧色。②

在这一段论述中,王国维沿用叔本华的悲剧理论,将《汉宫秋》《梧桐雨》《西蜀梦》《火烧介子推》《张千替杀妻》等元剧界定为中国的悲剧,同时将关汉卿的《窦娥冤》、纪君祥的《赵氏孤儿》奉为经典悲剧,置于"世界大悲剧"之列。这就意味着,王国维大幅修正了他十年前的观点,明确否定了由日人首先提出的"中国无悲剧"的论断。

王国维在清末民初对西方悲剧理论的引入以及他对悲剧艺术与悲剧精神的探讨,具有开风气之先的重要意义。在此之后,探讨悲剧问题、肯定悲剧意识的学者日渐增多。1914年,蔡元培在北京神州学会演讲时说:"《小雅》之怨悱,屈子之离忧,均能特别感人。《西厢记》若终于崔、张团圆,则平淡无奇;惟如原本之

---

① 王国维:《王国维文学论著三种》,北京:商务印书馆,2010年,第11—12页。
② 王国维:《宋元戏曲史》,上海:上海古籍出版社,1998年,第98—99页。

终于草桥一梦,始足发人深省。《石头记》若如《红楼后梦》等,必使宝、黛成婚,则此书可以不作;原本之所以动人者,正以宝、黛之结果一死一亡,与吾人之所谓幸福全然相反也。"①这段讲词对《西厢记》原本、《红楼梦》原本的不团圆结局高度赞赏,显然受到了王国维《红楼梦评论》中相关论述的启发。②1918年,胡适在《文学进化观念与戏剧改良》中说:"中国文学最缺乏的是悲剧的观念","'团圆的迷信'乃是中国人思想薄弱的铁证",中国文学因而是"说谎的文学"。③1924年,鲁迅在《中国小说的历史变迁》中从"国民性"的角度对"大团圆"的观念加以抨击,"中国人不大喜欢麻烦和烦闷,现在倘在小说里叙了人生底缺陷,便要使读者感着不快。所以凡是历史上不团圆的,在小说里往往给他团圆;没有报应的,给他报应,互相骗骗。——这实在是关于国民性底问题。"④蔡元培、鲁迅、胡适等都是近代学术界和思想界的执牛耳者,他们对悲剧意识的推崇以及对中国人固有审美心理的批判,无疑扩大了悲剧艺术与悲剧人生观在中国的影响。

(作者单位:澳门大学)

---

① 蔡元培:《以美育代宗教说》,载高平叔编《蔡元培教育论著选》,北京:人民教育出版社,2011年,第91页。

② 王国维:《王国维文学论著三种》,北京:商务印书馆,2010年,第12页。

③ 胡适:《胡适学术文集·新文学运动》,北京:中华书局,1993年,第80—81页。

④ 鲁迅:《鲁迅全集》(第九卷),北京:人民文学出版社,1991年,第316页。

抗战时期的林语堂与《纽约客》杂志

叶 子

1935—1945 年间，是林语堂言谈与著述最重要的十年。初到美国，他即是妇女俱乐部被谈论最多的明星作者、图书出版公司最青睐的对象，并与纽约文化名流多有交集，具有专栏作家、文化经纪人、小说家和政论家等多重身份。但对于林语堂的两本文化随谈、两部长篇小说和时事政论集《啼笑皆非》，《纽约客》的评鉴始终冷静而客观。林语堂接受《纽约客》的采访时，对后者的批评建议也有所采纳。此外，《啼笑皆非》中对地缘政治学派的重构与批评，或对"共同体意识"的谨慎怀疑，皆与战时《纽约客》的态度互为表里。综观抗战期间林语堂与《纽约客》杂志间的对话，不难领悟其中包涵的自由主义与理想主义的核心理念。

一

林语堂用英语写成《吾国与吾民》(*My Country and My People*，1935)之后，赛珍珠坚信这是一本"迄今为止书写中国的最真诚，最深厚，最完整，最重要的书"①，与丈夫理查德·沃尔什(Richard Walsh)合力推动此书在美国出版。1935 年，插图版《吾国与吾民》在四个月内共印七版，登上畅销书榜。9 月 21 日，《纽约客》"书评"栏主编克利夫顿·费迪曼②，在"图书简讯"栏"综合类"书目登

---

① Clifton Fadiman, "Books Briefly Noted: *My Country and My People*", *The New Yorker*, (September 21,1935).本文所引英文文献均为笔者自译。

② 克利夫顿·费迪曼(Clifton Fadiman, 1904—1999)是美国著名报人、编辑和专栏作家。1933—1943 年间为《纽约客》撰写书评。林语堂和费迪曼私交甚好，1939 年同胡适一起为费迪曼所编的《我的信仰：当代名流之个人哲学》(*I Believe: The Personal Philosophies of Certain Eminent Men and Women of Our Time*)一书撰文。2002 年，费迪曼《一生的读书计划》(*Lifetime Reading Plan*, 1960)在中国出版。

录此书书讯。费迪曼称，中国人林语堂"像大师一样写作英语"，用幽默微妙的性格描绘，展现了一群"有各式各样古怪毛病，却像是地球上最理性存在"的中国人。赛珍珠作为出版方，所言或有夸张，但费迪曼用"地球上最理性的存在"①这样的表达，至少能部分说明林语堂在书写姿态上的中立与缓和。

费迪曼不能理解的是，既然这部绝妙、敏锐又博学的作品涉及中国人的种种，谈及社会政治生活、文学艺术形式，甚至社会家庭的乐事，林语堂的记录却"很少涉及中国正面临的危急的政治问题"。②《纽约客》编辑有此困惑，因林语堂在自序中表示，本于"忠恕之道"，该书能"坦白地直陈一切"，"暴呈她（中国）的一切困恼纷扰"，"接受一切批评"。③林语堂显然十分在意《纽约客》的评价，在《论美国》中回忆当年收获的赞许时称："费迪曼因对本书评论稍迟，赶紧向读者道歉。"④并且，四年后《吾国与吾民》再版时，一来因为战争局势紧迫，二来也为回应费迪曼的批评，林语堂在书末新增一章"中日战争之我见"。

《吾国与吾民》是林语堂"对外讲中"的开始。1936 年 12 月，受赛珍珠夫妇邀请举家迁至纽约后，林语堂很快融入当地知识分子的文化生活。⑤12 月 15 日，由《纽约时报》和美国国家图书出版者协会在刚刚建成的洛克菲勒中心主办的第一届美国全国书展上，林语堂作为主讲作家之一出席参加，他的风度使当时许多中国留学生深感扬眉吐气。⑥当然也有人从书中读出取巧的意味，认为林语堂只写"吾国"中与"吾"相似的阶层，用英文中"吾之"（My）与"卖"发音相同来讽刺和攻击。⑦

① Clifton Fadiman，"Books Briefly Noted：*My Country and My People*"，*The New Yorker*，(September 21，1935)，p. 85.

② Clifton Fadiman，"Books Briefly Noted：*My Country and My People*"，*The New Yorker*，(September 21，1935)，p. 85.

③ 此序写于 1935 年 6 月，中文版由黄嘉德译，原载 1936 年上海西风社出版的《吾国与吾民》（参见林语堂著、陈子善编《林语堂书话》，杭州：浙江人民出版社，1998 年，第 355 页）。

④ 林语堂：《八十自述》，北京：宝文堂书店，1990 年，第 39 页。

⑤ 1936 年 10 月，林语堂与太太和三个女儿搬至纽约，住在中央公园西路 50 号 栋七间房的公寓。据《宇宙风》的周劭称，林语堂忽然决定举家赴美，是因为"参与过蔡元培、宋美龄发起的'民权保障大同盟'和编辑过《论语》，给国民党平添了不少麻烦，没当上南京政府的立法委员，因此愤而出国"。参见周劭之《前言》，柯灵、冯金牛选编《午夜高楼——〈宇宙风〉萃编》，上海：上海古籍出版社，1999 年，第 6 页。

⑥ 林太乙：《林语堂传》，台北：联经出版事业公司，1994 年，第 171 页。

⑦ Chan Wing-Tsit，"Lin Yutang, Critic and Interpreter"，*College English*，Vol.8，No. 4 (January 1947)，p. 165.

　　"买卖"之意在《纽约客》的一篇采访稿中也略见端倪。1937年初，沃尔什介绍《纽约客》杂志的记者拜访林语堂，并在刊首"热门话题"栏目以《中国掮客》("Chinese Hustler")为题，记叙了对林语堂的采访。《纽约客》描述林语堂一家相当西化的客居生活，并提及他对中国的想念。[①]文章讨论的要点之一，是林语堂作为专栏写作者的经验与眼光。林语堂自1930年起至去美前，为上海英文刊物《中国评论周报》(*The China Critic*)的专栏"小评论"(The Little Critic)写稿。《纽约客》记者将林语堂的专栏文笔与布龙、佩格勒相提并论。海伍德·布龙(Heywood Broun)和韦斯特布鲁克·佩格勒(Westbrook Pegler)均为纽约当时善写时政的专栏作家。20世纪20年代—30年代，布龙常常为《纽约客》撰稿，同时为民主党的《纽约世界》(*New York World*)日报主持"在我看来"(It Seems to Me)专栏。[②]"小评论"中的林语堂也常常以"我"为视角，看似从个人生活抒发感言，但包含见理精深的观点。[③]而佩格勒则是和主流大唱反调的讽刺行家，他的抨击对象不仅有罗斯福家族和劳工领袖，也有知识分子、作家、诗人和评论家，甚至包括《纽约客》的费迪曼本人。[④]《纽约客》认为林语堂畅销书作者的行文风格与写作专栏的经历密不可分，这是极其准确的判断。《吾国与吾民》中的多数观点，正是对"小评论"既有议题的重申和扩展。不过，此时林语堂的讽刺远没有达到佩格勒"煽动人心"的程度，在后者的专栏中，"没有人是安全的"。[⑤]林语堂虽有布龙和佩格勒的辛辣文笔，但格调要温和许多。

　　《中国掮客》是一篇用典型的美国式新闻笔调写作的报道，但"掮客"一词并非出自刁钻的记者，反倒是林语堂的自嘲。[⑥]彼时他并不高看自己的文化小品。

---

　　① Richard J. Walsh, Charles Cooke, and Russell Maloney, "The Talk of the Town: Chinese Hustler", *The New Yorker*, (January, 1937), p. 12.

　　② 1927—1936年，布龙为《纽约客》撰写了两篇人物访谈、五篇小说和一篇通讯稿。

　　③ 例如《假定我是土匪》《我搬进公寓》《言志篇》《我不敢游杭》等等[Lin Yutang, "If I Were a Bandit", *The China Critic Weekly*, Vol.3（August 21, 1930），pp. 804 - 805；Lin Yutang, "I Moved into a Flat", *The China Critic Weekly*, Vol.5（September 22, 1932），pp. 991 - 992；Lin Yutang, "What I Want", *The China Critic Weekly*, Vol.6（July 13, 1933），pp. 264 - 265；Lin Yutang, "I Daren't Go to Hangchow", *The China Critic Weekly*, Vol.8（March 28, 1935），pp. 304 - 305].

　　④ William F. Buckley, Jr., "Life and Letters: Rabble-rouser", *The New Yorker*, (March 1, 2004), pp. 46 - 53.

　　⑤ William F. Buckley, Jr., "Life and Letters: Rabble-rouser", *The New Yorker*, (March 1, 2004), p. 46.

　　⑥ 结尾处记者"郑重"总结，林先生"最喜欢的自称是'掮客'"（Richard J. Walsh, Charles Cooke and Russell Maloney, "The Talk of the Town: Chinese Hustler", p. 13）。

《吾国与吾民》的最末一章"生活的艺术"谈论中式园艺及饮食，成为许多美国女士的生活法则。趁西方尚无此类专书，林语堂又口述完成《生活的艺术》(*The Importance of Living*，1937)，讲西方风俗，也讲中国的生活思想，出版之后，高居畅销书首位竟有一年之久。

中国人民反抗日本帝国主义侵略的抗日战争全面爆发后，《纽约时报》《时代周刊》等报刊纷纷请林语堂撰写文章，阐释中国人民反抗日本帝国主义侵略的抗日战争的背景。1937年8—11月底，林语堂在《纽约时报》及其杂志版多次撰稿讨论中日战事。[①]《纽约客》也不再额外推荐林语堂"与草木为友""和土壤相亲"的生活散文。1937年11月27日，费迪曼在"图书简讯"栏中明确表达了自己对《生活的艺术》的失望："此书的说教，老套的怜悯与讽刺的风格，却是三百年来二流哲学家轻车熟路施舍的一贯套路。"[②]林语堂的本意是让《生活的艺术》达到"不说老庄，而老庄之精神在焉，不谈孔孟，而孔孟之面目存焉"[③]。但"众人皆醉我独醒"的中国式思辨，并不为《纽约客》所欣赏。1938年，译成中文的《生活的艺术》开始在上海《西风》杂志连载时[④]，国内还鲜有对林语堂的批评，而《纽约客》上却出现了戏仿的文章。常驻作者科妮莉亚·奥蒂斯·斯金纳作《鸡尾酒的艺术——或林语堂的灯之油》，称鸡尾酒是中国某朝某帝某臣之发明。斯金纳还堆砌了大量毫无意义的韦氏拼音，并佯装严谨地为自己编造的汉语新词——作注。[⑤]这是为了讽刺《生活的艺术》没有提供有质感的中国材料，既然如此，不如像她一样胡编乱造。原本林语堂想做超然的评论家，领悟美国的现代生活，评述中国的古代智慧，不讲"宇宙救国的大道"[⑥]，但战争背景下出现的这类批评，将

---

① Lin Yutang, "Captive Peiping Holds the South of Ageless China: Culture, Charm, Mystery, and Romance Linger in the Vivid City Occupied by the Japanese", *The New York Times*, (August 15, 1937), p. 110; Lin Yutang, "Can China Stop Japan in Her Asiatic March?", *The New York Times Magazine*, (August 29, 1937), p. 5; Lin Yutang, "Key Man in China's Future: The 'Coolie' A Portrait of The Stoical and Humorous Toiler Who is also a Stubborn Fighter", *The New York Times*, (November 14, 1937), p. 152.

② Clifton Fadiman, "Books Briefly Noted: The Importance of Living", *The New Yorker*, (November 27, 1937), pp. 103 - 104.

③ 林太乙：《林语堂传》，台北：联经出版事业公司，1994年，第172页。

④ 林语堂：《生活的艺术(一)》，黄嘉德译，《西风》第22期，1938年9月。

⑤ Cornelia Otis Skinner, "The Importance of Cocktails: Or Oil From the Lamps of Lin Yutang", *The New Yorker*, (June 4, 1938), p. 16.

⑥ Lin Yutang, *My Country and My People*. New York: 1935, p. 15.

部分地改变他未来的写作策略。

沃尔什曾劝林语堂用"纯中国的小说艺术"写英文长篇小说①,这就有了1939年出版的《京华烟云》。小说的时间跨度长达40年(从义和团运动到抗日战争),主要篇章都与战争和革命有关,但"瞬息京华"的大背景却是平静的。1939年11月18日,费迪曼在"书评"栏以"华夏四十年"为题发表评论,称《京华烟云》极其"散漫":有800页但"写成8000页也完全可以",书中200个角色,"其中50个是主角,以无比复杂的家庭纽带连接"。费迪曼认为,林语堂对40年的时间跨度"并无类似托马斯·曼《魔山》中的哲学处理";且小说叙事展现的是贵族式的社会图景,"而非赛珍珠笔下的中国",它的感觉方式、说话习惯、礼仪的拘泥和习俗的转变似乎都得益于普鲁斯特,虽然情感处理"并没有普鲁斯特的敏感微妙";有时角色陷入感官上的乐趣,对彼此有不同程度的情感,但如《荷马史诗》般"全无我们现代意义上对罗曼蒂克之爱的理解";有人死去,却"没有悲剧感";有悲伤,却"没有莎士比亚的悲痛"。②费迪曼对中国小说全无概念,面对对此同样一无所知的《纽约客》读者,只能通过比照的方式,列出《京华烟云》所缺少的经典特质。费迪曼判断,作为一本中国人用英文为英语读者写的中国社会小说,林语堂使用了"一种为他的国民写小说时不会使用的方法",对风俗习惯、家居建筑的描写,与人物关系松散地联合,产生一种"滑稽的,过分传授知识的效果"。③虽然有这类批评的声音,但一个月后的12月23日,"书评"栏登录1939年的图书总结,《纽约客》仍将"最佳精艺奖"(Most Admirable Piece of Virtuosity)授予《京华烟云》。④此事说明,在抗日战争的背景下,美国读者需要一部与战时中国相关联的小说。虽然林语堂没有将"英文技能"直接用在"为抗建国策做宣传"上,但《京华烟云》还是成为当时他所有作品中销路最好的一本。⑤稍后在《美国与中国的抗建》一文中,对于海明威叙述西班牙内战的《丧钟为谁而鸣》销量已超50万本一事,林语堂感叹:"倘能撰一中国战争小说,亦可为中国作文学宣传,力

---

① 林太乙:《林语堂传》,台北:联经出版事业公司,1994年,第181页。

② Clifton Fadiman, "Books: Forty Years of Cathay", *The New Yorker*, (November 18, 1939), p. 103.

③ Clifton Fadiman, "Books: Forty Years of Cathay", *The New Yorker*, (November 18, 1939), p. 104.

④ 奖项后特别注明,因林语堂可"让美国大多数的三流小说家们懂得如何使用简洁清楚的英文"[Clifton Fadiman, "Books: Mopping up", *The New Yorker*, (December 23, 1939), p. 62]。

⑤ 时金:《评〈京华烟云〉》,《文艺世界》第3期,1940年10月。

量较大于政治宣传也。"①

此后,"二战"局势彻底改变了美国新闻出版与文化生产的格局。1940 年伦敦大轰炸后,图书、戏剧和广播的大量报道,让美国读者能够将同情的目光给予饱受空袭之苦的伦敦市民。"轰炸纪实"也是当时报道中国的核心议题,以《纽约时报》为例,1938—1943 年间,与"重庆大轰炸"相关的文本有 187 篇。②1941 年,林语堂的《风声鹤唳》在太平洋战争爆发前夕出版,很快成为《纽约时报·书评周刊》(The New York Times Book Review)的十大畅销书。1941 年 11 月 22 日,费迪曼在《纽约客》"书评"栏表示,这部小说之所以重要,因其谈的是中日纷争,在"三角恋的陈腐俗套和佛教教义的空洞训诫"之下,可见"侵略者的病态倒错与中国民族精神的成长"。③被轰炸的汉口,扩大了《风声鹤唳》的读者效应,这一时期,无论林语堂如何谈论儒家情理、道家精神或佛教思维,都比不上战祸书写的意义和影响。

二

1943 年,战局尚不明了,美国的外交政策围绕战后安全问题、欧洲与远东地区可能出现的局面展开。7 月,林语堂出版时事政论集《啼笑皆非》(Between Tears & Laughter),用大量篇幅讨论地缘政治学,评论若干本当时出版的涉及地缘政治的地理学名作,并梳理了这门欧洲科学的起源与脉络。林语堂的爬梳从学科鼻祖、英国历史地理学家麦金德爵士(Sir Halford J. Mackinder)开始,论及德国地缘政治学派的创始人霍斯何弗(Karl Haushofer),再进而讨论耶鲁大学国际问题专家的斯皮克曼(Nicholas John Spykman)教授。这一系列对地缘政治知识谱系的重构与批评,或与 1942—1943 年间,费迪曼在《纽约客》发表的一系列评论有关。

1942 年 8 月,中途岛海战结束一个月有余,《纽约客》介绍了麦金德当时再

---

① 此文起初为 1941 年初《大公报》(重庆版)的通讯稿,后载《宇宙风》(参见林语堂《美国与中国的抗建》,《宇宙风》第 150 期,1942 年 6 月)。

② 张瑾、王爽:《西方主流媒体对重庆大轰炸的报道分析——以〈纽约时报〉为例》,《重庆大学学报(社会科学版)》2010 年第 5 期。

③ Clifton Fadiman, "Books: A Week of Storms", *The New Yorker*, (November 22, 1941), p. 108.

版的《民主的理想与现实》(*Democratic Ideals and Reality*，1919)。麦金德的"陆权论"强调欧亚平原作为腹地的重要性，并提出"世界岛"(欧亚非大陆)概念。作为一名典型的维多利亚时代的英国学者，在他的思考中，地中海地区和欧洲种族才是世界中枢，美洲不过是"世界岛"的外岛。此书在"一战"后风行，二十多年后再版之际，费迪曼一再重申，以霍斯何弗为首的现代地缘政治家，是由麦金德引申出他们的理论。[①]麦金德回顾欧洲千年历史，总结出一条简单易懂而又过于齐整的空间决定论，即统治东欧便控制"心脏地带"，进而控制"世界岛"，把握整个世界的局势。麦金德的本意是从地理位置的角度确保英帝国的安全，但将大陆腹地视为枢要的地缘政治战略，被德国学派的霍斯何弗引用后，直接影响了希特勒对东欧的政策。

对于费迪曼关于地缘政治的评论，林语堂在《啼笑皆非》中写道："美国人民迟迟开眼，才当觉在霍斯何弗之前，还有一个英国人名麦肯德(麦金德)早在1904 年，便发表地缘政治的中心理论，倡欧亚'中心地'之说。"[②]费迪曼关注的是麦金德启蒙史观下政治地理的现实，而林语堂更关注强权政治与民主、自由理想之间不可调和的矛盾：

> 每听他们讲起"地球"或"世界岛"，我就觉得它已为人血染红。地略政治并不是研究"土地"、"地片"(Land-Mass)、"核心地"(Rimland)、"边沿地"、生存空间，以及伸张空间的科学，而是"血地的科学"。[③]

林语堂之所以发出这样的感慨，是因为对于甲午战争之后的中国来说，凌弱暴寡的地缘政治确无公平与正义可言。1904 年，麦金德向皇家地理学会宣读报告《历史的地理枢纽》，并在报告的尾声假设，一旦中日合纵便有可能推翻俄国，构成"威胁世界自由的黄祸"。[④]仅仅两周之后，日俄战争在旅顺港揭开序幕。一方面，英国舰队已经支持日本；另一方面，麦金德依然警惕任何可能的新兴力量对

[①]　Clifton Fadiman, "Books Briefly Noted: Democratic Ideals and Reality", *The New Yorker*, (August 22, 1942), p. 59.

[②]　林语堂：《啼笑皆非》，长春：东北师范大学出版社，1994 年，徐诚斌译，第 136 页。

[③]　林语堂：《啼笑皆非》，长春：东北师范大学出版社，1994 年，徐诚斌译，第 138 页。

[④]　H. J. Mackinder, "The Geographical Pivot of History", *The Geographical Journal*, Vol. 23, No. 4 (1904), p. 437.

英国形成的潜在威胁。^①到了 1919 年,《民主的理想与现实》出版,在巴黎和会的背景下,麦金德强调胶州"不该重归德国",因为德国占领的明显目的是要使用中国人作为补充的人力,帮助德国征服"世界岛"。^②但麦金德却从未提及"胶州湾是中国领土,理应从德国人手中归还中国"。^③在"民主的理想与现实"题目之下的世界史论析,看不到大英帝国之外的"民主的理想与现实"。在麦金德看来,自然环境对人类的行动产生影响,因而人类历史是世界"有机体生活"^④的一部分。"国家有机体"在"有机欲望"的驱使下争夺"生存空间",是掩藏在自然生物概念之下的政治意识和视野。^⑤因此,林语堂指出,这一学说理所当然会被霍斯何弗引申利用,作为德国地缘政治理论的核心,进而为纳粹的国家安全理论和领土扩张政策提供相应的地理学解释。^⑥

同一时期《纽约客》对于霍斯何弗的讨论,集中体现在费迪曼对《霍斯何弗将军的世界》(*World of General Haushofer*,1942)一书的评价中。在这本费迪曼看来表述"漫不经心,极其淡漠"的德国地缘政治学科论著中,林语堂反而捕捉到为数不多的对霍斯何弗主义清醒的认识和批判。此书在思想史梳理中涉及大量原文典籍,让林语堂格外重视它在"资料备载上"^⑦的意义。费迪曼认为,霍斯何弗主义是一门"虚假"的"科学",德国学派的地缘政治理论混杂着地理政治、"最模糊的德国式的形而上学"和"简单又甜蜜的德国式的对土地的渴望"。^⑧而林语堂也做出了几乎一模一样的评价:

---

① 出于对俄国崛起的恐惧,也"为了使通向中国市场的门户开放",英日同盟已于 1902 年签订(H. J. Mackinder,*Democratic Ideals and Reality*. New York:Henry Holt and Company,1919,p. 180)。

② H. J. Mackinder,*Democratic Ideals and Reality*. New York:Henry Holt and Company,1919,p. 217.

③ 刘小枫:《麦金德政治地理学中的两种世界文明史观》,《思想战线》2016 年第 5 期。

④ H. J. Mackinder,"The Geographical Pivot of History",*The Geographical Journal*,vol. 23,no. 4,(1904),p. 422.

⑤ 麦金德和霍斯何弗都沿用了德国地理学家拉采尔(Friedrich Ratzel)的"国家有机体"和"生存空间"(lebensraum)的概念。

⑥ 林语堂形容霍斯何弗教授对希特勒的影响,有如"拉斯布丁(Rasputin)影响最后一个俄国皇帝",他对"二战"的关系,有如"突来茨基(Treitschke)对一战的关系"(参见林语堂《啼笑皆非》,第 136 页)。

⑦ 林语堂:《啼笑皆非》,长春:东北师范大学出版社,1994 年,徐诚斌译,第 140 页。

⑧ Clifton Fadiman,"Books Briefly Noted:World of General Haushofer",*The New Yorker*,(January 2,1943),p. 52.

地略政治之所以危险，因为它是一门"科学"，而假借科学之名……不论是霍斯何弗派或其他派，百分之五十是集合而成的客观材料，百分之三十是冒牌科学，百分之二十是德国玄学，或可说是"浮士德的悬望"。①

不过，费迪曼看到的是强权政治之下的畸形怪物，林语堂则窥见了半个世纪内，作为一个文化有机体的欧洲的衰落。他将占据尽可能多的"生存空间"的"有机欲望"，与19世纪欧洲的自然主义论调相联系，认为"将达尔文物竞论移来适用于人事"，"把植物学应用及人类文化"，会带来斯宾格勒式的悲观主义。②霍斯何弗主义象征着西欧文明的普遍衰落，这一学派不仅受斯宾格勒的"文化形态"说影响，也暗含对"西欧中心论"的批判。19世纪末20世纪初知识界的动向，几乎都与自然科学的技术有关，而显著的科学贡献又各自受物质因素的影响，林语堂逐一列举了种种知识界的唯物主义风潮，包括马克思主义的唯物辩证法、左拉的实验小说、德莱赛的自然主义作品等。霍斯何弗的政治伦理，与这半个世纪的欧洲文化运动的发展相辅相成。林语堂亦提及艾略特的"私人僻典"、乔伊斯的"自我剖析和自我暴露"、斯特拉文斯基的"逃避和谐"、毕加索的"逃避美观"、达利的"逃避逻辑理性"以及斯泰因的"逃避文法"等，均为"科学"西方强压之下的产物。③当现代主义文化运动已重新发出18世纪浪漫主义反理性至上的呼声时，地缘政治运动却还走在人文科学机械袭用自然科学的老路上。

另一本同时收获费迪曼和林语堂评论的地缘政治论著，是斯皮克曼影响深远的《世界政治中的美国战略》(America's Strategy in World Politics，1942)。麦金德的"陆权论"先是在霍斯何弗的引介之下，成为纳粹德国"国家科学"的一部分，"二战"后期又为美国学派的斯皮克曼所利用，成为注重武力均衡的战略指导。《世界政治中的美国战略》强调从战略上思考国家安全，宣扬建立视本国利益为根本的战争学说。斯皮克曼毫不隐讳，武力才是美国生存与实现和平愿景的唯一途径，美国积极参战的重要意义在于控制欧洲和亚洲的边缘地带，维持分歧的局面。这本书的副标题是"美国及武力均衡"，在某种意义上，它确实具有透视国际政治的实用价值。站在世界主义和自由主义立场的《纽约客》无法苟同斯

---

① 林语堂：《啼笑皆非》，长春：东北师范大学出版社，1994年，徐诚斌译，第137—140页。
② 林语堂：《啼笑皆非》，长春：东北师范大学出版社，1994年，徐诚斌译，第142—143页。
③ 林语堂：《啼笑皆非》，长春：东北师范大学出版社，1994年，徐诚斌译，第163页。

皮克曼的"务实"精神，费迪曼称他"理由充分却并不友好"，"超然客观却冷冰冰"，并将其比作"美国版的霍斯何弗"。①

对于时刻关注中国命运的林语堂来说，斯皮克曼及其言论显然是一个威胁。关于"武力均衡"的种种言论已被纳入当时的外交文献，也为国防政策的制定者提供科学背景和行动指导。美国社会普遍认为，不仅应该用武力干涉欧洲或亚洲，而且战后的美国更可以作为一个超越他国的更高权威，控制与处理国际关系。在《啼笑皆非》中，林语堂一方面反驳斯皮克曼"背离怜悯苍生之感的学府观点……借科学的名义辱贬人类的心知"，一方面也惊讶于斯皮克曼与霍斯何弗的相似之处：

> 史班克孟（斯皮克曼——引者注）教授这本书最后十五页内所蕴含的国际毒液，比希特勒《我的奋斗》全书更剧烈……他所讲的是科学，与人生价值无关的科学。他保持完全超脱的客观态度，头脑用消毒密封方法封住，人类感情已全部肃清。如果有人说得出史班克孟教授，与霍斯何弗或希特勒在宇宙观上有什么分别，我倒愿意听听……德国的宇宙观以及达尔文自然物竞之说，影响美国地略政治家到何程度，且看史班克孟教授便可知道。他的著作最能完全反射出这"强权政治之自然科学"的德国风味，丝毫不容人道观念插足其间。②

林语堂无数次质疑地缘政治搬弄定义，既不客观中立，又无视道德人情。他更多次呼吁，既然"有许多独立国家的世界，是斯必克门（斯皮克曼——引者注）教授所不敢想象的"③，那么废道忘义不应始于教育有素的知识阶层，美国大学课堂不应教授此类政治学说，高等研究院更不应被强权政治的势力把持。

20世纪40年代重新发酵的地缘政治学热潮，奠定了此后这一学科的基本格局。今日学界在思想史的研究范畴内讨论地缘政治已非常普遍，而对于1942年前后的美国人来说，它是个全新的词汇。《纽约客》曾发表一首小诗《修面》

---

① Clifton Fadiman，"Book：American Geopolitics"，*The New Yorker*，（March 21，1942），pp. 68 - 70.

② 林语堂：《啼笑皆非》，长春：东北师范大学出版社，1994年，徐诚斌译，第136—139页。

③ 《啼笑皆非》前12篇由林语堂自译，12篇之后由徐诚斌译出。因此人名常有前后不一的译法，再版也未作修正（参见林语堂《啼笑皆非》，第19页）。

("Shave")调侃地缘政治的流行,形容连理发店的空气中也"弥漫宏大的战略",理发师在顾客耳边"绘制战术防御","剃刀高高地摆成 V 型……哦美妙新地略"。[①]地缘政治骤然为美国人津津乐道,尽管之前他们的地理学知识还相当陈旧。短短几年内,译介地缘政治的图书大量涌现,包括《纽约客》在内的报刊大力推广,一种在全球范围内具有决定性的世界观,一种新的美国式的地理政治学思想的系统表述,已初现端倪。[②]它通俗易懂,又打着科学的名号,几乎成为当时最流行的政治学说。借助《纽约客》的相关评论,林语堂敏锐地注意到地缘政治学科的风行及其所产生的影响,并使之成为他这一阶段思考的重点。

三

　　林语堂与《纽约客》共同反对地缘政治的鼓吹者,同时,也批判政客中"倡武力治安"或"倡武力挟制天下"[③]的现实主义者。《纽约客》杂志元老 E. B. 怀特在"热门话题"栏述及"理想家"林语堂,引出了当时更流行的某种观念趋势:

　　　　林语堂博士说"问题实质是:武力足恃吗?"我们倒不认为这是问题的实质。武力显然解决问题。它是唯一解决问题的途径。每天我们都目睹武力的效用(对我们有利的),当它被用来支持法律,被用来维护民意时。每隔二十年左右,我们都目睹武力的效用(对我们不利),当它不经民意批准被无常地用来与法律分离之时。问题的实质不是武力是否解决问题,而是共同体的范围及意识,是否能,怎样能,扩大发展,直至武力不仅可以在地方上,也可以在国际上起到好的作用。[④]

在这里,怀特委婉地将关于"武力"的讨论转向对"共同体"的关注。国际联盟当时虽然崩溃,但人们越来越看重全球一体化的观念,"世界合作政府"或"世界平

---

　　① Maurice Sagoff, "Poem: Shave", *The New Yorker*, (February 28, 1942), p. 53.
　　② Geoffrey Parker, *Western Geopolitical Thought in the Twentieth Century*. Sydney: Croom Helm, 2015, p. 103.
　　③ 林语堂:《啼笑皆非》,长春:东北师范大学出版社,1994 年,第 1 页。
　　④ E. B. White, "The Talk of the Town: Notes and Comment", *The New Yorker*, (August 28, 1943), p. 13.

等联邦"的构想依然盛行。只是在怀特看来,"世界警团"的存在与国际公平、安全并无绝对关系。1943 年 2 月,《纽约客》曾介绍桥牌大师伊黎·古尔柏森(Ely Culbertson)"伟大"的"世界联邦计划"(World Federation Plan),称之为"高烧之下"的疯狂产物。① 古尔柏森认为,世界秩序"不需要比桥牌更复杂",并倡导"世界警团分配原则"(World-police Quotas),从制度上保障和平。但在古氏的分配数据中,美国军力占 20%,中国军力占 4%,绝无平等可言。

林语堂在《啼笑皆非》中注意到斯皮克曼对"世界联邦计划"的附和,力证古尔柏森从大众心理入手,借联邦的名义行英美领导之实,强调"英美联邦"才是"建立世界联邦之初步"。② 不过,林语堂的观点并无独到之处,因为支持某种自由的盎格鲁—撒克逊式的权力联合,是英美政治家与学者的主流意见。历史学家阿诺德·汤因比就主张建立某种"民主的盎格鲁—美利坚世界联邦",让"世界的领导权暂时落入说英语的人手中"。③ 1943 年初,在没有中国代表出席的卡萨布兰卡会议中,英、美两国单方面决定了联合行动里中国的任务。3 月,丘吉尔在关于战后重建的演讲中,谈及未来世界的合作组织工作,多次使用美、英、苏"三大列强"的提法。④ 罗斯福也认为,任何一个新的世界组织,都要遵守"由大国高度掌控"的原则。⑤ 在那些讨论如何用世界合作来维护和平稳定的谏言中,"帝国"一词已经被"联盟"成功置换。

有感于此,林语堂对"世界联邦合作"尤为谨慎。他援古证今,引用古代雅典因"不能解决帝国主义与自由之矛盾"⑥,以致提洛同盟解体、希腊文明衰落的例子,以证明联邦的弊病。一方面,林语堂坚信美、英两国的战后政策是"富国的寡

---

① "The Talk of the Town: The Culbertson System", *The New Yorker*,(February 27, 1943),pp. 12 - 13.

② 林语堂:《啼笑皆非》,长春:东北师范大学出版社,1994 年,第 113—132 页。

③ Mark Mazower, *Governing the World: The History of an Idea*, 1815 to the Present. New York: Penguin Press, 2012, p. 194.

④ "Three great victorious Powers" 或 "Three leading victorious Powers"(Cf. Winston S. Churchill, *A Four Years' Plan for Britain: Broadcast of 21 March 1943*. London: The Times Publishing Company, 1943)。

⑤ Mark Mazower, *Governing the World: The History of an Idea*, 1815 to the Present. New York: Penguin Press, 2012, p. 195.

⑥ 林语堂:《啼笑皆非》,长春:东北师范大学出版社,1994 年,第 23 页。

头政治"①,可能以灾难收场;另一方面,他又以救国为最终目的,为沟通文化、促进邦交的工作奔波。1943 年 8 月,在赛珍珠创立的民间组织"东西方协会"(East and West Association)的协调下,林语堂通过电台,谴责日本侵略并号召美国人民支持中国。活动结束后,协会收到上千封美国听众的来信。林语堂表示会将这捆信件带回中国,转交至重庆政府高层手中。12 月 18 日,《纽约客》有幸浏览过这批来信的记者在"热门话题"栏中转述了部分信件的内容,称"与政府的政策表现相比,多数美国人更加同情中国⋯⋯他们既非孤立主义者,也非帝国主义者,亦对国际义务有较敏锐的意识"。②依据来信的人群之广、反应之热烈(有听众甚至在信中附上了捐款),可以看出林语堂当时在美国具有极强的号召力。

《纽约客》编辑部不清楚的是,携带美国人民的好意归国,原本打算搜集英勇抗战故事以资国际宣传的林语堂,并没有受到中国知识界的热情礼遇。林语堂搭乘宋子文的飞机回国,落地后即推广将要被译成中文的《啼笑皆非》,称之为数年来国外观察的汇总报告。1943 年 10 月 24 日,林语堂在重庆中央大学演讲,声明"所收的是公开的资料,所表的是私人的见解",因国人"读物缺乏,对国外政治的暗潮,未免太隔膜",读后可对"国际政治将来之发展及战后的局势,有更亲切之认识"。③1944 年 3 月,林语堂在长沙作《论月亮与臭虫》的演讲,又特意谈及《啼笑皆非》,重提东西方政治的比较,称西洋政治学"专讲政制机构、代议制度",而中国政治学是"礼乐刑政四者缺一不可,寓伦理与政治于一炉"。④

与此几乎同时进行的,是国民党中央宣传部国际宣传处的"政治丛书"系列,将林语堂《地缘政治:野蛮的法则》⑤的译文编入小册子《地缘政治与心理政治》(蒲耀琼译,重庆:国际编译社,1943 年)。在 1944 年的大背景下,林语堂在正式场合的发言,直接就"中国治道"发论,谈及儒家"政者正也",并一再坚持"儒家言

---

① 林语堂称"现此的世界联邦必成为富户政治或富国的寡头政治,其不稳固亦不亚于一国中的寡头政治"(参见林语堂《啼笑皆非》,第 167 页)。

② Andy Logan, "The Talk of the Town: Best Wishes", *The New Yorker*,(December 18, 1943), p. 20.

③ 题为《论中西文化与心理建设》的发言稿先在《大公报(桂林版)》《重建月刊》《新动向》《国民杂志》《天下文章》等刊转载(参见林语堂《论中西文化与心理建设》,《宇宙风》第 135、136 期合刊,1943 年 12 月)。

④ 林语堂:《论月亮与臭虫》,《宇宙风》第 135、136 期合刊,1943 年 12 月。

⑤ 此文为《啼笑皆非》中《血地篇第十七》的部分内容,先载于美国《亚细亚》杂志[Lin Yutang, "Geopolitics: The Law of Jungle", *Asia*, Vol.43(April, 1943), pp. 199 - 202]。

治不在西洋政治学之下"①的说法,是不顾形势的一意孤行。林语堂高调亲蒋的立场备受质疑,在陪都乃至全国都引起巨大的反对声浪。除上海的《文艺春秋》(1944年10月号)、重庆的《天下文章》(1944年11月号)刊发特辑集中批评林语堂之外,更有人从《半月文萃》《当代文艺》《爱与刺》《大公报(桂林版)》等报刊中,将批评林语堂的二十余篇文章汇编成集,单独出版。②田汉严厉指责林语堂对左派的攻击"损害祖国文艺界已有的团结",称林语堂"认友作敌,不分民族恩怨⋯⋯不知他会把我抗战军民写成什么",又"把中国固有文化和西洋思想无原则地对立起来"。③这一批评显然与林语堂的初衷相差甚远。虽然林语堂两次发言的主旨都是劝青年人不要盲目崇拜西洋,但郭沫若依旧用"新辜鸿铭"的绰号讽刺他引"门外学者的话来装点门面"。郭沫若尤其不能容忍林语堂认为"易经为儒家精神哲理所寄托","非懂易不足以言儒"。④曹聚仁是唯一试图将辩题深入下去的批评者,他用了很大的篇幅强调林语堂在讲话中"否定因果律,叫青年们也跟着进入玄学的浑沌圈子"。⑤即便《啼笑皆非》在开篇便解释因果循环是"全书立论的张本",而中日战争也"可引为业缘的好例"。⑥

这波批评林语堂的浪潮,往往援引美国报刊书评对《啼笑皆非》的负面评价。上海的《杂志》引《纽约时报·书评周刊》中所言"林语堂业已疯狂"。⑦桂林的《半月文萃》也取该篇评论中的"故意用不公平来呼吁公平,带着如此温雅的情态来歪曲事实,对于人性的深刻了解,又如此流于浅薄"⑧;又引《星期六文学批评》(*The Saturday Review of Literature*)中的"林语堂不知道从什么地方得到一种奇绝的观点,以为美国应负责中国的幸福⋯⋯他甚至建议要我们改变我们自己的政府底哲学和形式,信口把中国的施政理想作了一番形而上学的概述"⑨。可见,大后方的中国知识界对林语堂群起而攻之,而美国主流报刊亦讽刺林语堂面对美国仍在进行中的援助不知感恩。

---

① 林语堂:《论月亮与臭虫》,《宇宙风》第135、136期合刊,1943年12月。

② 参见郭沫若等著,子介等集纳《啼笑皆是:林语堂论》,北京:东方出版社,1944年;陈荡编《评林语堂》,桂林:华光书店,1944年。

③ 田汉:《送抗战的观光者——林语堂先生》,《当代文艺》第1卷第3期,1944年3月。

④ 郭沫若:《啼笑皆是》,《半月文萃》第2卷第5期,1943年10月。

⑤ 曹聚仁:《论"瞎缠三官经"的东西文化观》,《文艺春秋》第1期,1944年10月。

⑥ 林语堂:《啼笑皆非》,长春:东北师范大学出版社,1994年,第15页。

⑦ 《林语堂〈啼笑皆非〉》,《杂志》第12卷第5期,1944年2月。

⑧ William S. Schlamn:《评林语堂的〈啼笑皆非〉》,淑译,《半月文萃》第2卷第5期,1943年10月。

⑨ Paul I. Wellman:《〈啼笑皆非〉书评》,淑译,《半月文萃》第2卷第5期,1943年10月。

　　林语堂这一时期的言论由战略、战事讨论强权政治,分析欧美百年来的自然主义思潮,再言及人道主义对于自然主义的超越,提出"东西哲理,可以互通"①。这一论证过程,显然缺乏严密的逻辑推导。1945 年,《美亚》(Amerasia)杂志称林语堂为"学术型"的"新闻代言人"②,这种描述实际上并不准确。虽然林语堂会发出类似"美国必受良心的谴责,精神上自觉理曲"③的言论,但真正刺激他发声的,绝非某种"新闻代言"的本能,或某种国家主义信仰。美国主流文化刊物深刻地影响了林语堂的观点。在这一点上,《纽约客》似乎已与他达成共识,即如果安宁与和平的愿景真的可以实现,那么比起政治家、外交家和科学家,诗人一定能更好地被委以重任。④这想法近乎玩笑,但由此重新来看《纽约客》在《啼笑皆非》出版当月的评价,便可理解这本杂志及其背后的作者们何以认同林语堂的诸多抱怨:

　　　　林博士认为"我们"处理得不太妙……以因果业缘,或强权政治,或数字统计,或世界警团分配为原则,但此事牵扯道德价值体系。除非我们能像孟子说的那样"先得我心",否则只能愈加茫然。⑤

"先得我心"来自《孟子·告子上》:"心之所同然者何也? 谓理也义也。圣人先得我心之所同然耳。故理义之悦我心,犹刍豢之悦我口。"⑥《纽约客》能够理解林语堂在引言中列入"先得我心"⑦的用意。"理"、"义"为人类所共有,事关伦理道德的基本准则,已无须再作重申与讨论。

(作者单位:南京大学)

---

　　① 林语堂:《啼笑皆非》,长春:东北师范大学出版社,1994 年,第 2 页。

　　② "China's scholarly press agent: Lin Yutang's new role", *Amerasia*, (March 9, 1945), pp. 67 - 78.

　　③ 林语堂:《啼笑皆非》,长春:东北师范大学出版社,1994 年,徐诚斌译,第 148 页。

　　④ E. B. White, "The Talk of the Town: Notes and Comment", *The New Yorker*, (May 5, 1945), p. 15.

　　⑤ Vincent McHugh, "Books: The Chinese and Others", *The New Yorker*, (July 24, 1943), pp. 60 - 63.

　　⑥ 焦循:《孟子正义》,北京:中华书局,1987 年,第 765 页。

　　⑦ 林译"The Sage is one who has first discovered what is common in our hearts"(Lin Yutang, *Between Tears & Laughter*. New York: 1943, p. 5)。

追赶世界与再造地方
——阮章竞文艺历程与艺术思想考论

李　丹

19 世纪以来,随着世界性资本主义体系的建立,全球的绝大部分地区前所未有地屈服于一小部分地区。如果说这一小部分地区是"世界",那么中国就是边缘化了的"地方"之一。晚清有所谓"开眼看世界"之思潮,而"世界"绝非仅仅是一个地理概念而是更具有政治意味,更准确地说,"世界"是决定中华命运乃至全球走向的驱动性力量。对于很多知识分子来说,他们的历史使命就是使中国摆脱这种"地方"身份,寻求被接纳甚至去占据这个极具侵扰性的"世界"。而中国共产党所建立的根据地——尤其是 20 世纪 30—40 年代的华北根据地——则是实现这一历史使命的关节点。在此视角下,出身于"地方"与"世界"的连接处,又成名于迈向"世界"的关节点的阮章竞就具有了突出的样本意义。在阮章竞的文艺经历和文艺观念中,可以看到"地方"与"世界"的复杂互动,也可以看到在这一巨型互动之下人类个体的命运。

一、"世界"的展开与分野——从"侨汇"到"保卫马德里"

阮章竞将太行山称为自己的"第二故乡",这当然是由于位于华北腹地、号称"天下之脊"的太行山是他开展和成就其革命、文学事业的肇建之地。而他的"第一故乡"广东香山县,似乎就只是一个遥远的背景。然而,如果从更长的时段和更辽阔的空间来看,"第一故乡"这一地理空间的价值绝非如此,正如梁启超1899 年所预言的"中国苟受分割,十八行省中可以为亡后之图者,莫如湖南、广东","广东为泰西入中国之孔道……言西学最早,其民习与西人游,故不恶之,亦不畏之","广东人旅居外国者最多,皆习见他邦国势之强,政治之美"。① 从这个

---

① 梁启超:《湖南广东情形》,《梁启超全集》(第一册),北京:北京出版社,1999 年,第 242 页。

角度来说，"生于广东"对阮章竞的文学观念立场以及路径选择都有至关重要的影响。诚所谓"他的人生轨迹，固然是自己的性格、命运跟时代的相遇，但他出发的方向，却已经被家乡悄悄地规定着"①。

晚清以来即有所谓"开眼看世界"之思潮，而"世界"极大地影响着阮章竞。阮章竞晚年留有《故乡岁月》与《异乡岁月》回忆录两种，"故乡"与"异乡"之分野，当然是其个人意志之抉择，但更是由"世界"所驱动的。他曾非常明确地把自己的际遇与"世界"联结起来。在讲述投往"异乡"的原因时，阮章竞写道："三十年代初，世界经济危机也波及到了小小的中山县。在经济危机的影响下，当地华侨的建筑也明显的减少了。随着建筑业的萧条，油漆工的活也一天比一天难找了。我失业了。"②

海外华侨汇入香山的"侨汇"，是阮章竞生计的重要源头。1927—1931 年，也正是阮章竞 13—17 周岁时，恰好是华侨资金涌入沿海地区的高潮期，从 1864 年到 1913 年，广东侨汇总额为 526400000 美元，而 1927—1931 年的汇款则达 342400000 美元，也即是这 4 年的投资占了近半世纪投资总额的 65%，③而且"虽然各经济部门都有，但投资的重心，却是房地产业，占全部投资额的59.98%"④。绝大多数侨汇并没有流入商贸领域，创业或扩大再生产不是侨汇的主要流向，商业投资的总额"占汇款总额的百分之三到四左右，最多是百分之五"，"华侨最关心的事项，是如何协助他们的家族，如何设法满足当地社会、文化和经济的需求，同时要有爱国和善心的表现"。⑤13 岁成为油漆店学徒、17 岁成为正式漆工兼画工的阮章竞在决定自己的工作选择（也是人生选择）时，适逢大量海外资金流回华侨的桑梓之地，当时的他大抵是充满着期许和希望的。海外"金山"虽属道听途说，但侨乡兴盛的房地产业却是实在的。但 1929 年经济大萧条的爆发，在少年阮章竞面前展露了"世界"的另一重面目，"大萧条"直接导致"侨汇"断流，"1931 年以后，危机已波及中国，各地侨乡盛极一时的房地产业投资，也因无人

---

① 陈培浩、阮援朝：《阮章竞评传》，桂林：漓江出版社，2013 年，第 13 页。

② 刘增杰：《走向诗歌的漫长旅途——阮章竞谈话录》，《许昌师专学报（社会科学版）》1985 年第 3 期。

③ 据林金枝《近代华侨投资国内企业概论》第五章《华侨历年汇款统计表》，厦门：厦门大学出版社，1988 年，第 101 页。

④ 林金枝：《近代华侨投资国内企业概论》，厦门：厦门大学出版社，1988 年，第 23 页。

⑤ 王赓武：《华人与中国》，上海：上海人民出版社，2013 年，第 323 页。

问津而处于破产的境地"①。或许可以说,"世界"使阮章竞一度对家乡的生计充满希望,而"世界"又打碎了这种希望。如果说 20 年代末的阮章竞,是境遇窘迫然则不乏生机;那么 30 年代初的阮章竞,其未来的路径方向就已被锁死。作为掌握一定文化技能、对未来有着强烈期许的小知识分子或者准小知识分子,阮章竞要么终老于户牖之下,要么就只能出门闯荡天涯,而"天涯"所在,唯有"上海"。阮章竞回忆:"我想去能报国的地方,能学习的地方,找到活的出路。可哪里能找到呢? 我想来想去,只有上海……上海可以满足我的求知欲望和工作出路。"②

虽然阮章竞回忆自己在决心闯荡上海时"没有任何亲戚朋友,唯一认识的只有去年秋天回去的肖剑青"③,但"香山—上海"的冒险路线,其实与华侨资本的现金流向暗合,也可以说,阮章竞的看似孤注一掷的主动选择,却与"世界"通过"华侨"对"中国"的影响方式,有着共鸣性的关系。

虽然让阮章竞获得生计的"侨汇"中的大部分被用于华侨故乡,但仍有部分被投诸故乡之外——全部侨汇中,"大约百分之六十的资金投在广东省;稍微超过百分之二十投在福建省;其余的数额,稍微少过百分之二十,投在上海"④。而"华侨对上海的投资,大约百分之八十的资金,是投在工业(将近百分之五十)和商业(大约百分之三十)方面"⑤。可以看到,侨汇中用于房产、地产的部分(也是这笔资金的绝大部分)退出了商业流通,而用于投资工商业的较小部分却作为原始资本滋养了上海并推动其成为远东第一城市。阮章竞所倾慕和向往的"出版于上海的杂志和书",在很大程度上是桑梓故人的反哺。早在阮章竞远走之前,广东人已经为他打通了"粤—沪之路"。

相对于中国其他各省,广东与海外资本主义世界的联结原本就更加紧密,香山县更号称侨乡,素以买办闻名,"香山唐氏、徐氏、郑氏、莫氏四大家族,熟络西方商业知识、生活习惯,又粗通西语,乃至与西商的人际关系,因之香山人具有其他地方的人所不能比拟的优越条件"⑥。而"在五口通商以后,香山人捷足先登,

---

① 林金枝:《近代华侨投资国内企业概论》,厦门:厦门大学出版社,1988 年,第 23 页。
② 阮章競:《故乡岁月》,北京:人民文学出版社,2012 年,第 292 页。
③ 阮章競:《故乡岁月》,北京:人民文学出版社,2012 年,第 292 页。
④ 王赓武:《华人与中国》,上海:上海人民出版社,2013 年,第 322 页。
⑤ 王赓武:《华人与中国》,上海:上海人民出版社,2013 年,第 322 页。
⑥ 王杰:《渔村掮客引潮流——略论香山买办文化对近代化的建树》,见中山市社会科学界联合会《香山文化的历史与现实》,广州:广东人民出版社,2019 年,第 161—162 页。

成为上海、天津、厦门、汉口、九江等通商口岸的第一批买办"①,"上海开埠通商,香山人几乎在与外贸和商业有关的洋行、商号、钱庄等行业占据了有利地位,宝顺、怡和、琼记、太古等洋行的买办,都以香山人为主"②。经济重心的转移,也推动香山人持续向上海迁徙,"1853 年以前,上海有广东人 8 万,其中广肇帮最多……广肇帮中香山人最多,人数有两万多","到 1949 年底,上海有广东人 119178 人,其中香山人估计为 3.5 万"。③19 世纪中期以来,中国对外经济的中心持续由广东向上海转移,由粤至沪的移民流动已成惯途,而阮章竞也恰是这人流中的一个。

1934 年 7 月 13 日,阮章竞到达上海,一年半以后,"1935 年底,中国经济正在从萧条中恢复过来"④,到了 1937 年 3 月,宋子文宣布中国的大萧条已经结束,"没有理由认为中国已经脱离了所有困难,但不可否认,过去 18 个月的事实说明,整个国家的境况,无论是政治的、财政的还是商业的,都已经有了彻底的改变和改善"⑤。也即是说,阮章竞的上海岁月,恰好与民国时期经济摆脱大萧条影响的上升期大致重叠,这在其生活中亦有所反映,阮章竞回忆当时"米也不贵,六元钱可以买一大口袋,够吃一个月了。再有钱时就买点肉、青菜或花生米,扔到锅里就是饭了。那时上海街头有老虎灶,花一个铜板就可以买一大壶开水,很方便"⑥。阮章竞曾描述自己在上海的生活是"吃不饱又饿不死",但他有条件参加私人学校的英语学习、能够学习世界语和到歌咏班学指挥,还能参加多种文化活动,显然其生活并未臻于极度窘迫。实际上,世界语运动、歌咏运动都与共产主义的传播有关。同一时期的广州,欧阳山等人就"用各种组织形式吸引了不少进步知识分子和青年学生。如不少的秘密读书会、世界语小组、话剧歌咏和拉丁化新文字小组,它们之间,为了保卫组织,禁止发生横的组织关系。小组内有纪律,有批评和自我批评,大家热切学习马列理论,探讨中国革命的社会性质、动力、主

---

① 胡波:《香山买办与近代中国》,广州:广东人民出版社,2007 年,第 40 页。

② 中山市社会科学界联合会编:《香山文化的历史与现实》,广州:广东人民出版社,2019 年,第 162 页。

③ 熊月之:《上海人解析》,上海:上海教育出版社,2019 年,第 199 页。

④ 城山智子:《大萧条时期的中国:市场、国家与世界经济(1929—1937)》,孟凡敏、尚国礼译,南京:江苏人民出版社,2010 年,第 203 页。

⑤ 《中国银行年度报告》,《金融与商业》第 29 卷第 14 号,1937 年 4 月 7 日。

⑥ 阮章竞:《异乡岁月——阮章竞回忆录》,北京:文化艺术出版社,2014 年,第 6 页。

力、同盟军斗争的方式方法等等,组织生活颇为严密"①。不难想象,阮章竞显然也获益于此类资源的注入。

根据《异乡岁月——阮章竞回忆录》,从 1934 年 7 月到 1936 年夏,他的经济来源主要依靠基于同乡关系的雇佣劳动,与其交往、帮助他寻找工作的李思庸、余介平、林国豪、何少菱等人都和同乡关系密切相关。1936 年夏到 1937 年 8 月,他参加了上海职业界救国会②和世界语学习班,认识了宁波人徐稼之、温州人蒋莱、湖北人甘元简,并从事教唱工作。他的人际圈开始变得更加多元化,也开始获得超越同乡关系的支持,阮章竞"生病时,徐、世界语的朋友来看,不在则把钱压在桌上"③。也即是说,从一种对"同乡之谊"的依赖到一定程度上接受"超民族国家信仰"的过渡在此发生。阮章竞回忆,"七七事变"后,国民党企图控制歌咏活动,集会中潘公展讲话"大放厥词,攻击我们唱《保卫马德里》,胡说中国人为什么要去保卫西班牙的马德里! 台下多数是上海业余合唱团和所有我们教唱的歌咏队,人多势众,又都是血气方刚的年青人,都用嘘声来回答了他"④。

在上海的三年是阮章竞一生的"关键节点",在此期间,阮章竞身上发生了某种经济、信仰资源的关键性切换。这使他从本乡本土的资源循环中分离了出来,而开始与发源于欧洲、影响于全球的共产主义发生了血液交换式的联系;他的生活不再是乡土的,而变成了五湖四海的。从阮章竞留下的只言片语中,可以清晰地看到一个青年是如何脱离自己所出身的小共同体,而与"世界"发生密切关联的。上海恰似一个"世界的十字路口",青年阮章竞在此做出了关乎一生的重大选择,而从"香山—上海"这一轨迹总体看来,阮章竞的每一个关键性选择在根源上又都与"世界"相关——正是"世界"位面之一的全球资本主义资源蘖生、滋养又摈弃了地处海角的香山县,也是全球资本主义资源的选择性投入壮大和繁荣了上海。同时,上海也是"世界"另一位面的共产主义的活动基地,是资本家却也是革命家的乐园。"世界"内部的动荡和角逐驱动了阮章竞的出发、停滞、转折。

---

① 杜埃:《智者不逝——怀念忠诚的共产主义战士连贯同志》,见林彬、杜友林编《杜埃文集》(第 3 卷),广州:花城出版社,2005 年,第 295 页。

② 根据许德良的回忆,职业界救国会是中国共产党领导的统一战线组织。1937 年,地下党将上海的 6 个救国会一律改组为救亡协会,见许德良《抗战前期上海职业界的统战工作》,中国人民政治协商会议上海市委员会文史资料工作委员会等编《上海文史资料选辑 统战工作史料专辑(八)》,上海:上海人民出版社,1989 年,第 43 页。

③ 阮章竞:《异乡岁月——阮章竞回忆录》,北京:文化艺术出版社,2014 年,第 31 页。

④ 阮章竞:《异乡岁月——阮章竞回忆录》,北京:文化艺术出版社,2014 年,第 26 页。

相对于同时代的其他作家和艺术家,与"世界"的天然贴近使阮章竞更受"世界"之影响,这在其"香山—上海"的历程中非常明显,而1937年中国人民反抗日本帝国主义侵略的抗日战争的全面爆发更是这种影响的进一步发展。"上个世纪三四十年代法西斯主义的猖獗与三十年代大萧条有着直接的关系。在亚洲,'九一八事变'就是发生在1931年,即大萧条发生的两年之后,日本由此走上了战争和法西斯化的道路;在欧洲和南美,情况也大体类似。有人进行过统计,到1933年10月,在大萧条的背景下,法西斯运动遍及世界上23个国家,半年后增至30个国家。"①阮章竞以笔为枪,投身于抗日战争前线,而这一选择仍然在"世界"影响之下。可以说,"世界"继续驱动了阮章竞所有主要人生选择,其命运以及艺术观念,都越来越深层次地与"世界"的波动捆绑和联动起来。

二、"地方"的流转——"隆都话""英语"和"世界语"

对群众性语言的关心,是阮章竞漫长文艺历程的一个集中特征。他曾说:"群众的生活与思想感情,是用语言、行动来表达的。我是南方人,在这一点上,是很吃力的。因此,我要常关心群众的语言,什么样的情形,怎么样说,大体上都是有些规律的,则把它记下来。"②又曾说:"像我这样一个说话南腔北调的人,要写出为根据地农民能听懂的戏,应该感谢同我一起工作的北方和当地的同志,使我生活在一个北方语系的环境中。更应感谢当地农民群众的丰富语汇、民歌民谣。"③

30年代在太行山上,阮章竞就做了大量关于地方歌谣、俗话、土语的记录,这在他留下的笔记、工作记录中有着明显的体现。而到了晚年,他对解放区文学的评价也集中在两点:"解放区文学首先是联系人民,这是中国作家从来没有解决过的,世界作家恐怕也没有解决过的问题。这是非常重要的问题。另外就是语言的群众化。这个群众化不仅仅是使得群众听懂,而且对中国文学起了很大的作用,推动我们文学前进……解放区在这点上,一个是人民性,一个是吸收群

---

① 孙立平:《在改革与法西斯主义之间》,《经济观察报》2008年12月22日。
② 阮章竞:《学习毛主席的文艺方向,提高创作水平》,见周申明主编《毛泽东文艺思想研究概览》,石家庄:河北人民出版社,1992年,第617页。
③ 阮章竞:《我的写作道路》,《北京文学》1991年第2期。

众语言,我觉得都是很重要的。"①对语言学习的强烈自觉和对语言障碍的主动克服意识贯穿于他文艺创作的始终,而这作为一个创作特点也尤为引人注意。2014年,刘恒在《在阮章竞纪念会上的个人发言》中对此表示惊叹:"一个广东人,说粤语的人,发音跟北方普通话完全不同的人,在寻找北方乡村语言的韵味,在寻找乡村朴素的光芒,而且他确实捕捉到了。"②而这种对语言矢志不渝的关切,显然又可以追溯到阮章竞投身于文艺事业之前。

"阮章竞先生是广东中山人,他出生的沙溪乡是讲隆都话的。这是一种由闽南语演化来的方言,与中山县城所操的石歧话大为不同,在广府白话方言区内,属于另类的方言孤岛。"③阮章竞在《故乡岁月》中还特地写到童年时有一位寡妇邻居"大家嫂",丈夫曾是"官府机关小职员",她"有些见识,也大方,又会讲广州话",1927年滇军前来清乡,"兵走进她家小院,她就用广州话跟他们说起话来",④可见当时"会说广州话"在阮章竞的故乡还是一件很少见和值得一提的事。这里的"广州话"可能是桂柳或北京官话⑤,也可能是指"国语"。阮章竞开蒙和接受基本教育的时期(1922—1926),适逢民国政府教育部推行国语教育,在1920年1月,民国政府教育部已经训令全国各国民学校将一、二年级的"国文"改为"国语",并在1920—1922年间办了4届国语讲习所;广东省也于1920年设国语传习所,共办8年;广州市则从1923年4月1日起,在广州市立师范学校里设国语讲习所,至1927年共办3期。⑥但阮章竞在沙溪求学的萧琨学校、作新学校、树人学校,其教学语言大概率还是土音。20年代即便是在广州市,"大部分小学无论上国语还是其他功课,都是用土音教授。上国语科的,有的用国语念一

---

① 阮章竞:《在〈解放区文学书系〉编委会上的发言》,未刊稿,阮援朝提供。

② 刘恒:《在阮章竞纪念会上的个人发言》,《新文学史料》2014年第2期。

③ 阮援朝编:《阮章竞太行山笔记手稿四种》,北京:中华书局,2017年,第3页。

④ 阮章竞:《故乡岁月》,北京:人民文学出版社,2012年,第71页。

⑤ 《清稗类钞》载:"粤人平日畏习普通语,有志入官,始延官话师以教授之。官话师多桂林产,知粤人拙于言语一科,于是盛称桂语之纯正。"[徐珂:《清稗类钞》(第五册),北京:中华书局,1986年,第2244页。]广东官吏往往自桂林、柳州学习和掌握官话。而桂柳官话本身即是西南官话的主要代表。同时,清代云南官话亦属西南官话之一。"大家嫂"与滇军交谈,用桂柳官话当有一定可能。另外,晚清时"北京官话作为通用语,已成为代替各种方言的普通中国语被教授"(六角恒广:《日本中国语教育史研究》,北京:北京语言学院出版社,1992年,第10页),双方使用北京官话交流亦有可能。而考虑到辛亥革命后"国语"的推广,双方都使用国语的可能性也未必不存在。同时,云南亦有部分地区有粤语方言使用者,或许也存在两者以粤语沟通的情况,但考虑到文中对大家嫂"见过世面"的强调,若是双方同时使用方言,则难以体现"世面",这种可能性相对较小。

⑥ 崔明海:《近代国语运动研究》,芜湖:安徽师范大学出版社,2018年,第187—189页。

遍,叫学生也跟着念,但多半都不准确。造成这样的结果,一是当地欠缺国语师资,二是广东人的方言习惯难以在短时间内改变"①。广州尚且如此,沙溪乡更不必说了。

但是,童年阮章竞又不是完全被封闭在土音之中的,他专门回忆沙溪乡的"团益公会",说"公会订有中山县出版的《国民日报》、《仁言日报》、《商报》供人们阅读……是广州、石歧学生下乡宣传、传播消息的中心。我看到也听过学生在桌子上站着演讲,演宣传反对帝国主义、反对封建主义的文明戏"②。而下乡学生所操之语言,必然超越小小沙溪而适配于更为广大的区域。可以看到,童年阮章竞所处的语言环境本身就相当复杂,来自闽地的隆都话、来自粤地的石歧话和广州话,甚至还可能有来自北京的国语,多元语言是阮章竞从事文艺创作事业之前的初始配置。而童年阮章竞已经能在这样的环境中切换自如,并以乡音土语转换和传播外来知识。他为了安慰母亲,会"把从先生那里,或从小铺、在团益公会看报、自己看书所知道的东西都讲给她听"③。十余年后,当阮章竞面对一口晋方言的太行山乡亲时,童年时与母亲聊天的经验大概会让他拥有克服这一挑战的底气与勇气吧。

更值得注意的是,多种方言仅仅是阮章竞所处的复杂语言环境的一部分,令他产生更大渴望、更让他在很长一段时间都抱有期许的,则是英语。

在最初闯荡上海时,"阮章竞理想中的上海生活是:一、找个画画和油漆的工作;二、去夜校读书,三、学英语,找到新的出路"④。"学英语"与"谋生计"并列,可见掌握英语在他心目中的重要程度。而英语之所以令阮章竞抱有巨大期望,显然又和广东、香山、上海数百年来的特殊经济、语言氛围直接相关。

前文已述,香山人极早、极深地介入到了中外经贸和政治活动之中。因经营洋务之需,对香山人而言,外语就极其重要。这种重要是基于"地缘、语言、商贸"三者互相缠绕、互相成全的关系。香山毗邻澳门,而自 16 世纪开始,澳门就已经成为中—西双语教育、翻译的中心,《圣经》《四书》的翻译、首座西式中文学校英华书院,都和澳门密切相关。同时,澳门本身的物质供应严重依赖于香山,"澳无

<hr>

① 崔明海:《近代国语运动研究》,芜湖:安徽师范大学出版社,2018 年,第 191—192 页。
② 阮章竞:《故乡岁月》,北京:人民文学出版社,2012 年,第 65 页。
③ 阮章竞:《故乡岁月》,北京:人民文学出版社,2012 年,第 59 页。
④ 陈培浩、阮援朝:《阮章竞评传》,桂林:漓江出版社,第 21 页。

田地，其米粮皆系由香山石歧等处接济……若米船数日不到，立行困窘"①。地缘的密切，推动了语言的流动。自明代初叶，香山人便开始充当"通事"（即翻译）一职，最初的通商语言为葡萄牙语，至18世纪晚期，英语取代了葡语的地位。而香山人则是较早谙熟、推广英语者，对中国商贸英语教育的贡献尤大。1862年，肄业于香港马礼逊书院（该书院创办于澳门，后迁至香港）、曾任上海海关总翻译的香山买办唐廷枢等编纂了《英语集全》，该书出版后，"英语"一词才成为中国人指涉"English"的普遍译称，当时经翻译之途而维持生计甚至发家致富者并不稀见。王韬在1949—1862年寓居上海，著《瀛壖杂志》记述上海风貌，不无夸张地描述当时"中外贸易，惟凭通事一言。半皆粤人为之，顷刻间千金赤手可致"②。1897年亦有记述，"以租界以为活者，通事之属，不下数百人。一公司之买办也，而岁得数千金，一洋商之西崽也，而月得数十金，得西文之浅者，已足糊其口"③。除翻译这一语言职业外，粤人也进入其他涉外商贸领域，"广东人的主要作用是跟外国人打交道，经营新兴的百货业、西药房、食品店等"④。阮章竞初到上海，所投奔的肖剑青就任职于香山人所开设的新新百货，当时阮章竞自己所从事的也是服务于商业的广告工作。

而阮章竞在记述自己童年、少年生活的《故乡岁月》中，对"英语"亦时有记载，如他曾求学的天涯艺术学院中就有当英文教员者来往；他替朋友送英文短信，也曾亲睹收信的留学美国的女硕士校长以"英文打字机"复信。对这门外语，阮章竞显然并不陌生，对其所能提供的经济、知识支持，大概也深有感触。正如他记述自己在天涯艺术学院的收获，说"第一次知道有个欧洲文艺复兴"，"知道有米勒、罗丹等欧洲的艺术大师"，"使我一下子从唐宋元明清的中国山水人物、花鸟鱼虫，飞跃到了欧洲的圣母圣子、天使花神"。⑤而这一小小的文化冲击（culture shock）也势必和英语紧密粘连。

可以说，阮章竞在践行"联系人民""吸收群众语言"这一文艺理念之前，多元的语言环境和英语世界的艺术窖藏已经为他实施了一次艺术洗礼。当他投身于

① 《粤都张之洞奏澳界辖辖太多澳约宜缓定折》，王彦威、王亮辑编；李育民、刘利民、李传斌等点校整理：《清季外交史料》(4)，长沙：湖南师范大学出版社，2015年，第1517页。

② 王韬：《瀛壖杂志》，上海：上海古籍出版社，1989年，第8页。

③ 项思勋：《西文西学之辨二》，《实学报》，1897年，见马长林编《租界里的上海》，上海：上海社会科学院出版社，2003年，第104页。

④ 葛剑雄：《古今之变》，北京：九州出版社，2018年，第223页。

⑤ 阮章竞：《故乡岁月》，北京：人民文学出版社，2012年，第252页。

"天下之脊"的革命事业时,这一语言背景能够使他比较轻松地施行山西地方土语的选择、学习和运用,也使他的艺术底色始终葆有一种"世界"的眼光和立场。当他审视"地方"的时候,那是一种奠基于切身"世界"性体验的审视;当他进行艺术书写的时候,也是一种"源于世界"而又"基于地方"的书写。

然而,阮章竞在上海学习英语的历程又是艰难而短暂的,大概在 1935 年夏,他"在一家私人学校报了名……教材是商务印书馆出的中学课本……插班学习,感到困难,而老师每天讲课也不多解释……学得很吃力"①。而"学英语"发展到后来竟演变出半滑稽、半悲哀的结局——学校办不下去,英语老师求阮章竞帮忙逃租,"把教室里十来张桌子腿锯断,放在箱子里,几个晚上帮他偷光了"②。毕竟此时距离上海开埠之初已经过了近百年,离"得西文之浅者,已足糊其口"的时代也过了 30 多年,无论谋生还是求知,以英语为门径对阮章竞来说都益加困难。到 1936 年 5 月,阮章竞转而开始学习世界语,所参加的"卡德路嘉平坊 14 号的上海世界语者协会,是中国无产阶级世界语者联盟(简称CPEU)的机关所在地……是上海仅有的公开的进步文化团体"③。中国无产阶级世界语者联盟(中国普罗世界语者联盟)本身即是左翼文化总同盟下的一个组织,在中国共产党的领导之下,"出版了机关刊物《中国普罗世界语者》,在工人中宣传世界语;并加入了无产者世界语者国际,同日本、德国、英国、法国、西班牙等工人世界语组织和苏联世界语联盟取得联系,同时秘密出版《中国普罗世界语通讯稿》,把中国共产党的抗日救国主张、苏区(革命根据地)的情况和工农红军的活动、中国工农大众的生活与斗争以及中国的民族解放斗争,向全世界作了报道"④。这个协会"是公开挂牌子、公开登了广告的,所以成了进步青年与国际友人公开来来往往、进进出出的地方。许多进步青年就是从这里接受革命教育去延安、去浙东、去苏北、去各解放区参加革命工作的……还曾经是解放区紧缺物资的集散地……中共地下党员等也常来这里碰头集会"⑤。显然,当"世界语"向阮章竞招手的时候,是以一种更为直接的、政治的面目出现的。

---

① 阮章竞:《异乡岁月——阮章竞回忆录》,北京:文化艺术出版社,2014 年,第 13 页。
② 阮章竞:《异乡岁月——阮章竞回忆录》,北京:文化艺术出版社,2014 年,第 14 页。
③ 乐美素:《上海世界语者协会——我的家》,见乐美素主编《世界语者乐嘉煊纪念文集》,北京:中国文史出版社,2007 年,第 58 页。
④ 中华全国世界语协会编:《你知道世界语吗?》,北京:中国世界语出版社,1982 年,第 25 页。
⑤ 乐美素:《上海世界语者协会——我的家》,见乐美素主编《世界语者乐嘉煊纪念文集》,北京:中国文史出版社,2007 年,第 61 页。

从阮章竞的艺术历程来看,世界语的作用并不很大,正如英语的作用并不很大一样。但从英语到世界语的转移,却不仅仅是简单的学习对象的切换,更是阮章竞心目中"世界"的切换。通过迥异的语言,"世界"的二重面目在年轻的阮章竞面前展开,在英语的背后,是普世的经济与艺术;在世界语的背后,则是普世的政治与革命,而这两种与中国无涉的语言,却又代表了中国的前途。那么又是哪些语言代表了中国呢?是艰难推广中的白话、国语和根深蒂固的隆都话、太行语。这隐喻性地展示了"中国"与"世界"之间的关系。可以说,中国是"世界"的"地方",而太行山是"中国"的"地方"。阮章竞在英语、世界语间的辗转追求,从"说粤语的人"到"找到北方乡村语言的韵味",虽身处"地方"的"地方",却始终是心向着"世界"的。

三、同路人的镜照——"毛泽东""冼星海"和"赵树理"

毛泽东、冼星海是推动阮章竞在太行山时期进行文艺选择,并塑造其文艺观念的有力精神来源,赵树理则是一个理解阮章竞的良好参照。阮章竞在晚年的回忆中,基本上是以平视的角度对三者进行了记述和评价。这半个世纪后的对话,勾勒了太行山根据地文艺与"世界""地方"的复杂关系。

毛泽东在 1938 年《中国共产党在民族战争中的地位》和 1940 年《新民主主义论》中反复强调一个命题——"中国革命是世界革命的一部分",这一论断是对世界反法西斯战争的阵营秩序以及世界革命秩序的认同。在这个大前提之下,毛泽东又提出"我们的任务,是领导一个几万万人口的大民族,进行空前的伟大的斗争",要有"中国作风和中国气派"[1]以及"中国文化应有自己的形式,这就是民族形式"[2]。这一切,又显然是争取斗争胜利的现实需要。当时毛泽东眼中的"世界"(国际主义)与"中国"(爱国主义)和后来《在延安文艺座谈会上的讲话》一样,都是基于政治考量的、有经有权的。而服从于这一大前提的解放区文艺,其理念和实践亦应合此道。

但理论建构与现实操演却仍有着不小的距离,虽然阮章竞选择去太行山这一行为本身就意味着拥抱以苏联为主导的那个"世界",但他所接受的文化熏陶

---

① 毛泽东:《中国共产党在民族战争中的地位》,石家庄:新华书店晋察冀分店,1938 年,第 20 页。

② 毛泽东:《新民主主义论》,石家庄:新华书店晋察冀分店,1940 年,第 51 页。

和艺术教养却仍隶属于欧美主导的那个"世界",从对"德"、"赛"二先生的认同,到对白话、国语的推广,其基本的资源和动力仍然是来自欧美,而苏联主导的"世界"毕竟是一个后来者。这两个"世界"的对立,自然会引发文艺家的观念挣扎,而且需要令人信服的理论建构来加以整合。毛泽东提出"民族形式"问题,虽主要着眼于其政治所指——"在毛泽东这里,'民族形式'指的就是'中国'的存在方式,而这个'中国'绝非'传统中国'的复活,而是一个正在创立和生成的全新的历史主体"①——但显然也回应了(尤其是受欧风美雨浸染的)文艺家们的需求。直白地说,无论欧风美雨还是风雅颂,都只是形成"民族形式"、锻造新中国的资源材料。意即,凡是有利于设想中的"中国"建构的,皆为"民族形式",反之则不然。对此,郭沫若从艺术创作的角度予以了精确阐释——"'民族形式'的这个新要求,并不是要求本民族在过去时代所已造出的任何既成形式的复活,它是要求适合于民族今日的新形式的创造……文艺的大众化,并不是说随便涂写,或写得尽量通俗,而是要写得精巧恰当……要办到这个程度便须得抱定一个字主义。这个字无论是文言、白话,或甚至外来语,只要精当,是要一律采用。"②

但问题的关键在于,"民族形式"本身具有政治和艺术的二重属性,郭沫若所云"只要精当",但"精当与否"却并不是由文艺家而是由政治家决定。这导致阮章竞在太行山的艺术道路总不免磕绊龃龉,他自陈"我走的是向民歌学习的道路,我是极想把民歌和新文化运动的成果结合起来的。从我的经历看,我受中国作风、中国气派、中国老百姓喜闻乐见的形式这个讲话精神的影响很大……但是这种精神是特定环境的产物,局限性是很明显的。其消极影响一直贯彻到解放后的三四十年中"③,这一判断显然是直接来自太行山剧团时期的艺术经验。

从阮章竞的记述中抽出几个片段,大致可以勾勒出太行山剧团乃至所有文艺工作者的处境、期许和选择。1938 年 4 月,剧团创立伊始,他们"都换上了八路军军装,算是正规部队的一员"④,当时的"目标就是把我们演出的剧本中的是非观和道德准则灌输到观众的脑海中"⑤,1939 年 4 月,太行山剧团的性质"只不

---

① 李杨:《圣咏中国——〈黄河大合唱〉与延安文艺的"民族形式"问题》,《文艺理论与批评》2021 年第 2 期。

② 郭沫若:《"民族形式"商兑》,见王训昭、卢正言、邵华等编《郭沫若研究资料》(上),北京:知识产权出版社,2010 年,第 248 页。

③ 阮章竞:《异乡岁月——阮章竞回忆录》,北京:文化艺术出版社,2014 年,第 98—99 页。

④ 阮章竞:《异乡岁月——阮章竞回忆录》,北京:文化艺术出版社,2014 年,第 67 页。

⑤ 阮章竞:《异乡岁月——阮章竞回忆录》,北京:文化艺术出版社,2014 年,第 71 页。

过是一个宣传队,读不上有什么艺术上的追求,我们的任务便是不断地紧跟形势、配合中央政府的需要,做一些群众工作"①。约 1940 年 11 月,"当时的政策是地方必须保证部队的需要",一二九师政治部宣传部长朱光要调阮章竞过去,阮放弃了,"倒是剧团中别的几个年轻人去了,现在他们都已是兵团级的干部了"②。约 1941 年 3 月,"当时的政策是在生活上照顾文化干部,但文化干部在根据地的地位并不高,大家纷纷要走"③。从这寥寥几笔,便已能看出端倪所在。"地位不高"的阮章竞固守文艺创作的本位,期盼"把民歌和新文化运动的成果结合起来",而从根据地的实际来看,"民歌"和"新文化运动"却都要接受"民族形式"的扬弃。这是阮章竞新投入的"世界"的严酷所在。

冼星海对阮章竞有教导提携之恩,更是推动阮章竞的人生、使其发生转折性变化的人,阮章竞的艺术选择也深受冼星海的影响。"星海先生,十分重视民族传统、重视民间音乐。他对我说过,做一个音乐家,了解民族音乐是很重要的。有一次又谈到这个问题,先生就找出了好几张唱片,放给我听:有广东、河南、山东、河北、山西等地方的曲牌和民间音乐。他说他到过很多地方去采集民间音乐。我很喜欢民族艺术传统,但一直只是一种朴素的感情,像先生这样提到理论性的高度来阐述,我还是第一次听到。"④

冼、阮二人在上海、武汉等地从事抗日歌咏活动,"歌咏"与"写作—阅读"的接受情境大有不同,学唱、听唱者的反馈是即时的,教唱者必须充分考虑,时时注意其先天条件和现场反应。这可以从冼星海的创作中窥知一二:冼星海选曲的《苦命人》采用"河北民谣",《六十军军歌》注:"用云南口音唱",《一六〇师军歌》注:"用广东话唱"⑤。冼星海"所作二部合唱曲《华北农民歌》(又名《我们都是自卫兵》,张永福词)由华北宣传队在歌咏游行中唱出,全曲用乡土音调写成,鼓动农民'放下锄头托起枪,人人争当自卫兵'"⑥。这一艺术选择对阮章竞来说无疑是有示范效应的。在进行歌咏活动期间,冼星海指出:在观念上,"我觉悟到自己

① 阮章竞:《异乡岁月——阮章竞回忆录》,北京:文化艺术出版社,2014 年,第 97 页。"读"疑为"谈"。

② 阮章竞:《异乡岁月——阮章竞回忆录》,北京:文化艺术出版社,2014 年,第 125 页。

③ 阮章竞:《异乡岁月——阮章竞回忆录》,北京:文化艺术出版社,2014 年,第 130 页。

④ 阮章竞:《异乡岁月——阮章竞回忆录》,北京:文化艺术出版社,2014 年,第 24 页。

⑤ 中国艺术研究院音乐研究所编:《冼星海专辑》(三),广州:广州音乐学院,1982 年,第 143—147 页。

⑥ 秦启明:《冼星海年谱简编续二(1905—1945)》,《星海音乐学院学报》1989 年第 4 期。

不但以为是一个音乐作曲者就罢了,我们要懂得时代的动向,更要会利用自己的艺术去领导民众抗敌,才成为有效的艺术。我们要用深刻的音调来描写抗敌,来歌颂神圣的保卫国土的战争。我们要用歌声传遍都市和农村,鼓励他们忠诚抗战"[1];在手段上,"播送宣传救亡歌曲的人,已经普遍到每个人的责任上,甚至不识字的人也想唱救亡的歌曲,所以救亡歌曲应更多量的产生来供给大众的需要","由民谣、小调写成的歌曲,更可以影响广泛的工农和一般老百姓","希望努力歌咏的人们更努力去继续开展,认定最大的目的是在乡村,而不是在都市。乡民的需要歌咏,比一切人们都急切"[2]。阮章竞则自陈,"在华北敌后,从 1938 年下半年,开始了文艺宣传工作。我们所唱的、演的节目,都是从大城市来的歌本和剧本。开始时,确是轰轰烈烈。山区的群众和部队,都没有见过听过有布景、声响效果、比较认真的化装的话剧和富有战斗情绪的歌曲,都感到不寻常。但很快发现,群众之所以惊奇,居多是尝新鲜看热闹。如对话剧,说好是好,但不是唱的;对合唱,说好是好,就是唱得不整齐;对美术感到不大像当地人。特别后来1940 年对诗人们举行的一两次诗歌朗诵会,从内容风格到朗诵方式,都在哄哄大笑中表示很新奇但也古怪。在工作中,我们开始察觉我们知识分子味的、洋腔洋调的东西,碰到个群众不接受这个严峻的问题,遇到个反映生活的内容和语言问题。当时我最不愿意听到的意见是不通俗、洋里洋气这些话。我深深感到苦恼。"[3]

阮章竞所面临的情境、最看重的目标以及最终选择的解决方案与冼星海都同出一门,只是阮章竞所面对的太行山民众相较上海、武汉市民更不易接受新的文艺形式与内容,其内在的基本理路并无差别,对阮章竞来说,只需按实际情况下调对象理解的难度即可解决问题。而更值得重视的,则是在"阮—冼"同路的背后,牵连着前文所谓的"源出欧美的世界"与"源出苏联的世界"。在这两人身上,深刻展现了这两个世界的复杂关系,阮、冼二人之命运,更是这两个世界的辉映与折射。

---

① 冼星海:《致盛建熙的信》,见《冼星海全集》编辑委员会编《冼星海全集》(第一卷),广州:广东高等教育出版社,1989 年,第308 页。

② 冼星海:《救亡歌咏运动和新音乐的前途》,见《冼星海全集》编辑委员会编《冼星海全集》(第一卷),广州:广东高等教育出版社,1989 年,第 27 页。

③ 阮章竞:《漫忆咿呀学语时——谈谈我怎样学习民歌写〈漳河水〉》,《文艺研究》1982 年第 2 期。

对比阮、冼二人的年谱、传记等材料，可以发现二人的人生际遇、行为模式非常相似和一致，虽然他们有十岁的年龄差且冼星海40岁就不幸早逝，但两人的价值倾向和人生选择却是极为接近，呈现为一种镜像式的关系。这种高相似度不能仅仅解释为偶然，而需要从"世界"的维度加以探讨。

从行政区划看，阮、冼二人分别出生于香山和澳门，虽然16世纪澳门即已部分遭葡萄牙占据，但直至光绪朝，澳门仍属香山县下恭镇，两地相距百里左右，说阮、冼二人的出生地相同并不为过。两人都家贫又颇具艺术天资，进学艰难而又坚持求学，但"世界"的影响此刻已经发挥作用并显示落差——冼星海7岁后在澳门、新加坡就学，虽属孤儿寡母却能读书至14岁高小毕业并能继续回国求学；阮章竞8岁在本地入学，却只能读书4年。这可以从"侨汇"的源头与流向中得到解释，相对而言，冼星海显然更接近"侨汇"的源头，也即更加接近欧美主导的那个"世界"，有条件"学会吹奏多种西洋管乐器"[①]，而阮章竞所接触到的则是"侨汇"下游，两人获益即呈现出明显差别。

这两个不屈服于命运的人都以一种奋斗姿态竭力追求艺术资源，但这种资源并不产自"地方"，甚至无缘于"中国"而只能出自"世界"。1934年阮章竞20岁出走上海，1929年冼星海25岁，"被藏匿于上海至新加坡客轮之底层水手房混带出国，去新加坡找亲友筹款分程赴法"，并在1930年"得新加坡友人相助，集得'一百五十瓦（新币）四等船资'乘轮抵达巴黎"[②]。冼星海求学期间（1930—1935）几乎是完整地经历了法国的经济萧条，"1930年每100公斤小麦价格为150—165法郎，1935年跌至80法郎以下还卖不出去"[③]。但他仍然能坚持生活下来并进行音乐深造，他曾自述"把每月赚下来的六百法郎，拿出四百法郎去学习，一百法郎寄回母亲做生活"[④]。而1930年，"在法国，劳工因所在工厂、工种及技术高低的差异，月收入差距较大，技术工每月可收入1500—2000多法郎，而普通粗工只有600—1500法郎不等"[⑤]。这与冼星海的自述是匹配的。而阮章竞在上海虽然赶上了经济复苏，但由于远离"世界"，其经济生活反倒更窘迫一

---

① 秦启明：《冼星海年谱简编（1905—1945）》，《星海音乐学院学报》1989年第2期。

② 秦启明：《冼星海年谱简编（1905—1945）》，《星海音乐学院学报》1989年第2期。

③ 游光中、冯宗容：《世界经济大事典》，北京：中国经济出版社，1995年，第123页。

④ 冼星海：《致中共"鲁艺"支部的自传》，见《冼星海全集》编辑委员会编《冼星海全集》（第一卷），广州：广东高等教育出版社，1989年，第381页。

⑤ 《青田华侨史》编纂委员会编著：《青田华侨史》，杭州：浙江人民出版社，2011年，第110页。

些,"1929 年国际劳工局调查比较了 20 多个国家劳动者的家庭经济情况","中国工人的工资最低,甚至低于作为英国殖民地的印度,作为我国最大工业城市的上海,其工人工资的收入,1930 年工商部调查男工的平均工资每月为 15.2元",①折合美元 12.8 元,而 600 法郎折合美元约 30 元。②阮、冼二人的收入都不稳定,甚至时有饥饿之虞,但这种与"世界"关系的巨大的差异使冼星海所汲取的艺术资源较阮章竞为多。

在上海的阮章竞和在巴黎的冼星海身上都呈现出了"工人—知识分子"的双重身份,并且后者的成色愈加深厚。身为工人,他们显然处于"世界"的底层,而作为脱离了出生地小共同体护佑的外地(外籍)工人,他们又处于底层的底层,这种身份的自觉与痛苦,在二人身上都表现得尤其明显。往来国际的交通载具、出入境的办事机构都可以视为区分中国与世界的边界,阮、冼二人在此则有着如出一辙的遭遇,他们的"边界叙事"几如一人——阮章竞 1934 年乘英国轮船"太古号"从香港赴上海,在甲板上受一"白种青年"欺凌,同行者发出"生在中国免不了要受洋鬼子欺负"的感叹;③冼星海 1935 年最后一次到伦敦旅行,"登岸时英政府不准我入境,他看见我的证明文件及穷样子,以为我是到伦敦找事做的。他不相信我是旅行者。我被扣留了几个钟头……帝国主义对弱小民族是歧视的,英国的成见尤深"④。其后冼星海自香港归国,"香港印度巡捕故意和我们为难……更加愤恨"⑤。他们的民族情感和文艺观念,显然会因这一差别待遇而进一步萌生。

身为知识分子,他们又有着强烈的认识、分析现行秩序的欲望与行动。颠覆现行秩序以改变自身处境,乃是他们的自然选择。于是,阮、冼二人身上的革命特征愈加明显,恰如阮章竞在上海时接近中国无产阶级世界语者联盟,冼星海在巴黎也与共产国际发生联系,沈颂芳回忆辛酉剧社总干事朱穰丞时说:"1932 年

---

① 王晨敏:《20 世纪二三十年代上海工人的生活水平》,见邵雍编著《中国近现代社会问题研究》,合肥:合肥工业大学出版社,2010 年,第 235 页。

② 据 H.斯图尔特·休斯《欧洲现代史 1914—1980 年》,陈少衡、程洪逵、顾以俶等译,北京:商务印书馆,1984 年,第 209 页。"1928 年,最终稳定在二十法郎换一美元,这一兑换率在两次世界大战之间大部分时期保持不变。"

③ 阮章競:《故乡岁月》,北京:人民文学出版社,2012 年,第 307—311 页。

④ 冼星海:《我学习音乐的经过》,见《冼星海全集》编辑委员会编《冼星海全集》(第一卷),广州:广东高等教育出版社,1989 年,第 100 页。

⑤ 冼星海:《我学习音乐的经过》,见《冼星海全集》编辑委员会编《冼星海全集》(第一卷),广州:广东高等教育出版社,1989 年,第 101 页。

秋,当笔者到巴黎的时候,他与冼星海同住在拉丁区,由于贫穷的关系,生活非常艰苦。那时候,朱穰丞领导第三国际反帝大同盟中国组,他负责华侨工人运动。每遇节日开会,冼星海的音乐与朱穰丞所编导的短剧很受华侨工人欢迎。"①而到了 1937 年,年轻的阮章竞们所高唱的《保卫马德里》,本身也是第三国际号召国际纵队支援西班牙共和国的产物,而"世界革命"则是第三国际创立的宗旨。

1939 年 1 月,孙冶方写道"中国又处在艰难困苦的民族解放运动中,而它在国际上的最可靠的友人也仍然是以列宁主义为立国基础的苏联"②。迫在眉睫的日本侵略与颠覆现有秩序的热切期待,推动阮章竞与冼星海先后走向太行山和延安,他们与"源出苏联的世界"越来越近,与"源出欧美的世界"越来越远。但身为知识分子和艺术家,他们又有着强烈的艺术创造和艺术积累的冲动。阮、冼二人的艺术成就,得自"源出欧美的世界"的孕育滋养和护佑,冼星海曾记述,自己在巴黎时受"外国的流浪者(有些是没落贵族,有些是白俄)"庇护,"常在什么宴会里请我弹奏,每次给我二百法郎,有时多的给一千法郎。有对白俄夫妇,他们已经没落到做苦工,已知道了劳动者的苦楚,他们竟把得到很微薄的工资帮助我——请我吃饭"③。从这一细节来看,阮、冼的政治选择无疑有着"弑父"的意味,他们此后在艺术上所遭的驱策和所得的评价,也多与此有关。

冼星海寿数短暂,在延安的时间只有 18 个月(1938.11—1940.5),5 年后客死苏联;阮章竞寿近鲐背,抗战时期一直在太行山活动(1937.12—1949.5),其艺术生涯更延续到改革开放时期,这些客观因素的不同使两者的艺术经历和艺术评价产生了差距。但若撤去这些因素,仍然可以看到两人命运之一致,或者说,冼星海与阮章竞共享了同一个命运。

朱鸿召明确指出,冼星海、赵树理、孙犁属于文艺"异数","冼星海谱曲的《生产大合唱》《黄河大合唱》……代表了延安文艺创作的最高成就。这些艺术成就的取得,是与他们没有直接参加延安整风审干抢救运动,从而可以保存自己的艺术个性有直接关系"。"他们的生活经历和艺术实践,都是异乎当时其他延安知

---

① 沈颂芳:《辛酉剧社与朱穰丞》,见《中国话剧运动五十年史料集》编辑委员会编《中国话剧运动五十年史料集 第二辑》,北京:中国戏剧出版社,1959 年,第 24 页。

② 孙冶方:《世界革命导师列宁逝世 15 周年纪念》,《孙冶方文集》(第 3 卷),北京:知识产权出版社,2018 年,第 119 页。

③ 冼星海:《我学习音乐的经过》,见《冼星海全集》编辑委员会编《冼星海全集》(第一卷),广州:广东高等教育出版社,1989 年,第 97—98 页。

识分子的。"①所谓"艺术个性"者,乃是艺术家个性禀赋和艺术学习实践综合之结果。那些从欧美获得艺术滋养的艺术家在延安所能奉献出的作品仍然是欧美式的,《黄河大合唱》即是典型代表。"在延安的知识分子中,甚至有一种非常国际化的视野和世界观……延安的各类学校的学生都传唱着'保卫黄河'和'延安颂'……《黄河大合唱》吸取了西洋颂歌的元素和形式,表达出一种磅礴的崇高感,远景感,和对新文明的憧憬感。"②但所有这些源头性艺术资源都必然要接受严格的拣选,所谓要"破坏一个旧世界,建设一个新世界",而建设新世界所需的材料,其实是从破坏旧世界中得来。毛泽东谓新民主主义的文化"不破不立,不塞不流,不止不行,它们之间的斗争是生死斗争"③,其深意即在于此。文化尚且要"不破不立",艺术家干部亦当不断"被拣选",差不多在《黄河大合唱》创作完成的同一时期,阮章竞也在太行山进行剧本写作,其剧本就多有"被拣选"的经历,如"反娇气的两个剧本"以及"开玩笑说山西人胆小的剧本"都因领导人的不满而直接停演。④而到 1943 年,他就面临"彻底干净地把自己赤裸的面貌暴露在党面前,目的是教育干部,纯洁组织"⑤的整风运动。运动中,阮章竞被规定"不许单独行动",以至于"直到五六月份还穿着棉衣"。于是,"整风一结束,他坚决不回剧团,不搞文艺了",直到 1947—1949 年这种影响才有所消散,他才写出《赤叶河》与《漳河水》,并且形成了此后延续多年的新策略——"想和写必须分开!"⑥作为对"被拣选"的呼应,"多变"成了阮章竞创作的重要特征,他所青睐的艺术形式,初投身革命即从美术、音乐一转而为戏剧、诗歌,1949 年后曾一跃至儿童文学,晚年又一跃至小说、书法、绘画;他的身份也不断变换,从剧团团长,到包钢宣传部长,再到《诗刊》副主编乃至挂职华北局宣传部,阮章竞"不出头露面,比较谨慎。尽管机关很热闹,有冤的报冤,有仇的报仇,他和谁都无冤无仇"⑦。其艺术生涯之漫长,显然与这种默默者存、自守者身全的策略不无关系。相比之下,冼星海未及应对"拣选"。但冼星海若有阮章竞的遭遇,其后果亦非难以想象。这

---

① 朱鸿召:《冼星海,延安文艺创作的异数现象》,《读者文摘》2011 年第 1 期。
② 高华:《在革命词语的高地上》,《社会科学论坛》2006 年第 8 期。
③ 毛泽东:《新民主主义论》,石家庄:新华书店晋察冀分店,1940 年,第 39 页。
④ 陈培浩、阮援朝:《阮章竞评传》,桂林:漓江出版社,2013 年,第 62—64 页。
⑤ 阮章竞:《异乡岁月——阮章竞回忆录》,北京:文化艺术出版社,2014 年,第 168 页。
⑥ 陈培浩、阮援朝:《阮章竞评传》,桂林:漓江出版社,2013 年,第 73—82 页。
⑦ 王文金:《阮章竞年谱简编》,见其著《愧书庐诗歌论稿》,郑州:河南大学出版社,2018 年,第 481 页。

不禁让人想起他前往延安之前的某种心态："我渴望一个能给我写曲的地方,即使像上海那样也好。但回上海是不可能了。""于是我想起延安,但我不知道延安是否合我的理想? 在设备方面,会不会比武汉差? 在没办法中,只得去试试打听打听看。""我问了些相识,问了是否有给我安心自由的创作环境,他们回答是有的。我又问:进了延安可否再出来? 他们回答说是完全自由的!"①而阮章竞的一生,则是"在很多单位和地方辗转,无非为了寻求一处可以安放诗心的地方"②。其实,阮、冼二人的命运早已被他们选择的那个"世界"所规定,他们加入到"破坏—建设"的历史进程之中,他们的艺术才能和艺术创造也都必须服从于"被拣选"的命运。

对阮章竞而言,如果说毛泽东与冼星海更紧密地联系着"世界",那么赵树理就更紧密地联系着"地方";如果说阮章竞与冼星海呈镜像关系,那么他与赵树理就在相当程度上呈翻转关系。具体而论,赵树理与自己所出身的、本乡本土的小共同体有着更加紧固的关系,而阮章竞已经是一个一意孤行,远离了本乡本土、远离了"地方"的人。阮章竞衡量赵树理的创作,一直是以"世界"为尺度的,正如他在评价自己的《未熟的庄稼》时,即称"我已从题材到语言方面努力追求一种大众化的要求,我选择的是农村农民的题材,写的是农民的生活,表现的是抗日的主题。在语言方面,也尽量运用一些方言。但是,戏不仅仅是给山西人看的,抗日是全国人民的事情,我不能因为照顾山西而忘了全国……一地方言到另一地,也许比普通话更难理解"③。他所言之"全国",自然也并非"地方"意义上的全国,而是"世界"意义上的"中国"。由此可以解释,为何他对心系上党梆子的赵树理往往会有些不以为然,并且认为搞"旧瓶装新酒""旧形式表现新内容"不会成功。固然花费了很大的精力去学习山西的地方土语,但在阮章竞的心中则有一个更大的"世界"作为一切工作的前提。他曾说,"赵树理同志开头写《孟祥英翻身》,是用山西的土话,山西的老百姓听来很亲切。但这个作品不如他后来的《小二黑结婚》、《李有才板话》影响大,因为他是把农民的情感变成普通人的语言,五湖四海都能听懂,这个作用更大。所以,后来有一次文代会把老舍和他评价为语

① 冼星海:《我学习音乐的经过》,见《冼星海全集》编辑委员会编《冼星海全集》(第一卷),广州:广东高等教育出版社,1989年,第105页。

② 阮章竞:《异乡岁月——阮章竞回忆录》,北京:文化艺术出版社,2014年,第323—324页。

③ 阮章竞:《异乡岁月——阮章竞回忆录》,北京:文化艺术出版社,2014年,第142页。

言大师，我同意这个评价。"①阮章竞在华北抗日根据地时期创作语言的选择，一言以蔽之——"向民间大众学习"，就是向太行山的民众学习语言并掌握之、运用之，以期达到预设的工作效果。这一策略看似平实质朴，实际上却与 18 世纪以来"中国—世界"间的整体性关系密切相关。

形式上如此，内容亦然。阮章竞完全不同意以基于"地方"的历史记忆来比附来自"世界"的当前问题，因为这种比附只能导致历史信息的闭环往复，只能加重"地方"的历史建构，而无法向"世界"敞开。故而，"抗辽抗金"之类史事和"抗日"不能等同，前者只能在作为"地方"的"中国"展开，而对于已经被卷入"世界"的"中国"来说却是毫无意义的。故而，艺术的"形式"追求其实是个次要的方面，任何艺术形式，都要看它是否有助于建立起"中国"和"世界"的理想关系。

如傅谨所指出的，"20 世纪 40 年代的延安，有戏班子让抗日将领彭德怀身穿蟒袍背插靠旗，上台自报家门'我乃彭德怀是也'。它一直被当作反面教材备受嘲笑，但嘲笑戏班子如此扮演彭德怀的人未必是普通观众，清末京剧舞台上出现了一批如《铁公鸡》、《左公平西》之类的清装戏，舞台上的人物岂不是也穿蟒扎靠，自报家门？那时的观众见识过湘军和太平天国的也不在少数，观众却并没有拒绝和嗤笑这样的演出。京剧《八大拿》演的是不穿清代服装的清代豪杰，功架依旧，从未听说这样的表演会让清代观众哄下台去。在一般观众眼里，只要是他们已经接受、熟悉并喜爱的舞台表演手法，即使与其表现的人物事件有些外在形态上的差异，却未见得非要穷究不舍。"②这也就意味着，"旧形式"随时有将观众拽回到"地方"的危险。因此，对阮章竞而言，"旧形式"是否值得征用，不在于它对于知识分子来说是否滑稽可笑，甚至也不十分在于对普通民众是否有激励或使之共鸣的能力，而在于能否有助于锻造一个全新的中国，能否让中国摆脱"地方"的身份。

所以阮章竞才说，"抗日战争已不是当年抗辽抗金的斗争，我们是站在民主革命的基础上从事反侵略斗争的。"（1939 年，赵树理所作上党梆子《韩玉娘》内容为抗金，《邺宫图》写十六国时期反抗异族压迫事，到 1961 年，赵树理又写了抗辽主题的《三关排宴》，他对乡土小共同体的迷恋可见于斯。③）这也可以解释，为

<hr />

① 阮章竞：《在〈解放区文学书系〉编委会上的发言》，未刊稿，阮援朝提供。
② 傅谨：《三思京剧现代戏》，见杜长胜主编《京剧与现代中国社会——第三届京剧学国际学术研讨会论文集》（上），北京：文化艺术出版社，2010 年，第 17—18 页。
③ 阮章竞：《异乡岁月——阮章竞回忆录》，北京：文化艺术出版社，2014 年，第 96—97 页。

什么他会"建议太行山剧团演点儿苏俄名著"①,以至被牵连进"演大戏"的风波。

赵树理和阮章竞亦有相似之处,作为接受过五四新文化滋养的文艺青年,他们都脱离了自己出身的小共同体而心向"世界",但阮章竞(以及冼星海)的人生所显示出的是"一去不返",他似乎不曾对乡土有过太多恋栈;而赵树理所显出的则是"流连反复",他始终难弃乡土,甚至往往有"回归"的倾向。从语言和空间来看,赵树理及其创作基本没有脱离晋地晋语,他和他所出身的小共同体始终关联紧密,而阮章竞则早早脱离了粤地粤语,甚至所操持的创作语言都发生了根本性置换。于是,以阮章竞的立场来审视赵树理,他们之间的差异就不免要压倒共性。但若以"世界—地方"的眼光观之,阮、赵二人的共性则要压倒两者间的差异。他们有着共同的身份,即不仅是"源出欧美的世界"的文艺青年,更是"源出苏联的世界"的革命文艺的"被拣选者"。他们必须时时"以今日之我非昨日之我",共同面对"忒修斯之船"式的文艺拣选标准。

阮章竞晚年最大的心愿和事业是撰写表现太行山经历的小说《山魂》,这种挂念时时体现于他的笔记之中,甚至说"与其书未成而死,不如书已成而死",《阮章竞评传》认为这是"四十年代就持续的写作情结"②,可以看出华北根据地时期的经历对他的重要性。这一情结,甚至促使他写信抗议中国派出外交特使吊唁裕仁天皇。但《山魂》第一卷《霜天》的出版,却有赖于与"希望工程"并列的"晚霞工程"的支持,③并且《霜天》在封三页还郑重对"上海市消防局的大力资助"表示了感谢。这本身就说明"地方—世界"的历史进程已经进入了阮章竞难以想象也无力追赶的阶段,或者说,他已经被历史"抛出"了。但这种"抛出"又可能恰恰是他的幸运,正是因为他晚年的疏离和寂寥,可以让人更加清晰地看到,在追赶世界与再造地方的进程中,一个知识分子是如何拣选和受到拣选;以及在一个持续自我扬弃的系统里,一个知识分子又是如何通过对记忆的保留,进而建构起了自身的主体性乃至批判性。

(作者单位:南京大学)

---

① 阮章竞:《异乡岁月——阮章竞回忆录》,北京:文化艺术出版社,2014年,第133页。
② 陈培浩、阮援朝:《阮章竞评传》,桂林:漓江出版社,2013年,第238页。
③ 据高占祥《晚霞工程又放异彩——在中国文联"晚霞工程"新闻发布会暨向老文艺家赠书仪式上的讲话》,见其著《沙滩之冬畅谈录》,长春:长春出版社,2006年,第124页。该文称,"在我国如今有两大工程特别惹人注目:一是希望工程;二是晚霞工程。"

以高尔基为中介:路翎战时工业写作中的浪漫诗学与异化批判

路 杨

自 1937 年 11 月起,工业合作社运动的开启与战时工业的大规模内迁,使中国工业原本集中在城市中的生产空间大大扩展。这也为以路翎为代表的七月派作家在国统区的文学活动提供了其他政治区域的战时文艺所不具备的经验领域与文学观察,更为最初以书写工人革命为开端的革命文艺提供了不同的问题脉络、主体想象、话语资源与思考路径。自 1938 年举家迁徙入川时起,路翎在位于江北合川县文星场的四川中学学习,1940 年至 1944 年,先后在位于四川北碚后峰岩的国民党经济部矿冶研究所与燃料管理委员会北碚办事处的黄桷镇管理处做小职员。在天府煤矿职员章心绰的带领下,路翎造访了煤矿工人宿舍,观察过工人坟地乱葬坑,还曾数次下到矿井去参观。1946 年迁回南京后,路翎再次借助继父工作的关系,在燃料管理委员会南京办事处找到生计。这年圣诞节时,路翎在给胡风的信中带着一点自嘲地写道:"当成公务员了,而且又是'煤炭'。真是命里注定的样子。"[①]无论是在文学体验的积累还是文学空间的垦殖上,路翎这一时期的生活与写作都是和抗战时期中国大规模的工业内迁以及西南内地的战时工业建设伴随始终的。

战时工业内迁带来的矿区经验既构成了路翎生命中挥之不去的深刻记忆,也成为他一度奋力开掘并被批评家寄予厚望的重要题材。1941 年 8 月,身在香港的胡风在给路翎的书信中不无激动地写道:"你对于劳动人物的追求将带你到一个远大的前途。"[②]并在 1942 年为《饥饿的郭素娥》所作的序言中谈到,在路翎

---

① 路翎:《一九四六年十二月二十五日自南京》,见路翎著、徐绍羽整理《致胡风书信全编》,郑州:大象出版社,2004 年,第 137 页。

② 胡风:《致路翎(1941 年 8 月 9 日,香港)》,见晓风编《胡风路翎文学书简》,合肥:安徽文艺出版社,1994 年,第 13 页。

创造的一系列文学形象中,"最多的而且最特色的却是在劳动世界里面受着锤炼的,以及被命运鞭打到了这劳动世界的周围来的,形形色色的男女"①。对于路翎而言,劳动者、劳动世界以及"劳动"作为其矿区经验的文学化显现,其意义事实上已经远远超出了题材开掘的层面。与20世纪30年代到40年代左翼文学中盛行并趋于固化的写作模式相对,路翎以某种对抗性写作的方式,逐步将"劳动"发展为一种别样的主题、价值、革命历史观念、乌托邦想象甚至政治实践图景。在这些方面,有两重意义上的跨域机制值得重视:一方面,战时迁徙与工业内迁带来了一种地缘政治意义上的流动性。这一发生在战时中国内部空间的跨域流动构成了20世纪40年代中国作家展开文学实践的现实基础和问题视野,文学的生产、传播、接受以及作家的主体意识、经验模式和现实感知都在这一过程中发生了剧烈的更动与重组。另一方面,世界性的左翼文学资源在战时作家群体中的接受与阐释开始同其复杂的战时经验发生新的化合。随着40年代左翼文学阵营的分化,不同的革命作家群体各自处在不同的政治区域以及文化政治格局下,对于既有的左翼文学资源的选择、取用和阐释也显现出不同的倾向,并在写作中具体落实为不同的文学影响或理论阐发,形成了不同的话语谱系。在某种程度上,左翼文学阵营中的不同力量也是在通过对同一文学资源的不同阐释,来争夺主导革命文学理论及文学想象的话语权。路翎的战时工业写作正是伴随着两重跨域机制的发生展开的。在由东南城市向西南内地农村流动的工业内迁视域之外,经由《七月》同人选取和翻译的高尔基,也对路翎这部分的战时工业小说产生了重要的影响。同时,随着小说家路翎的迅速成长,他对于高尔基的接受与文学阐释也构成了七月派理解与建构"社会主义现实主义""浪漫主义"等文学理念时的重要实践。

一、"劳动"修辞的悖论形态

与20世纪20年代到30年代革命文学中大多数书写底层劳动者的小说不同,路翎将"劳动"从工人革命的后景搬上了前台。而在此之前,几乎很少有作家像路翎一样对工人劳动的场面赋予过如此直接、集中而又浓墨重彩的表现。从

---

① 见胡风为路翎《饥饿的郭素娥》所作的序,路翎:《饥饿的郭素娥》,北京:人民文学出版社,1988年,第3页。

路翎1941年4月发表的第一篇工人题材的小说《家》开始，对于工业场景与劳动场面的兴趣就始终贯穿在其小说叙事当中。路翎几乎是以一种细致的耐心与不可按捺的激情刻画了锅炉工人金仁高紧张的劳动：

> 这里是锅炉房，四张方方的大红嘴般的炉门吞着煤。火焰在炉膛里轰轰地咬嚼着，撕打着，抱住了黑色的煤末，炉子底铁门打开的时候，血底红色就喷在工人底头发上，手臂上。金仁高一连走过了四扇打开的炉门，……没有一秒钟时的间可以用来挥去他额上淋漓的汗，他像一阵灰白色的旋风一般重新奔向炉门；红亮底火光喷照在他底潮湿的胸脯上，额角上。他底手挥动着，连续地向大嘴里送着煤，大嘴用疯狂的歌唱来沉醉他。以后，他又奔向两个活塞交互往来的汽机，他底粗大的手捉住一个活塞。活塞依然在它底途程上跑着，于是他用耳朵听着——喷怒使他的眼睛皱起来，一连旋了两个汽管门底圆轮（他底强硬的手指是那样飞速地使汽门底圆轮转动！）他向旁边一个矮矮的工人问：
> "外面塞住了？"
> "不晓得。"
> "去看看去！"
> 活塞迅速地飞舞起来了。金仁高底含愤的沉醉的无表情的脸又重新在红色底火焰前幌闪。他曲着两腿，仿佛一只麻木在自己底飞驰里的野兽，他挥动着铁杆。[①]

如《祖父底职业》中的叔叔、《饥饿的郭素娥》中的张振山一样，路翎笔下的工人鲜有肖像的刻画，却大多是在这样充满着奋激的热力的劳动场面中获得其强悍有力的面目。然而对于机器的有意刻画，则使其劳动书写呈现出一种奇特的风格：在路翎笔下，"劳动"永远是在人与机器的关系之间展开的。"大红嘴""咬嚼""撕打""抱住""歌唱"——当路翎对锅炉房使用了一系列狰狞的拟人化修辞后，金仁高与锅炉之间的关系似乎已不再是工人与生产工具之间的关系，而表现为一种饲养、驯服乃至搏斗的过程。正是在这一劳动场景中，工人金仁高被塑造为机器

---

① 路翎：《家》，《七月》第6集第3期，1941年4月。引文中的"时的间""喷怒""幌闪"原文如此，应为"的时间""愤怒""晃闪"。

的征服者与掌控者,以一种原始而强悍的主体形象站立在煤山上。

在某种极端的劳动条件下,这一主体形象则会爆发出更为不可思议的强力。换言之,路翎似乎是有意将他的主人公放置在一些极端环境中以试炼其劳动的强度。《家》中的金仁高在敌机轰炸的夜晚仍然留守在锅炉房,"一种仿佛是外来的不可思议的力气在他底筋肉里发生。他底从纱布里袒露出来的瘦削的脸,和他底疯狂颤抖的胸膛,在火底沐浴里仿佛一座凶猛而又美丽的雕像"。紧接着,"炸弹在不远的地方爆炸。巨大的震响激烈地摇撼着地面,锅炉房底窗玻璃颤抖着,突然一声巨响在人们脑门上爆裂,附近有庶务的惊叫,然而金仁高在恐怖里屹立着。他在紧张地调整气表",直到机声远去时才如失忆般松懈下来:

> ——锅炉工人自己,是决不能相信,在这给予强大的力的地面上,会有什么意外的事发生;因为,即使刚才的一声巨响把自己的肉体撑到半天里,他也只能相信这是自己身体本身的一种意料之中的爆炸。[①]

在这里,生命强力的爆发与炸弹的爆炸几乎是前后相继地被叠合在同一个时刻之中:炸弹的爆炸不再对人构成外部的威胁,反而成为人自身力量的外化与延伸——在劳动的过程中,金仁高感受到的是一个强大自我的无限扩张。借此,路翎写出的是人在劳动中对自我力量的不可思议的体认。

在这一极端化的情境中,金仁高仿佛古希腊神话中从大地吸取力量的巨人安泰一样,在恐怖中如雕像般屹立不倒。事实上,路翎这种对于"劳动"与"强力"的无限确认与放大的确是带有某种"神话"特性的。但路翎借用了这一神话式的修辞,却反转了其中人与外部世界的关系:在劳动中,人不是从神圣的自然或外部世界获得力量,而是将整个外部世界发展为人的身体的一部分,这显然是带有某种浪漫主义色彩的。与之相应的是,路翎小说中的劳动场面或工业场景总是与自然景观相并置。在轰炸到来之前,金仁高热烈而紧张的炉前工作是与夜空和旷野并置在一起的:

> 金仁高通过敞开的大门瞧了瞧外面底天空:月亮底光辉遮蔽了碎金子一般的星星。一种激动,兴奋,紧张,在月色布满的天空和旷野里流荡着。

---

① 路翎:《家》,《七月》第 6 集第 3 期,1941 年 4 月。

继续着尖锐的蒸汽底嘶音,汽笛在锅炉房顶上咆哮了起来。

人们惊慌地通过广场奔跑着,发出短促的叫喊,烁烂的电灯在山上山下突然闭死了。月华静静地泻下来,轨路两侧的哺养着果实底桃树在一阵微风里发出甜密的低语。废水在厂房前面的水沟里潺湲。

大门搬拢了,黑布窗幔像哀伤的面幕一般垂了下来。恐怖而寂静的山谷和旷野被关在屋外。锅炉底下,火笑着,汹涌着。[①]

路翎笔下的风景几乎从来都不是纯粹的自然风物。这里的天空与旷野也只有从金仁高眼中望出去,才可能渗透着他刚刚从劳动中获得的"激动,兴奋,紧张";而"铁底击响,火底高歌拥抱,马达底轰震,电灯底辉耀"也一如"春夜里的灿烂,喧闹,炽热",使金仁高的身体"热辣起来"[②]。这种主观体验向客观现实的突入,将自然意象变为劳动体验的延伸;更重要的是,在与自然景象的杂糅和并置当中,工业意象也仿佛获得了某种"自然"的属性,或是拥有着与山谷和旷野同样的雄伟壮阔,又或变得生机勃勃或诗意盎然。这样的修辞在路翎的小说中数不胜数:"晚风播弄着疲乏的田野,播弄着工场的电灯,使它们花朵一般地灿烂";"锅炉底废水,和由溪流沁流来的小水流合流着,唱着温柔的歌"[③];"从静静地躺在月光下的密集的厂房里,机电厂的窗玻璃独自骄傲地辉耀着;更远处,在对面的约莫相距电机房一里路的山坡上下,则闪耀着星一般的灯火"[④]。与其说是电灯与花朵、废水与溪流、矿灯与星光共同构成了路翎笔下怪诞混杂的自然风景,倒不如说是在这个庞大的工业世界中,电灯与废水才是真正的花朵、星光与溪水——工业场景俨然已经取代了自然世界。在这个雄壮而恢宏的工业世界的映衬下,在不作为工业意象的喻体出现时,自然风景往往是柔弱、寂寞或衰颓的:温柔的黄昏、寂静的旷野、萧索的松林、苦寒的山谷,仿佛无一不在等待着被征服。而这一与自然壮景相并置的工业世界,却以其仿佛是从"自然"那里盗取而来的力与美,创造出一种人工的,同时也是全新的崇高感。

诚然,路翎笔下的自然世界并不永远如此驯顺。正如杨义所观察到的那样,路翎小说中的"景物描写,多是暴雨、迅雷、急流、险滩、酷暑、严寒、江南无际的原

---

① 路翎:《家》,《七月》第6集第3期,1941年4月。引文中的"甜密"原文如此,应为"甜蜜"。
② 路翎:《家》,《七月》第6集第3期,1941年4月。
③ 路翎:《家》,《七月》第6集第3期,1941年4月。
④ 路翎:《饥饿的郭素娥》,北京:人民文学出版社,1988年,第19页。

野、长江湍急的巨流"①。在小说《卸煤台下》中,雷雨与山洪几乎是以一种复仇似的姿态席卷了卸煤台:"山峰板起脸,停止呼吸,肩着笨重的云层。雷雨在夜里迟钝地开始了。两个钟点后,山洪暴发。卸煤台下底倾斜的场坪和路床变成了河流。二十团矿道木在水流上漂浮,煤底山积被从中间吃空,坍倒下来,一刻钟就冲走了一千吨。"然而就在这恐怖的灾难中,焦炭炉"还在倔强地吐着暗红的、凶厉的火焰",工人们"激越而沉痛"的喊声"被风弹得很远,造成一种人类在粉碎世界的不可思议的大力底压迫下奋勇斗争的印象"。②在这一带有强烈的浪漫主义色彩的叙述中,"劳动"表现为人与自然的搏斗,自然的酷烈不过是将更大的胜利让渡给了人与人的造物。在路翎的小说中,工业场景与自然壮景的并置一方面在美学上盗取了本属于自然的崇高感,而创生出一种集神秘、恐怖、雄强与庄严于一身的混杂的现代美学体验;另一方面又将自然降格为一个可征服或至少是有待征服的客体,而富于原始强力的工人劳动者则在一种浪漫的、带有神圣化意味的修辞中,被推上了主体的位置。

然而值得注意的是,路翎小说中的"劳动"并非一味如此单纯乐观。在那些表现为"人的搏斗"的劳动场面以及多种意象的杂糅中,我们会发现一种奇特的矛盾修辞法:大量连缀使用的形容词将种种相互悖反、难以兼容的意义一股脑地堆积在同一个主语之上,使得路翎笔下的"劳动"表现出一种两面性与悖论性。在火车头包工中连续工作了十六个小时的张振山感到的是"劳动的坚冷的兴奋和肉体的疲劳"③;金仁高在劳动中既是"愤怒"的又是"沉醉"的;前一秒还喷发着原始强力、"凶猛而又美丽",下一秒便陷入了"疲乏而昏迷、全身瘫软"④;河滩上步履沉重的纤夫赵青云"突然有燃烧般的奇异的痛苦和兴奋",于是"用轻柔的、美丽的、动情的声音"开始歌唱,而"这个早晨是如此的痛苦和美丽"⑤。坦白地讲,在路翎的小说中,这种矛盾修辞其实并不限于对劳动或劳动者的刻画,在路翎用力最深的人物心理上,这种修辞方式更是屡见不鲜,有时甚至颇令人费解。然而在关于"劳动"的书写中,这种矛盾修辞却并不是毫无逻辑的堆砌,也不仅仅来自作家语言风格的惯性,而是具有某种结构性与观念性的内涵。金仁高

① 杨义:《路翎——灵魂奥秘的探索者》,《文学评论》1983 年第 5 期。
② 路翎:《卸煤台下》,《抗战文艺》第 9 卷第 5、6 期合刊,1944 年 12 月。
③ 路翎:《饥饿的郭素娥》,北京:人民文学出版社,1988 年,第 43 页。
④ 路翎:《家》,《七月》第 6 集第 3 期,1941 年 4 月。
⑤ 路翎:《滩上》,《中原、文艺杂志、希望、文哨联合特刊》第 1 卷第 1 期,1946 年 2 月。

上工时健美有力的形象与下工后隐忍压抑的处境，构成了人物心理与叙事上的双重张力：劳动者虽然从劳动中释放并体认到了自身强大的生命力，却并没有从中获得维系与发展这一生命力的可能。由此，路翎的小说展现出一种"劳动"的辩证形态：一方面是力的、美的、自由的、充满快感的，即劳动作为人的本质力量的对象化的层面；但另一方面则是痛苦的、狰狞的、被迫的、压抑的，是处于剥削关系中的劳动形态。这种两面性无处不在，前者指向一种生命力的释放、爆发与创造性活动；后者则指向对于人的肉体的消耗、折磨与压榨。由此我们看到：劳动的强力不仅转化并表现为强大的生产力，同时也在耗费着劳动者的生命力。因此它诚如路翎所写的那样，是兼及"美丽"与"痛苦"的。通过这些彼此矛盾的修辞，路翎将劳动置于机械与肉体、工业与自然、热烈的生产与困厄的生活等一系列对位结构之中，不仅写出了劳动的创造性，也写出了劳动对人的消耗与压抑，即劳动的异化形式。

路翎笔下紧张、喧腾、雄壮而又带有某种奇观化色彩的工业劳动场景，不仅构成了叙事的整体氛围，还以一种有声、有色、有温度、有生命的神秘形式裹挟着情节的进展与人物的命运。工业场景掺杂着自然意象，在小说中近于复沓式的出现，使得这一战时西南地方的"劳动世界"本身成为路翎小说的中心形象。然而在揭示了"劳动"之悖论性的矛盾修辞法之下，更多时候，这个"劳动世界"则表现为某种人与非人、自然与反自然、创造与毁灭相混合的"怪兽"形态。1940 年 4 月，路翎在给胡风的信中写道："这里乡下（山谷里，煤矿里）在建设，但穷苦的生命永远穷苦，这建设也等着毁灭罢，我想。"[①]面对这一以矿区为代表的工业世界，或许正是从这种"建设"与"毁灭"并存的核心感受中，路翎生发出了一系列具有悖论性的修辞与意象。在他建构的这个工业劳动世界中，一切都是具有两面性的：机器时而是狰狞可恨的敌手，时而又变作温柔可亲的伙伴；卸煤台时而是黑暗的怪物，时而又包孕着明亮的希望；汽笛既是上工的号召令，又能成为罢工的集结号。路翎对于这种两面性与悖论性的独特把握，使其小说中的劳动书写呈现出一种近于表现主义的美学体验与批判力，因而他带给文坛的也自然是不同于一般左翼现实主义写作中的劳动者形象与写作模式。

---

① 路翎：《一九四零年四月二十日自重庆》，见路翎著、徐绍羽整理《致胡风书信全编》，郑州：大象出版社，2004 年，第 16 页。引文中的"罢"原文如此，应为"吧"。

二、浪漫诗学与异化批判

路翎的创作生命无疑是相当早熟的。在写出了《家》《祖父底职业》《黑色子孙之一》《卸煤台下》等一系列矿工题材的小说之后,凭借《饥饿的郭素娥》在文坛脱颖而出时,路翎也才不到二十岁。1942 年 5 月底,在写给胡风的信中,路翎流露出一种自觉的忧虑感:"对这安然,我实在有些怕。只有那么一点点资本,花完了,该怎么办呢?"①由此可见,这一时期路翎的写作主要还是依托于矿区生活的切身体验与观察,而自我经验的耗尽无疑给这位年轻的作家带来了一丝隐约的恐惧。路翎小说对于劳动之两面性的发现,诚然与其鲜活的矿区经验和天才的敏感不无关系,然而在有限而粗糙的现实经验之外,对于一个有着特定的世界文学阅读视野、正在初步接触马克思主义理论的年轻作家而言,这种文学想象背后的观念形态也可谓其来有自。

在 1940 年 1 月出版的《七月》杂志第 5 集第 1 期上,发表了由周行翻译的苏联批评家 A.拉佛勒斯基的《高尔基论社会主义的现实主义》一文,而紧跟着这篇文艺论文发表的,则是由苏民翻译的一篇高尔基的短篇小说《在盐场上》。在这篇论文中,拉佛勒斯基格外强调了高尔基对于"劳动"的重视。他引用高尔基的表述指出"社会主义的现实主义"文学改变了以前文学上的两大"永久的题材"——"自然"与"劳动"的面目。"社会主义的现实主义文学"中的"自然"题材,在于"人为了他的较高的目的而使自然的面目改变,人类征服那些原素的智力的胜利",其核心是以"'对于人的惊叹',对于他的权力与能力的热中,代替了从前对于自然的虔诚的被动的默想"。而"与这个对自然的新态度一同,另一个'永久的'题材也改变了——这就是劳动","在普洛革命的国土里……劳动创造的障碍物是破天荒的消失了。劳动已成为自愿的,而正是这一重要的事实,又改变了文学上对于劳动的处理的性质。如果在以前,劳动是被轻视的,被看成是一个机械的过程,是可怜的东西,是加于人类的一种灾害,看成是受罪,或是对于他人的意志的从属,那末在现在,劳动就重新获得它原来自然具有的性质了。它已成为一种主导的而非从属的力量,成为新人生活上的最高的事业了。社会主义的现实

---

① 路翎:《一九四二年五月三十日自重庆》,见路翎著、徐绍羽整理《致胡风书信全编》,郑州:大象出版社,2004 年,第 47 页。

主义的主人公,不能不选定'劳动,就是说,人,它是由劳动的过程形成的,但反过来又组织劳动,发展它,直至把它变为一种艺术,我们必须努力去认识劳动就是创造'"。而资本主义的社会制度则"剥夺了劳动的欢喜,封锁了它的创造性的潜在力"①。在这里,我们似乎可以发现路翎小说的某些观念性的源头。路翎书写"劳动"与"自然"时的浪漫主义倾向,及其对于"劳动"作为创造性力量与异化形态的两面性的认识,都显示出与这篇论文之间的某种内在的关联性。

在这一期《七月》出版之时,路翎已经与胡风通信近九个月。从1939年4月24日向胡风发出给《七月》的第一封投稿信时起,路翎在1939年这一年内就至少向《七月》投过四次稿,直到1940年2月初被告知《"要塞"退出以后》可以发表,并最终被作为"新作家五人小说集"之首,刊发在同年5月第5卷第3期的《七月》杂志上。这一时期热切地渴望从胡风与《七月》那里得到文学上的指点和帮助的路翎,不可能不对《七月》杂志有所关注和阅读。另据路翎自己的回忆,早在1938年作家16岁时就已经阅读过并且十分喜欢高尔基的《在人间》《我的童年》《我的大学》等作品。②由此可以推测,路翎很有可能阅读过刊登在《七月》第5卷第1期上的这篇关于高尔基与现实主义的文艺论文,以及紧随其后的那篇小说《在盐场上》。

准确地讲,拉佛勒斯基的这篇《高尔基论社会主义的现实主义》与其说是高尔基自身文艺理论的表述,倒不如说是拉佛勒斯基对于高尔基文艺观点的阐释与总结,并力图从中概括出一个关于"社会主义的现实主义"的"完整的概念"③。对于胡风及其《七月》同人而言,译介并发表这篇关于高尔基的论文以及高尔基的短篇小说,可能是希望引高尔基为资源对"社会主义的现实主义"概念进行某种理论上的争辩④,但与此同时,这仿佛也以一种"文艺理论+创作实践"的方式

---

① A.拉佛勒斯基:《高尔基论社会主义的现实主义》,周行译,《七月》第5集第1期,1940年1月。

② 见路翎:《我与胡风(代序)》,见晓风编《胡风路翎文学书简》,合肥:安徽文艺出版社,1994年;路翎:《我与外国文学》,《外国文学研究》1985年第2期。

③ A.拉佛勒斯基:《高尔基论社会主义的现实主义》,周行译,《七月》第5集第1期,1940年1月。

④ 1938年6月,《七月》第3集第4期就专门设立了"纪念高尔基逝世两周年"的专题;1939年8月又在第4集第2期集中刊发了一组以"M.高尔基——作品与人"为题的专题文章,包括对高尔基作品的译介与评论,胡风翻译的Y.加奈次基的《列宁与高尔基》也在其中。而其他单篇的高尔基作品、文艺论文、语录以及木刻作品也常散见于此后各期。这诚然与30年代中国左翼文学运动中的"高尔基热"有关,但或许也正是由于高尔基之于革命文学运动的领袖与导师的崇高地位,左翼文坛内部的不同力量才会通过对高尔基的译介与阐释来争夺自身革命文学理论的正统地位和话语权。

构成了某种指导现实主义写作的"教科书"。从 1900 年高尔基写给契诃夫的信中，拉佛勒斯基辨认出了高尔基的现实主义观念中内在的浪漫主义气质。而从那些高尔基表述"劳动"与"自然"的引文中可以看出，高尔基对于人与自然关系的重构、对于人的主体性位置和劳动的创造性本质的高扬，都显示出强烈的浪漫主义倾向。从根源上讲，这种浪漫主义气质或许本身就内在于青年马克思的劳动异化理论与德国浪漫主义运动的关联之中。浪漫派诗学的哲学基础在于主体与客体的分离，而主体正是在超越或征服客体的过程中建立起来的。因而在浪漫派诗学中，内在自我由外在世界唤醒并充溢于自己的周围，逐渐使周遭事物一一反映自我，因而内在自我最终正是通过客观环境的主观化完成的。在《1844年经济学哲学手稿》中，马克思提出只有通过作为人的"类生活"的生产，自然才能体现为人的作品与现实，因此"劳动的对象是人的类生活的对象化"，"人从他所创造的世界中直观自身"；"在实践上，人的普遍性正是表现为这样的普遍性，它把整个自然界——首先作为人的直接的生活资料，其次作为人的生命活动的对象（材料）和工具——变成人的无机的身体"。①而当整个自然界成为人的外延身体，也就是将自然界与客观性主观化了，人类的自我意识成为最高的神性，劳动的人最终成为造物主本身。维塞尔在论述马克思主义的神话诗学内核时指出，青年马克思作为"黑格尔主义和浪漫主义的传人"，他所关心的问题在于如何反抗生命的痛苦、毁灭与"人的有限性"②，而异化理论也正是基于此提出的。因而在某种程度上，马克思的异化理论背后的人道主义观点实则是与"人的发现""深度自我"这些浪漫主义的核心命题一脉相承的。

在路翎对于马克思主义理论的接受过程中，高尔基（包括经过胡风与《七月》同人选择与译介的高尔基）无疑是一个重要的文学中介。路翎在其写于 1985 年的《我与外国文学》一文中曾细致地总结了自身写作的理论资源，他提到"在那时期，还首先是高尔基的《给初学写作者的一封信》、普列汉诺夫的《艺术与社会生活》，它们给我提供了社会主义思想的艺术原则和创作方法。和这同类，卢那察尔斯基的艺术论，弗里契等的论文学的论文，是我热心阅读的"③。高尔基的《给

---

① 马克思：《1844 年经济学哲学手稿》，中共中央马克思恩格斯列宁斯大林著作编译局译，北京：人民出版社，2000 年，第 58 页。

② 维塞尔：《马克思与浪漫派的反讽——论马克思主义神话诗学的本源》，陈开华译，上海：华东师范大学出版社，2008 年，第 255—266 页。

③ 路翎：《我与外国文学》，《外国文学研究》1985 年第 2 期。

初学写作者的一封信》(又译作《给青年作家的信》)早在30年代就被翻译成各种不同的版本在报刊上发表或收入不同的文学论集。①其中针对"浪漫主义"的文学潮流,高尔基进行了进一步的区分:"在同一浪漫主义中,仍然有区别其两种倾向大异的东西的必要。消极的(否定的)浪漫主义——是粉饰现实,或使人与现实相妥协,或将人从现实上拖到无任何结果的深渊,拖到自己的内的世界,拖到关于'人生的不可解',及爱,或死等的思惟的世界,拖到'智性'与见解所难于解决而只有由科学才能解决的那种谜里面去。积极的(肯定的)浪漫主义则想强固人类的对于生活的意志,想在人类内面唤起对现实的反抗心,对那关于现实的一切抑压的反抗心。"并且提出"在伟大的艺术家时,浪漫主义与写实主义似乎任何时都是融合在一起"②。高尔基关于浪漫主义的重新评价,以及对浪漫主义与现实主义关系的见解,可能都对路翎的写作产生了一定的影响。而伴随着高尔基,经过鲁迅译介或推荐的苏联文学如《苏联作家七人集》、法捷耶夫的《毁灭》、绥拉菲莫维支的《铁流》和肖洛霍夫的《静静的顿河》等作品中的"浪漫色彩"与"革命的浪漫性"都给予路翎巨大的影响。在路翎看来,"这浪漫性,即作者的追求联结着更多的触须更多的联想、想象,其想象的虹采由于时代的激荡碰触着更多的生活角度,但并不消失它们的现实性,使他们的现实主义文学深刻地占领生活的各角度,有着它的巨大的功能"③。而路翎的写作则吸收与发展了这种浪漫性、体验性、主观性的"触须"。对于"浪漫主义"的问题,路翎曾在其写于1944年的《谈"色情文学"》一文中对浪漫主义的不同资源进行过辨析与别择:他认为欧洲的浪漫主义容易导向个人主义倾向,而从以《静静的顿河》为代表的"苏联底新文学里面的浪漫主义"中,路翎看到的却正是他自己热衷于表现的"人民底原始的力量和泼辣的生命"④。

在上述这篇《高尔基论社会主义的现实主义》中,通过对高尔基的援引,论文

---

① 如以群翻译的《怎样写短篇小说:给某青年作家的信》就是从由读书生活出版社出版的《高尔基给文学青年的信》(共计二十三篇)中选译的其中一篇,发表在《青年文化半月刊》第1集第2期(1936年)。绮雨翻译的《给青年作家的信》则摘自高尔基的《我的文学修业》,发表于《译文》第2卷第1期(1935年)。此外另有牛健、何云的译本,皆以《给青年作家的信》为题,分别发表在《清华周刊》第44卷第8期(1936年)、《学习》第1卷第2期(1939年)。在《学习生活》第2卷第3期(1948年),则可以看到以群以《给初学写作者》为题翻译出版的高尔基谈写作的书信论文集的书讯。

② 高尔基:《给青年作家——摘自"我的文学修业"》,绮雨译,《译文》第2卷第1期,1935年3月。引文中的"思惟"原文如此,应为"思维"。

③ 路翎:《我与外国文学》,《外国文学研究》1985年第2期。

④ 路翎:《谈"色情文学"》,《希望》第1集第2期,1946年1月。发表时署名"冰菱"。

其实是在新制度对旧制度的革命与超越中，将书写"创造性劳动"的"社会主义的现实主义"视为一种由新的社会制度创造与保障的理想文学形态。然而有趣的是，论文随后附上的高尔基的短篇小说《在盐场上》却并非这样的作品。恰恰相反，《在盐场上》通过书写流浪者"我"到盐场上找工作，却被工人们欺压、排挤，最终被赶出盐场的故事，表现了盐场工人在高强度的劳动下所受到的深刻的精神奴役、觉醒的艰难与自暴自弃式的变态反抗——这里并没有充满力与美的"创造性劳动"，有的只是工地的艰苦、工头的叫嚣以及工人沉重的劳动与疲乏的沉默。在这篇速写小品式的小说中，高尔基对于盐场上劳动场景的细致描摹与富于油画感的笔致，都令人想起路翎的小说。而事实上，无论是小说题目还是推车运盐的具体场景，都很令人怀疑：这篇《在盐场上》是否直接启发了路翎小说《卸煤台下》的创作。但可以确定的是，高尔基对于"劳动的异化"的表现同样是路翎小说中的重要主题。由此可见，高尔基高扬劳动创造性的浪漫主义与刻写异化劳动时强烈的批判色彩，或许正启发了路翎对于劳动之两面性与悖论性的把握。更重要的是，高尔基笔下这些狭隘的、野蛮的、带有强烈帮派意识与疯狂情绪的、在长期沉重的劳动下"失去所有的人的形像，变成功一只野兽"[①]的工人形象，可能也在现实观察与体验之外，构成了路翎小说中劳动者形象的一个重要来源。例如路翎笔下的"郭素娥"就部分来源于高尔基《马尔华》中那个"倔强的劳动妇女"形象；而被鲁迅称之为"具有纪念碑性"[②]的里别进斯基的《一周间》和革拉特珂夫的《士敏土》，则给予了路翎"从这里学习描写革命形象和产业工人"的可能。即使是在观察现实的方式上，路翎也承认："高尔基在他的作品里所描写表白，所肯定，所追求和跟踪的'已经'变成了我的日常观察事物的依据之一。"[③]

应当说，《高尔基论社会主义的现实主义》一文对于人的主体性的高扬及其人道主义与浪漫主义的论调[④]，和胡风强调"精神奴役创伤"与反抗客观主义的"主观现实主义"主张有所契合。在路翎写作这批矿工题材的作品时，胡风在通信中给予路翎的具体建议也多强调人物在"内心工作"或"精神意志"等心理层面

---

① 高尔基：《在盐场上》，《七月》第5集第1期，1940年1月。引文中的"变成功"原文如此。

② 鲁迅：《〈铁流〉编校后记》，《鲁迅全集》（第7卷），北京：人民文学出版社，2005年，第386页。

③ 路翎：《我与外国文学》，《外国文学研究》1985年第2期。

④ 论文一开篇就将"社会主义的现实主义"与"人的再造"相关联，称之为"普洛人道主义的确定"，继而将高尔基定位为一位伟大的"社会主义的人道主义者"；并提出现实主义应当与"积极的浪漫主义"相结合。见 A.拉佛勒斯基：《高尔基论社会主义的现实主义》，《七月》第5集第1期，1940年1月。

上的发展。路翎对于人物心理世界的开掘,使其热衷于塑造那些具有复杂性格甚至病态心理的人物,又常常将人物放置在某种"危机"或"突转"的时刻以激发出一种歇斯底里式的疯狂状态,人物强大的主观体验往往会以不可阻挡之势席卷其周遭的世界,带来精神上的突进或轰毁。在路翎的人物心理刻画中,我们可以见出高尔基式的工人形象、托尔斯泰的"心灵辩证法"、陀思妥耶夫斯的心理叙事和胡风所主张的主观精神向客观对象的"扩张"等多种资源之间的交互碰撞与化合。1942 年 5 月,路翎在给胡风的信中谈到刚刚完成的《饥饿的郭素娥》时说:"'郭素娥',不是内在地压碎在旧社会里的女人,我企图'浪漫地'寻求的,是人民底原始的强力,个性底积极解放。"[①]事实上,路翎对于小说人物心理世界的开掘,的确与浪漫主义诗学有着某种核心的一致性,即对于人的内在意识与深度自我的发现;但更重要的是,对于小说中的"底层劳动者"形象而言,这一"深度自我"的建立有着更为深远的意义。

路翎小说中的工人形象曾多次被胡绳和向林冰批评存在知识分子化的问题。可能正是在高尔基的影响下,路翎笔下底层人物的话语的确常常流露出知识分子的特征。托尔斯泰就曾对高尔基小说中的人物语言批评道,"您的那些农人讲话都是太雅了",并认为现实中的农民说话都是愚蠢(或故作愚蠢)、次序颠倒而不知所谓的。[②]关于这一点,胡风曾在给路翎的信中表示:"托尔斯泰对老高说的话不全对。老高底人物所说的话,是他们可以说的,至少是想说的,问题是看他是否通过了活的语言、表现方式。要发掘隐藏着的东西呀。"[③]面对胡绳等人的批评,路翎提出应重视工农劳动者的"语言奴役创伤":"不应该从外表与外表的多来量取典型,是要从内容和其中的尖锐性来看。工农劳动者,他们的内心里面是有着各种的知识语言,不土语的,但因为羞怯,因为说出来费力,和因为这是'上流人'的语言,所以便很少说了。我说,他们是闷在心里用这思想的,而且有时也说出来的。我曾偷听两矿工谈话,与一对矿工夫妇谈话,激昂起来,不回避的时候,他们有这些词汇的。有'灵魂'、'心灵'、'愉快'、'苦恼'等词汇,而且还会冒出'事实性质'等词汇,而不是只说'事情'、'实质'的。当然,这种情况不

① 路翎:《一九四二年五月十二日自重庆》,见路翎著、徐绍羽整理《致胡风书信全编》,郑州:大象出版社,2004 年,第 45 页。

② 高尔基:《回忆托尔斯泰》,巴金译,上海:平明出版社,1954 年,第 22—23 页。

③ 胡风:《致路翎(1941 年 8 月 9 日,香港)》,见晓风编《胡风路翎文学书简》,合肥:安徽文艺出版社,1994 年,第 12—13 页。

很多,知识少当然是原因,但我,作为作者,是既承认他们有精神奴役的创伤,也承认他们精神上的奋斗,反抗这种精神奴役创伤。"①由此可见,路翎正是在努力发掘底层工农心中"想说的""隐藏着的东西"。对路翎而言,语言并不单纯是语言,而是与自我意识、情感能力甚至思想能力相关联的;而所谓的"知识语言"恰恰指向一种高度的自我意识与反思能力。在这个意义上,当劳动人民"自发地"说出"知识语言",正意味着自我意识的觉醒对于那种垄断知识语言的社会权力结构的反抗。

尽管在胡绳、向林冰等批评者那里,路翎笔下的底层劳动者总是因其"突发的情感波动"或"离开群众的特立独行"②,在人物的真实性或典型性方面受到质疑与批评,但在战时工业的视域下我们也会发现,这种"非典型"的革命主体形象也自有其现实基础与典型意义。③《饥饿的郭素娥》中的张振山这类带有流浪汉气质的工人形象不仅来自高尔基的文学影响,更与抗战以来中国工业向西南后方的大规模内迁带来的社会流动有关。1938 年至 1942 年,四川迅速成为大后方的工业中心,伴随大城市与东南沿海地区大量工厂的内迁和西南地方工业结构的调整,在大批外来的产业工人之外,流亡难民、散兵游勇、破产农民、城市小生产者也纷纷涌入工人队伍,携带着极强的地域观念与行帮观念,既造成了工人群体内部的复杂性,也在艰难且极不稳定的迁徙中造就了张振山这样孤绝、强悍、富于自我意识的"流浪工人"的原型。张振山身上强烈的个人主义气质的确使其与主流左翼文学中典型的进步工人形象拉开了距离,但路翎的小说也借此提出了以下这些颇具革命性的假设:第一,复杂的心理结构或某种内在的"深度自我"并不一定是资产阶级或知识分子及其文学形象的专利,底层劳动者也可以在对精神奴役创伤尤其是"语言奴役创伤"的反抗中获得。第二,在战时内迁的复杂语境下,"工人阶级"也不再是某种同质化的整体,其中高度的差异性构成了阶级觉醒与集体行动必须面对的现实困境。第三,对于身份构成与社会经验都

---

① 路翎:《我与胡风(代序)》,见晓风编《胡风路翎文学书简》,合肥:安徽文艺出版社,1994 年,第 5—6 页。

② 胡绳:《评路翎的短篇小说》,《大众文艺丛刊》第 1 辑,1948 年 3 月。此外据路翎回忆,胡风曾向他转达过向林冰的意见,向林冰认为路翎笔下的工人"衣服是工人,面孔、灵魂却是小资产阶级",并且"有着精神上的歇斯底里"。见路翎《我与胡风(代序)》,见晓风编《胡风路翎文学书简》,合肥:安徽文艺出版社,1994 年,第 5,6 页。

③ 关于这一问题可参见拙作《"非典型"的革命主体——战时工业视域下的路翎小说》,《西南民族大学学报(人文社会科学版)》2019 年第 11 期。

尤为复杂的战时工人群体而言，集体与阶级的觉醒有没有可能建立在具有高度自我意识的现代主体的基础上。这些问题或许难有定论，但值得重视的是：路翎笔下丰富、混杂又充满悖论性的矿区经验及其对战时工人形象的复杂呈现，不仅来源于以高尔基为代表的文学资源与观念形态，亦有重庆本地煤矿公司与战时从河南、湖南等地迁入的煤矿公司合并、改组等社会史事件构成的现实基础，更打开了一种在战时工业内迁语境下观察城乡世界与农工经验的文学视野。

三、结语

路翎的战时工业写作这一个案既折射出跨域文学资源与战时文学经验之间的复杂化合，又显示出左翼文学资源及其理论阐释在已经分化的左翼阵营之中可能产生的话语分歧，也提示我们在文学资源、理论争辩、概念史等层面的跨域视野下展开进一步的历史考察。在高尔基之外，托尔斯泰、巴尔扎克、报告文学、反战文学等跨域文学资源都曾在战时中国引发热潮，并且在战争语境下展现出特殊的文学影响与话语形式。围绕"现实主义""浪漫主义"等重要的文学思潮及理论脉络，战时文坛在创作和批评上也展开过一系列理论上的争辩。具体到路翎小说中的"劳动"书写，则涉及"劳动"概念在进入现代中国之后所经历的观念史变迁与建制化历程。在这些方面，对多重跨域机制的关注既要考掘社会史与文学史层面的现实互动，也是观念史及世界观层面的追溯与重造。

（作者单位：北京大学）

"如何通俗":1950年代汪曾祺文艺思想的转捩

赵 坤

作为贯穿"两个年代"的重要作家之一,汪曾祺向来被视为考察中国现代文学与当代文学内在关系的典型样本。也因此,围绕1950年至1980年的"三十年汪曾祺"展开过诸多相关的讨论,比如汪曾祺与传统文章学之间的关系,他对现代文学传统的继承与现实主义的选择,如何借重人民文艺的形式写作等等。而上述研究均有涉及却未及展开的,是汪曾祺集中在50年代思考的"通俗"问题。事实上,随着现代到当代的文学主潮嬗变,"如何通俗"是汪曾祺消化现代主义、吸收现实主义,形成独具个人风格的文艺美学观的关键。同时,汪曾祺的"通俗"问题也为我们摆脱启蒙与革命的话语框架,考察20世纪中国文学的总体性与作家的心态史提供了参照。

一

1946年夏,自觉"失去圆光"的汪曾祺陷入了人生与写作的双重困境。在社会历史大势中,他遭遇了人生的错动时刻,"从昆明到上海,从边陲后方到中心都市,又有师生星散、伴侣分离、家人团聚等等冲击"①。初到上海的汪曾祺,对那里并没有多少好感,他写信给恩师沈从文,抱怨上海文艺界"乌烟瘴气","年青的胡闹,老的有的世故,不管"。文坛环境不友好,工作也找不到,汪曾祺很长一段时间里寄住在好友朱德熙家的过道里,整日躺在床上,悲观厌世,陷于写作焦虑。即使降低自我要求,"现在不像从前那么苛刻了",也依然无法突破写作困境,"几

---

① 杨早:《1946年:汪曾祺小说主体风格的起点》,《文艺争鸣》2020年第12期。

乎每天把纸笔搬出来,可是明知那是在枯死的树下等果子"①。

　　正当汪曾祺苦闷之际,1946 年至 1948 年"平津新写作运动"②开始了。这是一场由西南联大众师友共同倡导的文学实验活动,杨振声、朱光潜、沈从文等几位汪曾祺读书时期的先生们是主力。平津新写作运动延续了联大时期的文学探索创新精神,试图以"文化建国"方式,借世界文学潮流改变中国当代写作的单一局面。③最受他们关注的是西方现代主义。除了袁可嘉等年轻一代认为新写作必须要向现代主义学习,老一辈如沈从文、卞之琳、冯至等人,也都从各自的创作角度认同着现代主义。在联大时期就对意识流写作感兴趣的汪曾祺,此时更是将现代主义作为突破自我瓶颈的一线希望,在给好友唐湜的去信中,他说得很明白,"我缺少司汤达的叙事本领,缺少曹禺那样的紧张的戏剧性。……我有结构,但这不是普通的所谓结构。虽然我相当苦心却永远是失败,达不到我的理想,甚至冲散我的先意识状态(我杜撰一个名词)的理想。……(吴尔芙,詹姆士,远一点的如契诃夫,我相信他们努力的是这个。)"④汪曾祺也扎扎实实地以现代派手法进行了大量的文本实验,诸如散文《飞的》《蔡德惠》《烟与寂寞》《幡与旌》《葡萄上的轻粉》《礼拜天早晨》,小说《艺术家》《职业》《落魄》《驴》《绿猫》等等。最为典型的是,1947 年 5 月,也就是杨振声发表"新写作运动"宣言《打写作开一条生路》的六个月后,汪曾祺写下关于现代派文学的文论《短篇小说的本质——在解鞋带和刷牙的时候之四》,以冷僻的修辞和抽象化的语言对比了长篇和中篇小说,认为短篇小说自有其特质:"一个短篇小说,是一种思索方式,一种情感形态,是人类智慧的一种模样。或者:一个短篇小说是一个短篇小说,不多,也不少。"⑤显然,现代主义并没有解决汪曾祺的写作瓶颈,反而刷新了他的语言风格。

　　对于精通谈艺的汪曾祺来说,他很快意识到自己的方向不对:"真正的小说应该是现在进行式的,连人,连事,连笔,整个小说进行前去,一切像真的一样,没

---

① 汪曾祺:《470715 致沈从文》,《汪曾祺全集　12 书信卷》,北京:人民文学出版社,2020 年,第 28 页。

② 段美乔:《抗战胜利后平津文坛的复兴与"新写作"文学思潮的兴起》,《北京社会科学》2008年第 6 期。

③ 杨振声:《打写作开一条生路》,《大公报》(天津)1946 年 10 月 13 日。

④ 汪曾祺:《致唐湜》,《汪曾祺全集　12 书信卷》,北京:人民文学出版社,2020 年,第 35 页。

⑤ 汪曾祺:《短篇小说的本质》,《汪曾祺全集　9 谈艺卷》,北京:人民文学出版社,2020 年,第16 页。

有解释，没有说明，没有强调、对照的反拨，参差……绝对的写实，也是圆到融汇的象征，随处是象征而没有一点象征的'意味'，尽善矣，又尽美矣，非常的'自然'。"①他很明确自己想要表达的内容物，《复仇》《异秉》，甚至《受戒》的腹稿都形成于此时期，只是 40 年代后期的汪曾祺还没有找到自己满意的表达形式，以至于后来不断对这些作品进行反复重写。急于解决困境的汪曾祺给沈从文去信，表达了求变之心的迫切，"希望今天晚上即可忽然得到启示，有新的气力往下写"，"哪怕是跟着政治走，为一个甚么东西所服役，也好呢"。1948 年，北大"方向社"举办座谈会，讨论"今日文学的方向"，朱光潜、沈从文、废名、钱学熙、陈占元等知名作家学者都参加了。会上，作为晚学的汪曾祺参与讨论"红绿灯"问题时，他的观点很明确，"自然得看红绿灯走路"②。

　　1948 年秋天，汪曾祺开始了求变的行动，"有去处，不管是什么样的去处，便索想就离去也"③。适逢 1949 年 3 月，四野南下，汪曾祺报名了工作团，希望能够改变自己空洞的生活，摆脱苦闷心境，最好能够像沈从文等几位老师那样，对社会生活多一些经历，搜集创作素材。④但此刻的社会情势已显出后革命时代的种种踪迹。由于就读于南菁中学时误入"复兴社"的历史问题，汪曾祺不再被允许跟随去广州，他被搁置在武汉。更让他忧虑的是，同年 7 月，中华全国文学艺术工作者第一次代表大会召开，联大文学圈几乎都被挡在文代会门外，无一人受邀参加。这两件事对汪曾祺的心理冲击是显而易见的，否则不会在文代会过后，他就在武汉《大刚报》上发表了一篇表明文艺态度的《还是应当写》（新发现佚文）。这是汪曾祺继 1947 年《短篇小说的本质》之后再次开口谈文论艺。随着第一次文代会确立了"工农兵文艺"的方向，文艺大众化路线成为时代的绝对文学主流。如何建设"新的人民文艺"被确定为社会主义新中国的总体性文学方向，"除此之外没有第二个方向，如果有，那就是错误的方向"⑤。或放弃写作，或调整自身的

---

　　① 汪曾祺：《致唐湜》，《汪曾祺全集 12 书信卷》，北京：人民文学出版社，2020 年，第 35—36 页。

　　② 废名：《今日文学的方向——"方向社"第一次座谈会记录》，见废名著、陈建军编《我认得人类的寂寞：废名诗集》，北京：新星出版社，2018 年，第 202 页。

　　③ 汪曾祺：《481018 致某兄》，《汪曾祺全集 12 书信卷》，北京：人民文学出版社，2020 年，第 41 页。

　　④ 汪朗等：《老头儿汪曾祺》，北京，中国青年出版社，2016 年，第 66 页。

　　⑤ 周扬：《新的人民的文艺》，见中华全国文学艺术工作者代表大会宣传处编《中华全国文学艺术工作者代表大会纪念文集》，北京：新华书店，1950 年，第 69 页。

文艺思想,汪曾祺必须做出选择。这时候发表的《还是应当写》就很能说明问题。文章既下了决心"不放下笔",也表明了今后的创作要遵循"对人民负责的态度"。尤其语词间反复提到的"改造",像私人呓语又像心灵宣言:"等待,恐不是很好的办法。思想的改造是长期的,很难说什么时候完成;而且我们的改造的最直接有效的医药应当即在写作当中。"[①]寄希望于思想改造中重新获得写作的启示与可能性,这是时代的虹吸效应,也是作家个人的意愿。

二

20 世纪 40 年代末陷于现代主义的汪曾祺,是在 50 年代意识到通俗的意义的。

1950 年夏,汪曾祺在杨毓珉和王松声的帮助下回到北京文联,在《说说唱唱》编辑部任职。同年,北京市文联创新刊《北京文艺》,与《说说唱唱》编辑部人员合用,汪曾祺成为两本刊物的总集稿人,与通俗文艺写作名家赵树理、老舍等人一起工作。次年 11 月,全国文联调整刊物,将《北京文艺》并入《说说唱唱》,作为新中国通俗文艺标杆性刊物。作为编辑部总负责人的汪曾祺,开始接触大量的民歌、地方戏、民间故事等各种形式的通俗文艺。这段经历让汪曾祺接触到通俗文艺的不同形式,也让他的创作心理由作者中心转向读者中心。

四野工作团的中途遇挫与文代会的召开对汪曾祺的影响不可谓不大。虽然以汪曾祺的谨慎性格,在当时并没有表露出过多的心迹。但从他调整文艺方向的即时创作,可以看出他急于突破瓶颈、转换文艺思想的心意。1951 年前后,他集中发表的《一切都准备好了》[②]、《一个邮件的复活》《怀念一个朝鲜族驾驶员同志》《丹娘不死》《武训的错误》《从国防战士到文艺战士》等,都是文艺大众化的写作尝试。其中,《一切都准备好了》讲抗美援朝期间,工人阶级的觉悟性问题;《一个邮件的复活》说新中国人民邮政"无着股"如何处理无头邮件的过程,突出为人民服务的主题;《怀念一个朝鲜族驾驶员同志》从中朝友好的角度,赞美四野过武汉时期的一位断臂朝鲜族司机。其余的几篇谈艺文像《一切都准备好了》《丹娘

---

① 汪曾祺:《还是应当写》,《汪曾祺全集 9 谈艺卷》,北京:人民文学出版社,2020 年,第 17 页。

② 赵坤:《汪曾祺与人合著小说〈一切都准备好了〉的发现与校勘》,《新文学史料》2022 年第 2 期。

不死》《武训的错误》《从国防战士到文艺战士》《赵坚同志的〈磨刀〉与〈检查站上〉》，也都是典型的表现工农兵的文艺作品，响应了周扬提倡的"集中地表现广大工农兵群众"的思路。只是在随时代旋律起伏的众多和声里，汪曾祺并不突出。几篇过后，他自己不满意，黄永玉等朋友们也不满意，觉得没有想象力，也"没有曾琪"。

虽然这段短暂的转型尝试未见成功，但人民文艺作为新的"文化建国"方式，联结了汪曾祺参与平津新写作运动时的文学理想，尤其是对于读者的重视，改变了汪曾祺的创作心态。在80年代写出了《异秉》《受戒》《大淖记事》后，汪曾祺曾回顾自己的创作心路，他不断强调的写作要"有益于世道人心"，就是受惠于50年代对普通读者的发现："解放前我很少想到读者。一篇小说发表了，得到二三师友称赞，即为己足。"[①]"拿我解放前的作品与解放后的作品比较，受教育的影响是明显的。虽然我写的也是旧社会生活，但一个作家总要使人民感到生活是美好的，感到生活中有真实可贵的东西，要滋润人的心灵，提高人的信心。……我到底应该给人们一些什么东西呢？我的愿望是拿出更好的东西，贡献给读者。"[②]"作者要有良心，要对读者负责。"[③]

更为重要的是，汪曾祺编校通俗文艺刊物《说说唱唱》的经验，以及与老舍和赵树理一起工作的经历，帮助他找到民间文艺的通俗门径。《说说唱唱》最初创刊时的任务是表现大众文艺，即1949年11月第一卷第五期的《文艺报》上的介绍，"北京大众文艺创作研究会决定出版一综合性之大众文艺刊物《说说唱唱》"。刊物名字当时是由赵树理取的，目的既为了区别于《人民文学》这样的主流刊物，也是强调传统的说唱文学"小说要能说，韵文要能唱"[④]。1951年末，刊物合并了《北京文艺》，成为国家指定通俗文艺刊物。长期大量的编校工作，让汪曾祺逐渐熟悉了民间文艺。该刊1953年5月号的《编后记》中，一方面表达了现有通俗文艺作品水平堪忧的情况，另一方面则重点介绍了民间文艺的各种类型及其丰富性与艺术性。虽然并无实证证明编后记全部由汪曾祺撰写，但作为编辑部的总

---

① 汪曾祺：《重新学习〈在延安文艺座谈会上的讲话〉》，《汪曾祺全集 9 谈艺卷》，北京：人民文学出版社，2020年，第192页。

② 汪曾祺：《重新学习〈在延安文艺座谈会上的讲话〉》，《汪曾祺全集 9 谈艺卷》，北京：人民文学出版社，2020年，第190页。

③ 汪曾祺：《美学感情的需要和社会效果》，《汪曾祺全集 9 谈艺卷》，北京：人民文学出版社，2020年，第247页。

④ 高捷、刘芸灏、段崇轩编：《赵树理传》，太原：山西人民出版社，1982年，第125页。

负责人，他无疑是认同这一说法的。可见，在通俗的问题上，汪曾祺开始意识到民间的各种文艺形式。

　　帮助他意识到这个问题的，还有他的两位同事老舍和赵树理。50年代的老舍和赵树理，是新中国人民文艺中"活的标记"。虽然在具体的通俗形式上，二人有不同，但文艺通俗的目标与通俗文艺的写作经验类似。比如，赵树理擅用民间曲艺形式，语言也是活用北方群众的语言，偏口语化；老舍予生活以幽默从容，关注平民艺人，市民语言和江湖口居多。赵树理让汪曾祺意识到"文艺大众化"需要的通俗程度是较低的，也就是赵树理在《也算经验》里提到的，必须将知识分子语言改造成群众能够听懂的工具性语言。但汪曾祺并不欣赏工具性语言，"……我以为语言最好是俗不伤雅，既不掉书袋，也有文化气息"①。他虽然视赵树理为"农村才子"，感叹他掌握丰富的农村曲艺形式，可赵树理那种文体不清晰的小说写法却是汪曾祺无法认同的。比如他评价赵树理"写的小说近似评书"，并在另一篇文章中隐晦地提到，"我并不主张用说评书的语言写小说。……评书和相声与现代小说毕竟不是一回事"②。这是小说艺术创作的美学差异。相比之下，汪曾祺更倾向于老舍的文学通俗方式，虽然他除了一篇讲述老舍人品贵重的散文《老舍先生》外，并无过多讨论，但从他认可老舍善待"牌子曲""燕乐"等民间艺术的举措，在谈语言时肯定老舍"用北京话创作，但不完全是北京话口语，而是采用北京语言的词汇、词和那股味。……在北京话的基础上，创作了各自的艺术语言"③，可以看出他欣赏老舍的审美结构与文艺观。尤其是60年代以后，汪曾祺从张家口调回北京京剧团时，不仅自己创作《范进中举》要请老舍提意见，就连他后来感兴趣的《王昭君》《薛平贵与王宝钏》等戏，也都是50年代老舍和曹禺曾经商量过要改编的，可见老舍对他的影响。当然，这大概也和作家反映新社会风貌的难度有关。1959年以前的赵树理，延续的是解放区文艺的写作传统，属于顺势过渡，一如他在文代会上颇为自信地发言《也算经验》。而老舍虽然拥有曹禺、巴金等人所缺乏的底层群众生活经验，但因为

---

　　①　汪曾祺：《谈散文》，《汪曾祺全传谈艺卷　9谈艺卷》，北京：人民文学出版社，2020年，第422页。

　　②　汪曾祺：《小说技巧常谈》，《汪曾祺全集　9谈艺卷》，北京：人民文学出版社，2020年，第261页。

　　③　汪曾祺：《关于文学的语言问题》，《汪曾祺全集　9谈艺卷》，北京：人民文学出版社，2020年，第181—182页。

回国前后都不熟悉解放区的文学传统，也面临重新"学习"的问题。对于汪曾祺来说，无疑老舍更具有可参照性。尤其是在意识到读者之后，作品应如何"人间送小温"，要怎样表现"美感和社会效果"，这些都意味着，汪曾祺所追求的"通俗"是有一定美学追求的。

<h2 style="text-align:center">三</h2>

因此，如何通俗就成为汪曾祺 50 年代文艺思想转捩的关键。

一个公认的说法是，汪曾祺对传统文化的认同改变了他的现代主义接受态度。[①]特别是对传统文学语言的继承与借重，是他在汉语表达体系里达到极致美的主要原因。[②]那么，为何要沟通传统，又怎样借传统文学语言实现通俗的文学表达，50 年代后半程或许可以为我们提供一重考察视野。

1955 年，《说说唱唱》改回《北京文艺》，由全国性刊物变回地方性刊物。同时《民间文学》创刊，将《说说唱唱》中民间文艺的部分收编进来，由中国民间文艺研究会负责编校。汪曾祺也被调离北京市文联，调入中国民间文艺研究会，成为《民间文学》的编委之一，参与筹备工作。关于这段经验，汪曾祺曾不止一次提到过，80 年代末还有一篇专论《我和民间文学》，讨论民间文学对自己的影响："我编了四年的《民间文学》，后来写了短篇小说。要问我从民间文学得到什么具体的益处，这不好回答。……不过有两点可以说一说。一是语言的朴素、简洁和明快。民歌和民间故事的语言没有含糊费解的。我的语言当然是书面语言，但包含一定的口头性。如果说我的语言还有一点口语的神情，跟我读过上万篇民间文学的作品是有关系的。其次是结构上的平易自然。在叙述方法上致力于内在的节奏感。"[③]也就是说，50 年代意识到通俗的意义后，汪曾祺是去民间文学的语言中找寻通俗的方法的。

深入思考民间文学的语言作为文学通俗与文化精神谱系的作用，是 50 年代

① 郭春林：《中国的现代主义：不彻底的旅程——以汪曾祺为例》，《文艺理论研究》2006 年第 1 期。

② 王彬彬：《鲁迅与现代汉语文学表达——兼论汪曾祺语言观念的局限性》，《中国现代文学研究丛刊》2021 年第 12 期。

③ 汪曾祺：《美学感情的需要和社会效果》，《汪曾祺全集 9 谈艺卷》，北京：人民文学出版社，2020 年，第 332 页。

中期以后的汉语规范化与新民歌运动。如果说汉语规范化让汪曾祺更加抵触"粗暴乏味的工具性语言"[①]，那么新民歌运动则让他辨析、反思了文学性语言的通俗效果问题。对民歌的兴趣是汪曾祺自创作伊始便形成的习惯。幼时他曾承教于祖父，在古文方面有深厚的家学渊源。西南联大读书时，创作也是从写诗起步的，早期《自画像》《小茶馆》《蒲桃》《落叶松》等诗歌虽受现代主义的影响，却也在选词用韵中透出古意。散文和小说更是常以歌谣入文，《小贝编》的"小贝编""小贝杂录"、《干荔枝》的"春天"、《悒郁》的芦管山歌等，随处可见。50 年代编校《说说唱唱》和《民间文学》相当于重新激活了他对于歌谣的热情。后调入的《民间文学》隶属于民间文研会，沿袭的又是左翼的"文艺大众化"与第一次文代会指定的"人民文艺"路线。但人民文艺在具体形式的展开过程中，新中国成立最初几年是概念先行于作品的。除了老舍、赵树理等人的创作，即使像《人民文学》这样的刊物，也大都充塞《小团员林玉钟》《要为人民服务得更好》《英雄司机冲出照明圈》《从长工变成功臣》等口号式作品。作为文艺方针政策的制定者，毛泽东在 1956 年发表了《同音乐工作者的谈话》，这是在全国首届音乐周上所作的演讲，也是继《在延安文艺座谈会上的讲话》后再一次关于文艺方针路线的重要讲话。该文以极大篇幅强调了人民文艺的形式要注重民族传统和民族风格，"艺术有形式问题，有民族形式问题。艺术离不了人民的习惯，感情以至语言，离不了民族的历史发展"[②]。作为民间文艺的官方指定刊物，汪曾祺所在的《民间文学》无疑学习过这份讨论民族形式的重要讲话。再加上时隔两年后，毛泽东于 1958 年再次提出的文艺大众化的"新民歌运动"，直接将"民歌"和"古典"这两条突出民族性的方法视为仅有的出路。民族性不仅仅是文艺自身的问题，在新中国政权刚刚建立之初，强调民族性无疑还具有更重要的意识形态需求。这便将关于民族化形式的文艺问题推到了时代文艺工作者的面前。

事实上，1958 年提出的新民歌运动不仅衔接了音乐周上的讲话，作为文艺大众化路线，还延续了毛泽东在延安时期办农民运动讲习所时曾经提出过的，如何以民歌促进诗歌大众化的方案。[③]根源则在他 20 年代亲见过的胡适、周作人、刘半农等人在北大的歌谣征集记忆。不同的是，胡适等人立意在启蒙，旨在以民

①　具体论述参见拙作《谈艺文与汪曾祺汉语本位语言观的形成》，《文学评论》2021 年第 6 期。
②　毛泽东：《同音乐工作者的谈话》，见中共中央书记处研究室文化组编《党和国家领导人论文艺》，北京：文化艺术出版社，1982 年，第 16 页。
③　龚国基：《毛泽东与中国现代诗人》，北京：中央文献出版社，2014 年，第 152 页。

间歌谣为起步建立民族国家精神的文化心理。而毛泽东则偏重革命理路，以民歌和古典去革"新诗"的命，"谁去读那个新诗。将来我看是古典同民歌这两个东西结婚，产生第三个东西，形式是民族的形式，内容应该是现实主义与浪漫主义的对立统一"①。这相当于对诗歌界 1953 年之后，关于"五四"以来新诗评价问题系列论争的一次定论。在新中国的文化建设中，民歌将启蒙和革命再次缝合在一起。

新民歌概念提出后，时任中共中央宣传部副部长、中国作家协会党组书记的周扬立即主持召开了民歌座谈会，向中国文联、作协、民间文艺研究会发出了"采风大军总动员"的号召。汪曾祺所在的民间文艺研究会是牵头单位之一，主要负责民歌的搜集与选编，他也因此参加过河南等地采风。由于周扬在中共八大二次会议上的报告《新民歌开拓了诗歌的新道路》是将新民歌运动作为社会主义"大跃进"的重要任务之一，各部门采风的主要地点也都集中在建设工程单位，汪曾祺就曾参观林县的英雄渠工程，听过当时著名的路永修快板，也写了表达感想的《关于"路永修快板抄"》："河角沟，真丰富，万民英雄修水库……放大炮不简单，一炮能崩半架山，英雄楼，英雄房，玉石柱子玉石梁……"但有意思的是，汪曾祺只是感叹了一下快板对工友们干劲的鼓励，"多得劲啊"。对这类语录体快板的美学评价却避而不谈，"至于路永修快板的艺术特点，这篇短文很难说清，请大家自己分析评断吧"②。对于通常不吝溢美之词的汪曾祺来说，态度已经很明确了。自此之后，尽管汪曾祺依然去采风，签发过众多新民歌作品，还参与了民间文学工作者第二次代表大会，编辑出版了《民歌作者谈民歌创作》……但他再没有关于新民歌作品的直接讨论了。反倒是积极在推动"旧式"民歌与古谣的发展，并有大量的相关讨论。在新发现的佚文中，有一封汪曾祺写给王士菁的信，涉及如何处理周作人整理的绍兴老儿歌。汪曾祺考虑到旧儿歌不适于当时发表，又舍不得这些材料，便建议王士菁以"鲁迅小时候唱过的儿歌"作为鲁迅研究的参考资料刊发。显然，对于歌谣体的民歌和语录体的新民歌，汪曾祺彼时内心清明。这从他相当一部分的歌谣体民歌讨论文章中也可以看出。比如《鲁迅对民间文学的一些基本看法》《古代民歌杂说》《"花儿"的格律——兼论新诗向民歌

---

① 毛泽东：《建国以来毛泽东文稿第七册（1958 年 1 月—1958 年 12 月）》，北京：中央文献出版社，1992 年，第 112 页。

② 汪曾祺：《关于"路永修快板抄"》，《汪曾祺全集卷 9 谈艺卷》，北京：人民文学出版社，2020年，第 148 页。

学习的一些问题》《读民歌札记》等等,都是讨论写作向民歌学习的必要性。"汉乐府里的《枯鱼过河泣》想象非常丰富奇特,鱼干了怎能写信给别的鱼呢? 这是一个在旅途中落难人的心情写照。……民歌以抒情为主,但有的也富有哲理。湖南有一首哲理性民歌是写插秧的'赤脚双双来插田,低头看见水中天,行行插的齐齐整,退步原来是向前'。'低头看见水中天''退步原来是向前'就是深刻的哲理。白族民歌:'斧头砍过的再生树,战争留下的孤儿。'意义很丰富。四川民歌也有很多优美的语言。有的中国作家不研究中国民歌,是很大的遗憾。"[1]在众多通俗的语言中,他发现只有民歌的语言能够勾连古典的人文传统,区别于那些乏味的工具性语言,是文学通俗能够接榫古代雅言传统"言有尽而意无穷,可以达下情宣上德"[2]的关键。也就是说,民歌古谣启发了汪曾祺对传统文学语言的借重,并将其视为通俗且"俗可耐"的关键。

还需要提及的是,汪曾祺对民歌的借重并非只在小说、散文等文体中夹杂歌谣,而是通过民歌语言的深入研究,辨析民歌的口语化和小说的书面写作之间的差异,获得具有艺术性的文学通俗门径。在《语言是艺术》中,他强调"小说是写给人看的,不是写给人听的"。其思辨过程,是将可听的民歌转换成可视的小说,"文学作品的语言和口语最大的不同是精炼。……其次还有字的颜色、形象、声音。"[3]古典文学传统因为言文分离,向来是重"文"轻"语"的。由于古代无统一的"正言",方言又彼此不同,文字交流便成为各地方沟通的唯一渠道。[4]"五四"以后提倡国语,新中国又推行普通话,进行汉语规范化运动,都是文化建设对于言文合一的举措。这也为汪曾祺辨析口语与写作关系提供了社会历史场域,让他深入思考民歌语言对于把握语言节奏、组织小说的结构的作用,并最终在语用上脱离启蒙与革命的框架,进入大众话语体系的通道。当然,这就需要另外撰文讨论了。

(作者单位:山东大学)

---

① 汪曾祺:《关于文学的语言问题》,《汪曾祺全集卷 9 谈艺卷》,北京:人民文学出版社,2020年,第183页。

② 刘毓崧:《古谣谚》,杜文澜辑,吴顺东等点校,长沙:岳麓书社,1992年,第1页。

③ 汪曾祺:《语言是艺术》,《汪曾祺全集卷 9 谈艺卷》,北京:人民文学出版社,2020年,第238页。

④ 郜元宝:《时文琐谈》,北京:北京大学出版社,2014年,第24页。

张承志与冈林信康的文学关系考论

沈杏培

  冈林信康,1946 年出生,日本著名民谣歌手,20 世纪六七十年代因其反战歌曲而成为风靡一时的"民谣之神",80 年代提倡"无拳套演出"①。张承志 80 年代在日本访学一年,结识了冈林信康,从此开始了绵延至今的友谊。冈林信康被张承志视为"道之兄长"②,其人格气质和音乐美学对张承志产生了很大影响。关于冈林信康的记述,国内学界几乎阙如,对于两人艺术上的影响与接受问题尚无专题研究。从 1984 年关于冈林信康的论文《绝望的前卫》开始,三十余年里张承志留下了大量关于冈林信康的回忆性文字,或追忆二人交往,或评述其人其歌。在这些不同阶段的文字中,我们既可以看到张承志对自己偶像的接受视野,又能看到他从不间断的自我矫正,同时这种音乐体验又熔铸在了张承志的文学之中。可以说,冈林信康在张承志文学的音乐化特色和"究及现代"③过程中是一个不可忽视的艺术家。本文基于二人交往历程,考察冈林信康作为一种域外资源如何影响张承志的人格气质及其文学生成,试图从发生学角度还原和厘析张承志人格气质中的冈林信康因素,同时探析张承志对冈林信康的认知变迁。

一 20 世纪 80 年代的"补足愿望"与结缘冈林信康

  1983 年 5 月底,张承志以日本国际交流基金"特定地域研究计划"合作人及"东洋文库外国人研究员"身份,在日本进行为期一年的中北亚历史研究。此时的张承志在中国社会科学院民族研究所民族研究室西北组工作已有近三年时

---

  ① 张承志:《敬重与惜别——致日本》,上海:东方出版社,2014 年,第 184 页。
  ② 张承志:《敬重与惜别——致日本》,上海:东方出版社,2014 年,第 182 页。
  ③ 张承志:《音乐履历》,见其著《思想(下)》,上海:东方出版社,2014 年,第 59 页。

间,他的主业是民族史研究和考古学,但在 1978 年张承志以《做人民之子》(蒙文诗)和《骑手为什么歌唱母亲》(短篇小说)开启了自己的文学旅途,随后的《阿勒克足球》《绿夜》《黑骏马》相继发表,部分作品获得全国优秀短篇小说、全国优秀中篇小说奖——初涉文学的张承志便以"人民之子"的自觉和草原骑手的豪情唱出了区别于当时伤痕、反思小说的壮美声音,在文学起步阶段便锋芒展露,屡创佳绩。但此时的张承志并没有沉浸在收获的骄矜之中,相反,对流行于当时文坛的故作玄虚和暧昧怪奥的腔调深感疲倦,同时内心深处源于对学养不足而生的"欠缺"感催逼着他思考文学的现代性问题。他在《音乐履历》中这样坦言此时的心境:

> 忆起八十年代的文学环境,可能不少人都会有多少的惜春感觉。时值百废俱兴,现代艺术如强劲的风,使我们都陶醉在它的沐浴之中。穿着磨破的靴子、冻疤尚未褪尽的我,那时对自己教养中的欠缺有一种很强的补足愿望。回到都市我觉得力气单薄,我希望捕捉住"现代",以求获得新的坐骑。那时对形式、对手法和语言特别关心:虽然我一边弄着也一直在琢磨,这些技术和概念的玩艺究竟是不是真有意味的现代主义。[1]

在写作伊始,张承志对自己的文学素养并没有十足的把握,在后来与冈林信康的对话里,他曾提到,由于他所读的高中是一个重视理科的中学,语文的基础停留在初中阶段几篇古文、白话文和政治文章的水平[2],恰恰是这种知识储备的欠缺形成了他的焦虑感,并催生了这种"补足愿望"。在这样一种渴望突破和接近"现代"的心境下,通过一个名叫德地立人的日本朋友的引介,张承志开始接触冈林信康的歌曲。冈林信康,长张承志两岁,出生于日本一个基督教神父家庭,早年以唱反战歌曲被日本民众推崇,80 年代中期提出"扔掉电子音像,回到一把吉他",走向"无拳套演出",并在日本与东南亚巡回演出。初次听到冈林信康的歌曲,张承志便被那种振聋发聩的新鲜感吸引住了,他说:"到了一九七八年,我开始写小说了,听着冈林的歌,心里出现了一种不可思议的感觉。我觉得我从考古学和民族史转向全力从事文学,这里似乎与冈林有着什么相似。也就是说,我企

---

① 张承志:《音乐履历》,见其著《思想(下)》,上海:东方出版社,2014 年,第 58 页。
② 冈林信康、张承志:《绝望的前卫满怀希望》,《文学自由谈》1987 年第 4 期。

图作为一个小说家,从冈林的歌曲中汲取养分。"①

张承志的"原点初音"是遥远的蒙古古歌,到了 80 年代,美国歌手鲍勃·迪伦、日本歌手佐田雅志和冈林信康(还有梵高的绘画)成为张承志的心仪对象。那么,张承志由民族古典音乐移情西方现代艺术,除了通往现代的渴望之外,是否缘于文学与音乐之间的某些契合点? 也就是说,张承志结缘冈林信康并在随后的三十余年里跟踪关注,这种艺术亲缘关系是靠什么建立起来的?

在与摄影家李江树的访谈中,张承志这样说,"几年以来,我好像一直有意无意地企图建立自己的一种特殊学习方法。具体地说,就是尽量把音乐、美术、摄影等艺术姊妹领域里的领悟和感受,变成自己文学的滋养。"②对于张承志来说,踏上文学之路之初他便在寻求着同主流文坛基于政治与历史书写的现实主义美学原则相区别的写作方式,从其他艺术中汲取技艺和养分是他自觉的努力方向。在《骑上激流之声》一文中,他的这种艺术追求说得更为明确:"而对于我来说,文学的最高境界是诗。无论小说、散文、随笔、剧本,只要达到诗的境界就是上品。而诗意的两大标准也许就是音乐化和色彩化——以上就是我身为作家却不读小说,终日沉湎于梵高的绘画、冈林信康的歌曲之中的原因。"③

可见,自觉地从音乐、绘画这些文学的姊妹门类中汲取营养,补足自我的文学修养,这是张承志在 20 世纪 80 年代专注于艺术领域的重要原因。除此之外,两人在家庭背景、人生经历和精神气质上的相近,也是促使他们艺术结缘的重要因素。从家庭出身来看,冈林信康出生于牧师家庭,从小唱赞美诗,在一种相对单纯的环境中长大——冈林本人称之为"将近二十年里我随着某一种形式长大"④。而张承志是回族,生于北京崇文门贫民区,祖籍山东济南,张承志说,幼年给他烙印最深的,就是他外祖母长久地跪在墙前冰冷坚硬的水泥地上,长久坚忍地独自一人默诵的背影。宗教家庭背景成为两个人"对话"的基础,正是这种类似的宗教背景,张承志在冈林那些怪诞野蛮的话语里也能听出一股"圣的音素"⑤。而在人生经历上,正如冈林所说,"你有草原牧民的四年,我也碰巧在农村当自耕农种稻子四年,我俩都有这么四年——所以我们各自从那儿的生活中

---

① 冈林信康、张承志:《绝望的前卫满怀希望》,《文学自由谈》1987 年第 4 期。
② 李江树、张承志:《瞬间的跋涉》,《文学自由谈》1987 年第 3 期。
③ 张承志:《艺术即规避》,见其著《思想(上)》,上海:东方出版社,2014 年,第 213 页。
④ 冈林信康、张承志:《绝望的前卫满怀希望》,《文学自由谈》1987 年第 4 期。
⑤ 张承志:《音乐履历》,见其著《思想(下)》,上海:东方出版社,2014 年,第 60 页。

受到强烈影响,这是我们的共同点。"①共同的底层经历为他们理解彼此奠定了很好的基础。从人格气质来看,冈林信康是孤独的前卫,艺术上他是走在时代前列的前卫,被民众奉若神明,但在精神上他是孤独的,他被时代裹挟送上神坛而自己拒绝当神。因而,冈林信康及其歌曲代表的是一种叛逆、激昂的时代美学,以及异乎群类的独士形象。而张承志恰恰也是这样一个具有叛逆气质和热腾血性的独行侠。他一生都有英雄情结,他所崇拜的英雄是那些具有阳刚之气、充满血性和正义,甚至异乎寻常的侠者义士,鲁迅、秋瑾、荆轲、切·格瓦拉和毛泽东都是他所崇拜的大时代的英雄②。而作为 20 世纪 60 年代左翼青年的"民谣之神",冈林信康身上所散发出的英雄气概也是张承志走近他的重要原因。

在这种相知以及"饥渴地需要色彩和音响"的艺术补足愿望下,张承志对自己的偶像冈林信康倾注了很多心力,他不断地去听后者的现场音乐会,一遍遍听其歌集,从这些嘈杂而又痛苦的音乐中感觉到"一种东方前卫的神魂"③。在 1984 年回国前张承志完成了对于自己偶像的学术雕刻,即论文《绝望的前卫——关于冈林信康的随想》(《早稻田文学》1986 年第 6 期),这篇论文也成为二人友谊的起点。在冈林信康看来,这位异国听众日语讲得"迷迷糊糊",但他的论文关注并理解了冈林从演歌调到现代调的几乎所有歌曲,读了以后"实在高兴",也"懂得了"张承志④。确实,在这篇学术传记中,张承志一方面全面梳理了冈林信康的音乐轨迹,另一方面仔细辨析了其重负与变形。张承志并不神化冈林信康,把他的音乐的风格变迁放在他的人生道路中进行考量,既梳理出他的风格和阶段性特征,又能辩证地指出冈林信康的局限和短板。张承志认为冈林的"多年的动摇病""一直隐藏的软弱和任性的性格"造成了他的歌风的向内倾向,而这种转向恰恰是冈林在 80 年代被"时代抛弃",迅速边缘化的命运。尤其是,他在冈林信康光鲜的外表和 1969 年的"失踪事件"中看到了一个痛苦而孤独的灵魂——

　　60 年代末白热化的各种反体制运动遭遇现实的命运,对冈林自身是一

---

① 冈林信康、张承志:《绝望的前卫满怀希望》,《文学自由谈》1987 年第 4 期。

② 在一篇访谈中,他坦言,他想做健康文明的儿子,崇尚鲁迅、秋瑾、徐锡麟那样的英雄。见熊育群《一直在奔跑:艺术大师对话》,北京:中国文联出版社,2003 年,第 31 页。

③ 张承志:《骑上激流之声》,见其著《思想(上)》,上海:东方出版社,2014 年,第 214、216 页。

④ 冈林信康、张承志:《绝望的前卫满怀希望》,《文学自由谈》1987 年第 4 期。

种压迫和打击。新生活体验带给他心情上的变化,特别是逐渐多次感受到的牵挂和内疚,以及自己的欲求和舞台间的巨大差距带来的痛苦,这一切让他急剧地变化着。这样,正当他逐渐在歌中吐露出这种自我的矛盾、阴暗的心情的时候,社会和时代将他推上巨星的座位。他的听众(那实际上是他的伙伴)因为他投身于一种狂热之中的时候,民谣之神陷入了真正的孤独。①

在这篇长文中,36 岁的张承志为 38 岁的冈林信康进行的精神定义和人生扫描中暗含了张承志未来的某些轨迹,这种类似不知是二者天生性格所致,还是前者受后者影响所致。比如,冈林在大红大紫之时远离都市和舞台,在农村和大自然中寻找心灵的依托,而 90 年代的张承志在文学鼎盛期告别知识阶层,放弃公职脱离体制,自由无羁地放浪于自己心仪的三个大陆之中,行走在世界之林里。张承志发现农村和自然使冈林的心情变得平和,而对于他自己,三块大陆才能让他内心平静。再如冈林信康身上一直存在的"争辩",这种争辩是一种冲突,民众拥戴他做左翼明星,希冀他积极介入政治的期待,和他讨厌卷入政治浪潮的冲突,正是因为这种争辩,冈林信康选择了"规避",冈林维护的是中和的艺术,规避的是纷乱的政治。对于张承志来说,争辩和规避同样奇异地伴随着他:为自己的信仰辩护,与主流社会的疏离,与知识界的分道扬镳,都显示了与冈林如出一辙的政治立场。在这一时期,对于冈林规避政治的行为选择,张承志给予了理解,甚至以"艺术即规避"之辞帮其辩护。

可以说,在 20 世纪 90 年代之前,冈林信康对张承志而言是一个具有坐标或明灯意义的存在,启发着后者的未来航向,"毕竟是他的歌使我有了一个重大的参照物。毕竟是他的轨迹使我确认了许多次自己"②。对于张承志来说,这种确认应该是指确认自我独自向着自由的长旅、走向"清洁之路""荒芜英雄"漫道的信心,也是对三块大陆,尤其是对皈依哲合忍耶和回族母族,背依和代言底层民众的一种确认。

确实,在 1983 年与冈林信康的相逢,是张承志在写作路途上求知探路、向世界现代艺术汲取灵感中的一种偶遇,这种相逢转化成了现实中的友情缔结和艺

---

① 这篇《绝望的前卫——关于冈林信康的随笔》一文,最初由伊藤一彦译成日语,发表在《早稻田文学》1986 年第 6 期。笔者托友人在日本东京大学图书馆找到张承志这篇早期论文,并将它翻译成中文,此处引文皆为转译后的中文。

② 张承志:《艺术即规避》,见其著《思想(上)》,上海:东方出版社,2014 年,第 218 页。

术上的切磋,并进而转化为某种道路启蒙。可以说,与冈林信康的交往丰富了张承志的异国体验,使他所受到的音乐影响更为具象而生动。张承志这样谈到,"后来我们成了密切交往的朋友,我去他的录音棚听半成品的制作,他来我寄居的板屋为我女儿唱歌。我渐渐熟悉了他的每一首歌,也渐渐懂得了他的每一点心思。"①如果我们留心张承志20世纪80年代的这次日本之行,可以发现这段异国体验并不都是愉快和友好,充满了艰辛与敌意。他曾坦言,"我在那两年里练惯了疾走,默默地以两步迈三步,奔波在东京——于我而言它是个劳动市场和战场。刷盘子,教大学,出著作。为了活下去(主要是使自己的做人原则活下去),我的心硬了。"②朱伟在《张承志记》中也谈到他这段心路历程:

> 这一年(另注:1983—1984),张承志整个儿泡在客居他乡的孤独之中。此时,《北方的河》在国内批评界招致一片指责,张承志在日本则一直是连绵不断的疯疯癫癫的失眠,在深夜霓虹灯不知疲倦的闪烁中,陪伴他的失眠的只有寂寞还有烧酒。在这种孤独中,他迷上了梵高,还有著名的日本歌手冈林信康。③

在压抑、被歧视甚至公开被攻讦的日本体验中,与冈林信康的音乐结缘以及对其艺术的确认是张承志不愉快的日本体验中的一抹亮色。这一时期的"音乐生活"缓解了张承志的孤寂,甚至给他带来了"好心情"。尤其是通过冈林信康,让他感觉到了日本人的真诚和善良的一面,更为重要的是,作为一种异域"资源"的冈林信康,使张承志对现代性艺术的探求找到了一个突破点和具体路径。

二 张承志文学中的冈林信康元素

考察冈林信康对张承志的影响,需要在张承志的文学文本层面找到这种痕迹,进而确认这种影响和关联。与张承志私交甚好的朱伟在解读张承志1984年回国之后的作品时指出,1984—1985年间的《残月》《晚潮》《九座宫殿》《黄泥小

---

① 张承志:《歌手和游击队员一样》,见其著《越过死海(2011—2015)》,上海:上海文艺出版社,2015年,第101页。
② 张承志:《长笛如诉》,见其著《黄土高原》,上海:东方出版社,2014年,第297—298页。
③ 朱伟:《张承志记》,《钟山》1994年第1期。

屋》标志着张承志进入到区别于《黑骏马》《北方的河》的第二阶段，"张承志这一阶段的创作，因为对梵高的狂热崇拜，每一篇小说其实都是对一幅具体的梵高式绘画进行文学叙述"①。这个判断从绘画角度阐释了张承志小说中的色彩美学及其与梵高之间的关系。实际上，张承志对梵高、冈林信康的接受几乎是同时的，西方现代音乐与绘画在 80 年代都是张承志狂热投入的领域。因而，我们可以由此考察冈林信康的音乐如何影响张承志 80 年代从日本归国后的写作。

在接触冈林信康的音乐之前，张承志自称是染上了"异族胡语的歌曲底色"②。这种"异族胡语"也即是蒙古草原的古歌，写于 1981 年的《黑骏马》即是蒙古古音影响下的作品。张承志在青年时代，听到了蒙古歌曲《刚嘎·哈拉》，从此一直心醉神迷，他固执地认为，"对这支古歌的发掘，是理解蒙古游牧世界的心理、生活、矛盾、理想，以及这一文化特点的钥匙"③。因而，在这一心理驱动下，张承志主题先行地创作了中篇小说《黑骏马》。这部小说的独异之处在于结构的音乐化，即通过民歌的一节歌词对应小说的一节，从而呼应和控制小说的节奏。尽管这篇小说大获成功，但张承志对这一结构并不满意，这种音乐化（民歌化）的结构限制了他的表达。1983 年的日本之行，可以说开了张承志的现代艺术之眼，进入到受冈林信康影响的阶段。冈林信康的音乐无疑带给张承志极大的震惊和激动，他将这种崭新的音乐体验归结为"美的质地"和"美的质感"。张承志曾反复描述冈林带给他的这种音乐体验和刺激：

> 那是继草原以后，对一种语言滋味的不确切把握。冈林信康的歌曲使我对又一种语言有了体会，日语的语汇限度和暧昧、它的特用形式，使得这种语言常常含有更重的语感。他的歌词则在这一点上更突出：时而有入木三分或使人如受袭击般的刺激。④

1983 年与冈林信康的这次结缘，是张承志探求文学新路，走出草原蒙古音乐接通现代艺术的一个起点，这种全身心的聆听和经年的研习更加强化了他的这种

---

① 朱伟：《张承志记》，《钟山》1994 年第 1 期。
② 张承志：《歌手和游击队员一样》，见其著《越过死海（2011—2015）》，上海：上海文艺出版社，2015 年，第 100 页。
③ 张承志：《初逢刚嘎·哈拉》，《草原边疆》，上海：东方出版社，2014 年，第 14 页。
④ 张承志：《音乐履历》，见其著《思想（下）》，上海：东方出版社，2014 年，第 62 页。

音乐体验,并自觉将之转化为写作的养分与资源。在 1983 年之后写作的《北方的河》《残月》《晚潮》《九座宫殿》《黄泥小屋》《金牧场》等小说中,我们能够看到跟《老桥》《黑骏马》不一样的叙事节奏和现代技法。在《北方的河》《金牧场》中,冈林的歌曲直接进入小说,《你究竟是我的谁》成为《北方的河》中小说主人公情绪的表现方式,歌词与人物心境相得益彰,这首歌词非常贴合主人公被女友抛弃时的心境——失落、无奈和独自走向自由长旅的决心。而在《金牧场》中冈林的歌曲贯穿始终,主人公疯狂迷恋的日本摇滚歌星小林一雄的原型即为冈林信康。《金牧场》是张承志在 1986 年对自己以往岁月的一种具有总结意味的自传性书写。值得一提的是,研究张承志的精神轨迹和思想转换,《金牧场》是一个最为关键的文本,这个文本几乎包含了张承志后来文学所有的心灵密码:关于 80 年代的日本体验,对四年牧民生活的回忆,早年红卫兵情结和重走长征,西海固贫瘠、坚韧的生存,甚至自己早年的记忆和母族书写。1990 年的《心灵史》以及 2012 年改订本里的所有意义系统,几乎都可以在《金牧场》中找到某种草蛇灰线式的伏笔。毫无疑问,《金牧场》包含了张承志浓郁的冈林情结,在这个文本中张承志对自己的艺术偶像做了一次毫无保留的礼赞。受结构主义叙事的影响,小说采用了多线并举的复调叙事,讲述了红卫兵重走长征路、知青与蒙古牧民重返家园的大迁徙、国外求学的经历和异国体验等几条线索。在这部小说中,小林一雄是一个没有出场的主角,在主人公压抑、艰难、饱含屈辱的日本体验中,小林一雄是"我"的精神力量,激励着"我"奋勇向前。对照张承志的其他自述和访谈文字,可以发现,《金牧场》中的日本体验基本上是作家 80 年代初期日本之行的遭遇和情绪的真实表达。在小说中,小林一雄是"我"的"精神之父",指引着"我"从被歧视和压抑的境遇中走出,夏目真弓和平田英男则是这种人格力量的现实力量,关心着"我"的事业与成长。这种叙事格局所隐喻和对应的恰恰是现实世界中冈林信康和张承志的真实关系:冈林是张承志艺术上飞跃的重要导师,与冈林的密切交往和对冈林音乐美学的深度研究,使张承志完成了现代主义的转向。可以说,《金牧场》将这种人格力量隐居幕后,虚化了冈林与张承志之间的这种兄长般的现实关系,以此表达张承志对这个精神之父的感激之情。

值得注意的是,《金牧场》出版五年后,张承志萌生了重写的想法,认为这是一部被他自己写坏的作品,经过大量删减后的《金牧场》改名为《金草地》。从《金牧场》到《金草地》,删改了留日和插队场景,保留了红卫兵重走长征路和考察大西北的叙述。许子东细致比较了小说的日本叙事删改情况,指出《金草地》删去了原作中的现代都市氛围的压迫和平田英男与夏目真弓两部分,保留了日本"全共斗"运动和歌手小林一雄的歌词。① 关于小林一雄这部分,《金草地》删去了"我"对小林一雄的迷恋和大量抒情、议论文字,"一个没有出场的声音和歌声,以及那些歌词被保留"②。

　　在这取与舍之间,我们一方面可以看到张承志对冈林信康歌曲的喜爱,宁可删去那些故事性的情节和正面的日本人形象,也要保留《朋友呵》《向自由的长旅》《载春雪海》等歌词,并用歌词对应着小说对日本"全共斗"左翼学生运动的叙述;另一方面,从删去大量抒情和迷恋小林一雄的行为中,我们看到张承志80年代前期那种情感的浓度和热度降了下来,趋于冷静而理性。其中的原因不难理解:1990年夏张承志写完《心灵史》,全身心投入对哲合忍耶的信仰之中,1990年11月开始,他以"浪人"身份浪迹在日本、加拿大等地,不愉快的漂泊经历使他中断了移民加拿大的念头,最终于1993年下半年回国。归国前后的这三四年,除了完成《心灵史》,校译并出版了宗教史典籍《热什哈尔》,撰写了日文著作《从回教看中国》《红卫兵的时代》《殉教的中国伊斯兰》,发表了《离别西海固》《以笔为旗》《清洁的精神》《无援的思想》等极具思想棱角的散文随笔。可以看出,90年代以来的张承志已不再是《黑骏马》时代的那个草原抒情王子,也不是《绝望的前卫》《金牧场》时期疯狂迷恋现代艺术的"冈林迷",伊斯兰文化和回教哲合忍耶正以强大的魅力召唤着他,张承志对冈林信康、鲍勃·迪伦、梵高的兴趣逐渐"移情"到新的信仰中去了。因而,改写《金牧场》时张承志放弃了那些"空议论""理想主义的设计"③以及那些太过于感性的偶像迷恋和缠绵的心路历程。由此也可以看出张承志在接受和转化冈林信康这一域外资源时的阶段性特征。

　　冈林信康作为一种养分与资源影响张承志,不仅体现为小说人物形象的塑造、借用歌词烘托情绪推动情节、作家对这种资源的叙事强度与情感强度的调整,还体现为经由这种音乐体验形成作家的诗性叙事。"张承志始终不忘把他那经常性的而且有其独特性的音乐体验与音乐感受,安排在诗性叙述中,构成'叙述体诗'的中心形象或'迷狂的歌王'的形象。在《金牧场》中,则达到一个极致。其音乐经验,主要来自于对日本音乐的理解,作品关于日本的部分,始终在关于

---

　　① 许子东:《重读"文革"》,北京:人民文学出版社,2011年,第254页。

　　② 张承志:《思想重复的含义(代自序)》,见其著《金草地》,太原:北岳文艺出版社,2001年,第2—3页。

　　③ 张承志:《十遍重写金牧场》,见其著《思想(下)》,上海:东方出版社,2014年,第215页。

日本的历史考古和音乐考证中展开,主人公在日本的生活体验,几乎全部都是关于音乐的体验和解说。"①也就是说,张承志的小说,甚至散文,都有极强的抒情性、诗意化,有时如草原劲风,有时像流水清波,有时像暴风骤雨,这种节奏和旋律跟张承志的音乐体验有很大关系。在《美文的沙漠》一文中,张承志探讨了美文、语言和音乐之间的内在关联:

> 叙述语言联通整篇小说的发想、结构,应该是一个美的叙述。小说应当是一首音乐,小说应当是一幅画,小说应当是一首诗。而全部感受、目的、结构、音乐和图画,全部诗都要倚仗语言的叙述来表达和表现,所以,小说首先应当是一篇真正的美文。②

在这里,张承志确认了美文需要有好的语言,而好的语言离不开诗性和音乐性这样一个逻辑。对于自己具有诗性的语言和流动着音乐感的文学,张承志也坦言与音乐的养分是分不开的:"我不仅珍惜,也意识到这是自己经历的一部分。以他为入口,我接触了'现代形式'。这种学习,催我总是在一个念头上捉摸不完:究竟什么才是歌。不用说,这对一个作家不是小事。流水般的悦耳音声流入心里,人的内里就不易僵老枯硬。音乐的水,直接滋养着我的文字。几条小溪分别浇注,我便活在一种交响和重奏之中。"③由此可见音乐的滋养使他的内心蓄满诗情画意,文字也因此而摇曳多姿。张承志在80年代一度迷恋鲍勃·迪伦、冈林信康这些现代音乐,并对这些音乐进行深度思考,找寻与文学的关联,自觉将这种音乐养分转化为文学的质地。这里的"他"是指冈林信康,冈林信康作为一种域外资源形成了张承志独特的音乐体验,这种体验又转化为他的诗性。

三 "前卫"的局限与对激情的校正

张承志曾说,他是一个两到三年就要寻求创新的作家。美学观念上的这种反风格化和追求多变意味着某种艺术养分、异域资源可能都会成为张承志的"过

---

① 李咏吟:《通往本文解释学:以张承志的创作为中心的思想考察》,桂林:广西师范大学出版社,2006年,第166—167页。

② 张承志:《美文的沙漠》,见其著《思想(上)》,上海:东方出版社,2014年,第27页。

③ 张承志:《敬重与惜别——致日本》,上海:东方出版社,2014年,第186页。

客"。冈林信康作为张承志迷恋的艺术巨星和可以信赖的兄长,80 年代至 90 年代后期一直如此。不过到了世纪之交,张承志的音乐之旅经历过蒙古古歌、冈林信康、伊斯兰音乐后,开始转向"西语歌曲"。2015 年他这样描述这种喜新厌旧:"既然我无法潜入中亚(波斯——印度)音乐渊薮里涌出的那些令人痴醉宛如中毒的迷人歌曲,既然我又想快快挣脱'东亚'类型民族的音乐局限,不消说既然我还打算俯瞰和嘲笑四周的靡靡之音——投向西语歌曲,那就是必然的事了。"①

张承志这种转向是相当自觉的,其原因,一方面在于张承志 90 年代后期以来的"行走"体验极大拓展了作家的视域,更新了美学观点。世纪之交,张承志开始频繁游走,先是云南、新疆、蒙古、黑龙江,以及江西、甘肃、四川等各地的名胜古迹,了解各地宗教、交通和文明形态。同时,他将这种行走延伸到国外——西班牙(1999、2003、2008)、秘鲁和墨西哥(2006),深入这些国家了解其人文地理、文化传播和莫斯林历史。客观来看,这种行走不是简单的游玩,而是专业的文化考古和历史勘察,经由这些地理感觉和行走考察形成了大量随笔散文、学术散文。毫无疑问,突破亚洲的地理局限,在西方的"行走"更新了张承志的艺术感觉。他曾这样描述与西语歌曲相逢的那种激动:"那是一种音质清脆的语言。那是一种暗含魅力的复句。那是一种烙着阿拉伯的烙印又在印第安—拉丁美洲再生的艺术载体。也几乎就在第一次,我在刚刚听到一首的时候就被俘掠……它们给人的,还不仅是赏心悦耳的听觉。那不容否定的底层意味,那艺术化了的痛苦欢乐,都驾着响亮的音节,如又一次的振聋发聩,带给我久违的激动。"②

另一方面,东亚类型民族的"音乐局限"也是促使张承志与冈林信康分道扬镳的重要原因。那么,这里的"音乐局限"是什么意思?从 1983 年开始,冈林信康的音乐旅程经历了数度转变,从早期的 folk song、摇滚、电吉他加大音响,再到日本传统演歌,直至"嗯呀咚咚"的日本号子,张承志都曾密切跟踪和聆听。在这样一个风格演变中,张承志并不认同冈林信康使用最传统的日本民谣号子作旋律和节奏的基调,这种过多诉诸民族标签的音乐类型显示了"一种东亚民族的

---

① 张承志:《歌手和游击队员一样》,见其著《越过死海(2011—2015)》,上海:上海文艺出版社,2015 年,第 103 页。

② 张承志:《歌手和游击队员一样》,见其著《越过死海(2011—2015)》,上海:上海文艺出版社,2015 年,第 103—104 页。

底气不足"，在世界性的消费主义大潮中，亚洲的音乐显得"犹豫和胆怯"①。因而他建议冈林采用"无拳套演出"（Bare knuckle revue），即放弃一切音响和工业化手段，回归真腔实歌的原初音乐。再者，冈林信康试图以自己的音乐"代言亚洲"的取向显然让张承志极为不满。"1992年底，我回国前不想再见到他，我感到在日本所谓'亚洲人'是什么味道，既不愿失去这个立场也不愿向他表露这个立场，因为我对大举向亚洲发动经济侵略的日本充满敌意。作为一个作家，我警惕着可能同样大举前来的文化侵略——我非常担心自己会在我的战场上发现他的影子。"②民族立场和正义的价值标准使张承志面对昔日的"道之兄长"采取了"疏远"的态度，而今后是否还会钟情这个歌手，则取决于冈林信康对中国的作为。

如果说在20世纪80—90年代，张承志对于冈林信康是自觉接受和宽容看待的话，那么，到了2008年以后的文字中，张承志对冈林显然多了一些质疑和批评。在《绝望的前卫》（1986）、《艺术即规避》（1991）和《音乐履历》（1998）中，张承志对于冈林拒唱反战歌、回避政治的行为进行了辩护。但《解说·信康》（2008）和《歌手和游击队员一样》（2015）等随笔表明了作别冈林的心态，并对冈林的局限进行了犀利批判。在张承志看来，冈林身上最大的局限在于，"由于对政治的怀疑、躲避和恐惧，他习惯了远避大是大非的姿态，使得冈林信康难以再进一步"③。他认为艺术家可以在消费社会和政治大潮中采取拒绝和嘲讽的立场，但是，"当世界陷于不公平和屠戮的惨剧时，艺术家更要紧的责任，是率领文化的抵抗"。"因为比起《山谷布鲁斯》的时代，今天的世上更在横行不义。艺术的目标，并非仅为艺术家的存活。"④《山谷布鲁斯》是冈林信康60年代在山谷时代创作的一首音乐，在山谷时代冈林形成了自己的底层立场和反贫困意识。张承志其实想指出的是，对于艺术家而言，艺术的政治化并不都是危险的，当社会陷入苦难，当世界被不义笼罩，艺术家不应该无视大义，而应该发出振聋发聩的声音。

在这里，张承志提供了他在评价和接受异域资源时的一种价值立场，他认识到冈林性格上的软弱和维护艺术自律的观念，对冈林远离政治的选择给予理解，

---

① 张承志：《歌手和游击队员一样》，见其著《越过死海（2011—2015）》，上海：上海文艺出版社，2015年，第102页。
② 张承志：《艺术即规避》，见其著《思想（上）》，上海：东方出版社，2014年，第224页。
③ 张承志：《敬重与惜别——致日本》，上海：东方出版社，2014年，第199页。
④ 张承志：《敬重与惜别——致日本》，上海：东方出版社，2014年，第196页。

但理解并不意味着他赞同这种艺术观,所以他重申了艺术家在不义和混乱时代所应肩负的"文化抵抗"的使命。而这种评判所体现出的恰恰是张承志90年代中期以后逐渐清晰并捍卫至今的精神姿态,那就是:不愿无视文化的低潮与堕落,宁可做一个流行时代的异端,也要以笔为旗,捍卫个体的信仰和文学的使命。"哪怕他们炮制一亿种文学,我也只相信这种文学的意味。这种文学并不叫什么纯文学或严肃文学或精英现代派,也不叫阳春白雪。它具有的不是消遣性、玩性、审美性或艺术性——它具有的,是信仰。"①这种文学观体现在张承志对冈林信康的接受中。他对这个偶像有过激赏和沉醉,有过迷恋和效仿,为其开脱、辩解过,直言建议过,直至近年来以警惕和质疑的目光进行审视。当冈林信康是一个不卷入政治、纯粹的艺术家时,张承志热烈地拥戴和追随,一度过从甚密;当冈林试图代表亚洲文化,构成某种文化侵略时,张承志则视他为敌人。敌与友,一己之爱与民族大义,孰轻孰重,张承志显示出了一种冷静、理性的精神立场。张承志一生对冈林信康这个偶像和朋友充满深情,年近古稀之年的他修正了自己三四十岁时的看法,毫不留情地直指偶像的软肋与局限,并与之分道扬镳。

接受冈林信康过程中的这种审慎、辩证昭示了张承志对于这一话题的珍视与内心的复杂。张承志一直视冈林信康为个人的隐秘话题,总想当作私事或私藏秘而不宣,每每写下一些关于冈林的文字后,又会提醒自己以后绝笔不再写,然而由于这份精神履历太过重要,牵涉到太多话题,因而常常会不自觉地触及并认真检省。冈林信康是日本文化的一部分,在张承志这里,言说冈林信康是追溯自己精神和艺术渊源的必要切口,也是理解日本和日本文化的一个重要窗口——"我通过他检讨了自己的立场,也用他的歌确认了美感。还有,他是一个让我理解日本的窗口。"②张承志是一个具有日本情结的作家,在对日本左翼运动、日本文化进行学术清理,并对其正义性内容进行辩护时,招致了很多骂名和误解。暂且撇开这点不论,值得我们追问的是,张承志在解读、评价包括冈林信康在内的日本艺术家(包括作家)时所持守的立场,在冈林信康叙述上的价值系统与其日本总体叙述上的认知结构是怎样一种关联,这些问题无疑有助于我们理解他对冈林信康的美学接受和激情校正。

客观地说,张承志的日本叙述丰富了现代以来中国知识界的日本书写。张

---

① 张承志:《清洁的精神》(修订本),合肥:安徽文艺出版社,1996年,第240—241页。
② 张承志:《敬重与惜别——致日本》,上海:东方出版社,2014年,第186页。

承志认为,由于漫长的军事失败史和强烈的民族屈辱感,导致我们对日本理解的不足,这种心态和疏离策略导致了知识界在日本叙述上的难处。"浏览着甲午之后的日本谭,虽然新书总在推动旧版,绵绵的游记评论,各有妙处长所,但毕竟大同小异——不仅周作人徐志摩抠抠琐琐,即便鲁迅更语出暧昧欲言又止。时而我们能从鲁迅涉及日本的文字中,读出一种掩饰混杂的微妙。"①正是这种"滞涩"的日本书写,带来了近代以来知识分子情感和价值上的暧昧与游移,"它捆绑着沉重的是非,牵扯着历史的道德。它表达敬重时,它选择惜别时,那内藏的严肃与真挚,并非话语所能表示"②。正是由于这种稀疏匮乏且含混不清的日本书写,使张承志多次造访日本,基于自己的留日体验、与很多日本朋友交往的感受,以考据式学术方式仔细爬梳日本的艺术、军事、外交、政治,形成了《敬重与惜别——致日本》和《红叶作纸》③这两本有关日本的专著,前者甚至被日本学者认为是"谈论日本的独一无二的巨作"④。在叙述日本的过程中,张承志尽量抛开历史宿怨形成的敌视情感和偏激立场,客观冷静地走进日本历史和文化的深层,理性区分日本的文化、经济振兴、民主进程与日本的殖民扩张、亚洲野蛮罪性,辩证看待日本的勤勉精进与军国野心、施暴者与受害者身份,这种视角体现在《长崎笔记》《亚细亚的"主义"》《赤军的女儿》等政治性散文随笔和《解说·信康》《文学的"惜别"》等论文谈艺的篇章之中。

在《文学的"惜别"》中,张承志细述了对日本作家太宰治、佐藤春夫始于激赏,终于愤慨并冷静"惜别"的阅读旅程。比如张承志对佐藤春夫的激赏,始于后者对石原慎太郎恶质文字的挞伐,但这种喜爱和敬重并没有能维持多久,在阅读佐藤散文集《支那杂记》中的《卢沟桥》一文时,由于佐藤春夫对日本战绩的赏玩式口吻,"这一篇像一头冰水,浇得我身心寒冷",继而表示,"即便不识字的村夫农妇也懂得:杀伐他人、自视霸主,都与古代的精神相悖。何况事情并非止于古典,粗糙苟活的国民也有权说:如此墨迹,伤害了文学的尊严"⑤。从这种"失败的阅读体验"中,张承志获得的不仅仅是对这些日本作家的疏离,更是一种立场

---

① 张承志:《敬重与惜别——致日本》,上海:东方出版社,2014 年,第 288 页。

② 张承志:《敬重与惜别——致日本》,上海:东方出版社,2014 年,第 286 页。

③ 《红叶作纸》(杭州:浙江人民出版社,2016 年)是张承志第二部关于日本的专论,该书的部分内容曾刊发在《天涯》杂志的"红叶作纸"上。据笔者了解,该书由于出版方和合作方在某些问题上出现分歧,实际上还未真正面世。

④ 河村昌子:《张承志的日本论:以〈敬重与惜别〉为题材》,《国府台经济研究》2013 年第 3 期。

⑤ 张承志:《敬重与惜别——致日本》,上海:东方出版社,2014 年,第 225—226 页。

的重申，那就是文学应坚持最基本的道义，作家应该学会自律和对他者的敬重。

再回到与冈林信康的关系上，从与冈林的甜蜜之旅到最后的分道扬镳，同样体现了张承志这种重视文学的民族情感和人道大义的立场。总体来看，对冈林信康的接受旅程体现了张承志对前卫艺术和现代资源的热情汲取，同时他秉持着民族视野和道义立场，对这种艺术资源进行消化和吸收。张承志敬重冈林的自由人格与现代艺术，又清醒地看到他的性格弱点和局限，更警惕于他在政治立场上的歧途，以及他在不义世界中持守的艺术无为观。当冈林信康的艺术有可能带来佐藤春夫那样的"不义叙述"时，张承志不能容忍文学的尊严被辱没、民族情感被伤害，果断与之诀别。由此可见，在张承志的文学历程中，他与冈林信康经历了由亲近到疏远、由偶像到陌路的曲折心路历程，这样一个过程昭示了作家三十余年来在文学观念、音乐美学以及精神立场上所发生的重要嬗变，而对待日本音乐资源所体现出来的这种审慎、理性和民族大义，几乎也成为他对待其他域外资源的视角与立场。

（作者单位：南京师范大学）

身份、记忆与流动的生活
——比较视野中的范小青长篇小说论

韩松刚

在中国当代小说家中,范小青的小说创作体量巨大,长篇、中短篇,都是她擅长的文体,且每每能够写出代表性的作品。短篇如获得鲁迅文学奖的《城乡简史》,长篇如遗憾与茅盾文学奖失之交臂的《赤脚医生万泉和》,都是文学史上不可忽视的重要之作。从 1980 年发表短篇小说《夜归》开始,范小青的创作已有40 余年。40 年的光阴,照亮了一条现实主义之河,时间、生活以及与此相关的一切,都在其中缓缓流淌。但熟悉范小青作品的读者一定会意识到,她从来就不是一个安分的现实主义者,即便是在当下,她作品的"特殊性"依然让人捉摸不透,仍然能够引发争议,比如长篇小说《战争合唱团》(《大家》2021 年第 1 期),充满了谜一样的东西,催人生疑、使人不安,那种对现实的背离和对不确定性的热情,较之以往更加强烈和浓郁。

在范小青的写作生涯中,《女同志》可能不是她最具代表性的作品,但却是非常有意义的一部小说。小说真实地描写了女同志万丽在机关工作中所遭遇的伦理困境、情感风浪和道德挣扎。"同志"这个极富政治意味的词语,又因为"女"这个前缀,而平添了叙事的丰富和可能。这部小说不同于一般的官场小说,其真实的落脚点也不是去反映官场的生态以及这生态之下的人情世故。它的意义,还是在于对一个特殊地带中一个特殊群体的洞察和体恤——洞察女性的心理和情感的变化,体恤她们的苦恼、悲伤和不易。

阅读《女同志》,我首先想到了米兰·昆德拉的小说《身份》,这部小说延续了作者对"存在"的思考,尤其是其"身份"主题让这个文本产生了极其复杂的多义性,就像弗朗索瓦·里卡尔在关于昆德拉《身份》的研究中指出的,"在一个最小的空间里,容下最大的深度感、变奏以及语义上的复杂性;在一种极为集中的小说形式中注入一种充盈的意义，绵绵不断，让人无法'简述'。"①事实上，《女同志》中关于官场的描写固然让人啧啧称赞，但其最为隐秘和不可思议处则是对万丽复杂情感世界的描绘，特别是她和康季平、姜银燕之间的错综关系，在这一点上，它与《身份》有一种不谋而合的审美目光。"万丽、康季平、姜银燕之间的纠葛是《女同志》之中的一段插曲。相对于机关内部紧张的人事关系，三个人之间的挚爱、悲情与宽容格外动人。这种美学处理不仅策划了一个催人泪下的浪漫故事，更为重要的是在权力网络的缝隙中分隔出了一个私人空间。万丽可以不时地回到这个空间休养生息，舔伤口，补充勇气和智慧。"②在小说中，"女同志"是一种政治身份，但这个身份背后，还有更加缤纷的"身份"——妻子、情人、母亲、女儿——等等，万丽就处在这种不同身份的强烈转换之中，既维持自身的"局部"，又遮蔽自身的另一些"局部"，而在这个过程中，毫无疑问的，将面临一种分裂的痛苦。

因此，《女同志》关注的焦点不是机关的风云变幻、钩心斗角，而是人尤其是女人的现实处境、彷徨犹疑和无法摆脱的痛苦。不仅如此，她还更进一步地通过大量的人物心理描写和思想搏斗，写出了一种深刻的批判性。《女同志》中，女性某种程度上的自我迷失，对某种控制和操纵的臣服，以及这背后根深蒂固的观念意识，又让我想起了另一位作家——加拿大的艾丽丝·门罗。比如在小说《女孩和女人们的生活》中，门罗就是以黛尔的视角，观察男人与女人这两个各行其是的世界，它们各有一套自我运行的既定规则，从未平等，也从未和谐地交融。正如《女同志》中康季平对万丽语重心长的劝告："现实就是这样，你一定要记住，在任何岗位，都有竞争，都有让你心理不平衡的事情和人，他们不可避免地会出现在你面前，干扰你的工作，你别以为到旧城改造指挥部，男同志多，事情就好办些，疙疙瘩瘩的东西就会少，一点也不会少，只会更多，更严酷，更无情，女同志和女同志竞争，再怎么你死我活，到头来也可能会心肠软一下，下不了手了，但是和男同志相处，你可千万别抱什么幻想，他们当面会吹捧你，但是他们下手的时候，决不会手软，更不会心软。"③在范小青笔下，这种身份的差异，正被一种可怕的必然性所裹挟——她们终将要在目标选择的折磨中度过一切不安的日子。作为

---

① 米兰·昆德拉：《身份》，董强译，上海：上海译文出版社，2003年，第195页。

② 南帆：《良知与无知——读范小青的〈女同志〉、〈赤脚医生万泉和〉》，《当代作家评论》2008年第1期。

③ 范小青：《女同志》，合肥：安徽文艺出版社，2018年，第275—276页。

万丽政治导师和情感依附的康季平早已洞察生活的灰暗和不堪,而万丽作为一名女同志,就像是冷灰,竭力覆盖灼热的生活余烬。

与《身份》中"身份"这一主题的模糊不同,在《女同志》中,"身份"这一主题是明朗的,它直指生活和身体本身。"在特定的文化族群中,女人只能轻声说话、小口吃饭、并膝就座、走在男人后面、低眉顺眼看人,这样的规范体现并加剧着性别压迫。想挑战这种微妙的控制特别困难,因为我们的身体已深深地被这种控制同化,本身就抵制挑战——就像一个年轻的秘书,她过去受过的身体训练就是尊重上级,所以当她试图提高嗓门抗议上级时,会不由自主地脸红、颤抖、畏缩甚至大哭。"①舒斯特曼关于女人的这段描写,可能会让很多女权主义者感到不舒服、不自在。但实际上,这样的不平等就真实地存在着,尤其是对"女同志"来说,更像是无法摆脱的一种命运的幻象。在康德关于纯然理性的教导中,他就认为伤痛和屈辱感会扰乱人的冷静思维,而女性又往往容易在这方面中招。因此,读《女同志》,你会发现诸多关于"哭"的名场面,哪怕是在机关里,哪怕是不合时宜的时刻,当理性决堤,感性的洪流便扑面而来。"余建芳是个克制自律的女同志,从来不放纵自己的感情,这时是到了伤心处,泪水哗哗地流淌下来。万丽却是有嘴无心,她也并不很了解余建芳的过去和这些年的经历,只是觉得余建芳小心眼,就直话直说了,想不到余建芳哭了,她倒有些手足无措了,但想想是余建芳先来惹她的,她没有科长的胸怀,她也不必去跟她道歉,两个人就闷着不说话了。"②"万丽气得脸色铁青,眼泪'哗'一下就淌下来了,金美人大概也没料到万丽会如此失态,一时倒也很难堪,脸也涨红了,但仅仅过了几秒钟,金美人已经调整过来,脸上堆满了笑,上前搂住了万丽,柔声柔气地道,喔哟哟,喔哟哟,我的小公主,开开玩笑的,你还当真了啊?万丽千想万想也没想到金美人会来这一招,她的眼泪,一下子变得那么不值钱,那么无所谓。"③"李秋当场号啕大哭,那正是她和前夫关系最黑暗的阶段,但是这一次的哭,是空前绝后的,是李秋这半辈子人生中唯一的一次公开亮相,在此之前和从此以后,李秋都不会有这样的事情发生。"④

---

① 理查德·舒斯特曼:《通过身体来思考:身体美学文集》,张宝贵译,北京:北京大学出版社,2020年,第34页。
② 范小青:《女同志》,合肥:安徽文艺出版社,2018年,第17页。
③ 范小青:《女同志》,合肥:安徽文艺出版社,2018年,第51页。
④ 范小青:《女同志》,合肥:安徽文艺出版社,2018年,第121页。

《女同志》中的"女同志"，几乎都难以逃脱"哭"的命运。一部《女同志》，几乎是从头"哭"到尾，这在中国小说史上，想必也是绝无仅有的。而范小青小说技法的卓越之处，则是对哭的不同理解和小心把握。该哭的时候要哭，不该哭的时候不能哭，而在不该哭的时候哭了，就会产生不可挽回的后果。比如余建芳趴在死去的朱部长身上哭，就让她失去了竞争副市长的资格。但也是这一哭，让余建芳这个形象陡然站了起来，成为一个有血有肉有情的人——她失去了一种身份，却获取了某种人格。但我们也无法否认，《女同志》中的诸多个体，大都已经不具备一种个体性质，并露出了无法摆脱的集体面目。哭——既成就了叙事，也成为象征。而哭，一定意义上也蕴含着更大的人性内涵——一种无法抵挡的"脆弱性"——身份的脆弱性，理想的脆弱性，爱情的脆弱性，生活的脆弱性。我觉得《女同志》的动人和不同之处，就在于展现了机关女干部的这种"脆弱性"。比如写到万丽初入机关时的感受："过去听人家形容机关的女同志，是焐熟的花，开也是会开的，但不新鲜、不生动，因为不是自然界的阳光雨露培育出来，而是呼吸着机关里特殊的空气长起来的，刚刚开出来，就好像已经枯萎了。万丽没想到，自己刚来不久，就已经开始有了被焐的感觉。"①比如写到万丽对领导的认识："本来是说万丽的衣服的，结果林美玉成了中心，万丽最没想到的是计部长，也是相当有水平的干部，也是位很严肃的干部，怎么会对这种低档次的话题那么感兴趣，还那么投入地去调笑，万丽顿时觉得自己很失落、很没趣，也让她心底里产生了一些瞧不起他们的想法，但在这瞧不起的想法中，泛起的却是一股浓浓的酸意。"②比如写到万丽的爱情："爱情就是这样。爱情来了，牛粪也是香的。别人眼里的孙国海，可能也就是个一般的人，但万丽就觉得他特别好。一想起那一天孙国海一迭连声说不怪我不怪我是你撞我的撞我的，她就忍不住要笑，这种甜蜜的笑，从心底最深处的地方出来的，又一直笑回到心底最深处去。笑着笑着，康季平的影子，就渐渐地淡了，更淡了。"③事实上，也是在这种脆弱性面前，人（万丽）重新进行着自我的反思和塑造。"自我塑造并不意味着一个人摆脱其先天身份，成为一个抽象的、飘浮的个体——这就像摆脱历史一样不可能，自我塑造的含义并非抹去与生俱来的身份印记，而恰恰是在既有的身份属性之间取舍、排

---

① 范小青：《女同志》，合肥：安徽文艺出版社，2018年，第30—31页。
② 范小青：《女同志》，合肥：安徽文艺出版社，2018年，第125页。
③ 范小青：《女同志》，合肥：安徽文艺出版社，2018年，第42页。

序、糅合，同时选择性地融入不同的'他者'，从中创造一个独特的自我。"①尤其是当万丽失去了她的情人、朋友之后，不由得对他者和自身的脆弱产生了更加深沉的反思、怀疑：

> 从咖啡馆出来，余建芳没有回去，她又到医院去了。万丽看着她单薄的背影，感觉出她内心的躲躲闪闪偷偷摸摸的恐惧，真想追上去对余建芳说，我陪你去吧！但她没有这么做，余建芳虽然今天跟她说了许多话，但事情过去后，心情平静下来，她们两个人都会明白，这些话原本是不应该说出来的。②

> 万丽含着眼泪离开了，她没有要小白送她，自己一个人走在大街上，满街都是人，都是车，都是热闹，但她的眼前她的心里却是一片空白，什么也没有，康季平没有了，伊豆豆没有了，她的工作，她的一切，还有什么意思？她为什么要这样做？她值得吗？她付出的是什么得到的又是什么？她到底为什么要这样做？就是为了田常规的一次谈话？就是为了田常规把她放到这个位子上？③

脆弱让人不安，让人心生怜悯和同情，但同时，脆弱也可能会激发人，会加快自身的成长。因此，失去了康季平的万丽在小说的最后，终于找到了一种慢慢醒来的理性，她似乎正在从某种既定的框架中解脱出来，并开始走向一种亟待完成的自我重生。"万丽平静了一下自己的心情，给康季平写了一封信，康季平的回信很快就来了：我无法给你任何答案，说实在话，我也不知道你应该怎么做，我的作用，就是听你说，看你哭，你说过了，哭过了，就好了，雨过天晴，你又是你，你又振奋起来，你又活过来了，你又往前走了。万丽回信说：我懂了。"④这个结尾实际上有一种魔幻的意味，因为，此时的康季平已经不存在了。但就是这样一个不真实的幻想，意味着《女同志》中内在的、固有的矛盾的某种释放。这一矛盾可

---

① 刘瑜：《导读：一个及所有"我们"》，见弗朗西斯·福山《身份政治：对尊严与认同的渴求》，刘芳译，北京：中译出版社，2021年，第 xii 页。
② 范小青：《女同志》，合肥：安徽文艺出版社，2018年，第414页。
③ 范小青：《女同志》，合肥：安徽文艺出版社，2018年，第428页。
④ 范小青：《女同志》，合肥：安徽文艺出版社，2018年，第450页。

以证明,女同志在既有社会现实的某种努力,可以达至一种真实的结果——时代终将会为在这持续的、不堪的现实中摆渡的水手,提供一个理想的目的地。

范小青对时代有着超凡的敏感性,她21世纪初期的城市系列小说,就像一部城市发展的编年史,并给长篇小说叙事带来一种新鲜的风格。她似乎是用这些作品告诉我们:在时代和历史的某一个时期,世界和社会曾经是什么样的,而它们的样子,就存在于日常生活之中,一切的喧闹、叫喊、冲突、等待,以及由此而引发的矛盾和复杂,都是生命的斑斓图景,而这些于我们来说,其实并不完全陌生。事实上,在《女同志》中同样伴有城市发展的过程,这其中的困难重重才衍生了万丽这一形象的多重和复杂,加之范小青长期在机关摸爬滚打的经验积累和深刻洞察,写出《女同志》这样特殊的作品似乎并不完全让人吃惊。《女同志》说到底是关乎"身份"的一部小说,这个身份与后来的两部长篇小说《赤脚医生万泉和》和《灭籍记》无意或有意中形成了一种共鸣。身份——范小青小说中这一书写的难题,由此开始,也变得模糊而重要起来。而她也在不同的方向上,对这一难题进行着思考和探索。"从一开始,我们的身份就是一种紧张的平衡,我们在与他人融合的欲望和远离他人的欲望之间撕扯着。那是因为,在最初的认同或镜像过程伴随交织之外,还有另外一个过程在发挥作用:一种对自主性(autonomy)的抗争,这种抗争导致了与他人的分离。"①但到了《赤脚医生万泉和》中,范小青则将关注的方向投到了历史之中,一种"历史意识"也开始在她的小说中重新发酵。"严格意义上讲,历史意识在我看来包含有三个具体的成分:传统与自由的辩证意识,为捕捉过去的真实或真相所作的努力,认为历时的一系列社会组织和人类造物并不是随意的、无关紧要的,而是关切到人类本质的那种觉知。"②赤脚医生这一特殊的身份,本身就有一种历史意味,是特殊时代的历史产物。因此,范小青通过赤脚医生书写一个时代的历史,以及这历史过程中的种种荒诞、不安,就有了一种特殊的意义,一种关涉人类历史真相的意义。

读《赤脚医生万泉和》,最大的感受是荒诞。人性的荒诞、生活的荒诞、感情的荒诞、政治的荒诞,以及由此而构成的历史的荒诞。就如小说中万泉和的自言自语一样:"每次有人走了,我的麻烦就开始了。农民是惯性思维,他们不管你们谁走了谁来了,昨天来你这里看病,今天还来你这里看病,我跟他们说,医生走

---

① 保罗·沃黑赫:《身份》,张朝霞译,广州:花城出版社,2018年,第7页。
② 雷蒙·阿隆:《历史意识的维度》,董子云译,上海:华东师范大学出版社,2017年,第86页。

了，你们别来了。他们很生我的气，说我不负责任，我关了门，他们就敲门，一直敲到我开门为止。从前涂医生走后，马莉走后，都是这样的情况。所以，如果有人说历史是循环往复的，我同意这样的说法。"①一个自称脑子有问题的人，却被推荐为赤脚医生，是荒诞；一个几乎毫无医学经验的人，却要为一干人等的生命负责，是更大的荒诞。"深陷荒诞处境的万泉和，不但要对自己的命运负责，要对整个后窑大队的生老病痛负责，还要对所有群众的信任负责，对他们的期望负责。这是另一个更为巨大的历史玩笑。"②当然，除了赤脚医生的身份，万泉和更具体的身份是一个农民。万泉和作为赤脚医生这一身份，在小说中的不断变迁，一方面呈现了时代的历史更迭，另一方面也预示了流动的生活中，人的身份的某种不确定性。而这其中，唯一不变的，是万泉和的农民特征。说到底，他的真正身份是"农民"。因此，《赤脚医生万泉和》是一部关于农民的生活史和精神史。"我是努力把生活化开来，一点一点地写出来，无论是不是史，无论是什么史，小说应该将这些史放在小说的背后，所以我尽量少写政治的背景，少写'文革'，也没多写改革，知青和下放干部也都是次要的，都是很快就过去的，只有农民，只有万泉和和万人寿，永远在那里。史在他们身上。"③这其实是范小青的小说观：对人的珍视、对生活的尊重。因此，她笔下的农民除了愚钝、麻木、势利之外，更多的是良善，一种脆弱的"善"。于是，即便面对再大的痛苦，也没有仇恨、没有抱怨，只有自怨自艾的哀痛。"如果换了一个强悍的农民，他这时候也许会打我，打涂医生，如果他打我，或者打涂医生，我们都会觉得好受些，可万水根是个老实人，他不会打人，也不会骂人，甚至都不会满怀仇恨地瞪着我们。他只是抱着头'呜呜'地哭，像一条被人欺负了的狗，有说不出的哀怨。"④

历史从来不是一个抽象而宏大的概念，它隐藏在流动的生活之中，隐藏在一个个鲜活的个体的真实记忆之中。《赤脚医生万泉和》是对缠附在历史身上的荒诞和恐惧最为充分也最为生动的洞察和概括。在小说中，作为社会的总体一直试图塑造着作为它的成员的个体，而个体也努力在这种压迫中企图改造社会，并

① 范小青：《赤脚医生万泉和》，北京：人民文学出版社，2007年，第318页。

② 洪治纲：《承纳与救赎——评长篇小说〈赤脚医生万泉和〉》，《当代作家评论》2008年第1期。

③ 范小青、汪政：《灯火阑珊处——与〈赤脚医生万泉和〉有关和无关的对话》，《西部·华语文学》2007年第5期。

④ 范小青：《赤脚医生万泉和》，北京：人民文学出版社，2007年，第114页。

让这个总体远离他们的生活。细心的读者或许会发现，万泉和与他的身份，就在这种无形的对抗中造成了脱节，而他的命运的荒诞也来源于这种脱节：

> 随着内在自我与外在自我的脱节为人所察，身份就有了基础。个体终于相信，他们内在有一个真正的，或者说真实的身份，与周围社会派给他们的角色多少有些不合。现代的身份概念为真实性（authenticity）赋予了最高价值，看得最重的是不被允许表达的内在自我得到认可。身份概念站在内在自我这一边，而不是外在自我这一边。很多时候，个体可能并不明白他那个内在自我到底是谁，只是模模糊糊觉得，他或她无奈地过着谎言一般的生活。这会导致过度追问"我到底是谁？"求解而不得，异化感、焦虑感由此而生，要得到宽慰，唯有个体接受内在自我，而且这个内在自我得到公开承认。而要外部社会恰如其分地承认内在自我，个体只能去想象社会自身发生根本改变。①

而大多数时候，正常的个体对抗在现实中几乎是不可能的，因此，转换到小说场域中，则出现了一系列狂人或傻子形象的文学寄寓。似乎从鲁迅的《狂人日记》开始，慢慢形成了此一写作的精神传统。《灭籍记》中，万泉和就有一个特殊的身份——傻子，正是通过这一形象的塑造，历史和人性的荒诞才显得更为荒唐和可笑。范小青的小说有着对滑稽幽默的偏爱，"借助幽默，他们不仅减少了只是看似重要的东西，同时还展现了各种事物真正重要的特质，那些原本被表象、角色、面具遮住和隐藏的特质"②。范小青展现的时代的焦虑和灼热、人性的困顿和憎恶，都有着幽默的外衣，而她的幽默也是多种多样的：有语言上的讥讽，有场面上的喜剧化表现，有叙事上的黑色幽默，而这一切都建立在某种令人恐惧的东西之上。而荒诞在其中扮演着非常重要的角色。范小青是当代女作家中，少有的具备幽默感的叙事高手。透过这种范式幽默，我们似乎可以更容易理解：在现实主义的表象之下，隐藏着另外的事物或真相，那也是现实，甚至是比现实更真实、更深刻的存在。

在阅读《赤脚医生万泉和》的过程中，我还注意到它和很多小说的另一不同

---

① 弗朗西斯·福山：《身份政治：对尊严与认同的渴求》，刘芳译，北京：中译出版社，2021年，第29页。

② 胡里奥·科塔萨尔：《文学课》，林叶青译，海口：南海出版公司，2022年，第170页。

之处,那就是作者为我们绘制了很多幅万泉和生活的居住图。这些图的变化当然不是毫无意义的,相反,它包含着一些复杂的信息。这些信息,涉及身份,因为每一次身份的变化带来的就是居住位置的变更;这些信息,也隐含着某种历史的影子,后窑大队的风吹草动都会在这些图上体现出来。但在我看来,这些图隐藏着更大的意图——某种记忆,某种哲学的思考,以及与此相关的流动的生活。"流动的生活便是一种生活在永不确定环境下的、缺乏稳定性的生活。"①"流动的生活,意味着持续不断的新的开端——正因为如此,它也意味着迅速而自然的终结,没有这些终结,也就谈不上新开端,新开端往往是流动的生活之最具挑战性的时刻,也是最令人不安的烦恼。"②我们由此再来阅读《赤脚医生万泉和》的开头,就变得更加富有意味。

> 这个位置不只是我在我们院子里的位置,这还是一个人在一个村子里、在一个世界上的位置。如果要想知道我在村子里的位置,还得画一张全村的图,这个村子叫后窑大队第二生产队。如果要想知道我在这个世界上的位置,事情就更复杂了,我们先要知道这个世界叫什么。但那是完全没有必要的,因为世界叫什么跟我们没有关系,更何况,这世界上根本就没有人想知道我的位置。③

事实上,每一幅图的绘制,对万泉和来说,都是新生活的开端,是重新自我确认的开始。因此,读《赤脚医生万泉和》的另一感受,是那流动的生活之下万泉和因为"身份"的变化而带来的骚动不安和命途多舛。对于人(万泉和)来说,"你是谁"比"你在哪"和"你正在做什么"更重要。但一切的流动终会归于某种平静,就像《赤脚医生万泉和》在结尾处所写的:"我狼狈不堪地逃回家的时候,看到我爹坐在门前晒太阳,那一瞬间,我被我爹的平静的目光打动了,我长长地吐出一口气,挨着我爹坐下来。我的魂也回来了。我真没有出息,现在村子里的人都不守在家里了,外出的外出,进城的进城,开店的,开车的,反正干什么的都有,我却回来了,和我爹一起,呆呆地守望着村前的这条路。"④读范小青的小说,尤其是她

---

① 齐格蒙特·鲍曼:《流动的生活》,徐朝友译,南京:江苏人民出版社,2012年,序言第2页。
② 齐格蒙特·鲍曼:《流动的生活》,徐朝友译,南京:江苏人民出版社,2012年,序言第2页。
③ 范小青:《赤脚医生万泉和》,北京:人民文学出版社,2007年,第1—2页。
④ 范小青:《赤脚医生万泉和》,北京:人民文学出版社,2007年,第378页。

的很多短篇小说,你能感受到那是她在有意识地和读者分享她的时代感受与个体之思,其中蕴含着如此多的滑稽、悲怆和泪笑,并由此取得了小说艺术上的胜利。在一次次的危机和灾难中,荒诞已经慢慢变成了一种习以为常和最普遍的麻木感觉。而范小青的小说,就是将荒诞以艺术的方式重新展现给我们。荒诞构成了范小青小说最基础的经验,在当下,没有什么是和荒诞不相干的。她的小说,就是与荒诞的抗争。她的小说越接近荒诞,作品中的人或事就越发可笑。

和《赤脚医生万泉和》一样荒诞的,还有她的另一部小说《灭籍记》。透过小说题目,我们就很容易判断出:这同样是一部关乎"身份"的小说。"我爸说,人就像水一样,要流走的,你要找的人,都在你前面,已经流走了,你追?你踏着风火轮也追不上。"①生命就像水流,生活就像水流,不息而不安,无奈而怅惘。追不上的原因或许还在于,有些"身份"本就是虚假的,它的存在只体现于一个词语,而不是鲜活的肉身。就像《灭籍记》中,"籍"(一种身份)是衡量精神事物的尺度,范小青通过"籍"评估自我和他者,展现这流动的现实和晃动的历史。"作为一纸证明,'籍'不仅关联着个人的身份认同与主体性的建构,也通过形塑个人和集体的记忆来建构历史。"②因此,籍的有无,不仅和流动的生活有关,而且关乎生命的记忆,以及由此而汇集成的孤悬的历史境地。《灭籍记》那未被诠释的艺术本质即在于此:它要求我们从另一个角度——不是从常规的人性的角度,也不是从一般的政治的视角,而是从特定的制度观念进入故事,从中呈现它对精神和心灵的关切,对历史和记忆的迷恋,生命的梦想和失落,人性的悲悯和没落,以及与此相关的反思和警惕,也都被一一关涉。

> 他真是鬼迷心窍。他心里明明已经怀疑我的身份了,但他却坚决不问我是谁,这孙子,他怕问出了我是谁,叶兰乡就玩儿完了。
>
> 他既然不问我是谁,我干吗要告诉他我是谁。
>
> 他不知道我是谁,他就不会知道谁是谁。
>
> 活该。③

在《灭籍记》中,范小青将这种身份的荒诞、记忆的荒诞推到了高潮。"我"到

---

① 范小青:《灭籍记》,北京:北京十月文艺出版社,2018年,第69页。
② 郭冰茹:《历史追述中的身份探寻——读〈灭籍记〉》,《扬子江评论》2019年第3期。
③ 范小青:《灭籍记》,北京:北京十月文艺出版社,2018年,第154页。

底是在梦境中,还是在现实中,抑或在历史中,都很难说清楚。在小说中,范小青对生活的反思和历史的质疑,就直指其自身的荒诞性。比如王立夫因为开会打喷嚏暂时离席,就被扣上了右派的帽子;比如叶兰乡为了摆脱自己特务的怀疑,虚构出了郑永梅这一人物,而实际上,郑永梅只存在于户口本上;比如郑见桃被嫂子叶兰乡告发,幸好从梦中惊醒才得以逃脱。流动生活中的不幸、荒诞、不安,不仅让人与人之间的关系变得冷漠而无情,而且扰乱了人们的日常生活。《灭籍记》中的人物始终在这样一个荒诞的框架内活动,虽然他们竭力在其精神生活上维持勉力的理性和清醒,但不可否认的是,在源头上已经难免一种生活衰颓的命运。在现实和历史的穿梭中,在个体命运与时代氛围的纠葛中,在命运的偶然性与生活的必然性之间,在困境和梦境之中,一切的故事既充满了分叉和歧路,也布满了哀痛和忧伤。

事物和生命的意义,就在于它是可以被理解的东西。但当时代变得荒唐,当生活失序之时,我们对事物的理解和事物呈现出来的面貌之间便会产生对立。荒诞的历史是一面镜子,不仅照见自身思想的各种畸形,还能见出自我隐匿的可能或能力。因此,在《灭籍记》中,借助于"籍",一个人既是自己,也不是自己。"我们都是独一无二的,因为我们一直接触不同的镜像,而且自我抉择。然而,在某种程度上,我们又都是相同的,因为特定群体和特定文化的镜像在很大程度上是共有的。"①

> 所以在后来的一些日子里,郑见桃先后是:
> 李小琴,一个被丈夫赶出家门的女子。
> 孙兰英,一个到县城办事的大队妇女主任。
> 钱月香,一个上了年纪的卖桃子的小贩。
> ······②

此时,我对米兰·昆德拉的小说《身份》又有了一丝新的感受,"在《身份》中,这种梦与真的混淆就走得远多了。我们见到的不再是两个对立的世界,而是一个世界渐渐地变成了另一个世界,一种'真实'在人们当时还没有意识到的情况

---

① 保罗·沃黑赫:《身份》,张朝霞译,广州:花城出版社,2018 年,第 16 页。
② 范小青:《灭籍记》,北京:北京十月文艺出版社,2018 年,第 196 页。

下,开始变化,移向梦的领地(或者,更确切地说,走向噩梦)"①。我们在对历史的探求和追问中,在对自我身份的确认和犹疑中,不知不觉中也变得异化而苍凉,人,渐渐获得了一个消失于阔大的狭窄的定义,并让其自身失去价值,从而毁灭了他(人)的意义。

人与世界关系的陌生化、人与他者关系的损毁,最终带来的是人与自我之间的危机。身份认同不再是一个可以遵循线性历史发展而得以确认的时间过程,身份既抛弃了过去,也不向往未来。而缺乏未来的维度,认同就只变成了一个在共时性的层面上临时构建的框架,充满了差异化,永远无法完成。更为重要的是,当下性的、即时性的身份认同还具有了一种权力意志,它带着一种理想化的色彩。它虽然是一个永恒的话题,与人的存在息息相关,但只有当身份出现危机、认同产生焦虑时我们才会意识到这个问题的存在。它已然体现了人类存在的脆弱感。②

和《女同志》《赤脚医生万泉和》一样,一种无法避免的脆弱感始终充斥于《灭籍记》中,不仅没有减弱,相反,却越发强烈。因此,在这个意义上,我们从万丽、万泉和、郑永梅等人物身上,看出了比作者本人试图表现的更真实的东西。也是在此时此刻,我突然意识到,范小青的小说从来不是站在高跷或梯子上的凌然俯视,相反,她是光着脚站立着,就像赤脚医生万泉和一样,用一种平和而友善的眼光去看待世间万物和芸芸众生。而很多时候,我们并不能摆脱这种不平等。"不平等最生动的说明是它像一个巨大的梯子,在这个梯子上,个人或团体都占据一个更高或更低的横档。我把不平等看作是一个迷宫,在那里,大批的人在里面徘徊,他们被由自己建立起来的墙——并不总是故意的——隔开。"③《灭籍记》注定了人生终将是一场漫长的"流浪",无所根系,无所附着。生命的区间是如此短狭,却充满了喧嚣嘈杂和狂暴激烈。一切的存在和幻想,不是源自一种被期望的持久和接续,相反,恰恰来自自身的不确定的过去和未来,以及与此相关的一种脆弱性存在和情感性投入,就像那个只存在于户口本、花名册里的"郑

①　米兰·昆德拉:《身份》,董强译,上海:上海译文出版社,2003年,第198页。

②　赵静蓉:《文化记忆与身份认同》,北京:生活·读书·新知三联书店,2015年,第213页。

③　查尔斯·蒂利:《身份、边界与社会联系》,谢岳译,上海:上海人民出版社,2021年,第87页。

永梅"。

> 我存在在郑见桥和叶兰乡的户口本里,我存在在小学中学的学生名册里,我存在在下放知青的名单里,东风机械厂也有我,大学生名册里也有我。到处都有我的痕迹,照片上的我,虽然经常变换样子,甚至有画出来的,有的被雕空了,那一个洞洞也是我。其实也许那中间根本就没有人,凭空雕了一个洞,给人的感觉就是原来有个人站在那里的,站在父母亲中间,必定就是我无疑。如果有人问为什么要把头像雕掉,我母亲就推到我头上,那是永梅干的,他要和我们划清界限。①

事实上,人与人之间的仇恨是由于彼此切断关联产生的。籍的消失,也是人与人或者人与世界关系的某种断裂。就像有时候我们并不想让别人看到自己的内心,因为那里面并不怎么好看。人就是这样在流动的生活和虚假的历史中渐渐迷失,并感觉到一种极端的厌倦和痛苦。"身份永远是一种源自身份持有人与更广泛的环境之间交互的建构。身份可被归类为满或空,开放或封闭,稳定或不稳定。"②因此,《女同志》中的"女同志们",《赤脚医生万泉和》中的"农民们",《灭籍记》中那些飘忽的人物,都让我们不得不去反思"身份"的意义以及与此倏忽相息的命运。

范小青的小说总是能营造出一种特别的氛围、一种特别的感觉,各种情节和细节在这种氛围、感觉中呈现出一种真正的超现实主义精神。这在新近的长篇小说《战争合唱团》中亦有所呈现。她的每一部小说,几乎都是尝试着在现实与小说之间建立一种新的联系。她的头脑内部,始终有一种创造新颖小说的冲动和设想。在这方面,她的创新、她的意图,以及对于纯小说的不满足,总是在革新的探求中化作一次次艰难的挑战。这种挑战催促她不断地寻找令人感兴趣的主题,尤其是生活在这样一个巨变的时代,那种被近距离感受的变化和痛苦,在她的小说中变成了种种存在着的生活状态。

范小青的小说,现场感、现实感、现代感,种种感觉相互交汇,以一种深邃的炼金术,展现出现实本身的模样。我想,小说的意义之一,就是想象现实、理解现

---

① 范小青:《灭籍记》,北京:北京十月文艺出版社,2018年,第337—338页。
② 保罗·沃黑赫:《身份》,张朝霞译,广州:花城出版社,2018年,第36页。

实、改造现实,从而让我们更深刻地生活在现实之中。因此,小说是一定不能脱离幻想的,对于范小青来说,幻想是现实的另一种形式,"正是幻想元素让我们更加关注周遭的世界,我们生活的世界,我们熟知的世界"①。在我看来,范小青小说的意义,就在于通过身份、记忆以及与此相关的幻想,向我们展现了一个困难的、流动的生活世界。

(作者单位:江苏省作协)

---

① 胡里奥·科塔萨尔:《文学课》,林叶青译,海口:南海出版公司,2022 年,第 87 页。

古典文学视域中的苏联文论"中国化"

——从"社会主义现实主义"到"两结合"

唐 蕾

20 世纪 30 年代,"社会主义现实主义"理论在苏联诞生之初,几乎就同步引入中国,直到第二次文代会上被确立为文艺创作和批评的最高准则。一方面,在以苏为师的年代,"社会主义现实主义"强大地凌驾于新中国文坛,具有独尊的理论地位。另一方面,它又如一个空洞的能指符号,始终是虚悬的,往往在文学遭遇危机时被重提,动辄伴随着立场、路线之争,较少深入的理论探索,盛名之下其实难副。伴随着中苏关系的变化,在"大跃进"时期,"社会主义现实主义"理论逐渐被"两结合"创作方法所取替。

"两结合"创作方法的提出,是理论本土化的必然阶段,是中国文论自觉与自信的表达。50 年代末,新中国文学开始摆脱苏联文学的影响,创造适合社会主义文学发展道路的民族化"经典"理论,试图从古典文学遗产中寻找理论资源。事实上,如果我们将目光稍微偏向古典文学领域,就会发现这种"本土化"的理论探索早已有迹可循。重返历史现场,我们会发现,古典文学学科几乎全程参与了从"社会主义现实主义"到"两结合"的理论发展过程,其中有两个重要性的节点:其一是 1956 年刘大杰引入"恩格斯定义",发起中国"现实主义"源头讨论。其二是 1958 年"两结合"口号的提出,周扬明确表示中国古典文学中已经有"两结合"存在。围绕这两个节点,不妨以古典文学研究为路径,做一次理论演变的再考察。

一、"本土化"进程的第一阶段:围绕"真实性"与 "恩格斯定义"的两种突破

50 年代初,新中国在政治、文化上全面向苏联学习。作为苏联文学创作旗

帜的"社会主义现实主义"自然也成为新中国文学创作的最高准则，但是国内相关研究尚未开展，主要以翻译苏联文论为主。直到 1956 年何直、周勃等人受到苏联"写真实""干预生活"的影响，对"社会主义现实主义"术语发起挑战，推进了理论本土化进程。而差不多同时期，古典文学界以刘大杰为代表，也引入苏联学者艾尔斯布克（也译艾里斯别格）对"现实主义与反现实主义斗争的公式"（下称"斗争公式"）的批判，并着手在学科内部展开了现实主义文学源头的考察，反响较大。自此，古典文学界在"现实主义"方面的考察开始引起理论界的关注，开启了新中国"社会主义现实主义"本土化进程的第一阶段。

事实上，新中国成立初期，古典文学学者一直试图参与到新中国文艺建构中来，对"社会主义现实主义"理论保持了长期关注。"社会主义现实主义"虽与"古典"无缘，但主要由"现实主义"与"积极浪漫主义"构成，如能证明古典文学中有这二者的存在，仍有论述的空间。所幸的是，1952 年冯雪峰在《中国文学中从古典现实主义到无产阶级现实主义的发展的一个轮廓（上）》一文中，就肯定了"中国有三千年历史的文学，其中最有代表性的伟大名著也大都是现实主义的或基本上是现实主义的"，并称之为"古典现实主义"。所谓"古典"，"是经典的、代表性的、杰出的等意思"。[①] 这里的"古典"有意淡化时间意味，更多是一个地缘性的概念，它隐藏了"现实主义"的西方背景，在本土文学中寻找对应物。从文化的当代性出发，古作今用，肯定了传统民族经典与新中国文化建设的血脉联系，这无疑为古典文学界打了一剂强心针。而古典文学中有关"现实主义"的设想在一些官方报告中也被间接证明。1953 年，周恩来在第二次文代会上的报告中，称"五四"以来，"社会主义现实主义"已经成为文艺运动的主流。[②] 1954 年《毛泽东选集》出版，其中《在延安文艺座谈会上的讲话》一篇中，"我们是主张无产阶级的现实主义"一句也被修改为"我们是主张社会主义的现实主义的"。"五四"以来的文学既已发展到现实主义的最高阶段，古典文学中有现实主义存在的推论，自然也合乎情理。

只是 50 年代初的古典文学，如王瑶所说的，处于"抽象的肯定和具体的否

① 冯雪峰：《中国文学中从古典现实主义到无产阶级现实主义的发展的一个轮廓（上）》，《文艺报》1952 年第 14 号。

② 周恩来：《为总路线而奋斗的文艺工作者的任务》，见冯牧主编《中国新文学大系 1949—1976·第一集（文学理论卷一）》，上海：上海文艺出版社，1997 年，第 3 页。

定"①的境地,地位边缘。除了主动或被动参与各类学术运动外,大多数研究都谨慎地围绕"爱国主义""人民性""现实主义"等话题展开。"现实主义"这顶帽子对于古人来说也异常珍贵,只有那些经过阶级性、人民性等层层考验后的作家才能戴上这顶帽子,部分地展开研究。②所以早期能划入"现实主义"范畴的作家少之又少,"连作家与作品一道合起来,还凑不满一张八人的桌子"③。至于"积极浪漫主义",其在"社会主义现实主义"概念中本身就受到漠视,因此50年代初期的古典文学研究中几乎没有"浪漫主义"的相关研究。学者们更多是将"浪漫主义"囊括于"现实主义精神"麾下,于是屈原、李白等浪漫主义诗人都被纳入了现实主义范畴。④

古典文学中不断扩大"现实主义"外延的不规范现象,在1956年开始改变,起因是作为理论发源地的苏联正在遭遇"社会主义现实主义"的危机。其实,危机萌芽已久,早在1948年爱伦堡就写作了《谈作家的工作》,对苏联文艺创作虚弱而苍白的现象进行分析,提出"社会主义现实主义不是一个文学派别,它容许采用各种不同的艺术手法"⑤。危机在斯大林逝世后逐渐爆发,1954年底召开的第二次全苏作家代表大会上,西蒙诺夫提出删掉会章中"社会主义现实主义"定义⑥第二句的说法,因为"艺术的真实性和历史的具体性"里本身就有"社会主义精神",不需要另外去结合。在坚持政治第一性的基础上,应有限度地给予作家更多的创作自由,不应教条主义地去理解"社会主义现实主义"。一味只能展现光明,是对定义的曲解,这导致了"无冲突论"的出现。这场原本只在苏联国内蔓延的"社会主义现实主义"危机,在1956年苏共二十大、波匈事件等一连串政治

---

① 王瑶:《谈古典文学研究工作的现状》,《文艺报》1954年第23、24号合刊。

② 如1955年司马迁诞生2100周年,成为"世界文化名人",被认定为"人民的歌手","远远突破了他自己所生时代的界限而永垂不朽",参见殷孟伦《略谈司马迁现实主义的写作态度》(《文史哲》1955年第12期)一文。

③ 刘大杰:《中国古典文学中的现实主义问题》,《文艺报》1956年第16期。

④ 冯雪峰《中国文学中从古典现实主义到无产阶级现实主义的发展的一个轮廓(上)》、谭丕模《李白诗歌中的现实主义的精神》(《文史哲》1954年第12期)等文章,均持此观点。

⑤ 伊里亚·爱伦堡:《必要的解释(1948—1959文艺论文选)》,北京大学俄语系、俄罗斯苏联文学研究室编译,北京:北京大学出版社,1982年,第52页。

⑥ 《苏联作家协会章程》中规定"社会主义现实主义"的定义:"社会主义的现实主义,作为苏联文学与苏联文学批评的基本方法,要求艺术家从现实的革命发展中真实地、历史地和具体地去描写现实。同时艺术描写的真实性和历史具体性必须与用社会主义精神从思想上改造和教育劳动人民的任务结合起来。"参见曹葆华等译《苏联文学艺术问题》,北京:人民文学出版社,1953年,第13页。

事件后,逐渐演变成为一次世界性的文学危机。"社会主义现实主义"同时受到来自社会主义阵营内外的冲击。

　　阵营内部的批评者质疑"社会主义现实主义"作为文学形态的最高标准与荒芜贫瘠的文学现状之间的矛盾,提出这一术语应该"作为一个历史时期,作为一些集体的经验,作为一个结合相当紧密的观念的体系,一个曾经很是流行、同时须要批判地研究的体系"留在文学史上①。批评家们讽刺"社会主义现实主义"描述的是远离生活真相的公式,已经不再代表革命的良心和智慧;并且直指社会主义现实主义是"人类已经达到的最完美的艺术方法"的说法接近神话的边缘,"如果把神引到历史中来,也就一定会把魔鬼引进来的"②。在社会主义阵营内部,出现了呼吁正视"现代主义"的声音,在今天怎么还能够假装根本没有卡夫卡、乔伊斯,谈现代文学而不认识现代文学是不可能的。③与此同时,对立阵营也提出"现实主义危机论"。一方面,指出"社会主义现实主义"剥夺了作家的创作个性,导致文学的千篇一律;并将苏联 20 年代作品理想化,认为这主要得益于"现代主义"新技巧,以此证明"现实主义"的过时。另一方面,将"现代主义"说成文学史上从来就有的原则与方法,以此取代"现实主义"的经典地位。面对来自阵营内外的质疑与挑战,苏联学者召开研讨会,重新梳理现实主义谱系,"竭力说明社会主义现实主义是从世界文学的全部经验中'产生'的"④,从文学的源头确立现实主义地位,和现代派抢夺世界文学话语权。"保卫现实主义、探讨世界文学中现实主义发展的内在规律、阐明现实主义和其他流派之间的相互关系、研究古典遗产传统怎样在社会主义现实主义中得到发展以及另外一些关键性问题,就成了进步的文艺学家的重要任务。"⑤

　　在这一过程中,苏联学者也不断反思,指出现实主义的"无边"状态已经具有独裁的性质,是时候重新审视其概念了。针对"现实主义"被视为一种从来就有

----

① 托埃普里茨:《预言家们的厄运——关于文学批评和其他一些问题的意见》,见译文社编《保卫社会主义现实主义》(第二辑),北京:作家出版社,1958 年,第 342 页。

② 杨·科特:《神话和真理——在波兰文化艺术委员会第十九次会议上的报告》,见译文社编《保卫社会主义现实主义》(第二辑),北京:作家出版社,1958 年,第 320—322 页。

③ 麦耶尔:《我国文学的现状》,见译文社编《保卫社会主义现实主义》(第二辑),北京:作家出版社,1958 年,第 443 页。

④ 依·阿尼西莫夫:《现实主义问题和世界文学》,见布·布尔索夫等著《现实主义问题讨论集》,岷英译,上海:新文艺出版社,1958 年,第 119 页。

⑤ 中国科学院文学研究所苏联文学组编:《世界文学中的现实主义问题》,北京:人民文学出版社,1958 年,"后记"第 382 页。

的艺术特性,与"真实性"甚至"艺术性"等同起来的现象,学者艾尔斯布克提出引用恩格斯的典范定义①,特别是定义的后半段——对于典型性格的描述,重新厘定"现实主义"概念,并据此将现实主义的源头定位于"文艺复兴时代"。艾尔斯布克指出,正是因为"现实主义"的无所不包,甚至扩大到"革命浪漫主义",而导致了将其他一切不能列在现实主义范围之内的文学都视为"反现实主义"的艺术现象,由此导致了庸俗的"现实主义与反现实主义的斗争"说。②

刘大杰受到艾尔斯布克的启发,指出苏联文学中现实主义泛化的乱象正在中国上演,反对将一部中国文学史粗暴地视为"现实主义与反现实主义的斗争"历史。所谓"现实主义与反现实主义的斗争"源自 20 世纪 30 年代的表现主义论争。在这场"铲除"式的论争中,卢卡契将作为"表现主义"对立面的"伟大的现实主义"推崇至无以复加,将现实主义方法"上升为必然的日常要求"③,由此推导出人类艺术史只有"现实主义"与"反现实主义"两种存在,继而发展为"现实主义与反现实主义的斗争"公式。这一公式在苏联学界长期流行,并经由涅多希文《艺术概论》等著作流传至中国,在中国古典文学史中产生不良的影响,使得那些具有较高价值却又不属于现实主义范畴的作家作品被打入"冷宫",难以开展研究。同时,也就导致了古典文学中"无往而非现实主义"的研究乱象。刘大杰受到艾尔斯布克启发,也以"恩格斯定义"为标准,论证了自杜甫诗歌始,中国出现了现实主义文学。④

刘大杰观点既出,在学界引起较大反响。古典文学中原本需小心求证的现实主义从珍贵的"帽子"回归为一个学术问题,越来越多的学者参与到中国现实主义标准及源头的讨论中来。他们中大部分人对"恩格斯定义"的标准表示认同,但在具体的解读意见上产生分歧。刘大杰借鉴艾尔斯布克,将解读重心落在"恩格斯定义"的后半句——"典型环境中的典型性格"上,这对以抒情传统见长

---

① 所谓"恩格斯定义"是指恩格斯在评论哈克纳斯的《城市姑娘》时提出的,《城市姑娘》"还不是充分的现实主义",提出了"除了细节的真实外,还要再现典型环境中的典型性格的真实"的现实主义定义。

② 参见艾里斯别格《现实主义和所谓反现实主义》,见"学习译丛"编辑部编译《美学与文艺问题论文集》,北京:学习杂志社,1957 年;艾里斯别格等《现实主义在世界文学中发展的主要阶段》,见布·布尔索夫等著《现实主义问题讨论集》,岷英译,上海:新文艺出版社,1958 年。(注:艾尔斯布克又译艾里斯别格,当时学界多称艾尔斯布克,此两处译文均译作艾里斯别格。)

③ 中国社会科学院外国文学研究所、外国文学研究资料丛刊编辑委员会编:《卢卡契文学论文集》(一),北京:中国社会科学出版社,1980 年,第 35 页。

④ 刘大杰:《中国古典文学中的现实主义问题》,《文艺报》1956 年第 16 期。

的中国古典文学而言具有明显局限性,遭到不少质疑。一些学者反对将"恩格斯定义"这一现实主义的理想形态、最高典范,胶柱鼓瑟地运用于中国文学,特别是小说、戏剧等叙事文学之外的文学形式中,主张将解读重心放在"恩格斯定义"的前半句,即"细节的真实"才是现实主义一般的、共通的特点。① 也有学者提出索性作广狭二分,何况恩格斯本人也区分了"充分的"和"不充分的"现实主义。所谓"狭义的现实主义"就是"充分的现实主义",落在"恩格斯定义"的后半句;"广义的现实主义"就是"不充分的现实主义",落在"恩格斯定义"的前半句。在中国,广义的现实主义始于《诗经》,至于狭义的、严格的现实主义则始于《金瓶梅》。并且根据中国文学的特色,提出用"典型现象"代替"典型环境"和"典型性格"的说法,这样就更适宜于抒情文学了。② 而即便赞同将解读重心落在"恩格斯定义"后半句的学者也未必认可刘大杰的"杜甫源头说",比如姚雪垠就质疑刘大杰并未真正重视"恩格斯定义"后半句有关"典型性格"的描写,对应艾尔斯布克"文艺复兴说"的现实主义源头,姚雪垠将中国文学史中的现实主义与资本主义发展对应起来,认为南宋以后,中国出现资本主义萌芽,才产生了现实主义,由此将南宋话本小说视为中国现实主义的"滥觞"。③ 总而言之,在刘大杰的引领下,"现实主义"成为古典文学中最具学术生长性的话题,现实主义的合法性问题在论证中无可置疑。

刘大杰援引艾尔斯布克观点,反对将"现实主义"与"真实性"等同,对于当时的古典文学学科发展并不有利。一定程度上说,50 年代前半期的古典文学常需借助现实主义的"泛化"来扩大研究范围。而"恩格斯定义"的解读方式,对于古典文学来说,有作茧自缚之嫌。但从结果来看,刘大杰看似反常的举动不仅没有产生负面影响,反而起到助推作用,"现实主义"在古典文学中完全有迹可循,而其标准正是来自马克思主义的经典理论。今天来看,刘大杰在现实主义问题上的突破看似险招,实则有内在的成功机制,主要就在于对"真实性"问题的把握以及对"经典"文献的呼应上。

---

① 郭晋稀:《试从诗、骚的创作方法谈中国古典文学中的现实主义与浪漫主义问题》,《西北师大学报(社会科学版)》1957 年第 1 期。

② 参见李长之《现实主义和中国现实主义的形成》,《文艺报》1957 年第 3 期。此外,罗根泽《现实主义在中国古典文学及理论批评中的发生和发展》(《文学评论》1959 年第 4 期)、蔡仪《论现实主义问题》(《北京文艺》1957 年 3 月号)等文也有类似观点。

③ 姚雪垠:《现实主义问题讨论中的一点质疑》,《文艺报》1956 年第 21 号。

　　"现实主义"在社会主义阵营内部处于独尊的理论地位,长久以来,主要是将其视为超历史范畴的、作为总的艺术原则的"真实性"概念,而压抑其作为具体写作方法的一面,这也是引起争议的主要问题。1956年,秦兆阳等人受苏联"解冻"文学的影响,反对粉饰现实,呼吁"写真实"。秦兆阳指出,现实主义文学不是对现实作机械的翻版,而要追求生活的真实和艺术的真实,正视生活的落后面与阴暗面,反对文学创作纯粹沦为政治的传声筒,而丧失多样风格。①秦兆阳引用西蒙诺夫在苏联第二次作家代表大会上的意见,指出"现实主义"作为国家意识形态唯一的表达方式,本身必然包含政治的正确性,没有必要反复强调,主张将"社会主义现实主义"概念所包含的政治倾向的"正确性"与艺术描写的"真实性"分开。认为正因过分强调政治对于艺术的规训作用,才造成"无冲突论"的长期流行。

　　随后,周勃顺着秦兆阳的思路继续开拓,指出"真实性"是现实主义的内容问题、实践问题,也是中心问题、灵魂问题。强调"真实",并不否定作家主观作用,因为世界观已经融化在作家的灵魂血肉中。周勃否认先进的世界观可以代替精湛的艺术表现;相反,在"真实性"原则下进行典型化艺术表现的作家却可以克服落后世界观的缺陷,因此作品的伟大程度不受世界观影响,而是由作家主观创造性及其对于客观真实的认识、反映程度所决定的。②在世界观与艺术创作的关系上,周勃比秦兆阳表述得更为大胆,秦兆阳的"真实性"尚无法跨越横亘于前的世界观而充分发挥主体作用,周勃笔下的"真实性"则具有净化功能、"抗毒"作用。周勃的"真实性"既是对西蒙诺夫删去"社会主义现实主义"定义第二句,以免造成"不确切的,甚至反而容许有歪曲原意的可能的"呼应;也是对庸俗社会学的反拨,提倡将"现实主义"还给文学,让其作为文学艺术的独立法则,在发挥主体能动性的多样风格中展现艺术魅力,而不是主要作为意识形态的政治化表达。

　　在中国,"真实性"与"现实主义"一样,与意识形态、世界观的"正确性"关联,具有真理性的意义赋能。李长之在一篇未曾刊发的手稿中指出,人们之所以将"真实性"与"正确性"混淆,源自曹葆华对恩格斯写给哈克纳斯信件的"误译"③。

---

① 何直:《现实主义——广阔的道路——对于现实主义的再认识》,《人民文学》1956年第9期。

② 周勃:《论现实主义及其在社会主义时代的发展》,《长江文艺》1956年第12期。

③ 李长之以恩格斯写给哈克纳斯信件的英语原文"Realism, to my mind, implies, besides truth of detail, the truthful reproduction of typical characters under typical circumstances"为对象,进行分析。

定义的后半句本应译为"还要真实地再现典型环境下的典型性格",曹葆华却译为"还要正确地表现出典型环境中的典型性格"。恩格斯本意是十分重视"真实",十分尊重艺术性的,说"再现"就有艺术品之内在的真实性的要求,"再现"比"表现"包含对现实更忠实、更密切联系的意思。"正确"是一个科学的要求,"真实"则是一个艺术的要求,提"正确"会有偏于概念化、抽象化的误解,并且"'正确'也常吓到了创作家"。①其实,曹葆华未必是"误译",因为早在 1933 年周扬将"社会主义现实主义"引入中国时,在"真实性"问题上就做出了明确规定:"真实使文学变成了反对资本主义拥护社会主义的武器。正因为这个缘故,那必须说谎,必须掩饰现实的资产阶级,就再不能创造出活生生的大艺术作品来。"②"真实"正是为了解决"反对"与"拥护"的政治目的而被提出,现实主义长久地作为无产阶级文学标准,正是建立在"真实性"问题达成共识的基础之上。

1956 年,秦兆阳与刘大杰分别从当代文学创作与古典文学研究层面,指出"现实主义"的危机正产生于"真实性"问题。在秦兆阳、周勃等人看来,意识形态导向的"真实"干扰了作家对于现实主义本质的把握,无法真正地、艺术地反映现实,继而去影响现实。作家应发挥主观能动性,从世界观的正确性重回艺术创作的真实性。刘大杰则反对以"真实性"名义任意扩大现实主义外延,提出重新厘定作为创作方法的"现实主义",二者同样是对现实主义神话的解构,试图将其从作为超历史范畴的艺术原则拉回到具体创作方法。究竟如何重回现实主义本质真实,二人给出了同样的思路,即到"恩格斯定义"中去寻找答案。

如何让先进的世界观在艺术思维里起血肉生动的作用,必须探索出一条充分发挥创造性的、现实主义的道路。而这条"广阔的道路",秦兆阳正是围绕着"恩格斯定义"后半句的"典型性"问题展开论述的,他指出文学的艺术性、真实性、思想性正是与典型问题和典型化的方法紧密地、有机地融合在一起的。在分析了堂吉诃德、阿 Q、葛利高里、贾宝玉等典型形象后,秦兆阳感慨道:"现实主义的文学创作,是一种多么富于创造性的劳动啊!它是现实主义的,但它甚至于可以用看起来是荒诞不经的人物和故事去表现深刻的现实内容。它甚至于可以真实到近于虚幻的地步。它有多么广大的发挥想象的余地啊!它的集中、概括、夸

---

① 李长之:《现实主义问题札记》,《李长之文集》(第三卷),石家庄:河北教育出版社,2006 年,第 540—541 页。

② 周扬:《关于"社会主义的现实主义与革命的浪漫主义"——"唯物辩证法的创作方法"之否定》,《周扬文集》(第一卷),北京:人民文学出版社,1984 年,第 110 页。

张——它的典型化的方法能够发挥到何等惊人的程度啊!"由此秦兆阳将社会主义时代的现实主义的本质真实落在了"典型性"问题上,"如果离开了对于形象的典型性的探讨,离开了对于生活的深刻解剖,离开了对于作家的个性和创造性的认识,也就离开了现实主义"。

在"典型性"问题上,刘大杰与秦兆阳再次合流。"典型性"问题是马列主义美学中心问题。秦兆阳在发言中试图说明在阶级特性以外的人性的复杂性。如果作家不能以生动的形式、多样的风格去反映现实,把一般规律性寓于个性与创造性的表达中,就会让典型性成为一种抽象的、空洞的理念,成为某种平均数,徒留平庸与浅薄。而文学作品要想发挥教育意义,绝不只是概念的传达,必须以其独特性、艺术性而使人感动。秦兆阳的"典型性"讨论是对党性原则之外的艺术性的呼唤。而刘大杰之所以反对将"现实主义"等同于"真实性",正是因为此时期西方"现代派"正不遗余力地宣告,"现实主义"衰老了,不符合现代人的欣赏了。[①]而"真实性"正是现实主义危机的最大来源。在西方"现代派"看来,"真实性"就等同于缺乏艺术性。所以刘大杰不取"恩格斯定义"前半句的"真实性"原则,而取后半句"典型性"这样严苛的标准去要求中国古典文学,虽然未必适宜,却正与秦兆阳呼唤"艺术性"相同,希望在艺术维度进行严肃的理论探索。

从结果来看,秦兆阳的观点很快受到批判,而刘大杰的呼吁却推动了学科在现实主义问题上的探索。两种不同的结果,一方面源自表面的差异。尽管二人在"真实性"与"典型性"问题上达成共识,但至少从表面来看,秦兆阳在世界观与创作方法关系上犯了"严重的错误"。而刘大杰以马列主义经典定义为标准,严肃审定中国古典文学中现实主义问题,这种行为本身是值得肯定的。更何况刘大杰的观点师从苏联,其对社会主义阵营内部文学的现实主义溯源研究,隶属于苏联"现实主义保卫战",得到了苏联方面的直接肯定。另一方面,主要还是和古典文学在"社会主义现实主义"阶段的理论探索中存在感不足有关,刘大杰引发的学术论争,更多被视为学科内部行为。但无可否认的是,自此开始,古典文学学科更多地参与到了"社会主义现实主义"的理论建设中来,而这也成为理论民族化转向的先兆。

---

① 布拉果依:《十九世纪俄国现实主义的特点》,见中国科学院文学研究所苏联文学组编《世界文学中的现实主义问题》,北京:人民文学出版社,1958年,第179页。

二、"本土化"进程的第二阶段："大跃进"思维下的寻根之旅

自苏共二十大以来，中苏联系日益紧密、友谊升温的同时，矛盾也在增多。1957年莫斯科会议上，毛泽东发表了"东风压倒西风"的论断，回国后不久就将这一设想付诸实践，于是，一场名为赶英超美、实则赶超苏联的"大跃进"运动开始了。中国轰轰烈烈地向共产主义目标迈进的行动，引起世界震撼。一时间，整个社会主义阵营都承认，北京已经走在了莫斯科的前头，这引起了苏联的担心。1959年，赫鲁晓夫多次在外交场合含沙射影地指责中国人民公社运动。尤其是7月18日在访问波兰的群众集会上，赫鲁晓夫被问及中国人民公社时，没有正面回答，却对苏联20世纪20年代的公社问题大发议论，最后总结为人民公社道路走不通。这番话彻底激怒了正在庐山的毛泽东，中苏分歧日渐公开化。[①]

政治关系的变化，反映到文学建设中来，最突出的一点便是"两结合"口号的诞生。1958年3月，毛泽东在成都会议上指出中国诗的发展方向，应当是建立在民歌和古典诗歌的基础上，形式是民族的形式，内容应该是现实主义与浪漫主义的对立统一。5月，在中共八届二次会议上，再次确定"无产阶级的文学艺术应采用革命的现实主义与革命的浪漫主义相结合的创作方法"。短短两个月的时间，"社会主义现实主义"便被迅速推进到"两结合"，进入到本土化进程的第二阶段。

学界通常认为"两结合"的理论起点源自高尔基在《我的文学修养》中所谓"文学上有两种基本的'潮流'或倾向，就是现实主义与浪漫主义"的说法。作为"社会主义现实主义"的理论变体，"两结合"在中国的历史则可以追溯至延安时期毛泽东提出的"抗日的现实主义，革命的浪漫主义"的说法，而正式诞生于"大跃进"初期。在新中国第一个十年即将到来之际，在赶超、竞争的时代氛围中，我们将迎来社会主义文学的转捩点，迫切需要建立中国自己的马克思主义的文艺理论和批评。"苏联文学有了四十年历史，从开国算起，明年我们也有十年，从'五四'到明年我们也是四十年。我们应当重视和研究我们自己的经验，特别是

---

① 沈志华主编：《中苏关系史纲：1917—1991年中苏关系若干问题再探讨》（第三版）（上），北京：社会科学文献出版社，2016年，第275—290页。

从'延安文艺座谈会'以后的经验。"①如何在文化格局中既保持对资本主义文艺的抗衡，同时在社会主义文化内部与苏联争夺意识形态领导权，就需要在马克思列宁主义指导下走出一条富有中国特色的社会主义文化新道路，"两结合"应运而生。

相比"社会主义现实主义"，"两结合"被描述得更为开放，被指为手法、风格都是丰富多样的，鼓励作家充分发挥个性，建立自身独有风格。②和"社会主义现实主义"被指为唯一创作方法不同，"两结合"从一开始就表现出较大弹性，"是一种最好的创作方法，但不是唯一的创作方法"③。"两结合"作品的共性是"精雕细琢的写实手法与奔放的热情和大胆的幻想的结合"，有的可能现实主义多一些，有的可能浪漫主义多一些，有的两者结合得比较浑然一体些。④"两结合"的方法"可以是浪漫主义百分之一比现实主义百分之九十九，也可以是浪漫主义百分之九十九比现实主义的百分之一"⑤。未定型的理论口号，相对松动、开放的学术氛围，为古典文学进入研究视域提供了有利的契机。更重要的是，第三次文代会上，周扬肯定了"两结合"是"对全部文学历史的经验的科学概括"⑥，指出《离骚》《窦娥冤》《水浒传》都是"结合"的产物。⑦并且，这次会议上还明确提出，加强中国古典文论的整理与研究工作，重视中国文论民族化的特色发展。

在这样的情势下，古典文学从早期如履薄冰地厘定"现实主义"概念，依托"现实主义精神"扩大研究范围；转而直接向着"结合"层面开掘，试图建设具有民族特色的马克思主义文艺理论体系。古典文学学者们尝试将"两结合"理论起点放置在本土文论中，认为明人屠隆已经指出李白和杜甫的创作是"两结合"的："或谓杜万景皆实、李万景皆虚，乃右实而左虚，遂谓李杜优劣在虚实之间。顾诗

---

① 周扬：《建立中国自己的马克思主义的文艺理论和批评》，《周扬文集》（第三卷），北京：人民文学出版社，1990年，第38页。

② 胡经之：《理想与现实在文学中的辩证结合》，《文学评论》1959年第1期。

③ 蒋和森：《关于中国古典文学现实主义和浪漫主义相结合问题》，《文汇报》1961年11月15日。

④ 冯其庸：《论古典文学中现实主义与浪漫主义的结合》，《教学与研究》1961年第1期。

⑤ 郭沫若：《就目前创作中的几个问题答〈人民文学〉编者问》，《人民文学》1959年第1期。

⑥ 周扬：《新民歌开拓了诗歌的新道路》，《周扬文集》（第三卷），北京：人民文学出版社，1990年，第5页。

⑦ 周扬：《我国社会主义文学艺术的道路——一九六〇年七月二十二日在中国文学艺术工作者第三次代表大会上的报告》，见张炯主编《中国新文艺大系 1949—1966 理论·史料集》，北京：中国文联出版公司，1994年，第153页。

有虚有实;有虚虚,有实实;有虚而实,有实而虚;并行错出,何可端倪。"这种"有虚而实,有实而虚"的虚实辩证统一结合的创作特征,其中"虚"即指浪漫主义,"实"即指现实主义。① 还有研究从哲学层面强调中国文学史中"两结合"存在的合理性,指出朴素的唯物主义和辩证法的因素,是古典作品"两结合"的哲学基础。②

"两结合"的说法自由度相对较高,对于现实主义与浪漫主义如何结合、二者所占比重、体现的方式,都未做出硬性的规定,因此,它既可以是现实主义与浪漫主义在创作精神和创造方法上的全面结合,如《孔雀东南飞》和《西游记》;也可以是现实主义精神与浪漫主义精神相结合,却透过现实主义艺术手法表现出来,如《儒林外史》,《红楼梦》中的杜少卿、贾宝玉形象的塑造;还可以是浪漫主义精神与现实主义精神相结合,透过浪漫主义艺术手法表现出来,例如《西游记》中猪八戒形象的塑造。③ 在这种相对开放、自由的环境里,更有研究者对古典文学中"两结合"的现象进行了重新命名,代之以"抒情主义"的说法。中国古代的"抒情主义"在"法则"上不同于"现实主义",但是在创作"原则"上已经树立起了现实主义的辉煌体系。"抒情主义,在某些地方,有取于浪漫主义;在某些地方,有取于现实主义。是现实主义与浪漫主义二者结合起来而形成的一种新的'个自体'。"④ 于是,一时间,满眼皆是"两结合"。现实主义与浪漫主义"象两条红线似的贯串着整部文学史"⑤。

其实,从"社会主义现实主义"到"两结合",古典文学一直都在进行"结合"的研究,这首先因为"社会主义现实主义"概念本身就包含积极浪漫主义的因素。1956 年刘大杰开启古典文学现实主义研究时,就曾分析过"结合"的问题,认为在"初民社会的神话传说"里就已经有"原始现实主义和原始浪漫主义互相结合的创作精神"。⑥ 但刘大杰认为虽然有结合,在研究文学史时,还是要区别开来,

① 张碧波:《关于古典文学中的现实主义与浪漫主义相结合的初步理解》,《光明日报》1960 年 12 月 12 日。

② 向真:《对古典文学中现实主义和积极浪漫主义相结合等问题的探索》,《光明日报》1960 年 8 月 21 日。

③ 王锡荣:《关于古典文学中积极浪漫主义几个问题的初步研究》,《吉林大学社会科学学报》1961 年第 1 期。

④ 郝御风:《现实主义的基本概念及其在中国文学艺术中的一些表现》,《人文杂志》1958 年第 4 期。

⑤ 郭汉城:《对一些争论的意见》,《文艺报》1959 年第 2 期。

⑥ 刘大杰:《中国古典文学史现实主义的形成问题》,《文艺报》1956 年第 22 号。

要以作家最有代表性的作品为基础,去判断他们在创作方法上的主要倾向和艺术上的特殊风格。刘大杰谈"结合"的目的恰恰在于区分,彼时现实主义具有真理性的地位,浪漫主义必须依托于现实主义,才具有研究的合法性。刘大杰主张将现实主义还原为一种独特的创作方法,自然也就将原本"结合"于其中的浪漫主义作家、作品剥离,让其回归浪漫的属性。进入"两结合"研究阶段,"现实主义"与"浪漫主义"都成为不证自明的概念。而代表着时代精神、共产主义理想的浪漫主义,与现实主义平起平坐,甚至一举超越了现实主义。因而此时期的"结合"中,现实主义与浪漫主义平分秋色,研究上出现了一些新变。

现实主义方面,前期作为标准的"恩格斯定义",在解读方式上发生了一些变化。此前,不少研究者认为定义后半句对于抒情见长的中国古典文学不利,颇多质疑;但是"两结合"提出后,质疑不攻自破。一个有代表性的例子:1957年,在《试从诗、骚的创作方法谈中国古典文学中的现实主义与浪漫主义问题》一文中,郭晋稀别出心裁地证明了"典型环境中的典型性格"并非为现实主义所独有,他引用了季摩菲耶夫在《文学原理》中将"浪漫主义"解释为"例外"环境中的"例外"性格的说法,认为所谓"例外"不过是"典型"的化用。因而区分现实主义与浪漫主义的标准不应该是"典型环境中的典型性格"的塑造,而是"用怎样的方法"来表现。郭晋稀分析了属于浪漫主义范畴的屈原的作品,认为这些作品恰恰是能够体现出诗人自己在典型环境中的典型性格的。而作为现实主义作品的《诗经》,若以典型环境中的典型性格来要求它,反而不及屈原的作品。因此,"不求细节本身的真实,只求细节所体现的情感核心的真实,是浪漫主义的创作方法。择选生活中原有的事实,运用真实的细节,体现真实的情感,是现实主义的创作方法"①。可见郭晋稀将"恩格斯定义"的前半句话视为"现实主义"的标准,并将《诗经》视为中国现实主义文学的源头。

但是在"两结合"口号提出后,郭晋稀却否定了当初的"《诗经》源头"说,而提出了更严格的"现实主义"标准:强调"客观的典型形象或者作家的主观个性"②。很显然,解读重心已从"恩格斯定义"的前半句移到了后半句。郭晋稀之所以敢于推翻当初的观点,其实释放出一个信号:此时期"现实主义"作为"结合"的一部分,已是题中应有之意,无须再借力于共性的、一般性的表达,它天然合理地存在

---

① 郭晋稀:《试从诗、骚的创作方法谈中国古典文学中的现实主义与浪漫主义问题》,《西北师大学报(社会科学版)》1957年第1期。

② 郭晋稀:《试论现实主义问题》,《甘肃师大学报》1959年第5期。

于中国古典文学中,经得住更严苛的考验,这也意味着讨论更为自由开放。换言之,伴随着"恩格斯定义"解读重心的后移,现实主义评价标准的严格,或许正是出于将一部分"真实性"让渡于浪漫主义的考量。

此时期古典文学中的现实主义研究出现了两种不同的声音:一种以转变后的郭晋稀为代表,提出用"恩格斯定义"后半段严格要求,将现实主义源头后移。同时,另一种呼吁将现实主义源头提前的声音也越来越响亮。原因是"大跃进"以来,随着"浪漫主义"的被肯定,现在大家都承认屈原是伟大的积极浪漫主义诗人了,难道浪漫主义在先秦就形成了,现实主义却一定要等到唐代、宋代,甚至明清乃至20世纪才产生吗?[①]有学者提出早在"前"《诗经》时代,在中国古代的卜辞、卦爻辞中就已经有现实主义创作方法的萌芽了。[②]不唯如此,原先被视为圭臬的"恩格斯定义"也在慢慢动摇,研究者建议对定义后半句进行修改,改为"典型环境的典型感受,或表现出典型事件及典型的画面。我们大跃进中出现的许多革命现实主义与革命浪漫主义相结合的诗歌,许多都不是描绘性格的,但它已是用比现实主义更为先进的创作方法创作的。因此《诗经》里反剥削的战歌《伐檀》、《硕鼠》等,反映了阶级社会里受剥削群众的根本愿望与要求。它与土改时,农民向地主说理的某些诗歌在精神上是相通的"[③]。无论是源头的前移还是推迟,对"恩格斯定义"解读方式的变化,甚至取消定义本身,都表明此时期中国古典文学中的"现实主义"已经(主要)不再由"恩格斯定义"所决定,它或是为了反对"斗争公式",或是从"大跃进"的时代环境出发,或是为了反映现实主义与浪漫主义之间关系……一言以蔽之,当代性的文化需求、民族化的标准,正在取代古典文学现实主义研究中的"恩格斯定义"。

与此同时,第一阶段中消失的浪漫主义在中国古典文学中茁壮成长了。如同郭老勇敢地承认"我是一个浪漫主义者了"[④],古典文学中越来越多的浪漫主义诗人"出土"。50年代初被划在现实主义麾下的屈原、李白,自然又回到了浪漫主义阵营。而当初那套在浪漫主义诗人身上发掘现实主义特性的方法,如今也被继承转化了——杜甫虽仍是伟大的现实主义诗人,但他的部分作品却被指

---

① 顾易生:《中国文学史中现实主义的形成与发展》,《解放日报》1959年6月16日。

② 向叙典:《现实主义及其在中国的形成》,《兰州大学学报(社会科学版)》1958年第2期。

③ 叶玉林、曾汀渊《能这样理解现实主义吗?》,《解放日报》1959年5月1日。

④ 郭沫若:《浪漫主义和现实主义》,《红旗》1958年第3期。

为体现着革命的浪漫主义精神。①学者们论证了中国虽未出现欧洲的浪漫主义运动，但是在古典文学中早已有这种创作方法存在。从描写征服自然、战胜自然的初民神话，到后来的民歌及部分文人作品，浪漫主义得以继承与发展。②而早在我国的《文心雕龙》《诗品》《沧浪诗话》等文论著作中，"浪漫主义"就已作为独立的创作方法被总结出来。③

此时的浪漫主义，亟须获得"真实性"所赋予的真理性地位，如果"真实性"仍作为现实主义的标准，浪漫主义就始终处于附庸地位。于是，研究者将"浪漫主义"与"真实性"关联起来，如指出神话就是在现实的基础上，通过浪漫主义表现出来，但仍具有高度的真实性。④同时，将现实主义源头后移，为浪漫主义腾挪空间。1959年，刘大杰在《文学的主流及其他》一文中仍持过去观点，把现实主义源头定位在"杜甫、白居易时代"，却指出从《楚辞》到李白，将近一千年，尽管现实主义在民歌中发育成长，现实主义的因素越来越强烈。但在文人诗中的代表作家，几乎无一不是浪漫主义者⑤，变相承认了"浪漫主义"先于"现实主义"而存在。胡锡涛更是明确表达，积极浪漫主义对诗歌的现实主义起到了推波助澜的作用。应该承认，在中国文学史上，积极浪漫主义的形成比现实主义更早些。⑥当然，也唯有浪漫主义上升到与现实主义平起平坐的地位，才可能打破一部中国文学史由"现实主义与反现实主义的斗争"贯穿的说法。

不仅如此，古典文学中的浪漫主义还具有"典型性"的特征。研究者指出，积极的浪漫主义可以描写典型环境中的典型性格，浪漫主义也具有典型性的特点。⑦试举一例，对蔡仪"现实主义论"的批评就很能说明这种新变。自1956年古典文学"现实主义"讨论以来，蔡仪多次撰文参加讨论。前期他坚持以"恩格斯定义"前半句为标准，将真实地描写现实指为现实主义的根本精神和基本原则；⑧50年代末，蔡仪改易旗帜，将解读重心落在"恩格斯定义"后半句，指出"现

---

① 力扬：《社会主义新时代的新国风——读〈红旗歌谣〉三百首》，《文学评论》1960年第1期。
② 陈祖堃：《试论浪漫主义在唐以前文学中的主要表现》，《复旦》1959年第9期。
③ 梁超然：《中国古典文学中浪漫主义几个问题的探讨》，《广西日报》1961年4月19日。
④ 叶玉林、曾汀渊：《能这样理解现实主义吗？》，《解放日报》1959年5月1日。
⑤ 刘大杰：《文学的主流及其他》，《光明日报》1959年4月19日。
⑥ 胡锡涛：《略论中国文学史中现实主义的形成》，《新建设》1962年第5期。
⑦ 向叙典：《现实主义及其在中国的形成》，《兰州大学学报（社会科学版）》1958年第2期。
⑧ 蔡仪：《论现实主义问题》，《北京文艺》1957年3月号。

实主义艺术的基本特点是在于创造典型性的形象"①。"两结合"时期,蔡仪的前后期观点均受到批判,因为他前期的观点否认了浪漫主义的真实性;而后期观点则将创造典型指为现实主义的专利。②蔡仪受批判的真实原因姑且不论,仅就其"现实主义论"所遭受的批评来看,还是很能够说明此时期"浪漫主义"的特点的。"两结合"以来的浪漫主义既代表真实性,也代表着典型性。换言之,曾经作为"现实主义"标准的"恩格斯定义"已经成为"浪漫主义"的定义,这也充分证明了"大跃进"以来浪漫主义的地位实际上已经超越了现实主义。

浪漫主义地位之所以提高,首先是"现实主义/浪漫主义"这一动态结构的规律反映。从"社会主义现实主义"到"两结合","现实主义"与"浪漫主义"在消长、进退中保持着结构的完整,其中占据主导性地位的是现实主义,但是每当遭遇新变,起调节性作用的往往是浪漫主义。正如温儒敏指出的,在中国,现实主义与浪漫主义几乎从一开始就是平起平坐、互相竞争、渗透与包容的,二者绞缠在一起。③随着"社会主义现实主义"口号的提出,浪漫主义在二者关系中所占比重降低,却始终没有消失。周扬在《关于"社会主义的现实主义与革命浪漫主义"》一文中,曾专门引用和分析了吉尔波丁对于"社会主义的现实主义"与"革命的浪漫主义"关系的描述,指出二者既不是对立,也不是并立,而是被包括的关系。为了不致引起思想上的混乱,与几年前它错误的近亲"革命的浪漫谛克"划分界限,周扬指出"革命的浪漫主义"的重点在于描写真实。从"革命的浪漫谛克"到"唯物辩证法的创作方法",再到"社会主义现实主义","浪漫主义"在中国短短几年从泛滥到廓清,再到有限度的包容,社会主义文学的根基始终是"现实主义",但其成败经验似乎是在与"浪漫主义"的关系中被整理总结的。

"浪漫主义"在"社会主义现实主义"理论发展过程中,长时期被功利地视为抽象的党性原则、共产主义理想的表达。随着革命的发展,曾经遥不可及的远景逐渐实现,理想成为现实,浪漫主义终将消逝。面对这种机械的、庸俗的理论,50年代初,苏联文艺界呼吁浪漫主义的回归,提出"损害浪漫主义并不是别的,恰正是损害美学"④。而中国作家在对"社会主义现实主义"概念进行修正时,也是提

---

① 蔡仪:《现实主义艺术的典型创造——三论现实主义问题》,《文学评论》1959年第3期。
② 吕美生:《论革命的现实主义和革命的浪漫主义相结合》,《复旦》1959年第9期。
③ 温儒敏:《新文学现实主义的流变》,北京:北京大学出版社,2007年,第233页。
④ B.叶尔米洛夫:《社会主义现实主义的几个问题》,见西蒙诺夫等著《社会主义现实主义的几个问题》,郑伯华等译,北京:文艺翻译出版社,1952年,第86页。

出以"浪漫主义"来完成改造。周勃提出"社会主义时代的现实主义""不是对现实的照相式的描摹,而是通过典型化的手法可以对现实生活中应该有的和可能有的加以概括、想象和夸张,以及对于生活中的一切加以诗意的描绘,因而在他的艺术作品中就必然体现着浪漫主义色彩,和艺术家的广阔的艺术胸怀","我们中国社会主义时代的现实主义,浪漫主义的特色,是应该更为鲜明和突出的,这是因为在我国的文学史上,浪漫主义文学流派不仅作为一个完整的、独立的传统存在、继承和发展,而且我国的现实主义文学,自开始以来,就以具有浪漫主义色彩为自己鲜明的特色"。① 可以说,每当现实主义遭遇危机时,浪漫主义都被视为解救的良方,它是艺术性、典型化的代名词,是意识形态的美学载体。于是,到了"两结合"时期,浪漫主义再次充当起理论的"救世主",去改造此前一直占据中心地位的现实主义。

其次,代表着乐观昂扬、豪情壮志的"浪漫主义"更体现出"大跃进"的美学理想。在对"大跃进"现场的描述中,有关"浪漫主义"的营造,呈现出一种"古典化"倾向。无论是"民歌加古典"的新民歌写作,还是历史题材创作中的"古为今用",戏曲政策的从"两条腿走路"到"三并举",都将"古典"视为浪漫的一种有效载体。一定程度上说,"古典"所具有的隐喻性与象征性,与浪漫主义的部分特征相契合,向着"古典"的回溯,正是失落的诗性的复归。而传统浪漫主义文学,在古代神话传说、历史英雄故事的讲述中,成为民族智慧、精神、情感的汇聚,有利于民族共同体的构筑。所以,古典文学中的"浪漫主义"被理解为昂扬高涨的群众意志与对理想的憧憬表达。如林庚在一篇论文中指出,盛唐时期全民意志旺盛,所以出现了现实主义的高潮。意志或理想总是会遇见现实矛盾,当所遇见的矛盾较为单纯,有希望克服时,就容易产生浪漫主义;当所遇见的矛盾纠缠复杂,难以解决时,就容易产生现实主义,前者因此是富于朝气的,后者因此是更为深刻的。② 不难看出,学者们从革命意志旺盛的"大跃进"现场,返回古典浪漫,在古今间建立深层联系。

于是古典"浪漫主义"与当代"革命性"建立关联,如力扬就将李白、屈原称为"革命的浪漫主义的大师"。③ 古典文学中浪漫主义的产生需要具备两个条件:第一,每当阶级矛盾和民族矛盾突出时,就会产生浪漫主义文学;第二,作家主观反

---

① 周勃:《论现实主义及其在社会主义时代的发展》,《长江文艺》1956年第12期。
② 林庚:《陈子昂与建安风骨——古代诗歌中的浪漫主义传统》,《文学评论》1959年第5期。
③ 力扬:《社会主义新时代的新国风——读〈红旗歌谣〉三百首》,《文学评论》1960年第1期。

抗的愿望,是浪漫主义产生的重要保证。因此,浪漫主义的基本原则就是通过想象,抒发对于理想世界的热烈追求,以加强人们的生活意志,唤起人们对于现实压迫的反抗心。到了元代,因为民族矛盾与阶级矛盾尖锐复杂,在新的历史要求下,更是产生了"两结合"的创作方法。[①]因为"两结合"时期的"浪漫"只能与革命的反抗、理想的追求、乐观的前景相关,一旦走向失败,便失去了"结合"的资格。所以当《水浒传》后半部分梁山英雄的结局一步步走向悲剧时,它便不再是"两结合"的,而只是现实主义的描写了。[②]在这样的情势下,浪漫主义研究中作为革命理想、反抗意志的一面不断加强,而诗性典雅的一面却受到压抑,研究越来越符合时代主题,却也越来越偏移于浪漫的本质属性。

三、不同文学资源在"本土化"进程中的关系变化

从"社会主义现实主义"本土化的两个阶段的发展、演进可以看出,古典文学在其中起到了非常重要的作用。其中两个关键性的节点:1956 年刘大杰引导的古典文学"现实主义"讨论,与 1958 年古典文学中的"两结合"研究,将以往被我们所忽视的线索串联起来,从不同的角度反映着理论本土化的特点。这两个节点都发生于中国在社会主义阵营内部的上升阶段,此间中苏关系微妙,新中国尝试在苏联文学资源之外进行更具民族特色的理论探索。因此,引入古典文学视角,也将更能展现出不同文学资源在新中国文艺理论建构中的关系变化。

1956 年刘大杰引入"恩格斯定义",发起中国现实主义源头讨论,让古典文学参与到"社会主义现实主义"本土化进程中来,也让苏联文学、古典文学、"五四"新文学等文学资源间的复杂关系浮出水面。自第二次全国文学艺术工作者代表大会以来,直到"双百"方针期间,对古典文学资源的重视程度加深,古典文学学科进入良性发展阶段,这些都为突破做好了准备。1956 年刘大杰出人意料地从苏联引入"恩格斯定义",使得原本与"社会主义现实主义"无缘的古典文学参与其中。此时期的苏联正遭受西方资本主义国家攻击,进行"现实主义保卫战",其中就包括对于古典文学遗产的争夺。刘大杰此举对苏联文艺界来说,既是雪中送炭,也是锦上添花;同时,刘大杰的研究也获得了苏联学界的积极回应。

---

① 梁超然:《中国古典文学中浪漫主义几个问题的探讨》,《广西日报》1961 年 4 月 19 日。

② 冯其庸:《论古典文学中现实主义与浪漫主义的结合》,《教学与研究》1961 年第 1 期。

　　来自苏联的回应，成为古典文学现实主义研究的推力，它默默改变了自新文学以来在古典文学与当代文艺理论间的隔膜状态。在新文学家看来，中国的现实主义是西方理论的移植，与古典文学间是割裂的，是在古典文学偃旗息鼓之后的新建，因而并不或较少从古典文学中寻找理论资源，也不太认可古典文学中真正有现实主义存在。至于社会主义文艺理论，古典文学更是毫无话语权。所以，50年代初，古典文学在学科内部进行现实主义的研究，与新中国"社会主义现实主义"只保持一种抽象的关联。但是1956年，刘大杰在苏联文坛的支持下，直接隶属于阵营内部保卫现实主义的一员，此时"现实主义"对于古典文学来说，就成了题中应有之意。而刘大杰在"真实性""典型性"问题上的看法，与同时期秦兆阳、周勃对"社会主义现实主义"发起的挑战合流，双方同样提出以现实主义的经典文献——"恩格斯定义"去改写现实主义创作与研究乱象。只是秦兆阳、周勃的理论挑战具有更强的现实针对性与批判性，而刘大杰的理论突破看起来主要在学科内部进行，更温和且具学理性，因此没有引起轩然大波。

　　古典文学有关"现实主义"的讨论既如火如荼地展开了，也引起了一些学科外的关注，但仍未真正进入"社会主义现实主义"领域。究其实，古典文学从苏联获取的理论援助十分有限。仔细分析苏联对待古典文学遗产与现代主义文学的态度就会发现，"现实主义保卫战"主要是对于"现代"的争夺，而非对于"古典"的维护。谢尔宾纳指出，"现代现实主义这个概念在我们这里是大大地缩小了，教条化了。长时期来可以看到这样一种倾向：把现代现实主义理解为一定的流派，或者理解为某些作家的创作所固有的艺术表现方法的总和，而这些作家仅仅继承了古典现实主义的司空见惯的形式。这种关于现代现实主义的内容的看法，是与生动的丰富多彩的文学现象不相符合的"。谢尔宾纳不否认社会主义现实主义与古典现实主义的关联，但是在经历了新的历史现实和社会主义思想的影响下，以往的现实主义原则已经发生转化，具有了新的质素。"因此，从社会主义现实主义同以前的现实主义形式在简单化的、外表主题方面的区别上去找寻社会主义现实主义革新的标准，是没有理由的。比较正确的做法是阐明全人类关心的许多概念和问题在社会主义现实主义中所得到的那种新的生活内容和思想内容，而现代全世界艺术的发展就取决于这些问题的答案的性质。"如此，谢尔宾纳便否认了"现实主义保卫战"是在纵向的时间链条上寻找关联，而认为其主要是在世界范围内与现代主义进行横向的竞争。竞争的前提是正视"新的生活内容和思想内容"，这绝非回到"古典"所能解决的。"每一个社会主义现实主义作家都以自己的民族文化的传统为依据。但是在我国文艺学中,往往只阐明过去的传统,而没有估计到现代生活所产生的创作的相互作用","一般都认为我国艺术仅仅起源于现实主义古典作品,完全忽略了我国艺术同现代主义艺术的相互关系"。① 比起传统的继承,更重要的是发掘社会主义现实主义中的现代性特征。

谢尔宾纳的发言指出,社会主义现实主义要想打破只有思想性、缺乏审美性的危机论,就要加强与"现代现实主义"(吸收了现代主义艺术手法的现实主义)之间的关联,否认这是一种与"古典现实主义"一脉相承、没有突变的艺术。可见,苏联在保卫战中对现实主义进行的研究,并非回到"古典";换言之,"社会主义现实主义"恰恰要回避、淡化与古典现实主义的关联。因而,在对待"古典"的实际态度上,苏联学者与中国的新文学家又达成了共识。在这场对"现代性"的争夺战中,中国古典文学实则无力参与。这一点在苏联学者对中国古典现实主义的评价中也表达了出来。如康拉德指出的,把8世纪至12世纪的中国文学称为"现实文学"是可以的,"但我觉得,如果把'现实主义'应用于这种文学,这只能导致用某种别的概念来暗地代替对于这种文学的创作方法的真正理解,即用创作方法的一些部分性的和派生的特点来代替一些主要的特点"。"即便是在备有一切附带条件和补充定义('原始的','自发的'等等)的情况下,将'现实主义'这一标记应用于19世纪之前的文学也是必须十分慎重的","现实主义"这一术语最好还是留给19世纪世界文学流派。②

如果说,1957年,秦兆阳、周勃等观点被肃清后,"社会主义现实主义"仍是社会主义文学理论的最高形态,不容置疑。那么,新中国成立十年之际,在赶英超美、赶超苏联的激情中,一种更符合马克思主义元典精神、更适应中国社会主义发展阶段的文学创作方法——"两结合"被提出。在"古为今用"口号下,曾经望尘莫及的社会主义文艺理论主动将古典文学涵纳其中,开始了一场寻根之旅,进入理论本土化的第二阶段。"大跃进"以来,中国进入新的历史阶段,开启共产主义文化新征程。"通过马克思主义的科学分析占有前人研究的成果,在发展社会主义文学艺术的道路上,充分地掌握民族特点,发挥中国作风和中国气派,这

---

① 谢尔宾纳:《论社会主义现实主义》,选自中国科学院文学研究所苏联文学组编《世界文学中的现实主义问题》,北京:人民文学出版社,1958年,第64—70页。
② 康拉德:《现实主义与东方文学》,见中国科学院文学研究所苏联文学组编《世界文学中的现实主义问题》,北京:人民文学出版社,1958年,第269—271页。

就成为当前的一个迫切的课题。"①周扬多次在发言中表示,社会主义文化必须在继承古代文化的基础上才能繁荣起来,"否则社会主义文化就没有稳固的基础,就没有根","整理中国古代文化遗产是我们建设新文化的出发点"。②"两结合"作为具有中国文化特色的创作方法被提出,在传统文化中寻找理论资源是合理以及需要的。

在这一阶段,古典文学学者在"浪漫主义"及"结合"问题上做了很多努力,然而从结果来看,这些努力又显得虚妄。理论本土化的首要前提就是摆脱苏联文论"影响的焦虑"。在第一阶段中,古典文学借势苏联文学,依附于马克思主义经典文献,提出现实主义标准,在获取支持的同时,实际上也对自身造成了损伤。这些问题在摆脱苏联文学影响之后,也都暴露出来。可以看到,在"两结合"研究开始后,学者们一边呼吁建立开放体系,一边将前一阶段"现实主义"研究方法搬演到"浪漫主义"问题中,话题依然围绕着"真实性""典型性"等问题展开,难有突破。

而更为重要的原因还在于,"大跃进"的文化经典并非以古典文学资源为重要组成部分,这一点从茅盾的态度中就能看出。作为五四新文学家和革命文学家的双重代言人,茅盾在从"社会主义现实主义"到"两结合"的理论进程中,多次对古典文学学者的研究表达了否定的态度,他既公开支持古典文学中"斗争公式"的存在;同时又坚称古人即便思想再进步,"即使在他们的作品中闪烁着对于人类未来生活的崇高美妙的理想主义(这是我国古来优秀的现实主义文学和欧洲的所谓古典现实主义文学相同的一面),也仍然不可能具有和现代人一样的马克思列宁主义世界观",因而古典文学中不会有"两结合"存在③,由此站到了古典文学的对立面。这番表述,从革命文学者的立场以及隐含的新文学者的立场,双重否定了古典文学中"结合"的存在。茅盾在《夜读偶记》中表达过和谢尔宾纳类似的意见,认为现代派的一些形式手法可能被现代现实主义所吸收,即便是"毒草"也还有"肥田"的效果,问题在于我们用什么世界观去对待现代派的技巧。

---

① 唐弢:《"中国作风和中国气派"》,《文艺报》1961年第5期。

② 周扬:《对古籍整理出版的意见》,《周扬文集》(第三卷),北京:人民文学出版社,1990年,第14—15页。

③ 茅盾:《反映社会主义跃进的时代,推动社会主义时代的跃进!——一九六〇年七月二十四日在中国作家协会第三次理事会会议(扩大)上的报告》,见北京师范大学中文系文艺理论教研室编《文学理论学习参考资料》(下),沈阳:春风文艺出版社,1982年,第749页。

从立场来说,茅盾对"现代主义"的态度是很决绝的,但在面对具体文学问题时,态度又变得复杂。在他看来,对抗"现实主义危机",需要的绝非一个超历史的、一般意义的"现实主义"(其中包括古典现实主义),而是建立在"五四"新文学基础之上的现代现实主义。

当然,茅盾屡屡质疑古典文学进入研究的合法性,其中传达出的绝不仅是新文学者的"傲慢"与"偏见"。就如同在"现实主义与反现实主义的斗争"之外,他情绪复杂地增添了一个"既非现实主义亦非反现实主义"的流派一样,与其说是"反古典文学",不如说在茅盾看来,"大跃进"的理论建设是一个"非古典文学"的问题。"两结合"是在中苏分歧尚未公开化、未来关系走向尚不明朗的时候提出的,也并未做好从"社会主义现实主义"中的脱胎与转型。同样是官方发言人,茅盾与周扬在理论发展中对待古典文学的态度明显相反,但与其说观点矛盾,不如说是分工互补、相互平衡。周扬对内,从理论建设角度肯定了古典文学中的"两结合"。茅盾对外,从思想斗争层面介入,维护"社会主义现实主义"的威信,坚持对西方现代派的斗争。他的《夜读偶记》及《〈夜读偶记〉后记》都是围绕"创作方法和世界观的关系"和"现实主义与反现实主义的斗争"两个主题展开的,两个主题中前一个是主导。茅盾何以在研究了苏联及国内古典文学有关"斗争公式"的讨论后,对公式的态度由反对一变而为支持,原因就在于"斗争公式"所引起的思想混乱,已经从学术问题上升到政治、思想问题,严重影响了"社会主义现实主义"的信誉,干扰到世界观对于创作方法的主导问题。而时过境迁,"斗争公式"问题不再构成困扰,也就无须捍卫了。1978 年茅盾在《漫谈文艺创作》一文中又重谈了"世界观与创作方法"的问题,这篇文章可以视为《夜读偶记》的翻版,这次茅盾却没有再支持所谓"斗争公式"了。如果说周扬的态度,肯定了古典文学资源的"古为今用";那么,茅盾的态度则说明了,一旦从艺术的"无用"转化为政治之"用",命运便将在历史的沉浮中难以掌握。

"两结合"与"社会主义现实主义"的关系,正如中苏的领导权之争一样,主要是意识形态话语权及对马克思列宁主义解释权的争夺。① 只有证明自己的方法更完全符合马列主义基本原理,而对方恰恰相反,才能获得革命的正统地位及实际领导权。周扬在一次未公开发表的讲演中,推心置腹地表示"我们不能否定社

---

① 沈志华主编:《中苏关系史纲:1917—1991 年中苏关系若干问题再探讨》(第三版)(上),北京:社会科学文献出版社,2016 年,第 367 页。

会主义现实主义",但是"我个人认为,革命的现实主义和革命的浪漫主义相结合这个说法是比较完全的"。①周扬指出,高尔基在最初提出"社会主义现实主义"口号时,是指明现实主义与浪漫主义的结合的。苏联第一次作家代表会上也是承认"结合"的,可是后来浪漫主义便不大提了,更多的是讲现实主义。而毛泽东对于中国社会主义文学的规划中,自始至终就是现实主义与革命的浪漫主义相结合的,"两结合"正是从中国革命文学发展过程中脱胎而来的,这一点正与高尔基的观点相一致。相比之下,苏联文学却背离了高尔基最初的"结合"意图。既然在 20 世纪 30 年代的苏联出现了"社会主义现实主义",那么今天,我们需要做的则是提出一个新的口号,"以最鲜明、最精确的,辩证唯物主义的、阶级的、革命的命题,全面、深刻地概括了整个文学艺术发展,特别是无产阶级文学艺术发展的经验和特点"②。所以"两结合"虽是对古今中外一切先进的、优秀的作品特色的总结,却更是中国革命文学历史经验的总结,是马克思列宁主义文艺思想与中国文学实践的结合,无论是在阵营内部与苏联争夺对于马克思列宁主义的解释权,还是与西方对立阵营争夺意识形态话语权,"古典"在其中都非显要因素,甚至需要被回避。

所以,无论是 1956 年另辟蹊径,主动与苏联文艺界"结合";还是"大跃进"时期,在官方授权下,自主进行研究,古典文学在"社会主义现实主义"中国化的进程中总是像个"局外人"。为了真正参与到新中国文艺理论建构中来,在本土化进程的第一阶段,古典文学过度依赖于马克思列宁主义的经典定义,将传统文化根基嫁接在外来理论之上;而进入本土化的第二阶段,古典文学又以当代性为旨归,配合"东风压倒西风"的时代隐喻去进行研究,学者们提出了诸如在《水浒传》《红楼梦》中已经充分体现出了批判现实主义的全部特征、中国古典文学中在批判现实主义文学问题上领先西欧一个世纪③类似的观点。于是,一场理论的寻根之旅,不断偏离学科定位,融入了文化跃进的大潮。这种偏离显得无可奈何,如若失去当代性意义的支撑,研究便难以为继;若是集中于学科内部,就可能沦为"厚古薄今"的典型。

---

① 周扬:《谈革命现实主义和革命浪漫主义的结合问题》,《周扬文集》(第三卷),北京:人民文学出版社,1990 年,第 60 页。

② 刘忠恕:《革命的现实主义和革命的浪漫主义相结合的艺术方法》,《吉林大学社会科学学报》1960 年第 4 期。

③ 马启:《试谈中国文学的现实主义及其他》,《解放日报》1959 年 5 月 24 日。

　　从 1958 年"厚今薄古"运动到 60 年代初短暂的古典文论研究热潮,短短几年时间,在古今态度上的巨大变化,证明了"古为今用"问题首先是一个政治问题,而非学术问题。古典文学之所以参与到"社会主义现实主义"向着"两结合"的转化过程中,正在于古今的相通。然而传统文学资源的借鉴与重释工作,是从当代文化建构的高度着手。回到历史现场,在当时的文艺创作与理论建构上,指向的是社会主义远景,而非回到"古典"。因此不难看到在随后的学术运动中,当代文学创作和古典文学研究在处理"古""今"关系问题上,总不时表现出相似的断裂现象。这种历史经验在当下,尤其应当成为我们新时代文学研究的镜鉴。

　　　　　　　　　　　　　　　　　　　　　　　　(作者单位:南京师范大学)

翻译文学与文学史"重构"

——*Le roman de l'homme jaune*(《黄衫客传奇》)的跨文化历史重构意义

吴　俊

　　我在其他文章[①]里说到,要从"四维"视阈来看新文学、现当代文学史的重构,即将旧体文学、俗文学、翻译文学纳入传统的(相对狭义的)新文学史中,拓展现当代文学的历史空间,构建一个与传统中国文学史贯通相契的结构体系。限于篇幅和写作时间精力心情等,有关翻译文学的论述未及展开。而且,写作过程中,不仅没涉及如何处理海外和世界华文文学的问题,还有就是根本没提及网络写作、网络文学的文学史地位问题。合而论之,我的现当代文学史重构之说,早就不限于四维,其实是六维。本篇仍不能都说全,一时也真说不完。姑且补点儿上篇提到却未完成的翻译文学部分。简言之,如何理解现代翻译文学重构同时代的文学史?

　　翻译文学一般说是现代文学历史中才生成的概念和领域[②],先用一句话简

---

　　①　见拙作《近思录(一)——旧体文学、通俗文学、翻译文学"重构"新文学史刍议》(《大湾区文学评论》2022年第2期)。发表后被《人大复印资料》第7期转载。这个转载使我立即动笔开始写本文。没有本文,则第一篇的题旨也会缺失和落空。

　　②　有关翻译文学和翻译理论的研究,在中国文学、外国文学包括比较文学、翻译学等学科专业方向上,都有各自特点的研究,而且不乏造诣极高的大家。翻译和翻译文学的研究论域早已经相对独立,学科发展上更与跨文化潮流相契合,并具有强烈的跨学科性,足称显学。这里只引述与本文主旨直接相关的一部集大成著作,即杨义教授主编的六卷本《二十世纪中国翻译文学史》(天津:百花文艺出版社,2009年)。杨义《总序》提到:在19世纪中期后的中国历史上第二个翻译高潮中,"相当长的历史时段里尚未得到文学性的或审美精神的充实"。"十九世纪的大半时间里,文学方面只有传教士附带翻译的《伊索寓言》、《圣经》故事、个别宗教文学和其他零碎作品。规模性的文学翻译,是19世纪最后几年以降的事情。"在20世纪初"林译小说"流行之后的20年间,"中国的翻译文学作品已逾两千种了"。有关的文献研究贡献,国内最早且著名的系统著录可能是阿英编著的《晚清戏曲小说目》有翻译卷目,国外学者也许以日本的樽本照雄教授为最著,笔者有幸收到过他的赠书。接触过的国内师友中,如王宏志教授、陈平原教授、张中良教授、李今教授、赵稀方教授诸位,都有幸受教获益。各家著述均易见,请恕不详列。

说它在文学史重构上与旧体文学、俗文学的不同角色、地位和功能。假如说旧体文学、俗文学的形式和内容有助于现代文学直接构建、重构一个与传统中国文学史贯通、链接相契的有机结构体系,它们具有原生的亲缘和血缘关系,那么,翻译文学基本上就是文学史古今演变中的"现代文学"阶段的结构性生成、新生、更新的历史内容。对应着看,在古代文学史范畴中,虽有近似"翻译"的现象(胡适在《白话文学史》中将佛教译经也看作中国白话文学作品),但我们一般不专门讨论、也不太考虑所谓翻译文学的问题。此其一。其二是如果展开有关翻译文学与中国现当代文学史关系的讨论,提出问题的方法或策略就很重要了。如我所提过的,汉译/中译的外国文学、翻译文学可以算作现代中国文学吗? 一时语塞,不好回答①。换个问法,汉译/中译的外国文学、翻译文学参与了现代中国文学吗? 立即可以肯定回答,参与了。那就好,既然参与了,汉译/中译的外国文学、翻译文学也就获得了构建、重构现代中国文学的资格。我们完全有理由,首先是有事实可以支持讨论翻译文学如何重构中国现当代文学史的问题了。这在逻辑上应该没毛病。

只是,我们长期以来确实并不充分自觉地认为现代翻译文学属于中国文学的范畴,而且,隐隐约约地总想着翻译文学更像是外国文学。这就具体影响到了翻译文学研究生态的历史和现状。其实,翻译文学当然不再是外国文学了。没人会以为傅雷翻译的巴尔扎克作品还仍是法国文学吧?"林译小说"不该是中国文学吗? 翻译文学的身份和定位看来就是个有点儿暧昧的问题。我现在直截了当地把翻译文学看作国别文学、中国文学的组成部分,乍看貌似是在熟视无睹之间硬生生找出了一个强制阐释的话题。但刚才说了,看问题、提问题的逻辑方式和观察角度确实很重要。合适的路径和方法设计可以打开问题讨论的释义空间。否则会显得无事生非。

---

① 其实这个问题早就有不少学者作出了肯定性的回答。如杨义教授就明确指出:"20世纪中国翻译文学,是20世纪中国总体文学的一个独特的组成部分。它是外来文学,但它已获得中国生存的身份,是生存于中国文化土壤上的外来文学,具有混合型或混血型的双重文化基因。"同文中,杨义教授的另一句话更是直截了当地说明了与本文主旨相关联的一个看法:"没有翻译,何来中国现代文学的发生和形成?"(《二十世纪中国文学翻译文学史·总序》;《文学翻译与百年中国精神谱系》)。赵稀方教授也说:"在我看来,翻译文学不仅仅是外国文学,更是中国文化的一个部分。"(《二十世纪中国文学翻译史·新时期卷》:第一章《绪论:新时期翻译文学概观》)。可见不完全是观念障碍,或仅惯性使然。融通整合性的历史重构研究,也许需要一两代学者的不懈努力才可望实行和完成。本文的缘起也与此有关。

那么,接下就来讨论翻译文学重构中国现当代文学的事实基础和技术支持问题,以及广义理解中的翻译文学重构文学史的意义体现。

我想从现代文学的"起点"(或近谓之起源、肇始、发生等)问题谈起。起点及其内容与历史的构成、构建直接相关,起点是历史构成、构建的核心。现代文学的起点及其内容就是现代文学史构成、构建的核心要素。也许因此,起点论常就成为专业学者的聚焦点。并且,同样能够理解,为何起点论常出歧议和歧义。

中国现代文学起点问题的最新被聚焦,应该是因为严家炎先生的新观点。我留待后面再说。据文贵良教授的归纳、整理,大致理清了历来有近 10 种中国现代文学起点的主要看法。依照时序先后,它们分别是:1. 1919 年说(政治的文学观念),2. 1917 年说(文学以及语言的文学观念),3. 1912 年说(政治制度变化),4. 1898 年说(翻译小说/翻译学术著作/《马氏文通》),5. 1895 年说(制度改革),6. 1892 年说(文学以及语言的变化/韩邦庆《海上花列传》),7. 1880 年代说(文学的以及语言的变化/陈季同《黄衫客传奇》),8. 19 世纪中期说(王德威《被压抑的现代性》),9. 17 世纪说(Literature——"文学")。① 文教授对此 9 说都有扼要解说。源于问题意识引导的路径不同——文教授着眼于语言实践的形态和方式及政治文化制度对文学生成的影响,我则主要聚焦在文学生产中的具体方式、写作及作品定位,尤其是文学价值观的表达。我们共通、相同的是都注重了文学生产体制机制的宏观作用,但问题意识各异,彼此强调和论述的侧重倾向有所不同。缘此,我在这 9 种起点看法中,归纳、看到它们的一个共同点是:每种起点看法的着眼点和依据都与中外跨文化的沟通、互动、融汇及新创的具体成果直接相关;甚至说就与文学及文化学术的翻译和跨文化作品直接有关。也就是说,在学术视野的共识中,翻译和跨文化活动及作品构成了中国现代文学起点的具体背景、事实和内容等的最早标志。

在论述、论证黄遵宪何以比王韬更有资格堪当晚清民初中国传统文学衰微而现代文学发生早期的"第一位轴心作家"时,文教授给出了这样三个主要理由:第一,黄遵宪既大胆地提出了"我手写我口"的诗学主张,又敏锐地看到了日本俗语文体的实用价值。第二,黄遵宪既保持着对汉语的自信,又有意识地采纳日译新名词,丰富着汉语的表达。《日本杂事诗》以"本文+注释"的方式形成独特的

---

① 文贵良:《从文学汉语实践的角度思考中国现代文学的发生》,2022 年 6 月 2 日腾讯视频讲座,腾讯会议号码:336 678 200。因文教授的讲座内容尚未形成正式文章发表,经他同意,上述"起点 9 说"及括号内文字,均抄录自文教授垂教的讲座 PPT。

汉语造型,开启了新名词在汉语家族中打开意义空间的方式。第三,黄遵宪的"新世界诗"在空间和时间上表达了中国人前所未有的现代性体验①。我略加变通的说法,在技术操作、思想涵义表达、文化实践体验、文学价值观的综合作用影响下,黄遵宪获得了、奠定了文教授所谓"第一位轴心作家"的地位。而溯源其成功和成就的路径,则可以发现就是黄遵宪的跨文化实践及所使用的方法和诞生的具体作品。只不过,黄遵宪的创制还不能视为正式的跨文化语际翻译。他是直接"借用"了日语行文和文体的长处,"改进"和丰富了中文的文学表达方式,并非以作品文本为基础的翻译——翻译是将作品进行语言语际转化的一种再创,从一种语言或母语转换成另一种语言,是文本语言的整体转换而生成一种新的语言文本。黄遵宪的动机在于改良自新,包括未能贯彻到底的俗语使用等,而非"林译小说"式的对外语母本的中文再创再造。这种"借用"的现实背景就是西学东渐的世界大势、东亚邻国日本近代变法维新的成功示范,以及最直接的黄遵宪本人近水楼台的外交生涯经验。但黄氏在文学体制上虽有个别或局部的突破,大体终究仍在传统文体的藩篱之内。脱胎换骨的中文再造新生仍需经历从形式到内容的洗心革面、凤凰涅槃过程。在此意义上,可以特别理解后来鲁迅主张和坚持的"硬译"的翻译观及其一生翻译实践。从历史轨迹看一般情形,翻译的前身多是暧昧的、间接的甚至无意识的语际实践经验,包括黄遵宪式的借用之类。翻译形成自觉之后,则围绕"信达雅"的基础三义会各有侧重,由此歧义纷呈,包括极端之论。就实践成效而论,已经不太可能为翻译建立统一的理论标准了。翻译是一种动态且具体的实践,本身具有合理合情合法的不确定性和特殊性,只能用经验性的相对标准予以判断。这也就是同一母本、同一作家作品会有,也可以有别一语种内不同译本,且往往难分高下的合理原因。比如村上春树的中文译本就是近年来的显例(有关村上作品中译的争议,甚至连日本学者都介入了)。不过,这在我或也是一种偏颇之论。

文教授给出的中国现代文学"发生"期的 10 位"轴心作家"名单是:黄遵宪(1848—1905)、梁启超(1873—1929)、林纾(1852—1924)、严复(1854—1921)、王国维(1877—1927)、章太炎(1869—1936)、吴稚晖(1865—1953)、胡适(1891—1962)、鲁迅(1881—1936)、周作人(1885—1967)。文教授认为:"中国现代文学

① 文贵良教授的相关文章还可参见:《晚清民初汉语实践的复杂形态及其意义》,《文艺争鸣》2019 年第 2 期;《文学汉语实践与中国现代文学的发生》,《学术月刊》2021 年第 12 期;《文学汉语实践与中国现代文学的发生》,北京:北京大学出版社,2022 年。

的发生"既指中国现代文学这一发生品的诞生,同时也指这一发生品得以形成并诞生的过程。我的理解就是,文教授的研究重在这些轴心作家对于"中国现代文学的发生"过程的作用和贡献,并非完全或单独地意指他们代表、就是中国现代文学及其起点。正是与此相关,文教授归纳、理清了中国现代文学的 9 个起点之说,认为起点"与发生问题密切"关联,而起点不是发生的"过程"。代表过程的是轴心作家的贡献①。现在,我就再回到相对狭义的起点、翻译文学与现代文学起点的关系问题讨论。

历史是不断建构而成的。历史的起点也如此。建构逻辑上的关键是得有说得通的理由。应该是理由支持结论和结果。但事实上多是先有了结论和结果,这才去找理由来支撑的。于是,也产生了学术。因此,表面上是考验学术水平,实质上考验的是思想和经验的洞察力。因为凡事在自觉层面上,皆以特定的利益动机为先。但也不要将这利益动机狭隘化、单一化或绝对化,包括物化功利化。宏观面和基本面的价值观取向也构成利益动机的内涵,否则就不会有所谓人类的精神价值观了。

中国现代文学史及其起点当然也是不断建构的结果。准确点说,在学术层面上,这种建构所体现的就是学术思想的一种演变或推进,背后有着时代和现实的动因。之所以起点至少有 9 个之多,主要是因为"结果"一直受到建构力量的撼动而不断产生出新的结果,并形成了新的历史叙事。由此要说历史是动态的建构,不外是一句老生常谈的正确的废话。应该主要关注起点建构的理由即动机是什么。这会决定历史叙事的面貌、方式、方向和真实目的,体现学术研究的创新性。我在本文的关注重心就是从现代文学"起点"的建构意义上,阐释和论述现代翻译文学对中国现代文学史的重构作用。同时也含有这样的意思或设问:翻译文学在中国现代文学中占有何种地位? 翻译文学是否具有合理合法的中国现代文学的身份?

我对技术手段上论证某种起点的合理性不感兴趣。原因很简单,在晚清民初这样一个大时代转换、千年未有之大变局的时代,任何一年都会发生重大意义上的标志性事件或现象。包括政治的、文化的、国内的、国际的,或者就是相对单纯的所谓现象级的文学事件。我相信对于宏大历史而言,这些不过是诸多故事

---

① 以上所引均据文贵良教授 PPT 所录,他的观点的准确表述应以文教授本人以后的正式发表文章为准。

中的碎片而已。

9种起点说中，我前面已经说了，都有跨文化互动及新创成果的内涵因素。这使表面的观点歧异(或歧议、歧义)显出了无限的同义性。这也可以证明了一种有关于中国现代文学发生、起点的学术思维方式，即中国现代文学是在现代世界文学的有机共同体中诞生的。所有的起点之说，无一不在证明了世界文学共同体的存在及其对于中国现代文学的发生学意义。当然，这并不是一个新看法，最多只是用了较新的措辞表达了一个老观点而已。①

不过并非就此一笔带过，有的说法仍可以提供新的释义可能。如果最后两种(第八、第九)看法有点儿强拉生扯的勉强，那么其他七种，包括最传统的1919年五四起点说，都能言之成理。但我想以最新之说及相关争议为例来展开讨论更适宜。

如上所说，最新之说因严家炎先生持论而起。我想用转引陈思和教授文章的办法来个一举两得：既转述了严先生的主要观点，又引用了陈老师的评价意见。陈老师在《他在重写文学史——读〈严家炎全集〉》②中与本文主旨相关的文字主要有：

> 后来认真阅读严先生的著作，觉得严先生作为我们学科的领军人物，他始终是站在"重写文学史"的立场上，他把自己巨大的创新能力，投放在不断冲破人为设置的条条框框，不断开拓学科的边界上。……对传统的新文学史观念作出了革命性的突破。
>
> ……
>
> 最后我想说说严先生主编的三卷本《20世纪中国文学史》，这部文学史包含了很多新颖的学术见解，其中最让人感到震惊的是，严家炎先生在确定20世纪中国文学史的起点问题上，作了大胆的推论：在1890年前后，中国

---

① 著名学者中，本文后续的严家炎先生新创起点论，影响最大，也最具代表性。近年来论及此说者还有陈思和教授的著作《中国文学中的世界性因素》(上海：复旦大学出版社，2011年)，该书序言明确把"世界性因素"视为"文学关系研究范畴"，书中重点讨论的就是20世纪中国文学的世界性因素，即中国现当代文学史上的中外关系研究。早在世纪之交，由陈思和教授倡议，《中国比较文学》2000年第1期就开设了"20世纪中国文学的世界性因素"专栏。另从文献上看，李今教授主编的一大套《汉译文学序跋集》(上海：上海人民出版社)足以显示百余年间中外文学关系，尤其是翻译文学的宏观面貌。相关专论不胜枚举。

② 《中国当代文学研究》2022年第1期。

现代文学已经有了它的"起点"。黄遵宪、陈季同是第一代,梁启超、裘廷梁、曾朴等是第二代,胡适以降的理论家和作家属于第三代,陈独秀、鲁迅等是介乎第二代与第三代之间。中国现代文学是在这两三代人的共同参与下发展起来的。而之所以中国现代文学的起点被确定在1890年,重要原因是因为那一年出版了晚清外交官陈季同创作的法语小说《黄衫客传奇》。把一部用法语写的中国传奇故事作为现代文学起点的标志,这个观点,较之范伯群先生以《海上花列传》为现代文学的起点,更加石破天惊,也更加离经叛道。这里面隐藏了太多的与传统文学观念不一样的内涵。严先生很重视这个发现,他把讨论这一观点的《中国现代文学的"起点"问题》一文,放在《全集》的第一卷第一篇,提纲挈领,展示了严家炎学术思想的总纲领。

陈季同的法语小说《黄衫客传奇》究竟能否成为中国现代文学史的起点之作,我觉得还可以深入讨论。但是我完全赞同严先生关于"现代文学的起点始于晚清"的观点及其陈述的理由。严先生说:"甲午前后的文学已经形成了这样三座标志性的界碑:一是文学理论上提出了以白话(俗语)取代文言的重要主张,并且付诸实践;二是开始了与'世界文学'的双向交流,既将外国的好作品翻译介绍进来,也将中国的好作品向西方推介出去;三是伴随着小说戏剧由边缘向中心移位,创作上出现了一些比较优秀的真正具有现代意义的作品。这就意味着,当时的倡导人本身已经开始具有世界性的眼光。"严家炎先生在论证现代文学起点问题时,使用一个新的标准:"世界性",并由"世界性"论述到中国文学与当时的"世界文学"的关系。《黄衫客传奇》是第一部中国作家用法语创作、并在法国出版的文学作品,它不仅仅是中国文学与"世界"之间的桥梁,而且理所当然就成为"世界文学"的一部分,再进一步推论,正因为这部作品属于"世界文学"的一部分,那么,随之而来的,在外来影响下形成全新审美意识的中国现代文学,理所当然也属于世界文学的一部分。"现代"就是这样开始的。文学史分期的讨论,产生于对文学史性质的不同理解。如果坚持现代文学的性质特征是新民主主义,那么它的起点就只能是"五四";如果认为现代文学的性质特征主要是现代性,它的起点就可以追溯到19世纪的晚清(一般追溯到甲午前后);如果认为现代文学的性质特征是具有了世界性,那么,可以界定1898年《天演论》的中译本出版为其起点。现在严家炎先生第一次把世界性的特征与现代性的特征合二为一,并且举出《黄衫客传奇》来取代《天演论》为高标,把现代文学的起点往前推到了1890年,当然,中国作家用法语写作要比中国作家把西方著作译成中文更富有中国现代文学的"世界性"特征。

我想说的是,用"世界性"作为中国现代文学的性质特征,用"世界文学"的视角来考察中国文学史的发展,不仅仅包括中国现代文学创作和理论的自然发展,也涵盖了大量中国作家(移民作家)在海外用所在地语言的创作,以及大量优秀外国文学被译成中文出版,这一切都体现在中国现代文学的"世界性"特征范围以内。这是严家炎先生的首创。我也常常思考这个问题:在"现代"与"古代"的诸多文化区别中,什么才是古代文化不具备、又是现代文化所特有的标志性特征?是语言吗?是人性吗?是制度吗?似乎都不是,唯有"世界性"才是现代世界所共同拥有,古代国家所不具备的。西方殖民主义的产生,才把世界联结成一个整体:一方是靠侵略和掠夺获得发展的殖民主义宗主国;另一方是被侵略被掠夺同时也被迫朝着现代性发展的殖民地,这是互为因果、紧紧结合在一起的世界整体的两面。清王朝作为封闭的老大封建帝国,自然被排除在这个"世界"以外自成格局,做他自己的白日帝国梦,但一旦被西方殖民者的洋枪洋炮轰毁大门,沦落为半殖民地半封建(包括一部分完全殖民地)的国家,那就没有自己的白日梦可做了,不管愿意还是不愿意,也不管主动还是被动,它已经成为"世界"的一部分,随着"世界"的步伐一步步被推动着发展。这就是中国现代性的开始。在这个意义上说,中国现代文学的诸种现代性特征,"世界性"是其中最显要也是最鲜明的特征。严先生所强调的与"世界文学"的双向交流,就是把新文学放在与"世界"的关系上进行考察,如果我们把"世界性""世界文学"看作是中国现代文学的现代性主要特征,那么,以此梳理20世纪中国文学史,一定会有许多崭新的发现和崭新的理解,在更高层面上再一次"重写文学史"。尽管严先生主编的《20世纪中国文学史》并没有自觉地贯彻"世界性"的文学史观和文学史书写,但是严先生已经为我们开创了一个广阔的探索空间,以后的探索道路,就该由后来者们一步步地去实现。

陈老师论述严先生观点的行文太精彩,原谅我不能割爱引文如此之长。且容我后续讨论。陈老师说严先生的"《黄衫客传奇》起点"论不仅"石破天惊",而且"离经叛道"。我看了不由会心一笑,又肃然起敬。严先生离的是哪条经、叛的是哪条道?至少,在中国现代文学的学术和学科意义上,我们的"道"就是由严先生亲身参与和他的前辈共同开拓的(有关现代文学研究学者代际的划分,严先生都被视为第二代的代表人物。对此早有多位学者论及。在我看来,第二代的独特性和重要性在于,既参与并巩固了现代文学研究和学科建设的开创,又拓展和创新了现代文学学术学科的发展与提升,尤其是后者,主要是指他们在"文革"后、新时期以来的引领和全面的贡献,包括直接培养的第三、四代学者,大多是他们的学生),那他就是叛了自己的道。这是在颠覆自己。只有年轻人才会有如此热血沸腾的冲创意志(这是借用了陈鼓应教授论尼采思想的说法),才敢于不惜与自己决绝一战。但在编出《严家炎全集》的年龄,不惜爆出如此一战,不能不使我视《严家炎全集》为严先生学术少年生命力的复活。这就是我会心和起敬的原因。

"《黄衫客传奇》起点"论一出,可谓反响强烈且普遍,其间的争议歧义也格外明显。陈思和教授对严先生所论的创新性和学术意义及相关阐释的评价之高,只是众多褒义表彰之一,其他各代学者也都有基本面相同、角度或视点有所不同的具体看法发表,如范伯群先生(《新文学的先驱——论〈黄衫客传奇〉》)、孟繁华教授(《民族传统与"文学的世界性"——以陈季同的〈黄衫客传奇〉为中心》)、年轻学者李彦姝教授(《从〈霍小玉传〉到〈黄衫客传奇〉:兼论中国小说近代转型》)等,高论不一而足。同时也能看出,不少学者对于"《黄衫客传奇》起点"论的具体成立与否,还是不敢、不便明确断言的,或持商榷,甚至反对意见的。如黄修己先生就不同意现代文学起点的"甲午论",基本坚守"五四"论。他对"甲午论"的三个主要支撑黄遵宪《日本国志》所谓"言文合一"、陈季同法文小说《黄衫客传奇》、韩邦庆《海上花列传》都予以了析论,断言其都不足以成为现代文学(新文学)的起点标志。①我相信"五四"论在很多人眼里会是陈旧过时之论,但在坚守者看来仍不失为守正持中之论。学术之论还以切磋琢磨、兼容并蓄、砥砺前行为正道。最近,《中山大学学报(社会科学版)》2022年第2期做了"中国现代小说的起点"专题,李怡教授在专题导语②中认为:

> 严家炎先生主编的《二十世纪中国文学史》通过发掘旅法华人陈季同的思想与创作,将现代文学的发生推进到了1890年。一方面,我充分肯定这

---

① 黄修己:《中国现代文学的起点在何时?》,《中山大学学报(社会科学版)》2019年第5期。
② 李怡:《谁是"第一":一个超越了时间刻度的问题》,《中山大学学报(社会科学版)》2022年第2期。

种视野扩大的启发性意义,不过,细细思之,我还不得不说,心中的疑虑尚未完全消除:作为"中国人"的陈季同当然已经发生了一系列思想和文学观念的改变,不过,思想观念的改变和文学艺术上的创造还是不能直接划上等号的事情。《黄衫客传奇》究竟是以法文写就的作品,华人文学与华文文学之间的差异还是不容忽视的。作为"历史的先声",这部小说究竟对后来的五四新文学创作产生了哪些可以"实际求证"的影响,对文学史的梳理来说肯定是必不可少的,仅仅是归纳出小说的一些特点,进而与五四新文学的选择两相比较,严格说来还不具备十足的说服力,因为,这不过是"历史已成定局"的我们后设的观察和认定。《黄衫客传奇》如果真的参与了现代文学的构建,还应该有更多语言艺术的细节,在历史演变的蛛丝马迹中发掘更多的实证性连接可能依旧重要。

类似李怡教授的质疑和追问并不在少数,历史逻辑的认定需要事实、文献、学理的多重求证和研究,单面、单向的立论常常难以令人接受,而且很难稳固成立。学术论辩是必需的。严先生的"《黄衫客传奇》起点"论可谓触发了学术论辩的机制运行,十多年过去了,这一机制仍在运行。这已经证明了严先生此论的学术意义和价值。某种程度上说,如果对于"《黄衫客传奇》起点"论的正面评价已经差不多到位了的话,那么,所有的质疑和追问就会成为学术推进的更大动力,而不仅在论辩形式的表面。这也是学术论辩机制的真正作用。

在陈思和教授的高度评价的文章里,他对于"《黄衫客传奇》起点"论的保留态度其实也是相当明显的:"陈季同的法语小说《黄衫客传奇》究竟能否成为中国现代文学史的起点之作,我觉得还可以深入讨论。"上举的范伯群先生文章,称《黄衫客传奇》是"新文学的先驱",潜台词应该是倾向于对具体的"起点论"的不愿苟同吧。最有意思的是,北京大学的同仁"大多数"也不认同、不赞成严先生的"《黄衫客传奇》起点"论。

2011年秋冬之际,北大中文系现代文学教研室召开了一次讨论严家炎先生提出的重论中国现代文学"起点"的座谈会,这是我和严先生最早的接触。严先生主张将中国现代文学的"起点",前溯到晚清黄遵宪的"言文合一"主张、陈季同的《黄衫客传奇》和韩邦庆的《海上花列传》。这是严先生近年来最重要的论述,他将阐述这一观点的文章《中国现代文学的"起点"问题》置于《严家炎全集》之首,可见其重视程度。在那次讨论会上,对于严先生的观点,教研室大部分老师都表示不能认同，其中尤其引起争议的是陈季同用法文写的《黄衫客传奇》(*Le roman de l'homme Jaune*)。

《从陈季同〈黄衫客传奇〉入史反思文学史的民族国家框架》[①]作者张丽华是北大年轻学者，就具体观点论，张丽华也是不能认同《黄衫客传奇》起点"论的；只是她的说法有点委婉，而且重点是在讨论由此引发的"反思文学史的民族国家框架"问题，这也是她此文的新见处和深刻处。作为印证，北大学者的看法也许可以温儒敏教授为代表。温老师最近就有文章说，"我不太赞成严老师把晚清陈季同用法文写的《黄衫客传奇》当作'二十世纪中国文学'的开端"[②]。这话说得很直白了。此前，温老师还有《再谈现代文学史写作的"边界"与"价值尺度"——由严家炎〈二十世纪中国文学史〉所引发的研讨》，缘起主要还是严先生的新创起点论。或许很多学者既高度评价严先生的新创之论激活了文学史重释重构的理论思考和学术机制，同时对于具体的"《黄衫客传奇》起点"论却仍不能不持有怀疑的态度。

在严家炎先生自己的著述，已经有了集大成的 10 卷本《严家炎全集》(北京：新星出版社，2021 年)，《中国现代文学的"起点"问题》一文，就在《全集》的第一卷第一篇。严先生主编的三卷本《二十世纪中国文学史》(北京：高等教育出版社，2010 年)，"该书第一章'甲午前夕的文学'，将黄遵宪 1887 年定稿的《日本国志》、陈季同 1890 年用法语写作出版的小说《黄衫客传奇》，以及韩邦庆 1892 年开始在申报连载《海上花列传》这三件事作为现代文学的源头，全书就从这里写起"(温儒敏)。还有《黄衫客传奇》中译本序《一部真正具有现代意义的晚清小说》(北京：人民文学出版社，2010 年)。论者聚焦议论的严先生新创起点论，主要就着眼于这些著述。现在重拾这个话题，宏观面上恐怕已经无可多说。倒是在严先生和各家的议论、着眼处，透出了一些可能是学术逻辑、经验常识方面的问题，可供伸发追究。但我也没啥把握，试着用提问的方式来进行下去吧。

把《黄衫客传奇》称为"一部真正具有现代意义的晚清小说"，显然首先指的是该小说的法文版(1890 年)，否则何来"晚清"小说的时间定位。既称"晚清小说"，"晚清"又同时成为《黄衫客传奇》法文版的国别文学归属——该小说是晚清(中国清代)小说，即中国小说。那么，按此逻辑就产生了问题：《黄衫客传奇》法

①　张丽华：《从陈季同〈黄衫客传奇〉入史反思文学史的民族国家框架》，《中国现代文学研究丛刊》2022 年第 1 期。

②　温儒敏：《严家炎：文学史家的境界高格》，《中国现代文学研究丛刊》2022 年第 1 期。

文版可以算是中国小说吗？法文、外文作品是否可以视同为中国、本国文学？如果以作者论,陈季同的法文作品可以视为中国文学的话,是否中国籍作家的非中文、外文作品都可被视为中国文学？后者如果成立,则中国文学史必须包括外文作品了。显然尚难成立。这是在国别文学、民族国家文学范畴中的讨论逻辑。在当代,围绕着类似话题领域,有华人文学、华裔文学、(海外或世界)华文文学、华语语系文学等概念,相关学术操作已经不在少数,某种程度上就规避了国别文学、民族国家文学的传统难题,而且开辟出了新的学术论域。但在中国现代文学史及其起点问题上,强调和限制性的前提恰是国别文学、民族国家文学的范畴,也就是只能在中文文学、中国文学的范畴内定义、定位中国现代文学史及其起点。因此,如何才能在逻辑上说通《黄衫客传奇》法文版也是中国文学呢？说通了这个逻辑后,该小说的意义包括"现代意义"才可能和中国文学有关,并进入中国文学(史)的讨论范畴。——如前引李怡教授文章提到的他的"疑虑"："作为'历史的先声',这部小说究竟对后来的五四新文学创作产生了哪些可以'实际求证'的影响,对文学史的梳理来说肯定是必不可少的……《黄衫客传奇》如果真的参与了现代文学的构建,还应该有更多语言艺术的细节,在历史演变的蛛丝马迹中发掘更多的实证性连接可能依旧重要。"针对这些"疑虑"的释疑,显然要在逻辑前提成立后才有必要或可能去进行,当然也不会是本文需要面对的问题。

但问题之疑及解决方案也并不仅此简单或直接。《黄衫客传奇》法文版毕竟彰显出了一个史无前例的个案或现象,广义上仍与中国现代文学的发生及起点可能有关。严家炎先生的相关论述甚详,而且也是持论的主要论据和论证内容。但我这里仍仅用陈思和教授文章里的一句话,简明提出《黄衫客传奇》法文版对于中国文学的核心要义。陈老师说："当然,中国作家用法语写作要比中国作家把西方著作译成中文更富有中国现代文学的'世界性'特征。"这一观点和严先生提出的主要论据及理由之一相关,严先生认为,甲午前后的中国文学,"开始了与'世界文学'的双向交流,既将外国的好作品翻译介绍进来,也将中国的好作品向西方推介出去"。

我用心体会两位老师所论,想到的是还需要针对案例或现象问题的具体辨析回应。《黄衫客传奇》法文版能否代表中国文学与世界文学的双向交流？能否代表"将中国的好作品向西方推介出去"的案例？我看都有些勉强。《黄衫客传奇》法文版是创作、原创作品,并非唐传奇《霍小玉传》的翻译版。《黄衫客传奇》

法文版具有中国文学的背景、内容和要素，但素材和取材的自由是文学写作的一般通则，作为法文原创作品，该小说并没有、不可能、也无法承担"双向交流"的使命。也就是说，《黄衫客传奇》法文版并不是一部"将中国的好作品向西方推介出去"的小说。即便主要从文学传播的客观方面看，《黄衫客传奇》法文版具备"双向交流"，或"向西方推介出去"的"中国的好作品"的资格吗？我看也并不具备。特别是，在陈季同的已知相关作品中，恰恰就是这一部《黄衫客传奇》法文版，既缺乏"双向交流"和"向西方推介""中国的好作品"的预期设计，又不能具备客观效果的充分验证。倒是他的其他作品，包括翻译作品（译进、译出），都有着明显自觉动机上的"双向交流"，或"将中国的好作品向西方推介出去"的实际诉求，并也都有了显著的传播效果。①两者区别的根源，其实就在于：其他作品的主观动机就是"双向交流"等，而《黄衫客传奇》法文版的旨趣是在文学创作，并因此成就了一部中国人原创的法文小说（而非中国作品）。在此意义上，《黄衫客传奇》法文版和晚清时期的中国文学无关。

至于说到"中国作家用法语写作要比中国作家把西方著作译成中文更富有中国现代文学的'世界性'特征"，我的看法可能还主要是相反观察的。正面地说，这个论断的成立需要探究几个前提：中国作家外文写作的自觉性体现或动机诉求，中国作家外文写作的传播效果，还有极为重要的是，中国作家外文写作的内容品质和价值观取向。如果以上诸项都比较消极，不具有时代文明发展的进步性及价值观，中国（文学）的世界形象只能成为落后愚昧，或猎奇赏玩的对象，谈何现代文学的特征品质。然而，相比之下的"中国作家把西方著作译成中文"，在晚清民初乃至更长时间，则能够使整个中国，不仅是中国现代文学，更富有世界性的特征。这也就是所谓现代启蒙的基本意义和价值体现。（包括马克思主义经典文献如《共产党宣言》、苏俄社会主义理论等的汉译传播，也是最为有力的证明：世界从此有了中国共产党领导的政治革命和中国特色的社会主义道路。）对此，不妨体会鲁迅的"偏颇之论"：不读，或少读中国书，多读外国书。鲁迅是把中国（现代文学）的世界性希望和生路，寄托在"把西方著作译成中文"上面的。为此甚至不惜"直译"和"硬译"以致被讥为"死译"，彻底实行"拿来主义"。鲁迅的革命文学、左翼文学和无产阶级文学同样是"拿来主义"的成果。这种"极端"

---

① 本文并非陈季同作品和翻译的专论，恕不就此展开讨论。一般资料大致在公共平台如百度上就能看到资源概貌。陈季同的法文、翻译（外译）作品大致有七八种，其中几乎仅是《黄衫客传奇》法文版（Le roman de l'homme jaune）才是原创文学作品。

案例其实就是时代发展的进步特征的反映——将中国置于现代的世界之中。^①
所以，宏观面上的"世界性"和"世界文学的双向交流"之类，在历史释义、理论阐释的合理性、有效性方面，须得贴合、针对具体问题和案例现象的辨析，有所限度地予以使用。

沿着《黄衫客传奇》法文版流变的历史路径，文学史出乎意料、令人惊讶地发生了一个陡然的转返，这一转返产生了改写历史、改写作品地位和性质的作用。这就是 2010 年《黄衫客传奇》中文译本的出版。从《黄衫客传奇》中译本出版所引发的现代文学起点论议的巨大影响来看，该中译本出版名副其实地堪称现象级事件。

我用的一个词和说法是文学史的"转返"。本来几乎没人知道曾有《黄衫客传奇》法文版的存在，或者，知道的人也不会将之与中国文学、现代文学起点勾连起来评说，至多就在跨文化交流史上作为偶见的先例之一，予以一般意义上的评价吧。简言之，《黄衫客传奇》法文版的历史地位并不高，也不特殊。但 2010 年《黄衫客传奇》中译本的出版，特别是严家炎先生由此新创起点论的广泛影响，一下子直接改写了《黄衫客传奇》法文版的历史地位和文学史地位。历史的评价由 2010 年转身返回到了 1890 年——须知最近十几年来《黄衫客传奇》(*Le roman de l'homme jaune*)对于中国现代文学(起点)的讨论影响，直接和表面的原因是中译本引起的，但实际上讨论的真实对象和时间应该是 1890 年出版后的法文版。否则，会和现代文学起点何干呢？这就是我所谓的文学史转返现象及其学术后果。且在我看来，这一现象的问题或值得探讨的复杂性，也就是在这转返关联的逻辑认识上。

文学史的转返评价现象并不是孤例个案。就现当代文学来看，非常著名、典型的转返"追认"就有"九叶诗派""白洋淀诗派"等，而像"七月派"这样的，其形成、命名、流变的轨迹，比一般的单纯追认程序还都要复杂一些。它们都能、且已经成立、得到公认。我的意思是，情况其实类同，不能仅是以后世的"追认"为充分理由来否定《黄衫客传奇》的历史"起点"资格和地位。关键在哪里？

关键在翻译。因为一部法文小说 *Le roman de l'homme jaune*(中译名《黄

---

① 请参看鲁迅论及陶元庆绘画艺术的民族性和世界性特征的几篇文章。鲁迅:《〈陶元庆氏西洋绘画展览会目录〉序》《当陶元庆君的绘画展览时》，鲁迅致陈烟桥信(1934 年 4 月 19 日)等。并见拙作《再论"越是民族的，就越是世界的"》，《文艺争鸣》2020 年第 8 期。

衫客传奇》》）的翻译，使得 1890—2010 年的世界文学建构动态过程呈现、复活在了中国文学的生态场域中。我们知道了、明白了：原来在这一百多年里，中国文学和世界文学一直处在一种互动建构的文学共同体中。《黄衫客传奇》中译本唤醒了、证明了中国文学与世界文学融为一体的百多年历史事实。何必纠结于中国现代文学的具体时间起点呢？应该重视的是 *Le roman de l'homme jaune* 的世界文学、国别文学、文化语际的旅行——这是一个中国作者主要依赖中国素材而创作的一部文学作品的世界和语际的旅行。1890 年 11 月，*Le roman de l'homme jaune* 由巴黎 Charpentier 出版社出版；1900 年，该小说被译成意大利文在罗马出版。2010 年，中译本《黄衫客传奇》在原创作者的母语祖国出版。这还不够吗？这可以无关中国现代文学的起点，但直接关乎中国参与了世界文学的现代建构。假如像陈思和教授说的那样——用"世界性"作为中国现代文学的性质特征，用"世界文学"的视角来考察中国文学史的发展，不仅包括中国现代文学创作和理论的自然发展，也涵盖了大量中国作家（移民作家）在海外用所在地语言的创作，以及大量优秀外国文学被译成中文出版，这一切都体现在中国现代文学的"世界性"特征范围以内。这是严家炎先生的首创。——那么，将此世界性和世界文学的意义及价值落定、限制在具体的文学起点层面上，并且因此遭遇事实和逻辑的论证障碍，无疑是因中国现代文学的局部利益而小瞧、贬低了中国整体利益参与世界文学建构的历史事实和人类文化价值创造的显著贡献。简言之，法文版、意文版、中文版等的中国作者陈季同作品，标志、代表了近一百多年来中国文学参与和贡献了世界文学的建构事实。这和具体作品如何标志为中国现代文学的起点并无必然关系。但越过了一百多年的《黄衫客传奇》中译本的出版，连带激活了包括有关中国现代文学起点的文学史思考。起点之思的学术意义在于，寻求中国文学与世界文学关系包括中国现代文学发生史上的确凿轨迹。学术研究需要完成的是其中的事实考定和逻辑阐释。也许强调某个时间点的起点标志甚而形成固化观念，并不有益于历史研究。我们只需明白，从长时段历史流程看，世界文学史早已经汇入了中国文学史，中国文学史就在世界文学史之中。《黄衫客传奇》中译本的出版，再次证明了翻译和翻译文学在此融汇过程中的决定性作用。因为狭义地说，没有 2010 年的《黄衫客传奇》中译本，就不会有中国现代文学以该作为标志的起点论。这是最简明的翻译和翻译文学所做出的贡献。而最重要的是，翻译和翻译文学、《黄衫客传奇》的翻译，使世界文学的建构、中国现代文学的现代性和世界性成为一种活生生的事实。这意味着翻译和翻译文学才是国别文学、中国文学、世界文学的历史建构机制及历史建构内容。

如何理解翻译和翻译文学？用我的话语方式说，第一语言即母语作品是国别文学产品，也是世界文学形成的必要前提。翻译及翻译文学是世界文学形成和体现的主要载体与必需途径，翻译文学使得母语作品完成了跨语际的异文化再造新创，即翻译文学是世界文学的充分条件和实践及完成形式。换言之，世界文学是从翻译中获得存在性和真实性的，并以翻译文学的方式动态地建构起自身的文学形态系统，也由此支撑了独特的世界文学的历史内容和理论观念。从 *Le roman de l'homme jaune* 到《黄衫客传奇》，这部作品延伸和拓展了、不能说全部完成了自身的世界文学旅程。与中国文学密切关联的是，这部作品的原创作者是中国人，它的世界文学之旅的最新一站的跨际语言是中文翻译。由此，它成为一部中文作品，甚至就是一部完整意义上的中国作品了。这部作品从创作出版，经翻译传播，越百余年，达成了跨语际的世界文学建构目标。这同时支持了这样一个观点：中国现代文学的历史是由翻译文学参与建构的，而且，翻译文学仍在参与重构中国现代文学史，最后，翻译文学就构成了中国现代文学（史）的内容。这就是世界文学视阈中看到的翻译文学重构中国现代文学史之义。尽管具体的现代文学起点论会遭到质疑，乃至被颠覆，无碍于跨语际、跨文化创造和翻译文学在支撑世界文学的同时，成为中国现代文学史的重构内容和重构方式。

此时此刻，一下子明白了，胡适把《关不住了》称作自己的"新诗成立的新纪元"这句话的深刻而悠长的意义。《关不住了》是一首中文译诗，原诗作者是美国女诗人 Sara Trevor Teasdale(1884—1933)，诗人译名为莎拉·特雷弗·蒂斯黛尔（又译蒂丝黛儿）。诗歌原名"Over The Roofs"，直译可为《在屋顶上》。胡适选译了该组诗的末首，发表在 1919 年 3 月出版的《新青年》第 6 卷第 3 期。当然，胡适的翻译就是明显的语际跨文化再造再创——《关不住了》既是一首译诗，也是一首中国现代新诗。而且至少，因为胡适的翻译，从"Over The Roofs"到《关不住了》，这首诗实现了自己的世界文学之旅。在世界文学的建构意义上，《关不住了》体现、标志的是中文和中国文学的贡献。于今来看，《黄衫客传奇》中译本也就是胡适的《关不住了》。胡适所谓"新纪元"并非就指自己新诗的确定起点；作为《文学改良刍议》和《尝试集》的作者，他很清楚，新诗和中国新文学早在《关不住了》出世前就开始了"文学革命"之旅。历史书写未必一定要从"起点"开始。本文主旨就想强调：翻译文学不仅参与了中国现代文学的建构，更重要的是，翻译文学重构了中国现代文学史。此前因为翻译文学的身份悬疑，一直无法、没有实际进入中国现代文学史著的观念系统和书写实践，从今而后，翻译文学应该全面参与中国现代文学史的重构书写。

回到前面引用张丽华文章时想要谈的话题。张丽华认为，法文版《黄衫客传奇》"这部小说其实可以看作对唐传奇《霍小玉传》的一个跨文化翻译和改写"。她从《黄衫客传奇》讨论中获得的是"反思我们习以为常的文学阐释框架的契机，确切地说，就是反思19世纪以来以民族国家为框架的'文学史'的合法性"。我想这是对她相对最重要的一点。她提到陈平原教授的《作为学科的文学史》（北京：北京大学出版社，2011年）描述的"20世纪中国学者对于文学史的执念和迷思"。她的批判性的看法是，"学者们对于断代问题有着持续的辨析，但对于背后的民族国家视野，却鲜有质疑"。真是一针见血。（近年来我也在讨论当代文学的断代和下限问题，确实有待完善阐释框架，须从容思量。）在她看来，问题的症结表现是，"出现了一个有趣的悖谬：'法文书写'与'中国作家'，无法在我们熟悉的'中国现代文学史'这一阐释框架中共存"。她认为更需要"反思我们习以为常的阐释框架是否合理：文学史是否一定要在一个民族国家的框架中才能得到阐明？""文学史是否一定要在时间的发展线上从'起点'到'终点'地展开？"由此，她提出的解决思路是建立"一种'去民族国家'的学术视野"；认为"陈季同用法文书写的《黄衫客传奇》，或可纳入'华裔文学'的研究框架"。她对陈季同的思想资源和观点说法略加分析后，沿着陈季同的看法延伸，指出文学史"还可以置于翻译和或者说跨文化改写的波浪式传播的空间场域中来探讨"。"陈季同的法文书写，正是一个跨越了民族国家的阻隔、在地理上具有连续性的'世界文学'实践场所。"①我感觉张丽华的这篇文章主要还只是提出了一些想法和思路，一时没能展开详论。但她的问题意识和阐释框架已经拓展了这个话题讨论的新生面，预示了文学史未来的新形态。对我启发尤大。

首先一个区别就是，她认为法文版《黄衫客传奇》是对唐传奇《霍小玉传》的跨文化翻译和改写，我以为恐怕文本证据不足。但这一点的证实或证伪都很难得到共识认同，因为晚清民初的所谓翻译和改写几乎没有定则，结果一定是谁也说不服谁。好比我说法文版《黄衫客传奇》是原创，你要证伪我的说法恐怕对我难以奏效。所以我也不想费力花文字来论证两者不是翻译和改写的关系。（我

---

① 上述引文均见张丽华《从陈季同〈黄衫客传奇〉入史反思文学史的民族国家框架》，《中国现代文学研究丛刊》2022年第1期。

在前文已经对该作的原创性有过一点说明,但不再做深辨了。)张文的最重要观点和思路是,反思民族国家框架的文学史阐释;具体操作方法就是把法文版《黄衫客传奇》纳入"华裔文学"的研究框架。我以为,这是张文由个案而提供的一种具有普遍性应用前景的研究思路和理论构想。这一思路和构想的展开当然还需要实践的尝试和验证。同时,我想说的是,"去民族国家"的学术视野与民族国家框架的阐释视野,两者并不截然对立,完全可以共存。两者只是研究路径和理论框架的不同;或者说,两者的针对性和有效性,需要学术实践的验证。本文的努力就是在民族国家框架的文学史阐释中,通过内涵扩展达到民族国家文学边界的扩展,即把翻译文学纳入民族国家框架的文学系统中,进而有可能促成民族国家文学与世界文学的同构,并建立两者间的阐释逻辑。至于如何把法文版《黄衫客传奇》纳入"华裔文学"的研究框架,在我目前还难以想象或具体操作。

其次,严家炎先生的问题生成及解决方案的阐释,是有具体限定和限制条件的,即讨论的是晚清时代的中国现代文学的起点。这意味着他的论域就是特定的民族国家框架内的文学史。如果将问题和案例引向华人、华裔、华文或华语语系文学之类的不同程度的"去民族国家"框架的学术视阈,那就会是另一种问题意识和学术方案,不能针对并回答严先生提出的作为民族国家的"中国"现代文学的起点问题。除非你能证明民族国家框架内的文学史阐释是不必要、难成立、无理由、没效用或直接就是错误的一种理论框架。因此,解决问题的关键路径仍回到了如何在"去民族国家"框架的"华裔文学"的研究论域中合理、有效地阐释法文版《黄衫客传奇》的意义和价值地位问题。但这并不构成对于民族国家框架内文学史阐释的学术威胁或观点对立。只能说我们有了更为丰富的观察和评价对象的思维方式及历史观与世界观。

再次是一个既具体又抽象的问题,为了突破传统的民族国家框架视阈的阐释,近十几年里确有不少替代方案或新见的出现,其中影响最大的或许就是华语语系文学的倡导及争议①。不过陈季同的首创作品是法文 Le roman de l'homme jaune,因此和华语语系文学完全无关。张丽华给出的建议是纳入"华

---

① 史书美教授、石静远教授、王德威教授等国外学者有过关于华语语系文学的讨论,并有相关著作、论文汇集出版。王德威教授还提出过"华夷风"的概念。他在"21大学生世界华语文学人物盛典"(2017年6月7日)上的演讲,很值得参看。可见异议间既有政治和国族意识形态的冲突或对抗的潜台词,也有意在消弭这种冲突或对抗的学术阐释策略,进而提升理论概念的普适性。国内学者,尤其在世界华文文学领域,讨论该话题的文章数量应该更多,不妨另行参阅。

裔文学"。这个建议的现实性是因为 *Le roman de l'homme jaune* 确实不能纳入民族国家文学的范畴中。于是,"'去民族国家'的学术视野"呼之而出。但是,把一个中国外交官、一个主权国家的驻外使节视同为"华裔",是否有点儿古怪呢?华裔的通识是入籍外国而非中国籍的旅居国华人后代,可陈季同明明就是中国人,还是中国政府的现任公职人员,怎么能称华裔呢?在这里,"'去民族国家'的学术视野"支持的倒是法语语系文学的概念,即 *Le roman de l'homme jaune* 是法语语系文学作品。也就是,一个中国作者创作了一部法语语系文学作品。这才是"'去民族国家'的学术视野"后看到的 *Le roman de l'homme jaune* 的文学和历史的身份与定位。显然,其中天然地就具有了世界文学的内涵。这是中国作者创造的一种世界文学的现象和贡献。大乎哉,莫此为甚也。感谢张丽华文章对我的这一启示。由此,也才能贴合张文所说的"陈季同的法文书写,正是一个跨越了民族国家的阻隔、在地理上具有连续性的'世界文学'实践场所"。但如前述,我对她所说的文学史"还可以置于翻译和或者说跨文化改写的波浪式传播的空间场域中来探讨",是否适用于陈季同的这一创作现象,保持质疑的态度。

最后,是一个直接无关但间接有关的问题,即"'去民族国家'的学术视野"和民族国家框架阐释的对冲。在学术理论和研究方法上,两者完全可以并行不悖,但需要注意的是,具体问题和案例的生成语境是一种限制性、制约性,甚至决定性的前提。这会影响、决定理论和方法在解决具体问题和案例时的针对性与有效性的程度,并因此影响和决定所获结论的合理性、正确性与否。也就是说,如果民族国家的语境或其制约性力量过于强大、形成了决定性力量影响的话,采用"'去民族国家'的学术视野"是否明智、是否会是一种为学术操作而操作的强制阐释呢?比如,参照华语语系文学的理论,且不说其中的政治性和意识形态性,类似华语/华文/中文/汉语文学的概念,能够有效阐释和解决民族国家"中国"生成的文学问题吗?何况,民族国家"中国"的政治性几乎天然地就和诸如华语语系文学中可能含有的政治性相抵触、相对立。顺便一说,也是常识吧,世界华文文学和中国文学之间的矛盾张力的复杂性和歧义性恐怕是永恒的。两者难以达到对立统一的整合。这也许就会是我这个系列文章的下一篇内容——怎样建立一种海外和世界华文文学、中国文学的互动性与参照性的研究框架,并与中国现当代文学史的重构实现合理协调。按我的"国家文学"观来看,中国现当代文学可谓典型的民族国家文学。这从我的国家文学定义上可见大概:国家文学是指由国家权力刚性支配的文学制度及实践机制中的文学生产生态。文学成为国家意识形态的主要表征之一①。中国当代文学尤其是国家文学,或即民族国家文学的典型。但也因此,我很期待"'去民族国家'的学术视野"的成立,这一视野将引导我们看向远方,越过藩篱,想象着无穷之远。(赵稀方教授还提醒我,须注意到民族国家观念认知的歧议现象。我的基本理解是,这种认知歧议意味着,也会影响到对于有关的文学现象或问题特性的研判方向,进而导向显著不同的学术论述场域。)现实中,我以为这就是翻译文学支撑和显示着的世界文学的建构生态。只是我们必须首先同时要将翻译文学纳入国别文学的框架,用翻译文学将国别文学与世界文学贯通为文学的共同体。中国现当代文学史应该在中国文学、翻译文学和世界文学的同构关系中重构自己的史著体系。学术操作的枢纽和轴心就是翻译文学。②

(作者单位:南京大学)

① 近十几年间,我多次使用、修订国家文学的概念及理论运用的方法,仍有待于完善。参见拙作《当代文学史料问题的多维视野考察》,《文学评论》2020 年第 6 期。

② 致谢:本文写作过程中、完成后,得到了文贵良教授、赵稀方教授、王风教授的重要指教,对于本文及后续写作都有极大帮助,衷心铭感。同时铭感燕玲女史的一直关心鼓励,促使我终于写完了。